研究叢書68

英国ミドルブラウ文化研究の挑戦

中央大学人文科学研究所 編

中央大学出版部

目次

第二部　歴史とイングリッシュネス

第三部　女性作家とミドルブラウ

英国ミドルブラウ文化研究の挑戦

序

井川ちとせ
武藤浩史

一　英国ミドルブラウ文化・文学研究の歴史

（井川・武藤）

二〇世紀前半のイギリス文学の研究は、言うまでもなく、モダニズム文学がその中心を成してきた。H・G・ウェルズでなくてジョゼフ・コンラッド、アーノルド・ベネットでなくて（反ベネットの）ヴァージニア・ウルフ、ジョン・ゴールズワージーでなくて（同じく反ゴールズワージーの）D・H・ロレンス、そして、ジェイムズ・ジョイス、エズラ・パウンド、T・S・エリオット、W・B・イェーツらが、星座の中心を占めた。一九七〇年代に批評理論の時代が到来すると、フェミニズムとの関連で、ヴァージニア・ウルフが注目を集め、ポストコロニアリズムの視点から、コンラッドやジョイスの研究が進められた。一九九四年に創刊された『モダニズム／モダニティ』（*Modernism/modernity*）誌やそれと連携する「モダニズム研究学会」（The Modernist Studies Association）をさらに新しいモダニズム研究の時代を代表する雑誌と考えるのならば、モダニズム周縁の作家たちがモダニズム研究に吸収されて、良く言えば、モダニズム研究がますます発展したと言えるのだろうし、別の見方をすれば、モダニズム研究帝国主義の拡張は終わらないと言うこともできるだろう。いずれにせよ、モダニズム研究を中心とする二〇世紀英文学研究の趨勢は、時代によって、形を変えながらも、二一世紀になっても、続いてきたと言うことができるだろう。

このモダニズム中心主義の影響で、前述のベネットらを筆頭に、割を食ったかわいそうな連中がいた。彼らは、「ハイブラウ」なモダニストたちとの対比で、「ミドルブラウ」作家という蔑称で呼ばれ、過小評価されてきた。「ミドルブラウ」(middlebrow)は、『オックスフォード英語大辞典』(*Oxford English Dictionary*)では、つぎのように定義される。

ミドルブラウ

口語的。しばしば蔑称として使用。

A. 名詞

ほどほどに知的な人。文化的な事柄に興味があるが、そのレベルは平均的、あるいはそれ以下の人。(ご本人はもっと知的なつもりでいるが、という含みを持つこともある。)知的な刺激に欠けていたり、知的・文化的な価値が限られている事柄も指す。

B. 形容詞

(人に関して)ほどほどの知性しか持ち合わせていない、普通の凡庸な文化的関心しか有しない。(「にもかかわらず、見栄を張る傾向がある」という含みを持つことあり)。

(芸術作品などに関して)大して知的・文化的価値を持たない、(よくあるのは因習的な作風のため、)さほど頭が良くなくても理解できる。

ひと言でまとめれば、「本当の教養を持たないのに知的ぶる中途半端な輩や、その種の連中が愛好する文化作品を指す」というのが『オックスフォード英語大辞典』の定義の主旨である。同辞典の初出例は一九二四年のアイルランドの『フリーマンズ・ジャーナル』(*Freeman's Journal*)誌――ただし、実際には一九二三年の用例が見つかっている――だが、この定義との関連でより重要なのは、二番目に挙げられる二五年一二月『パンチ』(*Punch*)誌の次のような用例だ――「BBCは『ミドルブラウ』なる新しい人種を発見したと宣ふている。この新人類はある種の事柄を好きにならなければいけないと思いこんでいて、その思いがかなう日の到来を夢見ている」。「この新人類」とは、一九世紀末から飛躍的に増大した下層ホワイトカラー職から成る下層中流階級を指し、「ミドルブラウ」の名で揶揄されるのは、お上品な中流階級のライフスタイルを目指す彼らの上昇志向と結びついた、大衆的な匂いの抜けない教養主義のことである。(もっとも、この『オックスフォード英語大辞典』の定義と矛盾する、「ミドルブラウ」という語の肯定的な用法もあったことも、後で紹介するが)。

そして、英文学研究に話を戻せば、このような「ミドルブラウ」文化・文学蔑視の潮流が、「ハイブラウ」な「モダニズム」重視の傾向と手を携えて、一九三〇年代以降制度化が進んだ英文学研究を支配してきた結果、アーノルド・ベネットのような大衆に人気のあった大作家は、「ハイモダニスト」ヴァージニア・ウルフや当時大きな影響をふるった英文学者リーヴィス夫妻に敵視されたというだけで、研究の周縁に追いやられてしまった。後述の「ブラウのバトル」をもっともよく象徴するとされるウルフのエッセイ「ベネット氏とブラウン夫人」("Mr. Bennett and Mrs. Brown")は、もとはベネットによる『ジェイコブの部屋』(*Jacob's Room*)評への反論として書かれたものであるが、ベネットが寄稿したのが(発行部数にもとづくQ・D・リーヴィスの分類に従うなら)ハイブラウならざる週刊誌『カッセルズ・ウィークリー』（*Cassell's Weekly*）であったのに対し、ウルフが選んだイギリスにおける発表媒体は一貫してハイブラウのそれであった。一九二三年から翌年にかけての執筆と改稿の流れを整理すると、一、ジョン・メイナード・ケインズが買収して、夫レナード・ウルフが文芸欄の編集主幹であった『ネイション＆アシニウム』（*Nation and Athenaeum*）に掲載、二、それをケンブリッジの学部生向けの講演原稿として改稿、三、それを「フィクションの登場人物」（"Character in Fiction"）と題し、エリオットが主催する『クライテリオン』（*Criterion*）に転載、四、それが、ウルフ夫妻みずから経営するホガース・プレスから、ふたたび「ベネット氏とブラウン夫人」の表題でパンフレットとして刊行される、といった具合である。したがって、彼女の主張が『カッセルズ・ウィークリー』の読者層に届くことは、おそらくなかった。というよりむしろ、ブルームズベリー・グループを中心とするネットワーク内でおもに生産・消費されたと見てよいだろう。

Q・D・リーヴィスによれば、「典型的なロウブラウ文芸誌が一号あたり三万から五万部を売り、なかには一〇万部を売るものもあるのに対し」、ハイブラウ雑誌の販売部数が五千部を上回ることはまずない。同時代の読者におよぼした影響を考えるならば、ウルフが「ベネット氏とブラウン夫人」で展開した、一九一〇年を分水嶺とする世代論――すなわちE・M・フォースター、D・H・ロレンス、リットン・ストレイチー、ジョイス、エリオットらジョージアンが、エドワーディアンことウェルズ、ベネット、ゴールズワージーから学ぶことは何もないという発展論――を額面通りに受け取ることは、難しい。そもそも、ケンブリッジでの講演に向けて、その「内容を補強するために」読んでいたはずの、ベネットの最新の話題作（で、やがてジェイムズ・テイト・ブラック賞を受賞することになる）『ライシーマン・ステップス』（*Riceyman Steps*）には結局言及せず、「たまたま最初に目についた」という十年以上前の『ヒルダ・レスウェイズ』（*Hilda Lessways*）を取り上げたことに、当時の聴衆や読者は疑問を抱かなかっただろうか。そうした当然の疑問を見越して『ライシーマン・ステップス』を読んでいたはずのウルフは、結局、自説の説得力を削ぐことなしにこの最新作に言及するのは不可能だと、判断したのだろうか。いずれにせよ、一九一一年刊行の『ヒルダ・レスウェイズ』が、結果的に、ウルフの世代論を反復強化するのに最適な材料であったことは、われわれが親しんできた英文学史の証明するところである。「ベネット氏とブラウン夫人」は、英文学科では長らく、ウルフの代表的な文学論として繰り返し参照され、学部生がウルフを介してベネットやウェルズをまなざすことを体得するための教材として機能してきた。

「ベネット氏とブラウン夫人」が最初に世に出てから約四年後、ベネットは『イーヴニング・スタンダード』(*Evening Standard*)紙の文芸コラムを担当することになり、その連載は一九三一年に没する直前まで続いた。取り上げた本を売り切れにしてしまう、ほとんど社会現象と呼んでよいような木曜日のコラムの人気は、リーヴィスらにとっては、「かつては異議申し立てを受けることもなく鑑識眼の基準を定めてきた少数派」を「数で圧倒」する、定期刊行物という巨大組織が、「鑑識眼の画一化」を推し進めていく由々しき事態であった。『イーヴニング・スタンダード』は、『デイリー・エクスプレス』(*Daily Express*)のようなタブロイド紙での成功に飽き足りないビーヴァーブルック卿が買収し、ある程度の部数を売りつつ「教育のある人びと」の鑑識眼を満足させる、まさにミドルブラウの夕刊紙として、ベネットの助言を得ながら育てた媒体である。リーヴィスらにとって厄介だったのは、彼らが担う文学的価値の序列化を乱すように、ブラウにかかわらずコラムで取り上げるベネットの、いわば無節操さであり、F・R・リーヴィスは、一九三〇年刊行のパンフレット「大衆文明と少数派読者」において、ロウブラウもハイブラウも一緒くたに論じるベネットが物笑いの種になるどころか多大な影響力を有していることを「教養ある読者がもはや存在しないこと」の証左と見立てている。このパンフレットで、ベネットからの引用に割かれた紙幅こそが、晩年のベネットの影響力がどれほどのものであったかを逆説的に浮かび上がらせるものであるが、大学や学校を拠点とした「少数派文化」の創始を希求したリーヴィスは、ベネットのような

「仲買人」の手から文学批評を奪還することに成功する。

そして、また、J・B・プリーストリーのような、モダニズムの時代に明るく親しみやすい筆致の『いい仲間たち』(*The Good Companions*, 1929)で国民的な小説家になった作家も、その非モダニズム的な作風や、エッセイから紀行文、そしてラジオに至る広範な活躍ゆえに、ミドルブラウ作家として軽視され、研究対象として忘れ去られた。だが、彼の『イングランド紀行』(*English Journey*, 1934)に匹敵する三〇年代の英国論が他にあるだろうか。また、「ダンケルクの戦い」直後の一九四〇年から四一年にかけて放送されたラジオ番組『ポストスクリプト』(*Postscripts*)の語り手として、彼はイギリス国民に絶大な影響を与えた(その社会主義的なヴィジョンは、ベヴァリッジ報告書などとともに、四五年の労働党単独政権誕生に貢献したのかも知れない)。第二次世界大戦後も、たとえば、核廃絶運動の契機となるエッセイ「英国と核爆弾」("Britain and the Nuclear Bombs")を『ニュー・ステイツマン』(*New Statesman*)誌に寄稿し、CND創立者の一人となった。文学研究が作家や作品と歴史との関係を大切に考えるのであれば、プリーストリーを無視することは、ある種の大きな偏向と言うことができる。歴史家ジョン・バクスンデイルは、おそらくは、英文学研究におけるプリーストリー軽視を見かねて、二〇〇七年に『プリーストリーのイングランド』(*Priestley's England: J. B. Priestley and English Culture*, 2007)を上梓した。

また、プリーストリーは、一九二六年に「ハイ、ロウ、ブロード」("High, Low, Broad," *Saturday Review* 20 February)で、「ブラウ」論を展開し、ミドルブラウを「ブロードブラウ」として寿いだことが示すように、みずからがミドルブラウであることに自覚的で、かつ、その語を肯定的に用いるという戦略を選択した。同様に肯定的な、『オックスフォード英語大辞典』にはない用例として、『ラジオ・タイムズ』(*Radio Times*)誌(一九二五年一一月一三日)所収のクラレンス・ウィンチェスターのエッセイ「あなたはミドルブラウ?——ラジオ大学に行こう」("Are You a Middle-Brow?: Going to School by Wireless")、『ロンドン・オピニオン』(*London Opinion*)誌(一九三〇年八月一六日）の「ミドルブラウ」特集などが挙げられる。この語をめぐって、プリーストリーの個人的な試みに留まらない、集合的な文化闘争が勃発していたことが分かる。

プリーストリーは、ハイブラウの代名詞であるブルームズベリー・グループに対して「ブラウの戦い」（The Battle of the Brows）を仕掛けた人物としても知られている。その頂点は、一九三二年一〇月一七日のBBC放送「ハイブラウに」（"To a Highbrow"）で、彼がハイブラウ批判をおこない、翌週の放送で、ハロルド・ニコルスンに反駁されたことだろうか。ヴァージニア・ウルフもプリーストリー批判の手紙を書いて、この論争を報道した『ニュー・ステイツマン』誌に投稿しかけたが、思いとどまった。そして、結局、文学史的には、ブルームズベリー・グループに代表されるようなハイブラウ・モダニズムがミドルブラウ文学を駆逐し、みずからを文学研究対象の中心と成した。

プリーストリーと同時代に活躍しながら、同じくモダニズム研究中心主義の陰で軽視されてきたミドルブラウ女性作家に注目したのが、アリスン・ライト『永遠のイングランド――戦間期の女性性、文学、保守主義』（*Forever England: Femininity, Literature and Conservatism between the Wars*, 1991）である。ライトは、アイヴィ・コンプトン＝バーネット、アガサ・クリスティ、ジャン・ストラザー（『ミニヴァー夫人』の作者）、ダフネ・デュ・モーリエを取り上げ、彼女らを、家庭・女性性・保守性を特徴としながら、父権的なヴィクトリア朝のそれとは明らかに異なる、戦間期のモダンな英国性を反映する作家として、詳細に分析した。モダニズム中心だった二〇世紀英文学研究の怠慢を指摘し、新しい文学および歴史研究の道を拓いたことから、このライトを近年盛んなミドルブラウ文学研究の祖と見なすことが可能になる。

言うまでもなく、先にも示唆したように、二〇世紀前半に見られたミドルブラウ文化・文学の誕生と隆盛は、イギリス社会の大きな変化と連動している。低所得の事務職の急増とともに、中流階級内の下の層が膨張し、従来の階級社会の構造が崩れた。下層中流階級《ロウアー・ミドル・クラス》の勃興である。これと連動するように、従来はエリート階級中心だった政界で、ウェールズ人教師の息子という異例の出自を持つ後の首相デイヴィッド・ロイド＝ジョージが自由党政権の財務大臣として、「人民予算《ピープルズ・バジェット》」を一九一〇年に国会で通し、富裕層への課税強化を手段とした福祉社会の礎を築いた。クラスレス社会建設に向けた最初の大きな一歩である。階級社会の構造が変わりつつあるところに、クラスレス社会に向けた政治的志向が重なる状況となった。

　これに、テクノロジーの発達が可能にしたメディアの新たな状況がさらに重なった。まず、挙げなければならないのが、第一次世界大戦後のラジオブームである。ＢＢＣの定期放送が開始された一九二二年のラジオ受信許可証の数が三万五千七四四だったのが、翌二三年には五九万五千四九六に激増し、その後、毎年約五〇万増え続けて、二六年には二一七万八千二五九となり、ラジオは国民的メディアに成長した。先に紹介したミドルブラウを讃えるエッセイ「あなたはミドルブラウ？――ラジオ放送大学に行こう」（二五年一一月）は、ＢＢＣの機関広報誌とも言える『ラジオ・タイムズ』誌に掲載され、ラジオを大学に見立てて、ミドルブラウ的な階級横断的な教養主義を寿いでいる。ＢＢＣは、その初期から、日本のＮＨＫ同様、「楽しませながら啓蒙する」ことを基本方針としており、エリート的ではなく大衆的な教養主義が、下層中流階級を中心としながらも、同時に、階級を越えて広がってゆくことに貢献した。

　ラジオに先んじて、階級横断的な国民的娯楽としての地位を確立していた映画では、一九二七年の映画法で、その商業主義が批判の対象になった米ハリウッド映画の上映が一定の割合以下に制限され、英国性を強調する大衆教養主義的なイギリス・ミドルブラウ映画の伝統が作られていった。新聞・雑誌に関しては、ハームズワース兄弟（ノースクリフ卿とロザミア卿）の『デイリー・メイル』（*Daily Mail*）、ビーヴァーブルック卿の『デイリー・エクスプレス』などの、下層中流階級向けの大衆紙が有名だが、それ以外にも、『ジョン・オロンドン』（*John*

O'London's Weekly）、『ロンドン・オピニオン』のような今では忘れ去られたミドルブラウ系の雑誌が数多くあった。
英国の戦間期は、文学をこのような新メディアとの関係においても考慮しなければいけない時代だった。そして、先に挙げたベネット、プリーストリー、クリスティ、ストラザー、デュ・モーリエは、自作が映画化されたり、ラジオ番組で話したり、ミドルブラウ系活字メディアに積極的に寄稿したりしている。以上より、ミドルブラウ文学および文化のおもな特徴として、次の五点を挙げることができるだろう。一、下層中流階級に基盤、二、（と同時に）階級横断性（ある程度のクラスレスネス）、三、大衆性（広範囲の支持）、四、（と同時に、大衆的な）教養主義（ある程度の知的背伸び）、五、インターメディア性（文学、活字メディア、映画、ラジオなど）

一九九〇年代から二〇〇〇年代初頭にかけて、アリスン・ライトの問題意識と共鳴したり、彼女の議論に影響を受けながらその修正・補足を試みるミドルブラウ研究は、散発的に存在した。ローザ・マリア・ブラッコ『英国中間層一九二〇―三〇年代の小説と社会』（*Betwixt and Between: Middlebrow Fiction and English Society in the Twenties and Thirties*, 1990）、米国のミドルブラウ文化勃興を扱ったジョーン・シェリー・ルービン『ミドルブラウ文化の誕生』（*The Making of Middlebrow Culture*, 1992）やリーサ・ボションとメレディス・ゴールドスミス編『ミドルブラウ・モダンズ――一九二〇年代米国大衆女流作家たち』（*Middlebrow Moderns: Popular American Women Writers of the 1920s*, 2003）、そして、保守性と女性性を強調したライトの論を部分的に修正したニコラ・ハンブル『女性的ミドルブラウ小説一九二〇から五〇年代にかけて――階級・家庭・ボヘミアニズム』（*The Feminine Middlebrow Novel, 1920s to 1950s: Class, Domesticity and Bohemianism*, 2001）やケイト・マクドナルド編『男性的ミドルブラウ一八八〇―一九五〇――ミニヴァー氏は何を読んだか』（*Masculine Middlebrow 1880–1950: What Mr Miniver Read*, 2011）。あるいは、ロレンス・ナッパーの映画研究『戦間期のイギリス映画とミドルブラウ文化』（*British Cinema and Middlebrow*

Culture in the Interwar Years, 2009）など。

だが、近年のもっとも注目すべきミドルブラウ文学・文化研究としては、二〇〇八年に、英国のアーツ・アンド・ヒューマニティーズ・リサーチ・カウンシルの助成を得て始められたミドルブラウ・ネットワークの活動を挙げるべきだろう。ストラスクライド大学とシェフィールド・ハラム大学を拠点としながらも、充実した内容のウェブサイト〈www.middlebrow-network.com〉が英国内外での研究者の連携を推進するうえで、重要な役割を果たしてきた。二〇一二年刊行の論集『ミドルブラウ文学と文化――「ブラウの戦い」一九二〇―一九六〇年』（*Middlebrow Literary Cultures: The Battle of the Brows, 1920–1960*）は、二〇世紀英文学研究に残るモダニズム研究中心主義に異を唱える、ネットワーク発足以来の活動の成果であり、イギリスとアメリカを中心にフランス、カナダの研究者による一四のエッセイを編んだものである。論集の共編者であり、立ち上げから約七年にわたってウェブサイトの管理・運営を担っていたエリカ・ブラウンは、二〇一五年三月のニューズレターにおいて、ミドルブラウの文学・文化をめぐる研究が「ミドルブラウ・スタディーズ」という一領域を成すまでに発展してきたと言ってもよいかもしれないと、控えめな口調ながら、活動の手ごたえについて語っている。

その論集が出版された二〇一二年の秋に発足したのが、本書『英国ミドルブラウ文化研究の挑戦』の母体となった「ミドルブラウ文化研究会」である。イギリスの文学と歴史を専門とする研究者が、年に数回、二〇一四年四月以降は中央大学人文科学研究所の研究チームとして、主として中央大学駿河台記念館に集まり、みずからの研究発表を中心としながら、新しい研究書を一緒に読んだり、ゲストを招いて講演していただいたりしてきた。二〇一四年には、大阪大学の山田雄三氏にも加わっていただき、研究会メンバーの井川ちとせ、松本朗、武藤浩史が、日本英文学会全国大会で「ミドルブラウという名の挑発」と題するシンポジウムを開いた。そして、本論文集は五年にわたる同研究会活動の最終成果として編まれた。

二〇一二年の会発足後の、海外におけるミドルブラウ研究動向の更なる展開もまた、興味深い。二〇一一年に編纂した論集で、それまで女性性が強調されてきたミドルブラウ研究に男性的ミドルブラウの視点を取り入れた目利きのケイト・マクドナルドは、二〇一五年に共同編集した論集『ミドルブラウ文学の移行期、一八八〇―一九三〇年』（*Transitions in Middlebrow Writing, 1880–1930*）では、一九世紀末から一九三〇年までをミドルブラウというカテゴリーの確立期と見て、その間のミドルブラウ文化とモダニズムなど他の文化の交流・交雑・混淆性に焦点を合わせる。支配的なモダニズム研究に対抗するものとしてミドルブラウ研究を提示してきた二〇一〇年代前半とは、大きく姿勢が異なってきた。それに呼応するように、二〇世紀前半のモダン・ライブラリー文庫の雑種性を扱った二〇一四年出版のリーサ・ジェイラント『モダニズム・ミドルブラウ・名作の規範』（*Modernism, Middlebrow and the Literary Canon*）や「もの理論」に影響を受けモダニズム文学期の服装の問題を扱った二〇一七年出版のシリア・マーシク『自分の服に支配される――モダニズム・ミドルブラウ・イギリス服飾文化』（*At the Mercy of Their Clothes: Modernism, the Middlebrow, and British Garment Culture*）は、そのタイトルが示唆するとおり、ミドルブラウとモダニズムの交雑を前提としたアプローチとなっている。また、二〇一六年刊『ラウトレッジ芸術と文化の社会学国際便覧』（*Routledge International Handbook of the Sociology of Art and Culture*）で「ミドルブラウ書籍文化」（"Middlebrow Book Culture"）章を執筆したデヴィッド・カーターは、一九二〇年代前半から六〇年代中盤までを「歴史的ミドルブラウ」の時と名づけ、「ブラウの戦い」に代表されるようなハイブラウ・ミドルブラウ・ロウブラウのカテゴリーが確立していた期間と見て、諸文化の相互関係が一見より混沌として雑種的な他の時代と区別する。つまり、「ハイブラウ」あるいは「モダニズム」に対抗して「ミドルブラウ」と一語で言い表してきた時が終わり、「ミドルブラウ」という語が含む複雑な内実を精緻に解きほぐしてゆく趨勢となってきた。この「歴史的ミドルブラウ」期とは別に、今世紀のハリー・ポッターやマン＝ブッカー賞などの文学的現象を

「二一世紀のミドルブラウ」として論じるベス・ドリスコル『新しいミドルブラウ文学』(*The New Literary Middlebrow*, 2014) のような研究書も出てきた。ケイト・マクドナルドは、冒頭に触れた「モダニズム研究学会」が、二〇一三年に、同学会で扱う領域の定義を「一九世紀後半から二〇世紀半ばまでの諸芸術研究」として、守備範囲を「モダニズム」に限定せず、実質上ミドルブラウ研究もそのなかに含むという判断を下したことに注目する。「ミドルブラウ」という概念を普及・定着させるために「対モダニズム」的側面を強調した二〇一〇年代冒頭と異なり、「ミドルブラウ」概念がある程度定着した二〇一〇年代中盤から後半にかけては、「ミドルブラウ」研究か「モダニズム」研究かではなく、むしろ「ミドルブラウ」研究も「モダニズム」研究もという流れになってきた。

このように、英米文化圏において、ミドルブラウ研究は、短期間に、すでに一定の成果を上げ、定着した。成熟し始めている、と言うこともできよう。だが、日本ではまだまだだろう。そのような状況下で、本論集『英国ミドルブラウ文化の挑戦』は、日本の英文学・英国史研究に従来とは異なる視点を導入して、ある種の刺激を与えることを目指している。と同時に、本書とは別に、英語論文で、われわれの研究成果を海外に発信するという作業も必要だろう。それは、すでに、一部の執筆者の個人プロジェクトとして始まっている。

(なお、本節の一部は、井川拙論「リアリズムとモダニズム」および書評"Erica Brown and Mary Grover, eds., *Middlebrow Literary Cultures*"、武藤拙論『ビートルズは音楽を超える』、「プリーストリーをなみするな!」を再構成したものである。本書所収の武藤拙論「『息子と恋人』の中のミドルブラウ」にも、議論の展開の必要上ミドルブラウ受容史の解説箇所があり、一部内容が重複する。)

二　アリスン・ライトの宿題　（武藤）

さて、前節で示した見取り図のなかに、本書所収の論文のそれぞれを位置づける前に、もう一つ書いておきたいことがある。それを、とりあえず、ミドルブラウ研究の祖アリスン・ライトの「宿題」と呼んでおこうか。

ライトの仕事には、非常に分かりにくく気になる謎がある。その一部は、すでに『永遠のイングランド』の前書き《プレフィス》と後書き《アフターワード》でみずから触れているのだが、彼女は、労働者階級出身の、英国ニューレフトとフェミニズムの系譜に連なる研究者で、彼女の研究生活に大きな影響を与えた夫ラファエル・サミュエルは、言うまでもなく、E・P・トムスンと並ぶ、英国ニューレフト系歴史学の大御所である。彼には、成人教育を担うオックスフォードのラスキン・コレッジを拠点として、庶民による庶民の歴史学の構築を目指した研究会「ヒストリー・ワークショップ」を立ち上げ、同名の学会誌も軌道に乗せたという大きな功績がある。一九八七年にサミュエルと結婚したライトもまた、この「ヒストリー・ワークショップ」を拠点として、大衆文学研究に勤しんだ時期があった。そして、サミュエルの死後も、彼の資料をラファエル・サミュエル・アーカイヴにまとめたり、ラファエル・サミュエル・ヒストリー・センターの設立に協力して、夫の志を引き継ごうとしている。

その彼女が、最初の著書において、庶民研究ではなく、中流階級の保守主義の研究に挑戦したことの或る種の捩れは、大変興味深い。彼女みずから、労働者階級出身の自分がそれまで敵視しがちだった中流階級の文化を研究することに、強い心理的抵抗があったことを認めている。と同時に、その必要性も骨身に沁みて分かったようだ。敵視しがちだった中流階級の、それも保守性を、十年近く研究したことで、戦間期中流女性の保守主義のみならず、みずからの保守主義にも気づいたと、彼女は記す。その結果、「中流にも様々な中流があり」、「そのような多様性の歴史的に正確な理解なしには、きちんとした政治的な議論は成立しえない」と言う。そして、「階級というかつては自明だったカテゴリーがゆすぶられて」、新たに、労働者を殉教者や聖人として理想化することなく、その歴史を書くことも可能になった、とも述べる。

ライトの近年の著書には、この『永遠のイングランド』の「後書き」に示された姿勢が受け継がれている。二〇〇七年のウルフ論『ヴァージニア・ウルフと使用人たち』(*Virginia Woolf and the Servants*)では、上層中流階級出身のウルフの、女性使用人との複雑な関係を縷々描いて、『自分ひとりの部屋』(*A Room of One's Own*)に代表されるウルフの女性自立論の限界を指摘すると同時に、返す刀で、使用人の側にも、みずからを上の階級の雇用者と同一視してしまうスノビズムが働く傾向が見られることを指摘するなど、ウルフの所属階級性の限界を露わにしつつも、労働者を理想視することも避けて、雇用者と使用人の矛盾に満ちた複雑な人間関係を浮き彫りにする。二〇一四年に上梓された『庶民——英国一家族の歴史』(*Common People: The History of an English Family*)は、みずからの先祖を調べてゆく一種の自分史だが、そこでも、タイトルをただの「コモン・ピープル」と記し、「ザ・コモン・ピープル」と定冠詞を付けないことにこだわる。ライトは言う——「タイトルを『コモン・ピープル』とし、『ザ・コモン・ピープル』としなかったことには、ある思惑がある。わたしは、この本の主題である労働者を英雄視したくなかったし、彼らを集合名詞として扱いたくなかったのだ」。特定の階級をある先入観の下に固定化し、理想視することを、極端に注意深く避けようとしているのだ。言い方を変えると、労働者階級と支配階級を善悪二元論で捉えることに、非常に慎重な姿勢を打ち出している。労働者のふるまいを抵抗の美学化することを意識的に強く拒絶するという点に、ライトの議論の大きな特徴がある。

もっとも、この振れは、ライトほど極端な形ではないにしても、彼女が『永遠のイングランド』前書きで影響を受けたと述べている左翼系の論文集『愛国心』(*Patriotism*, 1989)にも見られるものだ。これは、ライトの夫サミュエルが編集し、クリストファー・ヒルやリンダ・コリーなど錚々たる執筆陣を擁する、愛国心に関する三巻におよぶ大部の歴史的研究である。サミュエルの問題意識の根っこはアクチュアルで、彼は、その前書きの冒頭で、『愛国心』が一九八二年に時の首相マーガレット・サッチャーが始めたフォークランド戦争への憤りから生まれたことを記す。そして、ヒストリー・ワークショップの研究会を進めるに従い、単にサッチャーのような扇動者たちを考察するだけでは不十分で、もっと微細な分析が必要であることが分かってきたと言う。フォークランド戦争で煽られたイギリス国民のナショナリズムは、むしろ、自分たちと近い労働者の伝統のなかにある愛国心とも繋がっていて、事態は当初の予測よりもはるかに複雑であることが分かったと言う。要は、為政者やその取り巻きを悪とし、庶民を善とするのではとても説明し切れない危険な愛国心の発露が、フォークランド戦争を契機として、全国民的、階級横断的に見られたので、ニューレフト系歴史学も、軌道修正が必要になったということだ。サッチャー政権下での想定外の事態の新展開に対応しなければならないということだ。思いがけず多数の労働者が好戦的な愛国者と化した状況を目の当たりにして、サミュエルもまた、労働者を善とし、支配者を悪とする善悪二元論を捨てざるをえなかった。ライトの著書にも、この夫の軌道修正の反映が見られる、と言うことはできる。

『永遠のイングランド』の出版は一九九一年のことで、その準備期間は、著者本人の言によれば、「執筆に八年、しかし、中流階級の多様性・異種混淆性を受け入れるのには、それよりもはるかに多くの時間がかかった」（二二〇）とあることから、サッチャー政権（一九七九―九〇年）の時期とほぼ全面的に重なる。そのことも考えあわせれば、ライトの著書は、サッチャーの時代に生きた左翼系の研究者が、新自由主義の下での自分たちの文学・文化研究の意義を問われて、それまでは研究対象にしなかったであろう中流階級の保守主義を、英国のモダニティの重要な構成要素として論じた研究である、と一応まとめることができるだろうか。

だが、ライトの研究には、サミュエルのそれとは対照的に、はっきりした問題意識の開陳もなければ、それに対するはっきりした答えもない。すべては、ライトが時折もらす告白めいた言葉と当時の歴史的状況を繋ぎ合わせての推測である。彼女は、スチュアート・ホールのように真っ向から、右翼政治家が経済的苦境を背景に社会民主主義政権が追い詰められる状況の構造に付けこんで、「階級」を飛び越え直接「人びと」に訴えることに成功したとする明晰なサッチャー論を展開するのではない。ライトの議論は、状況証拠的には、間接的なサッチャー論を内包するのかも知れないが、もしかしたら、そうではないかも知れない、といった曖昧さに満ちている。

ただ、それが言葉足らずの単なる愚鈍さの反映ではないような気がしてならないのが、ここで強調したい点だ。その著書『サッチャー主義』（*Thatcherism*）において、ホールを批判した同じ左翼系のボブ・ジェソップらは、ホールのサッチャー論は、右翼政治家が有権者の支持を得るに至る構造の分析であり、サッチャー政権の実際の権力行使の効果や影響に関するきちんとした測定および評価を欠くと指摘する。たしかに、ここがサッチャー批判の難しい点であろう。ニューレフトからカルチュラルスタディーズに至る伝統に属する研究者は――もちろん、経済学者だから正しい答えを用意できるとは限らないだろうが――経済に弱い。有権者を欺くためのふるまいに秀でた選挙に強い政治家としてのサッチャーについての優れた分析は得意でも、じつはそれはサッチャーの活動の一部でしかない。また、ジェソップらのホール批判がそれなりに的を射ているとしても、彼らがホールの限界を補おうとしておこなう政策提言のようなものは、過去のコーポラティズムと福祉社会の焼き直しに過ぎず、目新しいアイディアがなくて、実に中途半端だ。もしかしたら、ライトは、これら左翼系研究者の弱点のすべてを見抜いていて、そ知らぬ顔をしているのかも知れない。

豊永郁子が『サッチャリズムの世紀――作用の政治学』において提示した三つの分析軸――「支持の政治」、「権力の政治」、「パフォーマンス〈結果評価〉の政治」――にもここで少し触れておこうか。私なりに嚙み砕いて、まとめると、有権者の支持を得るためにどのような政治をおこなったのかということと、実際に首相としての政治権力を行使して英国をどう変えたかということと、その必然性を納得させる評価軸を確立することは、それぞれ異なる三つの問題であるということだ。そして、今となって、一番重要な問題になるのは、選挙に勝ったための政治手法云々よりも、実際に権力を駆使して英国をどう変えたかという点だろう。支持獲得のための手立てとしてのフォークランド戦争時の愛国心の発揚や持ち家住宅制度の実施などの分析の容易さと比べて、サッチャーが好んだという言葉が示唆する通り、ヒース保守党政権（一九七〇―七四年）の「競争」政策が挫折し、ウィルスンとキャラハン労働党政権（一九七四―七九年）のコーポラティズムが瓦解した危機の只中で政権を預り、強引にマネタリズムを導入したことの是非は、評価がきわめて難しい。本当に「他に選択肢はなかった《ゼア・ワズ・ノー・オルターナティブ》」のかも知れない。

これに関して、説得力のある議論を、私は聞いたことがない。『サッチャー時代のイギリス』の著者である経済学者の森嶋通夫も、サッチャーの強権発動ぶりに強い違和感を抱きつつも、「成長率を高くするには、サッチャーがしたように、成長力のない部門を切り捨てるのが一番よい」（一八〇頁）ことを認めざるを得ず、サッチャーの政治は「短期的には成功」だが、利己心を助長する社会を作ったので「長期的に見れば失敗」（二一七頁）だとする、曖昧な結論にたどり着いてしまう。そして、このサッチャー嫌いの優れた経済学者の文章から、利己心云々という道徳的な発言を除いてみると、むしろ、経済的にはサッチャー政治は意味があったと読めてしまう。そして、サッチャー政権の中後期そしてそれ以後のそれなりのイギリスの経済成長を見ると、サッチャー的暴力に必然性があったのではないかとも思えてくる。その答えは闇のなかに沈んでいる。この謎の存在を認めることが大切なのであって、サッチャーを何か絶対悪のようなものとして見ることは、むしろ、従来の左翼的な善悪二元論への回帰ではないか、と疑ってみることが必要ではないか。

以上のようなメッセージが、一九八〇年代のかまびすしいサッチャー批判の只中で保守主義の研究を進めていったアリスン・ライトの沈黙に秘められているのかも知れない。そして、ライトは、その沈黙を守りながら、『永遠のイングランド』から近年の『ヴァージニア・ウルフと使用人たち』や『庶民』に至る、中流階級と労働者階級にまたがる研究を発展させていった。英国ミドルブラウ文化研究の祖アリスン・ライトの著書に含まれるこの謎を、右翼的な政治風潮の下に生きるわれわれは、回答困難な、しかし避け得ない「宿題」として受け止めたい。

（本セクションのアリスン・ライト論は、日本英文学会第八六回大会シンポジウム「ミドルブラウという名の挑発」（二〇一四年五月二四日、北海道大学）における武藤の発表の一部を修正・発展させたものであることを、お断りしておきたい。）

（井川）

三　個々の研究の紹介と位置づけ

さて、本書の構成は以下のとおりである。目次のように、「序」に続く一三の論考はそれぞれのアプローチに応じて、四つの部門に分かれる。

まず第一部「階級横断性と居住空間」では、武藤論文「『息子と恋人』の中のミドルブラウ」が、二〇世紀の古典と目される二つの作品――D・H・ロレンスの『息子と恋人』とE・M・フォースターの『ハワーズ・エンド』――を丁寧に読み解いて、とくに労働者階級出身の作家による階級小説として長らく「誤読」されてきた前者の、ミドルブラウ的大衆教養主義と階級横断性をあぶりだした。以下の論考の多くは、武藤の論じる階級横断的大衆的教養主義というミドルブラウ文化の特徴を、さまざまなテクストや事象に見出すものである。

近藤論文「ミドルブラウ文化と郊外と植民地」は、モダニスト・ロレンスを敬愛したジョージ・オーウェルの、一九三〇年代の三つの小説に着目する。これら初期作品においてオーウェルは、ミドルブラウ小説の主たる読者である下層中産階級の人びとの郊外の新興住宅地が、地理的に遠く離れた植民地と地続きであることを示し、また、ハイブラウ的価値を認めると同時に、通俗文化と郊外住宅の「庶民」の生き方を肯定的に描いたという。

福西論文「ポピュラー・アイコンか、偉大な芸術か」は、一九二〇年代から五〇年間にわたってイギリス北部の工業風景を描き続けたL・S・ラウリーに注目し、その作品に対する批評・受容の変遷を、詳細に跡づけた。福西によれば、ラウリーの絵画には、イギリス社会の変化に応じて、その時々にさまざまな意味とイメージが付与されてきたが、そのような意味づけに開かれた画家と作品のあいまいさや両義性こそが、北部と南部、過去と現在、参与と観察、ハイカルチャーとローカルチャー、大衆主義と教養主義といった二項対立を横断し、その両極をつなぐ橋渡し的な位置どりを可能にしたという。ミドルブラウとは、その横断性の謂である。

第二部「歴史とイングリッシュネス」の冒頭、「旅するミドルブラウ」において見市は、イギリスにおける国土観の展開を論じる。両大戦間期、ジャーナリスト、H・V・モートンはイングランド自動車紀行三部作を上梓して、近世以降「ブリティッシュネス」に包摂されてきた「イングリッシュネス」の再構築に貢献する。見市は、モートンの旅行案内に、ウィリアム・カムデンの『ブリタニア』（一五八六年）に遡る古事物学の筆法を見て取り、モートンとその想定読者をともに「イングリッシュネスを求めて旅するミドルブラウ現象」を構成するものと捉えるだけでなく、（ハイブラウ的な「歴史」に対して）ミドルブラウ的な「古事物学」の視点が、オーウェルやヴァージニア・ウルフにまで共有されていることを指摘、ブラウを超えたイングランド回帰への指向を、鮮やかに示した。

見市論文のアプローチは、大戦間期のミドルブラウ文化の特徴を過去の事象に接続する点において、小川論文「ジェイン・オースティンのミドルブラウ性」と一致する。小川は、ジョージェット・ヘイヤーら二〇世紀初頭のミドルブラウ作家が、ジェイン・オースティンの作品世界に影響を受けていることに注目、アリスン・ライトが「保守的モダニティ」と呼んだ、ジェンダーと教養をめぐるミドルブラウ文化の両義性を、オースティンに見出す。

続く長島論文「エリザベス・ボウエンの『日ざかり』と〈中間〉の力学」は、一九四二年のロンドンを主要な舞台とし、四四年から四八年まで改稿を重ね四九年に出版された、エリザベス・ボウエンの『日ざかり』を、〈中間〉という視点から読み解く。『日ざかり』が、さまざまな意味で〈中間〉の小説であるとの見立てはすでに複数の批評家によってなされているものの、アングロ・アイリッシュとして英国政府の諜報活動に従事した作者ボウエンによる第二次世界大戦下のアイルランド中立政策についての小説という側面は、イングリッシュネスを逆照射して興味深い。長島は、中間にあることを、さまざまな力が拮抗し極度の緊張関係にあることと捉えたうえで、〈二重性〉というキャンプの特性と結びつけ、複雑な創作過程と文体を特徴とする『日ざかり』の、新たな読解の可能性を提示した。

第二次世界大戦終結後、『イングランドの芸術におけるイングリッシュネス』（一九五六年）において「芸術地理学」を提唱して芸術作品に時代を超えた国民性の表現を探求し、リベラルなイングランドの国民性を強調した建築史家・美術史家、ニコラウス・ペヴスナーの「文化をめぐる問い」を、木下論文「ピクチャレスクな都会のイングランド」は、冷戦構造という政治的な緊張関係の文脈に置く。ペヴスナーは、本の下敷きとなったリース講座を始めとするBBCラジオの番組に頻繁に出演したり、ペンギン・ブックスのガイドブック「イングランドの建築物」シリーズの監修と執筆をおこなうなど、ミドルブラウ的媒体を通じて、復興を目指すイギリスにふさわしいモダンなナショナル・アイデンティティの創出に貢献した。ナチスの迫害を逃れてドイツからイギリスに渡った「外国人」としての境遇は、一般読者に、芸術と建築を「あなた方みなさんのもの」ひいては「わたしたちのもの」として考察することを促す啓蒙的活動へと導いたと、木下は論じる。

第三部「女性作家とミドルブラウ」の冒頭で、加藤論文「ジャズはミドルブラウ音楽か？」は、戦間期イギリスにおけるイングリッシュネスの再構築という見市論文と共通のテーマを、ヴァージニア・ウルフの『幕間』を取り上げ、アメリカ文化との関わりから考察する。加藤は、『幕間』の中心に据えられてイギリス史を描き出すパジェント（野外劇）に、一九三〇年代にイギリス全体が抱えていたアメリカ文化の影響への不安と憧憬というアンビヴァレントな感情を読み取る。さらに、パジェントに流れる楽曲の精緻な分析を通して、すでにアメリカ文化の一部となっていたイングランド、アイルランド、スコットランドの民謡がハリウッド映画やジャズバンドの演奏のなかで「望郷の歌」として再生産されて、戦間期イギリスに逆輸入され、広く受け入れられた可能性を示した。なかでもパジェント終盤に登場するジャズは、アメリカの大衆向けの娯楽の一形態という出自を持ちながら、イギリスでブラウを問わず浸透し、新たなイギリス文化を創造する。〈英国〉ミドルブラウ文化の両義性・雑種性を、ハイブラウを代表するウルフ自身が創作を通じて例証して見せたといえよう。

アメリカ型大衆消費文化とイギリスのハイブラウとのアンビヴァレントな関係は、ひき続き松本論文「「一つの世界の市民」としての映画観客」においても検討される。松本は、戦間期ミドルブラウ文化が有する外向きのダイナミズムを「コスモポリタン・ミドルブラウ」と名づけて、イギリス映画史を国際的文脈において捉え直す。イギリス初の映画批評専門誌『クロースアップ』を通覧し、編集長補佐のブライアーと寄稿者で「意識の流れ」の手法の創始者とも言われるドロシー・リチャードソンが、男性執筆者が中心となって作り上げた雑誌全体の反ハリウッド的論調に抗って、ロウブラウのメディアと見なされていた映画のミドルブラウ的な可能性を探っていたことを明らかにした。ここでいうミドルブラウ的可能性とは、映画の教育的機能を意味し、とくにリチャードソンは、一般の観客が、映画を観るという経験を通じて自身の存在を、大きな世界の一部、すなわち「一つの世界の市民」と認識することを学ぶ可能性を示唆した。松本論文はさらに、従来の映画史研究が等閑視してきた『サウスライディング』（一九三八年）という映像テクストに注目し、観客に映画の見方を再教育するようなその技法が、イタリアのネオレアリズモを先取りするものであると分析、監督ヴィクター・サヴィルが、ブライアーやリチャードソンと同様、ハイブラウ文化に対して戦いを挑んだものと捉えた。

前論文「あるミドルブラウ作家の挑戦」は、ジャンルそれ自体が英文学研究において周縁化されてきた児童文学に注目し、一九三〇年代から七〇年代にかけて出版されたルーマー・ゴッデンの六つの中編小説における庭の表象をつぶさに分析する。前によれば、イギリスとインドの両方で暮らした経験をもつゴッデンが描く庭は——イギリス領インド、イギリス、フランスと舞台はさまざまだが——フランシス・バーネットの『秘密の花園』がインドに対しておこなったような過剰な神秘化を免れつつ、子どもたちが保守主義と急進主義の間で葛藤しつつ双方に揺さぶりをかける場として、象徴的な意味を帯びているという。

第四部「読者と受容」の三つの論考はいずれも、より積極的にミドルブラウの定義の再考を試みるものである。渡辺論文「戦間期における新たなミドルブラウ読者層の創成」は、一九〇四年の創刊から一九五〇年までの『デイリー・メイル』〈海外版〉を通覧し、〈国内版〉とは大きく異なる読者層、発行形態と紙面づくりにもかかわらず、一九一九年から三九年までの約二〇年間に限って、中断することなく〈国内版〉の連載小説を転載していた事実を突きとめ、その意味を読み解く。〈海外版〉の読者は、帝国の建設者とその妻であり、ミドルブラウとは呼び難いエリート層に属するが、彼らが、下層中産階級をターゲットとしたタブロイド紙の「軽い読み物」の読者としてミドルブラウ文化に慣れ親しむようになったことは、ミドルブラウが決して固定された層ではなく、価値観の標準化を促しつつ膨張・拡大しうることの証左であると、渡辺は結論づける。

秦論文「ジェイムズ・ボンドはミドルブラウ文化の夢を見るか？」は、ハイブラウ性とロウブラウ性が共存する（小説版と映画版を含む）ボンド・テクストと、そのテクストの消費において、ハイブラウ的教養の追求とロウブラウ的刺激の充足をともに享受するだけでなく、ファンタジーに耽溺しながらも現実認識を失わないような読者、そしてそれらに代表される二〇世紀後半から現代にかけての、イギリス発のグローバルなポピュラー・カルチャーを「アイロニック・ミドルブラウ」と名づけた。本来は両立し得ないAとBとの共存を可能にしてしまう、撹乱的なまでに柔軟かつ無節操な精神、「アイロニー的想像力」を有する読者の存在は、ふつうの読書と批評的読書、「一般読者」と「批評家」との関係の再考を促すものでもあると、秦は問題提起する。

秦論文が指摘するように、従来のミドルブラウ研究は大戦間期に焦点を合わせる傾向が強いが、本論集においては、長島と木下がそれぞれ第二次世界大戦終結直後のボウエンとペヴスナーを扱い、前はゴッデンの作品群のうち一九三〇年代から七〇年代までの中編を広く論じ、福西は現代にいたるまでのラウリーの受容と批評の変化を跡づけた。最後の井川論文「「ミドルブラウ」ではなく「リアル」」は、一九九〇年代以降のグローバルな出版業界の再編と新たなメディアの登場による文学生産と流通の変化、作者と読者の関係の変容について考察する。とくに読書会メンバーをターゲットとして二〇〇〇年に創刊された雑誌『ニューブックス』（*Newbooks*）に注目し、高級紙や学者を仮想敵に据え、ミドルブラウという侮蔑的な他称ではなく「リアル」という肯定的な形容詞で読者をまとめ上げようとする編集者側の企図と、それを「受け止めつつも受け流す」としか形容しようのない「一般読者」のしなやかさと雑食性について論じた。

以上のとおり全編を通して見ると、浮かび上がってくるのは、ミドルブラウ文化の横断性、両義性、柔軟性、あいまいさといった特徴に、積極的な価値を見出す寄稿者の姿勢であろう。じつに一六世紀から二一世紀までを射程に置く本論集は、「コスモポリタン・ミドルブラウ」や「アイロニック・ミドルブラウ」を始めとする新たな切り口とともに、従来の英文学研究・英国史研究への挑戦をおこなうものである。

なお、本書の編集作業には、研究会立ち上げ時のメンバーである井川ちとせ、木下誠、秦邦生、福西由実子、松本朗、武藤浩史の六名であたった。

最後になりますが、中央大学人文科学研究所のみなさま、とくに研究会に参加されるだけでなく「研究叢書」編集委員として実務面でのご教示を賜りました垂井泰子さんに、厚く御礼を申し上げます。

引用文献

Baxendale, John. *Priestley's England: J. B. Priestley and English Culture*. Manchester: Manchester UP, 2007.

Botshon, Lisa, and Meredith Goldsmith, eds. *Middlebrow Moderns: Popular American Women Writers of the 1920s*. Boston: Northeastern UP, 2003.

Bracco, Rosa Maria. *Betwixt and Between: Middlebrow Fiction and English Society in the Twenties and Thirties*. Parkville, Victoria: History Department, U of Melbourne, 1990.

Brown, Erica, and Mary Grover, eds. *Middlebrow Literary Cultures: The Battle of the Brows, 1920–1960*. Basingstoke: Palgrave Macmillan, 2012.

Carter, David. "Middlebrow Book Culture." *Routledge International Handbook of the Sociology of Art and Culture*. Ed. Laurie Hanquinet and Mike Savage. London: Routledge, 2016. 349–69.

Driscoll, Beth. *The New Literary Middlebrow: Tastemakers and Reading in the Twenty-First Century*. Basingstoke: Palgrave Macmillan, 2014.

Humble, Nicola. *The Feminine Middlebrow Novel, 1920s to 1950s: Class, Domesticity and Bohemianism*. Oxford: Oxford UP,

2001.

Ikawa, Chitose. Rev. of *Middlebrow Literary Cultures: The Battle of the Brows, 1920–1960*, eds. Erica Brown and Mary Grover. *Studies in English Literature* 57 (2016): 115–22.

Jaillant, Lisa. *Modernism, Middlebrow and the Literary Canon*. London: Pickering & Chatto, 2014.

Jessop, Bob. *Thatcherism: A Tale of Two Nations*. Cambridge: Polity, 1988.

Light, Alison. *Common People: The History of an English Family*. London: Penguin, 2014.

———. *Forever England: Femininity, Literature and Conservatism between the Wars*. London: Routledge, 1991.

———. *Virginia Woolf and the Servants: The Hidden Heart of Domestic Service*. London: Penguin, 2007.

Macdonald, Kate, ed. *Masculine Middlebrow 1880–1950: What Mr Miniver Read*. Basingstoke: Palgrave Macmillan, 2011.

Macdonald, Kate, and Christoph Singer, eds. *Transitions in Middlebrow Writing, 1880–1930*. Basingstoke: Palgrave Macmillan, 2015.

Marshik, Celia. *At the Mercy of Their Clothes: Modernism, the Middlebrow, and British Garment Culture*. New York: Columbia UP, 2017.

Middlebrow Network. *Middlebrow: An Interdisciplinary Transatlantic Research Network*. Arts & Humanities Research Council, University of Strathclyde Glasgow, Sheffield Hallam University, n.d. Web. 27 Aug. 2017.

Napper, Lawrence. *British Cinema and Middlebrow Culture in the Interwar Years*. Exeter: Exeter UP, 2009.

Priestley, J. B. "Britain and the Nuclear Bombs." *New Statesman* 2 Nov. 1957: 554–56.

———. *English Journey*. 1934. Harmondsworth: Penguin, 1977.

———. *The Good Companions*. London: Heinemann, 1929.

———. "High, Low, Broad." *Saturday Review* 20 Feb. 1926: 222–23.

———. *Postscripts*. London: Heinemann, 1940.

———. "To a High-brow: To an Unnamed Listener (1)." BBC. Radio. Typescript of Broadcast 17 Oct. 1932, 9.20 p.m.: 1–6.

———. "To a High-brow." *John O'London's* 3 Dec. 1932: 354–56.

Rubin, Joan Shelley. *The Making of Middlebrow Culture*. Chapel Hill: U of North Carolina P, 1992.

Samuel, Raphael, ed. *Patriotism: The Making and Unmaking of British National Identity*. 3 vols. London: Routledge & Kegan Paul, 1989.

Winchester, Clarence. "Are You a Middle-Brow? Going to School by Wireless." *Radio Times* 13 Nov. 1925: 346.

Woolf, Virginia. *A Room of One's Own*. London: Penguin, 2002.

———. "Character in Fiction." *Arnold Bennett: The Critical Heritage*. Ed. James Hepburn. London: Routledge & Kegan Paul, 442–60.

井川ちとせ「リアリズムとモダニズム——英文学の単線的発展史を脱文脈化する」大杉高司編『一橋社会科学第七巻別冊特集「脱／文脈化」を思考する』（一橋大学大学院社会学研究科、二〇一五年五月）六一—九五。

豊永郁子『サッチャリズムの世紀——作用の政治学へ』、創文社、一九九八。

武藤浩史『ビートルズは音楽を超える』、平凡社、二〇一三。

——「プリーストリーをなみするな！——モダニズム・モダニティ・文化社会史と文学研究歴史主義の狭間」遠藤不比人他編『転回するモダン——イギリス戦間期の文化と文学』、研究社、二〇〇八、二四二—六二。

森嶋通夫『サッチャー時代のイギリス——その政治、経済、教育』、岩波書店、一九八八。

第一部　階級横断性と居住空間

『息子と恋人』の中のミドルブラウ
――階級横断的大衆教養主義の構造――

武藤浩史

一　E・M・フォースター『ハワーズ・エンド』（一九一〇）から

フォースター『ハワーズ・エンド』（*Howards End*）の話から始めるのはどうだろうか。この小説に描かれた登場人物の階層性とともに流動性にも着目して。巻頭の言葉「オンリー・コネクト」を願望の表明ではなく、むしろ、既に起きている繋がりに目を向けよとのうながしと捉えて。

それは、小説に登場する新興下層中流階級の青年、ロンドンの火災保険会社に勤めるしがない事務員レナード・バストをどう読むのか、という問題になる。彼は新しい下層中流階級の一生活の表象として描かれるに過ぎないのか。だが、祖父母の世代はリンカンシャーやシュロップシャーの農民だったのに、父母の世代には小売商となり、さらに本人は精励克己により首都ロンドンのサラリーマンになった挙句に、間違った女と結ばれて破滅してしまう、彼の人生の流れをどう考えればいいのか。

いや、あれは破滅だったのか。レナード・バストは、自らの命を落としたとはいえ、仕事の合間に身を削るようにして吸収した教養文化を見事に活用して、結局、自分の子をミドルクラスの家ハワーズ・エンドに住まわせることに成功したのではないのか。

レナード・バストは、下層中流階級を待ち受ける陥穽にまんまとはまって、彼の夢は階級の壁に阻まれたとも言えるが、同時に、実に階級横断的な人生を送ったとも言える。下層階級の女ジャッキーと結婚しただけではない。中流階級の女ヘレン・シュレーゲルと結ばれて、子をもうけもした。同時に、小説内の階級横断的な動きがレナードに限られるというわけではない。すべてのケースで、隠匿が試みられたり、肉親の怒りを買ったり、すなわち、スキャンダルの種として扱われはするが、それでも、ヘンリー・ウィルコックスはレナード・バストと結婚する前のジャッキーと関係を持つし、彼とマーガレット・シュレーゲルとの結婚は、帝国ビジネス系ミドルクラスと不労所得で生きるリベラル文化系ミドルクラスの交雑である。既に階級間はコネクトされているのである。「オンリー・コネクト」という言葉は、世間体によって隠匿されているコネクションを認めよ、と言っているようにも取れる。表面は階層社会だが、底に流れるのは階級を横断する流動性である。

このような議論を序として、一般にはいまだに労働者階級の家庭を舞台とした悲劇とされている『息子と恋人』（*Sons and Lovers*）の登場人物の生き方の精査に繋げてゆくのが、本章の目的である。それは、ミドルブラウ文化自体の考察というよりも、また、これまであまり注目されてこなかったミドルブラウ的な作品の発掘ということでもなく、むしろ、二〇世紀イギリス文学の古典として親しまれてきた作品に描かれたミドルブラウ的な生き方を探るものである。序にも記したとおり、二〇一五年にケイト・マクドナルドは、一八八〇年から一九三〇年をミドルブラウという範疇の創成期と見て、その期間のミドルブラウ概念に内包される雑種性・混淆性を強調している。既に二〇〇一年に、ニコラ・ハンブルの慧眼は、ミドルブラウ的作品の中にマーガレット・ケネディの『コンスタント・ニンフ』（*The Constant Nymph*）のようなボヘミアン的な芸術家小説を見つけていた。マクドナルドに刺激を得、ハンブルの逆を行って、名作として親しまれてきた二〇世紀初頭の古典の中にミドルブラウ的要素を見出して、作品の新しい読みを提示することにより、ミドルブラウ研究の枠組を揺さぶってゆく作業もまた、創造的な営みと呼ぶことができるだろう。

二　クラスとクラスレス

階級という観点に立てば、近年盛んな英国ミドルブラウ文学・文化研究の中心に、一九世紀末から二〇世紀前半にかけて勃興した下層中流階級を置くことは、もちろん間違いではない。その中核を成すイメージは、都市郊外のこぎれいな家に住み、仕事と人生の充実のため、教養と知識の獲得に努め、リスペクタブルな生活を送ることを目ざす、大量の下層ホワイトカラーの姿だろう。

だが、当たり前の話だが、ある階層の勃興の背景にはそれをうながす動因があって、表面的には矛盾するようだが、一つの階級の成立の裏には、社会の流動性がぴったりと貼り付いている。それに加えて、二〇世紀のイギリスには、さまざまな階級横断的な動きが見られる。複眼的な視点が肝要になる。

ミドルブラウ研究と銘打ってはいないものの、アガサ・クリスティ、アイヴィー・コンプトン゠バーネット、ダフネ・デュ゠モーリエなどを大戦間期の内向きのフェミニンなミドルクラスの文脈で論じて、現在のミドルブラウ研究の礎を築いた『フォーエヴァー・イングランド』（*Forever England*）の著者アリスン・ライトにはもちろんそのことが見えていたから、次のような文章を書いた。

むしろ、この本を執筆する際にわたしが忘れないように努めたのは、大戦間期の［中流］階級を語る際に付きまとう複雑で流動的な感じである。その不安定さは、コンプトン＝バーネットの小説に描かれる紳士淑女の家庭にも、アガサ・クリスティの殺人犯探しの推理小説にも、同じようにまざまざと劇的に描かれる。この時期、「中流階級」の中身は劇的に変わりつつあった。タイピストから教員に至るまで、役人のみならず美容師も、花屋も、女医も、図書館員も、郊外の主婦も、それらの間には多種多様な違いがあるにもかかわらず、中流階級という概念の範疇に属することとなった。（Light 12）

一応それを中流階級と呼んでおくものの、その流動性を忘れてはいけない、ということである。[1]

彼女の言葉を私なりに敷衍してみれば、それは、もちろん、一九世紀末以降のイギリスの社会史、文化史、政治史全体に関わってくる。大きな視座に立てば、大戦間期に限られる話ではなく、その前に始まり、第二次世界大戦後にも繋がってゆく現象である。[2] それを需要サイドから見れば、イギリスの産業の第三次産業化を背景とした、種々の下層ホワイトカラー職に対するニーズの増加である。供給サイドに立てば、一八七〇年教育法以降の初等教育の広がりを背景とする、国民の知識・教養の変化である。そのために、新聞・雑誌・文学の大衆化が興った。そこを基盤とし、テクノロジーの進化と手を組んで、映画、放送といった新興メディアが、全国民的なレベルで、階級横断的に、広がったのは、第一次世界大戦後のことである。『オックスフォード英語大辞典』（*The Oxford English Dictionary*）によれば、一九二四年のダブリンの『フリーマンズ・ジャーナル』（*Freeman's Journal*）が「ミドルブラウ」という語の初出だが、実は、論集『男性的ミドルブラウ』（*The Masculine Middlebrow*）の序文で、編者ケイト・マクドナルドが、一九二三年には『デイリー・クロニクル』（*Daily Chronicle*）でこの語が使われていた証拠を、同年五月一二日のオーストラリアの新聞『クイーンズランダー』（*Queenslander*）に見つけている。

当今の小説は、一時的なベストセラーを狙ったもの以外は、離婚裁判所かその近辺で幕をあける。ハイブラウの小説家はこぞって、そしてミドルブラウの小説家もその多くは、結婚生活における不倫をはじめとするありとあらゆる苦しみを嬉々として描き出す（というマージョリー・ボウエンの文章が『デイリー・クロニクル』紙にある）。（"Marriage: In Fiction and In Reality" 7）

そこでは、ハイブラウとミドルブラウがほぼ同じ範疇にまとめられ、共に批判される。

一方、『オックスフォード英語大辞典』の「ミドルブラウ」の定義は以下のように、ハイブラウの側に立ち、ハイブラウとミドルブラウとの分断線を強調して、偏りがあり、もっと意地が悪い。

ミドルブラウ：ほどほどに知的な人。文化的な事柄に興味があるが、そのレベルは平均的、あるいはそれ以下の人（ご本人はもっと知的なつもりでいるが、という含みを持つこともある）。知的な刺激に欠けていたり、知的・文化的な価値が限られている事柄も指す。

同辞書によれば、二番目の用例は、一二五年の『パンチ』（*Punch*）（一二月二三日）となっている――「ＢＢＣは『ミドルブラウ』なる新しい人種を発見したと宣ふている。この新人類はある種の事柄を好きにならなければいけないと思いこんでいて、その思いがかなう日の到来を夢見ている」とあり、これは同辞書の意地悪い定義と合致する。ただ、実際には、『パンチ』誌自身のこの文が示唆するように、その前に、公共放送局ＢＢＣの雑誌『ラジオ・タイムズ』（*Radio Times*）の記事「あなたはミドルブラウ？――ラジオ大学に行こう」（一二五年一一月一三日）の用例がある。以上より、「ミドルブラウ」という語は、一二五年には流行り言葉になりかけていたと察せられるが、『パンチ』誌と『ラジオ・タイムズ』誌では、「ミドルブラウ」に与えられる含みはまったく異なる。後者では、『オックスフォード英語大辞典』の定義とは異なり、「ミドルブラウ」がきわめて肯定的な意味で使われているのだ。

この「あなたはミドルブラウ?」という記事では、愉快なジャズを鼻で笑うハイブラウとアインシュタインの理論を馬鹿にするロウブラウの双方が批判される。そして、ジャズを楽しみながら相対性原理のような当時の最前線の知識も学ぼうとする新しいタイプの大衆性をそなえた教養人を「ミドルブラウ」と呼ぶ。「楽しませながら啓蒙する」というその初期から今に至るまで変わらない方針を持つBBCにぴったりの一般教養大衆を、その宣伝雑誌『ラジオ・タイムズ』は「ミドルブラウ」と呼ぶ。この記事を書いたクラレンス・ウィンチェスターは「わたしは、ほとんどのリスナー諸賢同様、ミドルブラウだ。だから、わたしは、『放送大学』という新機軸を歓迎する」と高らかに宣言して、「楽しませながら啓蒙する」BBC放送を聴いて、教養を広げようと訴えかける。ミドルブラウの名の下に、階級横断的な新しい大衆教養主義が寿がれる。

また、二〇年代に爆発的に普及したラジオ放送は、受信装置さえ買えば誰でも好きな番組を楽しめるということから、技術的にも階級横断的な性質をそなえるメディアであることも言い添えておこう（現に、二〇年代後半に人気が爆発したミドルブラウ作家J・B・プリーストリーは、その後、一九四〇年から四一年にかけて、BBCの戦時放送『ポストスクリプツ』（*Postscripts*）のブロードキャスターとして国民的な支持を得た）。もちろん、BBCが、この公共放送メディアの階級横断性を念頭に置いて「楽しませながら啓蒙する」という全国民志向の方針を定めたのは容易に推測できる。

その後、ヴァージニア・ウルフ研究者の間でよく知られる「ブラウの戦い」が一九二六年と一九三二年に起きて、ハイブラウ代表ブルームズベリー・グループとミドルブラウ代表プリーストリーの間で非難の応酬があった。後者は、二六年二月に「ハイ、ロウ、ブロード」と題するエッセイを『土曜評論《サタデイ・リヴュー》』に掲載し、ハイブラウとロウブラウを批判しつつ、ミドルブラウを包容力のある「ブロードブラウ」と呼んで讃えたが、それは『ラジオ・タイムズ』掲載の「あなたはミドルブラウ?」と論旨が一致する。(3)「ミドルブラウ」という新語の含みをめぐる戦いは、既に、「ブラウの戦い」以前の、一九二五年に起きていたのである。

いや、『ハワーズ・エンド』のレナード・バスト表象からは、既に、一九一〇年に、同様の戦い、というか、揺れが、一つの作品内に見てとれる。小説テキストは、一方で、「彼の時代には、民主主義の天使が、革の翼を広げて、その影ですべての階級を覆い、『人は皆、平等である』と宣言した」(Forster 58)と記して、バストのような人物が生まれる背景を階級横断的な社会の流動性に見た。(この時期、ウェールズの教師の息子で反エスタブリッシュメント的な蔵相ロイド=ジョージが、二〇世紀イギリス政治の核となるクラスレス社会への口火を切った「人民予算」を成立させたことを覚えておきたい。)だが、テキストは、その階級横断性を単純に肯定しているわけではない。流動化の結果、「紳士のふりをすることを余儀なくされた」(Forster 58)胡散臭い人びとの一人にバストを分類し、主人公マーガレット・シュレーゲルは、彼を思いながら、「文化はこのような大衆を人間らしくすることに成功したのだろうか」(Forster 122)と疑問を抱く。バスト自身も、いつか、宗教的な回心のように「突然、文化に到達」することができないものかという、淡い、根拠のない希望を抱くのみである(Forster 62)。その文化に憧れながら決して文化に到達できない人たちという含みは、『オックスフォード英語大辞典』の「ミドルブラウ」の定義と用例を想起させる。

だが、『ハワーズ・エンド』は、同時に文化を通しての階級横断的交流の可能性も示唆する引き裂かれたテキストである。作中、文学書に影響を受けてロンドン郊外の自然の中を夜通し歩いたバストの行動力にシュレーゲル姉妹は感動する。バスト自身も「富の壁が崩れた」と感じる瞬間である(Forster 131)。階級間交流が成立した。

クラスレス社会の可能性が垣間見えた。この交流体験が、後に彼が姉妹の一人と結ばれることに繋がってゆく。
このように分裂的に描かれる下層中流階級を中心とする階級横断的な大衆教養主義の動きを、同時代のミドルブラウ作家アーノルド・ベネットのものをはじめとするセルフヘルプ本の言説を研究した井川ちとせの論考も参考にしながら、一九一三年刊の『息子と恋人』の中に読み込んでゆくと、どういう新しい作品像が生まれ、文学史的にどういう新しい文脈が生まれるか、というのが、本章の問題意識となる。

三　次に『息子と恋人』（一九一三）——ミドルブラウの夢

『ハワーズ・エンド』の中流階級は、レナード・バストの大衆教養主義的な下層中流以外にも、シュレーゲル姉妹の不労所得に基づく文化系中流とヘンリー・ウィルコックスに代表されるビジネス系中流がある。もちろん、この二つは別々のものではなく、シュレーゲル姉妹の主たる資産はおそらく株で、彼女らは投資家側から資本主義を体現し、ウィルコックス家は実務家側を体現する。マーガレット・シュレーゲル自身、「自立した思考は十中八九独立した資産から生まれます。お金です。バストさんにはお金をあげればいいのです」（Forster 134）と述べ、「お金こそ世界の二大構成要素の一つ」（Forster 136）であることを認めて、お金が文化・芸術の基礎を支えていることを明言する。現象的には、美とビジネスは異なる姿を取るものの、文化とお金は分かちがたく結びついている。

『息子と恋人』にも同じことが言える。労働者階級と下層中流階級の狭間の家庭に生まれた主人公ポール・モレル、そして、その兄ウィリアムは、レナード・バストと同じく、共に、中流文化に憧れる母ガートルードの教養主義の影響の下、炭坑夫の父の生き方を捨てて、事務職に就く。バストと違うのは、二人とも結構順調に昇進してゆくことで、立身出世の夢を一つ一つ実現してゆく。と同時に、兄弟間には違いがあり、兄がビジネス系中流を目指すのに対し、弟ポールは途中でビジネス系から文化系に転進する。全体として見ると、『ハワーズ・エンド』に描かれる中流階級と、構造が似ている。

兄ウィリアムは、一三歳で地元の生協に就職すると、夜学に通って速記を習い、速記と簿記では事務所一の実力を発揮するようになり、早速、地元のミドルクラスの青年たちと付き合うようになる。あわせて、ラテン語やフランス語を学び、一九歳の時にノッティンガムの会社に転職した後、バストのように首都ロンドンの事務職を見つけて、そこで働くことになる（以上、第三章）。そして、ロンドンでも順調に出世する。だが、恋愛相手の選択に失敗する。表面的な美しさに目が眩み、ロンドンの下級事務職で、資産がなく収入も乏しいくせに普通の中流並みの暮らしを気取ろうとする下層中流階級の女性と婚約する仕儀となり、ウィリアムは過労で急死する（第六章）。「金のかかるおしゃれな妻を背負いこんで、ろくに稼げず、郊外の醜い狭小住宅で生活苦に沈んでゆく息子の姿が目に浮かんだ」（原文一一六―一一七、小野寺・武藤訳一八五）母の危惧が現実となってしまうのだ。年上の下層階級の女性と結婚することで身を滅ぼすレナード・バストとはその詳細は異なるものの、資産のない女性と付き合うことで、人生の選択に失敗するという点では、『息子と恋人』のウィリアムも『ハワーズ・エンド』のバストも同じである。

女性の選択を誤った長男ウィリアムを亡くした母ガートルードは、次男のポールには「上の階級の女性と結婚して」欲しいと思っている（原文二九九、小野寺・武藤訳四九七）。ポールも、心の片隅で労働者文化に郷愁を感じつつも（第一〇章）、実際には、知的な仕事を志向し、兄の働く首都に憧れ、ミドルクラス的な生活を送ることを人生の目標としている。ただ、彼は、途中で、ビジネス系から芸術・文化系に転向する。ポールは、兄と異なり、「フランス語もドイツ語も数学も多少心得ていた」が「実務に役立つものは何一つ身について」おらず、「本を読んだり、絵を描いたりといったことを好んだ」（第五章）。彼の適性は、文化的・芸術的なものにあった。それでも、ノッティンガムの製造業の会社の事務員になる。そこでの仕事にも慣れ、昇進もするのだが、同時に、絵を描くこともつづけて、まずは学生美術展で二つの一等賞を取る（第八章）。それから冬季展覧会に出品した絵が一等になり、二〇ギニーで売れる（第一〇章）。さらには、デザインの仕事も始めて、リバティのような一流美術百貨店とも取引が始まり、商業アーティストとしてもキャリアを順調なスタートを切る。

そのポールの将来の夢は、母とのやりとりやクララとの会話から、明らかになる。

「でも、母さん、ぼくは結婚しない。母さんと暮らして、女中を雇おう。〔中略〕きれいな家に、母さんとぼくで住んで、召使を一人置こう。それで万事幸せだ。絵を描いて金持になってるかも。〔中略〕そしたら、母さんには小馬に引かせる馬車を買おう」

〔中略〕彼の未来の夢はいつでも同じだった。（原文二八五―八六、小野寺・武藤訳四七四―七六）

まず、きれいな家に住んで、女中を雇える暮らしをする、というのが夢であることが分かる。そして、この夢は、すでに、故郷に住む間にかなえられる。但し、次の一節が示すように、母がその女中の扱いに慣れておらず、ミドルクラスの奥さま然としていないことに、管理職に昇進した二四歳のポールはいらいらする。

二四の時にこの初めての確信［デザイナーとしてやっていける自信］を母に語った。

「母さん、ぼくは社会で通じる画家になるよ」

彼女は例の妙な鼻の鳴らしかたをした。なかば嬉しいときに肩をすくめるのに似ていた。

「結構ね、楽しみにしてるわ」と彼女は言った。

「そうだよ、ほんとに!母さんだって、そのうちいい暮らしができるから!」

「今も別に不足はないわよ」彼女は微笑んだ。

「でも、いずれは変わってもらわなくちゃ。ミニーの扱いだって!」

ミニーというのは、まだ一四歳の女中だった。（原文三四五、小野寺・武藤訳五七九）

そして、作品の終盤で、ポールは次のような会話をクララと交わす。

「まずは、デザインの仕事で確実に食っていけるようにして、自分の絵も多少売れるようにならなくちゃ。でも、徐々にそうなってきてる。それは確かだ」
〔中略〕
「それで、たくさんお金がたまったらどうするの?」
「どこかロンドン近くのきれいな家に、母と一緒に移る」（原文三九六―九七、小野寺・武藤訳六六八）

彼の将来の夢のミドルブラウ性が露わになる瞬間である。これらは、『息子と恋人』を母子癒着の小説であるという先入観をもって読んだ場合、「マザーコンプレックス」の息子と母の近親相姦的な相思相愛という性的な文脈で解釈されてしまうが、虚心坦懐に読めば、階級横断・階級上昇志向の表現でもある。母にミドルクラスの奥さま的な暮らしをさせたい、あわせて自分も社会で尊敬される芸術家になりたい、しかし、現実的に考えると、今からロンドン市内の家や田舎の豪邸を持つことは無理そうなので、ロンドン郊外のこぎれいな家で、紳士として人生を送りたいという、いかにも下層中流階級のミドルブラウ的なささやかな夢である。知的にきわめて活発で、公共図書館を活用して、どんどんと教養を身につけてゆく主人公ポールの人生のゴールはこのようなものである。

ポールの母とポールの恋人ミリアムとの対立も、その一因として、このささやかな出世志向の有無の問題があるのかもしれないことが、次のような記述からうかがわれる。

ミセス・モレル［ポールの母］の関心は、彼［ポール］の芸術ではなく、彼と彼の達成にあった。ところがリーヴァーズ母子［ミリアムの母とミリアム］は、彼の弟子も同然だった。母は彼が静かに倦まず根気づよく芸術に向かうしっかりした決意の支えになってくれたけれども、リーヴァーズ家の人たちは彼に火をつけ、制作に向かう情熱をかきたててくれた。（原文一七九―一八〇、小野寺・武藤訳二九一―九二）

母もミリアムも共に画家を志すポールを支えるものの、母の関心は社会的成功にあり、ミリアムの関心は芸術そのものにある。息子の社会的成功を夢見る母としては、ポールがミリアムと親密になることで、その影響下で、変なアウトサイダー的な純粋芸術家になってもらっては困るのである。繰り返すが、母はポールに「上の階級の女性と結婚して」もらいたいのである（原文二九九、小野寺・武藤訳四九七）。（エドワード・エルガーはピアノ調律師の家に生まれ、年上の名家の女性と結婚し、国民的作曲家として名を成した）。

だが、ポールが、上の階級の女性と結婚することはない。それでも、ポールは、さまざまな女性関係に悩みながらも、兄ウィリアムと異なり、女性選択で決定的な間違いを犯して、身を滅ぼすこともない。最後は、「きびきびと《クイックリー》」した足取りでノッティンガムの町に向かって歩いてゆく。小説の最後の一文を原語で示すと、'He walked towards the faintly humming, glowing town, quickly.’(464)となり、最後の語は、わざわざ、語の前に、コンマを打って、語を強調した上でのこの「きびきびと《クイックリー》」である。当然、‘quickly’の‘quick’には「生きている」という含みがあることから、主人公が生き抜いてゆくことが強く示唆される。(「きびきび」していることは、この作品全体の中でも、生命力の象徴となっている)。そして、彼が最後に歩みを向けるノッティンガムという都会の向こうには、さらに、彼がこれから行こうと思っている外国があり、そして、人生の最終目的地であるロンドン郊外がある。

それでは、事務員として首都ロンドンで立身出世を目ざす中で身を滅ぼしてしまった兄ウィリアムと異なり、何がポールを救ったのだろうか。ミドルブラウ文化研究はこの問いに対して、どのような洞察を与えてくれるのだろうか。

この問題については、本章の最後で論じたい。その前に、ここで、少し話を戻して、どうしてD・H・ロレンスの『息子と恋人』は労働者階級家庭の悲劇として読まれがちだったのかということを考え、その修正を試みたい。

四　『息子と恋人』誤読史を超えて

これまでの『息子と恋人』解釈に階級的偏向をもたらした第一の原因は、作者自身の言葉だったのかもしれない。彼が担当編集者エドワード・ガーネットへの手紙(一九一二年一一月一九日付)に記した、自作観の影響が強すぎたのではないか。そこで、ロレンスは、『息子と恋人』の内容を次のように要約する。

洗練された強い女が下の階級の男と結婚して、不満をつのらせる。夫に対する熱い気持はあったので、その情熱の結晶として、生命力にあふれた子供たちが生まれる。しかし、息子たちが大きくなってゆくと、母は自分の恋人に息子たちを選ぶ。最初は、長男が、次に、次男が選ばれる。息子たちは、母との相思相愛の絆に励まされて、人生を前に進んでゆく。だが、大人の男になった時、［他の女を］愛する能力を奪われていることに気づく。息子たちにとって母こそが人生最大の力であり、母の虜になっているからだ。〔中略〕青年となった息子たちの中で、他の女と接した時に、分裂が起きる。［長男の］ウィリアムは、魂を母ににぎられたまま、つまらない女と関係を持って、混乱した挙句、命を落とす。次男［のポール］の恋人［ミリアム］は、彼の魂を手に入れようとして、彼の母と戦う。息子は母を愛し——すべての息子は、父を嫉妬して、憎む。次男をめぐって、母と次男の恋人の間の戦いはつづく。次第に、血の繋がりのある母の方の強さが明らかになってくる。彼は、魂を母の手の中に預けたまま、セックスを求める。そして、熱く満たされる。だが、内部の分裂がまた辛くなってくる。母は、無意識裏に、そのことを理解して、死にむかって歩み始める。息子は愛人［クララ］と別れて、死にゆく母を看病する。息子も、最後には、すべてを失い、死の方向に漂流してゆく。

これは、大きな悲劇です。わたしは、傑作を書いたと思っています。これは、イギリスに住む何千、何万という青年たちの悲劇なのです。（Boulton 1:476–77）

このように書かれると、父に代表される労働者階級と母に代表される中流階級の階級対立の側面、母子間の近親相姦的なセクシュアリティの側面、そしてこの二つに起因する悲劇的な側面が強調されてしまう。そして、それがイギリス社会全体の悲劇として捉えられる。それで、たとえば、一九八五年にロレンスの階級性を論じた研究書を上梓したピーター・シェクナーは、のっけから「D・H・ロレンスは現代英国文学においては労働者階級出身で唯一人の主要作家である」（Scheckner 9）と述べて、それを前提としてしまう。だが、これまで見てきた通り、『息子と恋人』はそれ以外の読み方が可能な多面的なテキストである。単なる階級対立ではなく階級横断と階級上昇として読めるし、単なる悲劇でもないし、また、既に他所で書いたことだが、小説テキスト内には母子間以外、異性間以外のセクシュアリティも描きこまれている。(4)

伝記的にも、既に一九八〇年に、郷土史家ロイ・スペンサーが、小説にも描かれたロレンスの炭坑夫の父の仕事が採炭チームのリーダー的・管理職的な内容であったことを指摘して、階級的に下だったのはむしろ母の実家であり、父親の方は下層中流階級に属すると述べて(Spencer 63)、先のロレンス自身の手紙にあるような記述を否定した。(5)

ただ、父は下層中流階級であると言い切ってしまうスペンサーはいささか割り切り過ぎている。むしろ、階級の決定不可能性を結論とすべきだったのではないか。

ロレンスは、『息子と恋人』刊行からおよそ一五年を経た一九二〇年代後半に、自らの生い立ちに関するエッセイをたくさん書き残している。生前未発表の作品もいくつかあり、その一つで、一九二七年執筆と推定され、二〇〇四年に初めて公刊されたエッセイ「わたしはどの階級に属しているのか」("Which Class I Belong To")では、次のように記す。

> 今の労働者階級は下層中流階級にすぎないと言えるのかも知れない。皆、もっと金が欲しい、もっと金を使いたいという同じことしか考えていないのだ。外から見れば、それは正しい。内から見ると、大変な勘違いである。(Lawrence, *Late Essays and Articles* 35)

最後の文に示唆される通り、エッセイ全体は、階級の確乎たる存在を主張する内容である。だが、同時に、「内から見ると」という内面性の強調からうかがわれるように、それはロレンスの「心の中の階級」を語った、きわめて主観的な――だからこそ面白くもあるのだが――階級論である。むしろ、引用の最初の文に注目すれば、この時期の労働者階級と下層中流階級の分断線の曖昧さを思わず認めてしまっているテキストであると言うこともできる。『息子と恋人』にも、主人公ポールと母のやりとりで、これと似た箇所がある。

「ぼくはね、〔中略〕金持の中流階級になろうとは思わない。ぼくは普通の人《ザ・コモン・ピープル》が一番好きだ。ぼくも普通の出だから」

〔中略〕

「大変結構ね。でも、それなら、お父さんの仲間とつきあえばいいじゃない？」
「でも、あの人たちはちょっと違うから」
「ちっとも違やしません」（原文二九八、小野寺・武藤訳四九六―九七）

このように、「普通の人《ザ・コモン・ピープル》」という、労働者階級を示唆しつつも階級的な曖昧さを残す言葉を使ったポールは、母にやりこめられてしまう。もちろん、ポールが本当に求めているのは、「普通の人」の中で「思想の話ができる」（原文二九八、小野寺・武藤訳四九六）人たちで、その内実は恋人ミリアムのような教養を求める大衆の一人という階級横断的なミドルブラウ的人物像ととても近い。

五　『息子と恋人』の二重の語り

『息子と恋人』のロレンスは、おそらくは読者の求める労働者階級小説の体裁も尊重しながら、階級間の流動性を前提とした階級横断小説を書いてゆく。その二重性を忘れてはいけない。貧しさと豊かさが同時に描かれる。矛盾のように見えるものは、その多くはこの二重性に起因する。

労働者階級の貧困が脳裏に刻まれる箇所としては、次のような収入の不安定さと家計の苦しさを細かく具体的に描いた一節が挙げられるだろう。

そして子供たちは、昼ご飯時に野を見わたして、巻揚機の車輪がとまっているのを見ると、「ミントン炭鉱は休みだぞ。父ちゃんは家にいるぞ」と言うのだった。

そして、週末に入る金が減ることを思って、女と子供と男たちの上を、暗い影が覆った。夫は妻に、一週間に三〇シリング渡すことになっていた。これで家賃、食料、衣類、会費、保険料、医者への払いといった、すべてをまかなうことになっていた。たまに金回りがいいときには、三五シリング渡した。しかし、妻に二五シリングしか渡さないときの方がずっと多かった。〔中略〕

四〇シリング稼ぐと、夫は自分の分に一〇シリングとった。三五なら五、三二なら四、二八なら三、二四なら二、二〇なら一シリング六ペンス、一八なら一シリング、一六なら六ペンスを自分の小遣いにとった。彼は一ペニーでも貯金することなく、妻にも貯金する余裕をあたえないどころか、妻は時折、彼の借金を払わされた。飲み屋の借金ではない。それは女たちに廻されてくることはなかった。カナリヤを買ったり、高級ステッキを買ったりした借金だった。（原文二六―二七、小野寺・武藤訳三五―三六）

この収入の不安定さと夫の金に対するだらしなさが作品前半の基本的な生活感となる。そこに、父が酒飲みたさゆえに母の財布から小銭を盗むエピソード（第二章）や、貧しさゆえに子供たちがキノコや黒イチゴを摘みに行くけなげなエピソード（第四章）などが加わり、労働者家庭の貧困のリアリティが醸し出される。

だが、次のような箇所は読み飛ばされがちである。たとえば、近所の女たちがやっている靴下作りの内職をポールの母が拒否する箇所（第二章）。あるいは、実は買い物好きの彼女が、ものを買う興奮に顔を紅潮させて、息子に「ああ、わたしは悪い女だわ、お金の使い方が荒くって、今にお金がなくなっちゃうわ」（原文一〇〇、小野寺・武藤訳一五九）と述懐する箇所（第四章）。ノッティンガムに行くと、かならず子供におみやげを買って帰る癖（第五章）。少なくとも、この母は根っからの倹約家ではない。にもかかわらず、一家はだんだんと裕福になってゆく。それは単に事務員となった息子たちの収入ゆえなのだろうか。先に触れたロイ・スペンサーによるD・H・ロレンスの父の研究が思い起こされる。

また、モレル家は何回か引越しをする。まず、作品冒頭に描かれるのは「谷底《ザ・ボトムズ》」と名づけられる丘の麓の川ぞいの集合住宅である。「谷底《ザ・ボトムズ》」という名とその位置から、読者は、社会の底辺の労働者用の貧しい住宅群を想像してしまうのだが、虚心坦懐に読んでみると、ある種の複雑さを内包する一節であることが分かる。

「谷底《ザ・ボトムズ》」が建つ前は、「地獄長屋《ヘル・ロウ》」だった。「地獄長屋」は、グリーンヒル小路の小川ぞいの、壁がぶくぶく膨らんだ茅葺きの小屋の集まりだった。そこには野原ふたつへだてた向こうの小さな露天掘りの炭鉱の坑夫たちが住んでいたが、ささやかな炭鉱はハンノキの下を流れる小川をほとんど汚さず、起重機の回りを重くものうげな足取りで進む驢馬の力で、石炭を地上へはこびだしていた。〔中略〕

ところが、六〇年ほど前に突如、変化が起こった。露天掘りの炭鉱が、資本家の経営する大鉱山に押しのけられたのだ。ノッティンガムシャーとダービーシャーにまたがる炭田と鉄鉱が、発見されたのだった。カーストン・ウェイト社が登場した。〔中略〕

そのころ、古くてもう住めないと言われていた悪名高い「地獄長屋」が焼き払われ、大きなごみが一掃された。カーストン・ウェイト社は、この鉱山があたったので、セルビーからナットールにいたる方々の川の流域に新たな炭坑をさらに掘り、じきに六つの鉱山から石炭が搬出されるようになった。〔中略〕六つの炭鉱が田園に打ちこまれた黒い鋲さながらに、鉄道という鎖で環状につながっていた。

多数の抗夫を収容するために、カーストン・ウェイト社はベストウッドの丘の斜面に、「スクエア」と呼ばれる大きな四角い住居ブロックをいくつも作り、続いて谷間の川ぞいの「地獄長屋」の跡地に、「谷底」を建てた。

〔中略〕

家屋自体は堅固で立派だった。一巡してみると、小さな正面の庭には、下の日当たりの悪い区画の家なら、アツバサクラソウやユキノシタが咲いているし、上の日当たりのよい区画の家なら、ヒゲナデシコや普通のナデシコが咲いている。表側の窓は小ぎれいで、ささやかなポーチもあれば、イボタの生垣、それに屋根裏部屋から突き出た窓も見える。だが、これは外側のことで、抗夫の妻の誰ひとりとして使わない、表の応接間までの眺めにすぎなかった。生活の場である台所は家の奥にあり、そこからは、いじけた灌木のある裏庭と、汲み取り式便所小屋が見えた。家の裏は隣のブロックの家の裏と背中合わせになっていて、この家と家の間にずらりと並んだ便所小屋にはさまれ、細い路地が走っていた。こここそが子供たちの遊び場でもあれば、女たちが世間話をしたり、男たちが煙草をふかしたりする場所にもなるのだった。だから、建物の造りはどっしりしているし、見た目はどんなによくても、実際に「谷底」で暮らすのは、快適とは程遠かった。生活の場はいつも台所で、台所の前は、便所小屋がずらりと並んだ不潔な路地だったのである。

ミセス・モレルは、「谷底」にあまり移りたがらなかった。ベストウッドより低い場所のこの住宅に彼女が移った時、築後すでに一二年たって傷みはじめていた。だが、選択の余地はなかった。それに、入った家は上の区画の一番端の家だったので、隣家は片側の一軒だけで、反対側には庭が付いていた。端の家に入ったおかげで、彼女は両隣にはさまれた家の女たちに対して、社会的優位めいた気分を味わった。ほかの家の家賃は週五シリングなのに、彼女は五シリング六ペンス払うのである。だが、大した慰めにはならなかった。(原文九―一〇、小野寺・武藤訳六―九)

「谷底《ザ・ボトムズ》」と「地獄長屋《ヘル・ロウ》」と並べてみると、一見、その名から共に、最下層用のスラム街的な印象を持つ。だが、丁寧に読んでみれば、茅葺きの小さな家である前者と比べて、後者は、炭鉱業が近代化された後の大会社によって建てられた「堅固で立派」な大集合住宅である。表から見ると、小ぎれいで、美しい。裏側の実質的な生活空間で、トイレが室内ではなく裏庭の屋外にあるため、衛生上の問題がある、とされる。それでも、二〇世紀初頭に書かれた、一九世紀末を舞台とする作品であることを思えば、イギリスでも屋外便所は第二次世界大戦後の住居でも当たり前だったことを考えあわせれば、大きな問題とはならない。むしろ、問題だったのは、隣家より広い庭の付いた家に住みながら、「谷底」に住むことを屈辱と感じるミセス・モレルの意識である。「谷底」は英国の近代化の過程で建てられた小ぎれいで堅固な側面を持つ集合住宅であり、と同時に、ミセス・モレルの意識を通して見れば、品格高い自分が住むにはふさわしくない貧民の家ということになるだろう。引用箇所には「築後すでに一二年たって傷みはじめていた」とあるが、これも随分贅沢な話ではないか。このように、「谷底」は、貧民住宅であって、貧民住宅でない、という二重的な描き方がされている。

第一回目の引越しは、次のように描かれる。

ウィリアムが大人になろうとする頃、一家は「谷底」から引越して、この谷を一望のもとに眺められる丘の上の家に移った。(原文八四、小野寺・武藤訳一三二)

丘の麓の「谷底」から眺めのよい丘の上へ移るという地理的な上昇を、別の箇所にある「このスカーギル通りの子供たちは、よその子とは違うという誇りを持っていた」(原文一〇〇、小野寺・武藤訳一五九)という記述と考え合わせると、ここに示唆されているのは、階級的な上昇である。

次に、長男ウィリアムの死後、二回目の引越しがある。

ミセス・モレルは庭に出た。一家は別の家に移っていた。ウィリアムの死後間もなく引き払ったスカーギル通りの家のそばの古い家に住んでいた。すぐに庭から興奮した叫び声が聞こえた。

「ポール――ポール――来てごらん!」

〔中略〕

彼女はとても興奮していた。庭はつきることのない喜びだった。母が野につづく細長い庭のある家にとうとう住めたことを、ポールは喜んでいた。(原文一九九―二〇〇、小野寺・武藤訳三二四―二六)

庭の立派さが強調されていて、その点における階級上昇が感じられる。

また、この家に関しては、ポールの家自慢がある。

彼は自分の家が自慢だった。ある種、風格《ディスティンクション》のようなものがあると思っていた。椅子は木にすぎないし、ソファも古かったが、暖炉前の敷物も椅子に置くクッションも快適で、掛けてある複製画の趣味もよかった。すべてに簡素さがあった。本もたくさんあった。〔中略〕何から何まで美しかった。子供たちを育てながら、ミセス・モレルは立派にやりくりして、すべてがしかるべきところに納まった家を作っていた。(原文二二九、小野寺・武藤訳三七五―七六)

そして、作品後半で、クララが初めて訪問する際のモレル家は、二軒一棟《セミディタッチト》の準一軒家で、ピアノとマホガニーの家具があり、大理石のマントルピースがある表の客間の暖炉には火が燃えている。そして、やはり庭の素晴らしさが強調される（第一二章）のだが、ここでとりわけ特徴的なのは、家族の印象である。あの炭坑夫の父親も含めて、ある意味では、まるで中流階級といった趣を呈するのだ。(6)

お茶になると、クララはこの一家に品の良さと落ち着きを感じた。ミセス・モレルは固苦しさが少しもなかった。お茶を注ぐのもまわりの面倒を見るのも、ごく自然にはこんで、その間も黙りこむようなことがない。楕円形のテーブルは広々として、光沢あるテーブルクロスの上に並んだ、ブルー・ウィロウの磁器が美しかった。クララは一家の一員になった気がして、嬉しかった。だが、父親をはじめモレル家の落ち着きがいく分怖かった。その雰囲気が彼女にも乗り移ってきた。誰もが自然体で、釣り合いがとれ、全体が調和した、ひんやりと澄み切った空気だった。（原文三六七、小野寺・武藤訳六一五―一六）

これ以外にも、作中にはさまざまな旅行――ポールと母の旅行（第七章）、恋人ミリアムも同行した家族旅行（第七章）、ポールとクララの恋人旅行（第一三章）、ポールが男友達と行くブラックプールへの旅行（第一三章）など――が描かれ、終盤には、先述したミニーという名の一四歳のモレル家の女中が登場する。ピアノが置かれ、美しい庭を持つ、セミ・ディタッチトの家に住んで、女中を雇い、しばしば旅行に行き、洗練された雰囲気を漂わせる人びとというのが、作品後半で他者の目に映るモレル家の姿である。

以上、小説の記述全体からは、主人公の家庭の階級的な曖昧さと階級横断的な流動性が明らかになった。第一次世界大戦後にますます広がるミドルブラウ的生き方の先駆的な例として、『ハワーズ・エンド』と並べて考察すべき文学作品に、この『息子と恋人』を挙げることができるだろう。

六　結婚・芸術・キャリア支援——ミドルブラウ的人生のために

さて、どうしてポールは身を滅ぼさなかったのか、という問いに立ち戻ってみよう。もちろん、その答えは一つではないだろうが、ミドルブラウ研究的観点からは、どう答えられるか、ということがここでは大事になる。楽しみながらも、精励克己して、教養力と実務遂行力を身につけ、名実ともに品格豊かな紳士になる、というのがミドルブラウ的理想だが、易きに流れるのが人の常であるから、即効薬もあわせて使用できれば、もっといい。そして、階級上昇のために手っ取り早いのは、ポールの母が考えるように「上の階級の女性と」の「結婚」である。ここで、アーノルド・ベネット研究者である井川ちとせのミドルブラウ研究、すなわち、二〇世紀初頭イギリスの自己啓発本研究が、役に立つ。彼女は、一九一〇年に出版された下層中流階級を対象とするヘンリー・ロバート・マイヤー著『商業ＡＢＣ』（*The ABC of Commerce*）なる自己啓発本から次のような一節を引く。事務員をめぐる厳しい労働環境に触れる箇所である。

> 優秀な社員が雇用主の娘と結婚して共同経営者となれるような時代ではもはやない。（Ikawa 217）

これは、言い換えると、「雇用主の娘と結婚して共同経営者となる」という目標が会社事務員の夢としてかつては実現可能だった、ということである。あるいは、一九一〇年の時点でわざわざ読者に向かってこのように述べることは、この「雇用主の娘と結婚して共同経営者となる」という夢が、実際の実現は困難であるとしても、同時代の言説としては定着している、ということである。

自己鍛錬も、教養力も大切だが、やはり人的ネットワークは強い、ということである。[7] そのためには、何と言っても、最大の即効薬は、結婚を活用した階級上昇である。たしかに、オーナー社長の娘との結婚は、中小企業であれば、有能な社員として頭角を現し、社長に気に入られれば、十分にあり得る話である。何よりも、人生設計の夢として、魅力的だ。これを、ポールの階級上昇婚を願う母の夢と息子たちを事務員にした彼女の行動とあわせて考えると、『息子と恋人』の息子たちにとって、もっとも母の希望に沿った生き方とは、仕事を頑張り、オーナー社長に認められて、彼に娘がいるのであれば、その娘と結婚して、共同経営者になる、ということになる。

モレル家の長男ウィリアムの場合、雇用主は小説に登場しない。ただ、ロンドンの勤め先については次のような記述がある。

> ウィリアムは大きな船会社と関係のある弁護士事務所に勤めていたが、六月になると、弁護士が、その会社の船でごく安く地中海を旅行してきたらどうかと言ってくれた。ミセス・モレルは手紙で「ぜひ行ってらっしゃい。こんな機会は二度とないでしょう。家で休暇を送るより、地中海を航海する船に乗ってもらう方が、私としても嬉しいくらいです」と言ってやった。だがウィリアムは、二週間の休暇で帰郷した。若者らしく地中海には行きたかったし、貧しい者らしく南欧の魅惑にも憧れたものの、家に帰れるという気持には打ち勝てなかった。大いに報われたと母は感じた。（原文一〇七、小野寺・武藤訳一七〇―七一）

ここでの母の気持は二つに、いや、それ以上に割れている。もちろん、本心は息子に会いたいのだろうが、同時に、地中海の旅を勧める彼女の手紙の真の目的はどこにあったのだろうか。それは単に息子の幸せを思ってのことだろうか。いや、そんな単純な話ではなかろう。母はそこに人的ネットワークの拡大を通じてのさらなる階級上昇のチャンスを見たのではないのだろうか。つまり、長男が地中海クルーズで知り合うであろう裕福なミドルクラスの人びととのネットワーク構築を通して、より高く社会的に上昇することを夢見たのではないだろうか。女性にもてる長男ウィリアムのことだから、資産家の娘と知り合って、上昇婚を実現させるのも不可能ではない、と思ったのではないか。だが、ウィリアムには、息子を上の階級の娘と結婚させるという母の夢をかなえるための本気度が足りなかった。そして、下層中流階級の贅沢好きの貧乏女と婚約して、身を滅ぼした。

ミドルブラウ的に考えるのであれば、ポールが身を滅ぼさなかったのは、農家の娘ミリアムや工員の妻クララと結婚しなかったからである。そして、彼が、レナード・バストと違って、階級上昇の道を辿ることができたのは、上の階級の女性と結婚こそしなかったものの、そういう女性からキャリア形成の上で決定的なサポートを得ることになったからである。その部分は、『息子と恋人』の芸術家小説の側面と重なってしまっているので、その背後に隠れて、また、その他の恋愛小説や性小説としての側面にも隠されて、見えにくくなっている。

注目すべきは、ポールの勤め先のジョーダン外科用器具製作所の、雇用主ジョーダン社長の娘の役割である。この独身女性ミス・ジョーダンは、青年ポール・モレルに興味を抱いて、次に挙げるさまざまな引用が示すとおり、彼のキャリア形成の大きな力となる。

> ジョーダン社長の娘は画家だった。彼女は［工員の］コニーをモデルに描いた。コニーがミス・ジョーダンにポールのことを話したので、ミス・ジョーダンはポールのスケッチを少し見たいと言って、会いに来た。素っ気なくてきぱきした《ドライ・アンド・ビジネスライク》女だったが、ポールに少し興味を持った。（原文一三九、小野寺・武藤訳二二五）

性的な部分が注意深く背後に押しやられる。男女関係的な要素が抑えられ、しかし、同時に、「興味を持った」ことは示される。彼女自身が「画家」であることから、前面に出てくるのは、「芸術」という文脈である。

「母さん、今日ジョーダンさんのお嬢さんが来て、ぼくが描いた炭鉱の作業風景をきれいだと言ってくれたんだ」。（原文一七〇、小野寺・武藤訳二七八）

［病が癒えて、ポールが］会社に戻ると、労働条件が前より良くなった。水曜の午後は、ジョーダン社長の娘の計らいで、会社を抜けて美術学校へ行き、夕方にもう一度会社へ戻れるようになった。終業時刻も、木曜と金曜は八時から六時に繰り上がった。（原文一九〇、小野寺・武藤訳三一〇）

このように、言葉による激励だけではなく、ミス・ジョーダンの計らいで労働時間を短縮してもらい、美術学校に通うことが可能になる。彼女の尽力により、ポールの芸術家としてのキャリアが始まった。

そして、彼女の支援はどんどん手厚くなってゆく。次の一節では、ポールの人的ネットワーク構築にも支援を惜しまない様子が描かれ、ポールがその気になってゆくのが目に見えるようである。

二三の時、ポールはノッティンガム城で催される冬季展覧会に、風景画を一つ出品した。ジョーダン社長の娘が彼に非常に興味を持って家に招いてくれたこともあり、彼は他の画家たちと知り合いになった。彼は野心を抱きはじめた。（原文二九五、小野寺・武藤訳四九〇）

働きながら美術学校に通わせてもらい、仕事に役立つ人びとを紹介してもらい、彼は夢を抱きはじめ、夢の実現に向けて、前に進んでゆく。

ここで、確認しておきたいのは、ポールの芸術家としての方向性である。作中の彼の芸術論としてよく知られているのは、自分の絵には「ゆれてやまない命の原形質を描き」こまれているとする生命主義的・印象主義的なものである。だが、彼は、職業選択としては、純粋芸術を諦めはしないものの、どちらかと言うと、むしろ商業芸術を選ぶ。この時代の商業美術をリードしたリバティの名が、小説の中に、何度も出て来る。ポールは、自分の作品を、お金のため、すなわち、生きていくための職業として成立させるために、「リバティへ送る」。彼は言う――「母さんのために作ったんだけれど、母さんはお金の方がいいと思うから」。（原文二四一、小野寺・武藤訳三九六）

このように、勤め先の社長の娘の手厚い支援を得、商業美術の方向に自ら舵を切って、仕事を開拓していった結果、次のような段階に達する。

彼は、徐々に絵筆で生活の資を稼げるようになった。すでにリバティはさまざまの布地に彼が描いたデザインをいくつか買い取っていたし、刺繍や祭壇布などのデザインも一、二軒の店に売れていた。今は大した金額ではなかったが、成長の可能性があった。製陶会社のデザイナーとも友達になって、彼の技術も学びつつあった。美術工芸が面白くてたまらなかった。同時に、絵の勉強にもじっくり取り組んでいた。（原文三四五、小野寺・武藤訳五七八）

軸足を商業芸術のほうに置いて、一歩、一歩、夢に近づく、という現実的な選択である。この戦術が功を奏したがゆえに、先述したように、最後に彼は「どこかロンドン近くのきれいな家に」住みたいというミドルブラウ的夢（原文三九七、小野寺・武藤訳六六八）をクララに打ち明けるわけだ。『ハワーズ・エンド』をはじめとするこの時期の事務員小説によくある文化と事務仕事の対立を描くのではなく、(8)文化をお金にする仕事が勤務先の会社社長の娘の計らいで可能になるという理想的な展開である。『息子と恋人』では、このようにして、文化と事務仕事の対立が解消されている。

また、先の引用の、ミス・ジョーダンがポールに「非常に興味を持って家に招いた」と記される箇所の直前には、青年ポールの激しい性欲が記される。

彼もそろそろ二三で、まだ童貞だったが、これまで長いことミリアムがあまりにも洗練させてしまった性本能が、今や異様に激しくなってきた」（原文二九四、小野寺・武藤訳四九〇）

そこに、可能性として、潜在性として、ポールとミス・ジョーダンの結婚が暗示されていると読みこむのは勇み足だろうか。

男女としての、ポール・モレルとジョーダン社長の独身の娘の関係は、ほとんど気づかれないほどに仄めかされるに留まる。二人の芸術家的な側面が、性も階級も結婚も覆ってしまったかのようである。だが、ミドルブラウ的な事務員の自己啓発本に示される言説という補助線を引いてみると、『息子と恋人』の主人公の生き方は、雇用主の娘と結婚して共同経営者に成り上がるというその言説から予想される安易なハッピーエンドをあえて選びはしなかったものの、そのような上昇婚からの距離は遠くない。雇用主の娘と結婚せずとも、彼女に自分のキャリア形成を支援してもらうことで成り上がってゆく小説だからである。このミス・ジョーダンの支援ゆえに、ポール・モレルは、身を滅ぼさなかった。小説の最後でも、ロンドン郊外のこぎれいな家に住む夢にむかって、

「きびきびと」歩を進めてゆくことができた。その意味で、きわめてミドルブラウ的な人物のサクセスストーリーであるということができる。

また、最後に、この小説の一人の脇役の動向に注目してみるのも、面白いかもしれない。小説冒頭近くにさりげなく書かれた、母のかつての恋人で幾分芸術家肌のジョン・フィールドのことである（第一章）。彼は裕福な商家に生まれて、ロンドンの大学を出たが、父親が破産したため、ロンドン郊外ノーウッド地区の教員になり、下宿屋のはるか年上の資産家女性と結婚した。中流階級から滑り落ちそうになったので、階級上昇婚を果たして、なんとか体裁を保ったという生き方である（やはり没落中流の出身ながら、階級上昇婚をしそこねて、息子の出世を通して階級上昇をもくろむ母とは、ルートが異なる。ただ、目ざす地点は同じである）。ここにも、『息子と恋人』にあふれかえる階級流動性の一端が見られる。と同時に、ジョン・フィールドのエピソードは、ポールと資質的に少し似た男性が年上女性と階級上昇婚を果たす可能性をテキストの片隅に記すことで、ポール・モレルがやはりおそらく年上のミス・ジョーダンとの結婚を通して辿ったかもしれない道を暗示しているように思われる。

以上のように、ミドルブラウ的な事務員人生という補助線を引いて、『息子と恋人』を、階級小説ではなく階級横断上昇小説として、近親相姦的母子関係の悲劇ではなく順調にキャリアを積んで生き抜いてゆく話として読むと、新しいテーマ群が姿を現し、この二〇世紀小説の古典は新しい相貌を見せはじめる。『息子と恋人』の最終稿は、ロレンスが、ドイツ貴族の娘である年上の女性と駆け落ちをして、北イタリアに滞在中に書かれた。イギリスを超え、階級を超え、幸福を信じて、小説家として生き抜いていこうとする彼の実人生がそこに反映されている、と言うことも出来る。

七　最後に

本章では、冒頭に『ハワーズ・エンド』論を置いて、それを踏み切り板とし、下層中流階級の近くに位置し、ミドルブラウ的な大衆教養主義と階級横断性をそなえた作品として、『息子と恋人』を読み解いた。この一つの作品——あるいはフォースターの小説も含めれば二つの作品——に集中したのは、二〇世紀の古典とされる名作の中にミドルブラウ的なものを読みこむと面白いのではないかと思ったからである。ただ、少数の作品分析に集中したために、世紀転換期に書かれた他の事務員小説とともに形作る文脈の精査がまだ不十分であると感じている。このテーマでは、ジョナサン・ワイルドの優れた研究がある。それを参考にしながら、今後は、このロレンスの小説を、ウォルター・ベサント、アーノルド・ベネット、フランク・スウィナトン、アーサー・マッケン、M・アーカート、ローズ・マコーリー、メイ・シンクレアらの事務員小説とあわせ読んでいきたい(9)。ただ、『息子と恋人』論としての結論の基本軸は変わらないと思う。

古典とされる作品に現れたミドルブラウ的人生というテーマは新しく、豊かな可能性を秘めているのではないか。二〇一六年のニコラ・ビショップの論文で初めて、二〇世紀初頭の事務員を扱ったミドルブラウ小説とモダニズム文学の古典との共通性が指摘された。二〇〇六年のジョナサン・ワイルドの研究では、『ハワーズ・エンド』を除けば、まったく触れられていない。ジョナサン・ローズの労働者階級から下層中流階級にかけての知的生活の研究でも、ミドルブラウとモダニズムは全く相容れないものとして、截然と切り分けられてしまっている(10)。だが、ヴァージニア・ウルフ『ダロウェイ夫人』(*Mrs. Dalloway*)に出てくる主人公の分身セプティマス・スミスは事務員だし、主人公が嫌悪する、娘エリザベスの家庭教師ドリス・キルマンは下層中流階級の才女である。主人公のかつての親友サリー・シートンが炭坑夫あがりの事業家と結婚するのは、ある意味では『ハワーズ・エンド』のシュレーゲル姉妹を想起させ、別の意味では『息子と恋人』を想起させる。『灯台へ』(*To the Lighthouse*)も同様に、レナード・バスト的な人物やポール・モレル的な人物にあふれている。あるいは、ジェイムズ・ジョイスの作品の主要登場人物にしても、しがない詩人＝教師スティーヴン・ディーダラスから冴えない広告取りレオポルド・ブルームまで、下層中流階級とミドルブラウをキーワードとして精査してみると、新しい読みが可能になるのではないか。[11] アメリカン・ミドルブラウ、カナディアン・ミドルブラウ、オーストラリアン・ミドルブラウのみならず、カリビアン・ミドルブラウの研究もある。アイリッシュ・ミドルブラウの視点があってもいい。このように、本章がミドルブラウ文学・文化研究のさらなる展開の刺激となることができれば、筆者としてそれに勝る幸せはない。

註

（1）日英社会を比較考察して、後者の高い流動性を指摘した経済学者森嶋通夫のコメントが思い出される。

（2）大衆教養主義的ミドルブラウ文化の第二次世界大戦後の展開については、拙著『ビートルズは音楽を超える』を参照されたい。また、戦後のニューレフト第一世代を代表するリチャード・ホガートによるミドルブラウ批判については、拙論「プリーストリーをなみするな！」をご覧いただきたい。

（3）一九三〇年八月『ロンドン・オピニオン』(*London Opinion*)誌にも、ミドルブラウを讃える特集がある。

（4）拙論「D・H・ロレンス『息子と恋人』のセクシュアリティと（ポスト）ヴィクトリア朝」を参照されたい。

（5）このスペンサーの仕事に注目し、さらに、自らもリサーチを重ねて、画期的なロレンス伝を著したのが井上義夫である。

（6）ちなみに、引越しに伴う階級上昇は、作者ロレンスの実人生の反映でもある。故郷イーストウッドで、彼は生家から三回引越していて、引越すごとによりいい場所、いい家に移っていった。その詳細は、アンドリュー・ハリスンのロレンス伝パートⅠ（Kindle 1171）に簡潔にまとめられている。

（7）ジョナサン・ワイルドが紹介する一九世紀末のウォルター・ベサントの小説では、事務員が人脈を持つ将来性のある者とそうでない者の二種類に分けられている。

（8）ジョナサン・ワイルドの著書で分析・言及される同時代の小説に、そのような例が多く見られる。

（9）あるいは、ジョナサン・ローズによる英国労働者階級の知的生活の浩瀚な研究には、レナード・バストに象徴される世紀転換期の下層中流階級の実態を論じた章があるが、そこに紹介されるロレンスなどと出自の近い作家との比較考察も面白いかも知れない。ローズの議論は中流階級対下層中流階級以下という単純な二項対立に基づいているので、洗練させる余地がある。

（10）芸術家が重要な役割を演じるアガサ・クリスティ『愛の旋律』（*Giant's Bread*）および『ホロー荘の殺人』（*The Hollow*）への、ヴァージニア・ウルフの同種の小説『灯台へ』の影響を論じたマキネンの論考は、若干素朴な議論ではあるが、ミドルブラウ研究とモダニズム研究を架橋する試みとして興味ぶかい。筆者にも、アガサ・クリスティ『牧師館の殺人』（*The Murder at the Vicarage*）の中に認められる『チャタレー夫人の恋人』（*Lady Chatterley's Lover*）の影響を論じた同種の試み（「風刺される真摯な文学――アガサ・クリスティの中のD・H・ロレンス」）がある。『息子と恋人』もそうだが、美的側面が強調されがちな芸術家小説の中に抑圧された階級性などの社会的要因を見てゆくのはテーマとして面白い。本章冒頭で言及したマーガレット・ケネディのミドルブラウ芸術家小説『コンスタント・ニンフ』に出てくる天才作曲家アルバート・サンガーは、ロンドン郊外の下層中流階級出身であると小説のはじめに記述される。だが、その後、この階級モチーフは消えてしまう。この言及と隠匿の二重性は興味深い。

（11）繰り返すが、ニコラ・ビショップの論文が、ここに示す今後のミドルブラウ研究の方向性の一つを示唆している。セプティマス・スミスとレオポルド・ブルームのことは、彼女の論文に簡単ではあるが触れられている。この方面での詳しい作品論――拙論はその嚆矢となる――がこれから続々と現れることを期待したい。

引用文献

Bishop, Nicola. "Middlebrow 'Everyman' or Modernist Figurehead?: Experiencing Modernity through the Eyes of the Humble Clerk." *Middlebrow and Gender, 1890–1945*. Ed. Christoph Ehland and Cornelia Wächter. Leiden: Brill, 2016. 101–20.

Boulton, James T., ed. *The Letters of D. H. Lawrence*. 8 vols. Cambridge: Cambridge UP, 1979–2000.

"Come In! and Let's Talk About — Middlebrows." *London Opinion*. 16 August 1930: 136.

Forster, E. M. *Howards End*. 1910. London: Penguin, 1975.

Harrison, Andrew. *The Life of D. H. Lawrence: A Critical Biography*. Kindle ed., John Wiley, 2016.

Humble, Nicola. *The Feminine Middlebrow Novel, 1920s to 1950s: Class, Domesticity, and Bohemianism*. Oxford: Oxford UP, 2001.

Ikawa, Chitose. "Bennett and the Philosophy of Self-Help." *An Arnold Bennett Companion: A Twenty-First Century Perspective*. Ed. John Shapcott. Leek, Staffordshire: Churnet Valley, 2015. 209–27.

Kennedy, Margaret. *The Constant Nymph*. 1924. London: Virago, 1983.

Lawrence, D. H. *Sons and Lovers*. 1913. Cambridge: Cambridge UP, 1992.〔D・H・ロレンス『息子と恋人』小野寺健・武藤浩史共訳、筑摩書房、二〇一六〕

———. "Which Class I Belong To." *Late Essays and Articles*. Cambridge: Cambridge UP, 2004. 33–40.

Light, Alison. *Forever England: Femininity, Literature and Conservatism between the Wars*. London: Routledge, 1991.

Macdonald, Kate. "Introduction: Identifying the Middlebrow, the Masculine and Mr Miniver." *The Masculine Middlebrow, 1880–1950: What Mr Miniver Read*. Ed. Kate Macdonald. London: Palgrave Macmillan, 2011. 1–21.

Macdonald, Kate, and Christoph Singer. "Introduction: Transitions and Cultural Formations." *Transitions in Middlebrow Writing, 1880–1930*. Ed. Kate Macdonald and Christoph Singer. London: Palgrave Macmillan, 2015. 1–13.

Makinen, Merja. "Agatha Christie in Dialogue with *To the Lighthouse*: The Modernist Artist." *The Ageless Agatha Christie: Essays on the Mysteries and the Legacy*. Ed. J. C. Bernthal. Jefferson, NC: McFarland, 2016. 1–18.

"Marriage: In Fiction and In Reality." *The Queenslander*. 12 May 1923: 7.

Rose, Jonathan. *The Intellectual Life of the British Working Classes*. New Haven: Yale UP, 2001.

Scheckner, Peter. *Class, Politics, and the Individual: A Study of the Major Works of D. H. Lawrence*. Rutherford: Fairleigh Dickinson UP, 1985.

Spencer, Roy. *D. H. Lawrence Country: A Portrait of His Early Life and Background with Illustrations, Maps and Guides*. London: Cecil Woolf, 1980.

Wild, Jonathan. *The Rise of the Office Clerk in Literary Culture, 1880–1939*. London: Palgrave Macmillan, 2006.

Winchester, Clarence. "Are You a Middle-Brow?: Going to School by Wireless." *Radio Times*. 13 November 1925. 346.

井上義夫『薄明のロレンス――評伝D・H・ロレンスⅠ』、小沢書店、一九九二。

武藤浩史「D・H・ロレンス『息子と恋人』のセクシュアリティと（ポスト）ヴィクトリア朝」『セクシュアリティとヴィクトリア朝文化』田中孝信他編、彩流社、二〇一六、三三七―七六。

――『ビートルズは音楽を超える』、平凡社、二〇一三。

――「風刺される真摯な文学――アガサ・クリスティの中のD・H・ロレンス」『D・H・ロレンス研究』第二四号（日本ロレンス協会、二〇一四）七五―八七。

――「プリーストリーをなみするな！――モダニズム・モダニティ・文化社会史と文学研究歴史主義の狭間」『転回するモダン――イギリス戦間期の文化と文学』遠藤不比人他編、研究社、二〇〇八、二四二―六二。

森嶋通夫『イギリスと日本――その教育と経済』、岩波書店、一九七七。

ミドルブラウ文化と郊外と植民地
――ジョージ・オーウェルの初期小説――

近藤直樹

一　はじめに

ジョージ・オーウェルの初期小説、『ビルマの日々』(*Burmese Days*, 1934)、『牧師の娘』(*A Clergyman's Daughter*, 1935)、『葉蘭をそよがせよ』(*Keep the Aspidistra Flying*, 1936) は、代表作の『動物農場』(*Animal Farm*, 1945) や『一九八四年』(*Nineteen Eighty-Four*, 1949) に比べて広く知られていないが、重要なテーマを多く含んでいる。たとえば、ミドルブラウ文化と郊外と植民地の関係も、その一つである。本章では、これについて考察したい。

オーウェルの初期小説が発表された一九三〇年代のイギリスでは、「ニュー・インダストリーやサービス業に関係するホワイト・カラー層」(見市、「二つのイギリス」二〇七) の下層中産階級が増加し、彼らを中心に、高尚すぎず低俗すぎないミドルブラウ小説が広く読まれた。これに対する著名な反応が、Q・D・リーヴィスが『フィクションと読者大衆』(*Fiction and the Reading Public*, 1932) で提示した分析である。彼女は当時の小説の作者や読者、発表媒体、流通経路が、ハイブラウ、ミドルブラウ、ロウブラウという基準によってかなり明確に区別され、各集団の作者や読者は別の集団に対して無理解かつ批判的だったと述べている（Leavis 33-80）。この分析を通じて示されるのは、高尚な小説を擁護し、「知的刺激」（Leavis 156）に欠けるミドルブラウやロウブラウの通俗小説を批判する立場だが、これはエッセイ「現代小説」（"Modern Novels," 1919）で、H・G・ウェルズ、アーノルド・ベネット、ジョン・ゴールズワージーをミドルブラウ作家の代表格として批判したヴァージニア・ウルフの立場と共通する（Woolf 31）。しかし、本章ではむしろ、「リーヴィスの序列化の妥当性を疑わせる事例には事欠かない」（井川、七〇）という井川ちとせの指摘に注目したい。井川の挙げる「事例」はアーノルド・ベネットやT・S・エリオットらだが、オーウェルもまた、その一つに当たると思われる。彼の初期小説で示される各ブラウに対する見方には、揺れが窺えるからである。

主要読者である下層中産階級の多くが郊外の新興住宅地に住んだことから、ミドルブラウ小説では郊外が頻繁に描かれるが、これについてはフェイ・ハミルのステラ・ギボンズ論が示唆に富む。ハミルによれば、ギボンズが一九三〇、四〇年代の作品で描く郊外は、二〇年代にモダニストが描いた都心部とは異なり、大衆的な「郊外のモダニズム」が探求される場所である。ギボンズはモダニストから退屈な場所として蔑まれた郊外を、可能性に満ちた場所として提示する。[1] たとえば『ミス・リンゼイとお父さん』（*Miss Linsey and Pa*, 1936）では、郊外は理想的な場所として描かれる一方、都心部は揶揄され、モダニストの美学で称揚される実験性、同性愛、ボヘミアニズムなどは否定される（Hammill 76-83）。ミドルブラウ小説における郊外の描写には、ハイブラウな知識人が大衆的な郊外住民に示した軽蔑に対抗し、下層中産階級の生活、文化、価値観を肯定する意義もあったのである。これは、『葉蘭をそよがせよ』の主人公が、結末近くで郊外住民の生き方を称える場面を考えるうえで重要である。

もう一点、当時のイギリスの郊外について注意すべきは、そこが大英帝国の植民地と深く関わっていたことである。トッド・クフタも指摘するように、郊外の発展を可能にしたモータリゼーションや大量の住宅建設に必要な石油、ゴム、木材の生産は、多くが植民地に依存していた。また、郊外には植民地から戻った植民地経営者が多く住んだ一方、植民地の都市が本国の郊外を設計モデルとすることもあった（Kuchta 16–21）。実際、イギリス小説では植民地経営者が本国の郊外住民と重ねて描かれることが少なくなく、たとえばジョゼフ・コンラッドの『オールメイヤーの愚行』（*Almayer's Folly*, 1895）の主人公は植民地に暮らすが、本国の下層中産階級の事務員に似ている（Kuchta 92–94）。すなわち、ミドルブラウ文化と郊外について考える際は、植民地の問題も無視できない。これらの点に留意しつつ、オーウェルの初期小説を読み直したい。

二　『ビルマの日々』――ブラウと植民地観(2)

オーウェルの最初の小説『ビルマの日々』は、一九二六年ごろのビルマ（現ミャンマー。当時は英領インドの属州）を舞台とする。主人公のジョン・フローリは三五歳ぐらいの独身で、材木商社の駐在員である。ビルマの自然や風俗に順応する一方で、町の白人クラブの会員が共有する、現地人を見下す排他的な価値観にはなじめず、孤独を感じている。クラブで本音を出せない彼は、気兼ねなく語り合える唯一の友人であるインド人医師を訪ね、「大英帝国はイギリス人に貿易を独占させる装置にすぎない」（38）などと所見を述べる。クラブ会員のラッカスティーン夫妻の姪、エリザベスが本国から来訪すると、フローリは思いを寄せて逢瀬を重ねるが、ビルマ人を「黒い顔の劣等人種」（121）と見なす彼女には、ビルマに対する彼の愛着が理解できない。植民地観の違いが要因の一つとなり、二人の恋路はうまく進展しないが、ここには、エリザベスの差別的な植民地観との対比によって、フローリの植民地主義批判の正当性を伝える構図が読み取れる。ただし、フローリがつねに正しく、エリザベスがつねに誤っているという書き方はされていない。たとえば第一〇章では、後者が前者のビルマびいきに対して抱く反感にも一理あることが、「独りぼっちで暮らしてきたすべての人と同じく、彼は人間よりも思想に適応しやすかった」(120) という一節で示唆されている。フローリには頭でっかちなところがあり、現地人に対する彼の称賛が観念的になりすぎるきらいのあることが、三人称の語り手によって指摘されるのである。

本章との関係で重要なのは、植民地観の違いにブラウの相違が重なり、フローリとエリザベスの仲がいっそうこじれることである。二人が初めて出会ったときの会話は、これを予兆している。ビルマ来訪前のエリザベスがパリに住んでいたことをフローリが知る、第六章の場面である。

「あなたは外国の画学生たちとカフェで白ワインを飲み、マルセル・プルーストについて語り合っていたんですか」
「まあ、そんな感じですかね」と少女は笑って言った。
「ここは大違いだとわかりますよ！　ここには白ワインもプルーストもない。ウィスキーとエドガー・ウォレスがあるぐらいです。でも、もし本をお望みなら、僕の蔵書にお好みのものがあるかもしれない。クラブの図書室にはくだらないものしかありません［後略］」(86)

興奮気味のフローリはエリザベスを理想化し、彼の好むハイブラウな文学作品を彼女も読んでいると早合点している。注目すべきは、彼が白人クラブの図書室にある本を低俗と見なし、その例としてエドガー・ウォレスの名を挙げている点だろう。ウォレスはQ・D・リーヴィスが『フィクションと読者大衆』で当時の通俗小説を批判する際、例として何度も言及した作家だが (Leavis 5, 8, 12, 34, 38, 40, 65)、フローリもまた、戦間期イギリスのハイブラウとして、ウォレスに代表される通俗小説を軽蔑するのである。彼がウィスキーを植民地の「文明」(31)

の一つと見なしていることに留意すれば、それと並ぶウォレスもまた「文明」の一部であり、ウォレスに対する軽蔑は、植民地の「文明」に浸って通俗小説を愛読するクラブ会員たちへの蔑視と重なっていることがわかる。トッド・クフタも指摘するように、ビルマの自然や文化を愛するフローリは、イギリスによる開発で村や森や仏塔が消え、淡紅色の「住宅が見渡すかぎり並び、すべての家で蓄音機が同じ曲を流す」（40）ようになることを危惧している。すなわち、フローリにとって、植民地開発は異国をイギリスの郊外に変えることであり、この文脈において、植民地経営者は通俗文化を愛好する郊外住民と重なる（Kuchta 149）。クフタはこの例として、第二章で描かれる、本国から届いた『パンチ』（*Punch*）誌などの定期刊行物を読むクラブ会員たちの姿を挙げるが（Kuchta 154）、通俗的な書籍を多く所蔵する図書室もまた、植民地と郊外の関係を暗示しているだろう。

図書室の蔵書を軽蔑するフローリは、エリザベスも自分と同じ高尚な文学趣味を持つと思い込み、彼女が植民地主義に対する反感や、ビルマへの愛を理解してくれる知性の持ち主だろうと期待する。しかし、曖昧な応答からもわかるように、彼女はハイブラウ小説など読まず、クラブ会員たちと同じく保守的な植民地観の持ち主であることが、まもなく明らかになる。二人の出会いが描かれる第六章の直後、第七章の冒頭にある、「エリザベスはラッカスティーン家の客間のソファに寝そべり［中略］、マイケル・アーレンの『この素敵な人々』（*These Charming People*, 1923）を読んでいた。［中略］マイケル・アーレンは彼女が大好きな作家だった」（90-91）という一節は、彼女の通俗的な読書傾向を示し、彼女とフローリの対照をシニカルに伝えている。ここでは「ミドルブラウ」という語は使われていないが、アーレンは代表作『緑の帽子』（*The Green Hat*, 1924）が「きわめてミドルブラウ的」（Humble 10）と評される作家である。

そもそも、パリで見た芸術家もどきやえせ知識人への反感から、ハイブラウなものに対するエリザベスの嫌悪感は強い。ビルマ人を見下す彼女は、フローリのビルマびいきに不快感を覚え、この感情が、彼の「「ハイブラウ」な話しぶり」(181)への嫌悪と結びついていく。一方、フローリは彼女の通俗的な読書趣味を知って「ぞっとする」(120)が、彼女が年を重ねれば、知的な会話を交わせるようになるのではないかと期待する。また、ビルマの人や風俗の美点を語り、現地人の生活に触れられる場所へ連れ出すなどして、彼女が将来、現地人を見下す「白人の奥様(memsahib)」にならないよう働きかける。フローリの反植民地主義的態度とエリザベスの植民地主義的態度は、対照的なブラウと関連づけて描き出されるのである。二人の対照が特に顕著なのは、フローリがエリザベスを土地の伝統的な祭りに誘う、第八章の場面である。エリザベスはその猥雑な熱気に「驚きと、退屈と、恐怖に近いもの」(107)を感じるが、フローリは、パリで教養を磨いた彼女は無教養な植民地経営者と違い、現地人の文化に興味を持つだろうと勘違いする。彼女はこれに呆れ、彼が繰り返し口にする「大嫌いな「芸術」という言葉」(108)に嫌気がさす。彼女はフローリのビルマびいきを、ハイブラウな趣味と結びつく不快なものと認識するのである。

本節の最初で確認したように、『ビルマの日々』の語り手は基本的にフローリの反植民地主義に肩入れしているが、それを絶対的に正しいものとしては描かず、エリザベスの反感にも一定の理を認めるなどして相対化している。注目したいのは、このような相対化が、フローリのハイブラウぶりに対しても行われることである。これが特に顕著なのは、エリザベスがフローリと仲違いし、騎兵隊の中尉であるヴェロールと恋仲になる、第一九章の場面である。「ヴェロールが彼女よりずっと「ハイブラウ」なものを毛嫌いしていることが、二人の絆となっていた」(222)という一節が示すように、ヴェロールもエリザベスと同じく高尚なものを嫌い、R・S・サーティーズの「ジョロックスもの」などを除いて本を読まない男である。彼は所有する馬を彼女に貸し、二人で馬を並べて逢瀬に出かける。乗馬が苦手で、彼女の前で落馬したこともあるフローリは、惨めな気持ちで二人を眺める。心を鎮めるため、軽蔑していたはずのエドガー・ウォレスやアガサ・クリスティ(3)などの「優れたスリラー」

(229)を探し求める。ハイブラウな自分を誇るように見えた人物が、失恋の痛手を癒すために通俗小説を欲する描写には、語り手の皮肉な眼差しが見て取れる。語り手は主人公の反植民地主義と同様、高尚な趣味の意義を認めているが、通俗趣味をただ蔑む態度には限界を見ているようだ。

フローリのハイブラウぶりと反植民地主義は一対のものとして描かれるが、前者が右のような脆さを示すとすれば、後者にも同様の限界を見出すことができる。フローリは基本的に反植民地主義者だが、第二二章で白人クラブが現地人の暴動によって危機に陥ると、危険を顧みず救い出す行動に出る。すなわち、彼の反植民地主義は植民地制度の枠内に留まるもので、よりラディカルな立場から見れば、制度の根本的解消に至らないリベラリズムとして批判されうる。これについてトッド・クフタは、フローリが植民地経営者たちを郊外住民と重ねて蔑みつつ、エリザベスとの結婚を望むに当たって、新婚家庭にピアノを置きたいという郊外住民的な願望を抱く点、すなわち、彼自身も郊外文化の枠から出られていない点と対比して論じている(Kuchta 169-70)。これを敷衍すれば、軽蔑していた通俗小説に手を伸ばす場面にも、フローリの反植民地主義の限界を読み取ることができよう。

このように、『ビルマの日々』の語り手は、推理小説のような通俗文化にも一定の意義を見出しつつ、基本的にはハイブラウ文化を上位に置いている。注目したいのは、この序列化が今後どのように変化するかである。手がかりとなるのは、先に引用した「優れたスリラー」の、「優れた(good)」という形容詞の多義性だろう。第一義的には、意気消沈する主人公の気晴らしに「ふさわしい」という皮肉な意味だろうが、文字どおり「優れた」とも解せる。実際、オーウェルはエッセイ「よい悪書」(“Good Bad Books,” 1945)において、思想的な深みはなくても広く長く読まれる文学作品に一定の評価を与え、例としてシャーロック・ホームズものを挙げている(4)(Orwell, “Good” 348)。すなわち、一九四〇年代のオーウェルは優れた通俗小説をかなり積極的に評価したが、ここに至る萌芽が、すでに最初の小説にもあらわれていると思われる。いずれにせよ、『ビルマの日々』は植民地の問題を中心テーマとするが、それがミドルブラウ文化や郊外の問題と結びつけて提示されている点は重要である。

三　『牧師の娘』――モダニズム志向と相対化

二作目の小説『牧師の娘』は、オーウェルが唯一、女性を主人公に据えた作品である。二八歳のドロシー・ヘアはサフォークの田舎町、ナイプ・ヒル（Knype Hill）の英国教会系教会の娘で、母はすでに亡く、牧師の父と暮らしている。牧師補として多忙な日々を送る八月のある晩、記憶喪失に陥り、八日後には自分の素性も忘れてロンドンの路上に身一つで佇む。知り合った路上生活者たちに誘われてケントでホップ摘みの低賃金労働に携わり、この間に記憶を回復する。自分がナイプ・ヒルの画家、ウォーバートン氏と出奔したと新聞で誤報されていることを知った彼女は、醜聞のせいで父に見限られたと誤解し、九月末にロンドンに戻ってからは路上や場末の宿で暮らす。その後、ロンドン郊外の私立学校の教員を務めるが、このころには駆け落ち疑惑は解消され、父の許に帰る。記憶喪失になる前から彼女の信仰は揺らいでいたが、約八カ月間の放浪を経て、それが完全に失われたことを悟る。

本章との関係で注目すべきは、作者のモダニズム好みがこの小説の随所に見られることである。最も顕著なのは、ジェイムズ・ジョイスの『ユリシーズ』（*Ulysses*, 1922）第一五挿話をまねた、第三部第一章である。ここでは、ドロシーがトラファルガー広場で路上生活者たちと一夜を過ごす様子が、シナリオ形式で描かれる。挿話ごとにさまざまな語りの手法が試みられる『ユリシーズ』では、第一五挿話のシナリオ形式も抵抗なく受け入れられるが、リアリズム的な三人称の語りで展開される『牧師の娘』において、唯一、シナリオ形式を持つ第三部第一章は、読者に違和感を与える。批評家にも評判が悪く、たとえばV・S・プリチェットは『スペクテイター』

(*Spectator*) 誌の書評 (一九三五) で、ジョイス風の方法がこの場面の効果を「台無しにしている」(Pritchett 60) と述べている。オーウェルは一九三三年一二月一〇日 (?) のブレンダ・サーケルド宛の手紙で、「ジョイスはとても面白いので、彼について語り始めるとやめられなくなる」(Orwell, "To Brenda Salkeld" 328) と『ユリシーズ』を激賞しており、自作でその手法を取り入れたが、うまくいかなかったのである。

オーウェルのモダニズム好みが窺える別の箇所は、第一部第一章の最終場面である。父の執り行う聖餐式を補助するドロシーは、参列する老女の不潔な口を見ると、自分が彼女より後に聖餐盃を受けないようにと神に祈る。罰当たりなことを祈った自分を罰するため、いつものようにピンを腕に突き立てるが、これがきっかけで式に集中できなくなる。混乱して「祈れない」(10) という信仰の危機を迎えるが、教会の開いた扉の向こうに目を向けると、陽光に輝く木の葉が見え、このおかげで落ち着きを取り戻す。

想像もできない輝きを持つ宝石が一瞬きらめき、緑の光で戸口を満たしてから消えていくようだった。あふれるような喜びが、ドロシーの心を駆け抜けた。生き生きとした色の輝きが、理性よりも深い方法で、心の平穏、神への愛、神を崇拝する力を彼女に再びもたらした。どういうわけか、葉の緑のおかげでまた祈ることができた。(11)

ドロシーは自然と交感し、異教的な感銘を受けることで神への愛を取り戻すが、ジェフリー・メイヤーズはこのような場面に、D・H・ロレンスの影響を見ている (Meyers 119)。ロレンスもまた、オーウェルが敬愛したモダニストであり、一九三三年七月二〇日のエレノア・ジェイクス宛の手紙では、「彼の著作のあらゆる箇所で、非常に鮮烈で生き生きとした一節に出会う。たとえ才能があっても、僕にはあんなまねはできないだろうが、彼はほかの人なら気づかないような物事の一面を把握している感じがする」(Orwell, "To Eleanor Jaques" 320) と称賛している。そもそも、『牧師の娘』とロレンスの短編「牧師の娘たち」("Daughters of the Vicar," 1914) のタイトルの類似は、よく指摘されるところである。

このように、『牧師の娘』の筆致にはオーウェルのモダニズム志向が窺えるが、物語内部にもまた、モダニズムへの言及がある。ナイプ・ヒルを舞台とする第一部第三章で、ドロシーはウォーバートン氏から、小説家のロナルド・ブーリー夫妻を夕食に招くので、会食に参加するよう誘われる。ブーリーは「ブルームズベリーのあらゆる醜聞に精通した」(40) 男だと紹介されるが、実際は架空の人物で、第三者がいないと自宅に来ないドロシーをだますために、ウォーバートン氏がでっち上げたものである。ウォーバートン氏は不労所得で暮らす自称画家で、愛人との間に三人の子供がいるが、愛人には逃げられ、子供たちは親類宅で暮らしている。初対面のころ、彼はドロシーを自宅に招いて「暴行に近いかたちで」(41) 言い寄り、その後も事あるごとに彼女を口説き、困惑や恐怖を覚えさせている。このような経緯があるにもかかわらず、ドロシーは「彼の見かけ倒しの会話の妙」(42) に魅了され、たまに家を訪れる。会食の件でも、「高名なブーリー氏に会えるという期待」(42) を抱いて訪問を約束する。注目したいのは、芸術家を気取る放縦な人物が、「世間知らずの」(42) 女性をたぶらかす際に、ブルームズベリー・グループと関係する小説家に言及することである。ここには、モダニズム文学に付随するスノビズムやボヘミアニズムに対する、語り手の皮肉な眼差しが窺える。『牧師の娘』の筆致にはモダニズム志向が窺えるが、一方で、物語内部ではモダニズムの負の面が描かれるのである。前節で確認したように、『ビルマの日々』にはハイブラウ文化の価値を認めつつも相対化する視点が見られたが、『牧師の娘』にもまた、同じ視点が見られるのである。前者では、ハイブラウ文化はフランスの純文学（プルースト）に代表されていたが、後者では、英語圏のモダニズム文学に焦点が当てられている。

なお、ドロシーはウォーバートン氏の才気に惑わされるが、上層中産階級の牧師の娘として一定の教養を身につけていることは、第四部で描かれる劣悪な私立学校の場面から明らかである。彼女は放浪の過程で、二軒一棟の住宅が建ち並ぶロンドン郊外の、おもに八百屋やセールスマンといった下層中産階級家庭の娘を生徒とする私立学校の教員になる。この学校の経営者は親に受ける授業を推奨し、前任教員も成果を容易に確認できる単調な書写などをやらせていた。経営者が教材に金をかけないため、歴史の授業では粗悪な教科書を使っていた。ドロシーは歴史の知識を確認するため、最初の授業で生徒に質問し、「貧しい家庭の子供にとって、歴史が何を意味するのかという概念さえ、いかに理解しにくいか」(221) を実感し、「すべての上流階級の人は、どれほど無知でも、歴史について何らかの考えを持って成長するのに」(221) と考える。上層中産階級を含む上流階級と下層中産階級では、教養の程度が大きく異なることに思い至るのである。一念発起した彼女は自腹で教材を買い、各科目で自主性や創造性を引き出す授業を展開し、生徒たちは活発に学んで成長を見せ始める。たとえば、下層中産階級を主要読者とした『ガールズ・オウン・ペーパー』(*Girl's Own Paper*) 誌しか読んだことがなかったような少女が、『マクベス』(*Macbeth*, 1605) を与えられて大いに楽しむ。しかし、実用的な知識の習得を子供に求める親たちは、彼女のやり方に不満を募らせる。これが頂点に達するのが、『マクベス』に「子宮」という言葉が使われていたことを問題視した親たちが、ドロシーを吊るし上げる一幕である。不謹慎な文脈で使われた言葉ではないが、彼らは彼女を非難し、これ以降、彼女は単調な授業方法に改め、生徒たちは失望する。

教育によって階級間の教養の差異が解消される可能性が見えながら、結局は挫折する展開は、階級と教養の結びつきの断ちがたさを暗示しているだろう。また、生徒たちが『マクベス』を喜んで読む描写には、古典に代表される「上流階級」的な教養のほうが、通俗的な教養よりも身につけるものとして望ましいとする語り手の視点が見て取れる。階級と教養の関係を固定的に捉え、古典を通俗雑誌より上位に置く見方は、当時のオーウェルのものと重なると思われる。「下のほう」(Orwell, *The Road* 113) だが上層中産階級出身の彼は、イートン校を卒業し、「上流階級」的な教養を自然と身につけていたからである。シェイクスピアも愛読し、『ビルマの日々』のエピグラフには『お気に召すまま』（*As You Like It*, 1599）の一節を用いている。いずれにせよ、『牧師の娘』はハイブラウ文化を相対化しつつ、基本的にはモダニズムや古典といった高尚文化を通俗文化より上位に置く姿勢を示すが、この序列化は三作目の小説『葉蘭をそよがせよ』で変化する。

四　『葉蘭をそよがせよ』――ハイブラウとミドルブラウ(5)

『葉蘭をそよがせよ』の主人公、ゴードン・コムストックは、三流のパブリック・スクールを出て広告会社のコピーライターになった、中層中産階級の青年である。三〇歳の誕生日を迎える年頃で、約二年前に会社をやめて以来、アルバイトの書店員として貧しく暮らしている。以前から「金の神」に反発を感じ、退社した理由の根底には、金に支配された社会への反逆心があった。また、詩人になりたいという希望もあり、余裕のできた時間を使って長編詩を執筆しているが、捗っていない。後に、泥酔して留置所に入ったせいで書店を解雇され、場末の貸本屋に転職する。生活は困窮を極め、詩の完成もままならない日々が続くが、恋人のローズマリー・ウォータ－ロウの妊娠をきっかけに、元の広告会社に戻る。詩人になる夢をあきらめ、反抗していた社会に復帰し、慎ましい家庭を築いていくことに決めるのである。

本章との関係で重要なのは、作品冒頭でブラウに関する印象的な記述が多く見られることである。約七千冊を販売・賃貸する書店で働くゴードンは、売れ行きに基づいて配置された書籍について論評し、たとえばトマス・カーライル、ジョージ・メレディス、ジョン・ラスキン、ウォルター・ペーター、ロバート・ルイス・スティーヴンソンなどの「古典」は、売れずに「静かに朽ちている」(7)とされる。この評価は、一九三四年から三六年までのアルバイト書店員の経験に基づくオーウェルのエッセイ「本屋の思い出」(“Bookshop Memories,” 1936)の、「印象的なことの一つは、「古典的」イギリス小説が完全に人気を失っている点である。〔チャールズ・〕ディケンズ、〔ウィリアム・〕サッカレー、ジェイン・オースティン、〔アンソニー・〕トロロープなどを普通の貸本書架に置くのは、まったくの無駄である――誰も借りないからだ」(Orwell, “Bookshop” 512)という記述と、例示される作家名は異なるが共通している。ただし、オーウェルがディケンズを愛読し、彼を称えるエッセイ「チャールズ・ディケンズ」(“Charles Dickens,” 1940)を書いたように、ゴードンもまた、読まれない「古典」の価値に無理解ではないと思われる。初めて出版した詩集が売れないことに傷ついている彼は、「古典的」作家の優れた作品さえ時を経ると読まれなくなると考えて、自らを慰めているように見えるからである。「スティーヴンソンが屍なら、お前も屍」(9)という一節は、それを端的に示している。

現代小説の棚には、ヴァージニア・ウルフやアーネスト・ヘミングウェイなどのハイブラウ作家、マイケル・アーレンやJ・B・プリーストリーなどのミドルブラウ作家、ウォリック・ディーピングやエセル・M・デルなどのロウブラウ作家の作品が作者名のアルファベット順で並ぶため、川端康雄も述べているように、その異種混交ぶりが読者の「笑いをとるような仕掛けになっている」(川端、四三)。D・H・ロレンスやジェイムズ・ジョイスを好むゴードンは、彼らのような優れた作家が今後「実際に出てきても、ごみ屑で窒息しそうな我々は気づかないだろう」(12)と考え、大量に出版される通俗小説を「屑」扱いしている。彼は客のブラウを如才なく見抜き、労働者階級の女性にはデルの小説を薦める一方、ジョン・ゴールズワージーの『フォーサイト・サーガ』(*The Forsyte Saga*, 1922)を返却に来た中層中産階級の女性とは、ゴールズワージーやプリーストリーの話で盛り上がる。デルを好む客を蔑んで自らの知的優越を誇る彼女に、ゴードンは目配せで同意を示すが、モダニズム小説を好む彼にとっては、ミドルブラウ小説を読んで知的ぶる彼女も軽蔑の対象である。このように、ゴードンの現代小説の好みは基本的にハイブラウだが、注意すべきは、彼が通俗小説を全否定していないことだろう。第二詩集の出版先が決まらないだけでなく、そもそも執筆が進んでいない彼にとって、広く読まれる本を出し続ける通俗作家は、知的水準が低いものだとしても結果を生んでいる人たちである。「デルやディーピングさえ、少なくとも毎年たくさんの出版物を出している」(7)のである。通俗小説に向けられたこのような軽蔑と評価の混交を見たうえで、エドガー・ウォレスの本を万引きしようとする客をゴードンが見つける場面を読むと、そこには二重の意義が見出せるように思われる。すなわち、通俗小説は盗みを働く下劣な人間にも好まれるものだが、一方で、盗まれるほどよく読まれているという示唆が読み取れるのである。

ゴードンの第一詩集も置かれる詩の棚は、詩人の世代によって二つに大別される。中央より上段にはW・B・イェーツやトマス・ハーディなど、ゴードンが若いころに人気のあった詩人、下段にはT・S・エリオットやW・H・オーデンなど、今を時めく詩人の作品がある。現代小説の棚で見られたブラウの混交は、ハイブラウを主要読者とする詩の棚では見られない。そもそも、スー・マクファーソンも指摘するように、二〇世紀前半のイギリスでは、多くの卒業生が大学に進むパブリック・スクールやグラマー・スクールで詩のパラフレーズ練習がよく行われ、大卒者が多く受ける官庁の登用試験でも詩が重視された一方、中等学校卒業者が多く受ける郵便配達員などの採用試験では散文が重視された(McPherson 32–33)。これは、詩を愛好するハイブラウに、高等教育を享受できる階級・経済的背景を持つ者が多かったことと関係している。興味深いのは、T・S・エリオット風の詩を書くゴードンが、学費に苦労して三流のパブリック・スクールを出た中層中産階級という出自を持つために、詩の愛好者を批判的に見ることである。これは、詩が大好きな「若いスノッブ」(12)への評価に顕著である。彼によれば、この種の客は芸術の取り巻きにすぎないが、年収は「五〇〇ポンド」(13)以上ある。ゴードンはあらゆることを金と結びつけるきらいがあるため、この批判は割り引いて考える必要があるが、詩の愛好者とその階級・経済的優位に関連があったとすれば、彼らが示す上流階級的なスノビズムへの皮肉にも、一定の理は認められよう。前作『牧師の娘』に見られたハイブラウ志向とその相対化は、ハイブラウな主人公が高級文化の孕むスノビズムを批判するかたちで、『葉蘭をそよがせよ』にもあらわれているのである。

古典、現代小説、詩に関するこれらの評価から、文学作品に対するゴードンの考えが概括できる。彼は古典、現代のハイブラウ小説、詩の価値を信じるが、それに付随するスノビズムや階級・経済的閉鎖性、読者の少なさには批判的である。一方、現代の通俗小説は軽蔑するが、多くの人に読まれている点は評価している。すなわち、ハイブラウ文学に価値を置くが、通俗文学の必要性も認めているのである。

このような立ち位置は、当時の作者のそれに似ている。オーウェルは「古典的」作家をよく読んだし、前節でも見たように、ジェイムズ・ジョイスやD・H・ロレンスを敬愛した。また、数は少ないが、「ヒズ・マスターズ・ヴォイス蓄音機工場近くの荒れた農場にて」("On a Ruined Farm near the His Master's Voice Gramophone Factory," 1934)のような詩も書いている。一方で、『葉蘭をそよがせよ』と同年に発表されたエッセイ「小説の擁護」("In Defence of the Novel," 1936)では、F・R・リーヴィスやT・S・エリオットの雑誌に言及し、「小説は大衆的な芸術形式であり、『スクルーティニー』(*Scrutiny*)や『クライテリオン』(*Criterion*)流の、文学はごく小さなハイブラウの派閥間で行う仲間褒めゲーム[中略]だという前提で小説に向き合うのは無益である」(Orwell, "In Defence" 520)と述べている。古典、現代のハイブラウ小説、詩に価値を置く一方で、ハイブラウ文学につきまとう排他性には批判的で、通俗文学の意義も認めたのである。

注目したいのは、『ビルマの日々』や『牧師の娘』におけるよりも、『葉蘭をそよがせよ』では通俗文学への評価が高まっていることである。これを端的に示すのが、『ガールズ・オウン・ペーパー』誌の描かれ方である。この雑誌は『牧師の娘』では低く見られていたが、ニック・ハッブルも指摘するように、『葉蘭をそよがせよ』

第一一章では、詩人になる夢を捨て去る直前のゴードンが、『宝石』（*Gem*）や『ガールズ・オウン・ペーパー』といった少年少女向けの通俗雑誌しか読まなくなり（Hubble 213）、この行いは必ずしも否定的に描かれていない。(6) 彼はパブリック・スクールに通ってハイブラウになったが、元来は通俗書も読んだことが推測される設定になっており、彼のハイブリッドな読書趣味によって、ハイブラウ文学とミドルブラウ文学の序列化の曖昧性が示唆されるのである。これは、書店の場面に続く第二章で、彼がシェイクスピアとシャーロック・ホームズものを愛読することにもあらわれている。また、彼が義理で原稿を載せてもらっている『反キリスト』（*Antichrist*）誌が、「ミドル・トゥ・ハイブラウ」（88）である点にも留意すべきだろう。

このような読書趣味の混交性に留意すると、ゴードンが詩人になる夢をあきらめて広告会社に戻る結末の意義は、どう考えられるだろうか。周知のように、『葉蘭をそよがせよ』の結末については、否定的評価と肯定的評価が混在する。たとえば、金に支配された社会というテーマに注目するレイモンド・ウィリアムズは、ゴードンの急な社会復帰を「ある種のひねくれた勝利」と評し、「結局は降伏や敗北であるものが「正当化」されている」（Williams 47）と批判する。逆に、ゴードンが「人間らしさ」を獲得する点を重視する見市雅俊は、肯定的に評価している（見市、「ジョージ・オーウェル」二九―三〇）。このような批評史に、ブラウに留意した読解を加えるとすれば、福西由実子も検討するニック・ハッブルの主張が有益だろう（福西、七）。彼によれば、ゴードンがハイブラウな詩の執筆によって「詩的ヴィジョン」（Hubble 213）を獲得し、それを持ってコピーライターの仕事に戻る点で、この小説の結末は積極的な意義を有している。確かに、詩の執筆を通じて培った視点を、多くの目に触れる広告コピーの制作に活かすことは、ハイブラウ文学を評価しつつその排他性を批判していたゴードンのアンビヴァレンスを、生産的なかたちで解消してくれるかもしれない。

ゴードンは結末近くの第一一章で、会社に戻る決心をローズマリーに告げて帰宅する途上、下層中産階級も中層中産階級も含む「小市民」の一人に自身を位置づけ、かつては軽蔑していた下層中産階級的な生き方に価値を見出す。彼は自分が送っていくであろう「庶民」的生活の意義について、次のように考える。

彼は通り過ぎる家々を見上げた。知らない通りだった。［前略］窓の半数には「貸間あり」の札が出ており、ほぼすべての窓に葉蘭が見える。典型的な下層中産階級の町だ。［前略］彼はあのような家の住人について思いをめぐらせた。彼らは事務員、店員、セールスマン、保険販売員、市電の車掌などだろう。［前略］我々の文明は強欲と恐怖を基盤とするが、不思議なことに、庶民の生活では、強欲と恐怖はもっと高貴なものに変えられている。あのレースのカーテンの裏で、子供や安物の家具や葉蘭と暮らす下層中産階級の人々は、もちろん金の規則に従って生きているが、見事に品位（decency）を保っている。（267–68）

ここでは、一九三〇年代イギリスの郊外に多く見られた下層中産階級の住宅地が、希望に満ちた主人公の視点を通して肯定的に描かれている。無理に「金の神」に反逆しなくても、それと折り合いをつけて積極的に日々の生活を送ることで、「品位を保って」生きられるとゴードンは認識し、下層中産階級の人々はそれを実践していると考える。ここには語り手の皮肉な眼差しは見られず、オーウェルが「庶民」の地道な生き方に価値を見出していたことが窺える。

もっとも、右で描かれるのはゴードンが住むロンドンのランベス周辺であり、厳密に言えば郊外ではない。しかし、彼がパトニー（Putney）の二軒一棟の住宅での暮らしを軽蔑的に想像し、「庶民」的な生き方を馬鹿にする第六章の場面は、右の引用箇所の伏線とも考えられ、この意味で、ランベスとロンドン郊外の風景はつながっている。いずれにせよ、この小説で示されるミドルブラウ文化への評価の高さは、そのおもな受容者である郊外住民への信頼と重なる。なお、トッド・クフタも指摘するように、この小説でも郊外と植民地の関係が示唆されており、たとえばコムストック家の礎を築いたゴードンの祖父は、「労働者や外国人から略奪」（39）して、すなわち、植民地とも関連した事業で財を成したが、その墓はロンドン郊外のケンサル・グリーン（Kensal Green）にある（Kuchta 182）。この設定には、「庶民」は信頼に値するが、彼らを無条件に称賛し、植民地経営への関与といった負の面を見落としてはならないとする作者の目配りが窺えよう。これは、ミドルブラウ小説を読むことで労働者階級との差異化を図る、第一章の書店の場面に登場した中層中産階級女性の皮肉な描写にも見出せるものである。

『葉蘭をそよがせよ』で通俗文化への評価が高まり、郊外住民への信頼が示される背景には、『牧師の娘』完成後の書店勤務でミドルブラウ文化の隆盛を肌で感じた作者の経験や、大衆化がいっそう進んだ社会的状況があっただろう。また、当時のオーウェルが構想した社会主義運動において、郊外住民が重要な位置を占めたことも考慮すべきだと思われる。彼は『葉蘭をそよがせよ』の翌年に発表されたルポルタージュ『ウィガン波止場への道』（*The Road to Wigan Pier*, 1937）の最終章で、イギリスの社会主義運動を成功させる鍵は下層中産階級にあると述べているからである。その主張によれば、「今では何百万人にもなっている各種の事務職員や勤め人」は、労働者階級と利害を共有するにもかかわらず、非常事態には彼らと対立して抑圧者の側に立つ。社会主義運動は「搾取された中産階級」、特に事務職員を掌握し、労働者階級との共闘を促すべきだが、うまくいっていない。「プロレタリア」という標語が炭坑夫などの肉体労働者を思わせ、事務職員やセールスマンといったホワイト・カラーを引きつけないからである（Orwell, *The Road* 209–11）。「搾取された中産階級」という捉え方は抽象的だが、その具体的な姿は、『葉蘭をそよがせよ』で描かれる、金のやりくりに悩みつつも「品位」を保って生きる、ミドルブラウ文化の受容者たる「庶民」だと考えられよう。

五　おわりに

このように、オーウェルの初期小説を読み直すことで見えてくるのは、当時のイギリスのハイブラウおよび通俗文学に対する視線の揺らぎである。彼は前者を高く評価したが、それが孕むスノビズム、ボヘミアニズム、階級・経済的排他性、読者の少なさなどは批判した。一方で、後者の面白さや、多くの「庶民」に読まれていることの価値は認めた。後者への評価は特に『葉蘭をそよがせよ』で高まり、ハイブラウ文化とミドルブラウ文化の序列化の曖昧性が示唆されるに至っている。この背景には、オーウェルの個人的経験や社会の大衆化、彼の構想した社会主義運動などがあった。ミドルブラウ文化の問題は、郊外や植民地の問題と交錯するかたちで提示されている。

オーウェルの関心は一九三〇年代を通して続き、四作目の小説『空気を求めて』（*Coming Up for Air*, 1939）では、郊外在住のセールスマンである主人公が、「俺は馬鹿じゃないがハイブラウでもない」（Orwell, *Coming* 166）と自己定義している。関心は四〇年代にも持続し、たとえば第二次世界大戦中の四一から四三年、トーク番組アシスタント（後にプロデューサー）としてＢＢＣに勤務した際の、ラジオ番組の企画や台本執筆にも影響したと思われる。[7] Ｅ・Ｍ・フォースターやＢＢＣの同僚だったウィリアム・エンプソンら、いわゆるハイブラウな文学者を招いた本や詩に関するトーク番組（一九四二年四月二九日、八月一一日）、また、ジョナサン・スウィフトとの架空の対談やアナトール・フランスの短篇小説の脚色といった、古典や外国文学を親しみやすいかたちで伝える番組（一九四二年一一月二日、一九四三年八月一一日）などは、本章で見た彼の文学観と関連づけて検討できよう。これについては、稿を改めて考察したい。

註

本章は、中央大学人文科学研究所「ミドルブラウ文化研究会チーム」二〇一六年度第二回公開研究会（二〇一六年一二月一八日、於中央大学駿河台記念館）での発表（原題は「ジョージ・オーウェルの一九三〇年代の小説とミドルブラウ」）に、大幅な加筆・修正を施したものである。有益なコメントをくださった出席者の方々に感謝申し上げたい。本章はＪＳＰＳ科研費（15K02320）の助成を受けている。英語文献からの引用は拙訳である。

（1）郊外を大衆的で退屈な場所として蔑む見方は、女性蔑視と重なることが多かった。ジュディ・ジャイルズによれば、モダニズムの美学において、都市は変化や進歩と結びつく男性的で冒険的なものとされる一方、郊外は秩序や日常性と結びつく女性的で退屈なものとされた（Giles 30-31）。似たような住宅が建ち並ぶ郊外は、下層中産階級家庭の主婦が活動主体である不毛な場所と見なされ、その画一性や日常性が女性的なものとして軽蔑されたのである。

（2）第二節で展開される議論には、拙論（「『ビルマの日々』」）と重複する部分がある。この節において、『ビルマの日々』からの引用頁はカッコ内の数字のみで示す。以下、第三節における『牧師の娘』、第四節における『葉蘭をそよがせよ』からの引用頁も同様である。

（3）ミドルブラウ文化研究では探偵小説の再検討も進んでおり、たとえばメリッサ・ショーブは、アガサ・クリスティやドロシー・セイヤーズら女性作家が描く女性探偵の意義を、「女性紳士」という切り口で分析している（Schaub 58-125）。

（4）シャーロック・ホームズものを掲載した『ストランド・マガジン』（*Strand Magazine*）誌が、ホワイト・カラーの通勤者を中心とする「平均的な人々」を対象とし、労働者階級向けよりも高度だが前衛的ではない内容を旨として一八九一年に創刊されたことについては、クレア・クラークの論考を参照（Clarke 75-77）。

（5）第四節で展開される議論には、拙論（「『葉蘭をそよがせよ』」）と重複する部分がある。

（6）なお、『葉蘭をそよがせよ』と同年に発表されたオーウェルのエッセイ「本屋の思い出」には、「気軽な読書――たとえば入浴中や、疲れすぎて寝床に向かうのも億劫な夜、昼食前の中途半端な一五分間の読書――には、『ガールズ・オウン・ペーパー』誌のバックナンバーを手に取るに若くはない」(Orwell, "Bookshop" 513) とある。また、『宝石』や『磁石』(*Magnet*) などの少年誌については、一九四〇年発表のエッセイ「少年週刊誌」("Boys' Weeklies") において、その保守的なイデオロギーが分析されている。

(7) なお、ロレンス・ナッパーによれば、BBCは一九二八年、ハイブラウやロウブラウに区別されない「グレート・オーディエンス」に向けて放送する方針を定めている (Napper 112-13)。

引用文献

Clarke, Clare. "Professionalism and the Cultural Politics of Work in the Sherlock Holmes Stories." Macdonald 73-89.

Davison, Peter, ed. *The Complete Works of George Orwell*. Vol. 10. *A Kind of Compulsion, 1903–1936*. London: Secker, 1998.

———. *The Complete Works of George Orwell*. Vol. 17. *I Belong to the Left, 1945*. London: Secker, 1998.

Giles, Judy. *The Parlour and the Suburb: Domestic Identities, Class, Femininity and Modernity*. Oxford: Berg, 2004.

Hammill, Faye. "Stella Gibbons, Ex-Centricity and the Suburb." *Intermodenism: Literary Culture in Mid-Twentieth-Century Britain*. Ed. Kristin Bluemel. Edinburgh: Edinburgh UP, 2009. 75-92.

Hubble, Nick. "Imagism, Realism, Surrealism: Middlebrow Transformations in the Mass-Observation Project." *Middlebrow Literary Cultures: The Battle of the Brows, 1920–1960*. Ed. Erica Brown and Mary Grover. Basingstoke: Palgrave, 2012. 202-17.

Humble, Nicola. *The Feminine Middlebrow Novel, 1920s to 1950s: Class, Domesticity, and Bohemianism*. Oxford: Oxford UP, 2001.

Kuchta, Todd. *Semi-Detached Empire: Suburbia and the Colonization of Britain, 1880 to the Present*. Charlottesville: U of Virginia P, 2010.

Leavis, Q. D. *Fiction and the Reading Public*. London: Chatto, 1965.

Macdonald, Kate, ed. *The Masculine Middlebrow, 1880–1950: What Mr Miniver Read*. Basingstoke: Palgrave, 2011.

McPherson, Sue. "Reading Class, Examining Men: Anthologies, Education and Literary Cultures." Macdonald 24–37.

Meyers, Jeffrey. *Orwell: Wintry Conscience of a Generation*. New York: Norton, 2000.

Napper, Lawrence. "British Cinema and the Middlebrow." *British Cinema, Past and Present*. Ed. Justine Ashby and Andrew Higson. London: Routledge, 2000. 110–23.

Orwell, George. *A Clergyman's Daughter*. London: Secker, 1986.

———. "Bookshop Memories." Davison, *A Kind* 510–13.

———. *Burmese Days*. London: Secker, 1986.

———. *Coming Up for Air*. London: Secker, 1986.

———. "Good Bad Books." Davison, *I Belong* 347–51.

———. "In Defence of the Novel." Davison, *A Kind* 517–22.

———. *Keep the Aspidistra Flying*. London: Secker, 1987.

———. *The Road to Wigan Pier*. London: Secker, 1986.

———. "To Brenda Salkeld." Davison, *A Kind* 326–29.

———. "To Eleanor Jaques." Davison, *A Kind* 319–20.

Pritchett, V. S. Rev. of *A Clergyman's Daughter*. *George Orwell: The Critical Heritage*. Ed. Jeffrey Meyers. London: Routledge, 1975. 59–60.

Schaub, Melissa. *Middlebrow Feminism in Classic British Detective Fiction: The Female Gentleman*. Basingstoke: Palgrave, 2013.

Williams, Raymond. *George Orwell*. New York: Viking, 1971.

Woolf, Virginia. "Modern Novels." *The Essays of Virginia Woolf*. Ed. Andrew McNeillie. Vol. 3. London: Hogarth, 1988. 30–37.

井川ちとせ「リアリズムとモダニズム——英文学の単線的発展史を脱文脈化する——」『一橋社会科学』第七巻別冊（一橋大学大学院社会学研究科、二〇一五）六一—九五。

川端康雄『葉蘭をめぐる冒険——イギリス文化・文学論』みすず書房、二〇一三。

近藤直樹「『ビルマの日々』と『ブラックウッヅ・マガジン』」『英文学』第一〇〇号(早稲田大学英文学会、二〇一四)一三―二六。

――「『葉蘭をそよがせよ』のハッピー・エンディングについて」『オーウェル研究』第三五号(日本オーウェル協会、二〇一六)一二―一四。

福西由実子「インターモダニズム小説としての『葉蘭をそよがせよ』」『オーウェル研究』第三五号(日本オーウェル協会、二〇一六)五―八。

見市雅俊「ジョージ・オーウェルと三〇年代の神話」『思想』八月号(岩波書店、一九七八)二八―四四。

――「二つのイギリス――三〇年代イギリス社会経済史の再検討――」『ヨーロッパ――一九三〇年代』河野健二編(岩波書店、一九八〇)一七八―二一二。

ポピュラー・アイコンか、偉大な芸術か
——L・S・ラウリーの工業風景画にみるミドルブラウ性——

福西　由実子

一　ノスタルジック・マンチェスター——オアシスとラウリーの親和性

二〇一七年五月二二日に、マンチェスター・アリーナで爆破テロ事件が発生した。イングランド北部の都市マンチェスターの中心にあるこのスタジアムでは、その日アメリカ出身のアーティスト、アリアナ・グランデのコンサートが行われていた。爆発が起こったのはコンサートの終了直後で、幼い子どもを含む死傷者二七〇余名を出す惨事となった。数日後、スタジアム近くの広場で追悼集会が開かれた。そこで誰ともなく口ずさみ、やがてその場で大きな合唱のうねりとなったのが、地元出身のロック・バンド、オアシス（二〇〇九年に解散）の一九九六年のビッグ・ヒット、「ドント・ルック・バック・イン・アンガー」（"Don't Look Back in Anger"）であった。集まった人びとはテロに対し「怒りをこめて振り返るな」と、この楽曲に特別な思いを重ねて歌ったのである。

一九九〇年代のブリティッシュ・ロックを牽引したオアシスは、ノエル、リアム・ギャラガー兄弟を中心とする五人全員がマンチェスターの労働者階級出身のメンバーで構成されていた。カウンシルハウスで育った彼ら

は、ステージにもラフなウインドブレーカーやジャージ姿で上がり、北部訛りで話し、その素行の悪さから「ロックンロール界の悪ガキども」と呼ばれた。彼らの代表曲の一つに「マスタープラン」（"The Masterplan"）がある。シングルカットはされていないが、B面曲のみで構成されたベストアルバムにファン投票一位で選ばれ、作詞作曲担当のノエル自身もオアシスの楽曲の中でこの曲を最も気に入っているという。

この「マスタープラン」のプロモーション・ビデオ（以下ＰＶ）が、二〇〇六年の発表当時大いに話題となった。五分間弱が全編油彩画風のアニメーションで制作されており、オアシスのメンバーと風貌やしぐさがそっくりだが手足が極端に長細い人物たちが、いくつもの風景をバックに徘徊し、建物に出入りし、ときにはバスや船に乗って画面を横断し、「マスタープラン」を歌い奏でる。このＰＶに現れる風景はすべて、イギリス人の誰も見覚えがあるであろう、ある画家の描いた風景画がそのままモチーフとして使われている。その画家とは、オアシスの面々と同じくマンチェスター出身の画家、Ｌ・Ｓ・ラウリーである。「マスタープラン」＝「神の意志」に導かれるかのように、ラウリーの風景画に必ず描かれる特徴的な人物像＝マッチ・スティック・マン（マッチ棒のように細長い手足をもつ影のない人物）風にデフォルメされたオアシスのメンバーたちが、ラウリーが描いた今はなきノスタルジックなマンチェスターの風景にゆらゆらと溶け込み、ショート・トリップするさまが映し出されていく。

このＰＶは、二〇一三年にロンドンのテート・ブリテン（Tate Britain、イギリス美術の系譜を集約する国立美術館）において、ラウリーの回顧展「ラウリーと現代生活の絵画」（"Lowry and the Painting of Modern Life"）が開催された際、テートのホームページのトップ・ページに宣伝用に三〇秒に編集したものが提示され、繰り返しメディアにも取り上げられた。この回顧展は、ラウリーの作品を九〇点以上展示した、彼の死後最大規模のものであった。その開催の三年前には、ラウリーの没後三五周年を記念しドキュメンタリー『ラウリーを探して』（*Looking for*

Lowry, 2011）が製作されている。この作品に出演したノエルは、自身も幼いころからその作品に親しみ、ＰＶ制作にもインスピレーションを受けたラウリーはもっと評価されるべきであるし、テートを中心とするロンドンの大規模な美術館がラウリーの作品を長年無視してきた歴史を鑑み、イングランド南部の人びとによる北部への差別意識も読み取れる、と示唆した。「ラウリーの作品はテートにはふさわしくないそうだ。それはラウリーが単に北部人だからなのか？」（この時点でラウリー回顧展の開催実現については公にされていない）[1]。

実際、一九二〇年代から一九七〇年代にかけて、実に五〇年間にわたってイングランド北部の都市風景（urban landscape）を〈叙情的〉〈牧歌的〉に描いた大衆画家としてポピュラリティは獲得していたものの、中・上流階級やエリート主義の批評家からは芸術としては認められてこなかったラウリーの作品群を、テートが正面切って「大真面目に」取り上げたことは、大きな驚きをもって迎えられた。

本稿は、ラウリーと、彼の残した北部の工業風景画について論じていく。独特の乳白色の空、煙突から煙をあげる工場群、影のない群衆。「ラウリースケープ」（"Lowryscape"）（Dodd 17）とも呼ばれる特徴的なラウリーの絵画は、伝統的な労働者階級の共同体や日常を象徴しているようである。しかし、彼の画家としてのスタンスと、作品の受容史をあらためて詳細に検討すると、戦間期から今日まで、その意義付けや評価は必ずしも一貫していたわけではなく、絶えず変化してきたことがわかる。この「ゆらぎ」とはいったいなんだったのだろう。ここでは、ラウリーが様々な二項対立――北部と南部、過去と現在、参与と観察、大衆主義と教養主義など――の間でゆれる両義性に着目し、ラウリーの代表的な風景画を分析したのち、その受容史を考察することで、ラウリーとその作品の性格を、「ミドルブラウ」と捉えなおす可能性を探っていく。

二　L・S・ラウリー（一八八七―一九七六）の生涯と趣味《テイスト》

ラウリーはマンチェスターに生まれ、その人生をほぼマンチェスターと、隣接する町ソルフォード（Salford）で過ごした。(2) ラウリーの生まれた当時のマンチェスターは、一地方都市でありながらも高名なピアニスト・指揮者であるカール・ハレらドイツ系の住民も多く、ラファエル・コレクションを有するマンチェスター美術館、大規模なマンチェスター図書館、音楽ホールをそなえたコスモポリタンな都市であった。(3) 後述のラウリーの師ヴァレットも、マンチェスターに定住したフランス人の一人である。一方ソルフォードは、エンゲルスが「ソルフォード全体が路地か狭い横町で出来ている。あまりに狭く、私が今まで見たなかで一番狭い路地だと思う」と評し（Engels 92）、ソルフォード出身でバーミンガム大学現代文化研究センター（CCCS）にてカルチュラル・スタディーズ研究の中心を担ったロバート・ロバーツもまた、追想録のなかで「クラシック・スラム」（Roberts 56）と記した、郊外のスラムともいうべき土地柄である。

ラウリーは上昇志向の強い下層中流階級出身の両親のもと、一人っ子として育つ。父は不動産会社の事務員、母は若いころはピアニスト志望であった。母の強い希望のもと、ラウリーの子ども時代はマンチェスター郊外の中層中流階級の居住地区、ヴィクトリア・パーク（の通りの一番端）に居を構えるが、次第に家賃負担が重くのしかかり、ラウリーが二一歳の時にソルフォードの下層中流階級の居住地区、ペンドルベリーに落ち着いた（Howard 15）。この転居を屈辱と受け止めた母は、通りに面した窓辺のカーテンを開けようとしなかったという。

ラウリーはプライベート・スクールに通うが、成績が芳しくなかったため、大学へは進学せず、一六歳で地元マンチェスターの不動産会社に就職し（このことは母を大いに落胆させる）、事務員兼家賃集金人（rent collector）として六五歳の定年まで勤めた。一九三二年に父が亡くなると、ついで三九年に母を看取り、生涯独身であった。自家用車をもたず、国外を旅することもなく、死ぬまでペンドルベリーで暮らした（画家としての成功により、晩年は中層中流階級的な暮らしぶりであった）。ラウリーは家賃集金をしながらソルフォードの町を毎日くまなく歩き、つぶさに人と風景を観察し、仕事の合間に、葉書や封筒の裏に気に入った風景をデッサンした。

ラウリーは不動産会社に勤務するかたわら、一九一五年からソルフォード美術学校（Salford Art School）に通い、その後一九一八年から一〇年間、マンチェスター美術学校（the Municipal College of Art, Manchester）の夜間クラスに通った。ここでフランス印象派の流れをくむフランス人美術教師アドルフ・ヴァレットと出会い、油彩を学んだ。ラウリーの絵画制作は仕事から帰宅した後、家事と母の介護を終えた夜間に、電球の明かりのもとで行われた。一九三九年に母が亡くなり、第二次大戦が勃発すると、志願して日中は空襲火災監視人となり、帰宅後、絵画を制作するスタイルを継続した。一九四三年には情報省に請われ公式戦争画家となり、空襲下のマンチェスターの街を描いて廻った。[4]

画家としての収入が増え、昼間の職業を継続する必要がなくなってからも、ラウリーは家賃集金人として、労働者階級の人びとの暮らす地区を廻る生活を変えなかった。ラウリーが彼らの生活を覗き見る視点は、キャリアの初期である一九二〇年代から「上からの目線（from above）」とすでに評されているが、[5]見下したのか、観察したのかラウリーの真意は推測の域を出ないものの（ラウリーはこの点について明言を避けた）、「外部からのまなざし」を備えた画家であったことは確かである。

彼の趣味《テイスト》をみてみると、階級横断的で興味深い。絵画制作の際には必ずクラシック音楽のレコードに耳を傾けた（ドニゼッティとベリーニのソプラノのアリアをとくに好んで聞いたという。他にヴィヴァルディ、ヘンデル、ベートーベン、ハイドン、ストラヴィンスキーなど）。居間と寝室にはラファエロ前派の絵画が掛けられていた。サッカー観戦も好み、休日はボルトン・ワンダラーズのスタジアムへ足をのばした。また、若いころはミュージック・ホールにもよく通った。「ウィガンのナイチンゲール」と呼ばれ、滑稽なブラック・ジョークを好んだジョージ・フォーンビー・シニアがお気に入りで（Howard 41, 24）、初めて美術館に買い上げられた作品「事故」（"The Accident", 1926）の当初のタイトルは、フォーンビーが好んで使った表現「ちょっとまずい（Something Wrong）」であった（Clark 33）。フォーンビーはマンチェスターのミュージック・ホールに登場すると決まって「今夜もいい咳出てる？（Coughing Better Tonight?）」を挨拶代わりにし、いじられた客が大喜びをするというお決まりのやり取りがあったという。タイトルをつける際に、悲劇をジョークに転換するフォーンビーの感覚にならった、とは読めないだろうか。また、観劇も好んだ。絵画の主題に工業風景を据えるきっかけは、一九一二年に『ヒンドル・ウェイクス』（*Hindle Wakes*）を観たことであったという。[6] この芝居は、ランカシャー地方の架空の綿工場の町を舞台に、女工の恋愛を描いたもので、ラウリーいわく、舞台美術の、窓の外に煙突が林立するさまに「美しさ」を感じ、「誰もこれを試したことがない。自分がやってみよう。これ［工業風景］を正統な主題の地位に押し上げよう」と決意したという（Marshall 43-44）。このようにラウリーは、労働者階級――下層中流階級――中層中流階級の境界を行きつ戻りつし、ロウカルチャー、ハイカルチャーをともに好む趣味をもっていたことがわかる。

こうしたラウリーの性質を、本論集のテーマである「ミドルブラウ」と関連付けてみることは可能だろうか。『オックスフォード英語大辞典』（*Oxford English Dictionary*）によれば、「ミドルブラウ」の用例の初出は一九二四年である。その定義はネガティブなもので、「文化的な事柄への興味が平均的、あるいは限られている人」および「事象」を指すとある。このような人が、現状よりも上の階級（文化）への上昇ないし同一化を目指す（が果たせない）「志向」もまた、「ミドルブラウ」である。一方、カーターや武藤はこの概念を発展的にとらえ、下層中流階級を基盤とする「ミドルブラウ」が、高級（ハイブラウ）と低級（ロウブラウ）の間にたち、両者を結びつける人および事象であるとした（Carter 352、武藤 16）。カーターと武藤に依拠しつつ、ラウリーの出自、空間と趣味の階級横断性をふまえるならば、彼が「ミドルブラウ」の画家と考えるのは妥当であるように思われる。

三　ラウリーのヴィジョン

（一）　時間的・空間的な特徴

本節では、ラウリーの絵画に見られるヴィジョンと、再構成の問題について考えてみたい。具体的に代表的な作品二点を分析する前に、彼の作品全体の特徴を要約しておこう。北部の典型的な工業風景（industrial landscapes）とされる彼の絵画の特徴の一つは、その色彩にある。マンチェスターとソルフォードの空はつねに乳白色で描かれ、このハイライトが、見方によっては、物寂しく陰気な風景や、何の変哲もない日常体験に、ある種独特な光を与える。さらに、荒涼とした工業という主題を、赤みがかったピンク色や淡いブルーの濃淡で表し、それが彼の絵画に不思議な軽さとやわらかさを加えている。

細部に目を向けてみよう。ラウリーは題材に鉄道高架橋、長屋住宅、おびただしい数の工場や煙突の列、ボタ山、労働者の群れ、鉄道、機械といったものを好んで取り上げた。こうした風景の中に、必ずといっていいほど、個性や特徴のない（anonymous）群衆が描きこまれている。興味深いのは、ラウリーが、ほとんどの作品で建物の内部を描こうとせず、かわって建物に向かって吸い込まれ、吐き出されていく人びとに主眼を置いている点である。内部を描かず外側からの視点を貫く——労働者階級に同化せず、理想化せず、中立を保つ——ラウリーのアウトサイダーとしてのスタンスがうかがえる。

さらに重要な点として、ラウリーには、自身のヴィジョンを優先し、作品の中の時間・空間を再構成する傾向

図１：「工場を出て」（LS Lowry *Coming from the Mill* 1930 © The Lowry Collection, Salford

がある。どの時代に描かれた工業風景画において も、その題材を注意深く観察してみると、群衆の服装は一九二〇年代のものであり、近代的な建物や車は見当たらない。[7] さらに、影が一切描かれていないため、時間と季節の感覚が不明である。実際には、ラウリーの描く風景は、多くの点で実在の場所と一致し、地理的に位置づけることは可能である。しかしその一方で、実在しない架空のドームや時計塔が、複数の作品の中に繰り返し挿入されており、建物もまた再構成されていることがわかる。

時空間の定まらないラウリーの工業風景画ではあるが、ドッドの言葉を借りるならば、「北部のイコノグラフィー（Iconography of 'the North'）」としての地位を確立している（Dodd 22）。たとえば、最も代表的な工場風景画とされる「工場を出て」（"Coming from the Mill," 1930）（図１）の複製画は戦後、ソルフォード中の小学校の教室に飾られたし（Delaney 106）、次節でも触れるように、ポスターや絵葉書、マグネット等に商品化され、大量消費された。また数々の書籍の表紙を飾り（リチャード・ホガートの『読み書き能力の効用』（*Uses of Literacy*）もその一つ）、ハロルド・ウィルソンの首相在任当時、一九六四年と六五年の二度にわたって首相公式のクリスマスカードの絵柄に採用された（Waters 127）[8]。一九六七年にはトマス・ゲインズバラ、ジョシュア・レイノルズ、ジョン・コンスタブルと並んで「偉大なイギリスの芸術家」切手シリーズに選ばれている。

（二）ラウリー絵画をよむ――「フランシス・ストリート」「湖」を手がかりに

次に、ラウリーの代表的な二つの作品を取り上げ、彼の絵画に対する典型的な二つの解釈の方向性を提示してみたい。まず、牧歌的・ノスタルジックなイメージの代表的な作品として「フランシス・ストリート、ソルフォード」（"Francis Street, Salford," 1957）をあげよう（図2）。一八五〇年代に建てられたフランシス・テラスは、アーウェル川の東側の地区にある、レンガ造り、裏庭付きのありふれた「ツーアップ・ツーダウン」住宅である。制作当時、すでに第二次大戦後のスラム解体プロジェクトが始動しており、住人たちは湿気がこもり不健康だと悪評高かったこのような長屋から新しい団地へと転居し、廃墟となった長屋の取り壊しが進められている最中であった（Schmid 356）。ソルフォード美術館から、美術館周辺の地元の風景（locality）を取り壊される前に記録するよう依頼されたラウリーは、フランシス・テラスをその題材の一つに選んだ（Sandling and Leber 43）[9]。このテラスを同時期に撮影した写真と見比べると、ラウリーが作品を制作する過程で加えた変更がわかる（図3）。通りの奥はフェンスで行き止まりになっており、ラウリーの作品では、その奥に二本の巨大な煙突が見える。写真に写るフェンスの下の家屋の屋根は消され、屋根から突き出す二本の短い煙突のうちの一本が、背の高い工場の煙突に代えられ、さらにもう一本の煙突も長く引き伸ばされている。事実の記録を委託された作品でありながら、ラ

図 2：「フランシス・ストリート、ソルフォード」LS Lowry *Francis Street, Salford*
1957 © The Estate of L.S. Lowry. All Rights Reserved, DACS 2017 C1793

図 3：「フランシス・テラス、ソルフォード」 *Francis Terrace, Salford*
撮影者、撮影年不詳　© Salford Local History Library Collection

ウリーがリアリティよりヴィジョンを優先させていることが見て取れる。

前面には、キャンバスいっぱいに遊ぶ子どもたちがあふれ、それを見守る母親たちも描きこまれている。通りの両側のテラスはラウリー作品に特徴的である乳白色に彩られ、全体的に明るく輝いた印象である。子どもたちは空間の四方に配置され、さながら広いリビング・ルームの一面のみが観察者に開放されているかのようである。人間的な温かみと、素朴な家庭生活を感じさせる。本来木々があるべき位置に、（その他多くの作品にもみられるように）その代わりのように煙突が置かれている。大小二本、仲良く身を寄せ合うように並ぶ煙突は、見ようによっては、もはや工場労働も労働者も必要とされない戦後のモダニティから人びとを守ってくれる懐かしいシェルターのようにもとれる。ウォーターズも指摘するように、エンプソンの概念を援用するならば、「フランシス・ストリート」は風景の「外側」から眺められる「都会のパストラル（urban pastoral）」と読むことができるだろう（Waters 139）。

次節で論じるように、戦間期に発表されたラウリーの作品は、「悲惨な北部」という負のイメージと関連付けて評されることが多かった。「湖」（"The Lake," 1937）はその代表的な作品である（図４）。ラウリーの作品には、自然の動植物を排しながらも、牧歌的かつシェルターのような場所として工業風景を描くものもあれば、前面に描きながらも黙示録的に天国と地獄がないまぜに描かれたものもある。たとえば「湖」は、ソルフォードのアーウェル川の数回にわたる氾濫に着想を得て描いた作品である。ぎらつくような白い湖面は、その左右と前面を黒と暗緑色の陸の起伏によって囲まれている。上部には、どこか天国的な工業都市が配され、作品のほかの部分よりも色彩豊かに描かれる。工場と煙突の間に聳えたついくつもの尖塔は、キリスト教的な超越のシンボルだろうか。この湖を渡るのは危険であることが、半ば沈んだボートによって示されている。観察者の一番近くの湖岸には、電信柱や産業廃棄物が十字架か墓標のように大地に刺さっており、「天上の地＝都市」を目指して湖

図 4：「湖」LS Lowry *The Lake* 1937 © The Lowry Collection, Salford

を渡ろうとするものを阻み、そこへ辿り着けるものは限られたもののみであることを想起させる。人物の描き方にも目を向けてみよう。荒涼とした場面の左右両端に配置された小さな人影は黒色の点と線のみで描かれており、その服装も、水面を眺める、あるいは水面に背中を向ける彼らの視線も判別できない。きわめてマージナルな位置に貶められているのがわかる。

「湖」は一九三〇年代の不況期のさなかに制作された作品である。煙のたち上る（つまり稼働している）工場で労働を許されることは、さながら天国のような状況であったろう。画面向かって左の人影の群れは、失業者が働くチャンスをもとめて列をなしているのかもしれない。[10]「湖」の重要性は、その黙示録的な様相が、当時の左翼的な読みを誘発した点だけでなく、労働者階級の日常生活に、超越性を付与したという点にあるのではないだろうか。

四　ラウリー受容史――戦間期から今日まで

ここまで、ラウリーのブラウ性、工業風景画の特徴を検討してきた。本節では、戦間期、第二次大戦中、戦後の三期に分けてラウリーの受容を考察していく。社会変動の起こった重要な時期に、ラウリーはどのように読まれてきたかを検討することは、それぞれの時代におけるラウリー作品の象徴的な意味を知るうえで重要であろう。

（一）　戦間期――悲惨の象徴

ラウリーは、一九二八年に出版されベストセラーとなったH・V・モートンの『イングランドを探して』（*In Search of England*）の人気にあやかろうと、一九三一年に友人の作家と紀行文『コッツウォルズ・ブック』（*A Cotswold Book*）を出版し、十二枚の田園風景画を挿入している。不況が深刻化すると、ロンドンの左派上層中産階級の批評家やジャーナリスト、作家たちが、南部に比べ経済状況の落ち込む北部へと目を向けるようになる。オーウェルは『ウィガン波止場への道』（*The Road to Wigan Pier*）を著し、写真家ビル・ブラントはヨークシャーの炭鉱夫の生活を記録、マス・オブザヴェイションはワークタウン・プロジェクトを実施、写真家ハンフリー・スペンダー、画家ウィリアム・コールドストリームらをボルトンに派遣し、ボルトン在住の労働者階級（ワークタウナー）の実態を調査した。彼らの北部表象に共通するのは、徹底した負のイメージである。北部性は悲惨さと同義とされ、この時期「北部画家」として注目され始めたラウリーの作品も、三節で述べたように、産業革命や功利主義の犠牲、貧困、緑が消えた風景といったイメージに関連付けられた。左派知識階級の人びとはこうした悲劇性を、変革のきっかけにできると、ラウリー作品にも政治的効果を期待したのである（Spring 71,

Klingender 8）。後述のバージャーもこの系譜上にあると考えられよう。

自身の作品に対するこうした左翼的な読みの押し付けに対して、ラウリーはのちに次のような皮肉をもらしている。

私は自分が夢中になるものに自分を描きこみたかっただけだ。ありのままの人影（figure）では、その魔法が解かれてしまうので、人影を半ば現実でないものにした。批評家は、まるで私が、厳しい経済的必要性に対するヒントをほのめかすために人影を操り人形に変えたかのように述べたてた。本当のところ、私は人びと（the people）についてそれほど熱心に考えていなかった。社会改革者のように彼らを気にかけたこともない。彼らは私を虜にした、私的な美（private beauty）の一部なのだ。私は彼らを建物と同じように愛した――ヴィジョンの一部として。（Collins 123）

彼は生涯を通じて政治に関心を示さず、どちらかと言えば労働党や労働組合を嫌い、選挙では保守党に投票し、晩年はエドワード・ヒースを賞賛した（Marshall, unpaged）。前述の、ウィルソン首相がクリスマスカードに、自身の作品を採用したと聞いた際にも、「私が社会主義者じゃないって分かっていないのかね？」と鼻を鳴らしたという（Riley 6）。

ラウリーが一九三〇年代にＡＩＡ（Artists International Association）に参加したのは、したがって、あくまで都心部の芸術家集団に名を知られたいとの野心からであって、その共産主義信奉に共鳴したからではなかった。ラウリーの「素朴」だが「ほんもの」で「大衆的な」画風はＡＩＡメンバーの目に留まり、結果的に一九三九年のロンドンのルフェーブル・ギャラリーでの初個展に結実した（皮肉にも、ラウリーのキャリアはこのころ本格的に動き出したといえる）。だが本当は、ラウリーはロンドンの権威主義や左派に反発を覚え、北部の日曜画家たちに助言を与え、作品を買い上げることで支援もした。しかしその一方で、自身は素朴派と同一視されることを嫌い、不動産会社の正社員であることを芸術界にふせていた。こうした点からも、ラウリーがきわめて両義性、あるいは多面性をもった存在であることがよくわかる。

なお、クリンジェンダーによれば、戦間期、北部の労働者の多くは、ラウリーの絵画を嫌ったという（Klingender 8）。たとえば、ラウリーのキャンバスを製作していた額装家見習の若者は、ラウリーの作品を好まず、「皆貧しく、生活と戦っていた。ラウリーが描いていたものは毎日家のドアを開ければ見られるような光景だった――芸術には、何か別のものを見出したかった」と述べている（Rohde 105）。彼らの間でラウリーが人気を博するようになるには、戦後を待たねばならない。

（二）　第二次大戦中――守るべき風景

一九三九年に、五二歳にして初の個展が開催されたのち、母の死、開戦が続き、ラウリーの創作活動はいったん停滞期を迎える。しかし、情報省より公式戦争画家に認定されていたことから、この時期にある程度ラウリーの評価が確立していたとみてよいだろう（構図の正確さにはこだわらない姿勢は、戦争画家になっても相変わらずであったが）。第二次大戦中のラウリーの絵画は、「悲惨な北部」のイメージではなく、戦争との関連で、「本質的なイングリッシュネス」と結びつけられるようになってゆく（Waters 130）。特筆すべきは、ラウリーの工業風景画が、この時期再発見されたコンスタブルの田園風景画と対で語られたことである。一九世紀中葉にコンスタブルの描いた田園は、戦時中の保守・愛国主義と結びつき、「時代を超越したイングランドの景観」（Clark 40, 42）であると賞賛された（図5）。イギリスの田園風景は真のイングリッシュネスという理想であり、そのためには敵国人を殺し、イギリスのそれよりも劣る、敵国の風景を粉砕してでも守る価値があるとの言説がうまれていた（Potts

図 5：「コーンフィールドのコテージ」John Constable *Cottage in a Cornfield* 1833　第二次大戦中に広く複製画が出回った。

160)。一九四五年には、「ラウリーの描くペンドルトンは、コンスタブルのイースト・バーグホルト同様、直截で説得力がある」と評されるまでになり、(Newton 42)、ラウリーの描く北部の原風景は、その大衆主義的画風が人民戦争(people's war)の気風にも後押しされるかたちで、コンスタブルの典型的な南部の田園とあわせて、敵を殺してでも守るべき風景、との大義名分となった。コンスタブルの絵画を田舎のパストラル(rural pastoral)だとするならば、ラウリーの風景画は都会のパストラル(urban pastoral)であるとの同等の地位へと押し上げられていったのである(Waters 130)。この都会のパストラルという概念については、ウィリアム・エンプソンが、ジョン・グリアソンらの労働賛美的なドキュメンタリー映画に内在する牧歌的な感覚（pastoral feeling）を賞賛するなかで枠組みを肯定的に強調したものである。このようなエンプソンの読みの方向性は、戦後その政治性を薄められながらも継続してゆく（Empson 14）。

（三）戦後――複製技術時代の…芸術？

一九五〇年代は、「怒れる若者たち」の波に乗り、ラウリーの群衆に労働者階級による社会的抗議を読みこむものや（Waters 129）、戦中のクラークやエンプソンらの批評（牧歌的、素朴、詩的、イングリッシュネスを発見しようとするもの）の流れを汲みつつ、レヴィのようにラウリーが大陸の印象主義の影響を受けず、国内の工業風景から美を作りだした最初の画家であると評するものもあらわれた（Levy 9）。一九六〇年代には再び、バージャーを中心に、ラウリーの北部性にマルクス主義的解釈がなされるようになる。バージャーは、ラウリーの絵画に一九一八年以降のイギリス経済の衰退が暗示されていると論じた（Berger 90-91, 94）。

このように自身の描いた工業風景画への評価が右往左往するさまを、ラウリーは次のように皮肉っている。

> 私はまず誰も欲しがらない風景画を描き、それから三十年間は工場の風景（mill scenes）を描いてきた――そちらも誰も欲しがらなかった。そんな風景を描き終えて、さあ次の題材へ移ろうとしたら、今度はみなが工場風景についてしか語らなくなった。もううんざりだ！（Marshall 192）

とはいえ、彼もしたたかで、戦後は身体障碍者、少女、波などに新たな主題を見出しながらも、一九七一年まで北部の工業風景画をコンスタントに描き続けた。ロンドンが自分にとっての最大の市場であり、地方性や郷党心

（provincialism and parochialism）を前面に打ち出せば、確実に売れる、と十分認識していたためである（Howard 49）。一九五二、五三、五五年には「工業風景（Industrial Landscape）」と名付けた一連の大作を完成させている。

労働史家スティードマンも、バージャーと同様の立場からラウリーを批評した。スティードマンは、自伝的手記である『善き女のための風景』（*Landscape for a Good Woman*）において、マンチェスターの労働者階級の家庭で育った母の生涯と、ロンドンで奨学金少女として育った自身の半生とを対比させている。本書の最終章に、母を亡くなる二週間前に見舞った際、実家にそれまで飾られていなかったラウリーの複製画を発見した場面が出てくる。

> 白布に覆われた家具が置いてある最初の部屋を抜けると〔中略〕、マントルピースの上にラウリーの複製画が掛けられているのが見えた。前回訪ねたときにはなかったものだ。なぜ母は外出して、彼女がそこから逃げ出したがった風景、工場の陰に音もたてずうごめく人びとがはっきりと描かれたこの作品を買いもとめたのだろうか。（Steedman 142）

スティードマンは、ラウリーの絵画に対するバージャーの解釈を思い起こしながら、母が病を押してまで、ラウリーの絵画を購入した理由を導き出そうとする。ラウリーの群衆は、「互いに認め合い、助け合い、ジョークを交わす」、「選択のままならない人生をともに旅する仲間」であるとの彼の記述をひきながら、スティードマンは、次のように結論づける。産業革命を経て、市民の意識をもちながら搾取されてみえる「旅の仲間」と、母は一体化したかったのだ、と（Steedman 142）。

スティードマンの母が手に取ったラウリーの複製画は、おそらく戦後に大量生産されたものの一つであろう。ラウリーは、みずから「限定版（limited edition）」の複製画の市場に参入した。これは機械印刷された絵画に直筆サインを付けて価値を高めたもので、近しい人びとがこのような事業に関われば彼の評価が台無しになってしまうと助言したが、彼はやめようとはしなかった。その理由はおそらく、単純に「これほど簡単に稼いだことがなかった」からだという（Marshall 192）。商業ベースに乗せられたというよりは、ラウリーみずから自覚的に乗りこんでいったわけである。こうして一九六〇年代以降、美術館のミュージアム・ショップだけでなく、はてはドラッグストア・チェーンのブーツの店頭にも複製画をはじめとする安価なラウリー関連のグッズが大量に並べられるようになっていく。

戦前から戦後にかけて、ラウリーの批評史に左へ右への揺らぎが見られる一方で、世間一般では、彼の工業風景画は、イングランド北部だけでなくイギリス全土で次第にポピュラーになっていき、作品を素朴に、あるいはノスタルジックに読む見方がますます強固になっていった。一九六〇年にソルフォードを舞台とするテレビドラマ『コロネーション・ストリート』（*Coronation Street*）の放映が開始され、ソルフォード＝ラウリーの風景という、ラウリーの北部アイコン化が再び強化されたこともその理由の一つであろうが、何よりもマンチェスター、ソルフォードで開始された大規模な再開発（reconstruction）の影響が大きいといえるだろう。[11] 戦後の福祉国家が到来し、輝かしい復興を謳った「郊外スラム」の再開発によって破壊されたのは、そこにかつて住んだ人びとにとって、老朽化と空爆で傷んだ建物だけではなく、伝統的な労働者階級の共同体であり、「フランシス・ストリート」が想起させるような長屋的なあたたかみであった。たしかに豊かな時代を迎えたはずが、一九二〇年代が貧しくとも一番幸福で精神的に豊かだったとの感傷、記憶とともに急速に失われつつあるこの時代と場所へのノスタルジアをささえてくれるのがラウリーの絵画だったのである。こうしてラウリーの作品はついに、北部人からも愛されるようになる。ただし留意すべきは、ラウリーの絵を好む人は、あくまで彼の作品世界をラウリーと同じく「外側から眺める」ことのできる人びとであったことである。貧しさから逃れることに成功し、新しい文化的価値観を取り入れられる（と信じる）、いわば新興中流階級（あるいはミドルブラウ）の人びとである。彼らは苦しかった時代と場所から逃げられたからこそ、昔を懐かしむ精神的余裕が生じ、再び「旅の仲間」と精神的に同一化したいと願う両義性を抱える。スティードマンの母もまさしくその一人であった[12]。

本稿二節において、「ミドルブラウ」の概念には「文化的な事柄への興味が平均的、あるいは限られている人」が現状よりも上の階級（文化）への上昇ないし同一化を目指す志向も含まれると述べた。階級上昇を果たせた彼女のような人びとが、かつての自分がいた位置を懐古し、同一化しようとする現象もまた、「ミドルブラウ」であるとはいえないだろうか。このような「ノスタルジック・ミドルブラウ」とでも呼ぶべき受容者の反応が、あるいはそのような反応を引き起こすラウリーの絵の特徴が、さらに言えば、その反応を引き起こす背景としての歴史的状況こそが、ラウリーをめぐるミドルブラウ性、ミドルブラウ文化なのである。

一九七〇年代以降の受容について軽く触れると、大量生産される大衆画家としてのポピュラリティを反映してか、総じて批評家の評価は低いままであったが、ラウリーの絵画の価格は高騰を続けた[13]。二〇一三年、満を持してテートで回顧展が開かれた際の趣旨は、「ラウリーの美術史への貢献と、イギリスの工業都市を描いた卓越した画家としてなした偉業を再評価」することであり、フランス印象派からラウリーへの影響関係を教養主義的に「正面から」論じるものであった（Clark and Wagner 19）。具体的には、工業風景に注目したのはラウリーが始めではなく、ピサロ、ユトリロ、マネ、クールベ、スーラ、そしてヴァレットらであったとの観点から、ラウリーはイギリス固有の画家であるとの見立てから離れ、むしろ二〇世紀のどの国内画家よりも、フランス印象派の影響下にあるとし、フランス印象派の系譜にラウリーを位置づけなおした（Clark and Wagner 38, 65）[14]。

以上、ラウリーの受容史をたどってみると、様々な社会的要因と批評家の介在もあり、左と右、教養主義と大衆主義、北と南を行き来してきたことがわかる。一九二〇年代に（おそらく本能的に）北部の工業風景画を描き始めると、本人の意図に関係なく、その後不況期には悲惨さ、戦中はパストラル、戦後はノスタルジア、さらにはヨーロッパ絵画の伝統の範疇へと、付されるイメージは変遷をたどってきた。戦間期のロンドンは北部に対して負のイメージをもとめたが、豊かになった戦後は、もはやそのイメージを強調する必要はなくなり、「どこにも」存在しない世界を映し出すラウリーの風景画は、イギリス国内のあらゆる場所で消費され大衆化が進む過程で、古き良き共同体精神と、圧倒的な産業の力というヴィジョンの両方を称えるものとして、地域性を超えたイングリッシュネスの創出を支えてきた。こうして、ラウリーの工業風景画は「北部」のパストラルから、「イギリス」のノスタルジアへと拡大されていったのである。

五　むすび

ラウリーの絵画は、受容者たるミドルブラウの人びとが、新しい文化的価値観を採用したことを示す物質的証拠でもある。戦後新たに豊かになった彼らは、ステイタス・シンボルとして居間の壁にラウリーの複製画を飾る。[15] 彼の風景画は「絵を分からない」人間であっても「好き」だと言える、とりつきやすさを備えているうえに、町に出ればすぐにその複製画を手に入れることができる。直線的・幾何学的な構造をもつ画風は、一見モダニティを表現している。しかしひとたび描かれた題材＝「過去」に目を凝らせば、理想化された記憶をたどることができる。かつての自分がいた位置を懐古し、同一化する「ノスタルジック・ミドルブラウ」たる受容者の反応に、（階級上昇を果たせたために、あるいは社会の変化ゆえに）失われた共同体への希求が重なったとき、そこにたんなる感傷としてのノスタルジアを超えた意味が見出せるのではないだろうか。

ラウリーの複製画を飾る人びとが「ミドルブラウ」であるならば、ラウリー自身と、彼の作品もまた「ミドルブラウ」である。彼は、戦後出現した新たなマスカルチャーの側に身を置き参与するようでいて、同時にそこから距離を置き、自身の作品とそれをめぐる状況を観察者として外部から眺める。ラウリーと彼の作品は、そのシニシズムにもかかわらず、ラウリーの画家としてのスタンスおよび受容史にみられるあいまい性、両義性、多面性、横断性から、ロウカルチャーとハイカルチャー、北部と南部、大衆主義と教養主義といった二項対立を横断し、その両極をつなぐ橋渡し的存在であるといえる。この意味において、彼の作品は、大衆に愛されるポピュラー・アイコンであると同時に、教養主義的な解釈をも包み込む、「偉大な」芸術であるといえよう。(16)

註

本稿は、中央大学人文科学研究所「ミドルブラウ文化研究会チーム」二〇一五年度第四回公開研究会（二〇一六年三月二七日、於中央大学駿河台記念館）での発表（原題は「「北部のアイコン」としてのL・S・ラウリー絵画」）に、大幅な加筆・修正を施したものである。なお、英語文献からの引用は全て拙訳である。

（1）『ラウリーを探して』におけるインタビュー。この映画を製作した俳優イアン・マッケランは、マンチェスター近郊の町ボルトンで育った。長年テートにラウリーの作品展示を訴えるキャンペーンを行っており、ノエルもこれを支持していた。

（2）ラウリーの伝記的事実については、いくつか文献があるが、本稿ではとくに代表的な伝記である Rohde, *L.S. Lowry* を参考にした。

（3）Jacobson に詳しい。ドイツ人ピアニストの Charles Halle にちなんで Halle と名付けられたホールでは、現在でも頻繁にクラシック音楽の演奏会が開かれている。

（4）この美術学校で師事したバーナード・テイラー（彼は『マンチェスター・ガーディアン』の美術批評家でもあった）が最初にラウリーの作品を評価し、風景画に白い背景を取り入れるよう助言したとされる（Leber and Sandling 21）。

（5） 一九二八年の展覧会評。*The Studio*, vol. 95, no. 48 (January 1928): Rohde, 180 あるいは、ザ・ラウリーのキュレーター、クレア・スチュアートの言葉を借りれば、「見下すのではなく、観察する」姿勢ともいえる。

（6） Rohde, 53-54; Andrews, 40-43; Spalding, 6.『ヒンドル・ウェイクス』の意義については、秦に詳しい。ただし、ラウリーは後年、インタビュアーに好まれそうな発言、述懐を意図的に残しているため、本当に『ヒンドル』がきっかけであったかは不明である。

（7） ラウリーは、自身が描いた労働者階級の人びとについて以下のように述べている。「彼らが昔に比べて身なりが良くなっているとは思わない。ひょっとすると個人個人を見ればそうかもしれないが、群衆としては…。群衆は昔と全く同じに見える」BBC Third Programme Broadcast, 8 November 1961, Rosenthal,19 に引用。

（8） 選ばれたのは「スケーターたち」（"The Skaters," 1950）と「池」（"The Pond," 1950）の二点であった。

（9） スラム解体プロジェクトの主要因は、空襲の余波と地元人口減少であった。なお、フランシス・テラスは一九五九年に取り壊されている。

（10） 伝記的事実を考慮するならば、この作品の制作当時、ラウリーの母は寝たきりで、彼は仕事以外の時間は母の介護と、気まぐれを満たすことにほとんどの時間を費やさなければならなかった。「湖」には、この時期に書かれたその他多くの絵画と同様、ラウリーが荒廃（desolation）を描くことで自分の感情を表現したとみることもできる（Leber and Sandling 37）。

（11） この意味においては、「ザ・ラウリー（The Lowry）」の存在も象徴的である。イギリス国内最大規模のラウリーのコレクションを所蔵するこの美術館は、二〇〇〇年のミレニアム再開発の一環として、当時寂れていたソルフォード埠頭の船渠を再建した文化施設群の中心部分にある（北部帝国戦争博物館（Imperial War Museum North）もその一つ）。さらにいえば、そのコレクションは、もとはソルフォード美術館が、消滅した地元の景観を描いたラウリーの作品群を収集したものを譲り受けたものである。

（12） 一九七〇年代の終わりまでに、ソルフォードの建物の四四・三％が一九四四年以降に建てられたものとなっていた（Clark and Wagner 215）。

（13）最近の高額落札作品については、二〇一五年六月一六日にフリーマンズ・オークションにて、油彩画 "Peel Park, Salford" が予想落札価格二五万―三五万ドルのところ、四二万五千ドルで落札されている。一九九〇年以降のラウリーの落札価格の高騰状況については、Addison に詳しい。

（14）この回顧展については、「絵画エリート主義と中流階級の気取りへの死後の勝利」と評価するものもあれば、一九世紀フランス絵画を専門とする二人のキュレーターによって意図的に工業風景画以外が排除され、センチメンタルに読む方向へミスリードされていると批判するものもあるなど、賛否両論であった。

（15）ソルフォード出身の劇作家、マイク・リー（Mike Leigh）の戯曲『アビゲイルのパーティー』（*Abigail's Party*, 1977）に、ラウリーの「ランカシャーの村」を飾る人物が登場する。この作品は一九七〇年代のサバービアの上品ぶった気取りを風刺する風俗喜劇である。主要人物の一人であるローレンスは下層中流階級出身で不動産会社に勤務している。彼が招いた客相手に、居間に飾ったラウリーの複製画を尊大に語る姿には、彼の文化的野心とテイストがありありと見て取れる。リーが、観客がこの「サバービアのペーソス」としてのラウリーの位置を理解できると確信してこその設定であろう。

（16）本稿では論じ切れなかったのは、工業風景画だけでなく、ラウリーの没後に発見された絵画も加えた分析である。これらの不気味な幽霊や、エロティックな少女を描いた小作品群からは、群衆ではなく個人をグロテスクに描く傾向が見て取れ、ジャコメッティやベーコン的な、自己と社会の間の避けがたいディスロケーションを描いたとも考えられる。これまでの図式におさまらない、これらの作品群はさらなる検討と評価を必要とする。これについては、稿を改めて考察したい。

引用文献

Addison, Rhian. *Auctioning L.S. Lowry: Oil Painting Sales 1990–2012*. London: Piano Nobile Publications, 2012.
Andrews, Allen. *The Life of L.S. Lowry*. London: Jupiter Books, 1977.
Berger, John. *About Looking*. London: Writers & Readers, 1980. ［ジョン・バージャー『見るということ』飯沢耕太郎監修、

笠原美智子訳、ちくま学芸文庫、二〇〇五〕
Carter, David. "Middlebrow Book Culture." *Routledge International Handbook of the Sociology of Art and Culture*. Eds. Laurie Hanquinet and Mike Savage. New York: Routledge, 2016. 351–66.
Clark, Kenneth. "Constable, Prophet of Impressionism." *Art in England*. Ed. R.S. Lambert London: Harmondsworth, 1938.
Clark, T.J. and Anne M. Wagner. *Lowry and the Painting of Modern Life*. London: Tate Publishing, 2013.
Collins, Maurice. *The Discovery of L.S. Lowry.* Alex Reid & Lefevre, London, 1951.
Cooke, Pat. *Mr Lowry's Clown*. Knutsford: Cavalier House, 1998.
Delaney, Shelagh. "L.S. Lowry." *Studio* 162, no. 821（September 1961）: 105–106.
Dodd, Philip. "Lowryscapes: Recent Writings about 'The North.'" *Critical Quarterly* 32（1990）: 17–28.
Empson, William. *Some Versions of Pastoral: A Study of the Pastoral Form in Literature*. 1934. London: Harmondsworth, 1966. 〔ウィリアム・エンプソン『牧歌の諸変奏』柴田稔彦訳、研究社出版、一九八二〕
Engels, Friedrich. *The Condition of the Working Class in England: From Personal Observation and Authentic Sources*. 1844–45. Moscow: Progress Publishers, 1973. 〔フリードリッヒ・エンゲルス『イギリスにおける労働者階級の状態――十九世紀のロンドンとマンチェスター』（上・下）一條和生他訳、岩波文庫、一九九〇〕
Howard, Michael. *Lowry: A Visionary Artist*. Salford, Lowry Press, 2000.
Jacobson, Howard. "The Proud Provincial Loneliness of LS Lowry." *The Guardian* 26 Mar. 2007.
Klingender, F.D. "The Paintings of L.S. Lowry." *Our Time.* Vol. 4, no. 9 April 1945. 7–10.
Lambert, R.S. *Art in England*. Penguin Books, Harmondsworth, 1938.
Leber, Michael and Judith Sandling. *L.S. Lowry*. London: Phaidon, 1987.
Levy, Mervyn. *Painters of Today: L.S. Lowry, A.R.A*. London: Studio Books, 1961.
Looking for Lowry. Dir. Margy Kinmonth. Prod. Maureen Murray. Foxtrot Films, 2011.
Marshall, Tilly. *Life with Lowry*. London: Hutchinson, 1981.

Morton, H.V. *In Search of England*. 1927. Boston: Da Capo Press, 2002.

Newton, Eric. "Lancashire Translated." *Sunday Times*. 18 Feb. 1945.

Potts, Alex. "'Constable Country' between the Wars." *Patriotism: The Making and Unmaking of British National Identity. Vol. 3: National Fictions*. Ed. Raphael Samuel. London: Routledge, 1989. 160–186.

Riley, Harold. *A Day with Lowry*. Salford: The Riley Archive, 2001.

Roberts, Robert. 1971. *The Classic Slum: Salford Life in the First Quarter of the Century*. London: Penguin, 1990.

Rohde, Shelly. *L.S. Lowry: A Biography*. Salford: Lowry Press, 1987.

Rosenthal, T.G. *L.S. Lowry: The Art and the Artist*. Norwich: Unicorn Press, 2010.

Russell, Dave. *Looking North: Northern England and the National Imagination*. Manchester: Manchester UP, 2004.

Sandling, Judith and Mike Leber. *Lowry's City: A Painter and His Locale*. Salford: Lowry Press, 1999.

Schmid, Susanne. "Between L.S. Lowry and Coronation Street: Salford Cultural Identities." Ed. Christoph Ehland. *Thinking Northern: Textures of Identity in the North of England*. Amsterdam: Rodopi, 2007.

Spalding, Julian. *Lowry*. Oxford: Phaidon, 1979.

Spring, Howard. *In the Meantime*. London: Constable and Company, 1942.

Steedman, Carolyn. *Landscape for a Good Woman*. London: Virago Press, 1986.

Timperley, H.W. *A Cotswold Book*. London: Jonathan Cape, 1931.

Walters, Chris. "Representations of Everyday Life: L.S. Lowry and the Landscape of Memory in Postwar Britain." *Representations* 65 (1999): 121–150.

秦邦生「女工たちのモダニティ――『ヒンドル・ウェイクス』におけるアダプテーションと労働、余暇、快楽の政治学」『英文学研究』第九一号（日本英文学会、二〇一四）一―二〇。

武藤浩史『ビートルズは音楽を超える』平凡社新書、二〇一三。

第二部　歴史とイングリッシュネス

旅するミドルブラウ
――H・V・モートンとイングランドの再発見――

見市雅俊

一　はじめに

一九三〇年代、まだメジャーになる前に書かれたオーウェルの四つの小説のうち、当時も今もいちばん評価が高いのが、第二次世界大戦開戦前夜の一九三九年六月に出版された『空気を求めて』（*Coming Up for Air*）である。その筋書きは、まさに絵にかいたような中年の俗物男性であるボーリング氏が、ロンドン近郊の新興郊外住宅地での無味乾燥な生活と迫りくる戦争の影とにすっかり嫌気がさし、そして郷愁の念に駆られ、誰にも内緒で自動車による生まれ故郷への旅を決行する、というものである。もちろん、故郷はすっかり変わり果てており、ボーリング氏は、浮気を確信する細君のもとにすごすごと帰ることになる（見市 一九七八 三七―三八）。

両大戦間期のイギリスは、たしかに、かつて産業革命を牽引した「伝統的基幹産業」が慢性的不況に喘ぐことになるのだが、他方では、「新産業」のめざましい急成長があった。なかでも自動車産業は、生産台数がアメリカに次ぐ世界第二位の座をしめたのであった。車社会の幕開けである（見市 一九八〇 二〇〇―二〇二）。そして、すでに多くの文化史家が指摘しているように、両大戦間期は「イングランド」が「再発見」される時代であり、「イングリッシュネス」（「国土」や「国民」の自画像）が再構築されてゆく。その場合の国土は、これもよく指摘されるように、「田園」（農村部と田舎町、さらに「古都」も）であり、自動車は、それを探し求めて旅する人びとの最先端の交通手段となる。

両大戦間期、自動車紀行文の文字通り出発点となったのが、高名なジャーナリストであるH・V・モートンのイングランド紀行三部作である。一九二七年に出版されたその第一作目は、タイトルもそのものずばり、『イングランドを探しに』（*In Search of England*）となっていた。すでに指摘されていることだが、ボーリング氏の感傷的自動車旅行を構想するにあたって、オーウェルがモートンの紀行文を意識していたことは充分にありうる（Small）。しかし、それだけではなく、オーウェルの『ウィガン波止場への道』（*The Road to the Wigan Pier*）についても、あとでみるように、『イングランドを探しに』が関係しているようにおもう。

モートンの紀行文についてはすでに多くのすぐれた分析があり、この論文もそれに負うところが大きい。そのうえで、〔両大戦間期――「イングリッシュネス」の再構築〕に対置される〔近世――「ブリティッシュネス」の再構築〕という枠組みを設定し、加えて「古事物学」という視点を織りこむことによって、近世以降のイギリスにおける「国土」の展開のなかにモートンの紀行文を位置づけてみよう。それが本稿の主たる狙いである。

モートンの紀行文のおもな読者層は、「ミドルブラウ」だったとの指摘がある。ボーリング氏をミドルブラウのひとつのモデルとみることも可能だ。だとすれば、モートンもボーリング氏も国土を探して旅するミドルブラウ、ということになろう。

二　市民的国見――近世におけるブリティッシュネスの再構築

「古事物学」の起源は、古代ギリシャのヘロドトスまで遡る。同じく古代ギリシャのトゥキディデスに端を発し、「より近い過去」を対象として、時系列に従い、大なり小なり政治を中心に据え、なにかしらの有益な教訓を盛りこむ「歴史」に対して、古事物学のほうは、「より遠い過去」を対象とし、そのために遺跡や遺物などの非文字史料、さらに伝承の世界にまでその触手を伸ばした。その結果、古事物学は近代的な考古学の先駆者にもなるが、他方では、尚古趣味、あるいは骨董趣味にはしることにもなった（見市 二〇一一 七―八）。この論文集の全体のテーマに引き寄せてみれば、「歴史」が「ハイブラウ」的であるのに対して、「古事物学」は「ミドルブラウ」的である、となろう。

近世ヨーロッパの古事物学の展開においてもっとも重要なのは、その枠組みのなかで、「地理―歴史研究」（a study of geo-history）が盛んになったことである（Burke 29）。すなわち、対象地域についてその「歴史」と「景観」の両方を均等に織りまぜつつ記述しようとする営みである。英語では、"Chorography" すなわち「地域誌」と呼ばれ、ＯＥＤには「一七世紀にたいへん流行した」とある。

「地理―歴史研究」の起点は、イタリアのフラヴィオ・ビオンドの一四四六年の『ローマ復元』（*Roma instaurata*）を嚆矢とする三部作に求められる。その後、「ドイツ、スペイン、それにイギリスにおけるビオンドの模倣者が、各々の国のナショナリズムの形成に寄与することになった」（Momigliano 71）。イギリスにおいて最良の「模倣者」となったのが、ウィリアム・カムデンである。一五八六年に出版されたその『ブリタニア』（*Britannia*）は、この国の古事物学の最高峰をしめることになった。当初はラテン語で出版されて、版を重ね、一七世紀以降は英訳版も出版された。本稿では、一六九五年の英訳版を用いることにする。

デフォーのよく知られた『大英国回覧記』(*A Tour thro' the Whole of Great Britain*)が、じつは『ブリタニア』を「換骨奪胎」したものだったことは、他のところで述べたとおりである(見市、二〇一一 一四)。つまり、カムデンの後世への影響力は、「オリジナル」に加えて、それよりもはるかによく読まれた「コピー」との二段構えだったことになろう。

先の引用文でいう「ナショナリズム」とは、中世世界の秩序が崩れ、近世国家がそれぞれ独自の道を歩みはじめたということであり、『ブリタニア』が出版されたエリザベス朝時代のイギリスについてみれば、「ブリテン」の二重の展開がまさにはじまろうとしていた。大英帝国と島国統一である。前者に関わるもっとも重要なテキストとしては、リチャード・ハクルートの『イングランド国民の主要な航海と交易と発見』(*The Principal Navigations, Voyages, Traffiques and Discoveries of the English Nation*)が挙げられる。奇しくもそれは、一五八六年出版の『ブリタニア』と対になってスペイン無敵艦隊撃破(一五八八年)を挟みこむかたちで、一五八九年に刊行されたのであった。『ブリタニア』は、そのように外延化するブリテンの「本国」の「住民」が「国土」に「囲い込まれ」て、「国民」となってゆく流れに棹差す、もっとも重要なテキストのひとつになる(Cormack 640)。

カムデンは、『ブリタニア』の冒頭部分で次のようにいう。「ブリテン人とローマ人は、長い年月にわたる相互の接ぎ木によって、ひとつの国民へと生長したと考えてよい」(Camden lxxxviii)。別のところでは、カムデンはこうもいう。かつては、「ピクト人やスコット人の蛮行」や、「我らがサクソン人の祖先の飽くことを知らない残忍さ」がみられた。ところが、「今では、長い歳月にわたる接ぎ木、ないし混交によって、われわれすべてがひとつの民となり、宗教と学芸によって文明化されたのである」(Camden civ)。『ブリタニア』の本文においても、分量はともかく、少なくともかたちのうえでは、ウェールズ、スコットランド、アイルランド、そしてイングランドの四者は、「ブリテン」を構成する対等の国々として扱われていた。ローマ帝国の滅亡によって失われた統一ブリテン。それが今や蘇ろうとしているのだ。

ブリティッシュネスの再構築。それは本国についてみれば、ヨーロッパ「大陸」に対峙される「島国」としての国土の再構築を意味した。エリザベス朝時代に島国であることが強く意識されるようになることの文学史的な証左としてよく引かれるのが、シェイクスピアの『リチャード二世』（*Richard the Second*）の第二幕第一場におけるゴーントの科白である。

白銀の海に象嵌されたこの貴重な宝石、
この祝福された地、この大地、この領地、このイングランド（シェイクスピア　五六）

『ブリタニア』の劈頭を飾るのも、島国であることの幸運を謳い上げる次のような文言であった。

世界に名だたる島国たるブリテンは、大洋によってヨーロッパ大陸から分断されている。〔中略〕周辺の国民からこのように適度の距離で分断され、しかも、その開かれた港によって世界中と交易するのに適しており、まるで人類全体の利益のために、海洋の真っただ中へと躍りでているようだ。（Camden i）

古事物学、ないし「地理─歴史研究」の視点が非常に鮮明にみられるのが、英仏海峡の生成にかんするカムデンの論考である。

狭い海峡によってガリアとブリテンが分かれているこの地点に、かつては両者を結ぶ地峡があったのだが、その後、大洪水、もしくは高波の侵入、あるいは地震によって海水が貫流するようになったのではあるまいか。この問題は検討してみる価値がある。〔中略〕海峡がもっとも狭まったところでは、両岸とも高い岩がそそり立ち、岩質も色もほとんど同じであって、そのことは、両者が分断されたことを物語っているに相違ない。（Camden 206-07）

『ブリタニア』では、化石の分析や地震の記録ををふくむ、このように洞察力に富んだ地史的考察がここかしこで展開される（見市 二〇〇四 二五九―六六、見市 二〇〇九 五九―六八、七四―八一）。海岸線の劇的変化を織りこんだ、サフォーク州のダンウィッチ（Dunwich）についての記述をみてみよう。

オールドバラ（Aldburgh）から海岸線に沿って一〇マイルほどゆくと、ダンウィッチ、昔のサクソン語ではダンモック（Dunmoc）にたどり着く。ここは、ベーダが取り挙げている。すなわち、ブルゴーニュ出身のフェリックスが東アングル人〔中略〕をキリスト教の信仰に連れ戻し、六三〇年、司教座をここにおいたのであった。〔中略〕ウィリアム一世の治世下、ここの市民は二三六人、貧民は一〇〇人、納税査定額は五〇ポンドとニシン六万匹である、と『ドゥームズデイ・ブック』（*Domesday Book*）に記録されている。かつては人口も多く、貨幣鋳造所でも有名だった。しかし今では、悪意ある自然のために（海の侵入に対して、それを制限しなかったのである）、その主要な部分が波の猛威によって押し流されてしまった。司教座もとっくによそに移ってしまった。現在では、まことに寂寥とした場所になっている。（Camden 374）

八世紀初頭に書かれたベーダの『英国民教会史』（*The Ecclesiastical History of the English People*）と一一世紀末に作

成された『ドゥームズディ・ブック』を巧みに引きつつ、地史的変貌をも盛りこむ、まさに「地理―歴史研究」であり、『ブリタニア』とは、要するにこのような情報の集積体なのである。

さて、『ブリタニア』におけるブリティッシュネス再構築のもっとも基本的な作業となったのが、『アントニヌス巡行表』(*The Antonine Itinerary*)の解読である。『アントニヌス巡行表』とは、トラヤヌス帝の治世からディオクレティアヌス帝の治世にかけて順次、作成されていったと推測される、ローマ帝国領内の主要幹線道路表のことである。全部で二二五の道路が記録され、そのうちの一五がローマ・ブリテンのものだった。それぞれの道路について起点と終点、およびルート上の中継点が記され、さらに中継点相互の距離も記載されていた(Rivet and Smith 150-54)。

『巡行表』に記載されたそれぞれの中継点は、現在のどこにあたるのか。カムデン以前から古事物学者の関心を集めていたテーマだが、カムデンはその研究の水準をいっきに高めたと評価される。理由のひとつは、カムデンがその一部についてフィールド・ワークを敢行したことである(Levy 91-96)。そのことがよくうかがえる箇所をみることにしよう。

『巡行表』のローマ・ブリテン編における「第二道路」は、イングランド東南部の今日のリッチバラー(Richborough)から北方のハドリアヌスの壁にまでいたる。カムデンは、その中継点のひとつ、"Manduessedum"(今日の研究書では、"Manduesedo")は、現在のウォリックシャー州のマンセスター(Mancester)であると推測した(Camden 507)。今日の研究では、それはレスターシャー州のマンセッター(Mancetter)のことだとされている(Rivet and Smith 411-12)。そして第二道路における、"Manduessedum"の北方向の次の中継点は、"Etocetum"(今日の研究書では、"Etoceto")である。カムデンは次のように書く。

幸運にも、私はそこを発見したのである。〔中略〕アントニヌス巡行表が、"Manvessedum"（右にみた"Manduessedum"のこと）から"Etocetum"にいたる距離とする、まさにその地点において、この道路（ワトリング街道 Watling Street）の近くで古都の遺跡に遭遇したのである。その地名は、〔中略〕壁の一部が残っているのにちなんで、そのものずばりウォール（Wall）という。道をはさんで向かい側には、住民の伝承によれば、もうひとつ小さな古都があったが、ウィリアム征服王の時代より以前に破壊されたのだという。住民は、その土台の大きさから寺院が建っていたと想像される場所をおしえてくれた。さらにローマ皇帝の貨幣をたくさんみせてくれた。貨幣は、いつの場合にも古代の絶対確実な証拠なのである。（Camden 530）

このカムデンの説は、今日の学説と一致している（Rivett and Smith 387-88）。ブリテンはローマ帝国の最僻地であり、「ローマ化」も皮相なものにおわった、というのが今日のローマ・ブリテン史研究の定説である。実際、その目に見えるローマ時代の遺跡はまことに貧弱だ。そのようなハンディのもとで、カムデンは、テキストの解読だけではなく、このようにフィールド・ワークもこなしつつ、ローマ・ブリテン時代の道路網を復元しようとしたのである。その意図するところは、この島国も古代ローマ帝国の立派な構成員だったこと、つまり文明化していたことを証明することだった。それは、文明の「先進」国たるヨーロッパ大陸諸国と必死になって肩を並べようとする、近世イギリスの「後進」国的な「ナショナリズム」のあらわれといっても過言ではあるまい。

カムデンをはじめとする古事物学者たちは対象地域を「遍歴」するという体裁をとった。島国の全域を対象とするカムデンは、さすがに全土とはいわないにしても、「イングランドのほぼ全域を旅行した」という（Camden Preface）。実際にどこまで旅したかについてはおおいに議論の余地があるのだが、それよりも重要なのは、ヘルガーソンの卓越した分析に従うならば、「国見」＝国王の行幸に対峙される、国民ないし市民的な国見の意味合いが、どこまで自覚的であったかは別問題として、近世古事物学のテキストにこめられていたことである。それらのテキストの読み手は居ながらにして、「歴史」が刻まれた「土地」＝「国土」が「発見」されてゆく、その臨場感を共有することになったのである（Helgerson 139–47）。近世イギリスにおける、絶対主義の頓挫と市民社会の生成に絡めてヘルガーソンは次のようにいう。

その後、三世紀半もの間、イングランドの自画像を支配したのは、ジェームズ一世の絶対主義ではなく、カムデン流の愛国的独立心だったのである。（Helgerson 145）

三　旅するミドルブラウ――両大戦間期におけるイングリッシュネスの再構築

巡りめぐって両大戦間期。「ブリテン」は、一六世紀以来の最大の大転換点をむかえた。大英「帝国」は、たしかに総面積のうえでは両大戦間期にピークをむかえるとはいえ、第一次世界大戦後の激変する国際関係のなかで帝国としての威光はすでに色褪せつつあった。他方、「本国」においては「南」アイルランドの分離・独立があり、スコットランドでは独立運動がようやく産声をあげた。トム・ネアンのいう「ブリテン解体」のはじまりである（Nairn 94–95）。

見落としてならないのは、「イングランド」も「ブリテン」からの「独立」をはかることだ。すなわち、近世以降、より上位の「ブリティッシュネス」に大なり小なり包摂されてきた「イングリッシュネス」についても、その再構築がはかられることになったのである（Feathersone 3, 9）。たとえば、両大戦間期に再構築されてゆく新しいイングランド人の自画像をラファエル・サミュエルは、次のようにまとめている。

第一次世界大戦のさなかにつくられたものとは対照的に、そのイメージは、概して、反英雄的なものになった。イングランド人は、支配者民族であるよりも、むしろ家庭的な民であり、征服者であるよりも、むしろ家庭を大切にする人びとなのである。その愛国心は、穏和なものだ。闘うことは、たとえ必要だとしても忌まわしいものとみる。（Samuel xxv）

この新しい自画像の生成が、この時代に急速に拡充してゆく郊外住宅地の新しい住民、すなわち新しい「中間層」、ないし下層中流階級、言ってしまえば、ボーリング氏的な存在と密に連動していることはたしかだろう。国土も再構築される。一九世紀末以降、イギリスの内と外の両方のありようをめぐって閉塞感や危機感が蔓延するなかで田園回帰の潮流が台頭し、両大戦間期にいたって、それははっきりと社会全体の一大潮流になり、イングランド―田園という国土のイメージが涵養されてゆく（Howkins 63-69）ポッツの論文は次のようにいう。かつては、「イングリッシュネス」の概念においては、

人種という考え方が至上だった。イングリッシュネスとは、田園において、そのもっとも純粋なかたちのものが見出される人種に存在する本質的なものとされていた。〔中略〕純粋の景観というナショナリスト的なイデオロギーが完全に自立したのは、両大戦間期になってからのことである。人種的なアイデンティティの理論が、無生物の景観に移ったのである。（Potts 166）

「血筋」ではなく、「場所」ということである（Baucom 16-17）。体制の行きづまりのなかで田園回帰の潮流が生まれる現象そのものは、この国特有のものとはけっしていえないにしても、それが他の国にはみられないほど社会全体に浸透したことはたしかだろう。そのような田園回帰熱の最大の要因は、ペリー・アンダーソン（Anderson）

とトム・ネアン（Nairn）のイギリス＝「近世」国家論、あるいは「ジェントルマン資本主義」論（Cain and Hopkins）でいうところの、近世から現代まで貫徹される地主貴族のヘゲモニーという点に求められよう。

そのようなエリートの文化においては、田園こそがほんらいあるべき居住地とされ、さらに、ヨーロッパ大陸の平均値をはるかに凌駕する土地の寡占状態が、「絵になる」景観を結果的にせよ保証することにもなった。ナショナル・トラストの関係者によれば、「イングランドの全国津々浦々、絵になる村や、愛情や理解がよくうかがえる田園に出くわしたなら、まず間違いなく、そこは大土地所有の土地なのである」（Lowenthal 219）。

では、その田園イメージの具体的な中身はどのようなものか。それは「理想化されたホームカウンティーの景観」であり、それが諸々の紀行本やガイドブック、観光写真や宣伝ポスターなどを介して巷に流布し、そうして両大戦間期の終わり頃には、この「新しいステレオタイプ」が「古典的な地位」をしめるにいたった（Potts 167）。「ホームカウンティー」、すなわち、ジェントルマン資本主義の牙城たるイングランド南部の景観がイングランド全体、ひいては「ブリテン」本国全体のそれとして喧伝されることになったのである。そうして育まれた田園のイメージがそのまま第二次世界大戦中の、チャーチルのいう「最良の時」、つまり孤立無援の対独国土防衛戦のさなかにあって死守すべき国土として想起されることにもなる。

モートンのイングランド紀行三部作とは、『イングランドを探しに』と、一九二九年の『イングランドの呼び声』（*The Call of England*）と、一九四二年の『わたしは二つのイングランドを見た』（*I Saw Two Englands*）の三冊のことである。いずれも新聞の連載をまとめたものである。そのうち、いくつも版を重ね、「農村イングランドにかんするガイドブック物の原点となるテキスト」として評価されるのが、『イングランドを探しに』である（Kohl 198）。一九二六年四月から『デイリー・メイル』（*Daily Mail*）紙上において連載がはじまり、途中、ゼネラル・ストライキの余波をうけて中断したものの九月まで続き、翌年の六月に本にまとめられて出版された（Bartholomew 91-99）。

そもそもイングランドは、国内内陸部の観光資源の開発という点では、大陸諸国にくらべてむしろ遅れ気味だったとされる。理由のひとつは、グランド・ツアー以来の海外旅行の伝統である。しかるに、両大戦間期に、「イングランドは自動車旅行によっていっきに大陸諸国を追い抜いたのであった」（Mandler 171-72）。有能なジャーナリストとしてモートンは自動車紀行文の先駆性、さらにそれがイングリッシュネスの再構築と深く関わることをよく承知していた。まず、出版前の本の装丁や価格についてのやりとりの段階で、モートンは「下層中流階級の会社員」を読者層として意識していたことが指摘されている（Perry 436）。そして、『イングランドを探しに』の「序文」はこうはじまる。

本書は、自動車によるイングランド周遊旅行の記録である。本書は良いかどうかはともかく、道端や、農家の庭の壁や、大聖堂や、小さな教会の墓地や、田舎の旅籠の洗面台など不自由な場所においてあまり深く考えずに書かれた。〔中略〕今日、イングランドについての書き手は、以前より広範で知的な読者層を相手にすることになる。というのも、わたしが思うに、かつてないほど多くの人びとがイングランドを探しているからである。長距離バス（motor-coach services）という、素晴らしいシステムが全国津々浦々にまで行き渡り、その結果、鉄道が到来したあとでも辺鄙でアクセス不可能だった地域も、一般の人びとに対してその門戸を開いたのである。安くなった自家用車の人気も、イングランドの歴史、古事物、地形に対する関心がようやく盛り上がったことと大いに関わっている。これまでのどの世代よりも多くの人びとが初めて本当の国土（the real country）を目の当たりにしているのである。（Morton 2002 xiii）

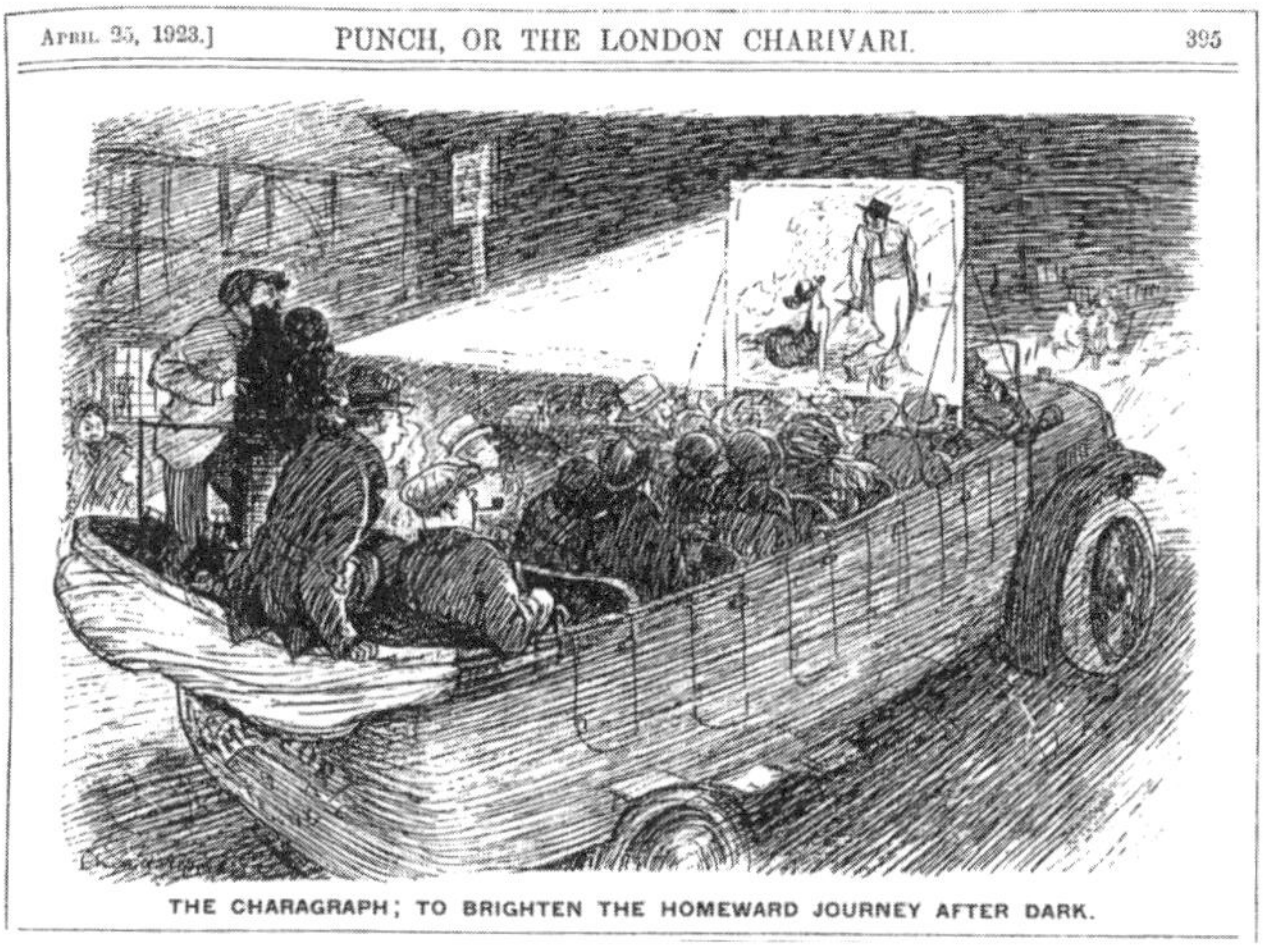

図 1-⑴：観光バス映画会　*Punch,* April 25, 1923 (395)

図 1-⑵：ミドルブラウ的観光スポット
Punch, August 9, 1922 (141)

バスが挙げられていることに注目しよう。通例は、この時代の自動車社会の到来というと、もっぱら中流階級と自家用車という文脈で語られるのだが、バス旅行の普及を見落としてはならないのである（Graves and Hodge 183-84; Perkin 142ff）。モートンの紀行文には、観光地の目につく存在として「観光バス」（charabanc）がしばしば登場する。それと、アメリカ人観光客。たとえば、ストラッドフォード・アポン・エーボンにて。

いたるところからやって来た観光バスが広場にぎっしり駐車していた。〔中略〕ホテルは、アメリカからやって来た脚の長い女の子と、肌の黄ばんだ父親と眼鏡をかけた母親で満室だった。『恋の骨折り損』という寝室をあてがわれた。このホテルは全室、シェイクスピア仕立てになっている（Shakespeareanized）。（Morton 2002 248）

図1の⑴と⑵は、風刺雑誌『パンチ』（*Punch*）に載った観光バスと観光地の光景である。このような観光は、労働者階級によって利用されるブラックプールのような海岸リゾート地とも、また、より上層の階級の海外旅行やカントリーハウスの世界とも違う、まさに「ミドルブラウ」の世界であった（Baxendale and Pawling 61–62）。モートンが多少の皮肉をこめて描く、シェイクスピアの生地を聖地とみなし、自国の歴史のルーツを探し、ある意味ではイングランド人以上にイングランドの歴史に精通し、なんとハリエット・マーティノーまで知っているアメリカ人観光客（Morton 2002 18, 103 65–66, 186, 202）。モートンが想定する読者層。自家用車までは手が届かないものの観光バスを利用して古都や史蹟をめぐる人びと（Bartholomew 90）。これらを一括して「旅するミドルブラウ」と言ってしまっても、けっして間違いではないだろう。さらにもう一歩、踏みこんで、ポッツは次のように言い切る。

イングランドの田園の美しさを発見することが、さほど特権的ではない中流階級の間でひとつの、強いこだわりとなった。彼らは、多くの点で影の薄い存在であると感じ、その見てくれの社会的な人格よりももっと価値のある、本物の内的なアイデンティティをもつことを願っていたのである。(Potts 164)

「さほど特権的ではない中流階級」を「ミドルブラウ」と読み替えれば、この引用文は、イングリッシュネスを求めて旅するミドルブラウ現象の政治文化史的な分析として説得力をもつのではなかろうか。章を改めて、モートンのイングランド紀行を具体的にみることにしよう。

四　もうひとつのウィガン

モートンのイングランド自動車紀行三部作の性格を、すぐれたモートン伝を著したバーソロミューは、「旅行案内兼歴史書(The Travel-guide-cum-history book)」と評している(Bartholomew 104)。たしかに、歴史の部分が予想以上に多いのである。モートンのこの島国の歴史に対する基本的な見方からみてみよう。

モートンの名前は、一九二三年、エジプトにおけるツタンカーメンの墓の発見にまつわるスクープによって全国的に知られるようになった(Bartholomew 61-68)。その直後、モートンは、考古学的な関心からパレスチナに足を延ばすのだが、ツタンカーメンの呪いだろうか、『イングランドを探しに』の本文冒頭によれば、頚部の激痛に見舞われ、「死ぬか」とおもった。その時、

わたしは、もしもドーバーの絶壁をもう一度みることができたなら、もう二度とそこから離れまい、と誓った。〔中略〕

おそらく、冷たく憂鬱なパレスチナの山々と本能的に対比されてわたしの心のなかに、静寂な空にたなびく薪の煙の匂いや、夕暮れ時に藁葺屋根の下で光る小さな赤い鎧戸、そうした夕暮れ時の村の通りの情景が浮かび上ってきたのである。故国で教会の鐘がどう鳴るかも思い出した。さらに、一年のちょうど今頃、西の方角に太陽が、鈍い赤い筋状の雲を残しつつ沈んでゆき、そうして刻一刻と楡の木が黒ずんでゆくさまも思い出した。（Morton 2002 1）

モートンにいわせれば、このように母国を田園として想起するというのは、「世界中に散らばる在留邦人に共通する」。ロンドンっ子もその例外ではない。大戦中に出会った、徴兵された「小柄なロンドンの工場労働者」は、自分がそのために戦おうとする「イングランド」とはいったいなにかと思い悩んだすえに、それは「バンク・ホリディのときに時間を過ごす緑の空間、すなわちエッピングの森（Epping Forest）」のことだ、と思い至ったのだという。「サンマは目黒」、ということだ。モートンは続ける。

農村とイングランドの田園は、私たちが今このようにあること、また私たちがこのようになったこと、そのすべての根源なのである。私たちの工業都市は、たかだか過去一世紀半のものである。しかるに、私たちの農村の起源は七王国時代にあるのだ。（Morton 2002 2）

べつのところではモートンはこうもいう。

イングランド北部の大きな工業新興諸都市も、歴史という偉大な背景と、田園の広大な緑、それこそ本当のイングランド北部なのであり、それらのものを背にしてみれば、ただの黒いしみでしかない。（Morton 2002 201）

このように、『イングランドを探しに』の全体の基調は、すでに多くの研究者が指摘しているように、田園、それもイングランド南部のそれをよしとするものであった。しかしながら、けっして北部をないがしろにしたわけではない。その北部の工業都市の代表格として登場するのが、ウィガンなのである。オーウェルの、あのウィガンだ。モートンはいう。

ウィガンについて、世間一般と同じように考えていたことを素直に認めよう。救いようのない陰鬱な印象を書こうとやって来たことも認めよう。〔中略〕最悪のものを予想してウィガンに来てみると、ここは昔ながらの田舎町の面影をいたるところにとどめていることがわかり、びっくりすることになる。〔中略〕このけっして評判のよくないウィガンでさえ、五分も歩けば、もう田園の真っただ中なのだ。〔中略〕この町は、前工業化時代のイングランドにおいて輝かしい記録をもつ、にぎやかな工業都市の完璧な実例なのである。ウィガンは、炭田に一夜にして生まれた雨後の竹の子のような町ではない。歴史があるのだ。（Morton 2002 181–83）

そうしてモートンは、この表面的には無味乾燥な工業都市の、幾重にも積み重なった歴史を掘り起こしてゆく。その最古層から。

ウィガンをつくったのは、ローマ人である。彼らはそこを“Coccium”と呼んだ。〔中略〕“Coccium”について残されているものといえば、素敵な、しかしかなり改築されてしまった一四世紀の教会の塔の北側の張り出し窓にはめこまれた、ローマ時代の祭壇だけである。（Morton 2002 182）

"Coccium"とは、あの『アントニヌス巡行表』に列挙された、ローマ・ブリテン道路上の中継点のひとつである。なお、"Coccium"＝ウィガン説は、たしかにかつては有力だったものの、現在では否定されている（Rivet and Smith 171-72）。

最古層から二番目。モートンはこう記す。「アーサー王もウィガンのことを知っていたのだ！　実際、ウィガンは、王のいくつかの勝利の場面として知られている」（Morton 2002 182）。『ブリタニア』のなかで、カムデンは全国各地に散らばるアーサー王伝説を丹念に拾っている。そのうちのひとつは、こう書かれている。

ここでは、ダグラス（Dugless、現在はDouglas）という小川が静かに流れている。その近くで、ネンニネスによると、我らがアーサー王は、非常に重要な戦いにおいてサクソン人を打ち破ったのであった。その川の水源にウィガン（Wiggin）がある。（Camden 790）

ネンニネスとは、九世紀のはじめ頃に書かれた、『ブリテン人の歴史』（*History of the British*）の著者とされてきた人物だが、今日では疑問視されている。それはともかく、同書では、アーサー王が、侵略者である「イングランド人」との一二回におよぶ戦いのすべてに勝利したとあり、そのうちの第二番目から第五番目までの戦場は、「ダグラスと呼ばれる川」だったと書かれていた（Nennius 35）。それを、カムデンはウィガン近くのダグラス川のことだと解釈したのである。その説が、おそらくカムデンという権威ゆえに人口に膾炙し、巡りめぐってモートンの紀行文に登場した、と推測してよいだろう。

第三番目は、「マーブズ・クロス」（Mabs Cross）と呼ばれる「ぼろぼろになった石の十字架」にまつわる、「ウィガンでもっともよく知られている伝説」。モートンによれば、「ウォルター・スコットの小説、『婚約者』（*The*

Betrothed）でも取り上げられている」。その伝説とは、十字軍に参加した亭主がてっきり戦死したものとおもい再婚した細君、しかるに、そこに元亭主が生還して…というもので、その十字架は、細君が罪滅ぼしのために毎週、裸足で参拝したところとされる。歴史上の実在の人物がモデルであって、ある種の「歴史性」もある、という（Morton 2002 183; Westwood and Simpson 403–04）。

第四番目は、ピューリタン革命。

内戦の際には、クロムウェルが退却する王党派軍をウィガンの街中において追撃した。そして、一六五一年、ダービー伯爵は、ウィガン小路の戦いにおいて敗北を喫し、そのために首をはねられることになる。（Morton 2002 183–84）

第五番目は、いわば「番外編」である。ウィガンから北の方角に「デュックス・ホール」（Duxberry Hall）があるが、そこは、「このあたりでは、唯一のアメリカ人の巡礼地になっている。あの勇猛なマイルズ・スタンディッシュが生まれた場所とされているからだ」（Morton 2002 183）。スタンディッシュとは、ピルグリム・ファーザーズの軍事顧問としてプリマス植民地の建設に深く関わった人物である。第六番目は、一六六〇年の王政復古の際、チャールズ二世からウィガンの市長に対して同市の王権に対する忠誠をよしとして剣が下賜されたこと（Morton 2002 184）。そして、現在の「地表」。

それが、ウィガンの前工業化時代を閉めくくる出来事となった。やがて一九世紀になり、石炭王（King Coal）が現れて、ウィガンは、新しい営みをはじめることになった。（Morton 2002 184）

古事物学の筆法そのものであり、「本当の国土」によって担保された歴史の連続性というメッセージをここに読み取ることができよう。

一九三一年、モートンは、保守系の『デイリー・エクスプレス』(*Daily Express*)紙から左派系の『デイリー・ヘラルド』(*Daily Herald*)紙に移籍し、そこで連載した記事が一九三三年、労働党から『わたしがスラムで見たこと(*What I Saw in the Slums*)』として出版された。バーミンガム、シェフィールド、リヴァプール、およびスタッフォードシャー州の陶磁器製造地帯の劣悪な住宅事情を写真つきで報じたものである。写真も文章も上出来であり、オーウェルがそれに触発されたことはおおいにありうるだろう(Bartholomew 147)。また、冒頭で紹介したように、『空気を求めて』のボーリング氏の自動車旅行を構想するにあたって、オーウェルが『イングランドを探しに』を参考にしたことも充分にありうるだろう。

それに加えて、『イングランドを探しに』のなかでこのように異彩を放つウィガン像がオーウェルの関心を引いたことも、充分にありうるのではなかろうか。そのうえで、後者はまことに陰惨な生活を描いた。ウィガンに逗留するにあたってオーウェルは、より劣悪な環境をわざわざ選んだと指摘されている(Crick 183)。北部の労働の世界の豊かな「伝統」をオーウェルはあえて無視したとの批判もある(Featherstone 91)。「歴史」のなかに「現実」をいわば「流しこむ」モートンに対して、オーウェルは、歴史から幾重にも疎外された世界を描いた、となるだろう。しかしながら、そのオーウェルも、第二次世界大戦の第一段階、すなわち二人の全体主義の独裁者が野合し、この島国が完全に孤立した時期、俄然張り切って、おそらく最良のイングリッシュネス讃歌を謳いあげることになる(見市　一九七八　三九―四〇；Featherstone 14-15)。

五　古事物学とモートン

細かいことから。第二次世界大戦勃発の直前と直後、モートンは『デイリー・ヘラルド』紙にふたたびイングランド紀行を連載し、それが一九四二年、『わたしは二つのイングランドを見た』として出版された。開戦の前後ということもあって、三部作のなかではイングリッシュネスということがもっとも強く喚起される内容であり、イングランド＝田園＝南部のイメージがさらに前面にでてきている。そのような著作にカムデンの名前が二回、登場する。最初に、

我らがウィリアム・カムデンは、チチェスターについて、次のように書いている。「同市には、四つの方角に開かれた、四つの門がある」（Morton 1989 106; Camden 168）

次に、

スティルトン（Stilton）の村に到る。チーズのなかの王様の名前になっている。エリザベス朝の時代にここを訪れたウィリアム・カムデンは、もともとの地名は "Stchilton" だったのだが、それが縮まってスティルトンになったと記している。（Morton 1989 154; Camden 424）

さらに、モートンはこの有名なチーズの歴史を語り、そのなかで前出の『大英国回覧記』においてデフォーが

このチーズについて記した箇所を引用し、その書き方からみて、おそらくデフォーは、「実際にはスティルトン・チーズを食べていない」と推測する（Morton 1989 155; Defoe 509）。他にも、モートンは、サセックス州の劣悪な道路事情や、ある穀物市場についてのデフォーの記述を紹介している（Morton 1989 80, 115; Defoe 129, 142）。『回覧記』と『ブリタニア』との関係はすでに述べたとおりである。デフォーはまだしも、カムデンの場合はわざわざ持ち出す必要もない内容である。とりあえずここでは、モートンがカムデンの名前をたしかに承知していたことを確認しておこう。

モートンは、すでにみたように考古学に深い関心をもっていた。イングランド三部作でも、各地の考古学発掘調査の現場に足を運んだことが書かれている。悪天候にも関わらずハドリアヌスの壁の見学を強行している。モートン曰く、ここのローマ駐屯軍は、「寒さに震えあがるアフリカ出身のムーア人」をはじめとする多国籍軍だった（Morton 2002 195）。一般読者にとって、おそらく新鮮な事実だったはずである。

それ以上に興味深いのは、伝統的な職人技の紹介である。一九二六年の最初の旅行のさい、モートンはロンドンを出発してすぐ、バークシャー州のバックルベリー（Bucklebury）において、ウィリアム・ライリー（William Liley）という「最後のろくろ細工師」にたまたま出会い、その「アングロ・サクソン時代風の作業場」を見せてもらう（Morton 2002 7-10）。テレビの歴史シリーズで知られるマイケル・ウッドの、モートンを意識した同名の書によれば、この職人技のことはすでに専門家の関心を集めており、モートンは予め資料に目を通していたに相違ない。また、ウッドによれば、その後の発掘調査から、モートンの「アングロ・サクソン時代風の作業場」という表現は誇張ではなかったことが立証されたという（Wood 189-202）。同じく、サフォーク州のブランドン（Brandon）において「我々の石器時代の祖先」から今日まで「何万年もの間」、連綿と受け継がれてきた「燧石砕石」の職人技（Morton 2002 242-46）。こちらも、専門家の間ではよく知られていたものだった（Johnson 184-

204）。「本当の国土」を探す旅路で、民衆レベルでの歴史の連続性を文字通り体現している職人たちにふと出会う。演出効果満点のシナリオである。

ヘロドトスの時代以来、古事物学は「驚異」の文化と深く関わっていた（見市 二〇一五）。『ブリタニア』でも各地の驚異の事例が収録されていた。そのうちのひとつをみてみよう。考古学的遺跡と民間伝承がらみのたいへん興味深い報告である。

> バートロウー（Barklow、現在の綴りは、Bartlow）は、四つの巨大な古墳で有名である。われわれの祖先が戦闘で殺された兵士を記念するためにもうけた種類のものであるが、遺体はすでに失われている。しかし、同じ場所のもう二つの古墳を掘り起こして調べたところ、三つの石棺と大量の人骨が見つかったという。住民の間には、これらの古墳はデーン人との戦闘の後につくられたという伝承がある。さらに、この辺りでは、"Dwarf-elder"（スイカズラ科ニワトコ属の一種）がたくさん咲いており、赤い実がなる。住民はそれをデーン人の血（Dane's-blood）と呼ぶ。ここで殺された多数のデーン人のことだ。（Camden 352）

モートンのイングランド三部作でも、自身が旅先のホテルで体験したという怪奇現象をふくめて、ここかしこに驚異、もしくは超自然現象が登場する。そのうちの二つをみてみよう。

まず、ケント州の「ビデンデンの乙女（The Biddenden Maids）」、いわゆる「シャム双生児」である。よく知られるように、それは近世の驚異文化の花形であり、宗教改革時代の誹謗中傷合戦でも頻繁に登場した（見市 二〇一五 三八四）。しかるに、イライザとメアリー・チョークハースト（Eliza and Mary Chalkhurst）と呼ばれたその姉妹は、最近の研究によれば、実際に一一〇〇年頃に誕生し、三四歳頃まで生き永らえたと推測される（Bondeson

図 2：心霊スポット　H.V. Morton, *In Search of England,* 1930, 12th ed.

220-21）。やがて、姉妹の遺産の運用収益をもとに復活祭の際に飲食物が振る舞われるようになった。それが、モートンの時代にはすっかり観光化してしまって、お祭りのときにだけ食べられるはずの「ビデンデンのケーキ」が普段でも「ケーキ屋」で食べることができるようになっていた（Morton 1989 78）。

次に、『イングランドを探しに』は、観光写真についても先駆者になったとされる。私が手にできた、もっとも古い一九三〇年の第一二版には、全部で一八枚の写真がおさめられていた。口絵には、田園ノスタルジー写真の元祖としてよく紹介される「イングランドの小路」。本文中には、すでに触れたハドリアヌスの壁やストラッドフォード・アポン・エーボンをはじめとする有名な観光スポットの写真。そのなかに一点だけ、まことに異質の写真がおさめられている。ノーフォーク州を内陸部から海岸まで南北に貫く古道、「ペダーズ・ウェイ」（Peddars Way）の写真である（図2）。見るからに荒れ果てた景観である。他のものと見比べれば、違和感をおぼえる。この古道の起源については諸説あるようだが、モートンは、「有史以前」の石器時代からあったとし、それがローマ・ブリテン時代に整備され、中世には、聖母マリア崇拝の中心地となったウォルシンガムへの巡礼路になったものの、今では完全に「死んでいる」としたうえで、自身の体験談を書く。

ここが心霊スポットだということは承知している。葉が散るごとに、また、草むらがカサカサと音を立てるたびに、私は、この死んだ道路を通って、この世のものでない姿かたちが自分の方に近づいてくるのを半ば期待して顔を上げた。急いで振り向いてみたが、不気味な静けさだけだった。鳥も、ペダーズ・ウェイにやって来ると、おとなしくなるみたいだ。黒犬（Black Shuck）はクローマー（Cromer）近くの沿岸部だけではなく、この道にも出没するという。それは、子牛ほどの大きさの、真っ黒な猟犬である。〔中略〕それは、その身体と同じくらい暗い闇夜に今なお、ノーフォークに出没する。（Morton 2002 236）

「黒犬」とは、各地に伝わる「幻想動物」のイングランド東部版であって、おもに沿岸部で語り継がれてきた伝承である（Westwood and Simpson 500–501, 560–61, 687–88）。

イングランド三部作における「驚異」、ないし超自然現象についての記述は、概ねこのような調子であって、鵜呑みにするわけではないが、けっして無下に否定するわけでもない。広義の「伝承」をもとりこむ、まさに古事物学のスタンスである。これらのものは、アカデミックな「歴史」からは疎外されるが、しかし地元住民にとっては「史実」なるものに負けず劣らず重要な、「過去」の構成部分なのである。

三部作の最後、『わたしは二つのイングランドを見た』は、戦争が背景にあって、すでに述べたように、「イングリッシュネス」ということが前二作以上に前面にでてきている。対象もイングランド南部と中部に限定され、またウェリントンやマールボローなどの、歴史上の高名な軍人がさほど露骨ではないにせよ登場する。そのような情景のなかに、けっして有名でも、また「英雄」でも「偉人」でもない、異質の人物がひとり紛れこむ。ロバート・コットン（Robert Cotton）である。モートンは、この人物を次のように紹介している。

サー・ロバート・コットンは、本の蒐集家であり、古事物学者であり、現在は大英博物館にある、有名な本と稿本のコットン・コレクションの創設者でもあった。一五七一年、コニングトン（Conington）に生まれ、そこの領主（lord of the manor）であり、スコットランドの王室の血が流れていることを生涯の誇りとしていた。〔中略〕その古事物学的な情熱のおかげで、メアリー・スチュアートの椅子が現在のようにコニングトン教会で保存されることになった。この古事物学者がまだ一六歳の若者だったときに、メアリーがフォザリンゲイ城（Fotheringhay）において処刑されたのである。スコットランドの女王の死は、生涯、彼の心に深くのこったのであった。一六二六年、フォザリンゲイの城が取り壊されたとき、コットンは、スコットランドの女王が首を刎ねられた城の大広間全体を買い取り、コニングトンにその石材を移動させたのであった。現在、それはコニングトン城の正面に組み込まれている。〔中略〕椅子もコットンの手に入ったことは疑いようがない。〔中略〕現在、その椅子は教会の内陣の南側に置かれている。〔中略〕ロバート・コットンの生涯について伝記作家が取り組んでくれたら、と願う。〔中略〕修道院が解体され、その図書館の中味が広く散逸した。どこかで読んだのだが、コットンは、ロンドンのある仕立屋の店先で「マグナ・カルタ」の写しを発見したのだという。ウェストミンスターの彼の自宅は、現在、上院の議場が建っているところにあったのだが、そこは当時の学者たちがよく集まるところでもあった。彼の生涯から学ぶことがあるとすれば、それは本の蒐集家は政治と関わるべきではない、ということだ。コットンは、非常にやばい性格の国家文書を多数、蒐集したために、その図書は没収され、彼自身も投獄されたのであった。（Morton 1989 153–54）

さらに、『イングランドの呼び声』では、ダラム大聖堂訪問記にからめて、有名な『リンディスファーンの福音書』について、モートンはこう書いている。

宗教改革後、この本の行方はわからなくなったのだが、ジェームズ一世の時代になって、ロバート・コットンが、議会書記官であるロバート・ボイヤー（Robert Bowyer）からそれを買い上げたのであった。現在は、幸いにして大英博物館にある。（Morton 1931 139）

一般読者向きとしては、妥当な紹介文である。図書資料保存の主体が、宗教改革によって修道院から公共図書館に転換する、その混乱の過渡期にあって図書資料の散逸や消失が最小限に食い止められたこと。コットンはその最大の功労者のひとりに数えられる。コットンが親類筋のジェームズ一世の不興をかったのも事実である。一言でいうと、王権と議会とではどちらがより古いのか、つまりどちらがより「正統的」（legitimate）であるのかをめぐる、のちのピューリタン革命に直結する論争の過程において、コットンの図書館が王権批判勢力によって盛んに利用されたのであった。そのために、一六二九年にはコットンは一時、監禁されてしまう（Sharpe 143-44）。

コットンは、多くの古事物学者がそうだったように穏健な保守派であり、しかも、なにかしらの高邁な理念を抱くような、「ハイブラウ」型の知識人ではおよそなかった。半ば尚古趣味的に、王権なり議会なりの起源を掘り起こそうとしたにすぎない。そのような一見、人畜無害なスタンス。にも関わらず、ではなく、むしろ、それゆえに目ざといジェームズ一世に疎まれたのである。王は、「地獄への道は善意で舗装されている」とみたに相違ない。

フォザンリンゲイ城の石材の再利用については、それが実行されたのは、コットンが死去した一六三一年以降のことであり、しかも、それがメアリーの処刑の舞台からのものという確たる証拠はないとされる。教会におさめられている椅子も、メアリーとは無縁のものらしい（Becle 36–3; Howarth 4）。図書資料の「コレクター」としてのイメージが膨らんで生まれた伝説であろう。

モートンは、コットンの伝記が欲しいと書いていたが、本格的にコットンを扱った研究は、一九七九年のケヴィン・シャープのものまで待たなければならない（Sharpe）。本国の（ハイブラウ的な）研究者によってともすれば見下されがちなジャーナリスト「風情」が、このようになかなか評価しにくい人物を一般読者向けに発掘したことの意味はけっして小さくないはずである。

最後に、コットンは当時の古事物学者の世界における最良のパトロンであった。カムデンも「コットン図書館」の「ヘビーユーザー」であり、しかも「延滞者」だったらしい。そしてコットンはカムデンの教員時代の教え子でもあり、一五九九年には、二人してハドリアヌスの壁の現地調査をおこなった。近代考古学誕生の過程の一コマとしてよく紹介されるフィールド・ワークである。その成果は、それ以降の版の『ブリタニア』におさめられた。そのなかでカムデンは次のように書いている。

コットンと私は、一五九九年、我らが祖国のことを分かってもらう目的で、この地域の調査をおこなった。〔中略〕この方は、とても丁寧に私たちをもてなしてくれただけではなく、古事物に対してたいへんな尊敬の念を抱き〔中略〕、地元の無知な人々が現在も破壊し、他の目的に転用しているこれら（ローマ・ブリテン時代）の碑文を一生懸命に保存しているのである（Camden 824）。

コットンを介した、カムデンとモートンとの思いもよらぬつながりである。

六　まとめ

カムデンとモートンは、一方は近世期に、他方は両大戦間期にたいへんよく読まれたテキストによって、それどころか、その後、カムデンに続くデフォーのように、数多の類書の原典となることによって、それぞれの時代の「国土」の再構築に大きく貢献した。両大戦間期、イングランド回帰の風潮は、ハイブラウの世界にも及んだ。その回帰熱の一環として紹介される、ハイブラウの権化たるヴァージニア・ウルフの『幕間』（*Between the Acts*）の筋立ては、強引かもしれないが、モートンのウィガン史の発掘と軌を一にしているようにおもわれた（Esty 87ff）。古事物学的、ということだ。『幕間』について次のようなことが指摘されている。「ウルフは、国民の過去を専有した帝国のブリティッシュネスから〔中略〕イングランドの伝統を取り戻すことに関心があったようだ」（Esty 90）。モートン、そして「最良の時」のオーウェルもそうだった。両大戦間期のイギリス文化史を華やかに彩る、これら互いにまったく相容れない面々を束ねるものは、このように古事物学であり、その起点にはカムデン（とコットン）が鎮座していたのである。

引用文献

Anderson, Perry. *English Questions*. London: Verso, 1992.
Bartholomew, Michael. *In Search of H. V. Morton*. 2004. London: Methuen, 2006.
Baucom, Ian. *Out of Place: Englishness, Empire, and the Locations of Identity*. Princeton: Princeton UP, 1999.

Baxendale, John, and Christopher Pawling. *Narrating the Thirties: A Decade in the Making: 1930 to the Present*. London: Macmillan, 1996.

Becle, Cuthbert. *Fotheringhay and Mary, Queen of Scots*. London: Simpkin Marshall, 1886.

Bondeson, J. "The Bidden Maids: A Curious Chapter in the History of Conjoined Twins." *Journal of the Royal Society of Medicine* 85 (1992): 217–21.

Burke, Peter. *The Renaissance Sense of the Past*. New York: St. Martin's Press, 1970.

Cain, P. J., and A.G. Hopkins. *British Imperialism: Innovation and Expansion 1688–1914*. London: Longman, 1993.

Camden, William. *Britannia*. 1586. London: 1695.

Cormack, Lesley B. "'Good Fences Make Good Neighbors': Geography as Self-definition in Early Modern England." *ISIS* 82 (1991): 639–61.

Defoe, Daniel. *A Tour thro' the Whole of Great Britain*. 1724–1726. London: Frank Cass, 1968.

Esty, Jed. *A Shrinking Island: Modernism and National Culture in England*. Princeton: Princeton UP, 2004.

Graves, Robert, and Alan Hodge. *The Long Week-End: A Social History of Great Britain 1918–1939*. 1940. New York: Norton Library, 1963.

Crick, Bernard. *George Orwell: A Life*. London: Secker & Warburg, 1980.

Featherstone, Simon. *Englishness: Twentieth-Century Popular Culture and the Forming of English Identity*. Edinburgh: Edinburgh UP, 2009.

Helgerson, Richard. *Forms of Nationhood: the Elizabethan Writing of England*. Chicago: U of Chicago P, 1994.

Howarth, David. "Sir Robert Cotton and the Commemoration of Famous Men." *British Library Journal* 18 (1992): 1–29.

Howkins, Alun. "The Discovery of Rural England." *Englishness: Politics and Culture 1880–1920*. ed. R. Colls and P. Dodds. London: Croom Helm, 1986. 62–88.

Johson,Walter. *Folk-Memory or the Continuity of British Archaeology*. Oxford: Clarendon Press, 1908.

Kohl, Stephan. "Rural England: An Invention of the Motor Industries?" *Landscape and Englishness.* ed. Robert Burden and Stephan Kohl. Amsterdam: Rodopi, 2006. 185–224.

Levy, F. J. "The Making of Camden's Britannia." *Bibliothèque d'humanisme et Rennaissance* 26 (1964): 70–97.

Light, Alison. *Forever England: Femininity, Literature and Conservatism between the Wars*. London: Routledge, 1991.

Lowenthal, David. "British National Identity and the English Landscape." *Rural History* 2 (1991): 205–29.

Mandler, Peter. "Against Englishness: English Culture and the Limits to Rural Nostalgia." *Transactions of the Royal Historical Society* 7 (1997): 155–75.

Momigliano, Arnaldo. *The Classical Foundations of Modern Histriography*. Berkeley: U of California P, 1990.

Morton, H. V. *In Search of England*. 1927. Boston: Da Capo Press, 2002.

———. *The Call of England*. New York: Robert M. McBride & Company, 1931.

———. *What I Saw in the Slums*. London: Labour Party, 1933.

———. *I Saw Two Englands*. 1942. London: Methuen, 1989.

Nairn, Tom. *The Break-up of Britain: Crisis and Neo-Nationalism*. London: NLB, 1979.

Nennius. *British History and the Welsh Annals.* ed. John Morris. London: Phillimore, 1980.

Parry, Graham. *The Trophies of Time: English Antiquarians of the Seventeenth Century*. Oxford: Oxford UP, 1995.

Perkin, Harold. *The Age of the Automobile*. London: Quartet Books, 1976.

Perry, C.R. "In Search of H. V. Morton: Travel Writing and Cultural Values in the First Age of British Democracy." *Twentieth Century British History* 10 (1994): 431–56.

Potts, Alex. "'Constable' between the Wars." *Patriotism: the Making and Unmaking of British National Identity. Vol. 3: National Fictions.* ed. R. Samuel. London: Routledge, 1989. 160–86.

Rivet, A. L. F., and C. Smith. *The Place-Names of Roman Britain*. London: B. T. Batsford, 1979.

Samuel, Raphael. "Exciting to be English." *Patriotism: the Making of British National Identity. Vol. 1 History and Politics*. ed. R.

Samuel. London: Routledge, 1989. xviii-lxvii.

Sharpe, Kevin. *Sir Robert Cotton 1586–1631: History and Politics in Early Modern England*. Oxford: Oxford UP, 1979.

Small, Christopher. "Letter." *London Review of Books*. Apr. 21, 2005.

Westwood, Jennifer, and Jacqueline Simpson. *The Lore of the Land: A Guide to England's Legends, from Spring-Heeled Jack to the Witches of Warboys*, London: Penguin, 2005.

Wood, Michael. *In Search of England: Journey into the English Past*. London: Viking, 1999.

シェイクスピア、ウィリアム『リチャード二世』小田島雄志訳、白水社、一九八三。

見市雅俊「ジョージ・オーウェルと三〇年代の神話」『思想』第六五〇号（一九七八年八月）二八―四四。

――「二つのイギリス」『ヨーロッパ――一九三〇年代』河野健二編、岩波書店、一九八〇、一七八―二一〇。

――「英国地震史考」『学習院史学』第四二巻（二〇〇四）二五二―六九。

――「アンモナイトからアトランティスへ――古事物学テクストとしてロバート・フックの『地震学講義』を読む」『紀要』第五四号（中央大学文学部史学系、二〇〇九）四九―一一八。

――「島国の誕生――カムデンからデフォーへ」、『近代イギリスを読む――文学の語りと歴史の語り』見市雅俊編、法政大学出版局、二〇一一、三―七〇。

――「自然誌と博物館――近世イギリスの驚異の行方」、山中由里子編、『〈驚異〉の文化史――中東とヨーロッパを中心に』、名古屋大学出版会、二〇一五、三八二―九七。

ジェイン・オースティンのミドルブラウ性
——ヘイヤーの『アラベラ』における保守とモダニティの間——

小川公代

一　はじめに

二〇世紀初頭、ミドルブラウ作家たちの間でジェイン・オースティンが密かなブームであったことをご存知だろうか。例えば、ステラ・ギボンズによる『コールド・コンフォート農場』（*Cold Comfort Farm*, 1932）、ジョージェット・ヘイヤー（Georgette Heyer）の摂政《リージェンシー》ロマンス小説、エリザベス・テイラー（Elizabeth Taylor）による『パラディアン』（*Palladian*, 1946）は、独自の個性を打ち出しながらも、大きくはオースティンの作品世界の影響を受けている。

ギボンズの小説は、「すべてにおいてきちんと整頓されていて気持ちよく快適であることを好んだ」オースティンの作風を称賛し（Gibbons 9）、自分もいつか彼女のような小説家になることを夢見ながら、封建的な農場における人間関係の「整頓」を行なうヒロイン、フローラの物語である。また、摂政《リージェンシー》時代（一八一一—一八二〇）を舞台にし、オースティンの文学的遺産に多くを負っているヘイヤーの恋愛小説（摂政ロマンス）は、イギリスでもアメリカでも広く人気を獲得してきた（Fletcher 701）。テイラーの『パラディアン』は、ゴシック・ロマンスをパロディ化したオースティンの『ノーサンガー・アビー』（*Northanger Abbey*, 1817）をさらに翻案した作品であるという点において「リヴァイヴァルのリヴァイヴァル」と形容することができよう(1)。

このようなオースティン世界の再興は、（部分的であったとしても）ミドルブラウ文化と連動していた。確かに、エリカ・ブラウンが主張するように、過去の文学様式やジャンルを「再利用（re-use）」する傾向がミドルブラウ作家の小説にあることは否定できないし、この時期に突如としてオースティンへの関心が高まった現象を、たんなる懐古趣味として片付けるわけにいかないだろう。

例えば『パラディアン』では、教養の源泉として女性が「小説」を読むべきかどうかという主題が扱われている。主人公カサンドラの日常のふるまいや情操的な反応が「読んだ小説から得られた知識に基づいて」おり、様式の模倣というより、むしろヒロインの読書から得られる教養が最重要事として掲げられている（Brown 77）。しかも、「カサンドラ・ダッシュウッド」という彼女の名前が示すとおり、これも『分別と多感』（*Sense and Sensibility*, 1811）の主人公ダッシュウッド姉妹とオースティンの姉カサンドラからの借用である。すなわち、『パラディアン』の読者もヒロインと同様、文学的知識を共有するという、プロットとは別の楽しみを発見することになる。

ヘイヤーの『アラベラ』（*Arabella*, 1949）は、一八一七年を舞台とした摂政ロマンスの典型例で、まさにこのような大衆向けのジャンルと教養を意識したミドルブラウ小説である。司祭である父に清貧を教え込まれたヒロイン、アラベラ・タラントであったが、洗礼親でもあるブリドリングトン夫人の後ろ盾を得て、ロンドン社交界で華やかなデビューを果たす。流行の小説やファッションにまったく無関心というわけでもなく、かといって美しく着飾ることに夢中というわけでもない。容姿端麗で才気煥発なアラベラは、比類ない財産家ボーマリスの眼鏡にかない――初対面で見せる冷淡さ（Heyer 51）は『高慢と偏見』のダーシーを彷彿とさせる――周りからも公認の仲として羨ましがられるが、そのじつ互いに本心が読めないでいる。

さらに、アラベラを追ってロンドンに来て散財した弟バートラムが借金苦に陥っていることが発覚し、彼女は窮地に立たされる。しかし、バートラムを救済すべく奔走するボーマリスを見たアラベラは彼の深い愛に気づき、それによって様々な障害が取り払われ、物語は大団円を迎える。読者がこのプロットから、エリザベス・ベネットの妹リディアがウィッカムと駆け落ちした結果生じる金銭問題を連想するかもしれないが、そのためにはやはりオースティン作品の知識を備えている必要があるだろう。

このようなミドルブラウ作家のオースティン作品への傾倒は、「保守性」への回帰を意味するだろうか。そもそも、オースティンは「保守」作家であったのだろうか。一八一四年九月九日のオースティンからアナ・オースティンへの書簡にもあるが「田舎村の三、四軒の家庭が作品を書くのに一番いい」（Le Faye 287）と言っていたオースティンの保守性は言わずもがなであるとされてきた。さらには、『高慢と偏見』に描かれるペンバリー館が象徴する永続性や「不動」は、丸山眞男のいう「今日、手に入れているものを明日には失うようなことは避けたい」という保守感覚（三七八）を示しているようでもある。事実、オースティンは同時代に女権擁護の立場を貫いたメアリ・ウルストンクラフトや男性的な知的領域に挑んでいったブルーストッキングとは対照的な「保守」女性作家として分類されてきた。

しかし、彼女の小説の一番の特徴は、日常の平凡な状況の中で描き出される鋭い風刺やアイロニーである。(2) 一八世紀末から一九世紀初頭といえば、大英帝国の経済力が増大し、繊維、織物、服飾産業などが飛躍的に発展する変動の時代。社交界にデビューする女性たちにとってファッションが決して瑣末な事柄ではないことを認識する一方で、オースティンはこれらの贅沢品について決して狭量な帝国主義的な視点から物語を紡いでいたわけではない。自由主義的な市場原理主義やそれを推し進める帝国主義的な政策について彼女が「沈黙」を通してはいなかったという立場も最近では主張されている（Boulukos 361）。

興味深いのは、オースティンにも見られるこのような両義性は、アリスン・ライト（Alison Light）が『永遠のイングランド』（*Forever England*, 1991）で二〇世紀戦間期のミドルブラウ文化の特色として明記する「保守的モダニティ」に限りなく近いということである。ライトは、とりわけアガサ・クリスティのミドルブラウ性を引き合いに出しながら、「大衆的なジャンルに表象されるジェンダー概念は、〔戦間期に〕刷新、議論され続けた」ことを強調している。彼女は、ヘイヤーを「融通の利かないトーリー（保守）主義」とまで言いながら（163）、そういう「保守」作家の小説でさえ「モダニティによって無傷でいられた試しがない」と、その刷新性に注目している（Light 214）[3]。つまり、ライトによれば、ミドルブラウ作家の関心の対象は、古くからあるイギリスらしさ——イングリッシュネスや家族の絆——であったが、そこには常に葛藤を生じさせる両義的なまなざしがあった。

さらに付け加えるならば、オースティンの『ノーサンガー・アビー』のようなゴシック・パロディは当時急速に浸透しつつあった読書文化を、大衆化する娯楽として客観視しているという見方もできる。レスリー・フィードラーによれば、「ゴシック・ロマンス」というジャンルはこの時代の「最も人気を博したミドルブラウ的要素である（One of the most popular middlebrow derivatives）」（131）が、オースティンのパロディもまたこの流行を意識したものであった[4]。

一八世紀末以降の「ミドルブラウ的なるもの」の流行の背景には、小説というジャンルの普及がある。エリックソンによれば、一八一五年には全三巻の小説を購入するのにだいたい一ギニー（現在の価値でいうと一万円）したが、「貸本屋」（circulating library）のおかげで中産階級（特に女性）は読書を楽しむことができるようになった。貸本屋を利用する低所得者が増え、読書人口が飛躍的に伸びた。確かに当時の一般人の生活基準を考えると、本を購入することがいかに難しかったかは想像できるが（Erickson 577）、貸本屋が取り扱う分野はかなり広く、例えば、「ルーカス貸本屋」はロマンスや小説だけでなく歴史や旅行記から芸術や科学まで二千三五三冊もの本を仕入れていた（Davidoff et al. 156）。定期購読された雑誌も、高額な本に手が届かない一般人が手軽にその抜粋を読める手段となっていた。消費社会によって大衆化していく趣味《テイスト》、あるいは近代性がすでにオースティンの保守的世界観に内包されていた。

本稿は、時代を超えた「保守性とモダニティ」の闘ぎあいという問題、そのミドルブラウ性によって喚起されるジェンダーと教養の問題を取り上げたい。ライトの論を手がかりに、ヘイヤーの小説を分析しつつ、彼女が翻案したオースティン作品にすでにこのような両義性が内在していた可能性も探る。ヘイヤーの歴史考証の正確さは、当時の女性のファッション、小説、雑誌、その他のディテールへの注視からも明らかで、最近では『ジョージェット・ヘイヤーの摂政文化』（*Georgette Heyer's Regency World*, 2012）というガイドブックが刊行されるくらいである。摂政時代のディテールを忠実に再現しながらも、オースティン作品に描き出される葛藤に重ねて、二〇世紀特有の近代性を映し出そうとするヘイヤーのミドルブラウ性を論じる。

二　ミドルブラウ性と消費文化

オースティン作品のミドルブラウ性について議論を進める前に、「ミドルブラウ」（middlebrow）という言葉の意味をいま一度確認しておきたい。『オックスフォード英語大辞典』によると、「ミドルブラウ」の初出は一九二八年であり、教養に関する知識が平均的か、あるいは中程度」の人間を指す概念、また、「中程度に知的であると（当人が）主張したり、（他者によって）そう見なされたり」する文化的事象である。(5) つまり、先述したが、活字を読む能力はあり「中程度に知的」なゴシック・ロマンスの読者が出現した一八世紀末は、「ミドルブラウ」という言葉が生まれた社会状況とよく似ている。もちろん、都市の郊外に比較的裕福で洗練された人口が拡大し、そういう意味での「新しい読者層」が出現するのは、一九二〇年代を待たなければならない（Humble 10）。しかし、重要なのはいずれの場合にもミドルブラウ性と女性の読書体験が結びついていたということだ。これに関してはニコラ・ハンブルの定義が示唆的であろう。

ミドルブラウ小説では、女性が本についてあれこれ言い合ったり、好きな作家の名前を挙げたり、あるいはお気に入りの小説の筋書きに自分を当てはめて想像したり、といった場面が描かれることが多い。〔中略〕私がフェミニン・ミドルブラウ（the feminine middlebrow）と呼ぶものの特質をより正確に理解してもらうためには、女性がどのような種類の本を選んでいるか、女性の読書体験についてどのようなことが書かれているかを吟味する必要がある。（Humble 9）

なぜ本の種類を吟味する必要があるのかといえば、ミドルブラウ小説では、フィクションが導こうとする教えが現実においても有効であるかどうかが繰り返し問われるからである。エリカ・ブラウンはテイラーの『パラディアン』から、「小説をたくさん読んできたカサンドラなら、きっとその場の状況にふさわしい感情（proper emotions）を表現することができたに違いない」という一節を引用しながら、次のような議論を展開している。

注意力のある読者なら〔数多くの小説を読んで、ヒロインにふさわしい感情というものが何かを知っている読者なら〕、即座にこの「ふさわしい」という言葉の曖昧さに気づき、アイロニーが含まれていることがわかるだろう。この〔カサンドラの〕感情は、小説世界では正しいという意味において「ふさわしい」が、テイラーは、小説内の「現実世界」、あるいは本当の現実世界では、この感情がふさわしくない可能性があることを示唆しており、さらには、それによってカサンドラが自分自身の感情を〔現実的なものとして〕実感できなくなるのだ。(Brown 78)

ミドルブラウ小説においてもやはり「アイロニー」が重要視されている。「ふさわしい」と書いて、その実、現実的にはそうでないという皮肉が小説のスパイスとなっている。

フィクションの世界に影響されて、うっかりその登場人物の言動を反復してしまうのはテイラーのヒロインに限ったことではない。ヘイヤーの『アラベラ』の主人公も、社交界にデビューするため、家族のいるヨークシャーを離れてロンドンまで馬車で旅をする途中、その旅程があまりに単調なのを見て、「追はぎに馬車を止められたらいいのにと思ってしまうくらいだわ」と、付き添いのブラックバーン女史にこぼしている(Heyer 45)。

現実と空想を混同させてしまういわゆる「キホーテ」は、一八世紀の女性読者にとって関心の対象であった。入念な調査に基づいて摂政時代を描いたヘイヤーであれば、おそらくオースティンが『ノーサンガー・アビー』のモデルとしたシャーロット・レノックス(Charlotte Lennox)の小説『女性キホーテ』(*The Female Quixote*, 1752)という作品を知っていただろう。レノックスのヒロイン「アラベラ」はしばしばロマンスの世界と現実世界とを混同している。母親の不在により(おそらく母親代わりとして)、マデレイン・ドゥ・スキュデリ(Madeleine de Scudéry)らの一七世紀フランス・ロマンスを読み耽って育った彼女は、自分に近づく男性たちにもロマンスの自己犠牲的愛を期待したり、追はぎによる誘拐といった「冒険」を夢想したり、一八世紀のイギリス社交界では「変わり者」として蔑視される。ヘイヤーがヒロインの名前として「アラベラ」を選んだことを見ても、小説やロマンスに夢中になる女性読者の「キホーテ」的空想を問題視する保守感覚、あるいはそれをテーマとして扱う意図が見て取れる。

典型的な「キホーテ」である『ノーサンガー・アビー』の主人公キャサリン・モーランドは、お堅い歴史書の読書を敬遠し（Austen 110）、アン・ラドクリフのゴシック小説、とりわけ『ユードルフォの謎』の陰惨な世界のとりこになる。挙げ句の果てには、そのゴシック・ロマンスのプロットを現実世界でも追いかけ、意中の人ヘンリー・ティルニーの父親がモントーニばりの悪漢だと思い込んでしまう。それは、ティルニー家の邸宅が「アビー」と呼ばれていることと、母親が早くに亡くなっているというゴシック的な設定との連想によって喚起される彼女の空想力である。

『分別と多感』のマリアンヌもそうだが、オースティンの小説ではしばしばこの空想癖が問題となる。しかし、これによって必ずしもゴシック小説を軽視しているわけではない。オースティンにとって「小説」は、大衆的ロウブラウと教養的ハイブラウが鬩ぎあう大衆教養主義の精神が宿っており、必ずしも大衆に迎合した不道徳な読み物ではない。その証拠に『ノーサンガー・アビー』では、小説は（多少のアイロニーを含みながらも）次のように定義されている。

> 偉大な知性が示された作品であり、人間性に関する完璧な知識と、様々な人間性に関する適切な描写と、はつらつとした機知とユーモアが、選び抜かれた言葉によって世に伝えられたものなのである。（Austen 31）

一九世紀にはオースティンのような好意的な見方もあった一方で、様々な批判が巻き起こった。小説は商業的に成功しうるジャンルとして認められていたもののやはり読者（とりわけ女性）に不道徳な影響を及ぼす悪書と見なされていたのだ。

ライトがミドルブラウ文化の特性を「保守的モダニティ」と評した背景にはおそらく大衆商業主義や消費文化

を軽薄とする見方、その俗物的な趣味を揶揄する倫理観がある。『ノーサンガー・アビー』の主人公は流行の小説に敏感なだけでなく、流行のファッションにも高い関心を示している。注意しなければならないのは、流行を追いかけるヒロインを描くオースティンが必ずしも市場原理を称揚する自由主義者であるとは限らないことだ。確かにヒロインの消費欲には比較的寛大であるようなオースティンの描写は此処彼処に散見され、例えばキャサリンの頭を悩ませるのも次の日に身に着ける「ドレスや頭飾り」である。ドレスで着飾ることが「軽薄な卓越性（frivolous distinction）」であると大叔母から注意を受けていたにもかかわらず、「斑ら模様のモスリン」がいいのか「刺繍のほどこされたモスリン」がいいのか考え込むのである。新たにドレスを買わなかった理由が「時間が足りなかった」のもキャサリンのドレスに対する（ある程度の）執着を示している（71）。

一方で新しもの好きの女性の軽薄さをオースティンが容認していると言ってしまうのは簡単であるが、他方で、その軽薄さを皮肉混じりに揶揄していると見なすこともおそらくは可能である。例えば、オースティンはキャサリンの後見人であるアレン夫人の口を借りて、当時人口が増え、商業化されつつあったバースの都市性と、彼女が住む商業のない小さな村とを対照化させている。

バースは魅力的な場所ですわよ。ここにはたくさんのいいお店がありますもの。――残念なことに私たちは田舎の離れたところに住んでおります。ソールズベリーにいいお店がないというわけではありませんのよ。ただね、とっても遠いんですの。――八マイルというのはかなり離れていますわ。アレン氏によると、九マイルですってよ。正確に測って九マイル。八マイル以上であるはずがないですけれど。本当に疲れますのよ。――死ぬほど疲れてお家に帰りますの。ここ〔バース〕では、ドアを出て、五分もあれば必要なものを手に入れることができますもの。（Austen 21）

この一節からアレン夫人の旺盛な消費意欲がうかがい知れるが、注目したいのはレトリックである。彼女が住むフラトンからソールズベリーまでは悠に八マイルあり、ドレスやちょっとした小物を買うにしても、それだけの距離を移動しなければならないという訴えであるが、「アレン氏によると、九マイルですってよ。正確に測って九マイル。」という冗長的な表現は、明らかにアレン夫人を滑稽に見せている。ソールズベリーが「遠い」ということを考慮しても、買い物をして「死ぬほど疲れる」という芝居じみた言い方からは、オースティンのアイロニーが読み取れる。

『アラベラ』の主人公の妹たちマーガレットとソフィアの愛読雑誌『ザ・レディース・マンスリー・ミュージアム』（以下『マンスリー・ミュージアム』と記載）からも摂政時代のミドルブラウ文化が浮き彫りになる。これは、実際に一七九八年から一八三二年まで三〇年余りにわたって継続刊行された月刊婦人雑誌である。『ジェイン・オースティン――家族の記録』(*Jane Austen: A Family Record*) の著者ディアドラ・ルフェイによれば、オースティン家もこの雑誌を購読していた (Le Faye 112)。つまり、ヘイヤーのこの雑誌への言及はオースティンの時代にふさわしい。『マンスリー・ミュージアム』を定期購読していたオースティン家において、ファッション熱が全くなかったとは言い切れない。オースティンのアイロニーを語る際、彼女とその対象との間に適度な距離を想定するわけだが、ファッションに関しては、生活者としてその文化・価値観を共有し、関与する当事者でもあったことを踏まえる必要がある。(6)

ヘイヤーは、この当事者でありながらも、距離を取ろうとする漠たる距離感を強調して描いている。アラベラのロンドン行きに先立ち、母親のタラント夫人が娘のために何着ものドレス、靴、帽子、宝飾品を買い揃える儀式を当然のことのように遂行することを踏まえると、この小説は消費意欲に溢れる女性たちが社交界で華やかに着飾って活躍する文脈において展開する。だが、しばしばこれらの贅沢な趣味や着飾った容姿に対してヒロインが自己再帰的であろうとし、その結果、禁欲的になるのもヘイヤー作品の特徴である。例えば、後見人のブリドリングトン夫人がハイ・ハローゲートで、アラベラに高価な帽子をしきりに買わせようとしても、本人はそれを「買わないと断固として決めこむ（Arabella put it resolutely aside）」（71）。

またアラベラは、ボーマリスに初めて遭遇する場面でも抑制的である。ヨークシャーからロンドンまでの道のりが単調だとこぼしていた彼女だが、その直後に馬車の運転台が壊れてしまい、立ち往生してしまう。アラベラがすぐ近くにボーマリスの屋敷を見つけて、雨宿りを乞う場面では、「彼女の際立つ容姿」と「なめらかな肌」が「ダチョウの羽が装飾されたボンネット」とその「真っ赤なリボン」と美しい対照をなしていることは「一度も彼女の脳裏をかすめることはなかった」という記述がある。彼女は「外見を気にしてはならないという〔父親〕タラント氏の厳しい教え」に無意識に従っていたのだ（52）。ファッションに関心を持ちながらも、女性が極端に俗物的になることにも批判的であったオースティンに倣い、ヘイヤーもまた過度の消費と清貧のいずれにも加担しないヒロインの姿勢を描いている。

三　ノヴェルの娯楽と教養

オースティンの消費文化に対するこのような曖昧な態度は、消費されるものとしての「小説」が二流の地位しか与えられていなかった問題と重なり合っている。巽孝之は、一八世紀に消費されるものとしての「ノヴェル」が文学プロッパーなものから逸脱していた例として、その時代を舞台としたトマス・ピンチョンの小説『メイソン&ディクソン』から、重要な箇所を引いている。

こうした物語の本、とくにノヴェルといわれるものは、危険きわまりないジャンルなのだよ。心あるご婦人は気をつけたまえ。イギリスの精神病院に収容されているのはフランス同様、じつに多くの若者たちで、その大半は女性、彼女たちを狂気の道へ引き摺り込んだのは事実と空想とを区別しようとしないこれら能天気な物語群だったというぞ。（巽、七〇―七一）

小説がとりわけ女性に及ぼす悪影響がステレオタイプになっていた点についてはすでに多くの批評家が論じている。

ケイティ・ハルシーは、「小説の愛読者だった人たちは、無知で、下らない小説に容易に心奪われてしまう読者と化してしまい、よい文学とそうでないものの区別がつかなくなってしまった」という一九世紀の定説について、より具体的に論じている。一八五二年発行の『余暇の時間』（*The Leisure Hour*）には、(7)サミュエル・テイラー・コウルリッジが分類した四タイプの読者が様々なモノに喩えられて紹介されている。一つ目のタイプは砂がただ上下するだけの砂時計、二つ目は吸収したものをほぼすべて吐き出してしまうスポンジ、そして三つ目はゼリーを漉すための布、そして四つ目のタイプは（ダイアモンド鉱山で）宝石を見つけ出す奴隷に喩えられている。『余暇の時間』は（コウルリッジが意図した権威主義的なメタファーには触れていず）、ほとんどの読者が最初の三タイプに属し、最後の理想的な（文学的珠玉を探し当てる）読者は皆無に等しいことを嘆いている（Hasley 121–22）。また、ハルシーは「一七六〇年の読者層は、一八六〇年の読者人口と比較するとはるかに少なかったが、読書に対する姿勢は「より深遠で真摯」であったと指摘するH・T・パルグレイヴの言葉にも注目している（Hasley 122）。

『ノーサンガー・アビー』に目を向けてみると、あらゆる手段を用いて無知なキャサリンを「教育」しようとするヘンリー・ティルニーの役割は、このようなコウルリッジ的な教養主義を彷彿とさせる。また、マライア・エッジワスやアナ・バーボルドといった同時代作家が自らの作品で見せていた教育的態度を意識しているともいえる。ラドクリフの小説が「ゴシック」であるというだけでキャサリンをけしかけて何冊も読ませようとするイザベラ・ソープは、一番目か二番目のタイプの無教養な読者として分類されるだろう。彼女の唯一の関心は、ノヴェルが読者に与える刺激と興奮である。イザベラはキャサリンに、「もうユードルフォを読み始めたかしら。〔中略〕黒いヴェールの背後に何が隠されているか教えてあげないわよ。」（38-39）といいながら、ヒロインの恐怖の感情を煽り、このゴシック小説が教養を与えうる可能性には触れていない。

オースティンは凡庸なヒロインを描くことによって、真の教養とは何かを問うている。例えば、ヘンリーはアン・ラドクリフによる『ユードルフォの謎』（*The Mysteries of Udolpho*, 1794）を「素敵（nice）」という言葉で評価するキャサリンに対して、「素敵な本？ それはきちんとした本という意味？ 本がきちんとしているかどうかは、製本次第だよね」といって茶化す。キャサリンは本の魅力がうまく伝わらなかったことを不思議に思い、「あれはほんとうに素敵な本よ。なぜそう言ってはいけないのかしら？」と反論する。ただ、ヘンリーは凡庸な言葉が頻繁に用いられることに我慢ならず、「きちんとしたさま（neatness）」「品行（propriety）」「繊細さ（delicacy）」「洗練（refinement）」といった多様な表現方法があるのに、「最近では何でもかんでもその言葉〔素敵〕でほめるようになってしまった」（109）と嘆き、知性を鍛錬しようとしないキャサリンをやんわり批判している。

美人は生まれつき愚かなほうが得だということは、ある女性作家のみごとな描写力によってすでに表されている。〔中略〕大多数の軽薄な男性にとっては、女性の愚かさは容姿の美しさを増すことになるが、そういう男性たちとは違う男性もいる。自分が知性と教養がありすぎるために、女性には無知しか求めない男性もいるのだ。〔中略〕

> そしていまキャサリンは、自分の無知を告白して嘆き悲しみ、絵を描けるようになれるなら何でもすると言った。するとさっそく、「ピクチャレスクの美学」に関するヘンリーの講義が始まった。（112–13）

流行の小説は知っているが、流行の美学論（ピクチャレスク）を知らないヒロインの凡庸さを強調するオースティンの小説は、保守的であるように思えるかもしれない。しかし、ゴシック小説を好んで読むというヘンリー・ティルニーも、反対に、デイヴィッド・ヒュームやウィリアム・ロバートソンの歴史書が好きという妹エリナーも世間で考えられていた男女の領域を相互侵食しているという点において、オースティンの幾分ラディカルなジェンダー観を物語っている（109）。また、ヘンリーが「裾が青色の小枝模様のモスリンドレス」についてキャサリンが日記を書いているに違いないと言ってからかったときも、彼女は必ずしも衣服に執着しているわけではないと否定し、どこにでもいる女性として「ステレオタイプ化されることを拒否している」（Merrett 226）。

オースティンは小説のジャンルに対する世間の悪評についても承知しているが、先述したように、その「偉大な知性」が世間に過小評価されていることも嘆いている。そういう意味で、オースティンの小説には、そのジャンル自体に対する言及が含まれる「自己言及性」が顕著に表れており、これこそがミドルブラウ小説の重要な特徴でもある。つまり「自己言及的にその芸術的主題を実践」していたミドルブラウ小説（Perrin 2）はまさにオースティンの自己言及性と響きあうのだ。もちろん、中産階級の拡大により「ミドルブラウ文化」が広がるのは二〇世紀初頭であるが、一八世紀末の女性にとって読書はすでに重要な位置を占め始めていた（Davidoff et al. 155）。ヘイヤーが摂政時代を舞台としたフィクションを書いたのも、大衆化した趣味《テイスト》の代表格としての「小説」に深い関心を示したオースティンのミドルブラウ的な言説を踏襲し、それをさらに敷衍するためではなかっただろうか。『アラベラ』のヒロインやその妹たち（マーガレットとソフィア）が、読書の趣味《テイスト》をしきりに話題にするのもその典型例といえる。司祭である父親が娯楽小説としてのロマンスを蔑み、歴史書――ジョン・マルコムによる大著『ペルシャの歴史』（*The History of Persia*, 1815）――を読むことを勧めるが、娘たち（特にマーガレットとソフィア）はそういう類の知的な書物は敬遠し、『マンスリー・ミュージアム』といった婦人雑誌に夢中である（Heyer 3, 14, 43）。

当時の若い女性読者のお目当てはファッションに関する記事や図版であったことが容易に想像できるが、小説中でも、マーガレットとソフィアは雑誌に掲載された色彩豊かなファッションプレートに釘付けになっている。

ソフィがケイターハム夫人から『マンスリー・ミュージアム』を全巻借りてきて、私がその雑誌に掲載されているファッションを見ていたのだけれど（looking at the fashions）、縁に目がいくようなデザインになっているの！何でもかんでもダイアモンド、毛皮、レースでぐるっと装飾されていなければならないのよ。（14）

ヘイヤーはこうして摂政時代に隆盛を極めた婦人雑誌の「ファッションプレート」に夢中になる女性読者を幾分アイロニカルに描いているが、当時、このような雑誌が実用的に用いられたことにも言及している。例えば、アラベラがロンドンでの社交界デビューが決まり、腕利きの縫製師マダム・デュポンに複数の衣装を発注する際、『ラ・ベル・アソンブレー』（*La Belle Assemblée*）という雑誌のスケッチデザインを基にドレス作りを依頼している（28）。

摂政文化の消費のもう一つの典型例としてヘイヤーが描くのは、雑誌に掲載された小説（の抜粋）に耽溺する女性読者である。それはこの小説の冒頭部分にも見られる。『マンスリー・ミュージアム』をマーガレットとソフィアが取り合い、結局、前者が『オーガストゥス・ウォルドシュタインの物語』という小説の抜粋を読みおわ

ったら返すという話で決着する。(8)

この婦人雑誌が、小説だけでなくエッセイ、詩、逸話、寄稿者からの投稿など、幅広い読み物のオムニバス構成になっていることも指摘しておく必要があるだろう。もちろん婦人雑誌なので、取っつきにくい哲学書や歴史書と比較すれば軽めの読み物であったが、教訓じみた側面もあった。一七九八年から一八〇八年の間に紹介された百以上ものエッセイには「老婦人（the Old Woman）」というペルソナが登場し、女性読者を導く指導者的立場からモラルを説いている。彼女は、当時流行した音楽、フランス語の流行り言葉、軽薄なファッションを厳しく批判し、女性読者に家庭内の責務を全うし、天才になることよりも美徳に磨きをかけるよう忠告している。

一見保守的な女子教育に迎合しているようにも見えるが、ルソーや彼が理想化した「女性らしさ」を教え込む教育に追随するようなコンダクトブックとは一線を画している。というのも、シュテアーによれば、この雑誌は少なくとも最初の一〇年間は一貫して、女性が科学の知識（とりわけ博物学の知識）を獲得することを称揚し、それも、彼女たちを軽薄な関心ごとから気を逸らすことに役立つからという立場をとっている（ただし、この立場はブルーストッキングのインテリ層を彷彿とさせるため、一八一〇年以降はあまり強調されなくなる）。

とりわけ重要なのは、この雑誌の副題が「イギリスの女性たちの想像力に心地よく、興味を湧かせ、品性を高めるような読み物を編纂」となっていることだ。一八一一年に刊行された第九巻の序文には、刊行の目的が明確に示されている。

我々の主な目的は、読者を楽しませながら教育することであり続けたが、これまで刊行してきた雑誌を振り返って、いくらかこの目的を果たすことができたのではないかと自負している。（序文）

時代の風潮として「楽しませ」るというミドルブラウ的な読者を想定しながらも、「科学的」、あるいは知的な散文を複数挿入することで、単なる軽薄な読み物でないこともアピールしている。

四　アラベラの道徳感情

主人公のアラベラが得られる「小説」の教育的効果は、その後のボーマリスと関係性を構築していく上でなくてはならないものとして描写されている。アラベラは、父親の小説嫌いを承知していながらその教育方針に反抗する妹のマーガレットをたしなめ、小説を読み耽けることは将来結婚する女性には「ふさわしくない」(unfit)とまで言っている(2)。

しかし、そういうアラベラ自身もゴシック小説の愛読者なのである。アナ・マライア・ポーターによる歴史ロマンス『ハンガリーの兄弟』(*The Hungarian Brothers*, 1807)や、ラドクリフの同時代ゴシック作家レッジーナ・マライア・ロッシュによる『修道院の子供たち』(*The Children of the Abbey*, 1796)を読み耽る彼女を父親が咎めたこともある(Heyer 3)。アラベラがロンドンに向かう「途中に追はぎに馬車を止められたらいいのに」と(冗談であっても)ゴシック小説のセリフが口をついて出てしまうのは、彼女の読書体験を考えるとごく自然なこととも言える。

タラント家の娘たちが夢中になる『マンスリー・ミュージアム』には、ゴシック小説の抜粋だけでなく、ラドクリフ、シャーロット・スミス、メアリ・ロビンソン、ロッシュの作品紹介も掲載されている(Vol. 5 30)。重要なのは、ゴシック小説がただ単に「市場で消費される」低俗なジャンルとして読まれていたわけではないということだ。とくにイギリスでも(カトリックの)反教権主義が声高に叫ばれた一七九〇年代の歴史的背景を考慮すると、イルミナーティなどの非合法の政治組織、奸計をめぐらす聖職者、悪漢による幽閉といったメタファーに隠された政治的意味が議論の対象となってきたことは十分理解できる（Howard 229）。例えば、政治的圧政の象徴として領主などによる権力の乱用、退廃した封建制のメタファーとして古城や修道院が描かれているという解釈は定番中の定番である（Paulson 534）。またこのジャンルは、イギリスがプロテスタントの立場から長いこと敵視してきたカトリシズムへの痛烈な批判としても機能していた（Miles 52）。ダイアン・ホヴェラーも指摘しているように、ゴシック小説は一貫して啓蒙思想を打ち出したものばかりではなく「懐古趣味でもあり、それでいて両義的でもあり、葛藤と矛盾に満ちて」いて、「敬虔な気持ちとそれと同程度の政治的、社会的不安を抱える作家たちによって執筆された小説様式」ともいえる（Hoeveler 152）。

さらに、ゴシック小説は読者のための感情教育という側面でも重要な役割を担っていた。シャーロット・スミスの『エミリーン』（*Emmeline*, 1788）、ウィリアム・ゴドウィン（William Godwin）の『ケイレブ・ウィリアムズ』（*Caleb Williams*, 1794）、アン・ラドクリフ（Ann Radcliffe）の『ユードルフォの謎』、そしてイライザ・パーソンズ（Eliza Parsons）の『ウルフェンバックの城』（*The Castle of Wolfenbach*, 1793）などに共通して見られるのは、主人公の際立った道徳感情である。

例えば、『ユードルフォの謎』のヒロイン、エミリー・サントーベールは、叔母が「東の小塔」に幽閉されると聞くやいなや、悪漢モントーニの足元に突っ伏し、「恐怖で涙しながらも、叔母のために懇願した」（Radcliffe 305）。ラドクリフが小説の中で繰り返し強調するのも「我々を善、憐れみ、友情へと導く最も善なる、純粋なる感情」である（46）。

アラベラが読んでいたゴシック小説『修道院の子供たち』は、様々な苦難を乗り越えて、最終的には正統な権利を獲得する兄妹の物語である。捏造された遺書のために自分たちが相続するはずであった遺産が奪われ、出自もわからなくなってしまうオスカーとアマンダ・フィッツァランが主人公である。やはり先述したゴシック小説同様、勃興しつつあった中産階級の読者が好む比較的リベラルな思想と感受性に基づいた道徳律が称揚されている。ウィリアム・ブリュワーによれば、この小説はオースティンにも多大な影響を及ぼした。

このようなゴシック小説の教育的効果をヘイヤーはどのように捉えていたのか、『アラベラ』でも確認してみよう。もちろん、マダム・デュポンが仕立てた美しいドレスに引き立てられるアラベラの容姿がボーマリスが魅了される資質ではあるが、この二人が急速に距離を縮めるきっかけとなるエピソードは、ゴシック小説の感受性教育なくしては語れない。それは、ロンドンのブリドリングトン夫人の邸宅にアラベラが滞在中に起きた事件である。煤で真っ黒になった煙突掃除の少年ジェミーが彼女の部屋に迷い込むのだが、彼の雇用人グリムズビーから受けた暴力の跡を彼の頬や腕に認めた彼女がその窮状を推し量り、深く同情し、救済しようと手を差し伸べるのだ。お付きの使用人マライアが、ジェミーをお風呂できれいに洗うようアラベラに指示されると、「お嬢様！こんな汚い煙突少年をですか?」（123）、「このようなことを聞きつけたら奥様（ブリドリングトン夫人）がなんとおっしゃるか」と驚き、狼狽する。彼女はマライアに向かって、「私はあなたからは何も期待しないわ。ただあなたがもう少し感じる心（feeling heart）をもってくれたら、と。それだけよ。」（124）と感受性の重要性を説く。この事件をきっかけにして、ボーマリスはアラベラの正義と人権を追求する姿勢にほだされ、最終的には、ジェミーを馬の飼育係として引き取ってやることになる。

大衆的なゴシック小説というものは一筋縄ではいかない読み物であることを十分理解した上で、ヘイヤーはヒロインに教養書として読ませているとも言える。アラベラは様々な小説を読み、不道徳の烙印を押されるとわかっていながらも、その読書を通してリベラルな思想、道徳感情や階級にふさわしい趣味を身につけていた。さらに興味深いのは、お堅い歴史書しか読まないというタラント氏でさえ、ファニー・バーニーの『放浪者』（*The*

Wanderer, 1814）やエッジワスの小説は読むに値すると考えていることである（Heyer 3）。

五　「趣味《テイスト》」と「改　良《インプルーヴメント》」について

オースティンは『ノーサンガー・アビー』で、ヒロインが読書を通して身につけた「趣味」を社交界で出会う人間の性質を推し量る基準としている。キャサリンが最初からティルニー将軍には何か重苦しい感じを抱いたのは、もちろんゴシック小説の悪漢として意識しすぎたことがある。それでも、彼女の直感は間違ってはいなかったことが最終的に明らかになる。

もちろん、ゴシック建築にも、将軍の息子ヘンリーにも夢中のキャサリンにとってみれば、ティルニー家の大邸宅ノーサンガー・アビーへの招待は願ったりかなったりの状況である。しかし、ティルニー将軍がジョン・ソープに（キャサリンが遺産相続人であると）入れ知恵されたことを彼女は知らない。邸宅に着いてみても、彼女が期待したようなゴシック小説ばりの展開（「真夜中の暗殺や執拗につきまとう男」の登場）は起こらず（171）、高貴な雰囲気のダイニング・ルームや、通常よりはるかに大きな客間、それから、「キャサリンが見慣れないような贅沢な調度品」が揃えられた近代的な空間が広がっているだけである（170）。

しかも、ティルニー将軍による設備の大胆な近代化は彼女の想像をはるかに超えていた。キッチンに関しては、料理人たちが食事を調理しやすいように、可能な限り新しい設備を導入していたし、新しく建てられた棟は、召使いが「働く」場所として想定されていた。「家庭内の効率的使用（domestic economy）」を目的として、古い価値のあるものが一掃されてしまっていた（189）。

キャサリンのゴシックなるものへの好奇心の肥大化とティルニー将軍の効率重視の趣味との落差はオースティ

ン文学において重要な役割を果たしているといえよう。ギャリー・ケリーも指摘しているように、オースティンはこのような「誇示的消費（conspicuous consumption）」を描くことによって、「小説」というジャンルが読者にとって教育的となるよう機能させた（Kelly 255）。オースティンは他の作品でも、土地や建物を「改良すること」（improvement）に情熱を燃やす登場人物に批判的なまなざしを注いでいる。例えば、『分別と多感』のジョン・ダッシュウッド、『マンスフィールド・パーク』（*Mansfield Park*, 1814）のラッシュワース、『説得』（*Persuasion*, 1817）のサー・ウォルター・エリオット（アンの父）などは、必ずしも好意的に描かれていない。彼らはみな、より快適な暮らしを手に入れるために土地や建物の大幅な改装や設備投資を行なっている。

『ノーサンガー・アビー』でもキャサリンが「貴重な古文書」が入っていると期待する黒い箪笥に入っていたのは、ティルニー将軍が購入した物品リストであった。

小説に古文書が出てくると、いつも恐怖に震えながら読んだものだが、小説に出てくるような長い古文書ではないことはすぐにわかった。〔中略〕内容を見て驚いた。こんなことが起こりうるだろうか。私の目の錯覚だろうか。どうやらそれは、現代的な下手な字で書かれたリンネル類の明細書のようだ。目の錯覚でないとすれば、彼女が手にしているのは、洗濯屋の請求書なのだ。次の紙を読んでみたが、同じような品物の名前が書かれていた。〔中略〕どの紙にも、シャツや靴下やネクタイやチョッキなどの文字が並んでいた。別の二枚には同じ筆跡で、同じく面白くもないのだが、郵便、髪粉、靴紐、半ズボン用洗濯石鹸などの値段が書かれていた。（176–77）

悪漢の不在でキャサリンが失望したのと同じように、「古文書」の未発見でも彼女の期待は大きく外れる。最終的に、キャサリンの遺産相続の話が流言飛語であったことが明らかになり、ティルニー将軍は冷酷にも彼女を屋敷から追い出してしまう。彼女の第一印象は意外にも正しい人格判断であったことが露見する場面である。

「織物、家具、インテリア」あるいは「ファッション」の消費行動は（女性の）小説の耽溺と並列に描かれてはいるものの、オースティンはそれを消費文化に対する安易な軽蔑や「経済的な所見」で終わらせようとしない（Merrett 222）。例えば、「趣味」について誤読するのはキャサリンではなく、彼女の母親モーランド夫人であることもオースティンにとって重要な意味を持つ。帰宅後、ヘンリーと会えなくなりふさぎ込むキャサリンを見て、慎ましい生活に不満を覚えていると誤解したモーランド夫人は、娘を叱責する。

キャサリン、この家がノーサンガーと比べると豪奢でないということを理由にふさぎ込んでいるのでなければいいけれど。もしそうだとしたら、〔ティルニー家への〕訪問は悪弊以外のなにものでもないわ。どこにいても常に幸せでいられないと。とりわけ自宅ではね。なんといっても、あなたはほとんどの時間を過ごさなければならないのだから。（250）

モーランド夫人はこの忠告の裏づけとなる逸話を『ザ・ミラー』（*The Mirror*）誌の評論から引用してみせる。[9] それは、「立派な家柄の人とお知り合いになったために、自分の家が嫌になってしまった若い女性」に関する逸話である。もしモーランド夫人が推測したように、キャサリンの憂鬱が他人の贅沢な暮らしを羨んでのことであれば、それこそ贅沢病という「恐ろしい病（so dreadful a malady）」にかかっていることになり、母親としては「急いで退治しなければならない」というわけだ（250）。

『ノーサンガー・アビー』の読者はキャサリンの憂鬱の原因は別にあることを知っているが、それ以上に、これは趣味と倫理観が直結する問題であることも理解する。そもそも、近代化されすぎたティルニー将軍の屋敷はゴシック小説の愛読者であるキャサリンの「趣味」に合わない。贅沢について説教するモーランド夫人こそ、誰しもが「豪奢」な邸宅に憧れるという偏狭な思い込みを持つ人物として読者の目に映る。

『アラベラ』のヒロインもまた建物やインテリアの趣味によってその人物を吟味することのできる審美眼を備えている。アラベラが偶然ボーマリスの別宅に雨宿りを乞う場面では、初対面の彼は「冷たく、よそよそしい」が(51)、彼女を招き入れる屋敷(別宅)は彼以上に彼の性質を雄弁に語っている。「その家は大きい方ではなかったが、しかしそこに設えられた家具や調度品の趣味は好く(furnished with a good taste)、静かで高価であった」(52)。アラベラは、ボーマリスという人物を通してでだけではなく、その人物が選択し、購入した持ち物や衣装などを通して、どのような人物かを推し量っていたことになる。ミドルブラウ小説に描かれる「衣服」(garments)や調度品などには、その人物の美学的価値観や趣味、それから内面までもが表されることがある(Marshik 3)。

六　むすび

ヘイヤーのミドルブラウ性の源泉を辿ると、オースティンと彼女が属した摂政文化が孕んでいた両義的価値が見えてくる。またそれは同時代の詩人、批評家、哲学者でもあったコウルリッジが対峙していた問題でもある。物質的な快適さを手に入れた人間がさらなる精神の発展のために精進するだろうかという当時しきりに議論されていた問題に心を砕いていたコウルリッジは、経済的な豊かさや快楽の過剰な追求は、真の教養を衰退させてしまう可能性があると主張していた。彼は『方法の原理』の中で、教養と一見両立しそうに見える「文明化」は、実は反比例の関係にあると主張している。教養(cultivation)という言葉は日本では文化とも訳されるが、彼によれば「国家には文化の過剰はあり得ないが文明の過剰は容易に起こりうる」(コウルリッジ、五七)。なぜなら、文明とは快適さを追求する人びとの欲望を表すからである。「外界の知覚可能なものを唯一の真実としてそれらの身を観察し、〔中略〕知識を持ち引き出そうと決意した人びとは急速に文明化され」、快適さの「巨匠」となったと述べている。つまり、「快適さ」に埋もれてしまうと人は精神や理性を使わなくなり、「真の教養から遠ざかり」、官能的利己主義に走ってしまう、という考え方である（六四）。

コウルリッジは、「精神が自らの行為や行動の法則に注目することによって、あるいはそれらの行為や法則の所産として、精神自体の本質から抽き出す」ことが必要であると述べ、そのためには「感覚を刺激する事物を直接に見、受け入れて観察」し、「正しい方法で精神の諸力を働かせることによってその能力を育成してゆくこと」が重要であると説いた（六九―七〇）。

経済的、社会的地位と道徳性の有無は必ずしも一致しない。むしろ、これらは意図的に切り離されるべきであると、コウルリッジも、おそらくオースティンも考えていた。ティルニー将軍の功利主義に対する批判的なまなざしはこの考え方に根ざしていると言える。この二人がのちに「モラリスト」としての地位を確立するのは、ただの偶然ではない。「文明」に対抗する基準としてより人間的な「教養」の力が結集されなければならないという思想は双方に共通する。

経済発展と教養（道徳性）という二つの"improvements"は平行して進むのではなく、どちらかといえば互いに敵対するもので、レイモンド・ウィリアムズによれば、例えば『エマ』（*Emma*, 1814）『説得』『マンスフィールド・パーク』の読者は「日常における、妥協のない道徳性の発達が〔中略〕最終的には社会構造とは切り離されている」ことを目撃する（116-17）。建物、景観、ファッションに言及するオースティンの描写には、文明が進歩し、経済的な豊かさや外見を着飾るモノの氾濫を批判的に捉える視点がある。ティルニー将軍の強欲は拝金主義と効率主義によってさらに促進され、キャサリンが直感する違和感の正体はまさにそういった文明至上主義であったことがのちに明らかになる。

オースティンもヘイヤーも「ゴシック小説」というテーマを扱ってはいるが、必ずしも無為に消費される読み物として表象していない。『ノーサンガー・アビー』と『アラベラ』いずれの小説においても、コウルリッジ的「教養」を育むプロセスが必要不可欠なものとして描かれている。「中程度に知的であると主張したり、そう見なされたり」するミドルブラウ文化はこの二極間を行ったり来たりしているともいえる。オースティンもヘイヤーも、ファッションや大衆的な小説への傾倒を安易な軽蔑や「経済的な所見」で片付けてしまわず、むしろ「趣味」を吟味する過程に「教養」や「感受性」が介在していることを物語に描いた。清貧と贅沢、文化と文明、教養と大衆、保守とモダニティといった様々な二項対立の間で揺れるミドルブラウ作家たちの中にオースティンを数えることができるのではないかという問題意識を起点として、最後に真の「改良」とは何かという問いに帰着した。ミドルブラウ文化は大衆教養主義というだけでなく、見えるものと見えざるもの、あるいは外界と精神世界が互いに拮抗する、開かれた言説空間ともいえるのではないか。

註

（1）なお、「パラディアン」の語源は、古代ローマ建築を復興させたルネッサンス期の建築家の名前「パラディオ」（Palladio）であり、パラディオの建築様式を模したもの全般を指す。

（2）夏目漱石は「平凡にして活躍せる文字を草して技神《ぎしん》に入《い》る」と言い（一六七）、吉田健一もまた「登場人物の日常の営みが話の筋になって」、そこから「この平凡な世界に我々を引き込む」と説明し、「人間の生活が描かれてゐる」証左であると（一七三）、オースティンの「日常性」を強調している。

（3）ライトは、ヘイヤーだけでなく、P・G・ウッドハウスも「頑固なトーリー派」に分類している（Fletcher 70）。

（4）この小説の執筆年がカサンドラ・オースティンの『覚え書き』によると一七九八年から一七九九年の時期となっており、まだゴシック・ブームが下火になる前であった。そう考えると、オースティンのゴシック・モチーフという選択は、おそらく女性読者を獲得するための戦略だったと考えられる。

（5）　ミドルブラウの派生語である「ハイブラウ」は、H・G・ウェルズが広めた言葉である。

（6）　一八一三年九月一五、一六日にオースティンが姉のカサンドラに宛てた手紙から、ファッションに深い関心を寄せていたことが見受けられる。ミセス・タッカーズ、ミスター・スペンスと一緒に訪問したミス・ヘアは可愛らしい帽子を持ってきており、オースティンはそれに夢中になる。デザインと素材は同じで色違いのもの——白でサテン生地とレースでできたもの——も面白がって聞いた」ニュースによると、「コルセットは胸を強制的に押し上げるためのものではなくなった」「それはもはや不自然なファッション」であると書いている（Le Faye 229）。

（7）　『余暇の時間』は一八五二年から一九〇五年の間イギリスで発行された週間雑誌である。

（8）　マーガレットが読んでいるこの小説は（改良版の）第二巻に掲載されている（128–35）。ヘイヤーの緻密な歴史考証は若い女性読者が読んでいた雑誌掲載のフィクションにまで及んでいるのだ。

（9）　この雑誌はヘンリー・マッケンジーの編集で、一七七九年一月二三日から一七八〇年五月二七日まで刊行され、ロンドンでも人気を博し一七八〇年から一八〇一年の間に一一版重ねている。ヘンリー・マッケンジーは『感情の人』（*The Man of Feeling*, 1771）という感傷小説の著者として知られている。

引用文献

Austen, Jane. *Pride and Prejudice*. Ed. Pat Rogers. Cambridge: Cambridge UP, 2006.

———. *Northanger Abbey*. Ed. Barbara M. Benedict and Deirdre Le Faye. Cambridge: Cambridge UP, 2006.

———. *Jane Austen's Letters*. Ed. Deidre Le Faye. Oxford: Oxford UP, 2014.

Barker, Juliet. *The Brontës*. London: Phoenix Press, 1994.

Boulukos, E. George. "The Politics of Silence: Mansfield Park and the Amelioration of Slavery." *NOVEL: A Forum of Fiction*. 39.3 (2006): 361–83.

Brewer, William D. Introduction. Regina Maria Roche's *The Children of the Abbey*. Richmond: Valancourt Books, 2016.

Brewer, William D. "Introduction" in Regina Maria Roche's *The Children of the Abbey*, Richmond: Valancourt books, 2016.

Brown, Erica. *Comedy and the Feminine Middlebrow Novel: Elizabeth Von Arnim and Elizabeth Taylor*. London and New York: Routledge, 2013.

Coleridge, Samuel Taylor. *Lay Sermons, I. The Statesman's Manual, II. Blessed Are Ye That Sow Beside All Waters*. London: Edward Moxon, 1852.

———. *The Friend. The Complete Works of Samuel Taylor Coleridge*, Vol. II, New York: Harper & Brothers, 1884.

Davidoff, Leonore. and Catherine Hall, Leonore *Family Fortunes: Men and Women of the English Middle Class 1780–1850*. London: U of Chicago P, 1987.

Erickson, Lee. "The Economy of Novel Reading: Jane Austen and the Circulating Library." *Studies in English Literature, 1500–1900* 30.4 (1990): 573-90. JSTOR. Web. 20 March 2016.

Faludi, Susan. *Backlash: The Undeclared War Against Women*. London: Vintage, 1993.

Fielder, Leslie A. *Love and Death in the American Novel*. Urbana-Campaign: Dalkey Archive Press, 1998.

Fletcher, Lisa. *Historical Romance Fiction: Heterosexuality and Performativity*. Aldershot: Ashgate, 2008.

Ford, Susan Allen. "Ingenius Torments, or Reading Instructive Texts in *Northanger Abbey*: *The Mirror*, *The Rambler*, and *Conduct Books*." *Persuasion On-line* (Jane Austen Society of North America). Vol. 31, No. 1 (2010).

Gibbons, Stella. *Cold Comfort Farm*. BN Publishing, 2008.

Graves, Robert., and Alan Hodges. *The Long Week-end: A Social History of Great Britain 1918–1939*. Harmondsworth: Penguin, 1971.

Halsey, Katie. *Jane Austen and her Readers, 1786–1945*. London, New York and Delhi: Anthem Press, 2013.

Heyer, Georgette. *Arabella*. London: Arrow Books, 2004.

Hoeveler, Diane. "Regina Maria Roche's *The Children of the Abbey*: Contesting the Catholic Presence in Female Gothic Fiction." *Tulsa Studies in Women's Literature*, Vol . 31, No .1/2 (Spring/Fall 2012): 137-58.

Howard, Jacqueline. *Reading Gothic Fiction: A Bakhtinian Approach*. Oxford: Oxford UP, 1994.

Humble, Nicola. *The Feminine Middlebrow Novel, 1920s-1950s: Class, Domesticity, and Bohemianism*. Oxford: Oxford UP, 2002.

Kelly, Gary. "Education and Accomplishments." Ed. Janet Todd. *Jane Austen in Context*. Cambridge: Cambridge UP, 2006.

Kloester, Jennifer. *Georgette Heyer's Regency World*. London: William Heinemann, 2012.

The Lady's Monthly Museum; or Polite Repository of Amusement and Instruction: Being an Assemblage of Whatever can Tend to Please the Fancy, Interest the Mind, or Exalt the Character of the British Fair. Vol . 5. London: 1808.

The Lady's Monthly Museum; or Polite Repository of Amusement and Instruction: Being an Assemblage of Whatever can Tend to Please the Fancy, Interest the Mind, or Exalt the Character of the British Fair. Vol . 9. London: 1811.

The Lady's Monthly Museum; or Polite Repository of Amusement and Instruction: Being an Assemblage of Whatever can Tend to Please the Fancy, Interest the Mind, or Exalt the Character of the British Fair. Vol . 2. Improved Series. London: 1815.

Le Faye, Deirdre. *Jane Austen's Letters*. Fourth Edition. Oxford: Oxford UP, 2011.

———. *Jane Austen: A Family Record*. Second Edition. Cambridge: Cambridge UP, 2004.

Light, Alison. *Forever England: Femininity, Literature, and Conservatism Between the Wars*. London and New York: Routledge, 1991.

Marshik, Celia. *At the Mercy of Their Clothes: Modernism, the Middlebrow, and British Garment Culture*. New York: Columbia UP, 2016.

Merrett, Robert. "Consuming Modes in *Northanger Abbey*: Jane Austen's Economic View of Literary Nationalism." *Persuasions*. 20 (1998): 222-235.

The Mirror: A Periodical Paper, Published at Edinburgh in the Years 1779 and 1780. 3 vols. Edinburgh, 1781.

Miles, Robert. "The 1790s: The Effulgence of Gothic." The Cambridge Companion to Gothic Fiction. Ed. Jerrold Hogle. Cambridge: Cambridge UP, 2002.

Miskin, Lauren. "True Indian Muslin" and the Politics of Consumption in Jane Austen's *Northanger Abbey*." *Journal for Early*

Modern Cultural Studies. 15.2 (Spring 2015).

Paulson, Ronald. "Gothic Fiction and the French Revolution." *ELH* 48.3 (1981): 532–54.

Perrin, Tom. *The Aesthetics of Middlebrow Fiction: Popular US Novels, Modernism, and Form, 1945–75*. Palgrave Macmillan, 2015.

Radcliffe, Ann. *The Mysteries of Udolpho*. Ed. Bonamy Dobrée. Oxford and New York: Oxford UP, 1979.

Shteir, Ann B. "Green-Stocking or Blue? Science in Three Women's Magazines, 1800–50." *Culture and Science in the Nineteenth-Century Media*. Ed. Louise Henson, Geoffrey Cantor, Gowan Dawson, Richard Noakes, Sally Shuttleworth, and Jonathan R. Topham. London and New York: Routledge, 2004.

Spillman, K. Elizabeth. 'The "Managing Female" in the Novels of Georgette Heyer.' *New Approaches to Popular Romance Fiction: Critical Essays*. Ed. Sarah S.G. Frantz and Eric Murphy Selinger North Carolina: McFarland and Company, 2012.

Vann, J. Don and Rosemary T. VanArsdel. *Victorian Periodicals and Victorian Society*. Aldershot: Scholar Press, 1996.

Williams, Raymond. *The Country and the City*. New York: Oxford UP, 1973.

コウルリッジ、S・T・『方法の原理——知識の統合を求めて』小黒和子編訳、法政大学出版局、二〇〇四。

巽孝之、『アメリカン・ソドム』、研究社出版、二〇〇一。

丸山眞男、「政治的判断」『丸山眞男セレクション』、杉田敦編、平凡社ライブラリー、二〇一〇。

エリザベス・ボウエンの『日ざかり』と〈中間〉の力学

長島　佐恵子

一　序

ニコラ・ハンブルは、『女性的ミドルブラウ小説一九二〇から五〇年代にかけて』（*The Feminine Middlebrow Novel 1920s to 1950s*）でミドルブラウ小説を定義づける際に、理知的で難解な作風ながらミドルブラウに数えられる作家の一人としてエリザベス・ボウエンの名前を挙げている（Humble, 2001, 13）。ボウエンのような女性作家がミドルブラウであると見なされ、ハイブラウな批評によって特権的な地位におかれたモダニズムの正典から長く排除されてきたことをハンブルは指摘し、一九九〇年代に盛んになったそれまでのモダニズム観の見直しについて触れながら、ミドルブラウとハイブラウを相互排除的なカテゴリーと見なさずに、その揺れ動く境界線とそれぞれの作品との相互作用を見ていくことを提唱する（24–25）。更に、ボウエンの作品の中から特にミドルブラウとの関わりにおいて重要な作品として、一九四九年に出版された『日ざかり』（*The Heat of the Day*）を取り上げる。一般に第二次大戦中のロンドンを描いた戦争小説としてよく知られている『日ざかり』について、ハンブルは、当時大きく変化していたミドルクラスのありようとそれに深く関わる形での家・家庭の描写が重要な位置を占める作品であること、また主要登場人物の多くが女性であることに注視して作品を紹介している（98-103）。

クレア・セイラー（Claire Seiler）の二〇一四年の『日ざかり』論は、同じくモダニズムの見直しとして派生したインターモダニズムという切り口から、世紀の中間点（midcentury）をキーワードに、ボウエンの作品の微妙な位置取りを詳細に論じたものである。セイラーは『日ざかり』を〈中間〉（middleness）そのものについての小説であるとし、草稿の分析も踏まえて、ボウエン自身が〈中間〉を描くことに意識的であったとする。本論考は、ハンブルやセイラーのミドルブラウ論を手がかりに、『日ざかり』において〈中間〉にあることがどのような力学として表れるのかを考えるものである。また、この作品を特徴づける複雑な文体について、同じくハンブルによる二〇一二年の、上掲書の補遺ともいえる論考「読むことのクィアな喜び――キャンプとミドルブラウ」（"The Queer Pleasures of Reading: Camp and the Middlebrow"）におけるミドルブラウとキャンプの分析と関連づけて考えてみたい。

二　〈中間〉の小説としての『日ざかり』

まず、『日ざかり』の物語の概略を紹介する。この小説の主要な舞台は第二次大戦下のロンドン、物語中の「現在」は一九四二年で、そこを軸に主に一九四〇年から一九四四年の出来事で物語が構成されている。主人公ステラ・ロドニーは、アングロ・アイリッシュの出自が仄めかされるアッパーミドルクラスの女性で、一九四二年の時点では英国政府の諜報関係の組織に勤めながら、ロンドンの高級住宅街にフラットを借りて一人で暮らしている。親も二人の兄もすでに亡くなっており、元夫も短い結婚生活が破綻した直後に死去、一人息子ロデリックは徴兵されて軍隊にいる。二〇世紀より一歳か二歳若い、という彼女は、物語の幕開けで四〇歳ちょうどくらい（この点を含めステラは作者ボウエンが投影された人物である）。二年前に出会った、やはり政府で働いているという少し年下のロバート・ケルウェイと恋愛関係にある。[(1)] ある日ステラの許に、ハリソンと名乗る謎めいた男が現れ、ロバートはナチス・ドイツに英国の情報を売っているスパイであると告げる。同じく英国の諜報部の別部署でこの件を担当しているというハリソンの提示した取引とは、ステラがロバートと別れてハリソンと付き合うならば、ロバートの背信についての情報を手元に留めて彼のしばしの安全を保証しよう、というものであった。ただし、ステラが疑いを持っていることをロバートに気づかれたら、ロバートは行動パターンを変えるから必ず知れる、そうなったらロバートを救う可能性はなくなるとハリソンから警告され、ステラが話の真偽を確認することは困難になる。こうして物語は、ステラの葛藤と疑惑の中で過ごす日々を中心に展開する。終盤、ロバートへの疑惑が真実であると確信を深めたステラは、彼を助けるためにハリソンの要求を飲もうとするが、なぜかハリソンは彼女の申し出を拒む。最終的にロバートは、ステラのフラットで彼女に対して自分がスパイであることを認めた後、見張られていることを恐れて屋根から抜け出すと言い張り、その後転落死して発見される。このメインのプロット以外に、ロデリックがアイルランドのビッグ・ハウスであるマウント・モリスを相続するという話と、夫が出征中に工場で働いているルイが、戦時下のロンドンを彷徨いながらステラとハリソンを含む多くの人間と出会い、最終的に夫ではない相手の子どもを産む話が並走する。

この作品が〈中間〉についての物語だと主張する上で、まずセイラーが指摘するのは、しかし、このように作品のプロットを要約すること自体の問題性だ。こうした要約は、実際以上にこの作品を波乱に満ちサスペンスに富んだものだと見せてしまうというのだ（Seiler 127）。大戦下のロンドン、アッパーミドルクラスの美しい女性と二人の謎めいた男、諜報活動、脅しと裏切り、といった劇的な要素に満ちているにもかかわらず、一方でこの作品が手に汗握るサスペンス・ドラマとなっていないことこそが重要なのだとセイラーは論じ、その証左として、テクスト内で「何もない（nothing）」という語が登場する異常な頻度（およそ二頁に一度）や、ボウエン自身が執筆したけれども結局使われなかったという発売時の帯用の宣伝文句を検証する。そこでボウエンは、この小説が「戦争小説ではない」ことを強調し、またナチス、スパイ、裏切り、といった刺激的な単語も避け、あくまでこの作品は「家庭小説」なのだと述べていることが示される（128–29）。

実際、この小説においてボウエンが、政治的なことを個人的なことに落とし込み、プライベートな家内空間を世界規模の政治情勢の縮図として描いていることは、批評家たちが指摘していることである。(2) 一方で、セイラーは、そうした具体的な政治情勢と物語の内容の対応もさることながら、作中の時代設定と主人公ステラの造形に見られる〈中間〉の要素こそ注目に値するとする。まず、この作品が主に描く戦時、一九四二年とは、まさに大戦の中間地点である。ボウエンは最初の小説『ホテル』（*The Hotel*, 1927）の出版から一〇年間で六冊の長編小説を出版したが、その後『日ざかり』に着手してから仕上げるまでに非常に苦労したことが知られている。(3) 執筆を開始してから一時中断を経て、作品の完成までに費やされた一九四四年から一九四八年という期間は、戦時下、終戦、そして戦後刻々と大戦の様子が改めて検証され、意味づけがなされていく時期であった。セイラーは、草稿の検証から、ボウエンが執筆の過程で大戦を振り返りながら一九四二年という中間点をテクストの核に定め、それ以外の時間のマーカーを苦心しながら操作し、不要な部分を消去していったと論じる（132–34）。また、併せて、ステラの人物造形において、おそらくアングロ・アイリッシュと推測されるステラの出自が初期の原稿ではよりはっきりしていたのに、改稿の過程で曖昧になっていくこと、それに比して、二〇世紀とほぼ同年齢、四〇歳に差し掛かるという中年の年齢設定は幾度も描写され強調されることを重視し、時間的な〈中間〉への強い志向を読み取ることで、テクストに内包された二〇世紀の中間期という特異な時代の意味を捉えられるのだと論じている。

三 〈中間〉と〈中立〉

『日ざかり』の読解において〈中間〉それ自体に意識を向けることが必要だというこの指摘は、テクストを貫く力学を考える上で示唆に富むといえよう。セイラーは議論の中でアイルランドの問題についてはあまり踏み込んでいないが、『日ざかり』は第二次大戦下のアイルランド中立政策についての小説でもある。ロデリックが相続するビッグ・ハウスをめぐる挿話も、中立政策を選んだアイルランドと英国との緊張関係という位相をテクストに付け加える機能を果たしている。セイラーの議論では、ステラの描写からアングロ・アイリッシュである証左が減じられているという事実は年齢設定との比較で意味づけられるに留まるが、この論考においては、セイラーが指摘する〈中間〉にあることの重要性を、〈中立〉であることとも重ね合わせて考えられよう。

第二次大戦中にボウエンが、英国政府の元でアイルランドの中立政策についてアイルランド国民の意見を収集する諜報活動に携わっていたことは、クレア・ウィルス（Clair Wills）やヘザー・レアード（Heather Laird）らによって詳しく論じられている。アイルランドに生まれ、アングロ・アイリッシュの地主階級ボウエン家の嫡子としてコークに先祖伝来のビッグ・ハウスを所持しながらロンドンにも生活の拠点を置いていたボウエンにとって、第二次大戦期は故郷アイルランドへの渡航が制限されるという物理的な意味でも不自由な時代であり、諜報活動への志願にはアイルランドとの往来を容易にするという隠れた動機もあったという。

ボウエンの報告書、特に初期のものは、レアードも説明しているように、決してイングランドの立場からアイルランドについて密告し批判するというものではなく、英国政府に対してアイルランドの中立政策を理解するための文脈を提供し、アイルランドの方針を「初めての自由な自己主張」として強く擁護する内容であった（Laird 196）。たとえば一九四〇年一一月の報告書では、アイルランドに対してイングランドが示す反感を戒め、アイルランドの中立を「背信（disloyalty）」として断罪する態度への苛立ちを綴っている。「イングランドの人間が歴史をもう少し念頭に置き、アイルランドの人間はもう少し念頭から消すことができれば」というボウエンの願いには、二つの国の間を揺れる立場だからこその切実さがある（*Notes on Eire* 38）。

しかしながら、一九九〇年代にこのボウエンの諜報活動についての議論が沸き起こった時に問題とされたのは、報告書の具体的な内容以前に、こうした活動に志願して従事したアングロ・アイリッシュであるボウエンの忠誠（allegiance）の所在であった。コークに所在するオーベイン歴史研究会（Aubane Historical Society）が、ボウエンを、都合よくアイルランドを利用しながら裏切ったイングランドの作家であると断罪し、彼らが出版したコーク出身作家のアンソロジーにボウエンを含めながらその名前の上に取り消し線を引いてみせるという「包摂的排除（inclusive exclusion）」を行うという事件もあった（Laird 194–95）。ボウエンの報告書がどれだけ「思慮深くバランスのとれた」ものであったとしても、英国のために報告書を書く立場を選択したこと自体が許されざるものと受け止められたのである。[4]

ここで重要な点は、たとえばボウエンのように二つの土地に帰属する人物が、その二つの利害が相反する状況に直面したとき、多くの場合において双方から忠誠を要求され、更にどちらにどのように応答しても何らかの責めを負うことになるという図式の存在である。そして、そのようにどの立場に立つことを表明するにしても負荷のかかった状況においては、中立を選んでバランスを取るという身振りもまた断罪を免れ得ない。ウィルスは、戦争によって一部のアングロ・アイリッシュはどちらの国に忠誠を示すかという選択を迫られ、疎外感を増したと指摘している（61）。ボウエンが英国とアイルランドの間で忠誠を試され、後にその結果を許されたように、

『日ざかり』においても、主人公のステラが忠誠を試され、選択を迫られる。こうした事態が生じる文脈と、こうしたジレンマにさらされる葛藤がどう描かれるかという観点から、ステラにまつわるテクスト内での〈中間〉について見てみたい。

四　何もない空間、誰もいない部屋？

E・M・フォースターが「私の信条」("What I Believe," 1938)で「自分の国を裏切るか自分の友を裏切るかどちらかを選ばなければならないとしたら、国を裏切る勇気を持ちたい」と書いたことはよく知られている。これを受けてハーマイオニ・リー(Hermione Lee)は、『日ざかり』のロバートの造形に有名なスパイ・ネットワーク「ケンブリッジ・ファイブ」との連関を読み込む可能性を示唆する際に、ボウエンの知人であったジャーナリストのゴロンウィ・リース(Goronwy Rees)によるフォースターへの反論——実際は国というのは個人的・社会的なつながりが濃密に詰まったネットワークであり、このように抽象化された形での二者択一で考えられるものではないという発言を引いている(Lee 170)。

確かにこのテクスト内では、裏切りも忠誠も、わかりやすい二者択一には収まらない。そして、『日ざかり』で最も明示的に厳しいジレンマに直面させられるのは、密かにファシズムを信奉するロバートではなく、ステラである。ステラ以外の『日ざかり』の登場人物たちは、それぞれ戦時下の困難な環境に置かれながら、奇妙なまでに迷いなく行動する。ロバートの英国に対する背信行為も、ロデリックのマウント・モリスの相続も、当人たちはあたかも定められた道を進んだだけだと受け止めているように描かれる。それに対して、ステラは、込み入った選択肢を与えられ決断を迫られ、葛藤する人物である。そして実際、彼女が迫られる選択はフォースターの格言よりも遥かに複雑なものとなる。

まず、プロットの核となるハリソンとロバートとの三角関係を、モード・エルマンは「悪魔的なジレンマ」とまとめている。「ステラは、ロバートを捨ててハリソンに身をまかせれば、見返りにロバートの一時的な安全を得られるが、それはロバートの有罪を認めることにもなる。一方で彼女は恋人を尋問してもいいが、もし彼が有罪ならば、誰かに知られていると彼が知ったらボロを出して彼の背信が露見してしまうと了解してのことになる」（Ellmann 156）。セイラーやフィリス・ラスナー（Phyllis Lassner）など多くの批評家が指摘しているように、この作品でロバートがスパイかどうかは実はそれほどサスペンスの素とはなっておらず、ハリソンが言うとおりロバートは親ナチのスパイなのだろうという予見の元で物語は展開する。(5) しかし、確証は与えられない。恋人がファシズムに傾倒して国を裏切っているかを確認するかどうか（確認すること自体が恋人を危険に晒すかもしれない）。裏切っていると仮定して、その恋人を一時的にでも救うために当の恋人の元を去って脅迫者に身をまかせるかどうか。何が忠誠で何が裏切りなのか、答えのない状況にステラは置かれる。

更に、ここで問題になる恋人の「国」とはステラにとってどういう位置づけになるのか。いずれにしてもステラはアイルランドと英国との双方に深く関わっており、一方ではロバートの英国に対する裏切りの可能性にどう対処するのかを迫られ、他方では息子のロデリックに降って湧いたビッグ・ハウスの相続によって、アイルランドとのつながりを更新しなければならない。しかし、ステラの出自は、セイラーの指摘でも見たとおり、アングロ・アイリッシュかどうかも含めて、作中では慎重に曖昧にされている。(6) そのため読者は、それぞれの国とステラの結びつきについて、どこかで留保しながら読んでいくことになる。

つまり、ステラは、どう転んでも何かを失う複層的なジレンマに立たされ、しかもそのジレンマの基盤に揺らぎを抱えた状況に置かれた存在である。そして、物語を通して彼女はこのジレンマの元で揺れ動きつつ、結局ハリソンの要求に対してもロバートとの関係においても、基本的に受け身な姿勢を外れることはない。

ラスナーは、こうしたステラの、捉えどころがなく（elusive）、皮肉めいた受動性（cynical passivity）を示す人物造形に、ハリソンとロバートによる男性的なスパイ・プロットの要請に応えないことで道徳的な二項対立の呪縛から逃れるという、ジェンダー政治の観点からの抵抗を読みとる（124-25）。このラスナーの詳細な分析は示唆に富むが、〈中間〉そのものに注目するという視点に戻ってみると、ステラが中立を志向し、受け身で捉えどころのない人物であることの意味づけは、もう少し違った角度からも考えることができるのではないか。小室龍之介はステラを、中立を選んだアイルランドのアレゴリーとして捉え、彼女が最後まで中立的立場に留まることを「政治的選択の不可能性」「政治的選択の保留」と読む（一四四―四六）。しかし、選択を留保することも一つの選択である。ここから、彼女に与えられたジレンマと深く関わる、第六章でのロバートの家族が住む屋敷ホウム・ディーンへのステラの訪問の詳細を確認し、この小説内のもう一つよく知られた〈中間〉と重ねて考えてみたい。

ハリソンの話を聞いた後、ステラはロバートについてもたらされた情報の真偽を確認し判断するために、彼の家族が住むロンドン郊外の屋敷ホウム・ディーンを訪問することを決める。もちろん、この訪問の表の目的は恋人としてロバートの家族に初めて会うことで、彼女は逆にロバートの交際相手としてふさわしいかどうかを値踏みされる立場にもある。更に言えば、このエピソードは読者にとって、彼女がロバートとファシズムの可能性に対してどう対応するのかを計る機会となるともいえよう。

一九〇〇年ごろに建てられたというこの屋敷は、建物自体はマナー・ハウスと言える大きさながら、雑然と庭に置かれたノーム人形などの装飾品や遊具、「ラウンジ」と呼ばれる居間など、いかにもミドルクラスの家として描かれる。ここにはロバートの父が亡くなった後、母と長姉、そして現在はインドにいる次姉の子どもたちも預けられて暮らしている。成人した子どもたちから未だにマティキンズ（Muttikins）と呼ばれ、屋敷と家族を支配するロバートの母は、ステラを歓迎しない様子を隠そうともしない。また姉のアーネスティンは、わざわざステラに対して、屋敷は時代ものに見えるけれども実は新しく、オークの梁もイミテーションなのだと説明する。しかも、ケルウェイ家はこの家を長く所有しているわけでもなく、少なくともロバートが生まれた家から数えてホウム・ディーンは三軒目の住まいであった。更にロバートの父はこの家を売ってまた別の家に引っ越すつもりであったため、父の死後もホウム・ディーンは不動産屋の売家のリストに掲載されたままだという。

このように、根ざす歴史を持たず閉ざされた家の中で、ステラは方向感覚を失い不安を覚える。自閉・自足したエキセントリックなケルウェイ一家と居心地悪くお茶を飲みながらステラが抱く感慨は、この作品の中で最もよく引用される箇所の一つであろう。

英国人とは驚くべきものだ、とステラは自分に語りかけるしかできなかった。なぜなら、これがもし英国でないというなら一体何だというのか。このケルウェイ夫人に率いられている家族は、単にミドルクラスだと言って説明がつくものではない。それでは、何の中間なのか？という疑問が残るからだ。ステラにはケルウェイ一家が何もない中間に宙づりになっているのが見えた。何一つ存在しなくなっても同じく宙づりになっているだろうと思い描けた。（135-36）(7)

中立を志向するステラが、位相の異なる〈中間〉に出会う場面である。この後ステラは、屋根裏のロバートの部屋で、壁二面を埋め尽くす大量のロバートの写真が母と姉によって飾られているのを目にして驚き、その部屋が「まるで空っぽに感じられる」と声を上げる。それにロバートも同意し、ここに自分は存在しないと感じると告げる（139）。写真に残ったロバートは全て「まがい物」の瞬間を生きており、その記録、自分の「犯罪歴」を突きつけられることは、人を狂気に追いやる所業だと言うのだ（140）。

多くの批評において、ホウム・ディーンの描写は、ロバートの背信と結びつけて読み解かれている。引用箇所に続けてステラが、自身のジェントリー階級に生まれた過去とこうしたロバートの家庭環境を比較することからも、この歴史の重みを持たず空虚で内向きな中産階級の英国性を象徴するかのようなホウム・ディーンの描写にボウエン自身の階級意識を読むことも可能だろう。(8)

だが、ここで注目したいのは、ホウム・ディーンが何もない中間に宙づりになっていると見えるのは、ステラの視点からだということである。アンドリュー・ベネットとニコラス・ロイルも指摘するように、この作品に限らずボウエンの技巧を凝らした語りにおいては、誰の視点からものが語られているのかを同定するのが非常に難しいのだが（Bennett and Royle 100）、ステラのホウム・ディーン訪問のエピソードは、ほぼ一貫して、ホウム・ディーンとロバートの家族を密かに観察するステラの視点から語られているようだ。つまり、ケルウェイ家を「何もない中間に宙づりになっている」と捉え、ロバートの部屋を「空っぽである」と見るのは、ステラである。では、ステラの目に「何もない」と映り、「誰もいない」と感じられるのは、それが本当に空虚だからなのであろうか。ここでステラに見えなくなっているのは何なのかを、考える必要があろう。

テクスト内に、ホウム・ディーンは二回登場する。一度目はこのステラの訪問、二度目は不動産屋からホウム・ディーンに買い手がついたとの連絡が入ってロバートが呼びつけられる第一四章である。二度目の、ロバート一人での訪問は、ステラの中で彼へのスパイ嫌疑が確信に変わり、彼を救うためにハリソンの提案を飲もうとしてハリソンに拒まれるエピソードと同じ夜に起きる。読者は、すでにステラとハリソンのやり取りを読み、ステラと同様にロバートが親ナチのスパイであると確信を持った上で、改めてホウム・ディーンの様子を、今度はステラ抜きで主にロバートの視点から見ることになる。

ロバートの訪問を通じて、読者はケルウェイ家の内情をより詳しく知ることができる。興味深いことに、ロバートの母はこの家を「中立地帯（a neutral area）」と呼ぶ。静かで平穏な「中立地帯」であるはずの家が、いつの間にか誰かに観察され見積もられ、取り上げられようとしているということで、母と姉は恐慌に陥り、ロバートを呼んだのだった。

一面ではこれは滑稽なエピソードである。屋敷が売家として登録されていることを知りながら、実際に買い手候補が現れると何かの被害にあったように驚き慌てるというのは理屈に合わず、ロバートが呆れるのも無理はない。また、「死んだ貨幣」として言語を使うケルウェイ家の噛み合わないやり取りも、ロバートを追い詰める内なる不毛を示しているとも言える。

しかし他方ではこの場面は、ここにある「中立地帯」を支えるコンテクスト、ステラには「何もない」ように見えた背景をより丁寧に明かす機会にもなっている。土地に根ざし代々続く屋敷を持たず、市場に乗せられる家を転々とする中産階級の家族にとっても、それぞれの家に浅いながらも歴史があり、家族の構成員それぞれの希望や思惑とともに現在に至っているのである。ロバートの母が、これまでこの家にかけてきたコストの詳細を並べ上げ、総額を間違いなく計算できると主張するとき、その金額はすでに貨幣価値だけではなく、感情的な執着と分かち難く絡み合っている。これまでいつ、何に、どれだけの金額を費やしてきたかを正確に数え上げられるからこそ、この家の価値は計り知れなくなり、売却する決断ができなくなるのだ。ミドルクラスの家もまた、市場価値だけでは測れないのだ。

このときの訪問では、ロバートが思春期に家族関係の煩わしさから逃れるために写真に入れ込んでいたことも説明され、ステラを驚かせた壁一面の写真、ロバートの「犯罪歴」の源はロバート自身だったこともわかる。ステラはホウム・ディーンとケルウェイ一家を見て「何もない」「空っぽ」の中にあると感じたが、ロバートにとってはこの家は、折り合いの悪い家族が互いに監視しあい、父が威信を損なわれて死んでいったという家族の歴史を内包する場所である。ロバートが階段の上を見上げながら父に思いをはせるとき、今はほとんど閉ざされている階上の「鉤十字型に広がる廊下は何にも続いていかない（"swastika-arms of passage leading to nothing"）」という、これもよく引用される一節が登場する（304）。ホウム・ディーンが「中立地帯」と呼ばれる背後に、ジェンダー闘争を含む複雑な力学が働いており、その中にひっそりと鉤十字が置かれていることを、読者はロバートの視点を通して発見するのだ。

　ホウム・ディーンをスパイとして冷静に客観的に見て情報を集めるつもりであったステラには、この家の〈中間〉性を支えるこうした社会的なコンテクストを見ることはできない。そして、彼女がそこが空っぽであるように感じられるといい、ロバートも同意するとき、ロバートのファシズム信奉が育まれた経緯から二人は目を背けたのだと言ってもいいかもしれない。

　クリスティン・ミラー（Kristine A. Miller）の『日ざかり』論は、ステラとルイの二人の女性登場人物に焦点を当てて、テクスト内のジェンダーと階級のインターセクションを詳細に論じたものである。マス・オブザヴェイションのインタビュー等も参照しながら、ミラーは戦時下の女性たちが属する階級によって異なる経験をしたことを確認していき、ステラがさまざまなジレンマに直面しながらバランスを取ることができるのは、アッパーミドルの出自が特権を保証しているからだということを示す。ただ、同時に、自伝的な『ボウエンズ・コート』（*Bowen's Court*, 1942）と比較すると、『日ざかり』においてボウエンは、ステラという（自分を投影してはいるが）架空の人物を立てることで、そうした階級特権を含む複雑な権力関係を、批評的な距離を置いたところから客観的に描けているとも指摘する（58）。つまり、戦後作品を完成させる過程でボウエンが客観視できた権力構造の緊張関係を、渦中にいるステラは見ることができない。そのこと自体が作品には書き込まれているというのだ。

そのステラにとっての不可視性を読み取ることが、この作品の〈中間〉の力学を読み解くことの一つの形と言えるのではないか。

中間・中立にあるとは、無の中に浮かぶのではなく、さまざまな力関係によって複数の方向に引っ張られ、それらに抵抗し続けている状態だといえよう。中立とバランスを希求することへの理解、中立がもたらす肯定的な可能性と、同時に中立をその文脈を見ずに志向することの危険性。『日ざかり』において、こうした問題系にボウエンは意識的だったと思われる。〈中間〉にあるとは、穏やかな凪の状態ではなく極度の緊張関係にあることなのだ。

五　キャンプについて

続いて、『日ざかり』にさまざまな力が拮抗する緊張関係としての〈中間〉を読み取ることに関連して、ハンブルによるミドルブラウと「キャンプ」についての論考を紹介しておきたい。『日ざかり』はボウエンの小説の中でも文体が複雑で難解なことでも知られている。中間にあることの葛藤やそこに働く力学への注視が求められることと、こうした表面の難解さはどう関わるのか。そこでキャンプという概念がどのように有用なのかを考えてみたい。

ハンブルの『読むことのクィアな喜び――キャンプとミドルブラウ』は、『女性的ミドルブラウ小説』においてかつて自身が退けた「ミドルブラウ文学のキャンプ性」というテーマに立ち返り、両者の関連を改めて肯定的に論じた文章である。ハンブルはスーザン・ソンタグの「〈キャンプ〉についてのノート」（一九六四）に依拠しながら、この捉えがたい概念を、「一種の審美主義」「内容よりも様式を重視する」「真面目なものを馬鹿馬鹿しいものに変換する」ものであると説明していく（Humble, 2012, 219）。ハンブルが引用するように、キャンプとは「誇張されたもの、〈外れた〉もの、ありのままでないものを好むことなのだ」（ソンタグ、四三七）[9]。

全部で五八に及ぶソンタグの「ノート」の中で、特にハンブルがミドルブラウとの関連で取り上げるのは、三三番の「類型的」で「発展しない」人物造形についてと、一六番の「二重の感覚」についてである（Humble, 2012, 220）。『日ざかり』を考えるときに特に参考になるのは後者だろう。

> キャンプ的感覚とは、ある種のものが二重の意味に解釈できるとき、その二重の意味に対して敏感な感覚のことである。しかし、ここでいう二重の意味とは、一方に文字通りの意味、他方に象徴的な意味という、お定まりの重層構造のことではない。むしろそれは、何かを――何でもよいが――意味するものとしてのものと、純粋の人工としてのものとの違いなのである。（ソンタグ、四四一―四四二）

ハンブルはここから、「洗練された皮肉っぽさ」（sophisticated wryness）とも呼べるキャンプ概念とミドルブラウの親和性を論じていく。特にハンブルはソンタグが薄めようとした（そのことで批判も多い）同性愛文化とキャンプの関連に立ち返り、ソンタグの立場とは異なり、ミドルブラウ小説と非規範的な性の親和性についても論を進めている（222-23）。最終的には、キャンプという概念が、ミドルブラウ小説にある「大衆的であると同時にスノッブ、保守的で革新的、包括的で排他的、洗練されているのにふざけている、これらすべてを同時に行う」複雑さを理解する助けになるとして論を結ぶ（229）。

このようなキャンプの概念はボウエンの作品を理解する助けにもなるだろう。何より、二重性は『日ざかり』において非常に重要な要素だ[10]。作品の冒頭、ハリソンが登場するとき、ルイは彼の両眼のズレに気づく。「彼の片方の眼はもう片方よりもほんのわずかだけ上についている、またはそのように動くようだった。この視点のズレまたは不均等によって、彼女は二度見られているような感じがした。見られることと、もう一度確認されることが同時に起こるのだ」(15)。この後も、ハリソンの描写において繰り返し、「変わったやり方で両眼を同時に使う」(120)、「両眼に不調和がある」(201)というようにこの眼のズレが強調され、二重にものを見ることについて常に意識が向けられる。

二重の意味を読み取ることは、『日ざかり』の中でさまざまなレベルで考えられる。たとえば、すでに論じたホウム・ディーンの二回繰り返される訪問の描写、また本論では取り上げられなかったが同様にマウント・モリスの二回の訪問の描写は、視点がずれることで同じ場所が異なった姿で現れること、その差異に注意を向けるように読者を促す。また、この作品が戦中から戦後の長い期間をかけて執筆されていることから、戦時下の刹那的な現在を切り取りながら、同時に戦後にそれを距離をもって振り返り意味づけするという、時間的な視点の二重性も読み込める。[11]

更には、難解、レトリック過剰と評されるこの作品の文体も、物語の内容だけでなく言語への注意を求めるという意味で二重性を孕むといえよう。ボウエンの文体は二重否定や倒置、省略等が頻繁に使われ複雑であることで知られているが、中でも『日ざかり』についてはそれらがあまりにも過剰であると出版後に批判が集まったという。[12] たとえばリーは、この文体を戦時下の異常な状況を描くために効果的だと評価するが(Lee 158)、これも、一方に様式の強調、人工性、誇張されたものへの志向があり、同時にそうすることで対象と一体化しながら距離を取るという意味で、キャンプ的だといえよう。更に、文章のレベルだけでなく、このテクストでは手紙、電話の会話、ロバートの転落後のステラの審問など、さまざまな文体が混交している。[13] 密室での接近した会話から、俯瞰する視点、テレコミュニケーション、時間的にもフラッシュバックが多用され、時間・空間の移動と切り替わりも頻繁である。そして、そうしたさまざまな意味でのナラティブにおける距離の操作が、読者の焦点を合わせるのを助けず、むしろ遠近法を狂わせる。ホウム・ディーンやマウント・モリスの二回の訪問も、複数回の訪問が複眼的に対象を眺めての立体的な理解につながるというよりも、それぞれの訪問の描写を合わせたときにより複雑で混乱したイメージが生まれ、読者はその中で考えなければならない。

ソンタグは二項対立とキャンプについて次のように書いている。

キャンプ趣味は、よいか悪いかを軸とした通常の判断基準に背を向ける。キャンプとはものの位置をひっくりかえすことではないのだ。それは、よいものを悪いと言ったり、悪いものをよいと言ったりすることではない。キャンプがやるのは、芸術に対して（そして人生に対して）別の――補助的な――判断基準を提供することである。（ソンタグ、四五一）

『日ざかり』をキャンプという概念に照らして考えることは、緊張を孕んだ〈中間〉という状態を理解するためのもう一つの補助線となるだろう。〈中間〉に留まろうとするステラの物語は、このような意味で二重性を含むスタイルにも支えられているのだ。

六　結び

このように、『日ざかり』を読む上でミドルブラウやインターモダニズムの観点から考えることは、作中の複雑な力学を理解する助けになると同時に、その複雑さを単純化せずに向き合うという難題を提示されることだと感じられる。一方では不条理なジレンマに迫られ何をしても責められる状況に置かれること、他方ではそこで中立を選んでも責任を回避はできないということ。このような困難をどう書くのか、読むのか、という問題は、今日の私たちにも深く関わるものである。ソンタグはキャンプについてのノートの二番で、キャンプとは「内容に関しては中立的（neutral）な態度」であり、キャンプ的感覚は脱政治的であると述べているが、現在の私たちは、そうした中立的な態度が脱政治的であるとは言えないことを知っている。ミドルブラウやインターモダニズムの視点は、このように批評的な距離を取りながらもそこにある力学から目を背けない読解の可能性を拓くものであろう。

註

（1）ロバートは当時ボウエンの恋人であったチャールズ・リッチーを主なモデルにしていることがよく知られている。長く続いた二人の交友については、ヴィクトリア・グレンディニング（Victoria Glendinning）が編集した二人の書簡集 *Love's Civil War* に詳しい。

（2）たとえばモード・エルマン（155）やアラン・ヘップバーン（Allan Hepburn）（133–34）を参照。

（3）グレンディニング（149–53）。

（4）この点については拙論 "Reading Loyalty and Disloyalty in Elizabeth Bowen's *The Heat of the Day*" でも論じている。また、ボウエンとアイルランドの関係をまとめた論考としてはニール・コーコラン（Neil Corcoran）（184–87）や北川依子の『日ざかり』論、またエイヴァー・ウォルシュ（Eibhear Walshe）のエッセイも参照されたい。

（5）たとえばセイラー（128）やラスナー（131）を参照。

（6）コーコランもステラの出自の曖昧さを指摘し、彼にはステラはむしろイングランドの地主階級の系譜に読めるとしている（190）。

（7）作品の引用は Elizabeth Bowen, *The Heat of the Day*（1949, London: Vintage, 1998）より、拙訳で示す。以下引用箇所は頁数のみ記す。

（8） たとえばエルマン（158–59）やヘップバーン（137–38）を参照。
（9） 以下、ソンタグの引用は原則として高橋康成ほか訳「〈キャンプ〉についてのノート」を参照し、その該当頁数を記す。
（10） 本稿では詳述できなかったが、同性愛文化やクィア性もボウエンの作品において重要な要素であり、その点についてもキャンプという視点からの検討は有用ではないかと思われる。
（11） このような意味での時間の二重性はインターモダニズムの特色としても論じられている。ヘップバーン（134, 137）やアシュリー・マー（Ashley Maher）を参照。
（12） グレンディニング（152–53）に詳しい。
（13） 特にステラの審問の文体については、ヘップバーンの裁判についての議論が興味深い（138–39）。

引用文献

Bennett, Andrew, and Nicholas Royle. *Elizabeth Bowen and the Dissolution of the Novel: Still Lives.* Basingstoke: Macmillan, 1995.

Bowen, Elizabeth. *The Heat of the Day*. 1949; London: Vintage, 1998.

———. *"Notes on Eire": Espionage Reports to Winston Churchill, 1940–2.* ed. Jack Lane and Brendan Clifford. Aubane: Aubane Historical Society, 1999.

Bowen, Elizabeth and Charles Ritchie. *Love's Civil War: Letters and Diaries from the Love Affair of a Lifetime.* ed. Victoria Glendinning with Judith Robertson. London: Simon & Schuster, 2009.

Corcoran, Neil. *Elizabeth Bowen: the Enforced Return*. Oxford: Oxford UP, 2004.

Ellmann, Maud. *Elizabeth Bowen: The Shadow across the Page.* Edinburgh: Edinburgh UP, 2003.

Glendinning, Victoria. *Elizabeth Bowen: Portrait of a Writer.* 1977; London: Orion, 1993.

Hepburn, Allan. "Trials and Errors: *The Heat of the Day* and Postwar Culpability." *Intermodernism: Literary Culture in Mid-Twentieth-Century Britain*. ed. Kristin Bluemel. Edinburgh: Edinburgh UP, 2009, 131–49.

Humble, Nicola. *The Feminine Middlebrow Novel 1920s to 1950s: Class, Domesticity, and Bohemianism.* Oxford: Oxford UP, 2001.

———. "The Queer Pleasures of Reading: Camp and the Middlebrow." *Middlebrow Literary Cultures: The Battle of the Brows, 1920–1960.* ed. Erica Brown and Mary Grover. Basingstoke: Macmillan, 2012. 218–230.

Laird, Heather. "The 'Placing' and Politics of Bowen in Contemporary Irish Literary and Cultural Criticism." *Elizabeth Bowen.* ed. Eibhear Walshe. Dublin: Irish Academic Press, 2009. 193–207.

Lassner, Phyllis. *Elizabeth Bowen*. Basingstoke: Macmillan, 1990.

Lee, Hermione. *Elizabeth Bowen*. Revised edition. London: Vintage, 1997.

Maher, Ashley. "'Swastika Arms of Passage Leading to Nothing': Late Modernism and the 'New' Britain." *ELH* 80 (2013): 251–85.

Miller, Kristine A. *British Literature of the Blitz. Fighting the People's War.* Basingstoke: Palgrave Macmillan, 2009.

Nagashima, Saeko. "Reading Neutrality and Disloyalty in Elizabeth Bowen's *The Heat of the Day.*" *Journal of Irish Studies*, 27 (2012): 5–10.

Seiler, Claire "At Midcentury: Elizabeth Bowen's *The Heat of the Day.*" *Modernism/modernity*, 21 (2014): 125–45.

Walshe, Eibhear. "'The Indifinite Ghosts of the Past': Elizabeth Bowen and Ireland." ed. Eibhear Walshe. *Elizabeth Bowen's Selected Irish Writings.* Cork: Cork UP, 2011.

Wills, Clair. That Neutral Island: A Cultural History of Ireland during the Second World War. London: Faber and Faber, 2007.

北川依子「裏切りと継承――エリザベス・ボウエンの『日ざかり』におけるアイルランド」『ポリフォニア』第四号（東京工業大学FLC言語文化研究会、二〇一二）一―一一。

小室龍之介「裏切り者たちの第二次世界大戦――スパイ、ファシズム、アイルランドをめぐって――」『エリザベス・ボウエンを読む』エリザベス・ボウエン研究会編、音羽書房鶴見書店、二〇一六、一三七―五二。

ソンタグ、スーザン「〈キャンプ〉についてのノート」『反解釈』高橋康成ほか訳、筑摩書房、一九九六、四三一―六二。

ピクチャレスクな都会のイングランド
――ニコラウス・ペヴスナーと第二次大戦後のミドルブラウ・タウンスケープ――

木　下　誠

一　ナショナルな「あたらしい空間の感覚」

戦後復興期の一九五一年、イギリスではロンドンを中心に全国各地を会場とした一大イヴェント、イギリス祭が開催された。この祭典は一八五一年のロンドン大博覧会百周年を記念して戦時中に構想され、一九四五年に政権を獲得した労働党によって計画が進められた。公式ガイドブックはイギリス祭を「一国民の自伝」と形容し、開催の主たる目的を「イギリス的な生活様式へのわたしたちの信念と信頼を宣言すること」と謳っていた。五月から九月までの祭典期間は、二〇世紀後半のあらたな時代の幕開けにふさわしい「ナショナル・アイデンティティ」をあらためて人びとに差し出す格好の機会であった（川端、四）。主会場はテムズ川南岸沿い、ロンドン・サウスバンク地区。その展覧会場では、モダニズム様式の建物やオブジェが「一国民の自伝」としての「明るい「モダン」なイギリスの未来像」（川端、五）を表現していた（Conekin 46–79）。「モダン」なサウスバンク会場を開催翌年に振り返ったドキュメンタリーフィルムは、短い開催期間だけ存在したその空間にちなんで、『つかの間の都会』(*Brief City*)と名付けられた[1]。

　だが、ロンドンの中心部に「つかの間の都会」として立ち現れた「モダン」な空間が、それとは相容れないかのようなピクチャレスクの美学にもとづき設計された、という経緯はあまり知られていないかもしれない。「絵に描いたような」といった原義のピクチャレスクは、秩序や規則性を重視する古典主義の美学とは対照的に、不規則で突然の変化にとんだ荒々しさや多様性や整っていない粗さを、その独特な審美的要素として重視する。とくに一八世紀以降、いなかの地主階級層が所有する広大な敷地のための造園術に援用された。都会的というよりも、作られた「いなかの(rural)」景観である[2]。

「ピクチャレスクの復讐」――建築批評家のレイナー・バナムは戦後二〇年間のイギリス建築を振り返ったエッセイに、彼の苦々しい思いを反映させてこのようなタイトルを付けた。彼と同世代(バナムは一九二二年生まれ)の仲間たちは「モダンムーヴメントのために世界の平和を願って、建築の訓練を中断してまで戦争に参加した」。だが、復員して研究を再開したときには、「裏切られ見捨てられた気持ち」になったのだという(Banham 265)。「ピクチャレスクの再興」がその原因だった。戦前のイギリスでモダンデザインの浸透すなわち「モダンムーヴメント」を推し進めていた人物たちは、戦時中から戦後にかけてそれを押しとどめる側にまわって「ピクチャレスクの再興」を後押しした。自分たちが戦場にいるあいだに、旧世代はモダンムーヴメントの原理をさっぱりと捨て去り、「妥協と感傷というもっとも堕落したイングランド的慣習」を支持するようになってしまった(Banham 265)。このようにバナムはピクチャレスクを、モダニズムの美学から退行する悪しき先祖返りとして槍玉に挙げたのである。

　一方、『イギリス祭――国土とその国民』(*The Festival of Britain: A Land and Its People*)の著者ハリエット・アトキンソンは、レイナー・バナムが批判した二〇世紀半ば以降の「ピクチャレスクの再興」に、戦後復興期という文脈を踏まえた積極的な意味を見いだしている。イギリス祭は戦時準備とドイツ軍の空爆がもたらした国土の損傷を乗り越え、「あたらしい空間の感覚」を創出しようとしたのだという。戦争によって断ち切られた土地と人びとの、国土と国民の、結びつきを回復させる――戦後復興をそのように空間をめぐるモダンな感覚として表現するためには、「土地と人びとのあいだの調停」に焦点を合わせる必要があった（Atkinson 64）。その空間デザインで援用されたのが、人びとの生活の場である都市部の、ピクチャレスクにもとづいた景観づくり（landscaping）だった。

一八世紀ピクチャレスクによる景観づくりの原理は、いなかの広大な私有地において発展し、形作られた。それがふたたび、祭典の展示会場のデザインにおいて、その後はさらにイギリス各地の都市部の戦後再建において、そしてニュータウンにおいて、活用されたのである。（Atkinson 65）

イギリス祭の会場設営を担った建築家たちは、建物にそのまわりのオープンスペースを組み合わせる方法を探った。それは戦後イギリスの荒廃した都市空間の再構築にむけた「実験」であった、とアトキンソンは指摘する。同じことを地方自治体も考えていた。彼らが取り組んでいたのは、「公園や共有地からコンクリートを固く敷き詰めたエリアにいたるまで、さまざまな場所を取り込んだ景観づくりを、都市部の再建エリアにおいていかにして適切に行なうか」という課題であった（Atkinson 65）。その景観づくりの原理はピクチャレスクから導き出された。イギリス祭の展示会場は「つかの間の都会」にすぎなかったかもしれない。だが、「あたらしい空間の感覚」のデザインというピクチャレスクにもとづいた「実験」は、既存の市街地の再開発と、都市圏から離れた郊外における新都市開発としてのニュータウン計画にまでつながっていた。

このようにアトキンソンは「ピクチャレスクの再興」を戦後復興の文脈で積極的に解釈した。建築のモダニズムというインターナショナルな様式の浸透と同時進行的に、ピクチャレスクな都会の景観がナショナルな様式として要請された可能性を示唆したのである。では、第二次大戦後の「ピクチャレスクの再興」が、イギリス祭の場合のように、当時求められていたナショナルでモダンな空間の感覚を準備したのならば、それは本論集のテーマであるミドルブラウ文化とどのように関わってくるだろうか。本論ではミドルブラウ文化をあえて厳密には定義せず、階級構造が流動化していく二〇世紀イギリスにおいて、特定の階級に特化されずに教養と娯楽を兼ね備えた文化を意味するものとする。(3) とくに注目するのは、一般の人びとへの啓蒙的な教養主義の系譜、と言ってもいいかもしれない。そのようなミドルブラウ文化と二〇世紀ピクチャレスクとの関係の考察に向けて、建築史家・美術史家のニコラウス・ペヴスナーの啓蒙的な活動と彼の著書『イングランドの芸術におけるイングリッシュネス』（*The Englishness of English Art*）を取り上げる。(4) 一九五六年に出版されたこの本は、その前年にＢＢＣラジオでペヴスナーが担当したリース講座という教養番組の内容にもとづいている。

リース講座のプログラムについては後述するが、それはＢＢＣラジオという大衆的メディアの機能も含めて、ゆるやかな意味でのミドルブラウ文化であったと考える。ペヴスナーはラジオの連続講座で、芸術作品におけるナショナルな特質としての「イングリッシュネス」について語った。それをもとに書かれた『イングランドの芸術におけるイングリッシュネス』の結論章のひとつ前、第七章は、「ピクチャレスクなイングランド」と題されている。ペヴスナーが二〇世紀半ばのピクチャレスクなイングランド、というナショナルな風景を見いだしたのは、上流階級の文化的実践と結びつく、いなかの広大な私有地においてではない。戦後復興中の都市部エリアやニュータウンなど、階級的には多様な都会の景観（urban landscape）、モダンなタウンスケープ（townscape）においてであった。

二　冷戦構造下の「芸術の地理学」

イギリスの公共サービス放送ＢＢＣラジオは、一九四八年からリース講座という番組を開始した。これはＢＢＣの初代会長ジョン・リースの功績を讃えて彼の名を冠した教養番組で、年に一回、時代を先導する知識人が複数の週にわたって講義する。記念すべき最初の年の講師はバートランド・ラッセルであった。彼は「権威と個人」と題された週一回の講義を六週担当した。その内容は翌年の一九四九年に同じタイトルの書籍として出版された。当番組はその後、政治・社会状況や歴史、あるいは科学をテーマとして取り上げたが、八年目になって初めて芸術にスポットライトを当てた。ニコラウス・ペヴスナーによる一九五五年のリース講座、「イングランドの芸術におけるイングリッシュネス」である。

ペヴスナーのリース講座は芸術という新機軸のテーマを扱っただけでなく、当プログラムでは初めて英語を母国語としない人物の起用でもあった。当時のＢＢＣラジオのプロデューサーたちは、「移住者」のラジオ出演に、つまり彼らの外国訛りの英語を電波にのせることに慎重だった。一九三九年にナチス・ドイツを逃れてイギリスに移り住んだオーストリア生まれのエルンスト・ゴンブリッチは、「彼のウィーン訛りは聞き取れない」ために「使うのは難しい」と判断された。また、ドイツ生まれでニューヨークに渡っていたエルヴィン・パノフスキーの発音も、放送にふさわしいかどうか「疑わしい」との評価だった（Harris, 2011, 478）。だが一九三三年にドイツから移住してきたペヴスナーは、第二次大戦が終結する直前の一九四五年二月に初めてＢＢＣラジオで番組を担当している。リース講座の依頼を受けた時点で出演歴は一〇年、出演回数は四〇回以上を数えていた。それでも彼は番組の初回に、自分の英語の発音について講座のテーマと関連させつつ以下のように述べた。「なぜわたしが、つまり外国訛りが完全には消えておらず、センター・フォワードとボレー・シュートの違いもよくわかっていないようなこのわたしが、イングランドの芸術におけるイングリッシュネスについて、ここでみなさんに語っているのでしょうか」(Games, 2014, 260)。ドイツ語訛りの英語の発音のみならず、大衆的スポーツ文化の知識を欠いているという点からしても余所者にほかならない自分が、はたしてイングリッシュネス、すなわちイングランドらしさ(イングランド人らしさ)について語れるのだろうか、自分にはそのようなことを語る資格があるのだろうか、という懸念の表明である。

ニコラウス・ペヴスナーは一九〇二年にライプツィヒでロシア系ユダヤ人の家庭に生まれ、ドイツの複数の大学で美術史を学んだ。もともと専門はドイツのバロック建築やイタリアのバロック絵画だった。一九二九年から教鞭をとっていたゲッティンゲン大学では、イギリスの建築や絵画の講座も担当していた。その調査として一九三〇年半ばに訪英し、三ヶ月ほど滞在している。一九三三年九月にはナチス台頭によって大学の職を追われ、その後すぐにイギリスへ渡った。当初は定住するつもりではなかったようだが、一九三六年に妻と三人のこどもを呼び寄せている。一九四二年以降はロンドン大学、ケンブリッジ大学、オクスフォード大学などで教鞭を取った。戦後、一九四六年に市民権を得ている(5)。

一九五五年にペヴスナーが引き受けたリース講座の内容は、翌年に『イングランドの芸術におけるイングリッシュネス』として出版された。彼はラジオや活字メディアを通してアカデミックな世界に限定されない活躍を続けた。その活動がどのようにミドルブラウ文化と関わっていたのかについては後述するとして、まずは『イングランドの芸術におけるイングリッシュネス』の問題設定を確認しておきたい。

ペヴスナーは『イングランドの芸術におけるイングリッシュネス』の冒頭で、「芸術に表わされた国民性(national character)」を明らかにすることが主題である、と述べる(9)。彼はそれを「芸術の地理学(the geography of art)」と名付けている。芸術の地理学は、「一国民(one people)のあらゆる芸術作品と建築物が、どのような時代に作られたとしても共有している特徴」を扱うという(11)。それは芸術史(the history of art)が目指しているものとは異なる。芸術史は、ペヴスナーによれば、国境を越えてひとつの時代に共有された芸術の特徴に焦点を当て、それを歴史的に限定される「一時代の精神」(18)とみなし、その変化を時間の流れに沿って跡付ける企図である。

芸術作品に時代を超えた国民性の表現を読みとる、という芸術の地理学に対しては、すぐにいくつか問いが投げかけられるだろう、とペヴスナーは言う。そのひとつは、ペヴスナー個人に関わること、つまり「イングランド生まれでもイングランド育ちでもない」自分がなぜ「イングランドの芸術におけるイングランドらしさの特質を判定」しようと乗り出したのか、というものである。これに関しては、むしろ「イングランド生まれでもイングランド育ちでもない」という「素性」こそ役に立つと答えている(9)。ペヴスナーは二八歳のときに英国に移住してきており、一九五〇年代半ばの時点でまだ二〇年ほどしか経っていない。二〇年という時間は一国を理解するのに十分な長さとは言えないかもしれないが、「一定の年齢に達してから新鮮な目でもって別の国にやってきて、その一部になろうと次第に腰を落ちつけてきた」という経緯は、「おおいなる利点となっているかもしれない」という(9)。その「一定の年齢」のときには、ライプツィヒとドレスデンで研究したザクセンのバロック建築とイタリアのバロック絵画についての専門的な知識があり、それゆえに一九三〇年に訪英したときから「芸術における対照的な国民性の思いがけない実例を目の当たりにして刺激された」(9)。このようなペヴスナーの説明は、イングランドとその芸術を、もともと自分が属していた文化とは異なる文化を実地調査するためのフィールドとして見立てているように感じられる。フィールドの外から「新鮮な目をもって」訪れ、そのフィールドの「一部になろうと次第に腰を落ちつけて」、つまり外からと内からの二重の視線をもってして、フィールドの特質としての「国民性」を明らかにする。芸術の「地理学」とは、彼が言うように歴史的推移を記述する芸術史との対比だけでなく、境界が設けられた空間およびその空間内の人びとの活動を考察対象とすることを、強調するための名称でもあったと思われる(6)。

芸術の地理学についてのさらにつぎのようなペヴスナーの想定問答は、『イングランドの芸術におけるイングリッシュネス』というテクストの歴史性を露呈しており、たいへん興味深い。それは、「芸術と建築の鑑賞に、それほどまでにナショナルな観点（a national point of view）を強調することははたして望ましいのか」(11)、「正当な、価値のある取り組みなのか」(9)、という根本的な問いをめぐってである。そこから見えてくるのは、同書のテーマ設定を下支えしている一九五〇年代半ばのイギリスが直面していた世界的状況、つまりペヴスナーの議論（およびそのもとになった一九五五年リース講座）の歴史性である。

芸術における国民性を強調することに反対のひとたちは、つぎのように主張する。すばやいコミュニケーションの時代に、すなわち科学という国際的な力が世界を掌握し、日刊紙や図版入り雑誌、無線や映画やテレビを通じて誰もがいつでも世界中の場所とつながった状態の今のような時代に、国と国のあいだの境界線といった古めかしいものを賞賛するなど、避けるべきではないか、と。さらにはこうも言うだろう。なんとも困ったことに、ナショナリズムがここ二〇年の間に盛り返してきて、地図上のあらゆる場所にあたらしい小さな国民国家が生まれ、また生まれつつある。そのような状況なのだから、芸術や文学にいかなるアプローチをするにせよ、ナショナリスティックなアプローチよりはましだ、と。(11)

国民性の強調は、二重の意味で旗色が悪いようだ。ひとつには、テクノロジーの発展によって近代化が進んだ今、もはや国あるいは国民などという単位は時代の流れに逆行している、という認識の広まりである。「国と国のあいだの境界線といった古めかしいもの」は、自由にすばやく情報やひとが移動できる科学技術の時代にふさわしくない。それは、「誰もがいつでも世界中の場所とつながった状態」に不必要な分断をもたらすだけだろう。その分断は経済的な不利益も生むかもしれない。一九五〇年代半ばのメディアの列挙にインターネットを加えれば、それはまるで二一世紀の現在にグローバリゼーションの拡大を是認する主張のようである。

その一方で、一九五〇年代半ばには「国と国のあいだの境界線といった古めかしいもの」が復活して「あたらしい小さな国民国家」がそこかしこに誕生している。それは植民地の独立という歴史的な事態であり、イギリスにとっては帝国の縮小を意味する。このような政治的文脈を踏まえるならば、芸術における国民性の探求は時代に逆行しているというよりはむしろ、脱植民地化を勢いづけるナショナリズムの台頭という嘆かわしい時代の流れに加担することになるのではないか。さらなる対立を煽ってしまうのではないだろうか。

このようにペヴスナーは芸術の地理学への反論をあらかじめ想定しているわけだが、それに対する応答で注目すべきは、つぎのように戦後の冷戦構造に言及している点である。芸術作品に表された国民性、というナショナルな特質をめぐるペヴスナーの問いの歴史性は、グローバル化、脱植民地化にともなう帝国の収縮、そしてなによりも冷戦構造によるものであった。

> 芸術の地理学の論点は、〔中略〕以下の事実を重視するならば、文化をめぐる問い（the cultural question）が投げかけられている、ということにある。すなわち、ほぼすべてのヨーロッパの図版入り雑誌の表紙が『ライフ』誌の体裁で作られているとか、原子力エネルギーについての研究と原子力によるグローバルな破壊に関する研究が財政的にそれを可能とするすべての国々で並行して進んでいる、といった事実である。(12)

『ライフ』誌は写真を中心に誌面を構成したアメリカのいわゆるグラフ雑誌である。ペヴスナーは「ほぼすべてのヨーロッパの図版入り雑誌の表紙が『ライフ』誌の体裁で作られている」という言い方で、アメリカの文化的覇権を表現している。むろんこれは、冷戦構造下において西側諸国を束ねるアメリカの軍事的経済的な力の言い換えである。さらに続けて、原子力のエネルギー活用と核兵器開発をめぐっての政治的軍事的競争に言及し、冷戦構造で緊張する東西対立を生々しく伝えている。そのような戦後世界の政治状況を十分意識して背景にしつつ、ペヴスナーは「芸術の地理学の論点は〔中略〕文化をめぐる問い」であると定義する。「国と国のあいだの境界線」を政治のレベルから切り離して、文化のレベルへと接続しようとしている。芸術に表現された国民性は、たしかに「文化をめぐる問い」である。だがその問いが、つまり文化としての国民性が、一九五〇年代半ばにおいて特別に意義あるものになるのは、戦後の冷戦構造という政治状況ゆえなのである。

このようにペヴスナーは、『イングランドの芸術におけるイングリッシュネス』の芸術の地理学を、冷戦構造下の地政学における文化的な問いかけとしている。同書にとっての現在である大戦後とは、復興のプロセスだけでなく、冷戦構造の始まりも意味していたからである。芸術の地理学のこの歴史性は、ピクチャレスクをイングランドの国民性の表現とみなすペヴスナーの議論に重要な意味を付与する。たとえ国民性とは「文化をめぐる問い」であるといっても、文化を政治から切り離すことは困難であるし、またペヴスナーもそれを十分意識している。ゆえに彼は「はじめに」において、『イングランドの芸術におけるイングリッシュネス』に先行する研究として、ウィーンの美術史家ダゴベルト・フライによる『芸術に表現されたイングランド的特質』（*Englisches Wesen in der bildenden Kunst*）に言及し、「第二次大戦の最中、一九四二年の出版にもかかわらず、そこにはナチス的偏見はおろか、まったく敵対的言及がみられない」と、驚きとともに「名著というにふさわしい」と賞賛しているのである（9–10）。むろんここには、ゲッティンゲン大学の職を追われた一九三三年の自分の経験が反映されている。さらに『イングランドの芸術におけるイングリッシュネス』には、ペヴスナーのドイツからイギリスへの移動の影がさしている。同書とそのもとになったＢＢＣリース講座は、大戦前ドイツの大学での講義に加えて、大戦中の一九四一年と四二年のロンドン大学バークベック・カレッジでの講義のために集めた資料をまとめた成果であった(7)。

三　ピクチャレスクのリベラル・イデオロギー

ペヴスナーは『イングランドの芸術におけるイングリッシュネス』の第七章「ピクチャレスクなイングランド」の冒頭で、つぎのようにピクチャレスクを説明している。コンスタブルの絵画では、霧が人物や建物を包み込み、それらの物質的に確かな存在感を溶解させている。そうしたコンスタブル以前にも見られる「非実体性の伝統」こそが、イングランドにおける風景式造園術と、ピクチャレスクな美の始まりにつながった。そしてピクチャレスクの造園術を生かした英国式庭園（the English Garden）について、つぎのように語る。

英国式庭園、他言語ではジャルダン・アングレ、エングリッシャー・ガルテン、は、非対称で、非整形で、変化に富んでいて、蛇状曲線の池、曲がりくねった車回しと散歩道、いくつもの木立ち、居館のフランス窓へとつながっている滑らかな芝生（刈り込むか、羊が食べる）といった要素で構成されている。(164)

こうしたピクチャレスク美学の「非対称で、非整形で、変化に富んでいて」という基本的な特徴は、「意外性」「楽しめる当惑」「驚き」などの効果を英国式庭園にもたらす、と指摘する。注目すべきは、このようなピクチャレスクの特徴を整理したあと、非整形の英国式庭園とは対照的なヨーロッパ大陸の整形式庭園に言及したときの、ペヴスナーの論述である。ジョーゼフ・アディソンの言葉を引用しながら、つぎのように述べている。

「わたしの意見としては、樹木を見るならば〔中略〕幾何学的な形に刈り込まれているときよりも、むしろ葉が生い茂って大小の枝が方々に伸び放題の方がよい」。これは形の整ったパルテアと刈り込まれた生垣のあるオランダ風とフランス風の庭園について語った言葉である。ポープも同じ意味で次のように言った。「一本の樹木は戴冠式の正装をしたプリンスよりも高貴な存在である」。最初は奇妙な比較をしているように思われるかもしれないが、意識的にせよ無意識的にせよ、彼らの言葉は第三代シャフツベリー伯爵への言及である。伯爵は岩山や洞窟や滝に魅了されて、その理由を「王侯庭園の形式的模倣よりも真の意味で自然だから」と述べた。

この「戴冠式の正装したプリンス」と「王侯庭園の形式的模倣」といった言葉によって、政治が論点に絡んでくる。すなわち、イングランドは自由（Liberty）、フランスは統治者たちによって抑えつけられている。（165–66）

自由なイングランドに対して、圧政のフランス。英国式庭園と整形式庭園という芸術形式に表現されているのは、文化としての国民性だとしても、それは両国の政治体制の違いを反映したものである。さらにペヴスナーは、イングランドについての「尊大な専制君主といえども、汝を従え治めること能わず」や「イングランド人だけが自由を与えられるに値する」といった言葉、フランスについての「ひとりの意志のもとに抑えつけられ打ちひしがれてひれ伏すガリアの地」といった言葉の引用を連ねながら、「さらに多くの引用が二〇世紀に到るまで付け加えられる。これ以上詳述する必要もないだろう」と締めくくっている（166）。

一八世紀ピクチャレスクがイングランドを「自由」と、フランスを「圧政」と結びつけた一方で、ペヴスナーがそうした例を「二〇世紀に到るまで付け加えられる」と言っているように、一九四〇年代に至るころには、整形式庭園の原理であった古典主義は同時代のファシズムと関連づけられた（Causey 169）。ハーバート・リードは一九三六年出版の『シュルレアリスム』（*Surrealism*）でつぎのように言っている。「古典主義は〔中略〕われわれにとって現在、抑圧の力を表している。それはいままでもずっとそうだったのだが。古典主義は政治的専制君主制の知的対応物なのである」（Read 23）。「われわれにとって現在」の「政治的専制君主制」として、ナチス・ドイツがリードの念頭にあったはずである。また、ペヴスナーもかつてのフランスに言及しながら、第二次大戦前という近い過去である「現在」の文脈を意識しないはずがないと思われる。というのも、前節で確認したように、ペヴスナーは「はじめに」において、ウィーンの美術史家ダゴベルト・フライによる一九四二年出版の『芸術に表現されたイングランド的特質』に言及していたからである。それはこのテクストに、ナチス・ドイツとの戦いという大戦中の政治的時間層を付与していた。

さらにペヴスナーはリベラルなイングランドを強調するために、アメリカ独立に対する反応にまで言及する。もしピクチャレスクによってイングランドの自由という国民性を指摘したいだけならば、こんなにも多くの引証は必要ない。ペヴスナーは次々と過剰なまでに具体例を示すことで、リベラルなイングランドが持ったはずの歴史的に異なった意味合いを、積み重ねて提示しようとしている。ここでもさらに一八世紀後半の書物から、イングランドの「趣味と宗教と統治体制における独立（independency）」が風景造園術を生み出した、との記述を引用したのちに、つぎのように続ける。

こうした関係［ピクチャレスクがイングランドの自由と独立を表象していること］を示す具体的証拠として、英国貴族の地方居館の屋敷内に、アメリカ独立を記念して建てられたさまざまな装飾や大仰な建造物が指摘できるだろう。たとえば、ヨークシャー、ウェスト・ライディングのアバーフォード領園とバーリントン領園のあいだにかけられた凱旋門が挙げられる。そこには「北アメリカの自由の勝利、一七八五年」とある。また、前章で引用したように、一七八三年頃には、グレイストークカースルにジェファーソン・フォート・パトナム、バンカーズ・ヒルなどと呼ばれる農場が出現した。このように英国国王の敵への共感を公然と表わすことは、もしそれが他の国であれば、罰せられることなく終わるなどありえなかっただろうし、現在でも、西洋（the West）の多くの国でもありそうにないことだろう。（166–67）

これは、リベラルなイングランドの例をまたひとつ積み上げただけなのだろうか。むしろ、「自由」と「独立」を媒介としたイギリスとアメリカの特別な結びつきを、「共感」によって強調していると読むべきではないだろうか。しかも「現在」まで続く特別な関係の始まりとなる「共感」として。引用の最後をひとまず「西洋」としておいたが、一九五六年の「現在」では、「西側諸国」ともなりうる。たとえ「西側諸国」が自由であると言っても……という意味になるだろう。ちなみに、「自由」の具体例はこれが最後である。ここでも、「はじめに」に関してすでに確認した芸術の地理学の歴史性、すなわち芸術作品における「国民性」の探求とは冷戦構造下における文化をめぐる問いであることが、想起される。ピクチャレスクが表現する「自由」、という国民性をめぐる最後のこの例は、冷戦時代の英米のリベラル・イデオロギーを可能性として浮かび上がらせる。

このように『イングランドの芸術におけるイングリッシュネス』は、出版時の「現在」まで続くリベラルなイングランドの国民性を強調しているため、冷戦構造下の文化のテクストとしても読まれることになる。そこで次に、ペヴスナーの建築と都市デザインをめぐる議論のさらなる文脈として、彼のアカデミックな場に限定されない活動とミドルブラウ文化との関係を確認しておきたい。最終的には、冷戦時代の文化のテクストとミドルブラウ文化のテクストとの混合を、『イングランドの芸術におけるイングリッシュネス』にみることになるだろう。

四　ペヴスナー、モリス、ミドルブラウ文化

一九三三年にイギリスに移住した後、ペヴスナーが最初に就いたアカデミックなポストは、一九三四年から三五年にかけてのバーミンガム大学におけるフェローシップであった。それはインダストリアル・デザインつまり工業製品のデザインの調査を研究目的としたものだった。じつは当時ペヴスナーが望んでいたのはバーミンガム大学のフェローシップではなくて、エジンバラ大学の美術史と建築史の講座のポストであった。彼は最終候補ふたりにまで残ってエジンバラで面接に挑んだ。だがそのポストは、ビザンチン美術研究で知られるデイヴィッド・タルボット・ライスの手に渡った。ライスは「イートン校とオクスフォード大学の典型的な出身者」で、「莫大な個人収入があってカントリージェントルマンとしての生活を送る」人物だった。このときの経験をペヴスナーは苦々しく回顧する。「われわれはいいところまでたどり着くのだけれど、そのあとにいつも同じことが繰り返される——「外国人だ」と」（Harris, 2011, 150–51）。本書の議論の文脈では、「外国人」としてのペヴスナーは「カントリージェントルマン」のライスが体現するハイブラウな文化の壁に行く手を阻まれた、ともいえるだろう。

ペヴスナーはファイン・アートを扱う安定したアカデミックな職位という希望がかなわず、そのかわりにバーミンガムを中心としたミッドランド地域を対象に、人びとの日常生活により密着したインダストリアル・アートのデザイン調査に二年間従事した。その成果は彼のイギリスでの二冊目の著作として発表された。一九三七年出版の『イングランドのインダストリアル・アート研究調査』（*An Enquiry into Industrial Art in England*）である。同書序章のエピグラフには、「みんなで共有できないとするならば、いったいアートになんの用があるというのか」(8)

というウィリアム・モリスの有名な言葉が掲げられている。[9] ペヴスナーは自らの導き手としてモリスを挙げながら、調査対象のインダストリアル・デザインをモリスが言うところの「小芸術（レッサー・アーツ）」とみなしていることを示している。モリスの「小芸術」とは、彫刻や絵画といった美術館などに並べられる「大芸術」とは異なり、人びとの生活に密着した芸術、いわゆる装飾芸術（decorative arts）などと呼ばれるものである。モリスは日常生活になくてはならない身の回りのものを「小芸術」とすることで、それらを美しいデザインで作り出し、かつ作る側も使う側も楽しめる社会の実現を目指した。[10]

このように人びとの生活に美とよろこびをもたらす「小芸術」へのモリス的関心を継承していたペヴスナーは、のちにそれと関連したある公的で啓蒙的な仕事を引き受ける。視覚教育推進協議会（The Council for Visual Education）から依頼された、こどもを教育する立場にある人たち向けのブックレット執筆である。視覚教育推進協議会は、戦後、学校教育の現場に関わって「モノに対するすべてのこどもたちの本能的な関心を導き」ながら、「人びとの日常生活のためにより美しく、よりよく計画された環境づくり」を目指していた（Matless 260）。初代会長はロンドンの戦後復興に向けたグレーターロンドン大都市圏計画の提案で有名な建築家パトリック・アバークロンビー、そして副会長は芸術教育の推進でも知られる批評家ハーバート・リードが務めていた（Matless 260）。

視覚教育推進協議会から依頼を受けたペヴスナーは、教育者向けの実践的な手引き書『日用品がもたらす視覚的なよろこび』（*Visual Pleasures from Everyday Things*）を執筆した。それは協議会発行のブックレット・シリーズの最後、一九四六年に出版された。内表紙を開けると、ペヴスナーと序文担当のハーバート・リードの名前の下には、「あらゆる領域――建築、都会といなかの改良計画、ファイン・アートとインダストリアル・アート――における デザインの鑑賞をともなわなければ、完全な教育とは言えない」と記されている。リードは序文で、「社会全体に美の感覚が浸透しなければ、よい社会の実現は不可能である」から、そうした美の感覚を教育システムと戦後復興に携わる関係機関に注入することが当協議会の目指すところであると述べた（Pevsner, 1946, 2）。また、ペヴスナーが視覚教育を重要と考えていたのは、つぎのような理由からであった。すなわち、審美眼があると自認しているひとは、その能力をギャラリーや名高い景勝地に行ったとき以外はほとんど使わない。さらには、「木や葉や石、そして鍋や敷物やスプーンに美を見いだすことも可能なのだと気づくひとなど、ほとんどいない」からである（Pevsner, 1946, 4）。「木や葉や石」は身近な生活の場を象徴しており、「鍋や敷物やスプーン」は生活を豊かに美しくするインダストリアル・アート、すなわち小芸術である。

小芸術の美に目を向けられるようになるための啓蒙が、しかもまずはこどもたちを教えている教師たちへの啓蒙が、求められている。そう認識するペヴスナーは、このブックレットで、「教師はこどもたちの視覚教育のために、よいデザインの日用品をどのように活用することができるのか、またなぜそのようにするべきなのか」「どのような基準を用いたら、日用品がよいデザインであるかどうかを判断できるのか」（Pevsner, 1946, 4）といった問いをたて、それに答えていく。ここでもペヴスナーは、ウィリアム・モリスの名前を呼び出しつつ、つぎのように言う。一八六〇年のモリスは、インダストリアル・デザインの製品がいかにひどく醜いものになってしまったのかに気づいていた。同時に、労働者たちが生活する町も、彼らが働く工場も、醜くなったことにも気づいていた。そうした一九世紀末の「明白な事実をつなぎ合わせ」て、モリスは「デザインから美が失われ、デザインを考案する人たちの生活からはよろこびが失われてしまった」と結論づけた（Pevsner, 1946, 16）。ペヴスナーがブックレット執筆で協力した視覚教育推進協議会は、そうした美とよろこびを、大戦後のイギリス社会と人びとの日常生活に取り戻すべく活動していた。

本論ではこのような啓蒙的教養主義とモリス的な美とよろこびとの結びつきを、ミドルブラウ文化の重要な側面であると考える。ウィリアム・モリスの思想と実践の系譜は、モダニズムの美学と文化の浸透によってたち消えてしまったわけではない。従来のモダニズム研究におけるモダニズム美学の偏重が、モリス的系譜を見えにくくしてしまったのである。ミドルブラウ文化の探求がこれまで過剰に評価されてきたモダニズムの影響力を見直すことでもあるならば、それはモリスの思想と実践の二〇世紀的継承をたどり直すことにもなるだろう。そこからペヴスナーの仕事が見えてくるのは、彼の最初の著作が『モダンムーヴメントの先駆者たち――ウィリアム・モリスからヴァルター・グロピウスまで』(*Pioneers of Modern Movement: From William Morris to Walter Gropius*) であったことを考えれば当然である。(11)

ところで、ペヴスナーの活動範囲は、狭い意味でのアカデミックな場を超えているがゆえに興味深い。ミドルブラウ文化との関わりはそこに生じる。具体的には、BBCラジオへの数多くの出演、そして大衆的なペーパーバックの出版社ペンギン・ブックスとの関係である。

ペヴスナーはBBCラジオに一九四五年から七七年まで、八〇回近く出演している。現在ではそのほぼすべての原稿を集めた便利なアンソロジーと、ラジオでの活動全般に関する研究書が出版されている。(12) 最初の出演は、第二次大戦終結の三ヶ月前、一九四五年二月九日の夜一〇時半から二〇分間放送された美術評論家二名によるトーク番組「芸術」の後半一〇分間。テーマはル・コルビュジエとフランク・ロイド・ライトについてである。ペヴスナーはそれぞれ欧米を代表するモダニズム建築家の仕事を紹介し、「ふたりの建築、そしてそのイディオムは、戦後のあらたな世界におけるわたしたちの生活に、詩的な美しさ (poetry) を加えるだろう」という言葉で締めくくった (Games, 2014, 5)。ここでも、生活に美を、というメッセージである。BBCのリスナーのような一般の人びとに向けた啓蒙的な活動は、彼の仕事の重要な部分を占めていた。一九五五年のリース講座は、そうしたミドルブラウ文化との関わりのひとつである。

出版社のペンギン・ブックスとの関係としては、いくつものシリーズの監修・編集・執筆の担当が挙げられる。もっとも有名なものは、一九五一年から刊行の始まったイギリス各地の建築ガイドブック「イングランドの建築物」シリーズの監修と執筆である。ベデカーの、といえば誰もが赤いカバーのあの旅行ガイド本を思い浮かべるように、ペヴスナーの、といえば、ペンギン・ブックスのペーパーバック「イングランドの建築物」シリーズを指すようだ（Forty 88）。「イングランドの建築物」シリーズは、ペヴスナー本人執筆のコーンウォルの巻から始まり、一九七四年の第一シリーズ完結まで四六冊が出版された。そのうちの三二冊をペヴスナーは単独で執筆している。さらにはペンギン・ブックスのノン・フィクション部門、ペリカン・ブックスとの関わりでは、一九五三年から出版の始まった「ペリカン版美術史」シリーズが有名である。このシリーズは一九七七年にペヴスナーが監修の手を引くまでに四一巻を数えた。また、一九三九年から始まっていた「キング・ペンギン」シリーズには、一九四三年出版の第六冊目から一九五九年に完結する七六冊目までの編集に携わった。ペリカン・ブックスに執筆した単著としては、建築デザインの概説書『ヨーロッパ建築序説』（*An Outline of European Architecture*）が一九四三年に出版され、ベストセラーとなった。

五　二〇世紀ピクチャレスクのタウンスケープ

ペヴスナーの『ヨーロッパ建築序説』がベストセラーとなった理由は、建築とその美学に関する専門的な知識をもたない読者を、「アウトサイダー」にしてしまわない書き方にあった。建築は財産や土地を所有する富裕層に「属する」とみなすような立場があるとしても、ペヴスナーは建築を「すべてのひとに属する」と考えていた、と建築史家のエイドリアン・フォーティは指摘する（Forty 91）。フォーティによれば、「特権的なエリート層」以外にも訴えかける書き方は、ペンギン・ブックスの創始者、アラン・レインとのつきあいのなかで培われた。ペンギン・ブックスが目指した「固定した読者層」以外の「あたらしい一般読者層の創出」——本論集の文脈でいえばミドルブラウ文化——は、まずは文学や政治のジャンルから成果が上がり始めた（Forty 92）。一方、建築について書かれた文章は、一九四〇年以前の多くの場合、読者がすでに「鑑定力（connoisseurship）」をもっていることを大前提としていた。つまり、建築を理解するためには「審美的な趣味（taste）」が不可欠で、それなしでは「仲間うち（the circle）」には入れないし、示されている価値観や判断の基盤にも近づけない」（Forty 91）。いわば、ハイブラウ文化としての建築批評である。

ペヴスナーは、ハイブラウな「仲間うち」向けに書かれる傾向に変化をもたらした書き手であった。「審美的な趣味」は彼の本を手にするための「必要条件」ではなかったし、「建築の文化やその価値判断のシステムについての知識」をあらかじめ持っていることも、前提とはされていなかった（Forty 91）。一九四〇年代には次第に視覚文化の出版物全体に同じような変化が現れてきた。『ヨーロッパ建築序説』はそのなかで最初の、もっとも成功した例だという（Forty 92）。

エイドリアン・フォーティはペヴスナーの成功とペンギン・ブックスとの関係を強調するために「一九四〇年」を区切りとしているが、むろん建築に関する啓蒙的な書物がそれ以前になかったわけではない。ジョン・ラスキンやウィリアム・モリスらの仕事を引き継ぐようなかたちで、ヴィクトリア朝よりもさらに大衆化した二〇世紀の社会に合った啓蒙的で教養主義的な建築書が書かれている。

たとえば、現在のイランからアフガニスタン北部地域にかけて取材した『オキシアーナへの道』など、一九三〇年代旅行記の著者として知られるロバート・バイロンは、すぐれた美術・建築批評家でもあり、なによりも啓蒙家であった。一九三二年出版の『建築の鑑賞』（*The Appreciation of Architecture*）は、そうした専門家以外の読者に向けて書かれた著作のひとつ、西はアイルランドのクロンマクノイズ修道院から東はフランス領インドシナのアンコール遺跡まで、図版十六点とその「鑑賞」を含む一般的導入書である。バイロンは建築を「他の何よりも一般の人びと（the public）によって選ばれる芸術領域のひとつ」と考える。彼はそれに見合うような関心を「一般の人びと」にかきたてる目的で、この六〇ページほどの小著『建築の鑑賞』を執筆したのだという（Byron 30）。その前半を占める概説部分は、つぎのように始まっている。

建築は芸術のなかでもっとも普遍的なものである。建築は過去を、他のいかなる文化の形式よりも幅広く多様で理解しやすい形式で囲い込んでいる。また現在の趣味と野望を、まちを行き交うすべての人びとに展示し、その視線を上に向けさせる。絵画はギャラリーのなかにある。文学は本のなかにある。しかし建物は、いつもわたしたちとともにある。民主主義は都会的なものであり、建築はその芸術なのである。（Byron 9）

このような始まりは、ウィリアム・モリスの大芸術と小芸術の区分けをふたたび思い起こさせる。ギャラリーのなかの絵画と本のなかの文学が大芸術であるならば、「まちを行き交うすべての人びと」である「わたしたちとともにある」建築は、小芸術に振り分けられるだろう。建築を人びとの生活に身近な芸術とすることは、まさにモリスが望んでいたことだった。しかもここでは建築が、現在を過去と未来につなげ、「文化」の継承を保証している。だが問題は、都会の「わたしたち」に、「鑑定力」「審美的な趣味」といった建築のリテラシーがあるかどうかである。

人びとの意見はよい建築を望むかもしれない。しかし、批評という武器を手に入れなければ、すなわち、よいデザインとわるいデザインを区別できる何らかの基準がなければ、よい建築を強く要求することはできないであろう。そして人びとの意見の力だけが、現在の支配的な無秩序の状態から秩序を呼び起こすことを可能にするのだ。(Byron 9)

このように「建築の鑑賞」において重要なのは、「よいデザインとわるいデザインを区別できる何らかの基準」である。啓蒙書としての『建築の鑑賞』は、人びとにそうした「批評という武器」を授けて、「無秩序の状態から秩序を呼び起こすこと」、すなわち都市空間の改良を目指していた。

「民主主義は都会的なものであり、建築はその芸術なのである」――このロバート・バイロンの言葉は、人びとの声こそが秩序ある都市空間を支えるのであり、人びとは自分たちの芸術である建築を正しく「鑑賞」できるようにならなければならない、と伝える。「よき建築」の誕生は、民主主義が機能していることの証左にもなる。そのためにも「人びとの意見の教育」が重要だと繰り返し訴える(Byron 10-11)。取り組むべきは「人びとの建築への意識を刺激して、できるだけ幅広く人びとのあいだによい趣味(good taste)の全般的な感覚が浸透するように導くこと」なのである。まずは「よい趣味」の「基準」を提示して啓蒙することから始める。「結局問題は、どのようによい趣味を定義するか、そして、どうしたらまち行くひとに、よいデザインとわるいデザインの区別ができるよう手助けできるか、である」(Byron 11)。

ペヴスナーも『イングランドの芸術におけるイングリッシュネス』の第七章「ピクチャレスクなイングランド」の後半部分において、二〇世紀の都会的ピクチャレスクの可能性をバイロンと同じ趣旨でもって論じている。先にその結論部分を確認しておく。ペヴスナーは章の最後に、空爆を受けた都市空間の再開発にピクチャレスクの美学が援用された成功例を列挙する。シティや国会議事堂の周辺、サウスバンクのイギリス祭展示会場、バービカン地区、ハーローのニュータウン、ロンドン市営大団地などである。そしてこの第七章「ピクチャレスクなイングランド」をつぎのように締めくくる。

以上の諸例は、外国からの建築家によって熱心に研究されている対象である。だが、それでもまだまだ支援も必要としている。それは無関心や近視眼的な見方に対抗する支援である。そしてなによりも、イングランドにモダンで価値ある都会やシティセンターをつくるなどという目新しさだけの着想（new-fangled ideas）は外から来た馴染まないもの（outlandish）だ、といった愚かな偏見と戦うための支援である。これまでの議論で、外から来た馴染まないものとされていても、じつはいかにそれがまったくのところ内から生じたもの（inlandish）であったのかを証明できていたならば、幸いである。（180）

ペヴスナーはまず、建築や都市デザインに関心を持たないこと、都市における問題の解決をその場限りのやりかたで処理してしまうこと、を批判している。さらに彼は、つぎのような偏見を捨て去るように読者に求めている。ひとつには、「モダンで価値ある都会やシティセンターをつくる」という試みを「目新しさだけの着想」と思い込む偏見。ふたつめに、そのあらたな試みを「外から来た馴染まないもの」、つまりイングランドらしくない、と判断する偏見。もし「外から来た馴染まないもの」にみえてじつは「内から生じたもの」であると証明されれば、読者は以上のような偏見を捨て去るだろう。その証明のために、ペヴスナーは成功していると自ら考える都市デザインの例を挙げる。そしてそのどれもが一八世紀以来のピクチャレスクの原理を援用している点を強調し、しかもピクチャレスクこそが国民性を表現し続けてきたのだと、つまりは「内から生じたもの」であると、第七章「ピクチャレスクなイングランド」を通じて詳述した。

ピクチャレスクの美学を援用する空間を、一八世紀のいなかの広大な私有地から、二〇世紀の都会へと変える。それは、上流階級的な文化の実践を換骨奪胎して、階級横断的で公的な都市空間においてミドルブラウ化させることである。そうして誕生した二〇世紀ピクチャレスクの都会の景観、すなわちミドルブラウ・タウンスケープは、[13]あくまでも都会的でインターナショナルな様式であると同時に、ピクチャレスクの伝統的な国民性を継承したナショナルな様式であったのである。

都会のピクチャレスク化は、一九世紀に始まったという。だがそれは、都会のなかに「いなかの飛び地(enclaves of the country)」(167)をつくるだけの中途半端な結果となった。その意味では、一九世紀末から二〇世紀初頭にかけてのガーデン・サバーブ(田園郊外)やガーデン・シティ(田園都市)も同様だ、とペヴスナーは断じる。「小住宅を緑の自然と調和させ、多様性の原理を街路のレイアウトや歩道の敷設などに当てはめるという点では成功した。しかし、真に都会的ではないために、失敗した」(178-79)。

二〇世紀ピクチャレスクにおいては、都会は「真に都会的」でなければならない。いなかを都会に持ち込むのは、ピクチャレスクの非整形性や自由という原理に反する。それは、いなかの型を都会に当てはめることであり、ペヴスナーの議論で言えば、ヨーロッパ大陸の整形式庭園のように不自由なのである。都会をより都会らしく、都会の機能に合ったデザインで改良すること、それが二〇世紀ピクチャレスクの実現となる。

今日の建築や都市計画では、「それぞれの場合をそれぞれのメリットにもとづいて」という姿勢は機能主義と呼ばれる。もし現在の都市状況が機能的に処理されれば、街路や建物をむりやりに左右対称にしたヴェルサイユのような「宮殿都市の模倣」にはならないことは、明らかである。(177)

ヴェルサイユはその都市機能に反して宮殿都市を模倣している。整形して不自然な型をはめるならば、それは自由という国民性を保持するイングランドにとって異国的な行為である。いなかの飛び地を都会につくってしまうことも、機能的でなく、それゆえにイングランドらしくない。

機能的とは、自由を保持することであり、そしてそれはイングリッシュネスを表現している。都会を都会らしく、という一見意味がないように思われるこの同語反復は、それぞれの空間の機能に合ったデザインを、「内から生じたもの」として都会に施すことを表す。二〇世紀ピクチャレスクによる都市デザインは、そのようなモダンでナショナルな空間づくりを志向する。「もしイングランドの都市計画者たちが垂直軸やアカデミーの人為的な左右対称のファサードなどにとらわれず、機能的かつイングランド的に（functionally and Englishly）デザインすれば、成功するであろう」（179）。

都市化はひとと土地との必然的な結びつきを弱める。そこに戦争による損傷が加われば、なおのことその結びつきは打撃を受ける。本論の冒頭で確認したように、一九五〇年代半ばのイギリスが求めていたのは、あらためて「土地と人びとのあいだの調停」を可能にするような「あたらしい空間の感覚」による都市デザインであった。都会がより機能的になるように改良されれば、土地と人びととのあいだは「調停」されるであろう。その調停役に期待されたのが、数世紀にわたりイングリッシュネスを表現してきたピクチャレスクの美学であった。

六　結　び

一九五〇年代半ば以降に、いわゆるカルチュラル・スタディーズの起源とされる著作が次々と発表された。リチャード・ホガート、レイモンド・ウィリアムズ、E・P・トムソンらニューレフトと呼ばれる書き手たちの著作である。彼らの仕事は労働者階級の人びとの生活や文化にあらためて光を当てた。その批評的意義にイングランド文化の特殊性へのこだわりを看破して、それを歴史的に考察したのが、ジェド・エスティの『縮みゆく島――イングランドにおけるモダニズムとナショナルな文化』（*A Shrinking Island: Modernism and National Culture in England*）であった。歴史的に、とは、帝国が収縮していくプロセスをその文脈にして、ということである。いわゆる盛期モダニズムから後期モダニズムへの変化、その外向きの視線から内向きの視線への転換を、エスティは「人類学的転回」と呼んだ。ニューレフトたちの仕事は、この転回の延長線上に位置付けられた（Esty 182-98）。

ニコラウス・ペヴスナーの『イングランドの芸術におけるイングリッシュネス』はニューレフトたちの仕事と同時期であるとはいえ、世代は違うし、とくに政治的関心や方向性を共有していない。なによりもペヴスナーの著作を読む限りでは、あくまでも彼は建築史家・美術史家であって、人びとの生活のあり方に目を向けることはほとんどない。

だが、彼らの同時発生的なイングランド文化の特殊性への注目は、帝国の収縮のみならず、彼らがともに置かれていた政治的緊張状態、すなわち冷戦構造への懸念のもとに仕事をしていたことを示している。ペヴスナーの場合のごく小さなその痕跡を、芸術の地理学の意義を定義したきわめて重要な箇所における、原子力への言及に探った。冷戦構造という政治的な緊張関係の歪みのなかから、「文化をめぐる問い」としての芸術作品に描かれた国民性の探求、すなわち芸術の地理学が立ちあがったのではないか――冷戦時代の文化のテクストとして『イングランドの芸術におけるイングリッシュネス』を読む本論は、前半部分でそのように示唆した。

「移住者」であったペヴスナーの活動のかなりの部分は、ミドルブラウ文化との関わりをもっていた。ひとつには、ペンギン・ブックスでの執筆、編集、監修である。ペヴスナーはその経験のなかで、読者を「アウトサイダー」にしない書き方を身につけていった。ミドルブラウ文化とのもうひとつの接点は、BBCラジオへの八〇回近くにものぼる出演である。彼はその機会を、建築を含む芸術の啓蒙として利用した。『イングランドの芸術におけるイングリッシュネス』は、絵画のみならず装飾品や建築まで幅広く扱ったBBCのリース講座をもとにしている。それゆえに同書は、ふたつのミドルブラウ文化が重なり合うなかで、冷戦構造下における文化としての国民性の意味を問うたテクストであった。

一九五〇年代半ばのイギリスは戦後復興期を抜け出す手前で、それにふさわしいモダンなナショナル・アイデンティティの創出を求めていた。それはピクチャレスクの美学による「あたらしい空間の感覚」のデザインによって試みられた。ピクチャレスクは一八世紀に始まりをもつ美学理論であるために、その「復興」をモダニズムからの退行として批判する立場もあった。だが、二〇世紀ピクチャレスクは反モダニズムであるというよりも、モダニズムのインターナショナルな様式を取り込んだ都市空間に、そのモダンな感覚を否定することなく、ナショナルな様式を重ね書きしていく審美的原理であったと考えられる。そうした二〇世紀ピクチャレスクによる空間づくりは、一九五一年のイギリス祭で「実験」され、既存の市街地の再開発とニュータウン計画へと応用された。『イングランドの芸術におけるイングリッシュネス』の第七章「ピクチャレスクなイングランド」はそうした経緯を、国民性すなわちナショナル・アイデンティティの表現として跡付けていた。

そのナショナル・アイデンティティを強く欲していたのは誰だったのか。第七章の最後で繰り返されたペヴスナーの「支援」を求める言葉から、そのような問いがわきあがる。「外から来た馴染まないものとされていても、じつはいかにそれがまったくのところ内から生じたものであったのか。」一八世紀上流階級的文化のピクチャレスクを換骨奪胎した二〇世紀ピクチャレスクのタウンスケープを、そうペヴスナーは表現した。この言葉の選択に、彼のドイツからイギリスへの移動を想わずにはいられない。ピクチャレスクな都会のイングランド、そのミドルブラウ・タウンスケープは、そんな彼の「あたらしい空間の感覚」が求めたナショナル・デザインだったのかもしれない。ペヴスナーは『イングランドの芸術におけるイングリッシュネス』のもとになったＢＢＣリース講座の最終回を、つぎのように締めくくった。「あなた方みなさんのものであるナショナルな芸術と建築」を、「わたしたちのもの」と言い換えながら。

以上のわたしの講義は、みなさんがそのようにすること［中世の装飾写本から現代の建築や都市デザインまでをふくめてイングランドの芸術を考察すること］への誘いであり、みなさんがこれまで見たり読んだりしてきたものを歴史的だけでなく、ナショナルな観点からも考察することの勧めでした。つまりは、多くの様式の多くの具体例としてだけではなく、あなた方みなさんのものであるナショナルな芸術と建築の具体例として。あるいは最後にそれを、わたしたちのものである、と言っても許していただけるでしょうか。(Games, 2014, 315)

註

本論は「成城大学特別研究助成」（研究課題「ニコラウス・ペヴスナー（建築史家・美術史家）によるＢＢＣラジオ講座の文化的意義」）にもとづく成果の一部である。

（1）ドキュメンタリーフィルム *Brief City* については、Atkinson 196 を参照。なお、Banham and Hiller, eds は、イギリス祭開催時の関係者によるアンソロジーであり、貴重な情報源となっている。

（2）ピクチャレスクについては膨大な文献があるが、本論ではとくに Copley and Garside と Hill を参考にした。

（3）武藤のとくに第一章第三節を参照。

（4）既訳書の題名は『英国美術の英国らしさ』である。本論では「イングリッシュネス」の表記を残すために、このような日本語名とする。なお、引用文の日本語は拙訳だが、既訳の該当箇所を参照させていただいた。

（5）ペヴスナーの伝記的情報は、全面的に Harris, *Nikolaus Pevsner* に負っている。
（6）フィールドに喩えたこの記述は、本論の最終節でも言及する Jed Esty の議論、とくに「人類学的転回」を意識している。つまり *The Englishness of English Art* をエスティが言うところの後期モダニズムのテクストとして位置付けるべきと考えているが、それはペヴスナーの *Pioneers of the Modern Movement*（1936）の第二版が *Pioneers of Modern Design* とタイトルを変えて一九四九年にニューヨーク近代美術館から出版された経緯も踏まえて論じる必要がある。
（7）また、ペヴスナーが Roger Fry, *Reflections on British Painting* に言及していることも、第二次大戦前の政治状況を『イングランドの芸術におけるイングリッシュネス』の歴史的文脈として導入する。この本は、一九三四年にロンドンのバーリントンハウスで開催された "The Exhibition of British Art" 関連の講演会の内容をもとにしている。フライはその冒頭で、ナショナリズムが芸術の評価に与える悪しき影響に言及している。
（8）この言葉は *The Manchester Examiner*, 12 March 1883に掲載されたモリスの編集者宛書簡からの一節である。
（9）Pevsner, *Industrial Art in England*. 1.
（10）Morris "The Lesser Arts" は、もともとは "The Decorative Arts" のタイトルで一八七七年に講演されたものである。
（11）MacCarthy の第四章以降は、おもにモリス死後の彼の影響をイギリス祭にいたるまで論じている。
（12）Games および Games, ed. を参照。
（13）「タウンスケープ」は町の景観といった意味の一般名詞ではあるが、ペヴスナーも一時期編集を担当したイギリスの建築デザイン雑誌『建築評論』（*The Architectural Review*）は、一九四〇年代以降にピクチャレスク美学によるあらたな都市計画のキャンペーンを展開したときにそれをさかんに用いた。本論冒頭でバナムが批判していたのは、まずはこの動きである。ただしバナムも『建築評論』の編集を担当していた時期があり、さらに彼の博士論文の指導教授はペヴスナーである。なお、ペヴスナーのタウンスケープに関する未完の原稿は、Pevsner, *Visual Planning and the Picturesque* に一部断片的でありながらも集められており、今後研究の進展が期待される。

引用文献

Atkinson, Harriet. *The Festival of Britain: A Land and Its People*. London: L. B. Tauris, 2012.

Banham, Mary and Bevis Hiller, eds. *A Tonic to the Nation: The Festival of Britain 1951*. London: Thames and Hudson, 1976.

Banham, Reyner. "Revenge of the Picturesque: English Architectural Polemics, 1945-65.," *Concerning Architecture: Essays Presented to Nikolaus Pevsner*. Ed. John Summerson. Baltimore: Penguin, 1968. 265-73.

Bradley, Simon and Bridget Cherry, eds. *The Buildings of England: A Celebration*. Dorchester: The Friday Press, 2001.

Byron, Robert. *The Appreciation of Architecture*. London: Wishart & Co., 1932.

Esty, Jed. *A Shrinking Island: Modernism and National Culture in England*. Princeton: Princeton Up, 2004.

Causey, Andrew. "Pevsner and Englishess." *Reassessing Nikolaus Pevsner*. Ed. Peter Draper. Aldershot: Ashgate, 2004. 161-76.

Conekin, Becky E. *The Autobiography of a Nation: The 1951 Festival of Britain*. Manchester, Manchester UP, 2003.

Copley, Stephen and Peter Garside, eds. *The Politics of the Picturesque: Literature, Landscape and Aesthetics since 1770*. Cambridge: Cambridge UP, 1994.

Forty, Adrian. "Pevsner the Writer." *Reassessing Nikolaus Pevsner*. Ed. Peter Draper. Aldershot: Ashgate, 2004. 87-93.

Fry, Roger. *Reflections on British Painting*. London, Faber & Faber, 1934.

Games, Stephen. *Pevsner: The BBC Years: Listening to the Visual Arts*. Farnham: Ashgate, 2015.

———, ed. *Pevsner: The Complete Broadcast Talks: Architectural and Art on Radio and Television, 1945–1977*. Farnham: Ashgate, 2014.

Harris, Susie. *Nikolaus Pevsner: The Life*. London: Pimlico, 2011.

———. "Pevsner and Penguin." *Reading Penguin: A Critical Anthology*. Eds. William Wootten and George Donaldson. Cambridge: Cambridge Scholars, 2013. 49-63.

Hill, Jonathan. *A Landscape of Architecture, History and Fiction*. Abingdon, Routledge, 2016.

MacCarthy, Fiona. *Anarchy and Beauty: William Morris and His Legacy 1860–1960*. London: National Portrait Gallery, 2014.

Matless, David. *Landscape and Englishness*. London: Reaktion, 1998.

Morris, William. "The Lesser Arts." *News from Nowhere and Other Writings*. London: Penguin, 2004. 231-54.

Pendlebury, John, Erdem Erten and Peter L. Larkham, eds. *Alternative Visions of Post-War Reconstruction: Creating the Modern Townscape*. London: Routledge, 2015.

Pevsner, Nikolaus. *The Englishness of English Art*. London: The Architectural Press, 1956.［ニコラウス・ペヴスナー『英国美術の英国らしさ――芸術地理学の試み』蛭川久康訳、研究社、二〇一四］

――――. *An Enquiry into Industrial Art in England*. Cambridge: Cambridge UP, 1937.

――――. *An Introduction of European Architecture*. Harmondworth: Penguin, 1943.［ニコラウス・ペヴスナー『新版ヨーロッパ建築序説』小林文次・山口廣・竹本碧訳、彰国社、一九八九］

――――. *Visual Planning and the Picturesque*. Ed. Mathew Aitchison. Los Angeles: Getty Publications, 2010.

――――. *Visual Pleasures from Everyday Things*. London: B. T. Batsford, 1946.

Read, Herbert. *Surrealism*. London: Faber and Faber, 1936.［ハーバート・リード『シュルレアリスムの発展』安藤一郎、山中散生訳、国文社、一九七二］

Rosso, Michela. "'The Rediscovery of the Picturesque' Nikolaus Pevsner and the Work of Architects and Planners during and after the Second World War." *Reassessing Nikolaus Pevsner*. Ed. Peter Draper. Aldershot: Ashgate, 2004. 213-33.

川端康雄「一九五一年――イギリス祭の「国民」表象」川端康雄他編『愛と戦いのイギリス文化史　一九五一―二〇一〇年』慶應大学出版会、二〇一一。

武藤浩史『ビートルズは音楽を超える』平凡社、二〇一三。

第三部　女性作家とミドルブラウ

ジャズはミドルブラウ音楽か?
――『幕間』におけるアメリカ文化の受容とイングリッシュネス――

加藤　めぐみ

一　ウルフのナイトアウト
――コスモポリタン・ロンドンからパストラル・イングランドへ

ハイブラウ文化のアイコン的存在であるヴァージニア・ウルフが二〇代の頃、「彼女の大学はコヴェント・ガーデンのオペラハウスだった」(Marcus 51)[1]といわれるほどに足繁くロイヤルオペラハウスに通い、ワーグナーのオペラを観にバイロイトまで旅をした、と聞いても驚く人はいないだろう。クラシック音楽はハイブラウ文化の音楽であり、ウルフがストラヴィンスキーやシェーンベルクのような二〇世紀的なモダニズムの音楽よりも、モーツァルトやベートーヴェンのような古典派を好んだとしても、彼女の音楽の趣味嗜好が彼女のハイブラウ性を汚すことはない。ではそのウルフがブルームズベリーの自宅からソーホーのクラブに夫のレナード・ウルフと頻繁に出掛けていたとしたらどうだろう。もしもそこでウルフ夫妻がジャズバンドの奏でるアップテンポの楽曲に合わせてフォックストロットのステップを踏んでいたとしたら。

「夜遊びするウルフ」に違和感を覚える向きもあるだろうが、ウルフは一〇代の頃から、義兄のジェラルドやジョージ、義姉のステラなどの大人たちに連れられ、ミュージックホールでパントマイムや音楽喜劇を観るなど劇場文化に親しみ、キングスウェイやストランド通りを抜け劇場の多いロンドンのウェストエンドへ好んでナイトアウトに出掛けていた。[2] そして結婚後はレナードとソーホーウォークを楽しんでいたようである。ジュディス・ウォルコウィッツは『ナイトアウト』（*Nights Out*）で一九二〇年代のウルフの夜の散歩のコースを辿っている（Walkowitz 1）。[3] 住まいのゴードン・スクエアからチャーリング・クロス、ケンブリッジ・サーカスを経てシャフツベリー・アベニューからジェラルド・ストリートに入ると、そこにはお目当ての店「一九一七クラブ」があった。実はこのクラブ、一九一七年一二月にレナードが友人たちとはじめたクラブで、店名の「一九一七」はロシアの二月革命の年を示している。[4]

一九二〇年代当時、ソーホーではナイトクラブ文化が活況を呈していた。「一九一七クラブ」の斜向いには、メイリック夫人が経営する華やかな「四三クラブ」があり、上流階級の派手な若者たち（Bright Young Things）の溜まり場となっていた。セレブも立ち寄る人気の店だったが、違法な時間に酒を販売、コカイン服用でホステスが死ぬスキャンダルが起きるなど悪名も高く、営業停止になっては店名を変え、支店を増やして成長していた。一九一七クラブの帰りに立ち寄る客もいたようだが、ウルフが訪れた記録はない。またソーホーでもっともミドルブラウ的とされたナイトクラブ「ウィンドミル劇場」はピカデリーサーカスからシャフツベリー・アベニューに入ってすぐのところにあり、仕事帰りの人々で賑わっていた。ソフトにエロチックで、ウィンドミル・ガールズと呼ばれる女性たちがトップレスで静止してポーズをとる活人画（タブロー）形式[5]の舞台で人気を博していたという（Walkowitz 253-85）。さまざまなタイプのクラブが一九二〇年代のソーホーに犇《ひしめ》くなかで、「一九一七年クラブ」は、料理は今ひとつだが政治的な議論ができる店として知られていた。[6]

富める者、貧しき者、移民やブルームズベリー・グループの文化人、社会浄化運動の活動家にアナーキスト、覆面警察官、ホステス、娼婦、ゲイ、ストレート、アメリカ人、ユダヤ人、イタリア人、黒人——階級、職種、人種、国籍、宗教、ジェンダー、セクシュアリティのあらゆるタイプの人間が共存する異種混淆としたコスモポリタンの街、ソーホーをウルフは愛していた。ハイブラウ文化、ミドルブラウ文化、ロウブラウ文化が混在するその街にはどんな音楽が流れ、誰がそのメロディーを奏でていたのだろうか。ウルフはしかし、戦間期のイギリスにあらたに流入してきた多種多様な人種、文化、なかでもジャズエイジで浮かれた新興国アメリカの文化の影響を描くトポスとして、コスモポリタン・ロンドンではなく、敢えてパストラルな田舎を選んでいる。

本稿では戦間期イギリスの音楽とブラウの関係性を、アメリカ文化、とりわけジャズの流入とイングリッシュネスとの関わりのなかで検討するにあたって、ウルフの遺作となった『幕間』（*Between the Acts*）に着目する。[7] 物語の舞台は、ウルフの愛したロンドンのウェストエンドではなく、イギリスのヘリテージ文化を象徴する田舎の田園風景のなかにそびえ立つカントリーハウス、ポインツ・ホールに据えられ、そこに一二〇年以上住むオリバー家の一族とその屋敷に出入りする人々、村の住人たちとの人間模様が描かれる。そしてラ・ツロウブが創り出すパジェント（野外劇）で英国の歴史が描かれ、物語の主軸となることで、英国のヘリテージ文化がナショナリスティックに強調されている。つまりウルフは作品世界のなかに、二次元に広がるパストラルな「空間」を設定しつつ、英国史の劇で「時間」軸を挿入することでイングリッシュネスを三次元で表現することに成功しているといえるが、さらにパジェントで古き良きイギリスへのノスタルジアを喚起する「音楽」が挿入されることで、四次元でイングリッシュネスが描出されていることを看過してはいけない。そして長い時間をかけてイングランドの地に構築されてきた文化・伝統が、帝国アメリカの出現、アメリカの娯楽文化の流入で侵食され、瓦解する瞬間をウルフは捉える。その鍵となるのが「ジャズ」なのだが、ジャズは果たしてイギリスのヘリテージ文化、ハイブラウ文化にとって本当に破壊者なのか、あるいはイギリスのあらたな再生を導く救世主となりうるのか。まずは次節でイギリス人がジャズをはじめとするアメリカ文化をどう受けとめたか、そのなかでウルフはどういうスタンスを取っていたのかについて歴史的、伝記的に検証し、第三節では『幕間』のパジェントに流れる英国音楽が、古き良き時代へのノスタルジア、ナショナリスティックな一体感を喚起し、戦間期の「小イギリス主義」を反映していることを確認すると同時に、イギリスの民衆音楽が実はハリウッド映画からの再輸入で若い世代にも親しまれるようになっていた、という可能性を探ってみたい。そして第四節でジャズが、フォーディズム、映画とともに、イングリッシュネスを脅かすアメリカ文化として描かれていることを示し、第五節では反イングリッシュネスを体現するマンレイサ夫人の階級、ブラウの立ち位置を精査する。果たして彼女の愛するジャズがイギリス文化にとって破壊者なのか、文化の再創造をもたらす救世主なのか——最終的には『幕間』におけるアメリカ文化とイングリッシュネスの相克を英国ミドルブラウ文化という観点から再定位していきたい。

二　ジャズするべきか、否か。それが問題だ
——アメリカ文化の受容とミドルブラウ文化

ハリウッド映画や大量生産・大量消費時代のフォーディズムとともに戦間期イギリスにもたらされたアメリカ文化のうち、ジャズは、そもそもいつどこで生まれ、イギリスに渡ってきたのか。一般的には過酷な労働を強いられた黒人労働者の怒りや苦悩を歌った労働歌がブルースへと発展し、一九〇〇年頃にアメリカ、ルイジアナ州のニューオリンズで誕生したとされるが、その起源は厳密には特定されていない。そしてイギリスに流入したのは第一次大戦中。アメリカの黒人兵のバンドがヨーロッパにもたらしたジャズはあっという間に人気を博し、戦

争で疲れた世代を癒す音楽となる。一九二〇年代にはフォックストロット、ブルース、スウィングなど、ジャズで踊る文化が一気に広がり、一九二〇年代前半で一万一千軒のダンスホールやナイトクラブができただけでなく、家でもラジオや蓄音機に合わせてダンスパーティーが催されるようになる。一九一八年以前、社交ダンスが富裕層のものだったのに対し、ジャズダンスはボーダーレスに、あらゆる階級、上流、中流、労働者階級にも広がっていく。

芸術と娯楽、洗練と低俗さの要素をあわせもつジャズが、それまでの芸術・文化の概念に揺さぶりをかけるようになると、イギリスではジャズブームに対し批判の声が上がりはじめた。一九一九年、雑誌『時代』（*Era*）の「ジャズに関する分断」と題するレビューで「今日、世界は二つの陣営――ジャズ派か反ジャズ派か――に二分されつつあるようである。ジャズするべきか、否か。それが問題だ」（"Review"）と論じられたように戦間期イギリスにはジャズ論争が巻き起こった。ジャズ反対派の中心で「ジャズは英国のハイカルチャーの伝統の終焉を招く」と嘆いたのはウルフの義兄（姉の夫）でもあるクライヴ・ベルだった。ジャズファンが新しいフォーク文化に夢中になればなるほど、反ジャズ派のエリートたちはジャズが英国文化を滅ぼすと決めつけた。ジャズはアメリカ、欧州諸国と均一の娯楽を与えることで英国らしさを無視したモダナイゼーション、標準化をおしすすめてしまうと批判したW・H・オーデンやエリザベス・ボウエンは作品のなかでジャズを通じて大英帝国の衰退を描きつつ、小イギリス主義の道を模索しているが、ナンシー・キュナードのように人種差別に反対する左翼的な政治活動の起点にジャズを位置づける者もいた（Abravanel 69）。そして英国音楽組合は一九三五年、ついにアメリカ人によるジャズ演奏の禁止を求める（Parsonage 252）[8]。彼らはジャズが嫌いだったのではなく英国流ジャズにこだわったという。音楽批評家のフィリップ・ラーキンのように、ジャズが真に英国的になったらどうなるか、イギリスでのジャズの行く末を考えようと努める者もいた。

いっぽうで幅広い階層に支持されたジャズを「ミドルブラウ音楽」として評価し、クライヴ・ベルをはじめとするジャズの反対派を、新しいものに対する柔軟性を欠いた人々と捉える見方もあった。たとえばＢＢＣラジオの番組雑誌『ラジオ・タイムス』でクラレンス・ウィンチェスターは「あなたもミドルブラウ？」と題して、ジャズ番組を低俗なものとして軽蔑するハイブラウと知の最前線を紹介する教養番組を嫌うロウブラウをともに批判し、娯楽も教養も良しとして楽しむ懐の深い人物をミドルブラウとしてたたえている（Winchester 346）。

このレビューに対する反論として、ウルフが『ニューステイツマン』に投書するつもりで書いたものの、投函しなかった手紙が「ミドルブラウ」と題してエッセイ集『蛾の死』で死後出版されたことはよく知られている。このエッセイのなかでウルフは、ミドルブラウについてハイブラウ文化を知ったかぶりをして消費する浅はかな人々と嘲っている。ミドルブラウの人々は、それ自体に文化的価値があるからという理由で本を選ぶことをせず、「最高」と言われているものを読む。自分の美意識、趣味嗜好、芸術それ自体のために行動するハイブラウやアヴァンギャルドと違い、ミドルブラウは自分がやっていることで、自分が人からどう見えるかに関心をもっている。ミドルブラウが身につけているのは「うわべだけの教養」だと揶揄しているのである（Woolf "Middlebrow" 176–86）。

ウルフはミドルブラウ文化のあり方には批判的だが、「ジャズ」を否定しているわけではない。では、ジャズについてはどのように感じていたのか。ここでウルフとジャズとの関わりについて整理しておこう。ウルフをジャズの世界に誘ったのはＴ・Ｓ・エリオットと二人目の妻のヴァレリーだった。一九二七年六月二日のエリオットからウルフに宛てた書簡に、お茶の時間にウルフ夫妻をエリオットが訪ねた際、「「グリズリー（"Grizzly Bear"）」や「チキンダンス（"Chicken Strut"）」といった蓄音機で聴くためのジャズのレコードを持っていった」と記されている。「エリオットはウルフにアメリカ文化を伝える情報源となっていたのである」（Scott 102）。エリオットはさらに大のミュージックホール好きで一九二〇年代の半ばにはウルフを誘っているが、ウルフにとって「ダンスはかなりの苦痛だったようで、今後一切ダンスはやらないと心に誓った」（Zimring 174）という。一八歳の社交ダンスデビューのときからウルフはダンスに苦手意識があったらしく、一九〇六年一月一六日にヴァイオレット・ディケンソンに送った書簡では「昨晩ダンスに出かけたけど、私は暗がりで『イン・メモリアム』（*In Memoriam*）を読んでいたわ。ヴァネッサは二時半まで踊りっぱなしだったけど」（*L1* 216–17）と綴っている。(9)ダンスは特定の階級の女の子たちを自由にするどころか抑圧するもので、彼女たちにダンサーであることを求める社会環境こそ変える必要がある、とウルフは考えていたようだ（Zimring 109–10）。またウルフはジャズバンドを相手取り、「騒音」についての訴訟を起こしたこともある。一九二九年一〇月のはじめ、自宅に近いインペリアルホテルのジャズバンドの演奏が騒々しかったので、レナードが苦情の電話をしたところ、一旦は少し改善された。しかし一一月末にパーティーが行われると、自宅の部屋で座っていられないほど騒音が耐えがたく「エリザベス朝の作品を読める静かな夜を勝ち取るために」（一九二九年一二月一〇日）とついに訴訟を起こしたという（*L4* 115–22）。そして翌年一月には勝訴している。この頃、ウルフは『波』の執筆中だったが、『波』に出てくるルイスの耳にずっと聞こえる「猛獣のドスドスとした足音」は「象がリズミカルに足踏みをするような振動が二五分続いたとウルフが言うインペリアルホテルのジャズバンドの騒音からきている可能性もある」（Hussey 354）とハッセイは指摘している。(10)

結局のところウルフ自身、コヴェント・ガーデンに観劇に行ったり、ソーホーの街をうろつき、ブルームズベリー・グループのたまり場となっていた夫の経営するクラブでおしゃべりに興じたりすることは好んでいたようだが、ジャズバンドの演奏に合わせて踊り明かすようなナイトアウトを楽しんでいたわけではなさそうだ。しかしながらミュージックホールやさまざまな劇場、舞台芸術やクラブ文化などで触れたパフォーマーと観客が一体となって作り上げる瞬間、空間のもつ高揚感、そこに流れる音楽の効果、生命力あふれるダンスのもつ躍動感をウルフは知り尽くしていたし、音楽、言語、文化の既成概念を破壊するモダニズム的な力をジャズに見出していた。詩と散文、ドラマを融合したような作品が書きたい、「座席にじっとしていられないくらいゾクゾクするような劇が書きたい」(*L1* 60)。――そんな願望が徐々に高まり、ウルフは当初、劇を書きはじめるが、それが最終的には詩、散文、劇だけでなく、舞台で演技する人と観る人との関係までもが描かれた特異なハイブリッドノベルへと進化していく。そうしてウーズ川に身を投じる前年に完成したのが『幕間』なのである。

三　「音楽」で綴る英国史――『幕間』のパジェントと「小イギリス主義」

ウルフは『幕間』で「劇」を取り込むにあたり、野外劇（パジェント）という演劇形式を選択した。パジェントは一見、田舎の町に古くから伝わる伝統行事のように見えながら、実は一九〇五年に作られた「創られた伝統」（ホブズボウム）であること、きわめて二〇世紀的な現象であることが近年の研究で明らかにされている。[11]パジェント研究の第一人者の吉野によれば「ローマ時代からオリバー・クロムウェル前後までの地元の歴史をイギリス全体の歴史と交えて題材とした、アマチュア市民によるヒストリカル・パジェントは、エドワード朝のイギリスに大きな旋風を巻き起こした」（「グローバライゼーション」四四）という。オペラやバレエ、クラシックのコンサートなど、卓越した芸術的な技術をもったパフォーマーによるハイブラウな舞台芸術や劇場で行われるプロの俳優たちのステージとは違い、身近な人々も参加するアマチュア集団によるパジェントは、古き良きイギリスをたたえることで愛国主義的な一体感、高揚感を覚えつつ、地域コミュニティの人々が一緒に参加し、楽しめるイベントとして大ブームとなったのである。[12]ジェド・エスティは『縮みゆく島』のなかで、一九三〇年代から一九五〇年代の英国にみられたあらたな文化的転回、空間的に外向きに拡張する帝国主義的コスモポリタニズムの時代から時間的深みを追求しようという内向き、島国的な国民文化へと関心が移行する傾向を「小イギリス主義」と呼び、ウルフが『幕間』で描いたパジェントを、そういった内向きのナショナリズムの表れと捉えた(Esty)。

吉野の明察は「イギリスらしさ」を作り上げ、定着させようという試みであったパジェントが「決してイングランド一国内部でおさまる確固としたナショナルアイデンティティの表現ではなく、しばしば外部への不安を反映していた」（「グローバライゼーション」四六、傍点筆者）と指摘している点にある。ウルフがパジェントを『幕間』の中心に据えたのは、ナショナルアイデンティティを堅固なものにしようと「イングリッシュネス」を作為的に作り上げる「装置」であるパジェントを利用することで、一九三〇年代にイギリス全体が抱えていた「小イギリス主義」と外部への不安を表現したかったからだと推察できる。言いかえれば、ウルフは偽りの「イングリッシュネス」を生み出すパジェントという文化装置が、外部からの影響の不安を抑圧／隠蔽して成立していることを知った上で、そのシステム自体を揶揄する意味で利用したのだと言えるだろう。当時のイギリスが抱えていた複数の外部への不安のうち、本稿で着目するのは「アメリカ文化の影響への不安」となる。

そこで本節では『幕間』に描かれたイングリッシュネスのうち、まずは作品に散りばめられたイギリス人のナショナルアイデンティティを呼び起こすようなイギリス的な「音、歌、音楽」に耳を傾けていこう。パストラルな風景、英国の歴史、伝統、大英帝国の栄華をたたえる舞台空間を彩る音楽が多数使われているが、もっともイギリス的と思われる音楽に、二〇世紀の世界を席巻しはじめた帝国アメリカの影、ハリウッド映画に代表されるアメリカのエンターテインメント産業の影響力が働いている可能性を見出していく。アメリカ文化への影響の不安とともに憧れと愛着を感じていたイギリス国民のアンビヴァレントな感情も読み取っていきたい。そしてそれらの音楽が生み出すハーモニーをかき乱す「不協和音」＝「騒音」としてジャズがパジェントの最後に使われることの意味についての次節での議論につなげていく。

『幕間』のパジェントは[13]「エリザベス朝」、「理性の時代」、「一九世紀」、「現在。私たち自身」の四幕からなるが、最初から最後まで、舞台には多種多様なサウンドが満ちている。蓄音機からは行進曲、童謡やワルツなどさまざまな曲が効果的に使われ、パフォーマーたちの歌う歌にもイギリス人なら誰もが口ずさめるような曲が多く選ばれている。そしてラ・ツロウブは音楽を使って一体感を与えたり、バラバラにしたりと聴衆を自在にコントロールし、「蓄音機針のティック、ティックという音だけが聞こえていた。そのティック、ティックが彼らを、恍惚とさせて、結び合わしているように思えた」（八五）というように、蓄音機が刻む機械音は人々をサブリミナルなレベルで支配しているかのように劇中、鳴り続ける。[14]また舞台だけでなく客席からもおしゃべり、口笛、ささやき声、泣き声、叫び声、歌声が聞こえたり、さらには太古の声のような「牛たちのほえ声」（一五〇）、にわか雨や雷などの自然の音が響き渡ったりとあらゆる音が溢れ、「体を持たない声」（一六二）も聞こえてくる。

たとえば第二幕「理性の時代」の第二場と第三場の間、スウィズィン夫人、マンレイサ夫人、ジャイルズの会話では、今でも子どもたちの間で広く歌われるマザーグースのわらべ歌「イタチがぴょんと飛びだした」（"Pop Goes the Weasel"）（一五一）が話題にのぼる。もともと惹かれ合っていたマンレイサ夫人とジャイルズだったが、乳母がかつて歌ってくれた懐かしい子ども時代の歌のフレーズを共有し、楽しく意気投合したことで、関係がより一層近づいていく。いっぽうジャイルズの妻のアイサは、第二幕と三幕の幕間に群衆の間から消えていく夫を呼び止められず、彼の心が自分から離れていると感じたのを機に、自らの魂の深淵に遡及的に迫り、この世に生まれ落ちたときから、無意識に刻まれた過去の記憶の重荷に苦しみはじめる。そしてその記憶は映像でも、言葉でもなく、「音」として彼女の心に刻まれていることがわかる。

揺りかごの中で我に背負わされし重荷、波によってつぶやかれ、落ち着かぬニレの木々によってささやかれ、歌う女たちによって小声で歌われしもの、我らが覚えていなければならぬもの、我らが忘れられるであろうもの。（一六六）

ここで「波のつぶやき（murmur）」、「木々のささやき（breathe）」、「女たちの小さな歌声（croon）」として自らの過去の記憶が無意識に刻まれていることを意識したアイサは、第三幕の開始時間に集まる聴衆たちのなかから「堕落したつぶやきを、黄金と金属の鳴る音を。熱狂的な音楽」（一六七）を聴き取り、彼らの声が自分と同じく「古き震え（the old vibrations）」から解放されていないことを確認する。そこでアイサは気持ちをあらたにし「指導者たちの気狂いじみた叫び声」ではなく「農家の庭塀のそばで咳する羊飼を。騎手が疾駆するときにため息をつく枯れ木を。彼らが彼女を裸にする時に兵舎部屋でのどなり声を。又はロンドンで窓を押し上げるときに誰かが叫ぶ呼び売りの声を……」（一六七）聞こう、と自分の心に言い聞かせる。「為政者ではなく、名もなき人々の声にこそ耳を傾けるべき」というここでのアイサの主張は、ウルフが『幕間』の執筆当時、執筆していた未完のエッセイ「アノン」で語った理想の芸術家像としての「アノン」＝「無名で両性具有の芸術家」の声であり、作品全体で伝えようとしたウルフのメッセージにも通じていることはいうまでもない[15]。ところが過去の記憶の重荷から解放され、悟りのような境地に達した次の瞬間、皮肉にもアイサは温室の扉がけり開けられ、なかからマンレイサ夫人と自分の夫のジャイルズが出てきたのを目撃してしまう。夫の不倫という現実を突きつけられるのである。

しかし場面はテンポよく切り替わり、第三幕「一九世紀」が、まるでアイサの前述の無／意識のつぶやきの反響であるかのように「ロンドンの呼び売りの声」「混声曲」と題された曲で幕を開ける。かつてヴィクトリア朝の街に響いた「きれいなラベンダー……」（一六八）といった歌声が蓄音機で再現されると、人々の郷愁を誘う。

呼び売りの声が、アイサの無意識から舞台へ、舞台から聴衆へ――音楽が切り替わり、花売りの声は、続いて「古鉄、古鉄を売らんかね」という古鉄売りの男の叫び声に引き継がれる。

覚えてる?あれが霧のなかで男たちが叫んでいた呼び声だわ。セブン・ダイアルズから彼らは来たのでした。赤いハンカチをつけた男たち。首絞め強盗、と彼らを呼んでいましたっけ?だめでしたよ――おぉ、とんでもない、だめ――劇の後、歩いて家へ帰るのは。リージェント通り。ピカディリ。ハイド・パーク・コーナー。不身持な女たち……そして到る所にパンの塊がみぞおちのなかに。コヴェント・ガーデンの周りには、ねぇ、アイルランド人……(一六九―七〇)

呼び売りの声で、聴衆の心は、不衛生で、強盗、娼婦がはびこるヴィクトリア朝のウェストエンドの時間と空間へと一気にタイムスリップする。さらに舞台では「呼び売り詩人」として知られたミュージックホールの芸人アルバート・シュバリエの作詞で、「靴磨きの少年が口笛で吹いていた」(一七〇)というように労働者階級の間で親しまれていた歌「オールド・ケント通りでびっくり仰天」("Knocked'em in the Old Kent Road")(一八九一)が流れる。この曲はよくミュージックホールで歌われた労働者階級のコックニー訛りの強いコメディソング(図1)で、貧しい地区の家に紳士風の男がやってきて「死んだ叔父さんからの遺産としてロバつきの馬車をもらえるというからびっくり仰天した!」と歌っている。万国博覧会、かさばるドレス、冷蔵庫もない時代のロンドンの記憶を呼び起こす曲として登場しているこの曲は、二〇世紀に入ってからも、懐かしいミュージックホールソングとして広く親しまれたようである。

その後、合唱団がスタンバイし、ラ・ツロウブの合図で威勢のよい行進曲が流れると、居酒屋の主人バッジが扮した警官が登場し、世界に広がる植民地を支配する大英帝国の権威、治安を守るためにと警棒を振りかざす。

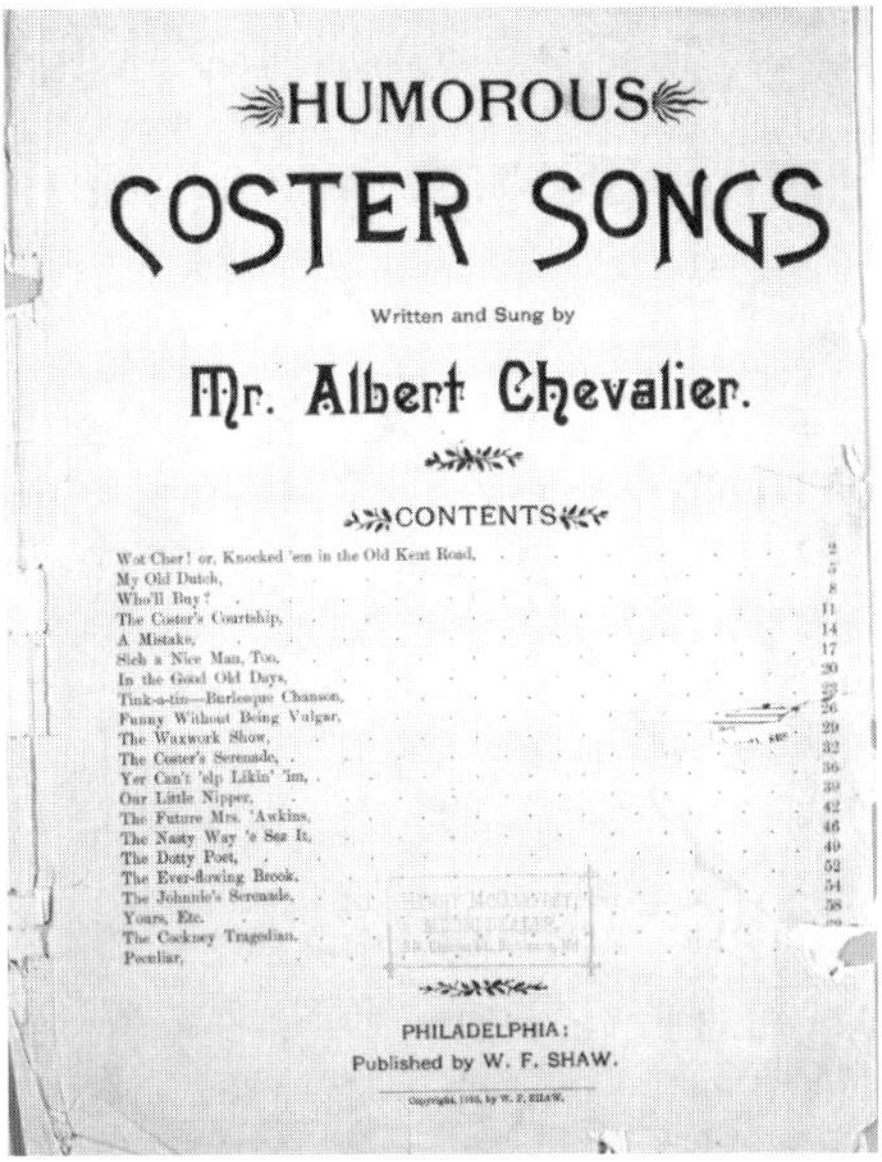

図１：Front page of Albert Chevalier, *Humorous Coster Songs*. W.F. Shaw, 1893. Courtesy of the Lester S. Levy Collection of Sheet Music. The Sheridan Libraries, The Johns Hopkins University

そしてヴィクトリア女王の支配が、全臣民の思想と宗教、飲酒、服装、行儀、結婚、家庭生活にまでおよび、大英帝国が繁栄の絶頂期にあることを告げる前口上に続いて「一八六〇年頃、場面は湖」という設定で「ピクニック・パーティ」と題するサヴォイ・オペラ風の劇がはじまる。（一七五―八四）舞台では、娘が恋人の若い牧師からプロポーズされ、指輪を受け取る場面ののち、入れ違いで娘の母親が登場し、ピクニックシートを広げる。彼女は新しく着任した若い牧師を娘の結婚相手にと考え「スィブソープさんに奥様がありますか」としきりに問う。そこで合唱隊がそのフレーズを捉えてコミカルに歌い上げる間、ピクニックのメンバーはお腹を満たし、その後、当時流行した歌曲が合唱、二重唱などで歌われる。男性コーラスが女性コーラスに向かって歌ってもらおうと提案する二曲はいずれもアイルランドの詩人トーマス・ムーアの作詞による。「夏のなごりのバラ」（"The Last Rose of Summer"）は一八〇五年にムーアが詩を書き、エドワード・バンティングが蒐集した伝統的なアイルランドの旋律の一つ「ブラーニの木立」とともに、『アイルランドの旋律』（*Irish Melodies* 一〇巻、一八〇八―三四）のなかの第五巻（一八一三）に収められている。ベートーヴェン、メンデルスゾーンをはじめとするクラシック音楽、またポピュラー音楽でも限りなく編曲、変奏曲が生み出されて世界中で愛されている曲である。「わたしは可愛いガゼルを愛したことがない」（"I Never Loved a Dear Gazelle"）はムーアの恋愛叙事詩「ララ・ルーク」（"Lalla Rookh," 1817）からの一節だが、本来「Nursed」だった箇所が誤って「Loved」に置き換わって流通し、バイロン、ディケンズ、ルイス・キャロル、ジョイスなどにも引用されている。エリナーとミルドレドが二重唱で歌う「私は蝶になりたい」（"I'd be a Butterfly"）はトーマス・ヘインズ・ベイリーの作詞だが、ベイリーのノルタルジックな曲としては「久しき昔」（"Long, Long Ago"）のほうがより広く知られているだろう。次に若い牧師が二重唱で歌う「ルール・ブリタニア、統べよ、ブリタニア」（"Rule, Britannia"）は、言わずと知れたイギリスの愛国歌で、ジェームズ・トムソンの詩に、曲がつけられ一七四〇年に仮面劇『アルフレッド大王』の劇末で歌われて以来、イギリスの帝国主義的な支配を壮大に歌い上げる曲として長く親しまれている。

そして第三幕「一九世紀」を締めくくる曲として蓄音機から「ホーム・スィート・ホーム」（"Home, Sweet Home"）が流れる。この曲は一八二三年、イギリスのヘンリー・ローリー・ビショップがシチリア民謡からヒントを得て作曲、アメリカ人のジョン・ハワード・ペインが作詞をし、同年初演のオペラ『クラーリ、ミラノの乙女』（*Clari, Maid of Milan*）のなかで歌われた。日本ではイングランド民謡とされ「埴生の宿」、「楽しき我が家」という訳題で知られる。この曲が流れるなかで、バッジは警棒を手に、ヴィクトリア女王が子どもたちをひざの周りに呼び集める、あたたかく楽しい家族の図に象徴される大英帝国を支えた家庭中心主義を懐かしみ、たたえながら、舞台を去っていく。いっぽう美化されたヴィクトリア朝的な「家庭」のあり方に冷ややかな観衆のなかからは、家庭には何か「不衛生」なものがあったという声が上がる。そして父親があごひげを生やし、母親が編み物をする「家庭」が滅び、娘婿がひげを剃り、娘が冷蔵庫をもつようになった新しい時代への変化が確認される（一八五―八六）。

ヴィクトリア朝ロンドンの街にひびく呼び売りの声、靴磨きの少年の口笛、故郷の田園風景やあたたかい我が家を懐かしむノスタルジックな音楽――ラ・ツロウブが演出した一九世紀の「イングリッシュネス」を彩るこれらの楽曲は、果たしてどこまで英国的なのか。一八九〇年から一九二〇年にかけてセシル・シャープを中心として、英国的な「母国の息吹から霊感」を得た音楽（吉野「イングリッシュネス」331）としての民謡を採集しようという「英国民謡採集運動」が盛んとなり、一八九八年に民謡協会が、一九一一年にはフォークダンス協会が設立され、第一次大戦前のイギリス人のナショナリズムの高揚に寄与したとも言えるが、一九三九年に想定された『幕間』で、英国性をたたえるはずのパジェントの音楽にアメリカの影を見出すことはできないだろうか。一九三九年六月に生きるイギリスの人々がヴィクトリア時代に流行った曲を聴いたとき、幼かった、若かった昔を懐かしく思い起こす曲と認識するというよりも、最近観たハリウッド映画で人気女優が歌っている曲として親しんでいる、という可能性はないだろうか。言いかえれば、イギリスのヘリテージ文化の一部としての愛されていたはずのイギリス、アイルランド、スコットランド民謡が、アメリカに渡っていつしかアメリカ文化の一部となり、ハリウッド映画やジャズバンドの演奏のなかで「望郷の歌」として再生産されたものが戦間期イギリスであらたな文化として受容されている、とは考えられないだろうか。

たとえば、先ほどのパジェントの第三幕「一九世紀」に登場した曲のうち、靴磨きの少年が口笛で吹いていた「オールド・ケント通りでびっくり仰天」（一八九一）はハリウッドで人気を博した名子役シャーリー・テンプル

図２："Shirley Temple — Wotcher! Knocked Em' in the Old Kent Road"
in *The Little Princess* (1939) YouTube.com

が、一九三九年の映画『小公女』（*The Little Princess*）でバーティ役のアーサー・トリーチャーと息の合ったステップを踏みながら、コミカルに可愛く歌いミュージカルソングとして流行した（図２）[16]。またトーマス・ムーア作詞の「夏のなごりのバラ」は、一九三〇年代破産寸前だったユニバーサル・スタジオを危機から救ったユニバーサルのトップスター、ディアナ・ダービンが一九三九年のハリウッドの映画『庭の千草』（*Three Smart Girls Grow Up*）で歌って大ヒット。アンネ・フランクがダービンの写真を部屋に貼るほどのファンだった、というほどに世界的に人気を博し、日本では「夏のなごりのバラ」ではなく「庭の千草」というタイトルで国民唱歌として受容されている。一時はジュディ・ガーランドとハリウッドの人気を二分するほどの活躍ぶりだったが、一斉を風靡した後、ダービンは二八歳で引退をしている。

パジェントでイギリスの一九世紀を締めくくった「ホーム・スィート・ホーム」も、ダービンが『庭の千草』と同じ一九三九年のハリウッド映画『初恋』（*First Love*）で歌っている。侯爵が田舎の娘に求婚。贅沢な暮らしを与えられても満たされない娘が「粗末でいいの、我が家ほどよいところはない（"Be it ever so humble, there's no place like home"）」と歌う望郷のアリアは、実はほじめからアメリカの民謡でもあった。なぜなら作詞をしたジョン・ハワード・ペインは「漂泊の詩人」とも呼ばれるが、元来、アメリカ人の俳優、詩人、劇作家で、イギリスの劇場で活躍していた一八二二年にこの曲を書いた。アメリカ南北戦争中も北軍、南軍両軍で広く歌われ、北軍ではこの歌が兵士の郷愁を誘い、士気を損なうとして歌うことが禁止された。リンカーンも大好きで、一八六二年、大統領の就任の際、イタリア人のオペラ歌手をホワイトハウスに招いて歌わせたほどであった。アメリカの偉大な作詞家として、ワシントンDCのジョージタウンのオークヒル共同墓地に祀られ、ブルックリンなどにも記念碑が建てられている。パジェントの一九世紀を彩る「母国の息吹から霊感」を得て生まれたはずの英国の音楽が、実はアメリカに渡り、ハリウッド映画のなかでアメリカ人歌手によって歌われることで、その良さが再発見されたイギリス民謡であったとしたら、ナショナルアイデンティティの表現であるべきパジェントを飾る音楽が、どこまでイギリス的であるといえるのか。

舞台の場面がヴィクトリア時代から「現在。私たち自身」（一九〇）へと切り替わる直前、ラ・トローブ嬢は一瞬、音楽を奏でるのを禁ずるが、その沈黙は「世界中の人間全部が泣いているように」（一九三）夕立が降りはじめることで、簡単に破られてしまう。「沈黙」は第一次世界大戦、そして「夕立」が戦争の悲劇がもたらした人類の悲哀の涙を表し、そしてステージに掛けられたハシゴと布、レンガを背負った男は戦争で荒廃した文明の再建の兆しを象徴的に表現した。そこに「アフロのかつらをつけた黒人の男、シルバーのターバンを巻いたコーヒー色の男」（一九五）が現れ、国際連合による世界の新しい国際的な協調を聴衆に印象づける。前日の『タイムズ紙』、『テレグラフ紙』の社説の内容がハミングで歌われた後、ワルツの調べに合わせて飛び交うツバメたち、そして木々が荘厳な空気をつくりだし、冷蔵庫、食洗機のある家庭、完全な自由といった明るい未来を予感させる。ところが次の瞬間、ジャズの音が世界を粉々に切り刻むように鳴り響く。次節ではパジェント終盤に登場したジャズの表象から、英米間のトランスナショナルな文化の交渉が描かれる瞬間を捉えていきたい。

四　ジャズ、フォード、映画
――イングリッシュネスを脅かすアメリカナイゼーションの波

> 曲が変わった、パチンと割れた、壊れた、ギザギザに裂けた。フォックストロットかしら？ジャズ？とにかくリズムはけり、後ろ足で立ち上がり、いきなりかみついた。何というジャンジャンとチリンチリン！なるほど、彼女の自由に使える手段では、あまり多くを要求するわけにはいかない。何というガアガア、不協和音！何も終わらない。ひどく唐突。そして退廃的。大変な無法、大変な侮辱、しかも明白ではない。それでもやはり、非常に今日的。彼女の計画はなんなのであろうか？分裂することか？とぼとぼ歩き、急ぎ足で歩く？ぐいと動き、ニヤニヤ笑う？指を鼻におく？横目で見て様子をうかがう？そびえ立って探る？（一九六　傍点筆者）

一九三九年の「現在。私たち自身」を表現する音楽としてラ・ツロウブはジャズを選んだ。そして一九一四年にアメリカからイギリスに上陸した、アップテンポのジャズに合わせて軽快なステップを踏むダンスであるフォックストロットがパジェントの祝祭ムードを盛り上げる。ジャズの不協和音が二〇世紀の世界の混沌を示すが、同時に村人たちが各々鏡をもって舞台に登場し、会場の聴衆を「破片とクズと断片」（二〇三）として映し出すパフォーマンスで、主体が、家族が、コミュニティが解体した「現在」を生きる「私たち自身」が表現される。さらにこのジャズがもつ「破壊力」は、直後で「若さ」と結びつけられる。

おぉほんの瞬間的にだけ——ありがたいことに——「若い人たち」である世代の不遜よ。若い人たちは、作ることは出来ずに、ただ破壊するのみ、古いヴィジョンを砕いては変にし、完全であったものを打ち壊してみじんにするのみ。何というガアガア、ガラガラ、何というヤフルの鳴き声に似た音——人はキツツキをヤフルと呼ぶ、木から木へすいすい飛ぶ笑い鳥を。（一九六）

アメリカ音楽であるジャズの破壊力に読み取れるこの「若さ」は新興国〈帝国アメリカ〉のメタファーともなる。老いたイギリスを凌駕する若いアメリカ——一九世紀的な価値観、イギリスをはじめとするヨーロッパ諸国の旧来の帝国主義的植民地支配のあり方を覆し、ハリウッド映画に代表されるエンターテインメント産業、新しい労働形態としてのフォーディズム、大量生産、大量消費のシステムなどを通じた多国籍企業による新しい支配の枠組みを〈帝国アメリカ〉は二〇世紀の世界にもたらした。その抗いようのないアメリカナイゼーションの波は、パジェントが催される村にも押し寄せ、英国のヘリテージ文化に根幹から揺さぶりをかける。

たとえば、観客たちの中心には「我が国の最も尊敬されている家族の代表者たち」、すなわち「そこに何世紀も住んでいて、一エーカーも売ったことがなかった」（七六—七七）という土地に根ざした土着のイギリス人がいるが、マンレイサ家のような新来者たちも地元のコミュニティにとっての他者、よそ者とされながらも混在し、存在感を放っている。この新来者たちは「古い家を近代化して、浴槽を増築する」というように、より快適な暮らしを求めてモダナイゼーションやイノベーションをする人々であり、土地や家屋に対する愛着やこだわりがない。さらに彼らは土地に根ざさないというだけでなく「自動車工場の建設と近所の空港の建設が多数の定着しない浮動の居住者を引き寄せていた」（七七）というように、雇用の面では不安定、よくいえば柔軟かつサバイバル能力の高い「ディアスポラ／さまよえる漂流民」なのである。[17] 実際、一九三〇年代のイギリスではヒースロー空港の前身の「グレート・ウェスター・エアロドローム」という飛行場ができ、アメリカのフォード社もイギリス工場での生産を伸ばし、ピーク時にはイギリスの自動車市場の四一パーセントをフォード社の車が占めていたという[18]。なるほどパジェントに集まった観客のための駐車場にはロールスロイス、ベントレーといったイギリス車に混じって新型のフォードが並んでいる。

おやまぁ、駐車の手配は適切と呼べるものではありませんね……私だってやはりイスパノ・スイザがこんなに多いとは予期しなかったでしょうよ……あれはロールスロイス……あれはベントレー……あれは新型のフォード。……さぁ猿をつけた車がありました……飛び乗ってくださいな。（二一五、車名の表記を筆者が一部修正）

ここではアメリカ車がイギリスの田舎にも広く普及していたというだけでなく、パジェント終演後に人々が乗り込む車が、アメリカ的な生産システムであるフォーディズム体制のもとで大量生産された工業製品であるということを意識せずにはいられないだろう。なぜなら「おやまぁ、何という錯乱状態！誰も車のどれがどれか見分けがつかないようですよ。これですから私はマスコットの猿をつけてきましたの……でも私にはそれも見当たりませんよ」（二一四）と猿のマスコットをつけないと区別がつかないというほどに、イギリスの村人たちが乗る車が無個性で画一的なものとして描かれているからである。

また、パジェントを取り仕切る牧師のスツレッツフィールド氏は教会で出席者の点呼を取る際に、多くの村人が野外劇に来ない理由を「モーターバイク、モーターバス、映画」（七七）のせいだろうとしている。さらに舞台に参加する村人たちが下げいこの時間を十分にとれない理由としても、「乾草」などの農作業、飛行機でのイタリア旅行に加えて、「映画」（二一二）に大きな原因があるとされる。ラ・ツロウブの演出がいかに斬新で芸術的、魅力的であったとしても、村人たちの関心は、パジェントよりも、車やバイク、映画といった娯楽文化に向いているようだ。

バジェントが表象するイングリッシュネスを破壊するもの、自動車工場、空港建設、映画、ジャズで示される現代文明・文化、モダナイゼーション、アメリカナイゼーションはすべて「アメリカから」もたらされている。そこで次節では『幕間』のなかで反イングリッシュネスを示すある種の「記号」としてマンレイサ夫人が機能している点に着目したい。『幕間』の内部にいながらにして、既存の価値体系を脅かす周縁に位置するマンレイサ夫人に対して村人たちが感じているアンビヴァレントな感情、彼女の他者性、危険性が、そのままイギリス社会におけるアメリカ文化の受容のあり方を反映している可能性はないか。さらに彼女の属する階級、ブラウ性を検証することで、イギリスにおけるアメリカ文化の立ち位置も明らかになってくることだろう。

五　マンレイサ夫人はミドルブラウ？
——反イングリッシュネスとしてのジャズ・ユダヤ人・娼婦

マンレイサ夫人は『幕間』に登場する唯一のジャズ好きである。彼女の他者性、危険性を示す奇行として「ラウドスピーカーでジャズの演奏を流す」ことが以下のように語られる。

彼女の帽子、彼女の指輪、バラのように赤く、貝殻のように滑らかな彼女の指の爪は皆が見るようにそこにあった。しかし彼女の経歴はそうはいかなかった。それは皆には破片と断片に過ぎなかった。——〔中略〕——彼女が真夜中に絹のパジャマで庭をぶらつくとか、ラウドスピーカーでジャズの演奏を流すとか、カクテルバーを持っているとかは、もちろん

彼らも知っていた。しかし個人的なことは何も。厳密な伝記上の事実は全然知らなかった。（三九―四〇　傍点筆者）

ここでマンレイサ夫人と「ジャズ」「カクテルバー」が関連付けられる点に加えて確認すべきは、彼女の経歴、伝記上の事実が「破片と断片」にすぎないという点であろう。生まれはタスマニアとされ（祖父がヴィクトリア中期に犯罪を犯し、国外輸送されたらしい）アメリカ人ではない。夫はユダヤ人で、身なりはジェントリー階級[19]、シティで複数の会社の重役を兼務し、巨万の富をもつという（四〇）。「エグザイルとなった祖父」、「ユダヤ人の夫」という家庭環境からも漂流民といえる彼女は、ポインツ・ホールに代表される英国のヘリテージ文化の内部の人間にとってはあらゆる点で部外者であり、常に「障害、岩、ショック」（三七）とみなされたが、一方、批判の的となる彼女の自由な振る舞いは、実は皆の密やかな願望を実現したものでもあり、彼女のマナー違反がもたらす新鮮な空気に乗じて「砕氷船の航跡を追って飛び跳ねるイルカのように後に続くことができた」（四一）とされる。ポインツ・ホールの主人にも若やいだ気分をもたらし、コルセットを外して、ヨーデルを歌い、田舎を純粋に愛する自由な「自然の野生児、マンレイサ夫人」（四五）を、後に夫を寝取られることになるアイサもある種の羨望の眼差しで眺める（四三）。赤いマニキュアを塗り、ファッションと振る舞いで過剰に自らのセクシュアリティを演出するマンレイサ夫人は「豊穣の角」を溢れ出る「女神」（一二六）にも喩えられるが、「老いた売春婦」（一〇二）や「年取った野蛮人」（一一三）とも揶揄され、人々の抑圧、隠蔽した「何か隠れたもの、いわゆる無意識」「セックス」（一一三）を体現するある種の「不気味なもの（"the uncanny"）」として描かれるともいえる。夫人を形容する「野蛮」、「野生」、「未開」、「未熟」といった表現はまた、二〇世紀初頭のイギリスで、しばしアメリカを表すときに使われた。

第二節で紹介したＢＢＣラジオの記事にあったように、ジャズがミドルブラウ音楽であるとしたら、ジャズを愛するマンレイサ夫人は「ミドルブラウ」であるといえるだろうか。ここでマンレイサ夫人の階級・ブラウについての意識を確認しておこう。自分自身の階級についてマンレイサ夫人はミドルクラスであるとしながらも、同じ階級の女性たちが退屈だとして距離を置いている。

もし自分と同階級の人たちなら、彼女たちはなんと彼女をうんざりさせることか――彼女の同性は！下の階級はそうではなかった――コックたち、小売商人たち、農夫の妻たちは。上の階級もそうではなかった――有爵夫人たち、伯爵夫人たちも。彼女をうんざりさせるのは彼女の同階級の女たちであった。（一一一―一一二）

マンレイサ夫人の態度は、第二節で紹介したエッセイ「ミドルブラウ」でウルフが示した態度、すなわち世間で評判の本を読み、劇を観るミドルブラウを批判し、主体的に読みたいもの、聴きたいものを選択できるハイブラウ、ロウブラウをたたえる態度と酷似しているとはいえないだろうか。右述の引用の直前で、マンレイサ夫人がうんざりするとして厄介払いするパーカー夫人は「ミドルクラスの女性の典型」で、幕間のお茶の席で、自分の暮らす卑近な世界での退屈な自慢話をし、主体的に思考、行動をせず、マンレイサ夫人の「民主主義というけれど、全くのナンセンス」（一〇八）といった発言に意味なく同調する。エドワード八世とシンプソン夫人とのスキャンダルといった王室ゴシップにおしゃべりの花を咲かせ、「村の白痴がゾッとする」といった自分の差別的な発言に無自覚であったりする。（一一六）――マンレイサ夫人が批判するそんなパーカー夫人のような典型的なミドルクラス女性の意識、主体性を欠いた文化の受容のあり方は「一般大衆」のものであり、まさに「ミドルブラウ的」であるといえるだろう。

ミドルクラスの女性を遠ざけるマンレイサ夫人は猟場番人の妻にラ・ツロウブの劇の感想を求め、次回は一緒に劇をやりましょうと連帯を呼びかけ、郵便局員の女性に声をかけては、彼女の職業上の技能を皆に聞こえるように褒めたたえる（一一二―一一三）。彼女はつねづね下働きの使用人たちに共感を寄せていて、たとえば失恋して睡蓮池に入水自殺した貴婦人の幽霊が出ると信じる使用人たちが池のそばを歩こうとしない、と聞いて「私も同じレヴェルなんです［中略］召使いたちと。私は全然あなた方のように大人になっていませんもの」（四五）と紳士階級の理性的、科学的な態度を批判し、迷信、幽霊を信じる使用人たちの感性に共鳴する。さらにマンレイサ夫人は「いかけ屋、仕立て屋、兵隊、水夫、薬屋、農童……」（五二）[20]という果物の種で将来の職業を占う子どもの遊びをしながら、サクランボ・パイを数えるが、「農童（plough-boy）」があたると「これが私だわ」と子どものように歓喜する。

マンレイサ夫人がポインツ・ホールに住むオリバー家の人々より上の階級の人々と接する場面は『幕間』にはないが、彼女のみがラ・ツロウブの前衛的実験的な芸術を理解するハイブラウな知性、感性をもち合わせていることが物語の終盤で明らかになる。ラ・ツロウブの舞台では、ジャズが秩序を破壊し、混沌をもたらしたのち、フロアにいる「私たち自身」が舞台から鏡の断片のなかに映し出されるパフォーマンスがはじまるが、皆が鏡から目を背けるなか、マンレイサ夫人のみが冷静さを保ち、鏡に映る自分の姿を直視することができる。その後「あなたたちが自分自身に関して見ることのできるすべては、破片とくずと欠片である」（二〇一）という劇のメッセージを「地獄のようなメガホンが誰ともわからずがなり立てた後で」（二〇二）「バッハか、ヘンデルか、ベートーヴェンか、モーツァルトかだれか」の「伝統的な曲」が流れることで、混乱した聴衆に安心感が与えられる。そこで誰かの声がさらに「混沌と不協和音から拍子が生じた」（二〇二）と、ラ・ツロウブの舞台の演出の過程を音楽の生成のプロセスに喩え、舞台がカタストロフィを迎えようとしていることを仄めかすが、多くの聴衆は舞台の展開、意味を理解できずに戸惑っている。そんななかで、マンレイサ夫人のみがラ・ツロウブが舞台で表現したかったもの、すなわち大地の深い割れ目から生じる衝突が、解決し、結合する、というその深淵なプロセスの意味を感受したかのように「目はぬれていた。一瞬間、涙が彼女の白粉をだめにした」（二〇三）と感動の涙を流す。一九三九年現在の「私たち自身」を「破片とくずと断片」とするラ・ツロウブのメッセージを真に理解し得たのは、自らが「破片と断片」としてのポストモダニスト的な主体を生きるマンレイサ夫人だけだったのである。

ジャズがミドルブラウ音楽として戦間期のイギリスで親しまれていたとしても、ジャズを好んだマンレイサ夫人自身がミドルブラウだといえるほど、戦間期イギリスにおけるジャズの立ち位置も、ミドルブラウの定義も単純ではない。そもそもマンレイサ夫人はブラウや階級で人を色分けする硬直した戦間期のイギリス社会を嫌い、その周縁から中心に揺さぶりをかける存在ではなかったか。イングリッシュネスを突き崩すマンレイサ夫人とジャズ——パジェントのクライマックスで、ラ・ツロウブ、そしてウルフが「ジャズ」を用いたイデオロギー的な意味を最後にあらためて見極めていきたい。

六　破壊か、再創造か——アメリカからイギリスのジャズ、そしてモダニズムへ

パストラル・イングランドを描いた『幕間』という作品世界の中心にマンレイサ夫人が現れた当初、彼女は地域コミュニティの存続を脅かす謎だらけの危険な異分子で、低俗、退廃、異人種、狂気のレッテルを貼られ、人々の禁忌と好奇の対象となった。ところが彼女の野生的で自由奔放な言動、立ち居振る舞いは、周囲を徐々に魅了し、保守的で停滞したローカルな世界を活性化していく。ラ・ツロウブのパジェントでは、前衛芸術のよき理解者として、客席からパフォーマンスに貢献し、彼女とジャイルズとの情事は倦怠したアイサとジャイルズと

の夫婦関係を一旦は破壊するものの、作品のエンディングではあらたな生命の誕生、新しいステージの幕開けが示唆される。

危険、低俗、退廃、異人種、狂気――マンレイサ夫人に使われた表現は、まさしくイギリスにおいてアメリカ文化、とくにジャズが受容された際のメタファー、レトリックではなかったか。アブラバネルは『アメリカナイジング・ブリテン――エンターテイメント帝国の時代におけるモダニズムの誕生』のなかで、ハリウッド映画からジャズダンス音楽、ベストセラー小説などのアメリカ文化が当初、「イギリスのロウブラウ文化の知の源泉」（Abravanel 18）であったと指摘する。その後「ミドルブラウという表現がアメリカの商業主義的な大衆文化との関わりを示す表現として現れ」（Napper 8）、イギリスに受容されたアメリカの大衆文化がミドルブラウ文化、イギリスの民衆文化にも馴染んでいく。ジャズがいつのまにか英国民のフォークとなっていたという可笑しな現象をアブラバネルの引用する一九二六年の『パンチ』の諷刺画は捉えている。（図3）ここでは民衆文化（フォークロア）の研究者が「このあたりでフォークダンスはありますか」と問うたのに対し、村のカフェの女性が「ああ、あそこのブルーブルじゃあ、毎晩ジャズばっかりやってるよ！」と応じる。「危険、外国のもの、騒音、狂気」であったはずのジャズが戦間期イギリス文化の隅々にまで浸透していたことがわかるだろう。またロウブラウ、ミドルブラウ文化に広まったジャズをイギリス王室の王、皇太子たちが好んで聴き、宮殿にまでジャズバンドを招いたことはよく知られている。[21] そしてハイブラウを代表するウルフは一九三九年の現在を捉えた『幕間』において、アメリカの大衆向けの娯楽の一形態であるジャズがイギリスのモダニズムになりうることを示したのである（Abravanel 62）。その後、イギリスのジャズは一九三〇年代にすでに「イギリスのジャズファンの割合が発祥地のファンを上回り」（Godbolt 100）、一九四〇年代にはジャズのレコードはアメリカよりもイギリスでよく売れるようになる。そして一九六〇年代はじめに、イギリスは衰退する超大国として自らのアイデンティティを求め

図 3 : "Do You Have Any Folk-Dancing," *Punch,* August 25, 1926 (200)

て足掻くことをやめ、今度は必死でクールになろうとしていた。「戦間期以降、イギリス文化が徹底的にアメリカ化され、ついにはアメリカ文化がブリティッシュになってしまった」(Larkin 100)。このようにアメリカ文化がイギリス文化に浸透しきった結果、ナンシー・キュナードのように英米を股にかけて活動するのが当たり前になり、ビートルズは初期作品にジャズの影響を示しつつ、独自のスタイルで英米侵略を果たしていく。マンレイサ夫人が『幕間』でイングリッシュネスを破壊、再創造し、あらたな幕開けの可能性を開いたように、アメリカ文化、そしてジャズが、イギリス文化を内側から侵食、破壊した結果、大衆に広く受け入れられるあらたなイギリス文化を再創造していったのである。それを英国ミドルブラウ文化と呼ぶことができるかもしれない。

註

本稿は、韓日国際ウルフ学会第三回大会（二〇一六年八月二五―二六日、於国民大学校、ソウル）の発表原稿に加筆・訂正を施したものである。

（1）マーカスは続けて、ウルフが「音楽を言葉で真似たい、ワーグナーがするように、崇高を求める人間の願望を満たすような構造物を構築すること、小説を作曲すること」（Marcus 51）を目指していたと指摘している。ウルフとクラシック音楽に関する先行研究については加藤「《序》「ウルフと音楽」マッピング」を参照のこと。

（2）プツルは『ヴァージニア・ウルフと劇場』のなかでウルフが鑑賞した舞台芸術――劇、オペラ、バレエなど――がウルフの創作に及ぼした影響、さらにウルフ自身が演じ、書いた劇についても精査している。巻末にはウルフが観た作品、ウルフの小説などが舞台化された作品のリストが付表として添付されている（Putzel 199-211）。

（3）ウルフがおしゃれなオックスフォード・ストリートよりも書店が多く集まるチャーリングクロス・ロードを好んだのは、一九一七年クラブに通じる道だったからでもあった（Wilson 153）。

（4）平和と民主主義に興味をもっている人が集まるこのクラブは、のちに英国初の労働党党首の首相となったラムゼイ・マクドナルドを筆頭とした社会主義者たちのクラブだったが、常連リストには民主管理連合のE・D・モレルやイギリス・ファシスト同盟の指導者となるオズワルド・モズレーなどの名前が挙がっている。午後のティータイムには政治色は薄くなり、ウルフやリットン・ストレイチー、および彼の若い崇拝者たちなど、フェビアン協会、ブルームズベリー・グループのメンバーたちのたまり場となった。とはいえ午後の二時半ごろになると、娼婦たちがしどけなく立ちはじめるジェラルド・ストリートにあった「一九一七クラブ」は「いかがわしさの極み（"zenith of disreputability"）」の店であったともウルフは語っている（Schwarz 77-79）。ウルフはまた、クラブに行くだけでなくベリック通りのマーケットでユダヤ人のストールの店でストッキングを買うなど、街で怪しげな取引をしている新旧混在するソーホーの街を楽しんだ（Woolf "Street" 1927 159）。

（5）『幕間』のパジェントでエリザベス女王を手伝いたちが囲む場面を見て、エルムハースツ夫人が「活人画？」（九二）

と言っている。

(6) 世界恐慌後は職を求める失業者たちのたまり場となり、経営陣の政治的な対立もあって、一九三二年には閉店となった（Bellamy 100-02）。

(7)『幕間』からの引用は、外山弥生訳を使用し、訳書のページ数を引用直後のカッコ内に示す。

(8) 欧州各国のジャズへの反応はさまざまで、フランスのシュールレアリストたちはジャズに陶酔し、ナチスドイツは全面禁止とした。

(9) ミュージックホールの苦い経験も、作品の中に生かされていて、『燈台へ』の第二部でマクナブ夫人は「古いミュージックホールの歌」を歌いながら、廃墟と化したラムゼイ家のサマーハウスのなかを歩き回る（一三二）。この年老いた女中の歌う歌は「崩壊したラムゼイ家のサマーハウスの再生の約束」（Scott 103）の役目を果たす。ここで看過できないのは、昔懐かしいミュージックホールの歌が下層階級に結びつけられ、さらに廃墟と化した世界の再生に結びつけられている点である。マクナブ夫人を救世主と神格化する解釈も可能だが、ここではフォークソングとイングリッシュネス、崩壊した英国の再生で呼び起こされるナショナリスティックな拠り所としてのマクナブ夫人の歌を捉えたい（フォークソングと国家の再生のためにフォークソングリバイバルについては後述する）。

(10) ホラーは巨大な猛獣の足音は「ストラヴィンスキーのバレエのダンサーたちが揃って踏むステップの音」（Haller 205）からきているとしている。

(11) パジェントの基礎的な歴史についてはウィズィングトン、一九七一九八。一九〇七年前後に起きたパジェント病（Pageantitis）の広範な歴史研究については吉野（二〇一一）を参照のこと。

(12) パジェントが熱狂的に受け入れられた背景に、吉野は、国粋主義や好戦的なナショナリズムではない「良い愛国心」（Patriotism）を利用したイギリス左翼の政治的意図を読み取る。さらに第一次大戦後は、パジェントがプロパガンダと戦争のための募金活動の手段として変質してきたため、ウルフが『幕間』を書きはじめた一九三八年時点で、すでにパジェントが複雑なイメージを喚起したという点も留意しなくてはならない。（吉野、二〇〇三、五一）

(13) パジェントの外にも『幕間』には音が溢れている。ツバメたちは「耳には聞こえない彼ら自身の野生の心のリズムに合わせて踊る」（六六）し、スウィズン夫人は自分の生まれたベッドのそばで「子供に手をかすときの古い童謡」（七三）を歌った。幕間の終わりにはノスタルジックなマザーグースの童謡が穏やかなワルツの調べにのって流れ、散り散りになっていた人々を呼び集めた（一二〇―二五）。

(14) 蓄音機とファシズムの関係についてはスコットを参照のこと。

(15) 『幕間』と「アノン」については山本、中村を参照のこと。

(16) 映画『小公女』は著作権の保護期間が終了しているため YouTube で視聴可能。『小公女』はフランシス・バーネット原作。テンプル演じる小公女サラは父の出征後、良家の子女向けのロンドンの寄宿学校に入り、財産があるとして特別待遇を受けるが、父の戦死の知らせを聞いた校長は突然、サラを寄宿学校の下働きにしてしまう。校長の兄弟のバーティはサラを信じて、父親を探して退役軍人病院に付き添い、そこで「オールド・ケント・ロード」の歌とダンスを披露する。

(17) サトンはウルフの『ダロウェイ夫人』で、ワーグナーのオペラ『さまよえるオランダ人』、さらには「さまよえるユダヤ人」伝説の構造、メタファーが多く援用されていることを指摘。そしてピーター・ウォルシュを「さまよえるユダヤ人」的キャラクターとみなす。ウルフはしばしばエスタブリッシュメントから疎外された人物、社会で周縁化された人物を「さまよえるユダヤ人」に喩える（サトン、一六四）。『幕間』では、村のコミュニティのなかで、あらゆる意味で周縁化されているマンレイサ夫人をこのような「さまよえるユダヤ人」と捉えることができるだろう。夫が「ユダヤ人」であることからもマンレイサのユダヤ性は確認される。また、幕の終了時に流れる「散りゆくよ、我らは」（“Dispersed are We” 101-03）という曲が歌う「離散」のイメージにも、ユダヤ的なあり方を読み取ることができるだろう。

(18) Wikipedia「ヒースロー空港」「イギリス・フォード」参照。

(19) ジャイルズはシティで働く自分を「英国人のような服装をし、生活をしたがる野蛮人たち」（四八）を相手に債権と株式を売買して人生を過ごす男と自虐的に語るが、その取引相手がマンレイサ夫人のユダヤ人の夫ラルフのイメージと重なっている。

（20）ル・カレ原作の一九七四年のスパイ小説のタイトル *Tinker, Tailor, Soldier, Spy* はこの子どもの占い遊びから来ている。二〇一一年に映画化されたときの日本語のタイトルは『裏切りのサーカス』。

（21）一九一九年、ニューオリンズからディクシーランド・ジャズバンドがイギリスにやってきたとき、バッキンガム宮殿に招かれ、演奏をした。貴族たちは、虫でも見るような眼差しで彼らの演奏の様子を観察していたが、一曲目「タイガー・ラグ」の演奏の最後で、ジョージ五世が賞賛の拍手を送ったおかげで、緊張がほぐれ、二曲目の「オーストリッチ・ウォーク」はやや好意的に受け止められたらしい。またサザン・シンコペーティッド・オーケストラが来英したときも宮殿に招かれ、ジョージ五世は「キャラクタリスティック・ブルース」が気に入ったという（Godbolt 12–13, 18）。その後も王室はジャズに好意的で、とくにエドワード王子もジョージ王子もジャズ好きだった。デューク・エリントンは自伝『音楽はぼくの愛人』（一九七四）のなかで両王子との思い出を綴っている（Godbolt 113–14）。エドワード王子は「ジャズの王様」と呼ばれるポール・ホワイトマンの演奏も聴いている（Godbolt 154）。上流階級、さらには王室がジャズを愛好した当時の様子は、スティーブン・ポリアコフ監督のＢＢＣドラマ『ダンシング・オン・ジ・エッジ』（*Dancing on the Edge*, 2013）や人気ドラマシリーズの『ダウントン・アビー』（*Downton Abbey*, 2010–15）のシーズン四でも描かれている。

引用文献

Abravanel, Genevieve. *Americanizing Britain: The Rise of Modernism in the Age of the Entertainment Empire*. Oxford: Oxford UP, 2012.

Benziman, Gaila. "Dispersed Are We: Mirroring and National Identity in Virginia Woolf's *Between the Acts*." *Journal of Narrative Theory* Jan. 1, 2006.

Bellamy, Joyce M. & John Saville, eds. *Dictionary of Labour Biography*. Vol. 5. London: Palgrave Macmillan, 2014.

Cuddy-Keane, Melba. *Virginia Woolf, the Intellectual, and the Public Sphere*. New York: Cambridge UP, 2003.

Esty, Jed. *A Shrinking Island: Modernism and National Culture in England*. Princeton, New Jersey: Princeton UP, 2004.

Godbolt, Jim. *A History of Jazz in Britain, 1919–1950*. London: Quartet Books, 1984.

Haller, Evelyn. "Her Quill Drawn from the Firebird: Virginia Woolf and the Modern Dances." *The Multiple Muses of Virginia Woolf*. Ed. Diane E. Gillepie. Colombia, Missouri: U of Missouri P, 1993.

Hussey, Mark. *Virginia Woolf A to Z: A Comprehensive Reference for Students, Teachers, and Common Readers to Her Life, Work and Critical Reception*. New York: Facts on File, Inc., 1995: 354.

James, Winston. "A Race Outcast from an Outcast Class: Claude McKay's Experience and Analysis of Britain". *West Indian Intellectuals in Britain*. Ed. Bill Schwarz. Manchester and New York: Manchester UP, 2003. 71–92.

Kato, Megumi. "Jazzing Woolf: Americanizing Middlebrow Culture and Englishness in *Between the Acts*." *The Proceedings of The 3rd Korea-Japan Virginia Woolf Conference*: *Virginia Woolf and Her Legacy in the Age of Globalization* (2016): 101–05.

Larkin, Phillip. *All What Jazz: A Record Diary, 1961–1971*. London: Fabor and Faber, 1985.

Levin, Gerald. "Musical Styles of *the Waves*." *Journal of Narrative Technique* 13.3 (1986): 164–71.

Marcus, Jane. *Virginia Woolf and the Language of Patriarchy*. Bloomington: Indiana UP, 1987.

Napper, Lawrence. *British Cinema and Middlebrow Culture in the Interwar Years*. Exeter: U of Exeter P, 2009.

Parsonage, Catherine. *The Evolution of Jazz in Britain, 1880–1935*. Burlington, VT: Ashgate, 2005.

Putzel, Steven D. *Virginia Woolf and the Theater*. Lanham: Fairleigh Dickinson UP, 2013.

"*Review*: A Dissertation on Jazz," *Era* 29th April, 1919 quoted in Jim Godbolt, *A History of Jazz in Britain, 1919–1950*. London: Quartet Books, 1984, 9.

Schulze, Robin Gail. "Design in Motion: Words, Music, and the Search for Coherence in the Works of Virginia Woolf and Arnold Schoenberg." *Studies in the Literary Imagination* 25.2 (Fall 1992): 5–22.

Schwarz, Bill. *West Indian Intellectuals in Britain*. Manchester UP, 2013.

Scott, Bonnie Kime, "The Subversive Mechanics of Woolf's Gramophone in *Between the Acts*," in *Virginia Woolf in the Age of Mechanical Reproduction*. Ed. Pamela L. Caughie. New York: Garland Pub, 2000.

Sutton, Emma. *Virginia Woolf and Classical Music*. Edinburgh: Edinburgh UP, 2013.

Varga, Adriana. *Virginia Woolf and Music*. Bloomington: Indiana UP, 2014.

Walkowitz, Judith R. *Nights Out: Life in Cosmopolitan London*. New Haven and London: Yale UP, 2012.

Wilson, Jean Moorcroft. *Virginia Woolf's London: A Guide to Bloomsbury and Beyond*. London and New York: Tauris Parke Paperbacks, 2001.

Winchester, Clarence. "Are you a Middle-Brow?" *Radio Times* 13 Nov. 1925.

Withington, Robert. *English Pageantry: A Historical Outline*. Cambridge: Harvard UP, 1918.

Woolf, Virginia. "'Anon' and 'The Reader': Virginia Woolf's Last Essays." Ed. Brenda R. Silver. *Twentieth Century Literature*. Vol. 25 (Autumn, 1979). Duke UP: 356-441.

———. *Between the Acts*. 1941. New York: Harcourt Brace & Company, 1969.［ヴァージニア・ウルフ『幕間』外山弥生訳、みすず書房、一九七七］

———. *The Letters of Virginia Woolf*, 6 vols., Eds. Nigel Nicolson and Joanne Trautmann. London: Hogarth Press, 1977.

———. "Middlebrow." *The Death of Moth and Other Essays*. 1942. San Diego: Harcourt Brace, 1970. 176-86.

———. "Street Haunting." *Collected Essays*. 1927. New York: Harcourt Brace, 1967.

———. *To the Lighthouse*. 1927. New York: Harcourt Brace & Company, 1969.［ヴァージニア・ウルフ『燈台へ』伊吹知勢訳、みすず書房、一九九九］

Yoshino, Ayako. *Pageant Fever: Local History and Consumerism in Edwardian England*. Tokyo: Waseda UP, 2011.

Zimring, Rishona. *Social Dance and the Modernist Imagination in Interwar Britain*. Farnham: Ashgate, 2013.

加藤めぐみ「書評 Genevieve Abravanel, *Americanizing Britain: The Rise of Modernism in the Age of the Entertainment Empire*. Oxford UP, 2012」『ヴァージニア・ウルフ研究』第三〇号（日本ヴァージニア・ウルフ協会、二〇一三）九〇—九四。

———「ブルームズベリー・グループと音楽文化《序》「ウルフと音楽」マッピング」『ヴァージニア・ウルフ研究』第三三号（日本ヴァージニア・ウルフ協会、二〇一六）四七—六〇。

中村優子「*Between the Acts* における Anon の再創造」『日本女子大学英米文学研究』第四一号（日本女子大学、二〇〇六）一一一―二〇。

ホブズボウム、エリック『創られた伝統』前川啓治他訳、紀伊国屋書店、一九九二。

山本妙「自己省察としてのパジェント――『幕間』再読」『言語文化』第一〇―一二号（同志社大学言語文化学会 二〇〇七）二五一―七八。

吉野亜矢子「グローバライゼーション・ウルフ・そしてパジェント――『幕間』の前提としてあるもの」『ヴァージニア・ウルフ研究』第二〇号（日本ヴァージニア・ウルフ協会、二〇〇三）四二―五五。

――「イングリッシュネスあるいは共同体の希求――モダニズムとイングランドの音楽」遠藤不比人ほか編『転回するモダン――イギリス戦間期の文化と文学』研究社、二〇〇八、三二三―三六。

「一つの世界の市民」としての映画観客
――『クロースアップ』誌と映画『サウス・ライディング』にみられるブラウの戦い――

松本　朗

一　はじめに

イギリスにおいて映画というメディアは、少なくともその比較的初期の時代には、ロウブラウの人々が消費するアメリカ型大衆消費文化の商品であるとハイブラウの知識人に考えられていた。それは、リーヴィス夫妻の『スクルーティニー』(*Scrutiny: A Quarterly Review*)誌の創刊号におけるウィリアム・ハンターの記述「これまでにイギリスで製作されたいずれの映画も、(たとえば)優れた小説や詩が要求するような、本格的な批評的研究を正当づけるものとはなりえていない」(61)によっても裏づけられるし、事実、一九一〇年代と一九二〇年代の映画の観客の八割から九割は労働者階級の人々であったため、映画は、労働者階級にとっての現実逃避あるいは気散じ的な娯楽程度のものとしか見なされていなかった(Semenza and Hasenfratz 72–73)。

しかしながら、ヴァージニア・ウルフやガートルード・スタインなど、実験的な作品を手がけるハイブラウとして知られるモダニスト詩人・作家が、大衆消費文化を侮蔑する一方で、映画という新しいメディアに関心を寄せたこともまた事実である。モダニズムと映画の関係は実際アンビヴァレントで、そのことは、ウルフが「シネマ」と題されたエッセイを書いたり、ホガース出版から映画のパンフレットを出版するなど（Marcus 99）しただけでなく、一九二七年から一九三三年にかけて発行された映画誌『クロースアップ』に、スタインが数度にわたって詩を寄稿し、ウルフがエッセイの寄稿を考慮しながらも小説執筆のスケジュールを理由に断念したこと（Donald, Friedberg and Marcus 325）、そして、ブルームズベリー・グループのハイブラウと必ずしも同一視できないものの、H・Dやドロシー・リチャードソンといった前衛グループの芸術運動に関わったモダニスト詩人・作家が、編集者や書き手としてこの雑誌に深く関わったことからも推し量ることができる。(1)

本論では、まず、『クロースアップ』誌というイギリスで初めて創刊された映画批評を専門に扱う定期刊行物に着目する。(2) 同誌が、映画というメディアの格上げ、つまり、批評の場を提供することによって映画がイギリスで高踏的な〈芸術〉としての地位を獲得し、ひいては良質のイギリス映画が製作されるようになる環境づくりを目指して創刊されたことを押さえた上で、同誌の編集長補佐を務めた女性作家ブライアー（Bryher）や定期的寄稿者リチャードソンが、大衆文化としての映画を擁護する立場をとり、ロウブラウと見なされていた当時の映画観客が映画館で得る経験にミドルブラウ的可能性を見出すことによって、同誌のなかにひそかにブラウの戦いとも呼びうるものを持ち込んでいたことを明らかにする。さらに、同時代のイギリス映画産業においても、映画というメディアをミドルブラウ化する試みが見られたことを確認した上で、本論は、ミドルブラウの作家として知られるウィニフレッド・ホルトビーの小説『サウス・ライディング』（*South Riding: An English Landscape*, 1936）を原作とする映画『サウス・ライディング』（*South Riding*, 1938）が製作され、一九三八年に公開されたことに着目する。イギリスの著名な映画監督ヴィクター・サヴィルが監督したこの映画は、従来の映画史研究で取り上げられることは少なかったが、この映像テクストを一九三〇年代のイギリス映画史の文脈に再配置することによって、本論では、このテクストがまさに、当時のイギリス映画産業が抱えていたブラウとナショナリティの問題に一石を投じるものであったことを明らかにする。

二　『クロースアップ』誌が目論む映画の格上げと映画をめぐるブラウの戦い

『クロースアップ』は、スイスのテリテとロンドンにオフィスを置き、編集長ケネス・マクファースン、編集長補佐ブライアーの方針のもと、前掲のスタイン、H・D・リチャードソンを含めた数名の書き手が詩やエッセイを寄せるかたちで一九二七年七月に創刊された月刊誌である（一九三一年一月以降は季刊誌に移行）。第二号ではパリに通信員を置くことを開始し、その後ロンドン、ベルリン、ジュネーヴ、ハリウッド、ニューヨーク、モスクワ、ウィーンの通信員が各地の映画産業の動向を伝えるようになるほか、豊富なスチル写真にくわえて、ソ連の映画監督セルゲイ・エイゼンシュテインのエッセイの英語訳をたびたび収録するなど、充実した内容の国際的な雑誌であった。

この雑誌は、ドキュメンタリー映画運動が興隆した一九二〇年代末から一九三〇年代にかけてのイギリス映画産業において、映画を論じる言語や理論を確立し、映画を前衛的な芸術として論じる言説を流通させる場を提供したと一般的に考えられている(3)（Dusinberre 34–50; Friedberg 1-9; Marcus, 2007, 321–25）(4)。事実、マクファースンも同誌において、映画は「国民の娯楽」などではなく、「究極の芸術的表現」（Macpherson, "As Is" (1928) 10）であると述べる。ただし、マクファースンが「芸術」という言葉で含意しているのは、アマチュアが実験的な映画の製作に参入し、観客も作品解釈にアクティヴに参画することによって、「美学的な可能性を追求する」（Friedberg 15）(5)ことのようである。同誌の観点からいうと、そうした〈芸術的〉映画の模範はソ連映画であり、逆に〈非芸術的〉なものとしてその対極に位置づけられていたのが商業主義的なタイプのハリウッド映画であった[6]。とりわけトーキーの登場以降、同誌におけるハリウッド映画批判は激しさを増すことになる。実際、マクファースンをはじめ多くの男性の書き手が、モダニスト作家を彷彿とさせるハイブラウ的態度でハリウッド映画の価値を貶める一方で、ハリウッド方式に追随しているように見える当時のイギリス映画の状況を憂い、その未来をいかに芸術的な方向へ導くかをめぐる議論を展開していたのである（Potamkin 17–28 ; Birt 284–86 ; Castle 33–40）。

しかしながら、先行研究で指摘されることは少ないが、雑誌全体に流れるこうした反ハリウッド的な通奏低音にノイズをいれるような文章を定期的に寄稿していたのが、ブライアーとリチャードソンであった[7]。たとえばブライアーは、一九二八年二月号に「ハリウッドの擁護」と題されたエッセイを寄せ、「アメリカ映画に描かれる人間心理はすべて偽物で粗悪だと非難囂々の記事を掲載しつづけるイングランドの新聞にはうんざり」（44）であり、凡作の水準はヨーロッパのそれよりアメリカ合衆国のそれのほうがずっと高い」（45）のであって、アメリカ合衆国の東部の人間の気質と西部のそれが異なることを知りもしないイングランドの人間が、アメリカ映画が人間心理を描けていないなどと言えるはずがない（48）と述べる。イングランドの大衆紙を批判しているように見せかけながら、実は『クロースアップ』誌の他の書き手をも暗に揶揄するこのエッセイは、ハリウッド映画をよく吟味もせずにロウブラウ向けの粗悪品と決めつける書き手の無知を鋭く指摘しつつ、映画はローカルな産物なのだから、モンタージュなどの新しい技法などの〈形式〉を云々するのみでなく、その国の国民文化の重層性や複雑さという〈内容〉を理解した上で評価をする必要があるという、ふつうの人でもよくわかる大衆文化の擁護をしている点できわめて重要である。つまりブライアーは、ハリウッド映画の〈芸術的価値〉を擁護しているのではなく、観客が、そこに描かれる国民性の重層性や複雑さを理解できる水準に達するためのいくらかの努力をする必要があるとのミドルブラウ的な態度の重要性を主張しているのである。

おそらくそうした問題意識からだろう、ブライアーは、優れたヨーロッパ映画やソ連映画が上映される場がロンドンの「映画協会」以外にはない上に（Marcus 259–61）、上映されたとしても、検閲が厳しく、性やイデオロギーの面で当局側に〈道徳的に問題がある〉と判断された部分がカットされるイングランドで、優れた作品の私的な映画上映会を一般の人々が開催したり、[8] 知的な観客の共同体をつくるべくシネマ・クラブを作ったりすることの必要性を『クロースアップ』誌上で繰り返し説き、また上映会の開催方法の手順と費用を具体的に記している。[9] 一九二八年五月号において、ルドルフ・シュヴァルツコフというドイツの人民映画協会の常務理事を務める人物が、ドイツの同協会は、「批評眼」を有する映画好きの「大衆」の「育成」（72）を使命としていると述べるエッセイを書いていることと共振するが、スイス在住のブライアーは、ヨーロッパ大陸の各国に比べてイギリスが映画産業という観点からすると後進国にあたり、イデオロギー的な問題は措きつつも、ドイツやソ連のように一般の人々が日常的に良質の映画を鑑賞し、また批評眼を養うことができる環境を構築することが急務であると考えていたようである（Bryher, 1929, 31–36）。もちろん、シネマ・クラブの創設や私的上映会の開催にはマクファースンも賛同していたようだが（Friedberg 15）、マクファースンがそれによって期待したのはアマチュアの人々が実験的な映像を撮りはじめて映画の芸術性をより深く理解することであったのに対して（Macpherson, 1927, 15）、ブライアーがそこまでの前衛性を一般の観客に求めていない点は重要である。

他方、リチャードソンは、「連続する演技」と題されたエッセイを定期的かつ継続的に『クロースアップ』に寄稿していた。その多くは、映画館の観客の経験をときに想像力をまじえながらつづるもので、「意識の流れ」の手法の創始者と言われるリチャードソンならではの文章ともいえるが、とはいえこれは、美的な文章で社会的問題を覆い隠す類のハイブラウ的エッセイではない。たとえばリチャードソンは一九二八年四月号の同エッセイにおいて、イギリスには、「ハイブラウ」と「ロウブラウ」という互いに異質な人々の領域と、その〈あいだ〉

の、両ブラウの「混血」とも言える人々が存在する薄暗い領域の三種類が存在すると述べている（Richardson, 1928a, 46）。そして、ハイブラウ寄りの人々が芸術的映画を称賛し、大衆的映画を非難するイギリスの状況について、こう述べる。

> 大衆的な芸術を糾弾しなければならないと感じるときには、自分がどこに立っているのかを知ろうではありませんか。そして、大衆的な芸術を糾弾することで、自分が、オルタナティヴな基準や相互への交通路となる解釈を拒否しているのだと知ろうではありませんか。（Richardson, 1928b, 48）

このようにリチャードソンは、大衆文化を非難したがる者に身の程を知るように呼びかけることによって、他者の教養や知識のレヴェルにたいする無知が「ブラウ」などという言葉で表現される知性のレヴェルをめぐる曖昧な議論を支えていることをほのめかし、大衆的芸術を批判することの正当性を退ける。そして、「ミドルブラウ」という言葉は使わないものの、ハイブラウとロウブラウという対立項のあいだに存在し、その敵対関係を調停する「オルタナティヴな基準や相互への交通路」となりうるミドルブラウ的な知性のありかたに可能性を託すのである。

そのようなミドルブラウ的な知性のありかたの一例が、「アルカディアの映画館」と副題を付されたリチャードソンの別のエッセイにあらわされているように思われる。

> 都会の映画館の常連客は、映画で得られるいくらかの至福とともに、普遍化された社会生活への入場券という、スラムやフラットや下宿屋や郊外の集合住宅の住民にとっては未知の世界への入場券を手にする。他方、田舎の村や小村の住民

は、社会のなかで教育をすでに受けていて、生まれたときからずっと自然のなかの生活の光景や、そこで得られるあらゆる幸福や艱難辛苦を目にしてきているので、彼らが映画館で手にするのは、映画そのものにくわえて、不断につづく人づきあいからのつかの間の逃避と、つかの間の孤独、それも都会でしか手に入らないと言われている類の孤独である。これらの人々はほんの数時間、一つの世界の市民となり、その顔はすべて、見知らぬよそ者になる。見知らぬ人々をほんの少し目にすることで、元気を回復するのだ。(Richardson, 1928c, 55)

ここで興味深いのは、リチャードソンが、映画館における映画鑑賞を〈都会の経験〉と見なした上で、都会の労働者は、ふだん目にすることのない〈他者の世界〉を映画を通して目にするけれども、田舎の労働者は、そのような〈他者の世界〉の鑑賞にくわえて、田舎の身近な他者とのつきあいから逃れ、都会的な見知らぬ人同士の集合である〈他者〉に自分もなる空間的旅行経験をするために映画館に来ていると述べている点である。テクノロジーによる啓発と疎外が複雑に交錯するこの二重のモダンな経験によって、通常はロウブラウと見なされる映画館の観客は、「一つの世界の市民たち」となり、啓発され疎外された他者同士でつかの間の複雑な〈共同体〉を形成する。ただし、それは現実の生々しい共同体とは異なる。このエッセイが書かれた一九二八年初夏以前には、ロンドンではトーキーが上映される機会はきわめて少なかったため、[10]ここで使われる「一つの世界」という表現には、ローカルの言語の介在がないサイレント映画のみが可能にした〈世界中の映画観客の共同体〉のような〈普遍性〉が含意されている可能性はある。[11]そうしたハイ・モダニスト的美学をリチャードソンが他の『クロースアップ』の書き手と共有していた点は否定できないとしても、一九三〇年代に「世界市民」と言えばハイブラウの言葉であり、ロウブラウは経済的な主体ではあっても消費をつうじて政治的な主体になれるなどという思想はなかった当時の思想史的文脈を想起するなら、この言葉の使用自体が暗にブラウの戦いを仕掛けるものである可能性は十分に考えられる。(12) そのような言葉遣いで示唆されているのは、ロウブラウと通常は見なされる映画館の一般の観客が、〈他者の世界〉を見て啓発されると同時に、世界のなかの一部である自分自身をモダンな都会の大衆の一部として他者化する視点を得ることによって、「オルタナティヴな基準や相互への交通路」を行き来しうる「一つの世界の市民」としての共同性を感知するという、映画の教育的機能に関する指摘である。観客は、疎外されつつ田舎・都会・海外という広がりを有する大きな世界の一部である自分という存在を認識する経験を、映画を観るという経験をつうじて学ぶのである。

言うなれば、ブライアーとリチャードソンは、ハイブラウ志向の男性の批評家がイギリス映画の芸術化をめざす『クロースアップ』誌上で、そうした男性批評家陣を相手に、ひそかにある種のブラウの戦いを仕掛け、大衆映画の鑑賞方法を説いたり、ロウブラウと見なされる人々が映画館という都会のモダニティを感じる空間を経験したりすることによって、世界のありようや、世界における自身の位置づけについて知るという意味での教養や知性を身につけるという、ミドルブラウ的な可能性を映画に見ていたと言える。とはいえ、ここで注意しなくてはならないのは、ブライアーとリチャードソンが新たな可能性を見出すこのミドルブラウ的態度は、アリスン・ライトが「保守的モダニティ」(Light 10) という言葉を使って論じる、モダンながら伝統的で女性的なイングランド性を称揚する内向きの心性とはかけ離れている点である。この二名の女性批評家が示すのは、むしろ、〈コスモポリタン・ミドルブラウ〉とも呼びうる、都会や田舎や海外を含めた世界と自己との関係を相対化することができる、国際的感覚を有する政治的主体としての市民像なのである。

三　イギリス映画産業内部でのイギリス映画の格上げとイギリスのミドルブラウ小説の役割

それでは、『クロースアップ』誌の批評家がその行く末を憂えていたイギリス映画産業は、実際にはどのような状況にあったのだろうか。イギリス映画史の書物の教科書的な記述によれば、一九二〇年代から一九三〇年代にかけては、不況期のイギリス労働者階級の活力と労働のありようをリアリズム的に記録する左翼的なドキュメンタリー映画運動が興隆する一方で（Leach 32-37）、ハンガリー出身の映画監督兼プロデューサー、アレグザンダー・コルダ（Alexander Korda）が、「プレスティッジ・フィルム」と呼ばれるイギリス王室もの映画を王や王妃のプライヴェートかつ腹黒い面を暴露する華麗なコスチューム劇を製作して成功を収めており（37-42）、また当初駆け出しだったアルフレッド・ヒッチコック監督も、イギリスの名プロデューサー、マイケル・バルコンの引き立てのもと、まずはバルコンのゲインズバラ映画社（Gainsborough Pictures）で、後にはゲインズバラ社を吸収したゴーモン・ブリティッシュ社（Gaumont-British）で、一連の優れたサスペンス映画を製作し、その高評価によりハリウッドへの足がかりをつかみつつあった（42-47）[13]。

ただし、右のような教科書的記述からは見えにくいものの、押さえておかなくてはならないのは、第一次世界大戦で活力を失ってから立ち直っていなかったイギリス映画産業と、初期の黄金時代を迎えていたハリウッドの間の、非対称にして複雑な関係である。事実、一九二五年の時点で、イギリス国内で上映されるイギリス製映画の割合は全体の五パーセントにまで落ち込んでいて、残りの九五パーセントはハリウッド映画が占めていた（Glancy, 1998, 59 ; Semenza and Hazenfratz 158）。ここでもう一つ重要なのは、一九二〇年代後半から一九三〇年代のハリウッドにとって、イギリスが最大の輸出先だった点である（Glancy, 1999, 8）。ハリウッドは、さらなる収益をイギリス市場から得るために、ホラー映画に見られる恐怖を煽る映像や性表象や悪漢表象を道徳の観点から厳しく取り締まるイギリスおよび本国の検閲を意識しつつ、家族で訪れる観客にアピールすることを目的に、イギリス文学を原作とするアダプテーション映画を大型予算で製作する複数の企画を戦略的に立てていた（Semenza and Hazenfratz 157–58）。もちろん、一九二〇年代以前から、イギリス文学のアダプテーション映画の製作は、一定の収益を見込める「安全な賭け」として行われており（141）、またそこには、労働者階級や移民などロウブラウと見なされていた人々の娯楽と考えられていた映画の「評判を改善」し（72）、中流階級を劇場に招き寄せたい（176）とのハリウッドのスタジオの思惑もあった。ハリウッドが、一九三〇年代にあらたに大型予算を組んでつぎつぎとイギリス文学のアダプテーション映画を製作した背景には、その圧倒的な資金力とハリウッドで確立された五つか六つの映画ジャンルが世界的にも優位を確保したことを前提に（バザン「映画言語の進化」、一一三―一四）、イギリスにおいてもイギリス文学を借用することによって映画というメディアを格上げしてミドルブラウ化することと、セメンザとヘイゼンフラッツが推測するように、世界を支配する帝国がイギリスからアメリカ合衆国に移行することをスクリーン上で示そうとすること（Semenza and Hazenfratz 158）、という二つの目的があったと考えられる。

このように、イギリスの文化資本であるイギリス文学を借用しながらハリウッドがイギリス映画市場の支配を強めつつある状況を見て、危機感をおぼえたイギリス政府が制定したのが、「映画法（一九二七年）」（The 1927 Cinematograph Films Act）である。これは、配給会社と映画館主に一定の割合のイギリス製映画の配給・上映を義務づけるもので、この法律の制定の結果、イギリス国内で上映されるイギリス製映画の割合は、一九三三年には二〇パーセントにまで上昇した。だがここにはからくりがある。「イギリス製映画」の定義は、大雑把に言えば、

〈イギリス帝国内のスタジオで製作され、労働コストの七五パーセントもその枠内で雇用された者に支払われる映画〉である。これを受けて、アメリカの映画会社は、イギリス国民を経営層とする子会社をイギリスに設立し、実権は親会社が握る、というシステムを構築した。これにもとづいて、アメリカ映画をイギリスで配給・上映することで得られる利益を使って、割当数を満たすための急ごしらえの低品質・低予算映画をイギリスの子会社に数多く製作させる事態が一九二八年から一九三八年にかけてつづいたのである（Glancy, 1998, 59–63）。

この事態を打開するべく改訂された「映画法（一九三八年）」（The 1938 Cinematograph Films Act）では、映画製作の最低予算額をフィルムの長さによって設定することにより、低予算映画の質を改善し、また高予算のイギリス映画を上映する映画館主に報酬を与えることが定められていた。その結果、アメリカ人スタッフとイギリス人スタッフが共同参画するハイブリッドな「イギリス映画」が一九三八年以降に製作されるようになり、これが英米の両国で高い興行成績を上げる新しい状況が生まれる。その典型例が、MGMブリティッシュによって製作された『オックスフォードのヤンキー』（*A Yank at Oxford*, 1938）（マイケル・バルコン（英）製作、ジャック・コンウェイ（米）監督）、『城砦』（*The Citadel*, 1938）（ヴィクター・サヴィル（英）製作、キング・ヴィダー（米）監督）、『チップス先生さようなら』（*Goodbye, Mr. Chips*, 1939）（ヴィクター・サヴィル（英）製作、サム・ウッド（米）監督）の三作品である。(14) しかし、これらの「イギリス映画」は、アメリカ人が見たいと望む「イギリス像」――原作であるスコットランド作家A・J・クローニンの小説『城砦』（*The Citadel*, 1937）やイングランド作家ジェイムズ・ヒルトンの小説『チップス先生さようなら』（*Goodbye, Mr Chips*, 1934）の人物造型やプロットを改変してまで、イギリスを〈伝統に固執し、変化に抵抗する過去志向の、階級に縛られた国〉としてあらわすもの――を提示するものであった上に、MGMブリティッシュに雇用されたイギリス人製作者マイケル・バルコンは、製作過程のすべての重要な決定がカリフォルニアの経営陣によって下されることに腹を立て、早々に辞任することになる（Glancy, 1998, 64–

71 ; Glancy, 1999, 167 ; Semenza and Hasenfratz 158–59, 197–98)。

その後のバルコンがイーリング・スタジオ社（Ealing Studios）の経営層にくわわり、第二次世界大戦後に一連のイーリング・コメディで一時代を築くことになるのはよく知られるとおりである。さらに、イングランド北東部出身の敬虔なメソジスト教徒にして、ヴィクトリア時代的な自助の精神をモットーに一代で近代的な大手製粉会社を築き上げたやり手ビジネスマン、J・アーサー・ランク（J. Arthur Rank）が一九三五年に映画産業に参入し、巨額の資金を投入することによって、一九四〇年代のイギリス映画の黄金時代――デイヴィッド・リーン監督による『逢びき』（*Brief Encounter*, 1945）、『大いなる遺産』（*Great Expectations*, 1946）、『オリヴァー・ツイスト』（*Oliver Twist*, 1948）、ロレンス・オリヴィエ監督による『ヘンリー五世』（*Henry V*, 1945）、『ハムレット』（*Hamlet*, 1948）など「ハリウッドの影響を脱した独創的なイギリス映画」とアンドレ・バザンに言わしめた一時代（バザン「映画言語の進化」、一一五）――を準備することになる（Sandbrook 24–32）。しかしながら、本論がここで注目したいのは、第二次世界大戦後に花開いた、このような〈イギリスやイギリス文学を表象する優れたイギリス映画をイギリス人が製作し、アメリカからイギリス表象を奪還する〉大きな動きの前に、ヴィクター・サヴィル監督の重要作『サウス・ライディング』が歴史のなかに埋もれるように存在することである。

モーズリーが共著のようなかたちでまとめたサヴィルの伝記によれば、サヴィルは、プルデンシャル保険会社の財政的庇護の下にあったコルダのロンドン映画社（London Films）と一九三六年に契約を結び、その後「映画製作人生のなかでもっとも幸せな一八ヶ月間」（89）を過ごしている。この契約は、サヴィル・プロダクションズがプルデンシャル社から融資を受けて自律的に映画を製作できるという当時の映画監督にとっては申し分のないもので、その映画は、コルダとロンドン映画社がアメリカの映画関係者と共同出資でアメリカで設立したユナイテッド・アーティスト社の配給ネットワークで広く海外に配給され、作品さえ優れていれば資金を回収できるはずであった。恵まれた環境を得たサヴィルが満を持して監督として製作したのが『サウス・ライディング』を含めた四作であり、なかでもホルトビーの小説を読んですぐに映画化権を自身で取得して製作した『サウス・ライディング』は、サヴィルが「私の作品のなかで最高の出来」(95) と呼ぶほどの自信作であった。

しかし、ここには誤算があった。作品を製作した後に判明したことだが、配給会社であるユナイテッド・アーティスト社は、サヴィルの映画の宣伝に力をいれる気がまったくなかったのである (90, 97-98)。しかも、サヴィルによれば、一九三〇年代のアメリカの観客は、イギリス英語、とくに地方のアクセントの入ったイギリス英語を、理解しづらいという理由で受けつけようとしなかった (89)。結果的に、『サウス・ライディング』は、批評家からは好評を得たものの興行的には失敗に終わる (97)。そのような憤懣やるかたない状況にあったサヴィルに目をつけたのがMGMのルイス・B・メイヤーで、躊躇と屈辱感はあったものの、サヴィルは一九三七年にMGMブリティッシュと契約を結び、プロデューサーとして前述の『城砦』や『チップス先生さようなら』といった英米の共同作品に携わっていくことになる。なお、『城砦』の映画化権は、サヴィルがクローニンの原作を読んですでに取得していたものであった (99)。

このような一九三〇年代のハリウッドとイギリス映画産業のあいだに見られた不均衡な力のせめぎあいのなかに『サウス・ライディング』を再配置してみると、サヴィルのひそかな重要性にくわえて、彼のイギリス映画にたいする姿勢とこの時代の特徴が浮かび上がってくる。ユダヤ人のアート・ディーラーであった父とイングランド人の母のもとにバーミンガム郊外で一八九五年に生を享けたサヴィルは、労働者階級の人々の困窮状態を日々目にしながら育った (1-2)。そうした経験から、サヴィルが、イギリスが医療改革や教育改革を漸次的に行って、福祉国家へと緩やかに向かっていくさまを描く『城砦』や『サウス・ライディング』を映画化したいと考えるようになったとしても不思議はない。ラファエル・サミュエルが指摘するとおり、クローニンの『城砦』とその映画化作品は、ウェールズの炭坑の表象とイギリスの医療事情に関する問題意識によって、「ベヴァレッジ報告」と同程度に一九四五年の総選挙における労働党の圧勝に貢献したと言われるもので（3-7）、自身で映画化権を取得したこの作品の監督を、キング・ヴィダーという、不況期およびニューディール時代のアメリカを描写する映画『われらの日々の糧』（*Our Daily Bread*, 1934）で、ソ連の共産主義体制の農場を彷彿とさせるかたちでアメリカの農場労働者が労働するさまを描いた（Dickstein 81-82）アメリカ人監督に任せることに賛同したサヴィルには、そうした不況期や社会改革への意識があったと考えられる。また、『サウス・ライディング』が、〈伝統に固執するイングランド〉というアメリカ人が望むイングランド像を懐古的に描写する映画ではなく、戦間期のヨークシャーにおける社会的・経済的に恵まれない人々への福祉政策と搾取の構造を、地方行政と土地開発との複雑なせめぎあいとして描くことによって、そうした「国の状況に声をあげる」（Moseley 97）力強い作品であることはサヴィル自身が述べるとおりである（95）。

つまり、ハリウッドがその圧倒的な力でイギリス映画市場に迫りつつ、ジョージ・キューカー（George Cukor）監督による『デイヴィッド・コパフィールド』（*David Copperfield*, 1934）や『ロミオとジュリエット』（*Romeo and Juliet*, 1936）、マックス・ラインハルト監督による『真夏の夜の夢』（*A Midsummer Night's Dream*, 1935）などでハリウッドが確立した映画言語を使用してイギリス表象やイギリス文学表象を行う一方で、一九二九年に放送を開始したBBCテレビが一九三〇年代には『十二夜』（*Twelfth Night*, 1937）、『から騒ぎ』（*Much Ado About Nothing*, 1937）、『ジュリアス・シーザー』（*Julius Caesar*, 1938）など、古典とされるイギリス文学のアダプテーション作品を放映していたという、イギリス映画にとっては不利な状況（Semenza and Hasenfratz 200）が重なるなかで、サヴィルはむしろ、イギリス人が製作するイギリス映画として、イングランドを新しいイメージで表象し、変革を訴える同時代のミドルブラウ小説を原作とするアダプテーション映画の製作に取り組む方向を選択したと言える。言い換えれば、イギリス人が同時代のミドルブラウ向けの小説を基に、旧来の〈イングランド性〉を再定義し、ふつうの人々にたいする福祉政策が重視されはじめた変革期のイギリスを表象するだけでなく、新しいイギリス映画をグローバルに売り出す一九三〇年代の試みがアメリカの配給会社によって挫かれた例として、『サウス・ライディング』を再解釈する必要がある。

四　ヴィクター・サヴィル監督『サウス・ライディング』

映画『サウス・ライディング』は、南アフリカやロンドンで教鞭をとった経験をもつ労働者階級出身のヒロイン、サラ・バートン（エドナ・ベスト）が、故郷ヨークシャーのサウス・ライディングの公立女子校の校長に就任し、スラムのトレーラーハウスに住む少女リディア・ホリーをはじめとする地域の貧しい子女たちの教育環境を整備するべく、教室での指導や奨学金・助成金の獲得に奔走する物語である。サラの奮闘と並行して描かれるのは、サウス・ライディングの都市開発問題をめぐる州議会議員たちの複雑な関係である。開発に反対する保守主義者にして自宅であるカントリーハウスの維持と借金に苦悩するロバート・カーン（ラルフ・リチャードソン）、都市開発で利益を得るだけでなく汚職の方法をも考案する資本家議員スネイス（ミルトン・ロズナー）とその手下として不正な土地投機に手を染める教区牧師の議員ハギンズ（エドマンド・グウェン）、思想信条からスネイスが提案する都市開発に賛成し、スラムの人々の生活の改善をめざす社会主義者の議員アステル（ジョン・クレメンツ）など、人物たちの動きが複雑かつ矛盾をはらんだ群像劇としてあらわされ、エンディングでは、カーンのカントリーハウスが公立学校の校舎として生まれ変わり、ジョージ五世の戴冠式の日に地域住民が地域の新しい再生を言祝ぐことになる。このようにプロットを概略すると、この映画テクストは、Q・D・リーヴィスが批判した一九三〇年代のミドルブラウ的美学に基づいた小説群——家族や共同体の生活を描いて道徳的あるいは政治的メッセージを明確なかたちで伝えるシリアスなリアリズム小説（Leavis 77 ; Napper 93, 118）——の典型例であり、さらに言えば、一九三〇年代に階級と地域をこえた新しいイギリス像を善意のネイションの観点から描くことでイギリス国民がリベラルなコンセンサスで結びつくさまをあらわした戦間期のミドルブラウ文化としてのイギリス映画（Napper 126–27）の一例とも言えるのかもしれない。[15]

しかしながら、異なる階級や地域出身の人物たちがともに歌い踊る物語という映画テクストの〈内容〉のみをナショナルなミドルブラウ文化として論じるナッパーの議論では、サヴィルが『サウス・ライディング』の形式面をあわせて仕掛けたブラウの戦い、そして、ヒロインの身体の表象をつうじてあらわされる〈イギリス〉対〈アメリカ〉の文化の交渉の側面が、見落とされているように思われる。以下、それらについて見ていきたい。

まず、『サウス・ライディング』の形式面において、一九四〇年代前半から一九五〇年代にかけてイタリアで見られたネオレアリズモを先取りするような、ある種のミドルブラウ的なリアリズムの撮影技法が見られることを確認したい。ネオレアリズモとしばしば呼ばれる一九四〇年代の一連のイタリア映画のリアリズムを、「映画言語としての大いなる発展」（「映画におけるリアリズム」、九三）にして「革命的ヒューマニズムを守っている唯一の映画」（八四）形式として高く評価したアンドレ・バザンによれば、ネオレアリズモとは、現実的なものを、全体的な意識による全体的な描写として描くものである（九四—九八、岡田、七—八）。ハイブラウ的な前衛性ではなく、日常語を模範とした平易で直接的な言語を重要視するネオレアリズモが登場した背景には、一九三〇年代のイタリアのファシズムの文化への抵抗と市民の政治参加を重要視する姿勢にくわえて、エイゼンシュテインに代表されるモンタージュの理論と実践やカット割りを仮想敵に想定した、レンズの被写界深度を深くして視野の全体を一様に鮮明に写しだそうとの意識があると言われる。そのような、本稿の文脈ではミドルブラウ的とも呼ぶことができる理念と技法について、バザンはつぎのように述べる。

もはや、カット割りが観客のために見るべき対象を選択し、そうすることで対象にあらかじめ決められた「意味」を与えるのではない。観客の精神こそが、連続する現実というこの三次元六面体の空間——スクリーンをその切断面とする——のうちに身を置いて、その場面に固有の劇的な波長分布《スペクトル》を見きわめるよう求められているのだ。（バザン「映画におけるリアリズム」、九八、傍点筆者）

グリフィスやエイゼンシュテインが洗練させた、クロースアップを多用したカット割りなど、観客が注目すべき対象をお膳立てする技法については、一九二〇年代の『クロースアップ』誌のハイブラウ知識人が論じたとおりであり、また、観客の側もそうした映画の見方に慣れていった。だが、一九四〇年代のイタリアのリアリズムが目指したのは、そうした流れに抗して、観客に連続的な映像を知覚する意識を回復させることであった。ここでいみじくもリチャードソンが用いた「連続する演技」と共振する「連続する現実」という言葉が使われていることは興味深いが、注意したいのは、そのようにあらかじめ焦点を定められていない複雑な現実全体を連続的に〈見る〉能力を観客に取り戻させる挑戦的とも教育的とも解釈できる、ある意味で観客をミドルブラウ化する試みが、『サウス・ライディング』の重要な場面でも見られることである。言うなれば、ネオレアリズモに見られる新たなリアリズムの萌芽的なありようを、一九三八年のサヴィル監督の映画テクストに見出すことができるのだ。

　実際、映画テクストの冒頭近くに、物語の対立項を端的に示すシークエンスが置かれている。サウス・ライディングの一角で、都市整備の一環として舗装道路を建設するべく建設会社の労働者が作業をしているのだが、そ

図１：*South Riding* (00:10:54-00:10:56)
縦のラインに伸びる道の奥から狩猟帰りの馬上の貴族がこちらへ向かってきて、手前の道路工事現場という地面に立って働く労働者階級の人びとと対決するさまが線と空間で示されている。

こへ、馬に乗った狩猟帰りのカントリーハウスの客の貴族たち一〇数名が犬三〇頭ほどを連れて通りかかる場面が被写界深度の深い映像で映し出される。馬と犬が通れないと馬上から居丈高に文句をつける貴族にたいして、ハギンズが地方の労働者階級出身のアクセントを感じさせる英語で応酬するのだが、そのような聴覚で聞きとられる二者の衝突として並行して、映像面でも、馬に乗った貴族たちや一群の狩猟犬が舗装したての足元の道路を踏みつけて工事の作業を台無しにしながら画面右から左へと横切るさまが、階級の上下を感じさせる上から下へのやりとりと、貴族の傍若無人さを示唆する、地べたを右から左へ踏みつけていくかたちで示される（『サウス・ライディング』00:06:25-00:07:30）。この二者の衝突は、工事作業車の騒音で馬が驚いて走り出すシーンでも反復され、こちらでは騎乗者の怪我と馬の死という大きな被害が生じることになる（『サウス・ライディング』00:10:50-00:12:10）。これらのシークエンスは、道路建設工事という都市開発を示唆する地方自治の一シーンを背景に、馬上の貴族と工事現場の作業員という互いに相容れない形象同士を被写界深度の深い画面に置くことによって、なにか異物をがりっと噛んだような感覚を観客に与えると同時に、以前から存在した階級間の対立が、〈古きイングランドの伝統〉と〈資本主義を支持する新しい開発派勢力〉という新しいかたちの衝突として展開される時代が到来していることを示す。このようにスクリーン全体をありのままに細部まで見ることを要請するシークエンスが集められてこのリアリズムを意識した映画テクスト全体は仕上げられており、観客は、画面全体を見て時代の変容を感知することを要請されているのである。

同様の〈旧勢力〉と〈新興勢力〉の対立は、カントリーハウスの壁面にかけられた、現在は精神を病んでいて入院中である邸の女主人の大きな肖像画と、労働者階級出身ながら教育を受けて中流階級に上昇し、自動車と洗練されたファッションと化粧を自身の記号にしてモダニティと移動性と行動力を体現するヒロイン、サラという、二種類の対照的な女性の表象によっても示される。カントリーハウスの女相続人であるカーンの妻が白いドレスを着た貴族的な姿で描かれている大きな肖像画は、その身分を象徴するかのように邸の目立つところにかけられている。そのように、じっさいには不在である肖像画の人物がつねに存在感を主張するなか、精神的に不安定なところがあるカーン家の一人娘ミッジが、肖像画で母親が身につけているものと同じドレスを着て母親の生き写しの相貌と表情で父親をギョッとさせるシーンがある（『サウス・ライディング』00:17:50–00:20:00）。このシークエンスは、母親の相貌だけでなく神経の病がミッジに遺伝している可能性を示唆することによって、肖像画の像が過去の亡霊のように邸の血統や精神を支配していることを示している。このように女主人の肖像画は、なにか霊的なものとして、カントリーハウスに住むカーンと娘を静的で冷たいイメージで縛るものとして表象されており、その束縛は女主人の病院の治療代という経済面にも及んでいる。

図2：*South Riding* (00:47:17)
亡霊的な過去の像（貴族女性）と対峙するサラ。

他方、もうひとりの女性像であるサラは、肖像画の像とは対照的に、動的で血の通った身体性およびモダニティによって彩られていて、そのモダニティはときに破壊的ですらある。たとえば初めて登場する場面において、サラは洗練された都会的ファッションに身をつつんだ姿で自動車を運転する姿で登場するのだが、その自動車のエンジンの轟音が、狩猟に出かけるカーン家一行の馬の一頭をおののかせ、そのせいで馬が両前足を高くあげて騎乗者を振り落としかける（『サウス・ライディング』00:10:10–00:10:50）。このシークエンスでも観客は、長回しの被写界深度の深い画面で、貴族が狩猟にでかける田舎のイングランドの緑の空間にモダニティを代表する人物が闖入するという〈田舎〉と〈都会〉の空間の衝突を聴覚的かつ視覚的に感知するよう要請されている。しかもその直後の公立女子学校の校長を決める面接のシーンで、その応募者である四〇歳前後の独身女性サラが、単なる都会性を有する職業婦人というだけでなく、ヨークシャーの労働者階級出身で、南アフリカとロンドンで教鞭をとった経験をもつ、階級上昇を果たした帝国的経験を有する人物であることが明らかにされると

図 3：*South Riding* (00:47:29)
サラのミディアム・ショットが〈ふれずにはいられない魅力〉を湛えたものとして示される。

き、彼女があらわすモダニティや移動性《モビリティ》が国境や階級の境をこえるスケールを有することが示される。面接で化粧をすることを公言して酒やタバコを嗜むサラは、消費文化の商品を消費して自身を見せる快楽を肯定する、アメリカ型大衆消費文化を代理的に表象するモダンガールとして表象されており、イングランドの田舎の中流階級の規範では家庭内の領域にとどめられていた女性性を大衆消費文化の力で外へと解放しつつ、女性性を受動性ではなく能動性へと反転させるダイナミズムを有する像としてあらわされている。

プロット上で鍵となるのは、その二つの女性像がじっさいに対面する瞬間である。サラが偶然に牛舎のなかで牛に出産をさせるカーンを目にして、その手助けをした後、邸の相続人であるカーンの妻の肖像画と真正面から対面して夫妻のこれまでのいきさつを聞くシークエンスがある（『サウス・ライディング』00:44:00–00:53:31）。それまで保守派と革新派として反感を抱きあっていたカーンとサラは、壁に映る光と影としてあらわされて神秘的に見えるような仕掛けが施された牛の出産で心理的距離を縮めた後、フラッシュバックの手法で語られるカーンと妻の話を共有する。その過程で、語るカーンと一心に耳を傾けるサラのフォトジェニックなクロースアップが、フラッシュバックの途中で意味ありげに複数回はさまれる。そして、過去の話が終わり、再び肖像画のショットに戻った後、カーンが不意に衝動的にサラの頬に触れ、キスをする。過去の静止した像である入院中の妻よりも、未来をあらわす動的でモダンな女性像の魅力に引き寄せられる、カントリーハウスの主である地主の男性がイングランドの規範から逸脱する危険な刹那である。

その瞬間的なサラの危険な魅力について、ここでフォトジェニックという言葉を定義もせずに使ったが、岡田温司によれば、ジャン・エプスタンによって練り上げられたフォトジェニーの概念は、さきに言及したネオレアリズモ同様、エイゼンシュテインが発展させたモンタージュ技法の対極的なものとして考えられるという（二九）。もっとも、「光を生み出すもの」という意味の造語であるフォトジェニーを作品のなかで特定するのは容易ではないらしいが、フォトジェニーの概念に関して重要なのは、光を生み出すこと、エフェメラルであること、そして、「ほとんど触覚的なやり方で観客の身体と感情に働きかけてくる」（岡田、三一）ことである。なかでも、この身体と感情に訴えかける触覚性こそが、ハイブラウ寄りのエイゼンシュテインによって開発された視覚の欺瞞性や人工性を利用する技法モンタージュとエプスタンが論じるフォトジェニーの概念とを大きく分ける指標となる。ここで重要なのは、牛の出産に共同で携わるという身体を使う労働をした後、カーンが自身の苦悩の源泉である妻の話をし、それをサラが聞くことによって、サラのクロースアップがフォトジェニーと呼びうる、カーンが衝動的に触れずにはいられない〈なにか身体と感情に訴えかけるもの〉を喚起したことである。このフォトジェニーの技法に、観客は、〈霊的なもの〉をあらわす貴族文化と、〈身体的〉にして〈国境横断的〉なモダンな文化が交錯するだけでなく、モダンな文化が勝利を収め支配するさまを体感するのであり、また事実、プロットにおいてサラが地域の対立する要素をまとめ上げていく象徴的な形象となる。エンディングでカントリーハウスが学校の校舎に生まれ変わり、戴冠式に住民が参加して地域住民全員でエルガーの「希望と栄光の国」を合唱する、ミュージック・ホールの集団的一体感を連想させるシーンは、エイゼンシュテインの『戦艦ポチョムキン』（一九二〇）、『ストライキ』（一九二四）、『十月』（一九二七）における、革命的人民の団結を想起させる群集の表象（バック゠モース、一八六―八七）を意識しつつも、それをイギリスの田舎のミドルブラウ性に帰着させるものだろう。

このように、映画『サウス・ライディング』は、一九四〇年代前半にイタリアのネオレアリズモが創始し、後にアメリカのオーソン・ウェルズ監督によって継承され発展させられたと言われる、観客に映画の見方を再教育する新しいリアリズムを先取りする手法を用いている。一般の多くの観客に画面を意識的に見るように要請するそのあり方、そして、国境横断的に文化が交渉し、身体性と情動性を帯びたモダニティが勝利してゆくさまを感知するよう迫る映像は、本稿の文脈に照らすなら、ミドルブラウ的ととらえることができる。周知のとおりこのようなミドルブラウ文化のあり方は、リーヴィスによって侮蔑され、アメリカ合衆国の配給会社によって切り捨てられてきたわけだが、しかし、イギリス映画史を映画に関する国際的文脈のなかに再配置して歴史化すると見えてくるのは、むしろサヴィルの技法の先見性である。その数年後にイタリアのネオレアリズモというかたちで顕在化するものを先取りする、コスモポリタン・ミドルブラウとも呼べるそのありようは、ブライアーやリチャードソンがハイブラウの男性知識人に仕掛けたブラウの戦いとパラレルをなす、「一つの世界の市民」の養成をめざすものと見なせるのではないだろうか。そして、そのようにハイブラウとの相克の文脈のなかに置き直すことによって、イギリス戦間期のミドルブラウ文化の外向きのダイナミズムを可視化することができるのではないだろうか。

註

本論文は、ＪＳＰＳ科研費26370293の助成を受けている。

（1）一九二五年に「映画協会」（The Film Society）がロンドンで設立された際に、ブルームズベリー・グループのロジャー・フライやジョン・メイナード・ケインズが文化を「向上」させるためとの信念から設立に関わっている（Marcus 99）こともモダニズムと映画のアンビヴァレントな関係を物語っている。

（2）映画ファン向けの情報を扱う雑誌も存在したが、それらは、ここで扱う批評的な定期刊行物には含めない。また、映画を専門に扱う雑誌でない雑誌に映画評が掲載されていたことは事実である。

（3）一九一〇年代、一九二〇年代のイギリスにおいて、『デイリー・メイル』紙や『ヴォーグ』誌等に映画評は掲載されるようになっていたが、〈映画を論じる言語〉が構築されたり映画批評がなされるには至っていなかった（Marcus 238–45）。一九一〇年代、一九二〇年代は、映画と演劇の違いや道徳の問題が焦点になっていたらしい（245–59）。

（4）映画とモダニズム文学の関係をさぐる最近の研究でも、Ｈ・Ｄの前衛的な詩の形式と『クロースアップ』誌における映画の技法に関する言説との関連などが指摘されており（McCabe 140–83）、同誌の言説の傾向はハイブラウなモダニズム寄りものもと見なされているようである。

（5）たとえば一九二八年九月号はソ連映画特集のような構成となっている（マクファースンは、ソ連の観客の鑑識眼についてもふれている）。

（6）『クロースアップ』誌上のハリウッド映画批判は枚挙に暇がないが、一例としては、ハワードを参照のこと。ハワードは、ハリウッドが製作した最初のトーキー『ジャズ・シンガー』が「常軌を逸した制作会社が財務的に行き詰まってただ金が欲しい状態に陥って生み出された」ものと述べている（Howard 37）。

（7）ローラ・マーカスの議論では、ブライアーの文章については精神分析と映画の関連（326–36）およびソ連映画への関心（339–43）から議論がなされ、リチャードソンの文章については、主に意識やジェンダーといった観点から議論がなされている（350–59）。ただし、排他的で階級意識を感じさせる演劇というメディアに比べて、映画がより集団的で、階層性を排する効果を有するメディアであるとリチャードソンが議論していることについて、ローラ・マーカスは、本論とは異なる観点から言及している（298）。

（8）ロンドンの映画協会で上映会が開催されたとき、集ったのはブルームズベリー・グループのメンバーや作家など知識人ばかりであったという（Marcus 164-66）。ブライアーが私的な上映会やシネマクラブの創設を提唱した理由はそのあたりにもあるかもしれない。

（9）具体的には、ブライアーは、一九二八年五月号、一九二八年六月号、一九二八年一二月号、一九二九年五月号、一九三〇年三月号でそうした議論をするだけでなく、上映会を行う際の当局への手続きや機材のレンタルにかかる費用等についても詳しく報告し、読者への手引きを示している。一九二九年五月号からは、映画のプロジェクターの広告を同誌に掲載しはじめて、プロジェクターはレンタルするより購入するほうが安価に上映会を開催できるとの実際的な助言をしている。

（10）『ジャズ・シンガー』は一九二七年一〇月にアメリカ合衆国で公開されたが、この映画テクストに関する議論が『クロースアップ』誌上で見られるようになるのは一九二九年一月号以降である。したがって、リチャードソンも一九二八年初夏の時点ではトーキーを経験していないと推測している。

（11）トーキーの登場が映画に付された普遍性の神話を打ち砕いたことは、『クロースアップ』誌の廃刊にもつながっている（Friedberg 25-26 ; Marcus 336）。

（12）その意味において、ここでの「世界の市民」という言葉は、柄谷が論じるアソシエーションの問題と結びつく可能性はある（四二一）。

（13）一九三〇年代には、グレイシー・フィールズ（Gracie Fields）やジョージ・フォーンビー（George Formby）のミュージカル・コメディも大人気を博していたが、これらは通常は、低予算で製作された、ミュージック・ホール等のヴィクトリア時代の大衆演劇の伝統を受け継いだ労働者階級が好むタイプの大衆的作品だと見なされており（Sandbrook 28）、イギリス映画史の教科書では重要視されていない。

（14）ＭＧＭの三作品が典型例とされる理由は、ロイ・モーズリーが共著者となっているヴィクター・サヴィルの伝記によれば、アメリカ人のなかでも、同社の設立者の一人でありプロデューサーでもあるルイス・B・メイヤー（アメリカ人だが、出身はロシアである）のみが、海外から利益を搾取するだけでなく、アメリカ国外の俳優やスタッフを養成しその国の映画産業の発展を手助けすることで映画産業全体の発展を促すことの重要性を認識していたからだという（99）。

（15）同様の解釈を示す論として、オルドゲートとリチャーズの研究書の第三章「コンセンサスの時代――『サウス・ライディング』」を参照。

引用文献

Aldgate, Anthony and Jeffrey Richards. *Best of British: Cinema and Society from 1930 to the Present*. London: I. B. Tauris, 2009.

Baxendale, John, and Christopher Pawling, ed. *Narrating the Thirties: A Decade in the Making: 1930 to the Present*. Basingstoke: Macmillan, 1996.

Birt, Dan. "Be British." *Close Up* 8. 4 (December 1931): 284–86.

Bryher. "Defence of Hollywood." *Close Up* 2. 2 (February 1928): 44–51.

———. "How I Would Start a Film Club." *Close Up* 2. 6 (June 1929): 30–36.

Castle, Hugh. "The Future of the English Cinema." *Close Up* 4. 4 (April 1929): 33–40.

Coxhead, E. "Towards A Co-Operative Cinema." *Close Up* 10.2 (June 1933): 133–37.

Curran, James, and Vincent Porter, ed. *British Cinema History*. London: Weidenfeld and Nicolson, 1983.

Dickstein, Morris. *Dancing in the Dark: A Cultural History of the Great Depression*. New York: W. W. Norton, 2009.

Donald, James, Anne Friedberg and Laura Marcus, ed. *Close Up 1927–1933: Cinema and Modernism*. Princeton: Princeton UP, 1998.

Dusinberre, Deke. "The Avant-garde Attitude in the Thirties." *Traditions of Independence: British Cinema in the Thirties*. Ed. Don Macpherson. London: British Film Institute, 1980.

Friedberg, Anne. "Introduction: Reading *Close Up*, 1927–1933." Donald, Friedberg and Marcus. 1–26.

Glancy, H. Mark. "Hollywood and Britain: MGM and the British 'Quota' Legislation." Richards 57–72.

———. *When Hollywood Loved Britain: The Hollywood 'British' Film 1939–45*. Manchester: Manchester UP, 1999.

Howard, Clifford. "A New Hollywood." *Close Up* 4. 2 (February 1929): 37–40.

Hunter, William. "The Art Form of Democracy?" *Scrutiny* 1. 1 (May 1932): 61–65.

Leach, Jim. *British Film*. Cambridge: Cambridge UP, 2004.

Leavis, Q. D. *Fiction and the Reading Public*. London: Chatto & Windus, 1932.

Light, Alison. *Forever England: Femininity, Literature and Conservatism between the Wars*. London: Routledge, 1991.

Macpherson, Kenneth. "As Is." *Close Up* 1. 1 (July 1927): 5–15.

———. "As Is." *Close Up* 2. 2 (February 1928): 5–16.

Marcus, Laura. *The Tenth Muse: Writing about Cinema in the Modernist Period*. Oxford: Oxford UP, 2007.

McCabe, Susan. *Cinematic Modernism: Modernist Poetry and Film*. Cambridge: Cambridge UP, 2005.

Moseley, Roy. *Evergreen: Victor Saville in His Own Words*. Carbondale: Southern Illinois UP, 2000.

Napper, Lawrence. *British Cinema and Middlebrow Culture in the Interwar Years*. Exeter: U of Exeter P, 2009.

Potamkin, Harry Alan. "The English Cinema." *Close Up* 4. 3 (March 1929): 17–28.

Richards, Jeffrey, ed. *The Unknown 1930s: An Alternative History of the British Cinema, 1929–1939*. London: I. B. Tauris, 1998.

Richardson, Dorothy. "Continuous Performance VII: The Front Rows." *Close Up* 2. 1 (January 1928): 59–64. (a)

———. "Continuous Performance IX: The Thoroughly Popular Film." *Close Up* 2. 4 (April 1928): 44–50. (b)

———. "Continuous Performance XII: The Cinema in Arcady." *Close Up* 3. 1 (July 1928): 52–57. (c)

Robertson, James C. *The Hidden Cinema: British Film Censorship in Action, 1913–1975*. London: Routledge, 1989.

Samuel, Raphael. "North and South." *London Review of Books*. 17: 12 (22 June 1995) 3–7.

Sandbrook, Dominic. *The Great British Dream Factory: The Strange History of Our National Imagination*. 2015. London: Penguin, 2016.

Schwartzkopf, Rudolf. "Volksverband Für Filmkunst." *Close Up* 2. 5 (May 1928): 71–75.
Semenza, Greg M. Colón, and Bob Hasenfratz. *The History of British Literature on Film 1895–2015*. New York: Bloomsbury, 2015.
Sexton, Jamie. *Alternative Film Culture in Inter-War Britain*. Exeter: U of Exeter P, 2008.
Stollery, Martin. *Alternative Empires: European Modernist Cinemas and Cultures of Imperialism*. Exeter: U of Exeter P, 2000.
Trotter, David. *Cinema and Modernism*. Oxford: Blackwell, 2007.
Williams, Raymond. "British Film History: New Perspectives." Curran and Porter. 9–23.
大道千穂「おひとりさまのロンドン――『遍歴』に見る働く独身女性表象と現代」『終わらないフェミニズム――「働く」女たちの言葉と欲望』河野真太郎・麻生えりか・秦邦生・松永典子編、研究社、二〇一六、三一―三〇。
岡田温司『映画は絵画のように――静止・運動・時間』岩波書店、二〇一五。
柄谷行人『世界史の構造』岩波書店、二〇一〇。
バザン、アンドレ「映画言語の進化」、『映画とは何か（上）』野崎歓・大原宣久・谷本道昭訳、岩波書店、二〇一五、一〇三―一三五。
――「映画におけるリアリズムと解放時のイタリア派」『映画とは何か（下）』野崎歓・大原宣久・谷本道昭訳、岩波書店、二〇一五、七四―一二六。
バック＝モース、スーザン『夢の世界とカタストロフィ――東西における大衆ユートピアの消滅』堀江則雄訳、岩波書店、二〇〇八。

映画資料

Saville, Victor, director. *South Riding*. Retro Flix, 2011.

あるミドルブラウ作家の挑戦
――新たな秘密の花園を求めて――

前　協　子

一　はじめに

ルーマー・ゴッデンは一九三五年に大人向けの小説の書き手として出発し児童文学において人形や小動物の登場するファンタジー作品を織り交ぜつつ、九〇歳でその生涯を閉じるまで数々のリアリズム作品を著した。イギリスのイーストボーンで生まれたものの父親の仕事の都合で当時イギリス領であったインドに移り住んだ彼女は当時の慣習に倣って祖国で教育をうける機会を得はしたが（第一次大戦の開戦のため再びインドに戻り）、その後もイギリスとインドを何回も行き来することになった。イギリスで教育をうけたのちに再びインドに戻ったゴッデンはその小説の舞台にインド暮らしの自らの経験を生かした作品を多く世に問うた。小説以外に詩やアンソロジー、伝記を含むノンフィクションなど多作であった彼女はその多作さゆえにさまざまなジャンルで人気を得たが、一度読まれたら忘れられてしまうような消費されるだけの作家として扱われることが多かった。

しかし近年『ミドルブラウ女性作家の小説』の著者ニコラ・ハンブルやメアリー・グローヴァーらによって彼

図１：ルーマー・ゴッデン
© ルーマー・ゴッデン・リテラリー・トラスト

女のような周縁化された作家たちの復権が語られるようになってきた。ミドルブラウとは、「二〇世紀イギリス文化を代表する概念」のひとつである。（武藤、一六）「新中流階級（下層中流）と新メディア文化（放送）の勃興とともに一九二〇年代英国に生まれた新語『ミドルブラウ』。その文化は高級（ハイブラウ）と低級（ロウブラウ）の間に立ち、ある時はその両方を批判し、ある時は都合よく双方から吸収統合して、ある限界を有しつつも新しい国民文化を形成し」た（武藤、一六）[1]。ミドルブラウ作家の共通点は「適度な娯楽と教養を兼ね備えた軽い読み物を書いたこと、そして一般の人に自身の本が読まれ、売れることを重要視していたことだという（秦、二二七）。実際、当時のミドルブラウの女性作家たち（例えばドロシー・セイヤーズやウィニフレッド・ホルトビー、ヴェラ・ブリテンなど）の商業的成功は明らかで、彼女たちはイギリス文化の重要な一翼を担っていた（松本、六〇）。ハンブルによれば、ミドルブラウの女性作家に対しては「馴れ合い的で独善的な文学」を書く作家という批判もあるが「純粋に楽しみのための身体的な喜びと結びついた読書をもたらす、実は繊細で融通の利く文学」（二二二―二二四）であるという。子どもが主人公あるいは子ども向けの文学だからと言って「社会構造やイデオロギーを変えることを交渉したり読者の新しい階級やジェンダー、アイデンティティを強化したり疑問を呈したりする」（Humble 255–56；Tew 143）ことが描かれていないとどうして言えるだろうか。否、子どもに向けての文学のなかでも、ミドルブラウの女性作家たちは保守主義《コンサーヴァティズム》と急進主義《ラディカリズム》のバランスを取ろうとしたり、それぞれに揺さぶりをかけようとしているのではないだろうか、もちろんそれが成功しているばかりではないとしても。

この小論ではゴッデンの中篇小説を[2]「庭」「庭つくり」という視点から考察する。彼女の描く「庭」を彼女自身が長く暮らしたインドの庭とヨーロッパの庭――ロンドンの庭、フランスの庭――に分け、それぞれを「子どもが庭つくりを通して成長する物語」の元祖であるフランシス・ホジソン・バーネットの『秘密の花園』（*The Secret Garden*, 1911）を参照しながら読んでいく。[3]そのうえでルーマー・ゴッデンのミドルブラウ作家としての試み――家庭、女性性、保守性のイメージから逸脱した成長過程にある子どもたちをあえて、保守主義と急進主義の間で葛藤する存在として描こうとしていること――について、その挑戦と限界について検討したい。

英文学における「庭」のイメージの果たす役割の重要性は今さら言うまでもないだろう。[4]多くの作家たちが「庭」を理想郷として――児童文学ならば、アリスの二つの庭や、ピーター・パンのキングストンガーデン、くまのプーさんの魔法の庭など――を描いてきた。人類の歴史における堕落以前の楽園という概念は、人間の各々の人生に置き換えるとするならば失われたエデンの園は過ぎ去った子ども時代と重ねられる。ロマン派の詩人が子どもの汚れなき無垢なヴィジョンを至高のものとうたいあげて以降、エデンの園としての子ども時代のイメージは文学のなかに定着してきたのである。

ゴッデンは、先にも述べたようにインドとイギリスを行き来して暮らした。第一次大戦が終わり、イギリスに帰国した後一九二五年に再びインドに戻った彼女は漠然と作家を夢見るようになる。これはE・M・フォースターの『インドへの道』（*A Passage to India*, 1924）を読んだことがきっかけであった。「読書をきっかけに［これほど実体験があるにもかかわらず］インドでの生活を無視していたことに気づき、逆に自分でインドものを書くことを強く意識」させられたのだという（Le-Guilcher and Lassner 11）。ところが、二七年に再び祖国に帰った彼女は、突如として舞踏教師になることを志し修業を始めた。彼女の伝記を書いたチーザムは「この決断は奇妙に見える」（四二）と述べているが、彼女自身はこの件について何も語っていないという。そして彼女は、イギリスでの修業後インドに戻り、カルカッタでバレエスクールを開く。(5) 三四年に結婚し二女をもうけるも、四一年に夫の破産で離婚、その後は娘たちを連れてカシミール地方に移住、四五年に本国に帰国するまで小説を書いて暮らした。インドとイギリスを何度も往復する生活は結果的に「古いイングランドも新しいイングランドも経験することがなかった」（Grover 33）と指摘され、それが「アングロ・コロニアルで、故国を追放されたどっちつかずな作家」（Grover 33）と評される一因になったのかもしれない。その後ようやく本格的に帰国したゴッデンがみた祖国は、第二次大戦の終結によってファシストとナチズムから脱出した世界でありそれは帝国の終焉が刻印された世界でもあった（Le-Guilcher and Lassner 4）。

　このような背景を持つ彼女の作品にはインドや祖国イギリスを含むヨーロッパの「庭」が象徴的な空間として繰り返し描かれている。例えば『ラヴジョイの庭』（*An Episode of the Sparrows*, 1956）は大戦後の焼け跡の残るロンドンに咲き始めたわずかばかりの草花を集めて、仲間と秘密の庭つくりにいそしむ少女の物語であるし、『すももの夏』（*The Greengage Summer*, 1958）では思春期の姉妹ジョスとセシルが中心となって、ひと夏を過ごしたフランスの小ホテルの庭が大人への通過儀礼の場として設定されている。また、ジプシーの混血の孤児キッツイが「庭」での暮らしを経てイギリスのとある小さな村に受容されていくまでを描く『ディダコイ』（*The Diddakoi*, 1972）（ウィットブレッド児童文学賞を受賞）もある。インドを舞台とした作品のなかでは、アングロ・インディアン[6]の庭が登場する。『黒水仙』(*Black Narcissus*, 1939)、『河』(*The River*, 1946)、『カワセミは火を捕まえる』(*Kingfishers Catch Fire*, 1953)、『孔雀の春』(*The Peacock Spring*, 1975) といったインドにおけるイギリス人の庭には本土の庭よりもさらにさまざまな意味が込められているようで興味深い。

二　庭をつくる子どもたち

そもそもなぜ子どもたちは庭をつくろうとするのだろうか。先に挙げた『ラヴジョイの庭』『すももの夏』『ディダコイ』を例にとるならば、そこに登場するのはみな育児放棄や死別、病気療養のために親から見捨てられた子どもたちである。[7] 彼らは自らの寄るべの無さを庭あるいは庭つくりに没頭することで解消し、自分だけの居場所をみつけようと[8]奮闘し成長していくのだ。

『秘密の花園』はメアリーが両親を亡くしてインドからイギリスのヨークシャー、ミッセルスウェイト屋敷に住む叔父クレイヴン氏のもとに引き取られてゆくところから始まる。フィリス・ベクスラーはバーネットの伝記のなかで彼女の「庭」への関心の強さは、大人のために書かれたロマンス小説のあちこちにも散見される、と述べている（九五）。バーネットにとって庭とは単なるリアリスティックな物体《オブジェクト》でもなければ文字上の抽象的なイメージでもなかった。「庭」の持つ癒しの力という彼女の作品に偏在するモチーフは実体験に基づく深く感じられる「寓話」でもあったという（川端、一九八七、五）。ところが『秘密の花園』はその豊かな象徴性とともに構造のあいまいさのために、児童文学のなかでも幅広い解釈をよぶテクストのひとつであるという（川端、二〇〇二、二）。八〇年代に出現したフェミニズム批評により、テクストの前半と後半の乖離、特に主人公であったはずのメアリーがその座をコリンに奪われてしまうことが批判され、また九〇年代のポストコロニアル批評の出現により背後にあるインド、英国の表象抜きにこの作品を語ることは難しくなったのだ。

ゴッデンの作品を検討するために『秘密の花園』に描かれる庭と庭つくりの問題点についてメアリーがインドから祖国イギリスに持ち帰ったものを振り返る形で概観しておく。(9) 第一に、インドから帰国したばかりのメアリーの容貌とその性格である。インドの過酷な気候にさらされた彼女は黄色く不健康そうにみえていた。コレラにより両親を失ったことも病的な彼女のイメージを強化した。おまけに傲慢で癇癪持ちで「かわいくない子ども」でさえあった。しかし実はインドがメアリーにこのような負のイメージを与えたというよりは、駐印軍人であった彼女の父と、彼の妻でもある彼女の母が享楽的で不遜な生活に溺れていたこと——インドにおける宗主国の社会的退廃を示すような——これこそがメアリーに刻印されていたのであった。メアリーはイギリス側の負のイメージを映し出す歪んだ鏡となって帰国させられてしまったのである。

第二に、インドの神秘性である。「神秘の国インド」というイメージは二〇世紀に入り大英帝国の威信に翳りがみえ始めるにつれ再び浮上する。この作品でもインドは繰り返される「魔法」という語と密接な関係をもって語られ——例えば、メアリーがインドの子守歌をうたってやるとコリンが癇癪を収めて静かになる、など——表面的にはリアリスティックな物語に超自然的な側面が付与されている、という。(10)

そして第三は、庭に植えるバラのつると象牙の細工物である。これらは、ミッセルウェイト屋敷で彼女自身が偶然発見し懐かしむ、という形で登場する。メアリーはインドにいた頃も庭つくりを熱心にしていたが灼熱の太陽の下では植物はうまく育つことはなかった、唯一バラを除いては。インドでバラの花を見ていたのでメアリーは秘密の花園の枯れ木を見てもその花がバラであると気づけたのである。駐印軍人の家族によって、インドに植えられたバラは（これこそ植民行為と通底するがゆえに）まさにイングリッシュネスの象徴であったが、象牙の細工物はこの屋敷にあるさまざまなオリエント趣味のコレクションに代表される富裕財産が明確に東洋とつながっていることをも暴いている。メアリーが持ち帰ったものや懐かしく思うものはことごとく植民地の権力構造が国内の階級性を反映していること、内外がお互いを反復して共犯関係を結んでいることを露わにしてしまうのだ。これらを大人たちの、つまり帝国の罪とよぶならば、それを暴く方向にメアリーを向かわせてはならない、メアリーにはイギリスの少女としてインドとイギリスの差を理解し、家父長制を受容した上でアイデンティティを確立してもらわなければならない――という訳でその後の物語は彼女自身が庭つくりを通して、文化の変容を受け入れる方向に進んでいくのである。

三　ゴッデンの描くさまざまな庭

置き去りにされた子どもたちが居場所を求めて庭つくりをする――それでは『秘密の花園』から数十年を経て、ゴッデンの描く庭とは、子どもたちの庭つくりとはどのようなものとなったのであろうか。

（一）　ゴッデンの描くインドの庭

先にも述べたように、イギリス領インドを舞台にしたゴッデンの作品でも『黒水仙』『河』『カワセミは火を捕まえる』（以下『カワセミ』と記す）『孔雀の春』にはアングロ・インディアンの庭が描かれている。[11]例えば『黒水仙』はヒマラヤ地方に病院と学校を建てるために派遣された修道会のシスターたちが徐々に挫折してゆくありさまを描いた物語である。日々の生活を過ごすうちに敬虔な祈りの庭をつくるはずが豊饒な花のあふれる悦楽の園をつくることにとらわれてしまうシスターたち。「信仰を忘れてしまいそうだ」と言い残して山を下りるあるシスターの言葉は、やがてこの修道院で起こるアクシデント――子ども好きのシスターが好意から手当てをしてやった村の赤ん坊がその甲斐もなく亡くなってしまい憎悪される、シスターたちの助言役であった男性にひとりのシスターが恋をして狂気に陥り、説諭に向かったシスターともみあいになって当の彼女が崖から転落する、など——を暗示しているかのようだ。

同様に『カワセミ』の主人公ソフィのつくろうとする癒しのハーブ・ガーデンや果樹園も村人たちとの間にかえって不和を巻き起こす原因となっている。[12] 三五歳のソフィは夫と死別後二人の幼い子どもたちテレサとモーを連れてカシミール高山の泉のそばディルクハシュ（Dilkhush）の小さなコテージにやってくる。ヨーロッパ的なコミュニティのスキャンダルを離れて、地域の人々にとけこんで暮らしたいソフィは次のように言う。「私は訪問者でいたくないの。［コミュニティの］一員でありたいのよ。」（六）「レディ・アンダーソンにもミセス・ロビンソンにも［別にここじゃなくてもあの人たちにならば］どこでも会えるじゃないの。」（二五、強調原著者）しかし彼女のこの気持ちは空回りしてインドへの思い入れの強さ、それによるイギリス人家族たちへの排他的態度から、周囲の人々（現地のインド人、在印英国人の両方）との軋轢が大きくなってしまうのだ。最初にこの地にやってきたとき、ソフィは一目で心を奪われて次のように言う、ハーブや玉ねぎの干してある素朴な家々の集まる村の集落——「ここでは果物は収穫できるのかしら？」（五五）、と。果実でいっぱいのエデンの園——ブドウにイチゴ、アスパラ、メロンを想像するソフィに対し実際は人参、豆、カボチャ、ジャガイモだ、と冷たく答える一家の世話人ナビール（一一二）。村人たちでさえも時期が来るまで決して手を付けないアーモンドの花を勝手に摘み取ったり、周辺に出没する獰猛な野生動物、山の暮らしの厳しさを現地の人に説得されても耳を貸さないソフィ。また、彼女は「高価な所持品など何も持っていない」と思っているが、村人たちからみると彼女の所有物は何でも十分すぎるほど目を引いてしまう。ナビールはそんな様子をみて次のように叱責する、「彼らをまずは尊敬して下さい、友情はその後です」（六六）、「奥様《ソフィ》は貧しいということをわかっておられません」（一〇四）。プラブーは、「この作品でゴッデンはこのようなソフィの自己中心的で独善的な態度、たくらみがいかにして崩壊していくものなのかを暴いている」と指摘している（Prabhu 63）。「彼女のこの押しつけがましさと侵入は現地のコミュニティとそこに無条件に受け入れられるであろうという無邪気な期待を込めた権力の緊張関係の上にあるのであり、一九四〇年代という［インド独立の四七年前後の］時代のインドにおけるイギリスの立ち位置について態度を改めていない」（Prabhu 63）ことが問題なのだ、とも。

この家族のなかで、最も自分たちの置かれた状況を理解しているのが、実は八歳の娘テレサである。彼女にはインド人たちの問題の根源も文化の分裂も、自分たち一家がその分裂した溝に滑り込んでしまっていることもわかっている。作品の早い段階で彼女はナレーターから次のように描写されている、「テレサは彼女たち一家の健全さのバロメーターなのである」（六）[13]。ぽっちゃりとして、母親や弟のモーとは容姿の面でも似ていない彼女は「ぼんやりした子」「おどおどしている」などと思われている。しかし、ディルクハシュへの引越しに従い「さまざまなものを見、さまざまな人に会い、本や陶器のティーポット、ぬいぐるみのマリア、弟の三輪車、携帯用時計などの小さな宝物」を抱えて（こういうものを失うなんて考えられないわ）と彼女は思った」（七三）。彼女は幼く短い人生経験しかないにもかかわらず、周囲の人々をよく観察しているのである。テレサはインド人を遠ざけようとし、同胞のイギリス人を「まっとうなひとたち」（二四）とよび母親の「不注意で無関心な」態度（六）での現地社会への侵入をとがめる。「この辺りにならばどこにでも家を構えられるわ」、とソフィがつぶやくと、「そんなことないわ、後ろにそびえる山は険しいし、家は孤立しているんですもの」と心の中で答える。（七三）」しかし季節の移り変わりにより庭や果樹園の色彩が変わっていくにつれ、そんなテレサでさえもこの地に心を動かされそうになる。

春になりアーモンドの木の下は黄色く、水辺の周りは柳の木がぐるりと取り囲み、時々風が吹いて水が波立つ。泉は静かで、青と白の反射の中、空が映り白い雲が山の間からのぞく。山の頂の雪の白さ、果樹園には花がいっぱいで羊の匂い、牛の群れの匂いが。ディルクハシュの庭よ、鳥の歌よ。（一〇七）

今ならディルクハシュは好き?と聞かれたら、テレサは「うん」と答えただろう。（一一一）

結局ソフィによる干渉は止まらないまま悲劇が起こる。テレサが村の子どもたちに襲われて瀕死の重傷を負うのだ。ソフィはナビールにこう嘆く、「『ナビール、私はただあなた方インド人の力になろうとしているだけなのよ。』彼は頭越しに彼女をもう一度みた。彼女の懇願する声は地に落ちた」（一三八）[14]。娘の命を奪われかけたことでソフィはようやく目を覚まし改心して村を下りる。このようにゴッデンの庭は庭つくりの行為とコロニアリズムの平行関係や、自然と文化の融合地帯としてインドとイギリスという二つの均等でない力の衝突するコンタクトゾーンになっていることを示している。

『秘密の花園』のメアリーもインドで幾度か庭つくりを試みていたことは前にも述べたが、彼女は両親を失うきっかけとなるコレラが勃発したまさにその朝も、ひとりきりで庭をつくって遊んでいた。置き去りにされた不安を怒りに代え、なんとかその場を制御しようとするメアリー。しかしその試みは口汚い罵りの言葉で終わり植えた花もすぐに枯れてしまう（二）。なおかつ、メアリーはイギリス帰国直後の引き取り手であった牧師の家でも庭をつくっていた。これもまたインドでの庭つくり同様、彼女にできる精一杯の自己防御の試みであり、子だくさんの牧師一家との生活のなかで自分だけの空間の確保への渇望を意味していた[15]。この二つの庭は、花を枯らすほどの灼熱の気候のなか、怒りと倦怠と病をもたらす「インドの庭」と、めぐる季節によって再生と成長を促してくれる「イギリスの庭」との葛藤を予感させるものであった。

インドの庭を舞台にしたゴッデンの作品のなかで、最後に取り上げたいのは『孔雀の春』である。駐印外交官の庭を舞台に繰り広げられる物語の主人公は一五歳の少女ウナだ。彼女は母を亡くし腹違いの妹ハルとともにイギリスの寄宿学校から外交官である父エドワードのいるニューデリーに赴く。父は娘たちに美しいユーラシアン女性アリックスを家庭教師として付けるが、アリックスは実は父の愛人であり彼女を囲っておくために娘たちを利用したのだった。多感な年ごろでもあるウナは彼女の正体に気づき、父の愛情から取り残されたという喪失感と彼女への嫌悪感と嫉妬から大学の受験勉強、とくに数学に打ち込もうとする。父エドワードもウナのオクスフォード進学を願っていた。[16] そんなときウナは自宅の庭師ラヴィ（「太陽」の意味があると語られるが、ラジャ（支配者）と似ていることにも留意すべきであろう）と恋に落ちてしまう。庭師長ガネシュの下で働くラヴィは、庭師とは仮の姿で実は大学で政治的な活動をしたため追われる身となった教養あるハンサムな若きインド人であった。ラヴィの働くウナたちの住む家の庭は次のように描写されている。

なんてたくさんの花だろう！〔中略〕このデリーの庭は既に花で満開だった。バラのやぐらに、長々とした花壇、そこでは二度目の新芽が吹き出していた。ヒエンソウにルピナス、キンギョソウ、ペチュニア、ナデシコ、アラセイトウなど。パンジーは知っていたがイギリスの花々はほとんどラヴィになじみはなかった。もちろん壁やあずまやをつたう花々もたくさん。熱帯に咲くクレロデンドロン、青いアサガオ、いたるところにブーゲンビリアのクリーム色、ピンク、深紅、濃赤が。小石の隙間に育ったスイセンの鉢が毎朝屋内に運ばれる。庭師長のガネシュが花瓶にアレンジするのだ。カーネーションの壺が階段や小道に沿って配置され、切り花ばかりの庭には、ガネシュはショウガーデンと呼んでいるのだが、ジャスミンの生け垣に囲まれて、ヤグルマギクに罌粟、スイートサルタン、さやえんどうが育っていた。（一、傍線筆者）

ここでは、むせ返るような色、香り、形状の草花に低木が庭に咲き乱れていることがわかる。まさに禁じられた異人種間の恋の舞台となるのにふさわしいとさえいえるだろう。

インドに来て以来、不平不満の多かったウナはラヴィが詩人であると知り——タゴール賞を目指して詩作中の彼を慕い、その朗読や推敲を手伝うという口実をつくって——密通を交わすうちにインドに対する気持ちを次第に変化させていく。「ここは不幸せで問題ばかりの国だわ」（三八）と言っていた彼女であったが、動物園のなかのバーベナの立派な土手に目を奪われて「〔園内の門の中に入ったら、こんなに花々に囲まれているなんて〕こんなきれいな動物園は見たことがないわ」（六九）と言ったり、「〔ラヴィとの秘密を持てたおかげで〕友達がいなくてもここでの暮らしに満足しているわ」（一二〇）と感じるようになるのだ。いつしか彼女の耳にはインド人がするような耳輪がぶら下がるようになり（一二七）ラヴィの住む粗末な小屋に夜こっそりと忍んで行くようになる。インドに興味を示すことがなかった彼女が、それどころか父の愛情を奪った国／女性に対して敵意すら持っていた彼女が、自らの恋愛を通じてインドに心を開いていくのである。ゴッデンは『カワセミ』の、初めからインドに肩入れし、その度が過ぎたために悲劇を招くソフィとは反対に、インドに懐疑的な思いを抱く主人公がインドのポジティブな面に開眼していく様子を描くが、ことはそう簡単には運ばない。父エドワードとアリックスの結婚式も近いというときになって、ウナは自分がラヴィの子を身ごもっていることに気づくのだ。

家を捨てインド人の妻として現地で生きることすら覚悟を決めてラヴィと駆け落ちをするウナ。「もうイギリス人でなんていたくはないわ、〔中略〕私たちインド人になるのよ。そして小作人として暮すのよ」（二二六）。計画は成就しそうにみえたが、最終的にラヴィはウナも子どもをも拒んでしまう。ウナは追ってきた父親に連れ戻され、堕胎させられて結局二人の子どもは生まれてくることはない。詩を読むほどに教養も情緒も豊かで、実は家柄もインド人のなかでは上流であったことが明かされるラヴィの、この最後の行動は単なる異文化理解の限界や男女の価値観の違いという問題だけに帰着させることはできない。均等ではないインドとイギリスの力の葛藤する場としての「庭」に、ハーフカーストというユーラシアンの子ども、純血ではない子どもの誕生に対する偏見そしてオリエンタリズムのもうひとつの側面、つまり一見称揚するようなそぶりをしつつ、彼らの知性を恐れ、自分たちの権利を侵害されそうになることに対して、厳しい批判が噴出しているのである。そもそもラヴィは冒頭でも「イギリスの花々になじみがない」と描写されていた。[17] 彼は英国から独立後の真正なインド人であっても、なおはびこり続ける二国間の不均衡な力関係を実感していたのであり、ウナと子どもの両方を引き受けることを拒んだ。言い換えるならば、自らがイギリスの体制に組み込まれることをも拒んだのだ。

二人の間に生まれなかった子どもについてさらに指摘しておきたいことがある。もしも、ウナがラヴィに去られたとしても子どもだけは産んでいたならば、「(精神的に)置き去りにされた子ども」(=ウナ)は一転してシングルマザーとなったのちには強く生きていくことを予感させていたかもしれない。しかしまた逆に、シングルマザーとなってしまったがゆえに、インド社会で生き抜く覚悟が揺らぎ、今度は自分が何かのきっかけで子どもを置き去りにする側に回る可能性も示唆しえたのではないだろうか。ゴッデンは二人の間に子どもを産ませなかったことで、新たな物語への転回の可能性を閉ざしてしまったのかもしれない。

作中で描かれるエドワードの愛人でなおかつウナたちの家庭教師であったアリックスについても注目しておきたい。彼女が英国人の父とインド系アジア人の母という混血児のモデルとして描かれていることは見逃せないからだ。家庭教師とはいっても、たいした知識もなく、古い教科書を使った進度の遅い授業にウナは飽き飽きしている。教養もないくせにプライドだけは高いアリックス。パリのコンセルバトワールを卒業した努力は過小にしか評価されないのに、ソルボンヌ出身という誤解を訂正しなかったことで、学歴詐称疑惑を被るアリックス。そのようにインドを自分の祖国と思っているにもかかわらず周囲の無理解や蔑みに苦労する彼女の姿こそ、ウナとラヴィの生まれえなかった子どもの未来の姿であった。

マスレンは「ゴッデンは人種問題にあいまいな態度を取っている」（六）と述べているが本当にそうであろうか。ユーラシア人であるアリックスは、実はそのコンプレックスをバネにプライド高く、弱い立場にあるものへの共感力を持ち、権力にも抵抗する力を備えていた。ウナに堕胎を迫るエドワードに対し、それまで一度も逆らったことのない彼の前に身を投げだし、ウナを守ろうとするのである――「『エドワード、あなたはむごい人ね』と彼女は言って、ウナを両手で抱きしめた」（三〇九）。自らもニューデリーで蔑まれて生きてきたユーラシアンの彼女こそが妊娠したウナの最大の理解者となっていることは興味深い。インドがイギリスから独立して三〇年近く経って発表された本作でもゴッデンはコンタクトゾーンとしてのインドの庭と、その庭を中心にした人間関係を描いている。『孔雀の春』におけるゴッデンのインドの庭は父エドワードとユーラシアン女性アリックスの恋愛を祝福する場となり、異人種間同士の結婚の可能性は描かれたといえるが、ウナとラヴィとの子に新たなユーラシアンの未来を与えることはできなかった。そこにミドルブラウ作家としてのゴッデンの限界がみえるのではないだろうか。『秘密の花園』の抱えていた問題はいまだに積み残されたままのようである。

（二）　ゴッデンの描くヨーロッパの庭

それでは、舞台は代わってゴッデンの描く庭の場所がヨーロッパに移されたとき、子どもたちの庭や庭つくりはどのようなものになっただろうか。『秘密の花園』の抱えている諸問題を乗り越えることはできたのだろうか。この節では『ラヴジョイの庭』『すももの夏』『ディダコイ』を検討してみたい。

『ラヴジョイの庭』は原作のタイトルを『スズメっこたちのある出来事』という。(18)邦題は主人公の名前を前面に出し大胆に改変されて、内容がより直截に提示されているといえよう。これは、第二次世界大戦後のロンドンで労働者階級の人々が多く居住している裏通りの少女ラヴジョイの物語である。旅回りのシングルマザーである母親はレストランを経営するコーンビー夫婦に娘を託し、わずかな仕送りさえもほとんど寄越さず彼女を顧みない。この様子は、『秘密の花園』において、社交にかまけて娘の養育をインド人の乳母に任せきりにしていたメアリーの母の姿とも重なる。ラヴジョイはメアリーと同じように気性の激しいかわいげのない娘だが、偶然拾った草花の種を育てることを思いついて以降、あらゆる知恵を総動員して庭となる場所を確保しようとする。庭こそが彼女の場所であり拠りどころとなっていくのである。

ラヴジョイの庭つくりの肝心な点は、まずは「土を運ぶ」ことから始まっていることだ。「土を自由なものだと思っていた」（三七六）という彼女は土を使わせてもらうために、別の場所に運んでいるだけ、という意識しかなかったが、大人たちは違う。彼らは「土が盗まれている」と思い込み、花壇委員会なるものまで立ち上げて「土泥棒」を捕えて罰を与えようと議論する。大人たちの言い分はこの土は表通りの「大きな家の立ち並ぶ優雅で堂々としたモーティマー広場」（五）に面した、中上流階級の人々の住む地域の土であるから、それを裏通りの貧しい地域の子どもたちの誰かが盗んでいるのに違いない（というふうに既に彼らを犯人と決めてかかっているのだが）、というものだ。ラヴジョイの庭つくりは途中で、同じ裏通りに住む年長の男の子たちの一団にみつかり踏みにじられたり、蒔くべき種が不足したり幾度も頓挫しそうになる。庭以外のことでも、気まぐれに立ち寄っては去っていた母親がついに行方不明になって（「オーストラリアかカナダかアフリカだかに行ってしまいもう絶対に帰ってこないという噂が通りを飛びかった」（四〇四））ラヴジョイ自身が精神的に落ち込むことさえある。せっかく途中まで拵えた庭を踏みにじられたときには、ラヴジョイはさすがに怒り狂い、自分よりかなり体の大きなボス格の少年ティップに昂然と立ち向かっていく。が、その出来事をきっかけに二人は逆に意気投合し、新たな秘密の庭つくりを始めるのだ。そんな二人の庭つくりを陰ながら見守っている大人がいた。ひとりはカトリック教会のランバート神父でもうひとりは花壇委員会の委員長である女性の姉オリヴィアだ。『秘密の花園』でもメアリーに最初から力を貸してくれたムアの野生児とよばれたディコンや、彼らの庭つくりを支え見守ってくれていた庭師ベン・ウェザースタッフという大人の目があったことを想起されたい。彼らの存在があったからこそ庭つくりは叶ったのであり、庭のみならずやがてミッセルスウェイト屋敷の後継ぎとなるコリン少年をも再生させるのに一役買う、場の守り人がそばにいたことは興味深い。ラヴジョイとティップの庭は、『秘密の花園』のようにコリンと父のクレイヴン氏が庭の再生と一族の再起を確信して喜びあう幸福な場を寿ぐことでは終わらず、むしろ土泥棒の発見によりいわば犯罪の動かぬ証拠の場になり下がりそうになる。その窮地を救うのが、ラヴジョイとティップを見守っていた大人たちなのだ。そのうちのひとりオリヴィアは言う、

> 彼らは何も悪いことはしていないの。土を盗んで売っていたんじゃないの。花壇をつくるのに使ったのよ。〔中略〕あの子たちは見られていることは知らなかったの。〔庭は〕だれも見向きもしなかった、だれも知らないがれきの中にあるのよ。とても注意深く作られていて――無心なの。〔中略〕そこに私たちの土が使われているの。（中略）まるで奇跡だわ、あの場所であの子たちがやった〔庭をつくった〕のよ。（三八二―八四）

二人の庭つくりは大人たちの証言と実際の庭の様子によって、土泥棒という汚名をそそがれて復権を果たすのだ。

土泥棒に関する興味深い指摘をここで二つ示しておく。ひとつは中上流階級の持ち家居住者たちの土（地）が労働者階級の子どもたちに奪われていくことの意味と、もうひとつはこの作品に描かれる戦後の爪痕の残る都市ロンドンのありさまについてである。テュウはそれを帝国の喪失を再度国民に念押しし階級の没落が起きつつあ

ることの象徴、と解釈している（Tew 142）。確かに庭の土や土地という比喩は、国家の意味にまで押し広げて解釈することもできよう。子どもたちが土（地）の自由さに注目し、自分が土泥棒をしているなどとは夢にも思わずにむしろ土（地）を自由に移すという発想のもと庭つくりにいそしむ一方で、大人は喪失することに臆病になって、奪われた土（地／国家）は取り戻さなければならないという頑なで不自由な考え方にとらわれ続けているというのは皮肉なことだ。ゴッデンは『秘密の花園』の大人と子どもの問題を、ロンドンの子どもたちの秘密の庭つくりを描く作品のなかでこのように書き換えているといえるのではないだろうか。

次に、ゴッデンの描いたフランスの庭について『すももの夏』を読み検討しよう。この作品で子どもたちは、イギリスを飛び出しフランスの庭で活躍する。語り手兼主人公の一三歳の少女セシルを含む姉弟妹五人の子どもたちが母親とイギリスの小さな町サウスストーンからはるばる汽車を乗り継いでフランスにやってくるが、母親のアクシデントによって異国の地のプチホテルに置き去りにされてしまう。そのような状況の下、さまざまな大人たちの思惑に翻弄されたり、初恋のさや当てを経験しながらも彼らは成長していくという物語である。本作では子どもたちは庭つくりこそしないが、ホテルの広大な敷地内にある、特にすももの木の生えている庭で秘密を見聞きし挙句の果てに事件に巻き込まれてしまうのだ。タイトルのすももがエデンの園のリンゴの代替物であることは明らかで（川端、二〇〇二、二五）すももをつまんで（食べ過ぎて気持ちが悪くなる、とさえ書き込まれているが）子どもたちは大人の世界を垣間見るのである。

旅の発端は植物学者の父の不在（チベットに珍種の採集出張中）のなか、わがまま勝手な子どもたちに業を煮やした母親がフランスの戦場の跡、大戦で亡くなった兵士たちの墓を見せに行くと言い出したことだ。一行はパリ東部ムーティエにある「オテル・デ・ゾイエ《カーネーション・ホテル》」を目指して出かけることになったが、出発前日の虫刺されが原因で急病を発症した母親が到着早々入院せざるを得なくなる。その結果、五人はいきなり見知らぬ土地で放り出されてしまうのだ。なんとか目指していたホテルにたどり着いたものの、ホテルでは従業員やコックからの彼らを見下すような態度が待ち受けていた。その場に戻ってきたエリオットという実はホテル経営者マドモアゼル・ジジの愛人で自称イギリス人のとりなしのおかげで五人はホテルに客人としてではなく居候としてひと夏を過ごさせてもらえることになる。まともな客とみなされないセシルがそれでもホテルに着いたばかりのときに、付属する庭をみてその第一印象を語る言葉は次のようなものだ。

ポーターがベルを鳴らした後、私は門の前で待っているみんなから離れた。突然鋭く庭に引き付けられたのだ。鋭くというのはみんなのことを忘れてしまうほどだったからだ。〔中略〕軽いパタパタという音がずっと聞こえていてその時はまだポプラの葉がざわめく音をフランス語で何と形容するのか知らなかった——名も知らぬ鳥が一羽、眠たげな歌を歌いフクロウがそれに応えた。〔中略〕初めて聞くのになぜか懐かしく感じられた。刈ったばかりの芝生の夏らしい匂いがして花の香りがすぐそばからうっとりと甘く漂ってきた。都会から汽車に揺られてきた私の肌は石炭の埃にまみれ乾ききっていたが涼しい風が顔をやさしく撫でてくれると心がすっかり静けさに包まれ［た］、〔中略〕とうとう着いたのだ。（三一—三二、傍線筆者）

セシルがいかにこのフランスの庭を一目で気に入り魅せられてしまったかがわかるであろう。

この物語でゴッデンは、それまでたびたび描いてきた庭とは異なる、インドでもイギリスでもない庭を描いている。このような場のずらしにはどんな効果があるだろうか。イギリスの片田舎からフランスにやってきたセシルをはじめとする子どもたちが、フランスの外部からやってきた文化的批判者の役割を果たす一面があることは確かである。セシルの弟ウィルがエリオットの仮面を暴き、パリのダイヤモンド強盗事件解決への重要な証言をすることがそのことを裏付けるし、セシルが庭でみつけた手がかりが、消えたコック殺人事件を解決に導くこともまた然りである。

しかしこの物語がこれまでのゴッデン作品と違っているのはまさにこの作品の舞台がフランスであり、特にフランス語の能力についての言及がなされているからであろう。というのも、物語の始まりで既に、子どもたちは執拗なまでにフランス語を知らない／出来ないことをダメ出しされ続けるからだ。

「まあ［六人で旅行中だというのに］パスポートはたった一つだけなの？」〈中略〉二人［マドモアゼル・ジジとマダム・コルベ］は顔を見合わせた。マダム・コルベは言った、「［母親が到着するなり入院ということは］まあ！まあ！なんですって？この子たちの面倒を見る人は誰もいないの？」

二人は私たちを無視してフランス語で話し始めた。

「この人たちフランスに来たこともないんだわ」

マドモアゼル・ジジがパスポートを見ながら言った。

「外国に行ったこともないのよ」。（一一―一八、傍線筆者）

子どもであるとはいえ病人の母親を連れてホテルの客として現れた者に対し、フランス人たちは彼らを冷たく見下し蔑む。自らを同胞のイギリス人であると名乗ったエリオットだけが彼らに救いの手を差しのべてくれるのだ。ことにセシルの負う心の傷は深い、というのもバイリンガルには遠く及ばないながらも「それまではずっと自分はフランス語がうまいと思っていた」（一八）からだ。生まれて初めて降り立った異国で習い覚えたフランス語を懸命に操ろうとしているさなかに、セシルたちは次のように描写される。

「〔この子たちったら〕それにフランス語もしゃべれないし。」（中略）これには〔心に〕ぐさっときた（中略）私が姉のジョスに勝てたのはフランス語だけだった、〔中略〕〔フランス語は〕後で本当に役に立った。前日の悪夢のような（イギリスからフランスまでの）道中にも人々が何を話しているのか理解できたしみんながホテルまでたどり着けたのはジョスというよりもむしろ私の力だったのだ。私がフランス語を話せた」〔中略〕だがコックのポールは私が考えていることなどお見通しだ、といわんばかりに鼻をすすり指で鼻の下をこすってズボンの後ろで拭った。とても無礼なしぐさだった。（一九、傍線筆者）

学習したフランス語へのわずかな自信、しかし実際にはその不全を嘲弄されて傷つくイギリス人姉妹の姿。これこそゴッデンがそれまで描いてきたインドでのイギリス人とインド人の関係が反転された表象であるとは考えられないだろうか。インドでは優位であったイングリッシュネスがフランスでは軽んじられ蔑まれてしまう。イギリスとフランスの関係を顧みるとき、イギリスとインドの関係が覆された形でその力学が有効化され、均等とはほど遠い力関係が現前しているという事実――このことをゴッデンはフランスの庭において描き出しているといえよう。

フランス語は「言語、文学、歴史を構成する精神世界」を表現する高貴な言語として貴族や洗練のイメージを喚起させ、常に英語よりも優位に立つ。(19)『秘密の花園』の同じ作者が描いた小公女セーラを思い出してみよう。インドから帰国してイギリスの女子寄宿学校に編入したばかりのセーラを校内で圧倒的に優位な立場に導いた能力は実は父親の財力でも彼女の性格でもない――彼女が亡きフランス人の母から受け継いだ「生得的なフランス語の能力」であった。英仏バイリンガルとして彼女は校長のミンチン先生よりも上手にフランス語を話し、それがかえって先生の不興を買ってしまっていた。

また、『秘密の花園』でフランス語が言及される次のシーンにも注目しておきたい。


メアリーはさっきまでヨークシャー訛りでコリンと話していたのでついそのままの調子で言いました。

「その訛りはディコンから習ったのかね?」

医者のクレイヴン先生が笑いながら聞きました。

「ええ、フランス語を習うようなものよ。」

メアリーはちょっとすまして言いました。

「インドにも土地の言葉があってとても賢い人たちはそれを覚えようとしていたわ。私はヨークシャー訛りが好き。コリンも同じよ」。(二三二、傍線筆者)

その少し前にはメアリーはコリンにこんなことも言っていた、「ディコンやマーサみたいにうまくはないけどあたしだってちょっとはしゃべれるんだから。あなたはヨークシャー訛りが分からないの?ヨークシャー生まれのヨークシャー育ちなのに、全くねえ!よく恥ずかしくないものだわ」(二二四)と。メアリーの持つ母国語・英語の正当性を軸としてヨークシャー方言とインドのネイティヴの言葉は地方語として位置づけられている(川端、二〇〇四、九)。インドのネイティヴの言葉を学ぶことができるのは「賢い」植民者であり、被植民者が英語を話すときそれはチーチー訛りを嘲笑われる不完全なものにしかならない。フィリップスもこう指摘する、「植民者がインドの言葉を覚えるのは被支配者を喜ばせるためではなく、あくまでも自らの社会的支配を固めるためなのだ」と(Phillips 185)。ヨークシャーの方言を「フランス語を学ぶように」学ぶのは支配階級のメアリーとコリンであり被支配階級のディコンは「正統な英語」は話せなかった。以上のことを踏まえるならば、ゴッデンはフランスの庭に夢中になりながらもフランス語に苦労するイギリス人の子どもたちを描くことで、英語に他者化されてきたインドのネイティヴの言語を鏡として、フランス（語）に他者化されるイギリス（英語）を描いていると言えるのではないだろうか。バーネットからほぼ五〇年ののちに、こうして秘密の花園は新たに書き換えられているようだ。

最後に『ディダコイ』を読む。主人公はジプシーの父親とアイルランド人の母親の間に生まれた「ディダコイ」（純粋なジプシーではないためにこのようによばれている）の七歳の娘キッツイ・ローベル。既に両親を亡くした彼女はアンバーハーストにある村のトウィス卿の敷地内の片隅で父方の祖母と荷馬車《ワゴン》で生活を送っていた。トウィス卿は海軍での経験とその勲功から「提督閣下」とよばれ、先祖代々伝わる村一番の屋敷に住み「旅する人たち」ことジプシーのために果樹園を開放していたのだ。キッツイたちはこの提督の庭で暮らしていたのである。やがて祖母も亡くなり荷馬車も失って身寄りのなくなった彼女は養育権をめぐりジプシーの里親たち、通っている学校の教師、近所の人々、民生委員らの議論の的となる。また、「褐色の肌に耳たぶから金の耳輪をぶら下げている」キッツイの外見に「半分ひきつけられ半分は反発していた」（五）という学校の友達は彼女をからかいの対象にして意地悪な言葉を投げかけてくる。キッツイはそんないじめには決して屈しないのだが、年老いた馬のジョーについて、引き取れなければ処分されてしまう、といとこの少年から聞かされて猛然と反発する。彼女はいとこを殴りつけて荷馬車を飛び出してゆくのだ。「誰にも引き取られたくない、これまで通りジョーと二人で庭の片隅で暮らさせてほしい」と提督に直談判するために。

結果、彼女を引き取るのは、元法廷弁護士で現在は村で治安判事を務めるオリヴィア・ブルックという独身女性であった。彼女は村に越してきた当初「新しい庭をつくるのにいそがしくて話をする暇もなさそうだった」（六二）。衣服にも構わずコテージは質素でパン焼きや庭仕事はするが、村のうるさ方の婦人が主催するような生け花の会合などに顔を出したりすることはなかった。花は好きなんでしょう、と問われた彼女は「庭に咲いている花ならばね。そうでなければ庭で摘んだ花を束にしてあっさり活けたのが好きなのよ」（六四）と答えている。彼女は役職や肩書にも興味を示さず「私は裁判所の仕事だけで手いっぱいです。〔中略〕それに私、自分の家と庭が好きなんですよ」（六五、傍線筆者）と話し、「あの人は人間と話をするよりも花と話しているほうが良いのですよ」（六五）と噂されているほどだった。キッツイはこうして、紳士の広大な屋敷の果樹園の一隅から中産階級の女性のこじんまりとしたコテージの庭へ、村全体を一望できる丘の上から村の外れの共有地の縁へと移動する。彼女はオリヴィアと暮らすうちに、初めは葛藤するが徐々に心を開いてゆく。『秘密の花園』でメアリーがインドとイギリスの両方で庭つくりに励んでいたことを再び思い起こすならば、ゴッデンは定住地を持たないジプシーの子どもにあえてイギリス人の庭を持たせる、という設定を与えていることがわかる。

「庭」の意味が、「囲われた（閉じ込められた）土地」を意味していることから考えれば、実はこれは矛盾しているかもしれない。「ジプシーの荷馬車は開かれていました」（一〇二）とあるように、放浪を生業とするジプシーの子キッツイは本来ならば開放されることをこそ求めているはずだからだ。しかしゴッデンは注意深く主人公に、ジプシーの荷馬車と同じくらい開かれた、自由な庭を与えようとしている。そしてこのことは物語ののちの展開にとって重要になってくる。ジョーがやがて老衰で死に、学校でのいじめがエスカレートしてキッツイへのリンチまがいの事件に発展した後、キッツイは祖母と暮らしていた頃の荷馬車にそっくりの新しい小さな荷馬車をオリヴィアの庭の隅に贈られる。思いがけない荷馬車の贈り物に喜ぶ彼女だったが、一一月のガイフォークスの晩に、たき火のまねごとをしたことから火事を出しオリヴィアの家を延焼させてしまう。燃えゆく家からオリヴィアを助け出そうと力を合わせて奮闘するキッツイとクラスメートたち。リンチ事件後、いつの間にか彼らは力を合わせられる仲間となっていたのだ。「黒こげになった家は半分廃墟」となり（一九〇）家も庭も失ったキッツイとオリヴィアは提督の家に引き取られる。いや、正確にはそれを契機に提督はオリヴィアに求婚して、キッツイは二人の養女として引き取られるのである。誕生日に新しい仔馬と塗りなおされた荷馬車を再び贈られた彼女は、今度こそ新たな「囲われた、動かぬ庭」を手に入れるのだ。

結末で語られるキッツイを仲介とした提督とオリヴィアの結婚も物語の達成感を強めるのに一役買っているようだ(20)。しかしキッツイは本当に幸せなのだろうか。祖母の生前も死後もジプシー文化に誇りを持って生きてきたキッツイがイギリス人家庭の一員となる。彼女の保護者たちはジプシーの流浪というアイデンティティを象徴する馬車や馬を贈ることで、彼女のジプシーとして生きる可能性を一見、尊重しているかのようだ。しかしトウィス家の養女となった彼女は、今後はイングリッシュネスの文化に従わなければならなくなるだろうし、そうなると馬車も馬も単なるジプシーごっこのための壮麗なままごと道具でしかなくなってしまう。ジプシーのものと似た馬車を所有していたとしても、イギリス人の庇護の下での生活は現実のジプシーの生活とは異なるものだ。提督やオリヴィアはこれまでもキッツイに愛情をもって接していたが、残念ながら支配的立場からの視線を払拭することは難しい。

自立したオリヴィアが手塩にかけていた彼女の庭までもが家とともに焼失してしまうことも象徴的だ。彼女は弁護士という専門職を持ち、故郷バークシャーでも長年治安判事を務めていたニューウーマン的な存在であった（二〇一）。父親の介護のために引退した彼女はこの村にある日、謎めいた登場をし、当初「どんな部類の人なのか分からないわ」（四五）とみなされていた。自分好みの家具に囲まれた小さなコテージと存分に手を入れた庭を愛でながら誇り高く暮らす女性——そんな独立心旺盛な彼女の庭までもが燃えてしまい、結局は村一番の地主階級である提督の妻に収まる、という結末は「旅する人」を閉じ込め、自立した女性を囲い込むという彼女たちの独立自尊を隠蔽してしまう家父長制優位を称賛する危険をはらんでいるのではないだろうか。

以上みてきたように、ゴッデンはヨーロッパの庭を舞台に新たなる秘密の花園を描く試みをしていた。さらに今回取り上げた作品に共通していたのは、結末で主人公の子どもたちはみな保護者の所属する体制側の見解に従いそれにのみ込まれていってしまうことも指摘したい。始めに検討した『ラヴジョイの庭』でも主人公は、物語の終わりでオリヴィアの遺産信託遺言によって、正式にコーンビー夫妻の養女となり一八歳になるまでその庇護監督をうけることを裁判所の判決により約束させられる。ともに庭つくりに励んだティップは、自らの希望で海軍の訓練船への乗船が決まり、世界に名だたる英国海軍の一員となることを選ぶ。『すももの夏』では、すべての事件が解決に向かうとき、フランスのホテルに母の兄である「ウィリアムおじさん」が迎えにやってくる。サセックスで弁護士を開業するおじの家を、セシルたち子どもたちは狭くて汚いと嫌っていた（フランスに子どもたちを連れて行くことを母親が決意したのも、子どもたちのわがままばかりではなく伯父の家の居心地の悪さも、実は一因であったほどだ）。しかしフランスでの数々の経験ののち伯父に再会した子どもたちはみな大喜びでウィリアムに駆け寄ってゆく。「入ってきたおじさんの腕のなかに、ジョスが飛び込み、私〔セシル〕は首に、ヴィッキーとヘスターは足にしがみついた。ウィルマウスはおじさんの目の前で飛んだり跳ねたりしておどった。ウィリアムおじさん！　大好きな大好きなウィリアムおじさん！」（三〇五）。そして、『ディダコイ』のキッツイとオリヴィアも同様であったことは、みてきたとおりである。このようにゴッデンの描く子どもたちは最後には庇護者／体制側に包み込まれ、残念なことにそれまでのドラマティックな転回や経験がまるでなかったことのように回収されてしまうのだ。

四　おわりに

バーネットから時を経ること約五〇年、ゴッデンは新たな秘密の花園の物語をいくつも紡いできた。その試みの数々は小論で検討したとおりである。バーネットにはないゴッデンにのみ備わった強みとは、自身が実際にインドに暮らしたこと――教育をうけるために祖国に帰国をしたのちも、四〇歳になるまで現地での生活者としての体験を持っていたことであろう。ゴッデンは実体験を生かしステレオタイプなインドのイメージにとらわれない描写を成し得た。数々の生き生きした描写は読者の目の前に色彩や香りにあふれた豊饒な庭を現前させる。それがラドヤード・キプリングやG・A・ヘンティの著作に描かれたインドの神格化／神秘化されたイメージに頼らざるを得なかったバーネットとの違いである。[21] ゴッデンは姉と共著の日記において、インドで過ごした子ども時代の日々がいかに楽しく幸せであったかを綴っている。

たいがいの子どもは自分の周囲の世界しか知らない。自分の周りの人、自分の生活する様式。その点私たちは幸せだった。愛と戦いにあっても、時には単なる愛情の面においても、私たちの周りには多くの場所に由来する縦横無尽のさまざまな違った考え方があった。私たちの家はインド風の色合いのついた英国式の家庭ともいえるし、英国風の色合いのついたインド式の家庭ともいえた。それは不安定な異種混交《ハイブリッド》であったかもしれないが、私たちは家では完全に幸せでくつろいでいた。（四七―四八）

このような実体験によりゴッデンはインドの神秘性を過剰な演出で描くことを避けることができた。確かにゴッデンの庭には魔法や超自然的な力は描かれない。彼女の庭や庭つくりは終始リアリズムに貫かれており、例えばムアに吹く風に乗ってなぜか亡妻が自分をよぶ声が聞こえてきたために、ヨーロッパ滞在中のクレイブン氏がヨークシャーに帰国を決意するというエピソードや、動物の話し声がわかりどんな会話でもできるというディィコンのような人物は登場しないのだ。ゴッデンは、自身の描く「庭」に魔力や神秘性を持ち込まないことで、結果的にステレオタイプ化されたインドのイメージを巧妙に避けようとしていた、ともいえるだろう。

惜しまれるのは、今回検討した著作では最後に主人公たちがみな大人や国家の体制側に組み込まれてしまうことである。インドの庭においても、舞台の移されたヨーロッパの庭においても、幼少期からティーンエイジャーとなる思春期にいたるまでどの子どもたちも、結局のところ父権的秩序維持体制のなかに回収されていく。せっかく「保守主義と急進主義の双方に揺さぶりをかける存在」としての子どもたちの活躍が描かれているというのに、これでは今後の彼らの未来には疑問が残ってしまう。

ミドルブラウ作家ゴッデンの著作におけるその挑戦と限界をバーネットの『秘密の花園』を援用しながら検討してきた。リアリズムに貫かれた彼女の「庭」はファンタジーを育てる庭ではなかった。庭を出ていった子どもたちのその後の問題、すなわち楽園の喪失と楽園の回復という問題を大人／老人と思春期の少年との邂逅に絡めたファンタジーの庭が描かれるのはフィリッパ・ピアスの『トムは真夜中の庭で』（*Tom's Midnight Garden*, 1958）に譲られることになるだろう。もしもゴッデンがふと隣をみたならば、トムとハティが時空を超えて邂逅する「庭」がきっと視野に入っていたに違いない。

註

（1）ミドルブラウ研究は井川氏のまとめによれば（六一―六六）モダニズムの批判的再検討とロマンティシズムとモダニ

ズムの間に挟まれている「哀れなリアリズム」を再評価するという作業のなかから生まれてきたものだ。一九二〇年代に突然ミドルブラウ作家がミドルブラウ小説を書き始めた、というわけではなく、より伝統的な技法で描かれたリアリズム小説の地位がモダニズムの登場によって変動したもの（Humble 11）と言われるゆえんである。ミドルブラウとは一九二〇年代に登場した文学様式ではなく、文学の展開の結果登場した批評用語であるとする記述もある（Brown and Grover 8）。

（2）ゴッデンの作品の大人向け／子ども向けという分類は一般にチーザムに倣うことが多く、今回取り上げた作品には大人向けの小説に分類されているものもある（『ラヴジョイの庭』『すもの夏』『カワセミ』『孔雀の春』）。が、この小論では登場人物の年齢を考慮して、児童文学と大人向けの小説との境界にあるような作品を取り上げたことを予め断っておく。

（3）ゴッデン自身も『ニューヨークタイムズ・ブックレビュー』（一九六一年五月一四日付）で『秘密の花園』を「五〇年後もその魅力は強烈だ。力強さ、美しさ、生き生きとした興趣、そして真正な善が調和した」作品である、と評している。また、『ラヴジョイの庭』をフェミニン・パストラルの系譜から読み解いたグウィネス・エヴァンスはゴッデンとモニカ・ヒューズをバーネットの後継者ともよんでいる（二一）。

（4）川崎寿彦（一九九一、一九九七）、Carpenter、川端（一九八七）を参照のこと。

（5）彼女のつくったバレエスクールはもともと在印イギリス人の子ども向けであったが徐々に特権的なインド人の子弟やユーラシアンの子どもたちも入学してくるようになったという。ゴッデンの理想としてはニューヨークのロケットダンス、パリのブルーベルガールのようなスケールで、さまざまな出自の少女たちが集まって踊る美しさを展開したかったらしい（Chisholm 63）。

（6）「アングロ・インディアン」という表現は現在では印欧混血の人を指すが、この小論ではゴッデン自身の子ども時代に使用されていた「在印英国人」を指す古い意味で使う。アングロ・コロニアルも同様。現在その言葉が意味する印欧混血はユーラシアンというやや蔑称に近い言葉でよばれていた。

（7）筆者は「置き去りにされた子どもたち」という視点からミドルブラウ作家としてのゴッデンの作品を『ジェーン・エ

ア』の間テクスト性と関連付けて既に論じている（二〇一七）。
（8）フォースターとシモンズは『秘密の花園』が当時の児童心理学の研究、とりわけフレーベルの提唱した教育観の影響をうけており、個人の創造性の発達において「自分だけの空間」が必要であることを指摘している（一七四）。
（9）川端（二〇〇二）、戸田山を参照のこと。戸田山氏はこの物語を「世紀転換期衰退しかけた帝国を女性、子ども、植民地が犠牲となって救うという話である」とみる。川端氏は「メアリーは結末で物語から消え、父子の再会の大団円では忘れ去られている。家父長制を強化する存在であったことは否定できないが周縁性を確保し続ける。因習的な女性の役割を実際に負わせられることもなく、自分を曲げる葛藤を経験したり、体制に組み込まれたりすることはない」と指摘する。
（10）「アングロ・インディアンの庭」の詳細については、川端（二〇〇七、二六―二八）を参照のこと。
（11）『秘密の花園』におけるマジック（魔法）についてはフィリップス（一八二―八三）、戸田山（一一）の議論を参照のこと。
（12）『カワセミ』の作品タイトルは「カワセミが火と燃え、トンボが炎となるように」で始まるG・M・ホプキンズの無題のソネット五七番（『詩集と散文』一八七六―八九）から取られている。
（13）ラスナーは「ゴッデンは他の作品でもそうだが、子どもにこそ、「大人にはない」智慧をよく描いている」と指摘している（一一二）。また、阿部氏の指摘による、子どもの幼さや幼い語りを逆手に取った「転覆的な力」（七）も想起されたい。
（14）この話はゴッデン自身の経験に基づいている。二人の娘とともにカシミールで暮らしていたとき、雇っていたコックが食事にガラスの破片を入れ、毒を盛った。この件がきっかけとなり彼女はイギリスに帰国し、旅行以外でインドに戻ることはなくなったという（Chisholm 167-76）。
（15）しかしここでもまだメアリーは「自分だけの庭」を手に入れられない。彼女の庭つくりは牧師の生意気な長男に破壊され、「つむじ曲がりのメアリー」という不名誉なあだ名まで献上されてしまう。彼女がヨークシャーの秘密の花園をみつけるにはまだ時間がかかる。

(16)　インドでは理系の学問を学ぶ女子が尊敬されていたという（川端、二〇〇六、一一）。例えばモード・ダイヴァーの『リラムーニ』（一九〇九）で、最高の教養の持ち主と描写されるヒロインは医師を志す。

(17)　川端氏が指摘するように、ユーラシアンの子どもは、父親にすら忌まわしい子どもとして蔑んでみられることが多かったという。『リラムーニ』は主人公たちカップルがその禁忌を乗り越え、子をなす異人種間結婚が幸福な結末に終わった稀有な例であった。また、『リラムーニ』の書かれた二〇世紀初頭は現地妻が実は奨励されており、子どもが生まれた場合はその混血児の養育と教育に責任を取りイギリスに連れ帰って後継者にする例もあったほどだという（川端、二〇〇六、七）。

(18)　ゴッデン自身の序文によれば、戦後ロンドンに戻ったとき、自宅付近にあった公園に、何度追い払われても懲りずに姿をみせる子どもたちのことを、スズメたちとよんで親しんだという。

(19)　川端（二〇〇一、二〇）を参照のこと。

(20)　黒川氏は大人向け作品と比較して、ゴッデンの児童文学の結末に注目している。本段落は氏の議論に負うところが多い。氏は『ディダコイ』の結末についてはジプシー文化への憧れと異文化理解を結びつけたことを批判的に解釈している（五八）。

(21)　川端氏は、バーネットはキプリングからインドのイメージをかなりの部分を借り受けたと考えられる、と述べ、さらにパット・バールの「(例えば) 典型的なメンサーヒブとよばれる奥方のイメージはキプリングやヘンティの小説によって神話化されている」という指摘を引用している（二〇〇二、五）。

引用文献

Brown, Erica and Mary Grover eds. *Middlebrow Literary Cultures: The Battle of Brows, 1920–1960*. New York: Palgrave Macmillan, 2012.

Bixler, Phillis. *Frances Hodgson Burnet*. Woodbridge: Twayne, 1984.

Burnet, Frances Hodgson. *The Secret Garden*. 1911. New York: Penguin Books, 1999. ［フランシス・ホジソン・バーネット

『秘密の花園』野沢佳織訳、西村書店、二〇〇六〕
Carpenter, Humphrey. *Secret Gardens: A Study of the Golden Age of Children's Literature*. London: Unwin&Hyman , 1985. 〔ハンフリー・カーペンター『秘密の花園――英米児童文学の黄金時代』定松正訳、こびあん書房、一九八八〕
Chisholm, Anne. *Rumer Godden: A Storyteller's Life*. London: Pan Books, 1999.
Evans, Gwyneth. "The Girl in the Garden: Variations on a Feminine Pastoral." *Children's Literature Association Quarterly* 19: 1 (1994): 20–24.
Forster, Shirley and Judy Simons. *What Katy Read: Feminist Re-readings of 'Classic' Stories for Girls*. London and New York: Palgrave Publishers Ltd., 1995.〔シャーリー・フォースター、ジュディ・シモンズ『本を読む少女たち』川端有子訳、柏書房、二〇〇二〕
Godden, Jon and Rumer Godden. *Two Under the Indian Sun*. New York: Knopf and the Viking, 1966.
Godden, Rumer. *An Episode of Sparrows*. 1956. London: Virago, 2014. 〔ルーマー・ゴッデン『ラヴジョイの庭』茅野美ど里訳、偕成社、一九九五〕
———. *Black Narcissus*. 1939. London: Virago, 2013.
———. *The Diddakoi*. 1972. London: Macmillan Children's Books, 2013. 〔ルーマー・ゴッデン『ディダコイ』猪熊葉子訳、評論社、一九七五、二〇〇〇、第七刷〕
———. *The Greengage Summer*. 1958. London: Pan, 2013. 〔ルーマー・ゴッデン『すももの夏』野口絵美訳、徳間書店、一九九九、二〇〇〇、第三刷〕
———. *Kingfishers Catch Fire*. 1953. London: Virago, 2014.
———. *The Peacock Spring*. 1975. London: Pan, 2013.
———. "The Secret Garden Revisited." *New York Times Book Review*, 14 May 1961, 36.
Grover, Mary. "The View from the Middle: Godden and her Literary Landscape." Le-Guilcher and Lassner 23–38.
Humble, Nicola. *The Feminine Middlebrow Novel, 1920s to 1950s: Class, Domesticity, and Bohemianism*. Oxford: Oxford UP,

2001.
Lassner, Phyliss. *Colonial Strangers: Women Writing the End of the British Empire.* NJ: Rutgers UP, 2004.
Le-Guilcher, Lucy and Phyliss Lassner, ed. "Introduction." Le-Guilcher and Lassner 1-20.
———. *Rumer Godden: International and Intermodern Storyteller.* Farnham and Burlington: Ashgate, 2009.
Maslen, Elizabeth. "Questions of "Mixed Race" in *The Lady and the Unicorn* and *The Peacock Spring*." Le-Guilcher and Lassner 65-78.
Phillips, Jerry. "The Mem-Sahib, the Worthy, the Rajah and His Minions: Some Reflections on the Class Politics of *The Secret Garden*" in *The Lion and Unicorn* 17, John Hopkins UP, 1993, 168-194.
Prabhu, Gayathri. "In Search of Rumer Godden's India." Le-Guilcher and Lassner 51-64.
Tew, Philip. "Childhood, Longing, Sexuality, Violence and Sacrifice in Rumer Godden's *The River, An Episode of Sparrows* and *The Greengage Summer*." Le-Guilcher and Lassner 135-46.
阿部公彦『幼さという戦略――「かわいい」と成熟の物語作法』朝日新聞出版、二〇一五。
井川ちとせ「リアリズムとモダニズム――英文学の単線的発展史を脱文脈化する」『一橋社会科学』第七巻（別冊）（一橋大学大学院社会学研究科、二〇一五）六一―九五。
川崎寿彦『庭のイングランド――風景の記号学と英国近代史』一九八三年、名古屋大学出版会、一九九七。
――『楽園のイングランド――パラダイスのパラダイム』河出書房新社、一九九一。
川端有子「『秘密の花園』における庭のイメージ」『*Tinker Bell*』第三三号（日本イギリス児童文学会、一九八七）三―一三。
――「インド／フランス／イギリス――『小公女』における文化の多義性」『*Tinker Bell*』第四六号（二〇〇一）一六―三一。
――「『秘密の花園』における英国――インドの力学」『愛知県立大学外国語学部紀要』（言語・文学編）第三四号（愛知県立大学外国語学部、二〇〇二）二三―四〇。

――「モード・ダイヴァーの『リラムーニ』――アングロ・インディアン・ロマンスの可能性を探る」『愛知県立大学外国語学部紀要』（言語・文学編）第三八号（二〇〇六）二三―四〇。

――「ルーマー・ゴッデンとインドの庭――『河』を中心に」『愛知県立大学外国語学部紀要』（言語・文学編）第三九号（二〇〇七）二三―四〇。

黒川由香子「ルーマー・ゴッデンの児童文学作品における ending の二面性――大人向け作品との比較を通して」『梅花児童文学』第八号（梅花女子大学児童文学会、二〇〇〇）五六―七四。

秦　邦生「「軽い読み物」とミドルブラウ読者たち」石塚久郎ほか編『イギリス文学入門』三修社、二〇一四、二二七。

戸田山みどり「インドから来た女の子――『秘密の花園』における植民地と子ども」『*Tinker Bell*』第四二号（一九九六）三―一四。

前　協子「置き去りにされた子どもたち――ジェーン・エアの末裔」『中央大学人文科学研究所紀要』第八七号（中央大学人文科学研究所、二〇一七）一九九―二二四。

松本　朗「第三章ミドルブラウ文化と女性知識人」――『グッドハウスキーピング』、ウルフ、ホウルトビー」『終わらないフェミニズム――「働く」女たちの言葉と欲望』日本ヴァージニア・ウルフ協会　河野、麻生、秦、松永編、研究社、二〇一六、五九―八四。

武藤浩史『ビートルズは音楽を超える』平凡社、二〇一三。

第四部　読者と受容

戦間期における新たなミドルブラウ読者層の創成

――ふたつの『デイリー・メイル』の連載小説を手掛かりに――

渡辺愛子

一　はじめに

二〇世紀の戦間期、当時、絶大なる文化的浸透力を持っていた新聞メディア各紙が連載小説を掲載すると、一九世紀に主流であった定期刊行物の読者とは異なる新たな読者層が、これに飛びついた。彼らはいったい誰なのか――。

新聞メディアのなかでも、『デイリー・メイル』(*Daily Mail*) や『デイリー・エクスプレス』(*Daily Express*)、『デイリー・ニュース／デイリー・クロニクル』(*Daily News / Daily Chronicle*)、『デイリー・ヘラルド』(*Daily Herald*) などといった、話題の豊かさが売りのタブロイド紙が所収した連載小説のテーマの多くは、高尚で哲学的な内容を求めるというよりは、ロマンス、ミステリー、探偵もの、社会風刺など、身近で娯楽性が高いことが特徴である。読者は、連載小説のなかの登場人物たちに自らを重ね合わせ、彼らの生き方やライフスタイルを模倣し、実践したかもしれない。社会の消費志向の高まりと相まって紙面の広告に目を奪われていた新興中流階級の読者たちが、このようなある種「実用的」な小説に目を向けるようになったとき、彼らが「想像されたミドルブラウ読者」となって、一種の集団的アイデンティティ、すなわち「ミドルブラウ層」の構築に寄与したと思われる。

　国内外のこれまでの研究で一般的に許容されている「ミドルブラウ」とは、第一次世界大戦によって世界が大変動を起こし、期せずして産業技術の発展が加速化するなか、一九世紀的な古い価値観とは異なる新たな生活意識を持った人々によって形成された層のことである。二〇世紀戦間期にかけて大量生産・大量消費という生活サイクルが確立されていくなか、娯楽産業も多様化して小説という文化形態にも変化が訪れることとなった。一九世紀に盛んであった人生の教訓や道徳を説くような重たいリアリズム小説は鳴りを潜め、「適度な娯楽と教養」を兼ね備えた「軽い読み物《ライト・リーディング》」であるミドルブラウの文学が、全盛期を迎えたのである（秦、二二七）。井川ちとせと武藤浩史によれば、ミドルブラウ文学の特徴とは、①下層中流階級を基盤とし、②階級横断的かつ、ときに「クラスレス（classless）」な性格を持つという。そしてその読者層といえば、教育を受けた限られた人々というよりは、③広く大衆からの支持を受けていた。しかし、彼らが無学かと言えばそうではなく、読書により自らの教養を高めたいという知識欲を持っていたとされる。要するに、彼らが、④大衆的な教養主義を信奉していたという点は重要であるだろう。そしてもうひとつの特徴として、⑤ミドルブラウ文学は、活字以外のメディアである映画やラジオなどとの親和性が高い、言い換えれば、メディア横断的な文学であるということである（以上、井川・武藤、九を参照）。なるほど、アガサ・クリスティの推理小説シリーズやダフネ・デュ・モーリエの『レベッカ』（*Rebecca*）などの作品は、その多くが新聞にまず連載小説として掲載され、それがほどなく単行本化し、のちに映画やテレビなどに映像化されている。まさに、定期刊行物から単行本へと活字媒体の内部でその形態を変化させたのち、さらに動画媒体への変換を遂げるという、いわば二段階のメディア横断を経ているといえる。

　もっとも、それまで連載小説といえば、新聞ではなく定期刊行雑誌に掲載されるのが主流であった。一九世紀の前半、印紙税の撤廃前は高価な月刊誌が多く普及し、読者はエリート層が中心であったが、印紙税が撤廃された一八五〇年代にはディケンズなどの人気作家の活躍で週刊誌の連載小説が中流階級に読まれるようになっていく。とくにセンセーショナルな内容の連載小説を掲載した「ペニー・ドレッドフル（penny dreadfuls）」と呼ばれた安価な読み物も幅広い読者層に浸透していった。その後の一八九〇年代には、都市ロンドンを中心に定型小説人気がぶり返したりもしたが、グレアム・ローによると、一九世紀は、月間定期刊行雑誌に掲載された連載小説が注目を集めた時代から、エンターテイメント性を重視した新聞社が多くの作家やイラストレーターに多額の金を支払って、新聞に彼らの作品を執筆するよう働きかけた時代へと推移していったということができるだろう。(1)

二〇世紀前半に、新聞が情報の発信者と受信者をつなぐ非常に重要なメディアとなったことには、新聞という媒体がさまざまな階級の人々の日常生活における重要な情報源として定着していった経緯がある。日刊あるいは週刊など新聞の定期刊行化が定着することにより、情報の新鮮さを保つべく、情報伝播の「ある程度」の即時性が担保されるようにもなった。しかし、社会における事件を単発的に、あるいは断続的に報じていただけでは、意識的・無意識的に「ストーリー」を欲する読者の心は容易に離れていってしまったことだろう。そんな読者を常習的に惹きつけるために重要な役割を担ったのが、連載化された記事であった。なかでも時事的な連載記事のようにナラティブとしての盛り上がりを欠いたものではなく、「はじめ（問題提起）」「なか（展開）」「おわり（問題解決とカタルシス）」というプロットを持った連載小説は、毎回、読者の関心を「いいところ」で「続き」へと先送りしていくため、「顧客」としての購読者の獲得にはうってつけであったと考えられる。編集サイドは多大な努力を傾注して、読者の気を引く作品が書ける作家を発掘し、人々の間で話題となるような連載小説を掲載しようとしたに違いない。

エイドリアン・ビンガムは、戦間期の新聞読者層の重要性を訴えるうえで、新聞が以下のような機能を持っていたと述べている。

（一）新刊書籍や劇作品を論評する、手引・案内役としての機能
（二）「有害な」文化から人々を守る、道徳の擁護者としての機能
（三）主要な作家や劇作家（本論中では、ベネット、プリーストリー、ロレンスなどが該当）に特定の話題について寄稿する場を与える機能
（四）想定されたオーディエンスに対する、連載小説の提供者としての機能（Bingham 56）

映像メディアとしてのニュース報道がいまだ国民へ普及していなかったこの時期、活字メディアによる情報は、国民にとって非常に重要なものであった。したがって、読者は当時の新聞を「手引き・案内役」、あるいは「道徳の擁護者」としてとらえていたというビンガムの主張には納得がいく。アーノルド・ベネットやJ・B・プリーストリー、D・H・ロレンスといった作家・劇作家らが新聞に多くの話題を提供するころには、「虚構の代表である小説」と「事実を報じる新聞」の紙面上における共存状態は、もはやなんの違和感もなく受け入れられていたことだろう。そしてビンガムの議論は（四）の連載小説へと移る。彼は、傑出した「ミドルブラウ」作家として、ギルバート・フランコウ、クリスティ、デュ・モーリエ、サマセット・モーム、ノエル・カワードらを挙げ、「ある程度の真面目さと「文学的な嗜み（literariness）」を兼ね備えた「ミドルブラウ」作品は、大衆紙に高く評価され、それゆえに作品の価値はより広い読者層に向けて強化された」（Bingham 64）と主張している。しかし、彼は読者層の「広さ」の範疇に関しては言及しておらず、新聞における連載小説のより広い意味での効果に

いたっては、さらなる研究が必要であるとして明言を避けている(Bingham 64)。

そこで本章では、漠然と認識はされているものの、依然としてその実体が摑みづらい「ミドルブラウ層」の輪郭を、タブロイド紙における連載小説の読者の分析を通して浮き彫りにしてみたい。しかしなぜ、タブロイド紙の連載小説なのか。それは、以下で詳述するように、二〇世紀前半に隆盛したタブロイド紙、なかでも当時、流通数にして最大を誇っていた『デイリー・メイル』に見られる「ミドルブラウ的要素」に惹きつけられた読者をミドルブラウ層として捉えることに妥当性を見出すことができるからである。もっとも本章は、そんなミドルブラウの正体をつまびらかにしようとするだけではなく、この『デイリー・メイル』紙そのものの変容に注目することで、従来のミドルブラウの定義を再考しようという、いささか無謀な試みでもある。それまでイギリス国内にばかり向けられていたミドルブラウ議論の矛先を国外に向け、イギリス帝国における新聞読者という観点から吟味し直すことで、実は、これまでに一応の合意が得られてきた「ミドルブラウ」の範疇とは異なる読み手の存在が見えてくることを実証していきたい。それはまた、ビンガムが留保した「読者の広がり」と「効果」という問題提起へのひとつの応答といえるかもしれない。

二 「ミドルブラウ」紙『デイリー・メイル』の誕生と隆盛

有史より、人のコミュニケーション手段はさまざまに変化してきたが、なかでも活字メディアの登場が人類の文明・文化にもたらした影響は計り知れない(Sreberny-Mohammadi 42–54)。一五世紀末のグーテンベルグの印刷技術の発明が近代的意識を生み出した鍵であり、公共空間の拡大につながったと指摘している。なるほど、それまでの口承によるコミュニケーションは対面で行われることが不可避であったため、相手からの情報を瞬時に受け取れるメリットがあった反面、まさにその同じ理由から、情報の共有はきわめて小規模な私的空間にとどまらざるを得なかった。その後、印刷メディアが人々の生活に導入されると、大量生産された印刷物の普及がかない、オーディエンスの規模が格段に増加したことで、公共空間が拡大していくことになる。しかしその代償として、メッセージの送り手と受け手の間に物理的・時間的距離が生まれ、情報伝達には遅延が伴うこととなった。これが、二〇世紀の二度の世界大戦を経ると、ラジオやテレビなどを通じて口承の情報も即座にオーディエンスに伝わるようになったことから、現代は前時代のそれぞれの特性であった「即時性」と「公共空間」を兼ね備えるようになったのである。したがって、こうしたニュー・メディアの時代が到来する以前の本章の焦点である二〇世紀前半の時代――とくに戦間期――は、情報の伝達速度は遅かったものの、公共空間を形成するために活字メディアの新聞が重要な役割を果たした時代であったことを、ここで銘記しておきたい。

そんな二〇世紀前半にとりわけ影響力が大きかったのが、タブロイド紙『デイリー・メイル』であった。『デイリー・メイル』は、「最初に大量流通した日刊紙（the first mass circulation daily newspaper）」（Williams 3）と呼ばれ、イギリスの二〇世紀前半におけるメディア王ノースクリフ卿が、一八九六年五月四日に世に送り出した。創刊初日の販売数は三七万七千二一五部、一八九八年一〇月の記録では一日平均五〇万部を売り、一九〇〇年には新印刷機を導入してさらに発行部数を伸ばし、一九〇三年の一日平均部数は八七万部となっている（磯部、一〇二）。とりわけ、なにかしら事件が起きた際に販売部数は飛躍的に伸びたが、たとえば、一九〇〇年三月二日に記録したボーア戦争時最大の一三二万部を皮切りに、ヴィクトリア女王崩御の際には一四九万部を記録するなど、国家の危機、大事件といったセンセーショナルな記事に揺り動かされた当時の読者の姿を窺い知ることができる（McKenzie 114）。

『デイリー・メイル』の絶頂期が両大戦間期であることは、以下のデータからもわかる。[2] 表1によれば、戦後

主要全国紙	1931-2年	1950年
Daily Express	18.67	31.4
Daily Herald	11.82	12.2
Daily Mail	26.64	16.7
News Chronicle	13.05	9.3
Daily Mirror	8.97	27.4
Daily Sketch	8.15	統計なし
Daily Telegraph	3.84	6.9
Morning Post	1.98	統計なし
Times	3.11	1.9

表1：日刊紙の占有率（%）
出典元：*The Investigated Press Circulations* (London, 1932)
Hulton Deutch, *Readership Survey* (London, 1950)

は、カナダ出身のもう一人のメディア王ビーヴァーブルック卿率いる、いわゆる「ビーヴァーブルックプレス」のひとつ『デイリー・エクスプレス』が首位に躍り出、『デイリー・ミラー』（かつてノースクリフ卿が創始した後、経営者が変わっていた）にも大きく水をあけられているものの、戦間期における『デイリー・メイル』の人気の高さは明らかである。

磯部佑一郎によれば、『デイリー・メイル』は「『固い新聞』と『大衆の新聞』をハッキリさせ、新聞と読者との関係をガッチリと結びつけて、イギリス新聞界をアッと言わせた」（一〇二）という。数的には頭打ちが予想される限られた読者層を想定し、発行部数を増やすことは二の次という「固い新聞」（高級紙）の内容重視のスタンスとは好対照である。なるほど、ノースクリフ卿は、高級紙のようにすました論調で記事を綴ることを好まず、「男女の区別なく、おしなべて人間の持つ興味を、満足させるものでなくてはならないとの眼識をもって、広く中産階級や無産階級の男女読者に「安く愛されて読まれる新聞」を作り出した」（一〇二）とされる。その内容も、「複雑な問題や記事を平易な文章で短くし、続き読み物も載せ、政界、社交界のゴシップのほか、特に婦人読者層を重視した家庭面が異彩を放ち、またオピニオンを尊重して、新聞と読者の間をつないだ」（一〇一、一〇二）。この「新聞と読者の間」、すなわち距離感を見定めることがミドルブラウ研究にとって重要な基点となるであろう。この一見、「質より量」という大衆紙のスタンスは、一九世紀から二〇世紀にかけて、すべての人々が一様にあらゆる情報を入手できる権利を持つようになった先述の時代背景が関係している。また、高級紙の独占的な読者とは一線を画す、大多数の読者を念頭においた紙面作りを目指した『デイリー・メイル』の戦略は、民主的要素を多分にはらんでいるといえる。まずは「読者ありき」というこの大衆紙のスタンスがミドルブラウ層を形成していったといえるのであれば、ミドルブラウ層の存在そのものが民主主義を具現化したものなのである。そんなミドルブラウ層が広がりを見せた時期が、民主主義理念が拡散していった戦間期のこの時期と連動していたといえるのではないだろうか。

ノースクリフ卿の戦略は、新聞の価格設定にも大きく反映されていた。彼は、わずか半ペニーという安価で本紙を売り出し、新聞の単価を下げた分は広告収入で賄うという、当時では画期的な新戦略で新たな読者層の開拓に乗り出したのである。最初の全面広告は、創刊から数か月後の八月、紙面の最終ページに全面で掲載されている（McKenzie 106）。しかも、どんな広告でもかんたんに掲載されたというわけではない。大衆でも手が届く価格帯で品質のよい商品を売り出したい広告主の広告を並べたことにより、選定された商品にはある種の「お墨付き」が得られ、掲載された商品同士がお互いの質を保証するかのような相乗効果を生み出すことができた（McKenzie 106, 107）。読者は、『デイリー・メイル』に載る広告であればまず悪いものをつかまされる心配がない、という信頼を抱くようになり、『デイリー・メイル』の流通数が伸びれば伸びるほど、広告掲載者側もさらに選りすぐりの目玉商品を売り込もうと企てたはずである。

一九二〇年の広告を例に取り上げてみよう。ここに示した有名百貨店ハロッズ（Harrods）の広告でも、「安い」ことを売りにする「セール（Sale）」の文字が目を引く（1920/1/2 図1）。商品を購入する際にコストを気にする消

図１：ハロッズのセール広告

費者としての読者の心理を的確に把握したレイアウトといえる。また、前述のとおり、「安かろう、悪かろう」という類の広告は載せないという方針に則った編集者による「選別」があったため、「高そうに見えるけれど、実際の値段はリーズナブル」といった触れ込みの広告や、「いかにお金を節約しながら得をするか」といった意気込みさえ感じる広告もある。たとえば前者は、燃費が良く高級感ある低価格車（1920/1/5 図2）や、後者では、無駄買いや衝動買いをする前にファッション誌で研究して賢い買い物を促そうとする『ヴォーグ』（*VOGUE*）の広告（1920/10/24 図3）などが好例だ。一方で、戦時の配給後にも盛んに食されたという「チキン味の魚」の缶詰（1920/1/20 図4）の広告からは、本紙が低所得者層の労働者階級にもアピールするものだったことが窺える。

マス・コミュニケーションが市民の生活において決定的な影響力を与えるにいたった戦間期に、『デイリー・メイル』が急成長したことには意義がある。マス・コミュニケーション史において重要な位置を占める戦間期のオーディエンスは、新聞紙上の広告に誘引されて消費を促されただけでなく、これがきっかけとなって別紙面へと視線を移し、さまざまな記事に関心が

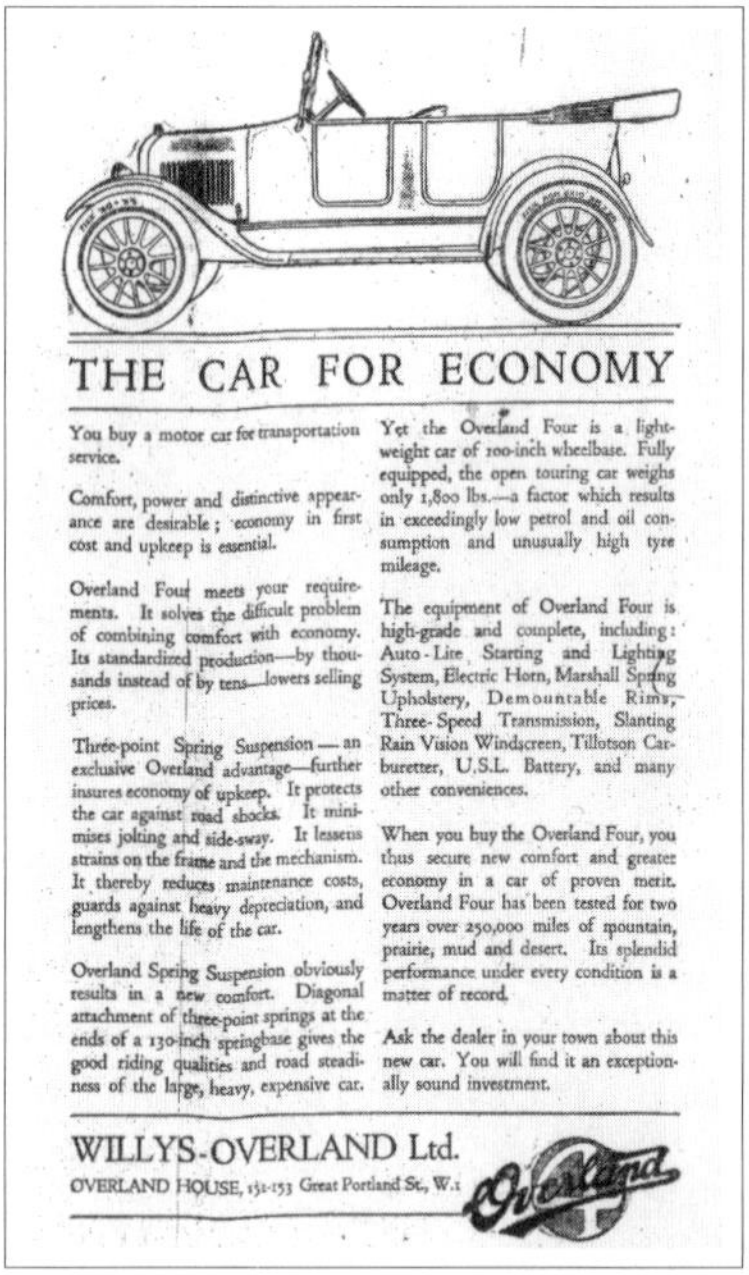

図2：経済的な車

図3：『ヴォーグ』

湧き出して定期的読者となっていったことが推測できるのである。そしてまた、下層中流階級あるいは労働者階級に属していた「マス」としての受動的なオーディエンスが、能動的な読者へと変容したとみることもできるだろう。彼らは、いわば購買欲と知識欲の双方をもっていた人々であった。安かろう、悪かろうの投げ売り広告を打つような店でなく、ハロッズが行う「セール」や『ヴォーグ』の広告が気になる人々が、先に確認したミドルブラウ層の嗜好性に合致するのではないだろうか。さらに、「チキン味の魚」の広告に購買欲を掻き立てられた労働者階級の人々でさえ、同紙を手にした段階でミドルブラウの予備軍であったはずである。彼らは、この広告に誘われてほかの記事を読むようになり、次第に知識欲をそそられて、いつの間にかミドルブラウ層に仲間入りした。ここに階級横断的なひとつのミドルブラウ層が形成

図4：チキン味の魚缶

されることとなったと考えられる。

ノースクリフ卿が目指した新聞紙面では、内容の良し悪しではなく「人々が欲するもの（what the people want）」としての記事の収集が重視されたが、これは、読者は「国民にとって最良のもの（what is best for the nation）」を読むべきだと考える高級紙志向のエリート層（知識人／ハイブラウ）とは完全に袂を分かつものであった。排他意識の強いエリート層は、メディア・情報・娯楽の流通、とくにポピュラー・メディアの娯楽性に、つねに危機感を抱いていたのである。なかでもタブロイド紙は文化的堕落（cultural debasement）の象徴であり、それを好む読者は道徳性を欠いた他者として自分たちエリートとは区別される者たちであった（Williams 2）。しかし、だからといって、タブロイド紙の読者が教養的な要素にまったく関心がなかったかというと、そうとも言えない。「適度な娯楽と教養」を兼ねた「軽い読み物《ライト・リーディング》」であるミドルブラウの文学が、タブロイド紙のなかでは連載小説という形態となって、脈々と、そして力強く発展していく時期が、本章で取り上げるこの戦間期と整合しているのである。

いま一度、冒頭で紹介した武藤の「ミドルブラウ文学」の読者と、『デイリー・メイル』の読者を比較してみよう。上流、上層中流階級が『タイムズ』（*The Times*）に代表される、いわゆる「ブロードシート（broadsheets）」と呼ばれる高級紙を好んで読んでいた一方で、①タブロイド紙の読者はその多くが下層中流階級を基盤としていたという。また、④「新聞」を読む行為自体が「知的関心がほとんど欠如した「ロウブラウ」」（秦、二二七）である労働者階級の読者とは一般的に異なる下層中流階級の嗜好にも重なっていく。もっとも、下層中流階級を基盤とした読者層は、②次第に労働者階級の一部を取り込んでいったことが予想される。おそらく彼らを読者に動員する大きなきっかけとなったのは、一九世紀のペニー・ドレッドフルさながらのタブロイド紙上のセンセーショナルな事件、セレブのゴシップ記事や紙面をまたがって掲載されるほどの幾多もの広告であった。さまざまな次元の記事が混載されるタブロイド紙において、それぞれの関心事は異なれど、下層中流階級の読者を惹きつけたタブロイド紙が労働者階級へと波及していったという点において「階級横断的」といえ、彼らが同じ新聞を読んでいるという点では、ある種「クラスレス」な空間を共有していることにもなる。こうして『デイリー・メイル』は、当時のタブロイド紙の代表格として③広く大衆からの支持を受けるにいたったといえるのではないか。以上のことから、広告の読み手という点、そしてミドルブラウ文学の定義に照らし合わせた点からも、タブロイド紙『デイリー・メイル』の読者の少なからぬ部分がミドルブラウ層であるということができる。

戦間期までの『デイリー・メイル』の急成長と連動するかのように、本紙における連載小説も確実に定着していった。読者の一部である下層中流階級の人々が教養を育める「軽い読み物」として、紙面上の連載小説を読み続ければ続けるほど、新聞側は定期購読者数を増加させることができたからである。つねに読者を引き寄せ、「次も読みたい」と思わせるために、連載される作品の内容は実社会を思わせるようなリアリズムに加え、非日常の刺激を与えられるようなサスペンスやロマンス的要素が求められた。哲学的なもの、難解で学術的であるといった日々読み続けるには重すぎる内容は忌避されたのである。読者たちは、日常生活にありがちな場面設定のなかで、自分と等身大の主人公が直面するスリルある体験に非日常的な快感を覚えていたことだろう。このような状況のなか、ミドルブラウと呼ばれる人々が実体化していったといえる。

ここまで、一九世紀末に誕生し、二〇世紀戦間期にその絶頂期を迎えた『デイリー・メイル』の社会における役割とインパクトについて概観した。また、その読者が本章で扱うところの「ミドルブラウ」とされる人々を内包していることを確認した。しかし、ここで本紙の読者を下層中流階級と労働者階級と断定することは避けたい。なぜならば、購読する新聞によって階級を明確に区分することも、逆に、往々にして個々人の主観的な階級「意識」をもとに購読する新聞を特定することも不可能だからである。前述のノースクリフ卿の信念とは一見矛盾するように思えるが、実はノースクリフ卿自身も、『デイリー・メイル』の読者から上流・上層中流階級の読者を一掃しようとしたわけでは決してなかった。一九一〇年代、むしろ下層階級向けの広告が増加することに不平を漏らしていたという（Bingham & Conboy 168）。上流・上層中流階級の人々の新聞に対する感覚は一元的なものではなく、タブロイド紙を毛嫌いして高級紙にこだわる上記のようなエリート層が存在した一方で、趣向の異なる複数の新聞を読むことを好むエリート層たちもいた（Bingham & Conboy 166, PEP 124–25）。したがって、タブロイド紙にも目を通していたであろうエリート層については、彼らが本紙の「ミドルブラウ的特性」をどれほど有していたのか、そもそも彼らがどれほど紙面上の連載小説に興じていたのか、これまでの議論において判断することはきわめて困難である。この疑問点を明らかにするため、本章の後半では、現在ほとんど注目されていない、海外在住のエリート層に向けて刊行された「もうひとつ」の『デイリー・メイル』に目を向けることで、エリート層とミドルブラウ層の相関関係について深く追究していきたい。

三　もうひとつの『デイリー・メイル』と海の向こうの読者たち

世紀末から二〇世紀初頭の第二次ボーア戦争を経験した帝国内のイギリス人にとって、新聞を通じてもたらされたイギリス国内のニュースは非常に貴重なものであったことだろう。そこに目を付けたのか、ノースクリフ卿は、『デイリー・メイル』の創刊から八年後の一九〇四年に、『デイリー・メイル』〈海外版〉(*The Overseas Daily Mail*)の刊行に踏み切った。(3) 毎週末(ほとんどが土曜日)に刊行される『デイリー・メイル』〈海外版〉は、日刊である〈国内版〉のいわばダイジェスト版と言ってよく、一週間の出来事がコンパクトにまとめられ、特筆すべき事件などをピックアップして紹介するという形態をとっている。(4) たとえば、創刊以来、長きにわたって一面に掲載されていた「ロンドン便り(OUR LONDON LETTER)」(1904/11/25 図5)というコラムが、国内の状況を世界各地に住むイギリス帝国人にコンパクトに伝える役割を果たした。以下が創刊号の冒頭文である。

毎週、読者のみなさんに、ロンドンおよび本国で起きている出来事に生き生きと鮮明なイメージを添えてお届けできるのは光栄なことです。本国の人々が自宅で、クラブで、劇場のロビーやその他の場所で話題にしていること——いったい彼らはどんなことに「夢中」なのでしょうか——、私個人の率直な印象をお伝えします。なんといっても、みなさんに祖国を感じてもらいたいのです。(ODM、(5) 一九〇四年一一月二五日付)

記事の匿名の語り手は「帰ってきた漂泊者(ONE WANDERER RETURNED)」と自らを名乗り、彼もかつては帝国のどこかに滞在していたことを匂わせる(設定になっている)。その彼が、地球上のどこかにいまだ漂泊している無数の読者に、故郷イギリスを実感してもらえるような記事を届けられることに喜びを感じているという。無味乾燥な近況レポートというよりは、海外の読者ひとりひとりに語りかけるような情緒の豊かさが、その語りの持ち味となっている。創刊号の語り手は、このあとポルトガルのカルロス一世(在位:一八八九年—一九〇八年)の来英の様子に話を移し、続いて国内外の政治動向や、ロンドンの観劇関連の情報("PLAYS AND PLAYERS IN

LONDON"）を報じている。一九二一年にF・A・マッケンジーは、『デイリー・メイル』の〈海外版〉が「帝国の建設者と彼らの妻たちがまさに知りたいと思う情報」を提供したと述べているが、[6]「ロンドン便り」も創刊以来、一九四〇年まで、一定の体裁で本紙の巻頭を飾り続け、海外の読者にその週ロンドンを中心に起こったイギリス国内の出来事を伝え続けたのである。

創刊当初、この〈海外版〉の売り込みを仕掛けたいノースクリフ・サイドが『スペクテイター』（*Spectator*）に掲載した広告戦略を見ると興味深い。『スペクテイター』誌といえば、ジョーゼフ・アディソンとリチャード・スティールが一七一一年に創刊した日刊紙として知られているが（一七一二年廃刊、一七一四年に一年の復刻）、保守的なスタンスで文芸・政治評論を中心に一八二八年に創刊された週刊版の本誌は現在まで続いている。伝統的な定期刊行物であるだけに、読者層の多くは教育を受けたエリート層であった。一九〇五年一月七日付の『スペクテイター』には、この新聞がその週の重要な国内ニュースを完全にダイジェスト化したものであることが報じられ、同年一二月九日付では、〈海外版〉が国内外のニュースを掲載し、イギリスの国内商品を通信販売で購入できるメリットなども宣伝されている。海外に住まうイギリス人が何よりも望んでいたであろう、イギリス国内のニュースを迅速に世界各国へ、しかも手頃な価格で届けることができたことが〈海外版〉

Daily Mail Over-Seas Edition.

OUR LONDON LETTER.

COURT CIRCULAR.

図５：『デイリー・メイル』〈海外版〉
創刊号の第一面

の強みであったことは言うまでもない。一九〇六年一月六日付の『スペクテイター』誌に転用された〈海外版〉への読者からの投稿を見てみよう。

ポート・エリザベス（南アフリカ）「われわれ漂泊者のためにこんなにも素晴らしい新聞が発行された。毎週購読を楽しみにしています」――ハービー・ウォーカー（Harby Walker）

ニュー・サウスウェールズ（オーストラリア南東部）「今日も遅延なく『デイリー・メイル』〈海外版〉が届きました。こんな僻地でこのような新聞を読めるとは、何とも言えない幸運です」――オーガスティン・ヴァン・ビエン（Augustine Van Biene）

キューバ「この〈海外版〉は、まさに自分が欲するものを満たしてくれます」――トーマス・エリス（Thomas Ellis）

コンゴ自由国「ベルギーの高官たちに貴社の新聞を見せたところ、こんなに安価に発行できるなんて理解できない、と言われました」――パーシー・J・ポーズナー（Percy J. Posener）

最後に記されている「安価」というのは、世界各国共通で郵送込みの年に七シリング（当時）の購読料のことである。[7]〈国内版〉にも見られたように、多様な広告を掲載することにより購買者の負担を下げたことで、〈海外版〉は流通実績を増加させることに成功したと考えることができる。

さて、『デイリー・メイル』〈国内版〉は創刊当時には全面広告のページは存在しなかったが、八年後に創刊された〈海外版〉では、当初から広告のみで構成されたページが用意されていた。ここで注意しなければならないのは、〈国内版〉と〈海外版〉では広告の種類と読者層が大きく異なっていたことである。おもな読者層を下層中流階級や労働者階級としていた〈国内版〉と異なり、〈海外版〉の読者は、いわゆる「エクスパッツ」("expats / expatriates"——字義は「国外在住者」)と呼ばれる、長年帝国経営に携わってきたエリートの岩盤ともいえる層であった。このことは〈海外版〉の存在を報じる宣伝が『スペクテイター』誌に掲載されたことからも推定できるし、先に引用したコンゴ自由国在住の読者が、ベルギーの高官と渡り合っていた身分であったことからも容易に察しがつくのだが、以下では、〈海外版〉の広告から本紙の読者についてもう少し考えてみたい。

消費に関連した彼らの関心事は本紙の広告を眺めてみても明らかだ。〈国内版〉との比較のために、やはり一九二〇年の〈海外版〉の広告を見てみよう。まず気づくのが、〈国内版〉に頻出していた「セール」の広告が見られないことである。このことは、たんに遠方に居住する彼らがセール広告には食いつけないという物理的な事情を示しているというよりは、おそらく彼らの関心の中心は商品の安さではないということなのだろう。むしろ〈海外版〉の広告でよく目につくのが、オーダーメイドのタキシードやパーティードレスの受注販売の広告(1920/2/21 図6)である。ここに社交界での人脈作りが欠かせない帝国経営者たちの生活ぶりが窺えるが、通信販売システムを利用することで、彼らは採寸済の注文書を本国の仕立て業者に郵送し、商品を調達していた。海外にいながらにして自国の商品を入手できるということは、異国に住む者にとって非常に大きな魅力であり、そのことを熟知していた本国の販売元は、自分たちがいかに高品質の素材で高級感ある洋服を仕立てることができるか、という広告を競って掲載している。またこの時期、〈海外版〉の広告ページの裏に目を移すと、「一読の価値がある本(Books Worth Reading)」という見出しで、さまざまな書籍を宣伝する一面ページがたびたび出てくる。たとえば、一九二〇年四月三日付の紙面には、『キプリングによる旅の書簡集』(*Letters of Travel by Kipling*)、『ヘン

図6：オーダーメイド服の受注

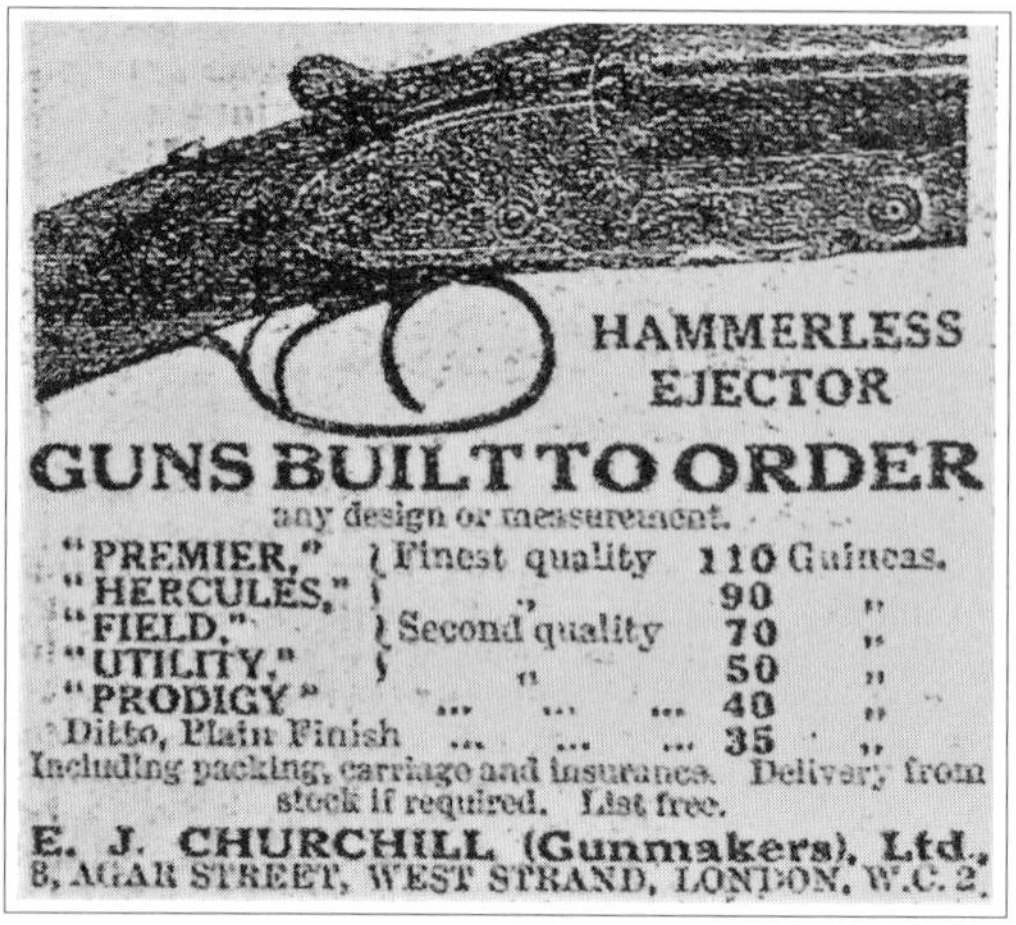

図7：銃

リー・ジェイムズの手紙』（*The Letters of Henry James*）といった当時の人気作家の手によるものや、『キッチナー卿の生涯』（*The Life of Lord Kitchener*）という第一次世界大戦の英雄の伝記、そして『モーゼ～予防医学の祖～』（*Moses: The Founder of Preventive Medicine*）という宗教学関連の教養書、さらには各国語辞書など、いかにもハイブラウな帝国人が好みそうな書籍満載のページに仕上がっている。そのほか、銃の販売（1920/3/20 図7）や、戦後不用になった物品の払い下げなどの政府広告（1920/4/3 図8）も〈国内版〉には見られない「特別な」品々だ。このように、『デイリー・メイル』〈海外版〉は、日刊の〈国内版〉を週刊に作り替えたダイジェスト版であるという発行形態や紙面作りからしても、いま見た広告の内容面からしても、〈国内版〉とは別物の新聞であるように思われる。〈海外版〉の読者は、彼らのために編まれ、「パッケージ化」された各種ニュース記事に目を通すことを毎週心待ちにしていたことだろう。そして、一面あるいは記事の随所に散りばめられた広告欄を通じて、彼らだけの嗜好性を育み、彼らだけの独占的な空間を謳歌していたのである。

　上記はいわば、海外読者の「想像の共同体」形成の場とも呼

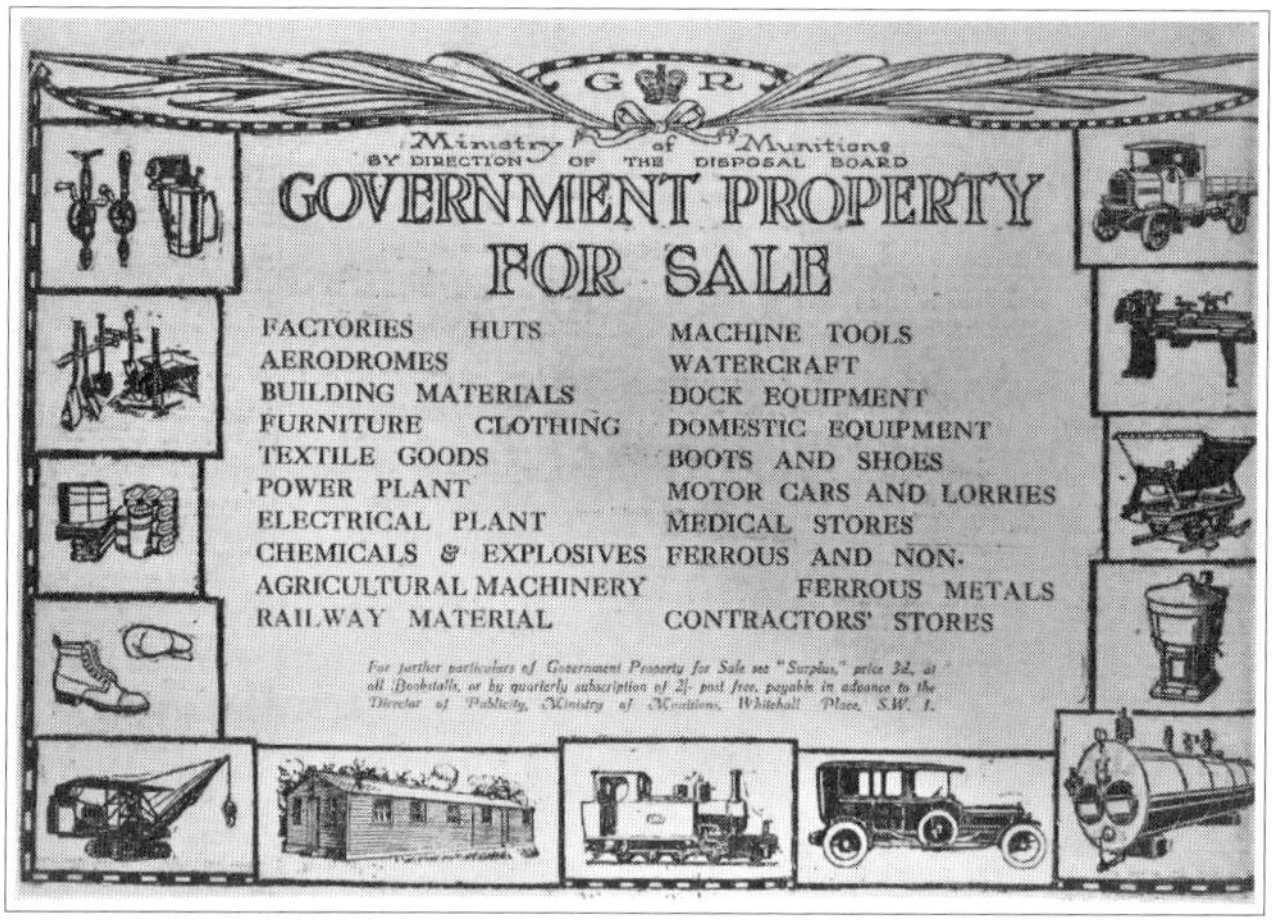

図 8：政府払下げ物品

べる一方で、『デイリー・メイル』〈海外版〉をベースとした「実体」としての共同体も存在した。それは〈海外版〉の読者で構成される「海外クラブ（The Overseas Club）」と呼ばれるもので、一九一〇年八月二七日の設立以来、紙面上での積極的な会員勧誘により、設立から二年余りが経過したころにはすでに十万人以上の会員を有するまでに成長した（ODM、一九一二年十月二六日付）。世界各地に散在するイギリス帝国の経営者たちの絆と愛国心を高める目的で設立された本クラブであったが、固定読者の確保と増大を目指す本紙が受ける利点もまた大きかったはずである。ロンドンには帰省した会員のためのクラブルームも存在し、その活動はたびたび紙面でも紹介されている（たとえば、ODM、一九二〇年四月三日付を参照）。会員数の増加とともに地域単位での支部活動も行われるようになっていったが、[8] 世界各地からごく限られた数の会員たちがロンドンで遭遇することはあっても、地域を超えて国単位の会合が行われたり、ましてや全世界の会員が顔を合わせることなど到底不可能であったことから、海外クラブの大部分の会員は「実体としての共同体を想像する共同体」に属していたといえるのかもしれない。クラブの目的は、「帝国内外に問わず、イギリス人の同胞意識を高めること」であり、いかなる党派にも宗派にも属さず、帝国に資することを目指すというものであった。第一次大戦時には祖国を思い、およそ百万ポンドの寄付が集まったほどである（McKenzie 58）。ここにも、イギリス帝国運営者たちの愛国心が見てとれる。では、〈海外版〉が彼らに提供したものは、ニュースのダイジェスト版と帝国運営者たちによる同胞意識だけだったのだろうか。

『デイリー・メイル』〈国内版〉がニュースを（ほぼ）即時的に伝えることができる日刊紙であった一方で、〈海外版〉は一週間に起こった事件や出来事を取捨して要約し、ダイジェスト版のかたちで海外に発信する週刊紙であったという内容的・構造的な相違が存在していたが、一九二〇年代半ばに、体裁面において興味深い変化が起こった。〈国内版〉と〈海外版〉のレイアウトが統一されたのである。多彩な広告の掲載が『デイリー・メイル』〈国内版〉の特徴であったことはすでに述べたが、〈国内版〉のもうひとつの大きな特徴は、写真の多用であった。もともとは上層中流階級の女性をターゲットに据えての戦略で、何よりもそのメッセージのわかりやすさが読者に受け入れられるのに、長い時間はかからなかった。技術革新の結果、〈国内版〉が紙面の一面に写真をふんだんに掲載するようになっていたが、一九二五年六月二〇日、ついに〈海外版〉が同じレイアウトを踏襲することとなったのである。これ以降、〈海外版〉は、少なくともレイアウトという形態的な側面においては、より〈国内版〉に近くなってくる。すなわち、階層の異なる〈国内版〉〈海外版〉の読者たちが同じ「フレーム」のなかで、それぞれの記事を眺めることとなったのである。

そして国内外の階層の違う読者が、内容面でも同じものを「読まされる」事態が一九二〇年代と三〇年代に起こった。それが連載小説の共有である。連載小説が〈国内版〉に登場したのが一八九六年五月四日の創刊号からであったことから、これが当初から読者を「継続的に」紙面に惹き込むためのノースクリフ卿の販売戦略のひとつであったことがわかる。リチャード・シムズ(9)が作成した一八九六年の創刊時から一九五〇年までの『デイリー・メイル』〈国内版〉における作者別連載小説リスト（"Fiction Serials in *The Daily Mail*: Authors Index"）をもとに、筆者が作成した表からその傾向を読み取ると（章末の資料1）、創刊日以降、第一次世界大戦終盤の一九一七年と一八年の休止や、戦間期にも何度かの断絶は見られるものの、一九三〇年代末まではほぼ継続的に連載小説が掲載されていたことがわかった。また、二〇年代までの作家にはいわゆる無名作家たちの作品が多いなか、一九三〇年代になると、A・A・ミルン、P・G・ウッドハウス、ノエル・カワード、ジョン・バカン、アガサ・クリスティのように現代においても有名な作家たちが連載小説を寄稿していることから、一九三〇年代までに主要大衆紙間で激化した販売合戦を受けて、相当な原稿料を払ってでも有名作家たちへ寄稿を依頼していた可能性がここに示唆されているといえる。また、連載小説という形態での作品の示し方が一九三〇年代には作家たちの間でもかなり認知され、著名な作家たちが多額の報酬を得ることを条件に作品を寄稿することに前向きになっていたとも考えられる。[10]

さて、では〈海外版〉はどうだろうか（ODM 章末の資料2）。今回、シムズの調査と比較するため、一九〇四年以降一九五〇年までの連載小説掲載状況を調査したところ、〈国内版〉以上に顕著な特徴として、以下のことがわかった。すなわち、〈海外版〉では連載小説の掲載が中断期間なくなされていたのが一九一九年から一九三九年までの約二〇年間であり、なかでも実に八割近くが『デイリー・メイル』〈国内版〉からの転載であった。つまり、〈国内版〉と〈海外版〉で乖離していた読者が、連載小説という特定のコンテンツのみを共有していた時期が一九二〇年代と三〇年代に存在していたのである。

〈国内版〉では、創刊時の一八九六年五月から第一次世界大戦の後半に差し掛かる一九一七年に休止されるまでほぼ定期的に掲載されていた連載小説のなかで、〈海外版〉に再掲されたのは、一九〇四年創刊時の匿名の筆者による「リンデン高原の主」（"The Master of Linden Wold"）と一九〇八年のヒース・ホスケンの「口輪をはめら

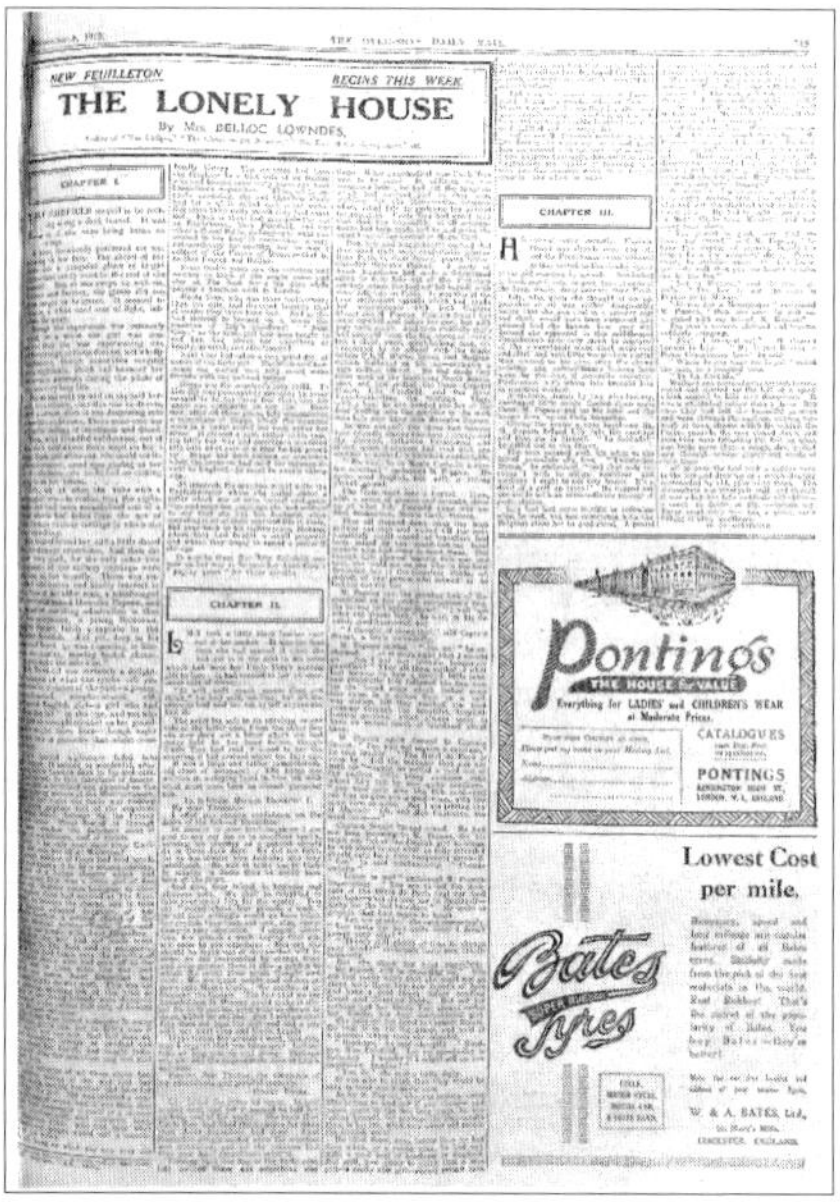
NEW FEUILLETON　BEGINS THIS WEEK

THE LONELY HOUSE

By Mrs. BELLOC LOWNDES.

CHAPTER I.

CHAPTER II.

CHAPTER III.

図９：The Lonely House

れた雄牛」（"The Muzzled Ox"）の二作のみであった。一九一九年まではこのようなミドルブラウ志向の連載小説を掲載しても海外の読者の反応が芳しくなかったのか、連載は単発に終わってしまった。これが、一九一九年以降、約二〇年間の継続刊行に転ずるのである。この時期に入って、連載小説を読むという行為のなかで〈国内版〉と〈海外版〉が初めてつながり、鏡合わせのように、国内と海外の階層の異なる読者同士が対峙することになったといえる。このことは何を意味しているのであろうか。

章末の資料2に見られるように、〈海外版〉では三五作品の連載小説が、一九一九年から休止期間なしに一九三八年まで刊行され続けているが、そのスタートを飾るべく、一九一九年一一月八日に新連載開始にあたって採用されたのが、マリー・ベロック＝ラウンズの「寂しい家」（"The Lonely House"）であった。この作品は、〈国内版〉の連載が開始されてほんの四日後に転載されたもので、初回の掲載紙面では、「『下宿人』（*The Lodger*）、『致命的な弱点』（*The Chink in the Armour*）、『ハネムーンの終焉』（*The End of the Honeymoon*）などの作者」として彼女が紹介されている（図９）。読者は紙面にベロック＝ラウンズの名を発見し、「あのベロック＝ラウンズか…」と――積極的に読む気がしたかしなかったかは別として――しばし紙面に目を留めたことであろう。しかも、「新連載（*NEW FEUILLETON*）」という大きな見出しとともに、別ページには作者の写真入りの広告を掲載し、読者の関心を引こうとするほどの入れ込みようだ（図10）。原文すべて太字で記された宣伝文句は以下のとおり。

ベロック＝ラウンズ夫人のほかの作品と同様、今回のこの見事な作品でも殺人事件が起こります。冒頭からヒロイン（と、読者）は奇妙で不吉な出来事の迷宮へと投げ出され、これが現代小説がもっとも注目すべき顛末へと発展していくのです。（ODM、一九一九年一一月八日付。傍点は筆者）

読者とヒロインを同列に付置しようとする解説者の意図に注目したい。主人公と読者が同時に同じことを体感する――この距離感が、「読者ありき」のミドルブラウ文学では重要である。ここには、読者が喜ぶような、読者が読みたがるテーマを想定する傾向にあるミドルブラウ作家の商業作家的な側面も垣間見られ、このことは、モダニズム作家による自己中心（陶酔）的な、「作者ありき」のハイブラウ文学とはきわめて対照的な点であるといえよう。読者の注意をまず引こうとする試みは、たとえば、これよりのちに掲載されたある小説のタイトルにも見出すことができる。章末の資料1と資料2に示した期間で、〈国内版〉から〈海外版〉に再掲載された作品中、唯一タイトルが変更されたものが、ジョン・ホークの「ローン荘の怪事件」（"The Mysterious Affair at Lone Lodge", February 13 - August 28, 1926）（資料2-（15））で、これは〈国内版〉では当時「ローン荘ミステリー」（"The Lone Lodge Mystery", August 20 - October

OUR NEW SERIAL
BY
Mrs. BELLOC LOWNDES.
'THE LONELY HOUSE.'

The opening chapters of a powerful novel, "The Lonely House," by Mrs. Belloc Lowndes, one of our most brilliant writers, appear in Page 719 of this issue of "The Over-Seas Daily Mail."

This exceptionally fascinating story, like most of the works of Mrs. Belloc Lowndes, deals with murder, and from the start the heroine (and the reader) are plunged into a maze of mysterious and sinister occurrences which are developed into one of the most remarkable situations in modern fiction.

Mrs. Belloc Lowndes.

Criminology has long been a hobby of Mrs. Belloc Lowndes, and the many successes she has attained in works of fact and fiction go to prove that she writes of crime and the psychology of crime with the knowledge of an expert as well as with rare dramatic power.

Everyone should take the opportunity of reading "The Lonely House," further instalments of which will appear weekly in "The Over-Seas Daily Mail."

図10：ベロック＝ラウンズの写真入り記事

6, 1925 資料1-(15))として発表されたものである。〈海外版〉のタイトルがアガサ・クリスティの人気作品『スタイルズ荘の怪事件』(*The Mysterious Affair at Styles*, 1920)と非常によく似ていることから、その人気にあやかろうと、作者ホークは〈海外版〉での再掲にあわせてタイトルを変更した可能性がある。ここで紹介した人気大衆作家ラウンズにしても、久々の連載小説の初回を飾るべく起用したことには、読者獲得のための編集サイドの思惑が込められていたといえる。また、〈海外版〉での連載小説が、ストックを豊富に蓄えた〈国内版〉からの再掲載であったことが功を奏してか、読者はひとつの連載が終了後、間髪入れずに翌週には次の連載を読みはじめることができた。〈海外版〉が週刊であることを踏まえても、連載と連載の間の空白期間が存在しなかったという事実は、読者を落胆させることなく、連載小説の世界に導き入れることを可能にした。[11] ある意味、これほど巧妙で確実な「読者製造装置」はなかったといえるのではないだろうか。

そして、〈海外版〉における連載小説をひときわ目立たせる記事にするために一役買ったのが、レイアウト上の工夫であった。〈国内版〉では、初回や最終回という特別な機会でない限り、連載小説は紙面の下欄に追いやられ、連載漫画や新連載の予告広告(この例では女性の肖像画)の隙間を縫うようにして掲載されることが多い。これは〈国内版〉が雑記事の多い日刊であるがゆえの制約だと言えるかもしれない(図11)。これに対し〈海外版〉では、特別な回でなくても一面にわたって作品が大きく取り扱われることがほとんどで、レイアウトもつねに整然としている。週刊である分、各回の取扱章の数も多く、読み応えある分量となっている(図12)。つまり、連載小説の掲載の扱いという点においては、〈海外版〉のほうがはるかに優遇されている。〈国内版〉ではその他の雑多な記事に埋もれて見過ごされそうな連載小説が、〈海外版〉では、むしろ特権的な「居場所」を与えられていたのだ。これは〈海外版〉の読者の視線が、新聞という枠のなかにきれいにレイアウトされたミドルブラウ連載小説に差し向けられるようになったことを示している。一九二〇年代と三〇年代に、連載小説がここまで継

図 11：DM 版・連載小説レイアウト

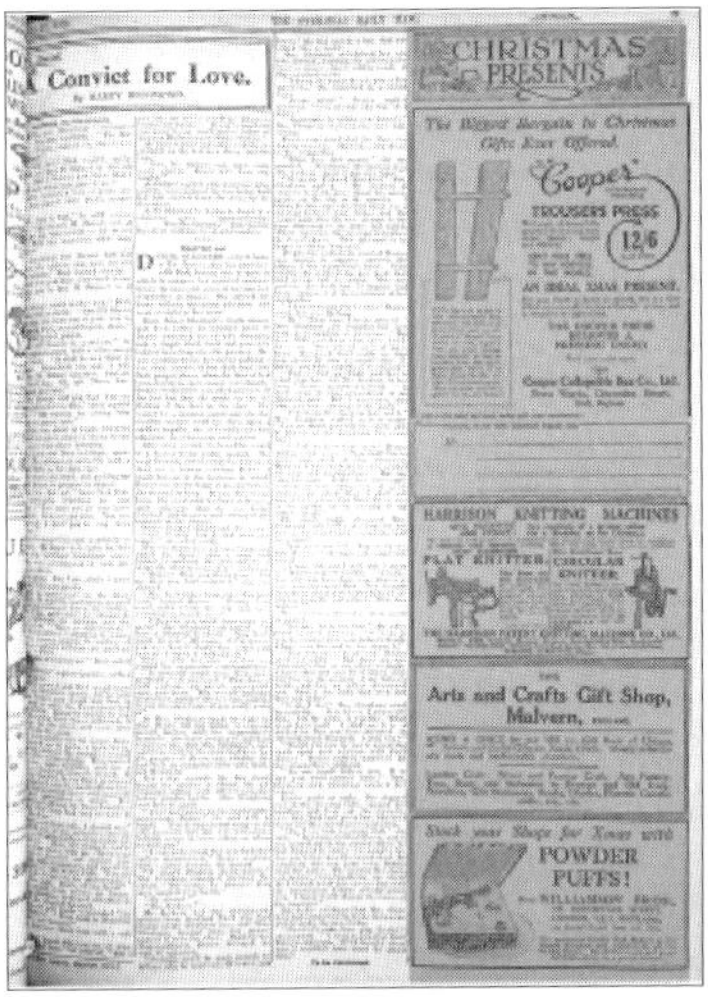

図 12：ODM 版・連載小説レイアウト

続的に読まれていた理由に即答することは難しい。この時期、イギリス帝国は領土面積にして最大を誇るまでに成長していたものの、その内実にはさまざまな歪みが露呈していた。精神的重圧を担っていた帝国経営者たちが、自らの疲弊感を癒すため、このような「軽い読み物」を欲するようになっていたということなのだろうか。あるいは、ラウンズの連載小説が始まった一九一九年の一一月は、折しも第一次世界大戦が終了してからちょうど一年が経ったころだった。未曾有の死者数を出したこの人類初の総力戦があらゆる人々の価値観を変容させたと言われるが、大戦は帝国経営者たちの嗜好性にもなんらかの影響を与えたのであろうか。

　実は、〈海外版〉で約二〇年間続いた連載小説の終焉も示唆的であった。これはおそらく〈国内版〉の連載が第二次世界大戦の影響で停止したことの煽りを受けてのことであるのは、ほぼ間違いない。しかし、〈国内版〉の中断後しばらくは〈海外版〉が連載をなんとか続けようとしたかのような奇妙な連載小説が登場する。章末の資料2-(35)と資料2-(36)のノーマン・ヒルソンによる二作品は、ともに〈国内版〉からの転載ではなく、内容もかなり異質なものだ。「マリー・アントワネット」（"Marie Antoinette"）は、歴史上の人物に関する非常に短い四回完結の歴史小説であり、筆者の創作に基づく一般的な連載小説とは異なっている。また、同作者による「この恋人たちは誰かわかるか」（"Can You Recognise These Lovers?"）にいたっては、「新連載小説（New Fiction Series）」と冒頭で銘打ってはいるものの、歴史上の人物についてのエピソードを一九三〇年当時の設定にアレンジし、人物名を作り変えたうえで、実在の人物を当てるというクイズ形式になっており、一般的な連載小説には程遠い風変わりな作品である。〈国内版〉からの連載小説の供給が滞りはじめたこのころの〈海外版〉編集サイドの苦肉の策といえるのかもしれないが、このような特異な二作品のなかにも、ミドルブラウ性を見出すことはできる。つまり、前者はマリー・アントワネットというフランス貴族の伝記をゴシップ記事のようなロマンスに書き換えており、後者は、歴史上の人物を一九三〇年代という同時代の舞台に引き込み、登場人物の物語を、あたかも自分たちの身に起こるかのように身近に感じる設定に変えたことなどが挙げられる。このように、奇をてらった歴史的事象の焼き直しは、まさに「実用性」を重視するミドルブラウ的手法のひとつと言えるだろう。さらに、別ページに記された解答と解説に目を移せば、歴史上の著名人が「そんなことをしていたのだ」という窃視者的な感覚を味わったうえで、改めて彼らの経験を同時代に変換して追体験することができるため、偉人伝が下世話な話ではあればあるほど、ミドルブラウ読者層の彼らへの「知識欲」は増幅されていくのである。しかも、ここでの読者はイギリス帝国の建設者たちなのだ。ゴシップへの関心は、まさに「クラスレス」なものであり、かつて下層中流階級から労働者階級へと階級を超えて広がっていった「ミドルブラウ」層は、それにやや遅れて、海外の中・上流階級読者へとその範疇を広げていったと考えられるのではないだろうか。

四　むすびに代えて

『デイリー・メイル』〈海外版〉は、基本的に下層中流階級・労働者階級を読者とする〈国内版〉とは内容が非常に異なるエリート層向けのタブロイド紙としての地位を確立していた。〈海外版〉を通じて形成された究極の「想像の共同体」は、海外各地に散在した帝国経営者たちの本国イギリスへの眼差しを束ね、深い郷愁の念と愛国心に満ちた彼らだけの同胞意識を創出することに寄与したといえるだろう。一方で、国内外ふたつの『デイリー・メイル』に掲載されたきわめてミドルブラウ的な連載小説の介在によって、はからずも、地理的にも階級的にも隔絶された国内の読者と海外の読者の遭遇が起こった。連載小説が読まれる空間に限って言えば、それはひとつの『デイリー・メイル』だったのであり、そこにはひとつの「ミドルブラウ」読者層が存在したことになる。この視点からすれば、下層中流階級をターゲットとしたタブロイド紙の「軽い読み物」である連載小説を読む人々だけを「ミドルブラウ」と規定することはできなくなるであろう。では、同じ作品を、ほぼ同じ時期に、海外で読むことになった帝国経営者たちをどう解釈すればよいのだろうか。彼らは「ミドルブラウ化」したのか。それとも、ミドルブラウが拡大したのだろうか。[12]『デイリー・メイル』〈海外版〉が二〇年間に及んで連載し続けた小説によって、彼らがミドルブラウ文学に慣れ親しみ、あるいは手なずけられたことによって、ミドルブラウ文学を受け入れるようになった新しい読者となったのであれば、これを――先にビンガムが未決とした――ミドルブラウ小説がもたらしたひとつの「効果」と考えるのは、行きすぎた解釈であろうか。

ひとまずの結論として言えることは、ミドルブラウは固定された層なのではなかったということである。それは過去のイギリス帝国が経験していったように、さまざまな要因を受けて膨張・拡大するものなのではないだろうか。即時性に秀でたメディアである戦後のテレビの目覚ましい普及によって、すべての階級の人々が同じ番組を同じ時間帯に視聴するようになると、彼らの価値観や世界観は平準化し、ミドルブラウ的な文化はもはや特別なものではなくなった。しかし、実は戦間期のこの時期、ひとつの文化現象をめぐる価値観の平準化はすでに起こっており、ミドルブラウの範疇は予想以上の「広がり」を呈していたのである。一九二六年にプリーストリーがこの層を、「ミドル」ではなく「ブロードブラウ（Broadbrow）」[13]と形容したことは、きわめて的を射ていたことだったといえるだろう。

註

（1）詳細は、Law を参照。

（2）McKibbin, p. 504. より引用。

（3）『デイリー・メイル』〈海外版〉の正式名称は、一九〇四年から一九一九年まで *The Daily Mail*（Overseas edition）、一九一九年から一九四六年まで *The Overseas Daily Mail*、一九四六年から一九五〇年まで *The Overseas and Transatlantic Mail*、一九五一年から一九五二年まで *The Weekly Overseas Mail*（Home & Forces edition）と変更されているが、本章では、中心として扱う創刊時から戦間期までの名称を総合して、『デイリー・メイル』〈海外版〉という訳語で表記することとした。

（4）『デイリー・メイル』〈海外版〉は、紙面サイズも、特集号などを除けば、『デイリー・メイル』〈国内版〉（縦約六一センチ×横約四三センチ）よりも小さく、縦約四〇センチ×横約三〇センチが標準。

（5）以後、注釈内では『デイリー・メイル』〈海外版〉をＯＤＭと記し、『デイリー・メイル』〈国内版〉をＤＭと記すこととする。

（6）『デイリー・メイル』〈海外版〉は「英語話者が住む世界の至る場所」（McKenzie 56, 58）に発送されていたほか、姉妹版ともいうべき、ヨーロッパ大陸と北米の読者を対象とした『ヨーロッパ・デイリー・メイル』（*The Continental Daily Mail*）が刊行されていた。

（7）創刊時の『デイリー・メイル』〈海外版〉は五シリングであり、以後、当時の物価上昇に合わせて、定価の微増がみられる。

（8）一九一一年一〇月二八日現在、〈海外版〉が発表した支部数は一千九四三となっている。

（9）『デイリー・メイル』〈国内版〉に掲載された連載小説については、リチャード・シムズ（Richard Simms）作成（二〇〇九）'FICTION INDEX: 1896–1950'（http://dmfictionindex.atwebpages.com/index.htm 二〇一六年一二月一六日最終閲覧）を参照した。シムズ氏に調査方法について照会したところ、ボストン・スパ（Boston Spa）に移転前のロンドン・コリンデール（Colindale）にあった大英図書館分館（Newspaper Library）において、約一〇年間にわたり、オリジナル紙媒体とマイクロフィルムから抽出作業を行ったとのことであった。

（10）磯部によると、一九二〇年代と三〇年代は、「正にイギリス日刊新聞の急速な発達を助長した、イギリス新聞紙に残る記録的な時代である」とのことであるが、それは国内における当時の全国規模の主要大衆紙であった『デイリー・メイル』、『デイリー・クロニクル』、『ロンドン・エクスプレス』、『デイリー・ヘラルド』の四紙が熾烈な販売合戦を行ったことで、新聞の流通数が飛躍的に伸びたからであるという（一三四―一三五）。大量生産時代に低価格な新聞を販売して大量消費を達成するため、印刷機の整備、熟練工の雇用、広告主からの収入は不可欠であったが、その一方で、販売部数を伸ばすために各新聞社がしのぎを削って勧誘攻勢に出ていたことが窺える。

（11）日刊の〈国内版〉が週刊の〈海外版〉に再掲されるまでの時差は、数日から最長で2年程度であった。

（12）たとえば、一九三五年に非政府組織ＰＥＰ（Political and Economic Planning）が世帯生計収入をもとに行った調査によると、上流・上層中流階級の三割程度が『デイリー・メイル』〈国内版〉の読者であるという結果が出ている（PEP 125）。これはほかの主要タブロイド紙を大きく上回る割合である。しかし、比較対象とすべきそれ以前の統計結果が存在しないため、戦間期にどれほどこれらの階級の読者が増えたのか、あるいは（ミドルブラウ連載小説の魅力によって？）どれほど本タブロイド紙に対する意識が変容したのかを推察することはできない。

（13）　詳細は、Priestley を参照。

引用文献

〈一次資料〉

The Daily Mail

The Overseas Daily Mail

The Spectator

〈二次資料〉

磯部佑一郎『イギリス新聞史』（ジャパンタイムズ、一九八四）

秦邦生「『軽い読み物《ライト・リーディング》』とミドルブラウ読者たち」『イギリス文学入門』（三修社、二〇一四）

井川ちとせ・武藤浩史「序」『英国ミドルブラウ文化研究の挑戦』、中央大学人文科学研究所編、中央大学出版部、二〇一七、一—二六。

Bingham, Adrian, “Cultural Hierarchies and the Interwar British Press.” *Middlebrow Literary Cultures: the Battle of the Brows, 1920–1960*. Ed. Erica Brown and Mary Grover. Basingstoke: Palgrave, 2012.

Bingham, Adrian, & Martin Conboy. *Tabloid Century: The Popular Press in Britain, 1896 to the Present*. London: Peter Lang, 2015.

Law, Graham, *Serializing Fiction in the Victorian Press*. Basingstoke, Palgrave, 2000.

McKibbin, Ross. *Classes and Cultures England 1918–1951*. Oxford: Oxford University Press, 1998.

McKenzie, F. A. *The Mystery of the Daily Mail: 1896–1921* London: Associated Newspapers, Ltd. 1921.

P. E. P., *Report on The British Press: A Survey of its Current Operations and Problems with Special Reference to National Newspapers and their Part in Public Affairs*. London: Political and Economic Planning, 1938.

Priestley, J. B. "High, Low, Broad." *The Saturday Review* 20 Feb. 1926: 222–23.
Sreberny-Mohammadi, Annabelle. "Forms of Media as Ways of Knowing." J. Downing, et al. ed. *Questioning the Media*, 2 edn. London: Sage, 1990.
Williams. Kevin. *Get Me A Murder A Day!: A History of Mass Communication in Britain*. New York: Arnold, 1998.

N.B.	
➡	連載の継続
➡■	同月内の連載終了
■➡	同月内途中からの連載開始
□	同月内の空白期間
	連載なし
〔➡	*ODM* でのちに再掲される連載小説の開始
➡〕	上記終了

※連載小説タイトルの番号は、章末【資料2】と連動

(2)	Hosken, Heath, 'The Muzzled Ox', July 20 - November 12, 1908 (written with Coralie Stanton)
(3)	Lowndes, Mrs. Belloc (1868-1947), 'The Lonely House', November 4 - December 17, 1919
(6)	Austin, John, 'Legally Dead', September 7 - November 1, 1920
(8)	Jocelyn, Noel, 'Uneasy Street', August 25 - October 24, 1921
(9)	Miller, Elizabeth York, 'A Heart in Pawn, December 15, 1921 - February 4, 1922
(10)	Richmond, Barry, 'A Convict for Love', October 25 - December 14, 1921
(11)	Harris-Burland, J. B., 'The Hidden Hour', February 14 - April 4, 1923
(12)	Warwick, Sidney (1870-1953), 'The Mystery House', September 27 - November 21, 1923
(13)	Thomson, W. Harold, 'The Compulsory Millionaire', June 29 - August 2, 1922
(14)	Tracy, Louis (1863-1928), 'The Gleave Mystery', April 30 - June 30, 1925
*(15)	Hawk, John, 'The Lone Lodge Mystery', August 20 - October 6, 1925
(16)	Laurence, John, 'The Pursuing Shadow', March 25 - June 15, 1926
(17)	Wallace, Edgar (1875-1932), 'The Forger', April 27 - June 11, 1927
(20)	Applin, Arthur (1873-1949), 'Limelight', July 16 - August 6, 1929
(21)	Rickard, Mrs. Victor, 'Yesterday's Love', February 19 - March 25, 1930
(23)	Reid, Major Lestock, 'Sons of Solomon', January 9 - March 6, 1931
(24)	Sabatini, Rafael (1875-1950), 'The Black Swan', January 21 - February 29, 1932
(25)	Ferber, Edna (1885-1968), 'Cimarron', March 12 - April 30, 1931
(26)	Sapper, pseudonym of Herman Cyril McNeile (1888-1937), 'Knock-Out', February 15 - April 4, 1933
(27)	Deeping, Warwick (1877-1950), 'Seven Men Came Back', March 19 - May 17, 1934
(29)	Deeping, Warwick (1877-1950), 'The Puppet Master', June 26 - August 17, 1935
(30)	Buchan, John (1875-1940), 'The Island of Sheep', June 18 - July 27, 1936
(31)	Sapper, pseudonym of Herman Cyril McNeile (1888-1937), 'Challenge', November 5 - December 22, 1936
(32)	Mason, A. E. W. (1865-1948), 'Fire Over England', March 3 - April 16, 1937
(33)	Crofts, Freeman Wills (1879-1957), 'Found Floating', July 15 - August 21, 1937
(34)	Farnol, Jeffery, 'The Lonely Road', June 14 - July 26, 1938
(37)	Knox, Collie, 'Mirage', June 27 - July 1, 1939

*(15) は、ODM へ再掲の際、タイトルを 'The Mysterious Affair at Lone Lodge' に変更

資料1：DM に掲載された連載小説
出典元：Simms（2009）をもとに筆者作成。

年 / 月	January	February	March	April	May	June	July	August	September	October	November	December	月 / 年
1896	—	—	—	—	➡	➡	➡	➡	➡	➡	➡	➡	1896
1897	➡	➡	➡	➡	➡	➡	➡	➡	➡	➡	➡	➡	1897
1898	➡	➡	➡	➡	➡	➡	➡	➡	➡	➡	➡	➡	1898
1899	➡	➡	➡	➡	➡	➡	➡	➡	➡	➡	➡	➡	1899
1900	➡	➡	➡	➡	➡	➡	➡	➡	➡	➡	➡	➡	1900
1901	➡	➡	➡	➡	➡	➡	➡	➡	➡	➡	➡	➡	1901
1902	➡	➡	➡	➡	➡	➡	➡	➡	➡	➡	➡	➡	1902
1903	➡	➡	➡	➡	➡	➡	➡	➡	➡	➡	➡	➡	1903
1904	➡	➡	➡	➡	➡	➡	➡	➡	➡	➡	➡	➡	1904
1905	➡	➡	➡	➡	➡	➡	➡	➡	➡	➡	➡	➡	1905
1906	➡	➡	➡	➡	➡	➡	➡	➡	➡	➡	➡	➡	1906
1907	➡	➡	➡	➡	➡	➡	➡	➡	➡	➡	➡	➡	1907
1908	➡	➡	➡	➡	➡	➡	〔➡ (2)	➡	➡	➡	➡〕	➡	1908
1909	➡	➡	➡	➡	➡	➡	➡	➡	➡	➡	➡	➡	1909
1910	➡	➡	➡	➡	➡	➡	➡	➡	➡	➡	➡	➡	1910
1911	➡	➡	➡	➡	➡	➡	➡	➡	➡	➡	➡	➡	1911
1912	➡	➡	➡	➡	➡	➡	➡	➡	➡	➡	➡	➡	1912
1913	➡	➡	➡	➡	➡	➡	➡	➡	➡	➡	➡	➡	1913
1914	➡	➡	➡	➡	➡	➡	➡	➡	➡□➡	➡	➡	➡	1914
1915	➡	➡	➡	➡	➡	➡■		■➡	➡	➡	➡	➡	1915
1916	➡	➡	➡	➡	➡	➡	➡	➡	➡	➡	➡	➡	1916
1917	➡	➡	➡■										1917
1918													1918
1919			■➡	➡	➡	➡	➡	➡	➡	➡	〔➡ (3)	➡〕➡	1919
1920	➡	➡	➡	➡	➡■		■➡	➡	〔➡ (6)	➡	➡〕➡	➡	1920
1921	➡	➡	➡	➡	➡	➡	➡	〔➡ (8)	➡	➡〕〔➡ (10)	➡	➡〕〔➡ (9)	1921
1922	➡	➡〕	➡	➡	➡	〔➡ (13)	➡	➡〕	➡	➡	➡	➡	1922
1923	➡	〔➡ (11)	➡	➡〕	➡	➡	➡	➡	〔➡ (12)	➡	➡〕	➡	1923
1924	➡	➡	➡	➡	➡	➡	➡	➡	➡	➡	➡	➡	1924
1925	➡	➡	➡	〔➡ (14)	➡	➡〕	➡	〔➡ (15)	➡	➡〕	➡	➡	1925
1926	➡	➡	〔➡ (16)	➡	➡	➡〕	➡	➡	➡	➡	➡	➡	1926
1927	➡	➡	➡	〔➡ (17)	➡	➡〕	➡	➡	➡	➡	➡	➡	1927
1928	➡	➡	➡	➡	➡	➡	➡	➡□➡	➡	➡	➡□➡	➡	1928
1929	➡	➡	➡	➡	➡	〔➡ (20)	➡	➡〕	➡■	■➡	➡	➡■	1929
1930	■➡	➡□〔➡ (21)	➡〕	➡	➡	➡	➡	➡□➡	➡□➡	➡	➡	➡	1930
1931	〔➡ (23)	➡	➡〕□〔➡ (25)	➡〕	➡	➡	➡□➡	➡	➡□➡	➡	➡	➡■	1931
1932	■〔➡ (24)	➡〕	➡	➡	➡	➡	➡	➡■		■➡	➡	➡□➡	1932
1933	➡□➡	〔➡ (26)	➡	➡〕	➡	➡	➡	➡	➡	➡	➡	➡□➡	1933
1934	➡	➡□➡	〔➡ (27)	➡	➡〕	➡	➡	➡	➡	➡	➡	➡□➡	1934
1935	➡	➡	➡	➡□➡	➡	〔➡ (29)	➡	➡〕	➡	➡	➡	➡□➡	1935
1936	➡	➡	➡	➡	➡	〔➡ (30)	➡〕	➡	➡	➡	〔➡ (31)	➡〕■	1936
1937	■➡	➡	〔➡ (32)	➡〕	➡	➡	〔➡ (33)	➡〕	➡	➡	➡■		1937
1938	■➡	➡■	■➡	➡■	■➡■	■〔➡ (34)	➡〕■	■➡■	■➡	➡■	■➡■		1938
1939	■➡	➡□➡	➡■		■➡	➡□〔➡ (37)	➡〕■	■➡■				■➡■	1939
1940													1940
1941													1941
1942													1942
1943													1943
1944													1944
1945													1945
1946													1946
1947													1947
1948													1948
1949						■➡	➡	➡■	■➡	➡	➡	➡■	1949
1950			■➡■		■➡	➡	➡	➡□➡	➡	➡■			1950

N.B.	
➡	連載の継続
[➡	新規連載開始
	連載なし
□	空白期間
S	*DM* に掲載された一回読み切りの短編小説
(S)	*DM* には掲載されていない一回読み切りの短編小説
	DM に掲載された *ODM* の連載小説
	DM には掲載されていない *ODM* の連載小説

(1) (Anonymous = By the Author of 'A Woman in Grey'), 'The Master of Linden Wold', 25 November - 31 March 1905
(2) Hosken, Heath, 'The Muzzled Ox', July 25 - December 26, 1908 (written with Coralie Stanton)
(3) Lowndes, Mrs. Belloc (1868-1947), 'The Lonely House', November 8, 1919 - April 24, 1920
(4) Hosken, Heath, 'Both of This Parish', May 1 - August 21 1920 (written with Coralie Stanton)
(5) Miller, Elizabeth York, 'Wife in the Wilderness', August 28 - November 27, 1920
(6) Austin, John, 'Legally Dead', December 4, 1920 - May 14, 1921
(7) J.B. Harris-Burland, J. B., 'The Black Moon', May 21 - Septemter 10, 1921
(8) Jocelyn, Noel, 'Uneasy Street', September 17, 1921 - April 1, 1922
(9) Miller, Elizabeth York, 'A Heart in Pawn, April 8, 1922 - November 18, 1922
(10) Richmond, Barry, 'A Convict for Love', November 25, 1922 - August 4, 1923
(11) Harris-Burland, J. B., 'The Hidden Hour', August 4, 1923 - March 8, 1924
(12) Warwick, Sidney (1870-1953), 'The Mystery House', March 15 - November 22, 1924
(13) Thomson, W. Harold, 'The Compulsory Millionaire', November 29, 1924 - May 16, 1925
(14) Tracy, Louis (1863-1928), 'The Gleave Mystery', May 23, 1925 - February 6, 1926
*(15) Hawk, John, 'The Mysterious Affair at Lone Lodge', February 13 - August 28, 1926
(16) Laurence, John, 'The Pursuing Shadow', September 4, 1926 - June 18, 1927
(17) Wallace, Edgar (1875-1932), 'The Forger', June 25, 1927 - April 7, 1928
(18) Tracy, Louis, 'The Women in the Case', April 14, 1928 - March 16, 1929
(19) Laurence, John, 'The Honeymoon Mystery', March 23 - December 21, 1929
(20) Applin, Arthur (1873-1949), 'Limelight', December 28, 1929 - April 12, 1930
(21) Rickard, Mrs. Victor, 'Yesterday's Love', April 19 - November 1, 1930
(22) Kilpatrick, Florence A., 'Paradise-LTD', November 1, 1930 - July 25, 1931
(23) Reid, Major Lestock, 'Sons of Solomon', August 1, 1931 - May 14, 1932
(24) Sabatini, Rafael (1875-1950), 'The Black Swan', May 21, 1932 - February 11, 1933
(25) Ferber, Edna (1885-1968), 'Cimarron', February 18, 1933 - February 24, 1934
(26) Sapper, pseudonym of Herman Cyril McNeile (1888-1937), 'Knock-Out', March 3 - October 6, 1934
(27) Deeping, Warwick (1877-1950), 'Seven Men Came Back', October 13, 1934 - August 17, 1935
(28) Sabatini, Rafael, 'Heroes of Empire', August 17, 1935 - January 25, 1936
(29) Deeping, Warwick (1877-1950), 'The Puppet Master', February 1 - August 1, 1936
(30) Buchan, John (1875-1940), 'The Island of Sheep', August 8, 1936 - January 9, 1937
(31) Sapper, pseudonym of Herman Cyril McNeile (1888-1937), 'Challenge', January 16 - June 17, 1937
(32) Mason, A. E. W. (1865-1948), 'Fire Over England', June 24, 1937 - January 22, 1938
(33) Crofts, Freeman Wills (1879-1957), 'Found Floating', January 29 - June 25, 1938
(34) Farnol, Jeffery, 'The Lonely Road', July 2 - December 17, 1938
*(35) Hillson, Norman, 'Marie Antoinette', January 7 - February 4, 1939
*(36) Hillson, Norman, 'Can You recognise these lovers?', March 18 - April 15, 1939
(37) Knox, Collie, 'Mirage', July 8 - August 5, 1939

*(15) は、*DM* での初出タイトルは、'The Lone Lodge Mystery'.
*(35) と (36) は典型的な連載小説の形式を踏襲しておらず、考察からは除外

資料 2：ODM に掲載された連載小説
出典元：一次資料をもとに筆者作成。

年/月	January	February	March	April	May	June	July	August	September	October	November	December	月/年
1904	—	—	—	—	—	—	—	—	—	—	【➡(1)	➡	1904
1905	➡	➡	➡										1905
1906	S	S・S											1906
1907													1907
1908							【➡(2)	➡	➡	➡	➡	➡	1908
1909													1909
1910													1910
1911													1911
1912													1912
1913													1913
1914													1914
1915													1915
1916													1916
1917													1917
1918													1918
1919											【➡(3)	➡	1919
1920	➡	➡	➡	➡	【➡(4)	➡	➡	【➡(5)	➡	➡	【➡(6)	➡	1920
1921	➡	➡	➡	➡	【➡(7)	➡	➡	➡	【➡(8)	➡	➡	➡	1921
1922	➡	➡	➡	【➡(9)	➡	➡	➡	➡	➡	➡	【➡(10)	➡	1922
1923	➡	➡	➡	➡	➡	➡	➡	【➡(11)	➡	➡	➡	➡	1923
1924	➡	➡	【➡(12)	➡	➡	➡	➡	➡	➡	➡	【➡(13)	➡	1924
1925	➡	➡	➡	➡	【➡(14)	➡	➡	➡	➡	➡	➡	➡	1925
1926	➡	【➡(15)	➡	➡	➡	➡	➡	➡	【➡(16)	➡	➡	➡	1926
1927	➡	➡	➡	➡	➡	【➡(17)	➡	➡	➡	➡	➡	➡	1927
1928	➡	➡	➡	【➡(18)	➡	➡	➡	➡	➡	➡	➡	➡	1928
1929	➡	➡	【➡(19)	➡	➡	➡	➡	➡	➡	➡	➡	【➡(20)	1929
1930	➡	➡	➡	【➡(21)	➡	➡	➡	➡	➡	➡	【➡(22)	➡	1930
1931	➡	➡	➡	➡	➡	➡	➡	【➡(23)	➡	➡	➡	➡	1931
1932	➡	➡	➡	➡	【➡(24)	➡	➡	➡	➡	➡	➡	➡	1932
1933	➡	【➡(25)	➡	➡	➡	➡	➡	➡	➡	➡	➡	➡	1933
1934	➡	【➡(26)	➡	➡	➡	➡	➡	➡	➡	【➡(27)	➡	➡	1934
1935	➡	➡	➡	➡	➡	➡	➡	【➡(28)	➡	➡	➡	➡	1935
1936	➡	【➡(29)	➡	➡	➡	➡	➡	【➡(30)	➡	➡	➡	➡	1936
1937	【➡(31)	➡	➡	➡	➡	【➡(32)	➡	➡	➡	➡	➡	➡	1937
1938	【➡(33)	➡	➡	➡	➡	➡	【➡(34)	➡	➡	➡	➡(S)・(S)➡	➡□S・S	1938
1939	□➡(S)➡(35)	➡□S	S□【➡(36)	➡□S	S・S・S	S・S・S	□【➡(37)	➡□S・S・S	S・S・S・S	S	S・S		1939
1940	S	S・S・S	S・S	S									1940
1941													1941
1942													1942
1943													1943
1944													1944
1945													1945
1946													1946
1947													1947
1948													1948
1949													1949
1950													1950

ジェイムズ・ボンドはミドルブラウ文化の夢を見るか？
――イアン・フレミング『カジノ・ロワイヤル』と批評の課題の棚卸し――

秦　邦生

一　読者と、読書と、ミドルブラウの文学・文化

００７シリーズの原作者イアン・フレミングはかつて自身の著作について、次のように語ったことがある。自分の小説は、「列車や飛行機やベッドのなかにいる、温かい血をした異性愛者たちに向けて書かれているのだ」、と（Fleming, "How to Write" 14）。いつもはビジネスで忙しく飛び回っているが、ほかにできることもない移動中や、仕事も終わった就寝前に「娯楽」としての軽い読書を楽しむ男たち――この言葉から浮かんでくる読者のイメージは、だいたいそんなところだろうか。もちろん「異性愛者」は決して男限定の言葉ではないのに、主要な読者として男性を想定してしまうことには、ジェイムズ・ボンド小説からは拭い去れないジェンダー・セクシュアリティの諸問題が徴候的に表れていることはまず認めねばならない。[1]だがその問題はとりあえず後回しにして、ここで最初に注意したいのは次の点である。通勤・出張中や、仕事の休憩中の読書、余暇時間の読書、趣味としての読書といった一連のイメージが、アカデミックで専門的な種類の研究や批評とは大きく異なる、より「一般

的」なものであることには疑う余地がないだろう。だがこのような種類の読書・読者像は「ミドルブラウ」という用語で語ることができるのか、できないのか？　できるとすればそれは「ミドルブラウ研究」の可能性について私たちになにを教えてくれるのか？　また逆にそれができないとすれば、その不可能性は「ミドルブラウ研究」に潜在してきたいかなる死角を、私たちに気づかせてくれるのだろうか？

小説と映画の垣根を横断して展開するボンドのテクスト群は、これまでおもにポピュラー・カルチャーの分野で研究されてきたが、二〇世紀末以降に新たに台頭したミドルブラウ研究は、一貫してボンドとは出会いそこねてきた。この状況を認識しつつ、ボンド・テクストを「ミドルブラウ」的な観点から再読することは、ポピュラー・カルチャー研究とミドルブラウ研究、その両方を効果的に異化し、新たな視野を切り開くことにつながるかもしれない。本稿はこの問題意識を出発点に、フレミングのボンド小説第一作『カジノ・ロワイヤル』をメイン・テクストにして、ただしその後のシリーズの変容にも適宜留意しつつ、議論を展開したい。

なぜミドルブラウ研究は、ボンドを論じてこなかったのか。ここでは手始めに二つの要因を挙げておこう。第一に、イギリス文学・文化を対象とするミドルブラウ研究は、ＯＥＤに掲載された“middlebrow”という用語の用例初出が一九二四年から翌年にかけてであることを一つの根拠として、大戦間期に焦点をあわせる根強い傾向を持っている。例えば、論集などでも扱われる時代はせいぜい五〇年代から六〇年代初頭まで、ボンドのような冷戦期から現代まで続く話題には、概して注意を払ってこなかったと述べても過言ではなかろう。(2)　第二の要因としては女性文学への注目、つまりミドルブラウ研究のフェミニズム的傾向がある。その典型的な研究対象となってきたのは、推理小説やロマンスのように安定的なファン層を有するジャンル小説であり、その代表的な書き手は女性作家（例えば、黄金期の本格探偵小説におけるアガサ・クリスティやドロシー・セイヤーズ）である確率が高い。「男性的」なハイカルチャーとの対比で、一段価値の低いものと見なされてきたその物語群はしばしば、当時の社会を生きた女性たちの職業や家庭に関する日常的かつ現実的な話題を扱っていることがあり、文化史的再検討や、文学的再評価の対象ともなってきた。このようにミドルブラウ研究でフェミニズム的関心が主導権を握ってきた状況は当然かつ必要なものであるが、その一方でこの傾向は、ミドルブラウ文化のなかに存在する男性読者や「男性的」読書の問題、またはより直截的に言えば、政治的には根強く保守的な傾向を、これまで多少なりとも見えにくいものにしてきたのかもしれない(3)。

では従来のポピュラー・カルチャー研究におけるボンド・テクストの論じ方についてはどうだろうか。ジャーナリズムにおける議論を別にして、学問的なボンド研究の草分けとなったのは、初期のウンベルト・エーコ、ロラン・バルトのような構造主義・記号論者や、イギリスのバーミンガム大学とオープン・ユニヴァーシティを拠点にして七〇〜八〇年代にカルチュラル・スタディーズの研究・教育に尽力したトニー・ベネットやマイケル・デニングのような研究者たちだった(4)。だが、彼らの研究に萌芽的に含まれていた読書と読者の論点、そして「ミドルブラウ」に関する問題意識は、現在のミドルブラウ研究には有意義なかたちで引き継がれていない。他方、カルチュラル・スタディーズのその後の発展もまた、「ブラウ」の言語の問題と可能性をじゅうぶんに生かし切れていないようだ。繰り返し語られてきたように、カルチュラル・スタディーズの理論的困難は、「マス／ポピュラー」の二律背反——その研究対象を、文化産業に操作された「マス・カルチャー」と見なすのか、それとも、真正な民衆的関心や主体性の表出としての「ポピュラー・カルチャー」と見なすのか——にあった(5)。「ミドルブラウ」もまた、戦間期の爛熟した出版産業や、映画・ラジオなどの台頭期のマス・メディアと連想される場合には、商業・金銭的利害や、悪しき階級上昇志向に汚染されていると見なされることが少なくない（まさにヴァージニア・ウルフがそう非難したように）。だが、武藤浩史が論じるように、この時代に一つの起点を持つミドルブラウ文化を、大衆レベルでの教養主義の発現として、より肯定的に理解する可能性もないわけではない（武

藤 五六―六六)。「階級横断的大衆的教養主義」(武藤の表現)としてミドルブラウ文学・文化を理解することは、「マス／ポピュラー」のジレンマに対して、新たな観点から切り込む可能性を開いてくれるのではないか。

ミドルブラウ研究とポピュラー・カルチャー研究(とりわけカルチュラル・スタディーズの遺産)との有意義な対話を再開する目的のために、ボンド・テクストは大きな戦略的価値を有している。この点を明示するために、以下ではまず、一九五三年の『カジノ・ロワイヤル』に始まるボンド・テクストがその歴史的発展のなかで、イギリスのミドルブラウ文化といかなるかたちで交錯してきたのかを検証する。逆説的なことに、ハイブラウ的要素とロウブラウ的要素を複雑に混合したフレミングのボンド小説は、まずは伝統的ミドルブラウ文学・文化に対するスキャンダラスな挑発や攪乱として理解できる。より具体的には、ボンド小説は、一九三〇年代にミドルブラウ文学の一翼をになうジャンルとして確立したスパイ小説の系譜を引き受けつつも、露骨なセックス・暴力描写をともなう改変によって、それを「俗悪なベストセラー」へと引き下げる役割を果たした。ところが奇妙なことに、その人気が沸騰する五〇年代末から六〇年代にかけて、ボンド小説は、「俗悪さ」に対する糾弾とは対照的に、(作家キングズリイ・エイミスなどをはじめとする)当時の新進知識人たちのあいだでカルト的な人気を博するようにもなっていた。以下で詳述するように、ボンド小説の大きな特徴は、ハイブラウとロウブラウ、すなわち、二種類の読み方、二種類の読者層へと同時に開かれる、奇妙な二面性にあるのである。言いかえれば、ボンド・テクストのブラウ横断的な特異性は、(通常は両立不可能なはずの)AとBであることを同時に可能にする「アイロニー」的構造に見出せるのではないだろうか。ポピュラー・カルチャーとしてのボンド・テクストのなかに一種の「アイロニー的想像力」を見出すことは、ミドルブラウ文化の性格を再認識することにつながるだろう。それはさらに、ふつうの読書と批評的読書、「一般読者」と「批評家」との関係を再考することに結びつくかもしれない。本章では最終的にそのことが、現在の私たちに開示する「批評の課題」を検討したい。

二　「ロウブラウ的ハイブラウ」としてのボンド小説

『カジノ・ロワイヤル』はイギリス諜報部員００７ことジェイムズ・ボンドが初登場した小説である。ボンドは密命を帯びて、フランス労働組合の大立物ル・シッフルとギャンブルで雌雄を決すべく、海浜リゾート地ロワイヤル・レゾーを訪れる。フランスの諜報部員ルネ・マチス、ならびにＭＩ６から助手として派遣されたヴェスパー・リンドと現地で落ち合ったボンドは、暗殺の危機に瀕するも、カジノでのゲームを開始する。ソヴィエト共産党からの秘密資金を浪費したル・シッフルは、ギャンブルで大金を稼ぐ必要があったが、その計画を打ち砕くことは、彼の信用失墜に結びつく。一度は大敗を喫したボンドだが、ＣＩＡのフェリックス・ライターから資金援助を受けて再挑戦し、敵の儲けをすべて奪うことに成功する。ところがその夜ヴェスパーが誘拐され、ボンド自身も追跡劇ののちル・シッフルの一味に捕まり、凄惨な拷問を受ける。だが、皮肉にもソヴィエトの暗殺組織ＳＭＥＲＳＨのエージェントの介入によって、ル・シッフルが殺害されたため、ボンドとヴェスパーの命は救われた。ボンドとヴェスパーは恋に落ち、ボンドは結婚して諜報部からの引退すら考えるが、その気持ちを知ったヴェスパーはすべての真実を告白する手紙を残して自殺してしまう。彼女は恋人を人質に取られ、二重スパイとして働いていたのである……。

ソヴィエト共産党との対決、愛と暴力と裏切り、ボンド自身の強運による勝利とサヴァイヴァル――冷戦期のスパイ小説の代名詞となる諸特徴をすべて備えたこの小説が、かなり時代状況を意識して、大衆受けを狙った作品であったことは間違いないだろう。ただし、最初に注意すべきなのは、このボンド小説の奇妙にも「ハイブラウ」的な出自である。よく知られていることだが、フレミングのハードカバー初版本を出版したのは、ロバート・フロストやジェイムズ・ジョイスの作品も出版したロンドンのジョナサン・ケイプ社であり、フレミングの原稿を取り次いだのは彼の個人的な友人でもあるウィリアム・プルーマー（ブルームズベリーの人脈に連なる作家・原稿閲読者）だった（Lycett 226）。『カジノ・ロワイヤル』は『タイムズ文芸付録』紙や『デイリー・テレグラフ』紙の書評で高い評価を獲得し、後者の書評者はのちの桂冠詩人で、やはり友人のジョン・ベッチマンだった（243）。つまりジェイムズ・ボンドは一九五三年当時どちらかといえば高級文化的・ハイブラウ的なネットワークから登場したのであり、そこにはフレミング自身の文学的野心も透けて見えた。

フレミングは、自分の執筆動機は「快楽と金銭」だ、と悪びれもせず語っていたが、「スリラーは大文字の〈文学〉ではないかもしれないが、せいぜい「小文字の文学として読まれるよう意図されたスリラー」とでも呼びうるものを書くことは可能だ」とも述べ、さらにE・A・ポー、ダシール・ハメット、レイモンド・チャンドラー、エリック・アンブラー、グレアム・グリーンらの名前を挙げて、みずからの先達として讃えていた（"How to Write" 14）。このリストが、アメリカの一九世紀ゴシック、ハードボイルド、そしてスパイ小説を含んでいることは示唆的である。のちのボンド小説第五作『ロシアより愛をこめて』（一九五七年）においてボンドがアンブラーの小説を読んでいたり、敵の殺し屋レッド・グラントが「ブルドック・ドラモンド」やグリーンの『第三の男』（一九四九年）に言及したりと、フレミングの作品自体にもスリラーとスパイ小説ジャンルの伝統に対するインターテクスト的言及が含まれている（*From Russia* 319, 324, 333）。ここに見て取れるのは、ジャンル小説を「小文字の文学」として囲い込みながらも、なおそれを「たんなる娯楽」というよりも、文学（史）的な基準から評価し擁護するという、ハイブラウ的でもミドルブラウ的でもありうる文学観である。

一九五〇年代に先立って、戦間期におけるミドルブラウ的ジャンル小説の重要性を指摘したのは、この時代を対象にしたオックスフォード版イギリス文学史の第一〇巻、『モダン・ムーヴメント』におけるクリス・ボールディックだった（Baldick 272–99）。映画やプロスポーツ観戦などが新しい娯楽として大衆化したこの時代にあって、中流・下層中流階級の住まう郊外地域の拡大を受けつつ、都市部を離れた家庭内に大量生産・大量消費の娯楽を持ち込んだのが、ラジオであり、蓄音機とレコードであり、そしてなによりも「軽い読み物」としてのジャンル小説だった。ボールディックは特にそれを推理小説、スリラー、ロマンス小説、喜劇的フィクションに分類して考察しているが、特にミドルブラウ文学の代表選手だったのは、アーサー・コナン・ドイルのシャーロック・ホームズもの以降、「頭脳的推理パズル」（277）としての風格を帯び、当時の学歴の高い層にもカルト的に受け入れられた推理小説だった。娯楽の王道でありつつ、知的挑戦の側面も持ったこのジャンルが、クリスティやセイヤーズといった女性作家の活躍の舞台を準備し、いわゆるミドルブラウ文化の形成に寄与したことは先述したとおりだし、既に充実した研究がなされている。

　推理小説と同等の重要性を持つのが、「軽い読み物」の一ジャンルとしてのスリラーとスパイ小説の歴史的発展である。マーティン・グリーンの議論に依拠しつつマイケル・デニングが論じるように、そもそも一九・二〇世紀転換期に台頭した「スリラー」とは、帝国主義を背景とした男性的冒険小説の系譜を引きながらも、当時のイギリス帝国の危機や第一次世界大戦前夜の侵略恐怖などをあおる、煽情的で暴力的なジャンルとして急成長したものだった。「スリラー」や「ショッカー」と呼ばれたこのジャンルの代表的作家は、ウィリアム・ル・キューや、エドガー・ウォーレスといった多作なベストセラー作家たちであり、そのおもな購読者層は労働者階級・下層中流階級だったという（Denning 37–40）。保守反動的なイデオロギーに貫かれ、文学技法的にも稚拙なこれらの小説群は（あえて言えば）ロウブラウ的なものだったが、大事なのはジャンルの「ブラウ」がつねに固定されているわけではない、という点である。ジョウゼフ・コンラッドやラドヤード・キプリングのように、諜報物語がハイブラウ的な文学的成果に結実した前例はあり、またデニングが強調するのは、戦間期以降における「スパイ小説」のミドルブラウ化である（24–25）。この傾向は、一九三〇年代のエリック・アンブラーやグレアム・グリーンに始まり、戦後ではジョン・ル・カレやレン・デイトンに引き継がれた、諜報物語のリアリズム化とも表現できる。従来のスリラーが冒険プロットを前景化して現実味の低い「ロマンス」に接近したとすれば、ミドルブラウ的スパイ小説は、戦間期、第二次世界大戦、冷戦へと続くアクチュアルな国際政治状況に応答しつつ、文学技法的な洗練も経ることでより「純文学」的小説に接近することになった。また、そのイデオロギーもかつてほど右翼的ではなく、アンブラーの共産主義へのポピュラー・フロント的共感はまた別としても、イデオロギーやマネーを巡る巨大な陰謀に翻弄され、破滅してゆく個人の道徳的ジレンマへと読者の思索を導くより「実存主義的」なジャンルとして、スパイ小説というジャンルは二〇世紀中盤の「男性的」ミドルブラウ文化の一翼を担ったのである（Denning 59–90）。

ただし、このようなミドルブラウ的スパイ小説の系譜と比較対照すると、フレミングのボンド小説はむしろ先祖返り的な特徴を持っている。デニングの議論では、ジャンルのブラウの歴史的変動は、「スリラー／スパイ小説」自体の二面性としても理解できる。つまり、①善悪二元論とヒーローの冒険活劇をメインとする「魔術的スリラー」と、②道徳的ジレンマやアイデンティティの危機を演出する「実存的スリラー」の区別である（Denning 34）。前者がル・キュー、ウォーレス、ジョン・バカンの伝統とすると、後者が三〇年代以降のミドルブラウ的スパイ小説に対応することになる。『カジノ・ロワイヤル』におけるギャンブルの中心性には、実存主義的要素を感じ取りうるかもしれない（Jordan 21–22）。また、ル・シッフルの拷問を生き延びたボンドは、ある有名な場面で「若いころには善悪の区別は簡単に思えたが、歳を取るとそれは難しくなる」とうそぶき、東西対立の二元論を相対化するかのような思索を披瀝する（*Casino* 169）。だが、そもそも物語の冒頭からボンドは幸運と強心臓の持ち主とされており（3）、ギャンブルの手腕はボンドのヒーローとしての地位をさらに確固たるものにする。

また、物語の結末でヴェスパーの遺書を読んだボンドは、彼女を自殺へと追いやった「真の敵」たるSMERSHの魔手を認識し、情け容赦ない闘争の継続を誓う（228–29）。いわば、物語は一時的に「実存的」な様相を呈しつつも、究極的にはヒーローの冒険活劇と、東西対立の善悪二元論から成る「魔術的スリラー」の枠組みを温存するのである。その後も、長編小説一二作、短編集二冊が構成するシリーズとしてのフレミングのボンド小説は、シリーズものの利点を生かして、あたかもコウモリのように時に応じてこの両者の陣営を往復している。いや、むしろ「鵺」のようにこの両者の特性を取り込んでいる、というべきか。ジェイムズ・チャップマンは、ボンド小説は「さまざまな潮流が出会う場所」に位置していると述べているが（三四）、同時代のル・カレやデイトンに比較すれば、ボンド小説が全体として「魔術的スリラー」に近いことは否定できないだろう。

じっさい、シリーズの当初こそハイブラウ的な性格も帯びていたボンド・テクストは、その後、急速にブラウ間を移動する。ハードカバーの売れ行きはまずまずだったボンド小説は、一九五五年から大衆市場向けのパン・ペイパーバックス版が刊行を開始、五七年には『デイリー・エクスプレス』紙で新聞連載も始まり、その年後半には同紙上で漫画化もされた。さらに一九六二年の映画第一作公開以降、映画化との相乗効果でペイパーバック版の売り上げが爆発的に急増する。六〇年代半ばにはアメリカの『プレイボーイ』誌上で『女王陛下の００７』（一九六三年）、『００７は二度死ぬ』（一九六四年）、『黄金の銃を持つ男』（一九六五年）が立て続けに連載されるに至って、六〇年代的グローバル・ポピュラー・カルチャー化が完成する。いわゆるトニー・ベネットとジャネット・ウーラコットのいう「ボンドの契機」の到来である（Bennett and Woollacott 22–43）。一〇年そこそこのうちに、ボンドの「ハイブラウ的」起源は、グローバル規模の商業的成功の陰に置き去りにされたのだ。[6]

クリスティーン・バーベリックは、ポピュラー・フィクションにおける市場的要請が、既に成功済みの「フォーミュラ」の反復や模倣を刺激し、既存ジャンルが強化されるメカニズムを指摘している（Berberich 34–35）。ボンド・テクストにおける「フォーミュラ」は、ウンベルト・エーコによる一九六五年の先駆的な論考が解明したものである。彼は、ボンド長編一〇作のプロットとテーマに共通のパターンを析出し、それを一四対の二項対立と（作品に応じて順序を組み替えられる）九つのステップから成る決まりきったパターンを有する「ゲーム」のようなものだと説明している（Eco 39–59）。このうち、後者を詳しく引用してみよう。

A．Mが動き、ボンドに任務をあたえる。
B．〈悪役〉が動き、ボンドの前にあらわれる（順番は変わることもある）。
C．ボンドが動き、〈悪役〉に最初の王手を指すか、〈悪役〉がボンドに最初の王手を指す。
D．〈女〉が動き、ボンドのまえに姿をあらわす。
E．ボンドが〈女〉を消費する。つまり、彼女と肉体関係を持つか、誘惑をはじめる。
F．〈悪役〉がボンドを捕まえる（場合に応じて、〈女〉と一緒であることも、そうでないこともある）。
G．〈悪役〉がボンドを拷問する（〈女〉と一緒であることも、そうでないこともある）。
H．ボンドが〈悪役〉を打破する（殺害する、またはその部下たちを殺す、または彼らの殺害を助ける）。
I．回復中のボンドが〈女〉を享受するが、その後〈女〉を失う。（Eco 52）

驚くべきなのは、第一作である『カジノ・ロワイヤル』のプロットにおいて既に、この九つのステップが完全に（しかもほぼこの順番通りに）出揃っていることだろう。エーコは、このような「フォーミュラ」の反復を読むことが、読者に「想像力の怠惰」と「逃避」をもたらすと指摘している。「読者の快楽は、駒とルール、そしておそらくは結果すら既知のゲームにいつのまにか夢中になっているような精神状態にある。この場合、快楽はたんに、勝者が目的を果たすさいの最低限のヴァリエーションから得られる」のである（58）。この観点からすれば、ボンド小説はあまり変化のないゲーム、「つまらない」けれどもなぜか中毒性のあるゲームなのだ。

このゲーム性を補完するのがスキャンダラスなセックスと暴力描写である。これについては枚挙にいとまがないが、いくつか実例は見ておこう。ボンドはヴェスパーに出会った瞬間からその美貌を意識しつつも、彼女の「皮肉な無関心」を感じ取り、その態度を「乱暴に破壊したい」と欲情する（*Casino* 42）。ル・シッフルとのギャンブルに勝利した後でも、ボンドのヴェスパーへの欲望は、暴力的な征服衝動や強姦と紙一重のサディズム的なものだ（118, 201）。暴力に関しては、悪名高いル・シッフルによる拷問――「カーペット叩き」で局部を殴打されるというマゾヒズム的なもの――に言及しておけばじゅうぶんだろう（143–52）。ボンドマニアが加熱しはじめた一九五八年、フレミング作品のこうした特徴は激烈な批判を招きはじめた。同年四月、ポール・ジョンソンは第六作『ドクター・ノオ』に対する書評で、この作品の構成要素は次の三つ――「学校のいじめっ子的なサディズム、欲求不満をかかえた思春期少年の機械的で二次元的なセックス欲求、郊外居住の大人の粗野なスノッブ渇望」だ、と声高に非難していた（Johnson par. 2）。類似の嫌悪感は、それに先立つ三月、『二〇世紀』誌上でバーナード・バーゴンジイによっても表明された。バーゴンジイは二〇世紀初頭のバカンのスリラーと比較して、フレミングにおける「倫理的基準の完全な欠如」を指摘し、その性と暴力にまつわる幻想を「いやらしい学校少年のもの」と同一視して論難している（Bergonzi 227, 225）。興味深いのは、その前年に出版されたリチャード・ホガートの『読み書き能力の効用』への言及だろう。労働者階級文化の変容を研究したホガートの著作には「セックス・暴力小説群」に関する考察が含まれており、そこで彼はスラム街の「雑誌屋」や駅の売店に置かれている、チープでセンセイショナルな読み物群を分析していた（Hoggart 229–44）。バーゴンジイにとって驚くべきなのは、ほぼ同じ趣味が「エスタブリッシュメント」にも存在している、ということだった（Bergonzi 220）。というのも、フレミングは銀行家と政治家の家系に生まれ、パブリック・スクールで教育を受けた、まごうかたなき上流階級の人間だったのだから。一般的には「ハイブラウ」的であることを期待される人物が、あろうことか「ロウブラウ」的趣味を得々と披瀝してしまう逆説がここにはあった。

こうして出版当時の状況を見てくると、「ロウブラウ的ハイブラウ」とでも形容すべき、フレミング作品のブラウ攪乱的性格があきらかになる。当初は名声ある出版社から刊行され、知識層向けの書評紙に歓迎されたボンド小説は、三〇年代に起点を持つミドルブラウ的スパイ小説の伝統を強く意識したものだった。しかし、ペイパーバックや新聞・雑誌連載、映画翻案へとメディア横断的に拡散し、読者・観客たちのボンドマニアも過熱するなかで、そこにはじめから潜在していた「ロウブラウ的」性格が急速に脚光を浴び始める。小説シリーズは倦むことなく「フォーミュラ」を反復し、センセイショナルなセックス・暴力描写も影をひそめることがない。ジョンソンやバーゴンジイをともに嫌悪させたのは、そのような小説がハイブラウ的出版社から刊行され、定期刊行物で繰り返し賛辞を送られる事態が徴候的に示す（と彼らには思われた）、当時の文化そのものの危機的退廃だったのである（Johnson par. 9 ; Bergonzi 228）。

三　「ハイブラウ的ロウブラウ」な読み方

しかしながら、興味深いのは、ポピュラー・カルチャーにおけるボンド・テクスト（小説版と映像版双方）の地位が確立した六〇年代に入っても、ボンド小説のハイブラウ的起源は完全には忘却されず、むしろ神話的に流通していた、ということだろう。一九六五年のイタリアでオレステ・デル・ブオノとエーコが編集・出版し、翌年には英語翻訳された論集『ボンド・アフェア』のなかで、ラウラ・リリは、フランスの雑誌上での映画監督テレンス・ヤングの次の発言に言及している。ヤングによれば、そもそも大衆的な「ボンドマニア」に火をつけたのはハイブラウな知識人だった。例えば、T・S・エリオットやグレアム・グリーンですらボンドを暖かく歓迎したし、そもそもケネディ大統領（フレミングの愛読者として知られていた）にボンドを薦めたのは、ニューヨークの知識人で歴史家のアーサー・シュレシンジャーだった、という（Lilli 147）。この発言内容の真偽のほどは実は定かではないのだが、「ハイブラウ・カルト」としてのボンドというイメージが、当時の英米からフランスやイタリアまで、まことしやかに流通していたという事実は無視できない。

既に言及したエーコのボンド論はそもそもこの論集に収録されたものだが、このような状況を踏まえてか、ボンド小説には、逃避的・中毒的な「第一のゲーム／読み方」のほかにも、よりハイブラウ的な「第二のゲーム／読み方」も可能である、と示唆していた。エーコは、ボンドの冒険のなかにさまざまな神話的原型の流用を指摘し、さらに彼が「スタイルと文化のゲーム」と呼ぶものについても触れている（Eco 59, 62）。その気になって読みはじめれば、フレミングの綿密な描写スタイルには「ヌーヴォー・ロマン」的な味わいがあるし、セックス、暴力、エキゾチズムへの耽溺は、一八世紀のゴシック小説や、悪魔崇拝的ロマン主義の耽美的傾向――ボードレールやユイスマンス、世紀末文学を経由して、おそらく現代まで通じる――の血脈を想起させる（69–75）。また例えば、ル・シッフルに拷問を受けたボンドが救出され、目覚める直前の『カジノ・ロワイヤル』の一節――「夢を見ていると夢見るときには、ひとは目覚めようとしているのだ」（*Casino* 158）――のなかにエーコは、ドイツ・ロマン主義の詩人ノヴァーリスの詩句への引喩を読み取っており、こうした細部にもフレミングの「教養」が透けて見えることになる（Eco 70）。「スタイルと文化のゲーム」とは、作者と読者とがこのような教養と趣味とを前提として共有し、いっけんチープな冒険活劇のなかに、前衛的な文学技法やハイブラウ的教養への隠された言及を見つけ出すときに味わう、やや「スノッブ」な快楽を求める読み方ということになる。つまりボンド小説は、完全に予測可能なフォーミュラを求める「第一のゲーム」のみならず、そのような「第二のゲーム」へも読者を誘っていることになる。

前節で論じたジョンソンやバーゴンジイにとっての問題は、ボンド小説が「ロウブラウ的ハイブラウ」であったことだったが、エーコのいう「第二のゲーム」は、その真逆の読解実践の存在をあきらかにしている。すなわち、「ハイブラウ」的観点から、ボンド小説の「ロウブラウ性」を非難する代わりに、擁護するような読み方である。例えば既に一九六一年には、医者でアナキスト作家のアレックス・カムフォートが、ホガートが研究した「セックス・暴力小説」の起源を、紀元二世紀ギリシアの作家アキレウス・タティウスの物語『クリトフォンとレウキッペ』に見出し、その系譜とフレミング作品との精神的類縁性を指摘していた（Comfort 86）。また、「怒れる若者たち」世代を代表する作家キングズリイ・エイミスは、彼のフレミング論『ジェイムズ・ボンド白書』（一九六五年）において、ボンドを「バイロニック・ヒーロー」の系譜に置き、またMや敵役とボンドとの愛憎相半ばする関係性に「オイディプス神話」的な父子関係を見出している（Amis 30, 59）。きわめつきは、一九六五年五月『ロンドン・マガジン』誌に掲載されたデイヴィッド・オメロッドとデイヴィッド・ワードの論考「ボンド・ゲーム」だろう。彼らは「フレミングの基本戦略」を「読者の精神を惹きつけ利用する手法としての古典神話的モティーフの活用」に見出し、遺作『黄金の銃を持つ男』を除くボンドもの長編一一作を対象に、古代ギリシア神話、旧約・新約聖書、ベオウルフ、アーサー王伝説や聖杯探求譚などさまざまな神話・伝承とのパラレルを指摘している（Ormerod and Ward 42）。例を挙げれば、第三作『ムーンレイカー』（一九五五年）の敵役ヒューゴー・ドラックスが悪のドラゴン、それを退治するボンドが聖ジョージの役回り（44-5）、第六作『ドクター・ノオ』のボンドガールであるハニーチャイル・ライダー（浜辺で半裸の姿で登場する）は、ボッティチェリの描く波から生まれたヴィーナス（47）、といったぐあいである。このように一つ一つの細部を読みこんでみると、いっけん「パルプ」なボンド小説にはさまざまな神話的原型の活用、高級文化的知識への豊富な引喩がちりばめられていることになる。極言すれば、「ロウブラウ」的との非難を受けたセックス・暴力描写も、古典古代までさかのぼる先例を踏まえると「古来のれっきとした」ものだと再認識できる（Ewart 92）。まさしく「ハイブラウ的ロウブラウ」とでも形容するほかなさそうだ。

エリオットがジョイスの『ユリシーズ』（一九二二年）に神話的手法の活用を見て取り、I・A・リチャーズがそのエリオットの『荒地』（一九二二年）を念頭に置きつつ現代詩における引喩の詩学を擁護して以来、このようなモダニズム的インターテクスト性に関する認識はわりあいと一般化したようであり、かくいう筆者自身エイミスの『ラッキー・ジム』（一九五四年）における引喩の技法について議論した覚えがある（Shin）。その意味でも、ボンド小説に「ロウブラウ的ハイブラウ」と「ハイブラウ的ロウブラウ」、二種類の特徴を見出すエーコの議論は、いまでも一定の有効性を有していると言えるだろう。

ところが、ボンド・テクストの二面性を、二種類の読み方、二種類の「読者層」という見地から再定式化するとき、この議論には大きな理論的問題があらわれてしまう。ベネットとウーラコットによるエーコ批判を援用しつつ、その問題点を考察しておこう。エーコはこの二面性を、作者フレミング自身による「二種類の読者層」に向けたシニカルな「書き分け」として説明している（Eco 60）。最初の問題は、この二種類の読者のあいだに仮定された、暗黙の階層秩序である。

フレミングの小説がどうやってこれほど大きな成功を収めたのか、すでにあきらかだろう。それは基本的な連想のネットワークを構築し、オリジナルかつ深甚なダイナミズムを達成している。さらにフレミングは、洗練された読者たちにも喜びを与える。彼らは、美的な快楽とともに、現代的な用語へと下品かつ悪意を込めて翻案された原初的叙事詩の純粋さを見出すのである。そして彼らは、フレミングに自分たちの仲間、きわめて巧妙かつ寛大な教養人の姿を発見し、喝采を送るのだ。(Eco 62)

ここで想定されているのは、①原初的＝原始的叙事詩のようなパターンが与える単純かつ粗野な刺激をごく無自覚に享受する「一般読者」(つまり、「第一のゲーム」の参加者)と、②そのような神話的原型の現代的流用を正しく認識し、その悪意ある翻案の技巧を美的に鑑賞する「洗練された読者」(「第二のゲーム」の参加者)との明確な区別と線引きである。ただし、エーコは第二の「洗練された読者」すらも、フレミングのシニシズムの「犠牲者」であると指摘している。というのも、そのような読者がテクストに見出すスタイル的洗練は、じつはそれ自体が使い古された文体や技巧の「モンタージュ」、いわばシミュラークルであるからだ(62)。

論点を整理すれば、この議論にはさらに二つの疑問点がある。第一に、エーコが想定する「洗練された読者」は本当にそのような受動的な犠牲者なのか？　フレミング作品に見られるミドルブラウ的スパイ小説や高級文化的な教養への引喩には、たしかにシニシズムが見出せる。というのも、そのような創作手法は、彼の作品自身を「文学」化すると同時に、返す刀で先行して存在する「文学」をパロディ化し、その価値を相対的におとしめる戦略として理解できるからだ。ただし、だとするとボンド小説に神話的原型や高級文化的引喩を探し求める「洗練された読者」、「スタイルと文化のゲーム」の参加者もまた、それほどイノセントな存在ではないのではないか。ベネットとウーラコットが指摘したとおり、例えばオメロッドとワードの「ボンド・ゲーム」は、そのような読み方を過剰に演じてみせることによって、むしろ、ハイブラウ的教養の無意味さと空虚さを暴露するプラクティカル・ジョークのようなものだった。つまり、「ほら、誰にでもできるじゃないか」と暗に言っているわけだ(Bennett and Woollacott 87)。このように考えると、五〇〜六〇年代におけるフレミング作品のカルト的流行、あるいは少なくとも、エイミス、オメロッド、ワードなどによるその読みと評価の実践は、下層中流階級出身の新興の知識人（「怒れる若者たち」が代理表象する人びと）による、伝統的なハイブラウ文学・文化に対する体制転覆と権力奪取の戦略の一環だったと見なすことができる。それはいわば、当時のアメリカの批評家リチャード・チェイスが、特にエイミスを念頭において表現したところの「知的な反知性主義者」たちが演じる、計算ずくの身振りだったのである（Chase 267）。

第二の疑問点は、エーコが想定した「一般読者」像そのものにある。ボンド・テクストを楽しむ「ふつうの読者」は、本当に、反復的フォーミュラや、性的・暴力的刺激だけを求めているのだろうか？　知的で文化的な読みの楽しみは完全にそこに欠如しているのか？　いかなるテクストに対してもその「一般読者」の原像を把握するのは困難をきわめる作業だろう。ただし、ここでもベネットとウーラコットによるエーコ批判は一つの手掛かりを与えてくれる。エーコの問題点は、ボンド・テクストに「スタイルと文化のゲーム」を見出した時、その対象をハイブラウ的教養に限定したことだった。例えばエーコは、『００７は二度死ぬ』においてボンドがブロフェルドの城から気球に乗って逃走するエピソードに言及しつつ、そこに一九世紀フランスのオリエンタリスト作家ジュディット・ゴーティエの小説『帝国の龍』（一八六九年）の一挿話への引喩を読み込んでいる。ところが、エーコ自身も認めるとおり、ここで実際にボンドが想起しているのは、ダグラス・フェアバンクスの映画なのである。後者ではなく前者の連想を強調するために、「フレミングは彼のキャラクターよりもあきらかに教養がある」とエーコは述べているが（Eco 71）、映画への言及を切り捨てる理由づけとしてはあまり説得的ではない。むしろベネットとウーラコットが指摘するように、ボンド・テクストは高級文化のみならず、サブカルチャー的言及にも満ちているのだ。『女王陛下の００７』で言及されるセント・トリニアン校の映画、『００７は二度死ぬ』で言及されるハリウッド俳優デイヴィッド・ニーヴン、『ロシアより愛をこめて』におけるグレタ・ガルボやマリリン・モンローへの言及などなど、これは実例の枚挙にいとまがない（Bennett and Woollacott 78-9）。つまり、エーコによる二つのゲーム、そして二種類の読者層の区別は、出発点でハイブラウ的「教養」とポピュラー・カルチャーの「教養」とを峻別することによって、はじめて可能になる。だが現代の私たちからすれば、独自の歴史と連想に満ちた後者のような「教養」を知の領域から締め出し、排除してしまうことは、そもそも不可能なのではないか。

議論のこの地点で、ボンド・テクストが「ロウブラウ的ハイブラウ」なのか、それとも「ハイブラウ的ロウブラウ」なのか、という問いを止揚し、より大きな文化史的構図へと綜合することが可能だろう。作家フレミングと（エイミスのような）知識人読者たちが共謀して演出した「文化とスタイルのゲーム」は、伝統的なハイブラウ的教養のヘゲモニーを転覆しつつ、ポピュラー・カルチャーの領域をも再定義された「教養」の領域へと内包するプロセスで演じられた文化的戦略だった。またこの観点からは、前節で確認した三〇年代的ミドルブラウ小説に対するボンド・テクストの挑発や攪乱も、戦後において新たな（第二世代の？）ミドルブラウ文化を構築するダイナミズムの一部として読み替えることができる。(7) 少なくとも、ジョンソンやバーゴンジイが表明したような嫌悪・拒絶がもはやたんなる「反動」にしか思えなくなるほどの文化の地殻変動が、この時点で生じていた。ボンド・テクストにおいてハイブラウ的読み方とロウブラウ的読み方が共存し、二種類の読者像の区別が曖昧化するこの局面で、いわば批評的読みの可能性自体が問いなおされているのだ。

四　「アイロニー的想像力」の可能性と限界

このようにボンド・テクスト内におけるハイブラウ性とロウブラウ性の共存を的確に理解することは、批評的営為そのものに大きな問題を提起せずにはおかない。ボンド小説自体の政治的な保守性や、その性差別・人種差別的な内容は問題含みのままである。しかしながら、ジョンソンやバーゴンジイが取ったようなエリート的非難と侮蔑の姿勢は、もはや可能ではない。かといって、エイミス、オメロッド、ワードらがシニカルに演じた知的ゲームを反復することも適切ではないだろう。レイモンド・ウィリアムズが留意したように、「怒れる若者たち」世代の反文化的ジェスチャーは、その出発点で「特別な種類の人びと、教養ある人びとがことさらに見せびらかす記号」としての「特殊な意味での文化」像を共有しており、その意味で「生活様式の総体」としての「文化」そのものを見失う危険性をはらんでいる（Williams 76）。かと言ってベネットとウーラコットがおこなったカルチュラル・スタディーズ的な受容の歴史化もまた、一定の有効性にもかかわらず問題をはらんでいる。リタ・フェルスキが指摘するように、読者による受容の実践を歴史・社会的諸要因から説明するだけでは、読むことの「愉しみ」自体を取りこぼしてしまいかねないからだ（Felski, *The Limit* 167–69）。では、エーコが想定した「一般読者」と「洗練された読者」の二項対立を解体したあとでもなお、ボンド・テクストを有意味に批評する立場は存在しうるだろうか？

この難局から抜け出す鍵は、ボンド・テクストとその受容者が共有するアイロニー的構造を認識することかもしれない。ここではアイロニーという用語を、本来は両立しえないAとBであることを同時に可能にする精神態度、というひろい意味で理解したい。「アイロニー」を対立する諸衝動をともに保持しうる、最高の詩の特徴として賞揚したのは、批評家I・A・リチャーズだった（Richards 234）。対照的にリチャーズは、ベストセラーや映画のようなポピュラー・カルチャーを紋切り型の観念や粗雑な精神態度を普及させるもの、つまりアイロニー不在の文化として厳しく糾弾していた（216–17）。本来の小説に価値ある観照への導きを認める一方で、ポピュラー・フィクションにはチープな感情や偏見の流布などの害悪しか認めなかったQ・D・リーヴィスの価値判断も、リチャーズとほぼ同型の論理をたどっていると理解できよう（Leavis 73-74）。しかしながら、フレミングの小説にハイブラウ性とロウブラウ性の共存を認めるとき、あるいは読者が、ハイブラウ的教養の追求とロウブラウ的刺激の充足をともに享受しているとき、そこに、本来は両立しえないはずのAとBとの共存としての「アイロニー」を認めないのは困難ではないだろうか。

ここで補助線として、マイケル・セイラーによる「アイロニー的想像力」の歴史的台頭に関する議論を参照したい。セイラーは、一九世紀後半のイギリスで一世を風靡したライダー・ハガードらの「ニュー・ロマンス」や、コナン・ドイルのホームズ作品に、空想的内容とリアリズム的手法との共存を認め、それを近代的な「仮想現実《ヴァーチャル・リアリティ》」の系譜として説明している。その新機軸は、子供だましのロマンスではなく、大人でも夢中になって没入できる迫真性をそなえた「架空世界《イマジナリー・ワールド》」を構築するリアリズムと、伝統的な空想への蔑視・警戒心からの解放が生んだ想像力への公的な寛容さだった。世紀末のニュー・ロマンスやホームズの推理小説が切り開いた可能性は、その後、二〇世紀なかばにJ・R・R・トールキンが想像した「中つ国」やH・P・ラヴクラフトが創始した「クトゥルフ神話群」を経由して、現代へと継承されてゆく。セイラーは、このような「架空世界」の流行を下支えしたのは、新たな「アイロニー的想像力」の台頭であると指摘する。端的に言えば、この想像力は、架空世界のリアリティに耽溺しつつ、それを「現実」と混同することがない精神態度を可能にする（Saler 25-40）。例えば、コナン・ドイルのフィクションに夢中になったシャーロキアンたちは、ホームズを「実在のキャラクター」のように語る約束事を共有しつつも、本当にホームズが実在すると信じているわけではない。このようなジャンル小説のファンたちは、「幻想への妄信なしの娯楽（delight without delusion）」を享受している（56）。アイロニー的想像力は、現実とフィクションとの混同ではなく、その両者のアイロニー的共存を可能にしているのである。

セイラー自身は言及していないが、このような「架空世界」の創造とアイロニー的想像力の実例として、メディア横断的に展開し、現在まで存続するボンドの活躍と、諜報と陰謀の世界観、そして、そのオーディエンスたちの経験を含めない理由はない。ボンドはホームズと並ぶほどの「存在感《リアリティ》」を獲得した架空のキャラクターである。例えば、ダニー・ボイルが監督した二〇一二年ロンドン・オリンピックのオープニング映像のなかで、エリザベス二世と、俳優ダニエル・クレイグ演じるジェイムズ・ボンドがバッキンガム宮殿で対面した時、私たち観客は、女王と００７が共存する「架空世界」を享受したが、それを現実と混同することはなかった。その時の私たちは、「アイロニー的想像力」をじっさいに駆使していたのである。

逆説的ではあるが、このようなアイロニー的想像力の成熟の一因として、セイラーは一九世紀末から二〇世紀初頭にかけて、消費文化の成長とともに、現実そのものの「フィクション性」が増したことを指摘している。彼が依拠する、二〇世紀初頭の文化状況に関するマイケル・ノースの議論を参照してみよう。モダニズムとマス・カルチャーとの絶対的分断を措定し、前者の後者への敵対性をその「アイロニー」的戦略に見出していた従来の研究に対して、ノースは世紀末パリや二〇世紀初頭ドイツの前衛芸術家の例を引きつつ、その時期までに「アイロニーは商業化したモダニティに対する防衛というよりも、それに参加する方法になった」と指摘する。さらに商品文化が物質的消費のみならず、美的・記号的消費の性格を強めるに至って、アイロニーは少数派の特権的態度であることを止める。

社会がますます美学化されるにつれて、また、オーディエンスたちがかつて物質的商品を消費したように、想像的・美的素材を消費しはじめるにつれて、日常生活自体が内在的に、それ自体からのアイロニー的距離感を獲得するようになるのだ。(North 206, 208 ; quoted in Saler 39)

ここでいう「アイロニー的距離感」とは、消費活動の物質的側面と、その美的・記号的価値との区別に関する基本的認識、さらに後者の潜在的恣意性や構築性についての反省的意識としてとりあえず理解できる。そのような二重性に浸食された社会は、不可避的にフィクション的性格を持つのみならず、その社会を生きる個人のアイデンティティもまた、アイロニー的可塑性を帯びはじめる。

大衆消費社会がさらに進展した第二次世界大戦後のヨーロッパを背景に、このような意識はボンド小説のすみずみまで浸透している。『カジノ・ロワイヤル』第八〜九章は、ル・シッフルとのギャンブルをはじめる直前、ボンドとヴェスパーのディナーの場面に割かれているが、その描写を特徴づけるのは、（物語の理解上不可欠なギャンブルの説明は除いて）不必要なまでに執拗な料理や酒の〈固有名〉の列挙である。ヴェスパーのチョイスは、キャビア、仔牛の肝臓のグリル、りんごのスフレ、クリームを添えた木いちご、かたやボンドはというと、やはりキャビアと、ベルネーゼ・ソースと子芋を添えたヒレ肉のレア、フレンチ・ドレッシングをかけたアボカド。さらにソムリエと相談した彼は、シャンパンは一九四五年のタタンジェではなく、四三年のブル・ブラン・ド・ブランを選択する（*Casino* 67–69）。食事や酒に限らず、ボンド・テクストは「モノ」の名、とりわけブランド・ネームに埋め尽くされている。[8] 興味深いのは次の会話のように、二人がディナーの途中で一瞬のためらいを覚えていることだろう。

「キャビアとすりつぶした卵のとりあわせはどうたい？」
「すばらしい組み合わせね。すばらしいディナーだわ。でも残念なのは……」ボンドの冷ややかな目線に抑えられて、彼女は口をつぐんだ。
「仕事のことがなければ、おたがいにこの場所には来ていないさ」。（*Casino* 75）

この場面でヴェスパーが言いよどんだのは、二人がそこで贅沢を享受しているのは秘密任務ゆえであって、自分たち自身の地位や資力のためではない、という現実認識である。ただ裏を返せば、これは彼ら二人の「能力」が潜在的にはそのような消費に値するかもしれない、ということでもある。エイミスは、ボンド小説におけるスノビズムの対象は家柄や特権ではなく、「地位を付与する」モノ（高級消費財や嗜好品）であると指摘していた（Amis 79）。この指摘の背後にあるのは、現実の社会的立場と記号的消費とのズレであると同時に、記号的な消費活動そのものが、人の社会的・文化的アイデンティティを可塑的に変更／格上げする、という無階級社会的な認識だろう。「現代消費主義のガイドブック」（Sandbrook 620）としてのボンド小説は、当時の読者たちに、そのような現実と記号とのズレに関するアイロニー的認識、そして消費をつうじて自己改変する可能性についての想像的なファンタジーを提供していたのだ[9]。

　ボンド・テクストの「架空世界」への読者の没入を助けるのは、こうした記号的消費の「表層」ばかりではなく、物語が暗示する世界観の「奥行」でもある。一九六六年の有名な論考「物語の構造分析序説」においてロラン・バルトは、『ゴールドフィンガー』（一九五九年）でボンドが「四つの受話器のうち一つ」を取る一場面に、次のような分析を行っている。ここで受話器が「四つ」であることは物語のアクション自体にはいかなる重要性も持たないが、それは「高度に発達した官僚的テクノロジー」を暗示し、秩序の側に立つボンドのキャラクター造形を補強しつつも、それ自体は「潜在的《ヴァーチャル》」な要素にとどまっている（Barthes 263-64）。このような潜在的要素は無視できない重要な役割を担っている。ふたたびセイラーを参照すれば、例えばホームズ小説において言及されても物語られることのない数々の難事件、あるいは、トールキンの「中つ国」を彩るさまざまな歴史上の出来事は、物語の「外側」に語られざる世界の厚みを演出する。「このような「不在効果」の刺激は、架空世界に関する読者による憶測を助長し、さらに読者を惹き込んでゆくのだ」（Saler 33）[10]。ボンド小説においては、この「不在効果」は諜報と陰謀の闇社会表象において活用されている。『カジノ・ロワイヤル』第二章で「引用」されるSMERSHに関する機密文書を抜粋してみよう。

戦争以来、我々が捕らえたSMERSHのエージェントは一名だけ、ゴイチェフ、別名ギャラド・ジョーンズである。彼は一九四八年八月七日にハイド・パークでユーゴスラヴィア大使館の医務官ペチョラを射殺した。尋問中に彼は圧縮青酸カリを仕込んだコートのボタンを飲んで自殺した。彼について判明したのは、彼自身が傲岸不遜にも明かした、SMERSHの一員だということだけだった。

次のイギリス側二重スパイはSMERSHの犠牲になったと思われる。ドノヴァン、ハースロップ・ヴェイン、エリザベス・デュモン、ヴェントナー、メイス、サヴァリン（詳細はQ課資料室を参照）。(*Casino* 21)

読者は、暗殺者ゴイチェフの末路について、あるいは悲劇的に殺害された女性スパイのエリザベス・デュモンについて、作者フレミングからこれ以上のことを知ることはない。にもかかわらず、私たち自身の「知りたい」という欲望は読者の側の想像力を駆り立てて、イギリスとソヴィエト諜報部の血なまぐさい暗闘の歴史が織りなす「架空世界」にさらなる厚みを与えるのである。このような想像力を介した「世界」への参加に読者が覚える愉しみと対照すると、ボンドとル・シッフルとのギャンブルは、その世界の片隅で起きた比較的に小規模な事件にすら思えてくるかもしれない。

歴史家のジェレミー・ブラックは、ボンド・テクスト（この場合は映画）の世界的な受容について、「数十億もの人々が西側の目線からグローバルな闘争のイメージを視てきたのであり、それはイギリスに関する特有の認識を提供している」と述べている（Black xi）。ボンド・テクストがイギリス人をヒーローとして、西側の観点から

「世界秩序」を脅かす危機を描き続ける限りで、この観察は的確なものだろう。しかしながら、「アイロニー的想像力」に関する以上の考察を踏まえると、次の三つの点でこの観察を修正する必要が出てくる。第一に、読者ならびにオーディエンスの役割は、「視る」という動詞が暗示するほどには受動的なものではない。むしろ直前に検討した例のように、ボンド・テクストの受容者はつねに想像力をもちいてその「架空世界」の語られざる細部を見出し、表層の裏にさらなる奥行きを補い、肉づけしてゆくことから大きな快楽を獲得している。別の観点から言えば、読者・受容者たちはポピュラー・フィクションに耽溺しながらも、冷戦以降の国際政治情勢に関するヴィジョンを個人の想像力を介して共有する、という（必ずしもハイブラウ的ではないかもしれないが）一定の知的な活動に従事しているのである。たとえそのヴィジョンが、基本的に西洋的観点に偏った保守的かつ愛国主義的な性格を有していたとしても。

　第二の修正点は、そのヴィジョンの性質に関わるものだ。ブラックともう一人の歴史家ディヴィッド・キャナダインはともに、ボンド・テクストの提示する世界観を「エスケイピズム」として特徴づけている。フレミングの小説はイギリス帝国の衰退が決定的になった時代に書かれたにもかかわらず、ボンドをはじめとするイギリス諜報部の世界的活躍を描き続けることで、「現実」からの逃避的快楽を読者に与えている、という見方である（Black v ; Cannadine 281）。ところがこの見方からすると奇妙なのは、ボンド小説は主人公の活躍というファンタジーを提供するのとまったく同時に、イギリス帝国の衰退に言及することも忘れていない、という点だろう。『カジノ・ロワイヤル』でル・シッフルに一度完敗したボンドがギャンブルで再挑戦できたのは、ＣＩＡからの資金援助があったからだった。ボンドに資金を手渡すとき、ご丁寧にもフェリックス・ライターは「マーシャル・エイドだよ」と冗談めかして呟いている（*Casino* 101）。荒廃した戦後イギリスの復興を助けたアメリカからの巨額の資金援助を忘却することは許されない、とでも言うかのようだ。ここにあるのは現実からの完全なエスケイプではなく、むしろ、イギリス帝国衰退に関するたしかな「現実」認識と、それとは本来は両立しない「ファンタジー」との、アイロニー的共存なのである。ここでアイロニー的想像力は、国際政治のリアルな変容をいっぽうで認識しつつも、他方では「架空世界」の空想的享受を介して、冷戦期以降のイギリスの国際的地位と役割について思索し、想像しなおす可能性を読者に与えている。そしてそれは、リアル・パワーよりもむしろ、まさにボンド・テクスト自体が代表するイギリス発のグローバル・ポピュラー・カルチャー、いわばソフト・パワーを介したものとして再想像されたのである。

第三の重要な点は、そのような「架空世界」自体の相対的な可塑性である。ボンド・テクストが想定する敵対勢力がシリーズ途中で、ソヴィエト共産主義から国際犯罪組織SPECTREへと変更されていることはよく知られている。このことが示唆するのは、プロットが反復する「フォーミュラ」の安定性さえ確保できれば、〈悪役〉の項に代入するものは容易に交換可能である、という単純明快な事実である。新しくダニエル・クレイグをボンド役に迎えて二〇〇六年に製作・公開された映画『カジノ・ロワイヤル』が、原作と基本的プロットはほぼ同一であっても、ル・シッフルの背後にいるのが共産党ではなく、非合法武装集団からの投資を受けてギャンブル的な投機に興じる国際犯罪組織（のちにSPECTREと同一であると判明する）へと変更されていたことを思い起こしてもよい。ただそもそも、一九五三年のフレミングの原テクストでも強調されていたのは、共産主義イデオロギーへの原理的反動ではなく、むしろ国境を越えて非合法的に移動するマネーそのものの問題であったと言っても過言ではない。その意味では、当初は冷戦構造を前提に構想されたシリーズが、いつのまにかグローバルな金融資本主義自体の害悪を時として暗示するようになったのも、そこまで不思議なことではなかったのかもしれない。(11)「ちかごろは歴史の動きはとても速くて、英雄と悪役も絶えず立場を入れ替えているよ」とボンドは嘆いていた（*Casino* 171）。半世紀以上の時を経てなお続くシリーズが私たちに教えてきたのは、根絶不可能な偏見や固定観念というよりもむしろ、そのような現代国際政治の流動性に関する基本認識、そして、臨機応変な政治的洞察の必要性であったのかもしれない。

五　「アイロニック・ミドルブラウ」と批評の立場

この論考の冒頭で言及した、フレミングの思い描いた読者像——「列車や飛行機やベッドのなかにいる、温かい血をした」一般読者——に立ち戻ってみよう。どうやら彼らは、消費文化への耽溺を非難・侮蔑されるべき「マス」でも、真正なる民衆文化を生きる「ポピュラー」な存在でもない。ボンド・テクストの「一般読者」は、そのような従来のイメージよりもはるかにひねくれた、一筋縄ではいかない存在なのかもしれない。というのも、彼らはハイブラウ的教養の追求とロウブラウ的刺激の充足をともに享受するばかりか、テクストの提示するファンタジーと現実認識とをともに受け止め、いっけん無責任な消費文化の享楽のなかにも「現実」そのものの変更可能性を探る、そんなアイロニー的想像力を駆使する人びとなのだから。彼らは武藤のいうミドルブラウ、すなわち「階級横断的大衆的教養主義」の申し子なのかもしれない。ただしこの場合、彼らのミドルブラウ性は、（「ミドル」という言葉が暗示する）中庸や中立性、幅の広さにではなく、本来は両立不可能なAとBであることを攪乱的かつ無節操にも可能にしてしまう、柔軟でアイロニックな精神そのものにある。

そのような「アイロニック・ミドルブラウ」の文学・文化を前にしたとき、いったい私たちにはいかなる批評が可能だろうか。あまり意識されていないことだが、しばしば批評はその隠れた他者として、「一般読者」ないしは「一般的な読み方」を想定することから始まることが多い。問題なのは、批評がネガティヴな作品評価へと向かいがちな時、その所作は「批評家」と「一般読者」との距離を広げる方向へと作用しがちである、という傾向である。極論すれば、ボンド・テクストの煽情的な内容をエリート主義的に非難するときも、その「エスケイピズム」をイデオロギー批評によって告発するときも、それを無自覚に享受していると想定される「一般的な読者」との距離の拡大という意味では、同じことが起きている、と言えるだろう。近年リタ・フェルスキは、このような否定的批評の傾向を「懐疑の解釈学」と見なして、それらが「文学的対象に心を傾ける論理的根拠をほとんどもたらさない」と警鐘を鳴らしている（Felski, *Uses* 2）。つまり、そもそもネガティヴな特徴しか指摘できないのであれば、なんでそんな文学・文化作品にわざわざ貴重な時間を割く必要があるのか？　そんなもの放っておけばいいではないか、というわけである。[12]ボンド・テクストとその読者・観客たち、そしてそれらが代表する二〇世紀後半から現代にかけてのイギリスかつグローバルなポピュラー・カルチャーにアイロニー的ミドルブラウ性を見る利点の一つは、ここに見出せるだろう。このミドルブラウ研究は、無自覚な一般読者に代わって、ハイブラウ的でもロウブラウ的でもありうる読者、ファンタジーに耽溺しつつ現実認識も忘れない読者像をモデルとして想定する。批評家は、そのような読者のアイロニー的感性を警戒しつつも想像力の可塑性を信頼する。大上段から非難する代わりに「公平な競技場《レベル・プレイング・フィールド》」に身を置き、そこで有意味な対話をはじめようとする。いわば、兎にも角にもボンド・テクストという「架空世界」をともに享受するところからはじめて、それを「現実」認識への足掛かりとして、より柔軟な批判的感受性を養おうと試みるのである。

　このような目論見をひととおり説明し終えて、ようやく冒頭の疑問文を発話し直す準備が整った。では、あらためて問いかけてみたい。はたしてジェイムズ・ボンドは、ミドルブラウ文化の夢を見るか？

註

本稿はＪＳＰＳ科学研究費補助金（26770107）の支援を受けたものである。

（1）ただし、ボンド・テクストの実際の受容者たちは必ずしも男性ばかりに偏っているわけではないらしい。ボンド・テクストの受容に関わるジェンダーの問題に関しては、Bennet and Woollacott, 204-30を参照。

（2）近年出版されたミドルブラウ研究の対象年代を列挙すれば、Humbleが一九二〇年代から五〇年代まで、Brown and Groverが一九二〇年から一九六〇年まで、Macdonald and Singerが一八八〇年から一九三〇年までであり、やはり二〇世紀前半に大きく偏っている。ただアメリカ文学・文化を研究対象にしたKleinは初期冷戦期のミドルブラウ文化に注目している。また、Driscollは二一世紀の英語圏文学・文化に「新しい文学的ミドルブラウ」の台頭を見出しており、「ミドルブラウ」を現代文学・文化まで通用する概念として再利用する試みは進行中である。

（3）ミドルブラウ研究のフェミニズム性を代表する研究としては、Humble, Schaubならびに松本を参照。これに対して、ミドルブラウ文学・文化における男性性に注目する論集としてMacdonaldがある。また、ミドルブラウ文化における「保守的モダニティ」に着目した先行研究としては、Lightがやはり重要である。

（4）トニー・ベネットとジャネット・ウーラコットの共同研究は一九七〇年代以降のオープン・ユニヴァーシティの研究・教育の一環として書かれたらしい。また、デニングの重要なスパイ小説論は、そもそもバーミンガム大学のセンター・フォー・カルチュラル・スタディーズにおいて執筆されたようだ。

（5）例えばDuring, 193-207を参照。

（6）この成功の背景には、当然ながら当時のエンターテインメント産業の変動があった。ボンド小説のペイパーバック版は、一九五〇年代以降に、ミドルブラウ的なペンギン・ブックスの大衆市場向けライバルとして台頭したパン・ブックスから出版されてミリオンセラーとなり、出版市場に大きなインパクトを与えた。また六〇年代のグローバルな「ボンドマニア」形成に多大に寄与した映画版は、多額の制作費と宣伝費を注ぎ込んだ「ブロックバスター」方式での映画製作という映画産業の新傾向に沿ったものだった。五〇年代からTVやロックなど若者向け娯楽の多様化による映画観客動員数の減少に直面した映画産業は、従来の「映画工場」方式に代わって、「目玉商品」に労力を傾注する方式へとシフトしており、アメリカ資本の支援を受けたシリーズはまさにその波に乗って大々的な成功を演出したのである（チャップマン 八八）。

（7） 武藤の卓抜なビートルズ論を除いて、五〇年代〜六〇年代のイギリス文化のミドルブラウ性に着目して正面から論じた研究はほとんど存在しない。ただし、本稿はむしろ一九六二年に早世したアメリカ文学研究者リチャード・チェイスの一九五六年のエイミス論「ミドルブラウ・イングランド」に大きくインスパイアされている。

（8） この特徴に関しては、ジェイムソンの議論を参照（272）。

（9） ただし、このような幻想は解放的なものである一方で、それが「消費」の快楽を前提とする限りで、資本主義社会を自明視するばかりか、その社会の価値を積極的に宣伝する役割を帯びていることには留意せねばならない。

（10） セイラーの指摘によれば、最初のホームズ・シリーズが終わった段階で、語り手のワトソン医師が簡潔に言及したが、語ることのなかった難事件が既に二三件もあり、コナン・ドイルがホームズ物語の執筆を再開したとき、シャーロッキアンたちはまず先にそれらの事件の説明を求めたという（Saler 214）。

（11） 近年の００７映画におけるこの変化については、Hochscherf ならびに越智の論考を参照。

（12） フェルスキはさらに、このような否定的批評の台頭が、逆説的にも人文科学に対する近年の逆風を助長しないまでも、見過ごしているのではないか、と疑念を呈している。この問題意識から彼女は、近年「ポスト・クリティカル・リーディング」の方法論の模索を提唱している。本稿のねらいは、フェルスキの提言とミドルブラウ研究の方向性との合流地点を探ることである。

引用文献

Amis, Kingsley. *The James Bond Dossier*. New York: Signet, 1965.

Baldick, Chris. *The Modern Movement: The Oxford English Literary History Volume 10 1910–1940*. Oxford: Oxford UP, 2004.

Barthes, Roland. “Introduction to the Structural Analysis of Narratives.” *A Roland Barthes Reader* Ed. Susan Sontag. London: Vintage, 1993. 251–95.

Bennett, Tony, and Jane Woollacott. *Bond and Beyond: The Political Career of a Popular Hero*. New York: Methuen, 1987.

Berberich, Christine. “Twentieth-Century Popular: History, Theory and Context.” *The Bloomsbury Introduction to Popular*

Fiction. Ed. Christine Berberich. London: Bloomsbury, 2015. 30–49.

Bergonzi, Bernard. "The Case of Mr Fleming." *Twentieth Century* (March 1958), 220–28.

Black, Jeremy. *The Politics of James Bond: From Fleming's Novels to the Big Screen*. Lincoln: U of Nebraska P, 2005.

Brown, Erica, and Mary Grover, eds. *Middlebrow Literary Cultures: The Battle of the Brows, 1920–1960*. Basingstoke, Hampshire: Palgrave Macmillan, 2012.

Cannadine, David. *In Churchill's Shadow: Confronting the Past in Modern Britain*. Oxford: Oxford UP, 2003.

Chase, Richard. "Middlebrow England: The Novels of Kingsley Amis." *Commentary* 1 September 1956, 263–68.

Comfort, Alex. *Darwin and the Naked Lady: Discursive Essays on Biology and Art*. London: Routledge & Kegan Paul, 1961.

Del Buono, Oreste, and Umberto Eco, eds. *The Bond Affair.* London: Macdonald, 1965.

Denning, Michael. *Cover Story: Narrative and Ideology in the British Spy Thriller*. London: Routledge, 1987.

Driscoll, Beth. *The New Literary Middlebrow: Tastemakers and Reading in the Twentieth-First Century*. Basingstoke, Hampshire: Palgrave Macmillan, 2014.

During, Simon. *Cultural Studies: A Critical Introduction*. London: Routledge, 2005.

Eco, Umberto. "The Narrative Structure in Fleming." Del Buono and Eco, 35–75.

Ewart, Gavin. "Bondage." *The London Magazine* June 1965, 92–96.

Felski, Rita. *The Limits of Critique*. Chicago: U of Chicago P, 2015.

———. *Uses of Literature*. Oxford: Blackwell, 2008.

Fleming, Ian. *Casino Royale*. London: Vintage, 2012.

———. *From Russia with Love*. London: Vintage, 2012.

———. "How to Write a Thriller." *Books and Bookman* May 1963, 14–19.

Hochscherf, Tobias. "Bond for the Age of Global Crises: 007 in the Daniel Craig Era." *Journal of British Cinema and Television* 10: 2. 298–320.

Hoggart, Richard. *The Uses of Literacy: Aspects of Working-Class Life*. London: Penguin, 1990.

Humble, Nicola. *The Feminine Middlebrow Novel 1920s to 1950s*. Oxford: Oxford UP, 2001.

Jordan, Julia. *Chance and the Modern British Novel: From Henry Green to Iris Murdoch*. London: Continuum, 2010.

Johnson, Paul. “Sex, Snobbery and Sadism.” *New Statesman* 5 April 1958. Web.

Klein, Christina. *Cold War Orientalism: Asia in the Middlebrow Imagination, 1945–1961*. Berkeley: U of California P, 2003.

Leavis, Q. D. *Fiction and the Reading Public*. London: Pimlico, 2000.

Light, Alison. *Forever England: Femininity, Literature and Conservatism between the Wars*. London: Routledge, 1991.

Lilli, Laura. “James Bond and the Criticism.” Del Buono and Eco, 146–70.

Lycett, Andrew. *Ian Fleming: The Man behind James Bond*. Atlanta: Turner, 1995.

Macdonald, Kate, ed. *The Masculine Middlebrow, 1880–1950: What Mr Miniver Read*. Basingstoke, Hampshire: Palgrave Macmillan, 2011.

North, Michael. *Reading 1922: A Return to the Scene of the Modern*. Oxford: Oxford UP, 1999.

Omerod, David, and David Ward. “The Bond Game.” *The London Magazine* May 1965, 41–55.

Richards, I. A. *Principles of Literary Criticism*. London: Routledge, 2001.

Saler, Michael. *As If: Modern Enchantment and the Literary Prehistory of Virtual Reality*. Oxford: Oxford UP, 2012.

Schaub, Melissa. *Middlebrow Feminism in Classic British Detective Fiction: The Female Gentleman*. Basingstoke, Hampshire: Palgrave Macmillan, 2013.

Sandbrook, Dominic. *Never Had It So Good: A History of Britain from Suez to the Beatles*. London: Abacus, 2006.

Shin, Kunio. “The Politics of Antimodernism: Realism, Modernism, and the Problem of the Welfare State in Kingsley Amis's *Lucky Jim*.” *Studies in English Literature* 55, 1–18.

Williams, Raymond. “Culture is Ordinary.” *Conviction*. Ed. Norman Mackenzie. London: MacGibbon & Kee, 1959. 74–92.

越智博美「００７は誰と戦うのか――冷戦を愛するスパイ」細谷等、中尾信一、村上東編『アメリカ映画のイデオロギー

――視覚と娯楽の政治学』論創社、二〇一六、四七―七八。

ジェイムソン、フレドリック『未来の考古学Ⅱ　思想の達しうる限り』秦邦生、河野真太郎、大貫隆史訳、作品社、二〇一二。

チャップマン、ジェームズ『ジェームズ・ボンドへの招待』戸根由紀恵訳、徳間書店、二〇〇〇。

松本朗「ミドルブラウ文化と女性知識人――『グッド・ハウスキーピング』、ウルフ、ホルトビー」河野真太郎、麻生えりか、秦邦生、松永典子編『終わらないフェミニズム――「働く」女たちの言葉と欲望』研究社、二〇一六、五九―八四。

武藤浩史『ビートルズは音楽を超える』平凡社、二〇一三。

「ミドルブラウ」ではなく「リアル」
——現代英国における文学生産と受容に関する一考察——

井川　ちとせ

一　はじめに

二〇〇三年、トム・マッカーシーは、半虚構の芸術集団、国際冥界航行協会（International Necronautical Society、以下、略称ＩＮＳを用いる）「総書記」として、以下の「声明」を発表した。

- - - - - と- - - - - は、出版産業と連座した廉で放逐される。出版産業との連座によって、「作家」は、企業の市場調査結果をまとめた報告書に従う制作者に成り下がり、創作のための真摯な思索を装って、ミドルブラウの既成の美意識（「現代文化」の様々な「イシュー」、「ポストコロニアルなアイデンティティ」などなど）を追認する。ＩＮＳ最高執行委員会は、- - - - - と- - - - - とに対し、同情の意を表明するものであるし、両者がそもそも出版大手から本を出すためにそうした方法で「注文に応じて」書かざるを得なかったことは致し方なかったと認めるものである。しかるに彼らは、その決断によってＩＮＳにとっては不要となった。（"INS Announces"; 破線部は原文のまま）

抜粋したのは「委員」二名の処分理由であるが、彼らとともに、一九九九年の協会創設時の委員の大半が「追放」されている。「声明」の発表当時、マッカーシーは二年前に書き上げた初めての小説『残余』（*Remainder*）の出版を、英国の大手各社から軒並み断られていた。二〇〇五年にようやくパリの小さな美術系出版社メトロノームからの刊行にこぎつけるや、英国のウェブマガジンで評判を呼び、ついで『タイムズ文芸付録（TLS）』に取り上げられる（マッカーシーは「作家としてのキャリアのなかで最高の瞬間」はいつかと問われて、TLSに長い書評が掲載されたときと答えている）[(1)]。反響を受けて、翌年には英国でアルマ・ブックスから、またその翌年にはアメリカでヴィンテージから出版された。二〇一六年の映画化の際にはアルマ・ブックスが、映画版のスチールと「メジャー映画化」の惹句を表紙にあしらったペーパーバックを刊行している。スペイン語で魂を意味するアルマと号し、「本を、大量生産品ではなく芸術品と見なす」（"About Alma Books"）、創業間もない個人経営の版元はともかく、ヴィンテージを所有するランダムハウスは（ペンギンと合併して現在のペンギンランダムハウスになる前から）紛れもない大企業であるが、二〇一七年三月現在、ＩＮＳのウェブサイトに、マッカーシー総書記が議長を務める二〇一四年の「総会」が「最新ニュース」として掲載されたままであるところを見ると（"INS Bulletin"）、ヴィンテージ／ランダムハウスとの契約によって、マッカーシー自身がＩＮＳにとって不要となることは、なかったようだ。

このエピソードに着目するのは、マッカーシーの偽善を愚弄してやろうという悪意からではむろんなく、一九九〇年代以降の文学生産について考察するうえで、示唆に富むからである。マッカーシーによれば、現代文化の様々なイシューやポストコロニアルなアイデンティティは、二〇〇〇年代初頭には、手垢のついたミドルブラウ的美意識の対象に堕し、大手出版社が戦略的に繰り出す売れ筋の主題になっていたということだ。マッカーシーの主張を額面どおりに受け取るとして、『残余』を出版しない判断を編集者たちにさせたのは、その主題の不適当さばかりでなく、語りのスタイルのせいでもあったかもしれない。『残余』の主人公による一貫した一人称の語りは、様々なイシューやアイデンティティがほとんど必然的に要請するように見える語りの様式と、あまりにも異なるのである。あとで見るように、モダニズムが導入した、複数の視点を往還する語りは、二〇〇〇年頃には例外ではなく規範となっている。語りの複数の焦点は、さまざまの、ときに衝突し合う視点の集合としての多元主義的社会にふさわしいスタイルとして是認される（McGurl 50）。現代文化において、他者を尊重することが、他者の認識論的な捉え難さの絶対化を意味するならば、全知の語り手は言うにおよばず、主人公だけが（たとえ信頼できない語り手としてでも）終始一人称で語り続けることは、ヘゲモニーの道具としての知の寓意にほかならず、倫理にもとる態度と見なされるだろう。ロンドンというメトロポリスを舞台に、語り手の特権として最後まで読者に名前を明かさない、すなわち（オックスフォード大学を出て、事故に遭うまでは市場調査会社！に勤務していたことなど、わずかな情報以外に）印付けを必要としない白人男性に、インド系移民二世ナズが奉仕するという関係も、ミドルブラウ的美意識を逆撫でしかねない。

なんらかの落下物が頭を直撃し、記憶の一部を失い、右半身を制御する脳の部分に損傷を負った『残余』の主人公が回復しようとするのは、失われた過去と身体機能というよりは、生きていることのあくまで主観的なリアリティである。主題化されるのは、真実が観察者の立場に制約されるという相対主義的認識ではなく、実存的不安である。巨額の示談金に明かして無辜の他者をあっけらかんと巻き添えにしながら、さまざまな出来事の精密かつ大掛かりな「再演（re-enactment）」を通じて（彼の嗅覚だけが捉えるニトログリセリンの匂いのごとく）自分にだけ感得され得る生のリアリティを執拗に追求すること、その営みそのものが、一人称の語りを構成している。ナボコフの主人公＝語り手ハンバート・ハンバートが、ロリータという名を音節で区切って読者の口蓋と舌に乗せ、読者がそうと気づかないうちに共犯に仕立ててしまうように（Serpell 1-2）、『残余』もまた冒頭で、流動食を嘔下するときに決まって“settlement”という言葉の真ん中のエルを想起して吐き気を催す主人公＝語り手との共犯関係に、読者を招き入れる。『ロリータ』（*Lolita*）へのオマージュは読者に、語り口の軽妙さと裏腹の、不穏な先行きを予期させ、身構えさせだろう。サルトルの主人公とは違って、吐き気はやがておさまるものの、「再演」の強迫的な反復は、その細部への執着と単調さゆえに主人公ばかりでなく読者をも眩惑させる。生活者の注意を引くことのない日々の些事を、些事らしく表象することに（その可能性を疑いながらも）腐心したのがモダニズム文学であったとすれば（Olson 3–12）、『残余』は、本来は無意識かつ円滑に遂行されるはずの動作や一連の出来事を、それらの構成要素のすべてを、事故を契機に意識化せざるを得なくなった主人公を通じて、いっそう執拗に引き伸ばし、反復し、前景化する。

本論の目的は、近年のグローバルな出版業界の再編と新たなメディアの登場による文学生産と流通の変化、作者と読者の関係の変容について考察することにある。とりわけ、侮蔑的な他称であるミドルブラウではなく、「リアルな読者」という肯定的な形容詞によってまとめ上げられる現代英国の読者層の実像に迫りたい。典型的な「リアルな読者」とは、読書会のメンバーであり、さまざまな媒体へのレビュー投稿者であり、文学フェスティバルの参加者であり、創作コースの受講者である。社会学者エリザベス・ロングが「研究領域の隙間に落ち込んで誰も目をくれない、学術研究の中間地帯」（Long x）と呼ぶように、読書会に関する研究は、アメリカではロングの二〇〇三年の単著、イギリスではジェニー・ハートリーとセアラ・ターヴィーによる二〇〇一年の著作を先駆とし、その後、盛んにおこなわれてきたとは言い難い。(2) この三〇年ほどのあいだに著しく存在感を増した読書会の実態について、本論の限られた紙幅では十全に論じることは叶わないが、読書会メンバーに代表される熱心な読書家を取り巻く環境を考察するうえで、筆者が二〇一四年より実施しているイングランド中部のある読書会（T

読書会）の参与観察およびメンバーへの聞き取り調査を一部、参照する。[3]

まずは、九〇年代以降の出版業界の状況を、概観したい。

二 「この危なっかしい業界」

作家パトリック・ゲイルは二〇一五年、『ニューブックス』誌（*Newbooks*、以下、本誌の表記にならって『ｎｂ』と略す）創刊十五周年に寄せて、現在の出版産業は「かつてないほど健全で、この国のフィクション、フェスティバル、創作コースへの渇望感は衰えることを知らない」と語っている（Gale 17）。書籍値引き禁止協定（Net Book Agreement）の廃止や電子書籍リーダー端末の登場に、周囲の誰もが先行きを悲観していたけれども、予想に反して、自身の創作活動も順風満帆であるという。ゲイルが、みずからの成功の鍵であると同時に証であると見なすのが、「ふたつの作品がリチャード＆ジュディされ、最新作がラジオ２の『ブッククラブ』に取り上げられたこと」である（Gale 17）。「その幸運のお返し」に二〇一二年、ノース・コーンウォール文学フェスティバルを三人の友人と立ち上げたのだという。[4] ラジオ２の『ブッククラブ』とは、二〇一〇年より週日の帰宅時間帯に放送されているＢＢＣの『サイモン・メイヨー・ドライヴタイム』（*Simon Mayo Drivetime*）のなかで、パーソナリティのメイヨーが作者と新刊を論じる隔週月曜のコーナーのことである。動詞化されている「リチャード＆ジュディ」（Richard & Judy）」こと「リチャード＆ジュディ・ブッククラブ」は、二〇〇一年から約七年間放送されたチャンネル４の夕方のトークショーに、二〇〇四年から加わった番組内のコーナーである。番組が終了しても、「ブッククラブ」は二〇一〇年以降、書籍小売チェーンＷＨスミスの広告媒体としてウェブサイトとポッドキャストの番組配信に衣替えし、しばしばアメリカの『オプラ・ウィンフリー・ショー』（*Oprah Winfrey Show*）内の

「オプラのブッククラブ」に喩えられるように（というか、そのフォーマットを模倣して）[5]、夫婦でもあるホストのふたりが取り上げた本は、例外なく劇的に売り上げを伸ばしてきた。この番組の宣伝に関わっていたアラスター・ジャイルズの証言によれば、「一作取り上げられただけで住宅ローンを完済できた作家も多い」が、じつのところ、番組制作者が本選びの際に参照したのは、ほかならぬ『ｎｂ』であったという（Giles 9）。ジャイルズは、「読者のみなさんは、過去一五年間でもっともよく売れた小説となったもののいくつかを、みずからその地位にまで導いたことを、誇りに思ってよいのですよ」として、一一のタイトルを列挙している[6]（Giles 9）。

「読者と読書会のための雑誌」と銘打つ『ｎｂ』は、「完全に独自のセールスポイント」（Pringle, "View" Autumn 2015：3）により、版元から、市場調査と販売促進を事実上、受託してきたと言える。二〇〇〇年一一月の創刊から二〇一四年の夏までは隔月刊であったのが、現在は季刊となっているほか、サイズやページ数、デザインの変更、ウェブサイト「ナッジ・ブック・ドットコム（nudge-book.com、以下ナッジと略す）」との連動など、絶えず刷新を続けるいっぽうで、独自のセールスポイントは一貫して変わらない。その手法は、新刊小説一タイトルにつきおよそ二ページの抜粋に、作者へのインタビューなどを添えて特集し、希望する購読者には、特集した本すべてを無料（配送手数料のみ）で提供するというものだ。四点の新刊が特集された二〇一六年冬号（第九一号）を例にとると、この号のみの価格が六ポンド、四号ぶんの年間購読料が配送手数料込みで二七ポンド六〇ペンスであるのに対し、七ポンド九九ペンスから一四ポンド九九ペンスの価格がついたタイトルから四点まで好きに選んで、一点あたり三ポンド五〇ペンスを支払えば送ってもらえるのだから、選び方次第では購読料と相殺してまだお釣りが来る。むろん、書籍値引き協定が廃止された現在、もっと安く入手する手段はいくらもあるけれども、新刊をいち早く手に取りたい購読者と、口コミの効果を狙ってしばしば刊行日に先立って本を提供する版元の、双方に利がある。

アメリカの作家ジョディ・ピコーの場合、二〇〇四年に彼女の英国での版権を取得したホダー&ストートンが、『nb』代表のガイ・プリングルに「『私の中のあなた』(原題は*My Sister's Keeper*)を『nb』購読者に大量に送ってほしいと頼んで」きたという("Jodi Picoult" 14)。二〇一六年に新作『スモール・グレイト・シングズ』を特集するにあたり当時を振り返ってプリングルは、すでに本国のみならずオーストラリアやニュージーランドで十作もの小説を発表していながら英国では無名であったピコーをベストセラー作家にしたのは、読者の口コミの力であったと自負し、同時に、『nb』史上(つまり二〇〇五年に、特集する作家のひとりを表紙に登場させるようになって以来)初めて、ふたたび彼女を表紙に採用したことを「個人的にたいへん嬉しく思っている」("Jodi Picoult" 14)。『私の中のあなた』は、デザイナーベビーという〈イシュー〉に取り組んだ点では、カズオ・イシグロの『わたしを離さないで』(*Never Let Me Go*, 2005)に先んじており、(一三歳の少女が両親を相手取って訴訟を起こすというアメリカらしい設定を含め)衝撃的な内容を受け入れる素地が英国に整っているか調査が必要であったろう。女性が九五パーセント以上を占める『nb』購読者("Bailyes" 84)の反応を踏まえたホダーの販売戦略は、ペーパーバック初版の装丁に明らかだ。裏表紙に採用されたのは、中産階級女性向けライフスタイル月刊誌『グッド・ハウスキーピング』(*Good Housekeeping*)のレビュー――「この驚くべき小説は、美しく丁寧に書かれ、難しい道徳的選択に焦点を合わせている」――であり、表表紙のコピーは「あなたの子供たちのうちのひとりの命を救うために別の子供を利用するとしたら、あなたはよい母親でしょうか、それとも、とてもひどい母親でしょうか?」である。表裏の表紙には、まっすぐこちらに視線を向ける、金髪の幼児の写真があしらわれている。小説は、姉ケイトのドナーとして生まれたアナと、ふたりの兄ジェシー、母のセアラと父ブライアン、アナの弁護士キャンベル、訴訟のためにアナに置かれた後見人ジュリアの、都合七人の視点から一人称現在で交互に語られるにもかかわらず、装丁は、『グッド・ハウスキーピング』の読者層を、あらかじめ母親への感情移入に誘う。見返しに引用されたヴァージニア州の日刊紙『リッチモンド・タイムズ・ディスパッチ』（*Richmond Times Dispatch*）によれば、ピコーは「最前線となる直前のトピックを選び出す千里眼」として定評があるという。二六歳のデビュー以来、年に一冊のペースで長編を発表し続ける速筆は、時々のイシュー――優生学、一〇代の自殺、近親姦、性的虐待、ＰＴＳＤなどなど――を扱った作品を、機を逃さずに世に問ううえで、大きな強みであることは疑いを容れない。市場調査によって世界的ベストセラー作家に押し上げられたピコーは、トム・マッカーシーの言う「ミドルブラウの美意識」をもっともよく代弁し、また涵養する作家のひとりであろう。

『ｎｂ』のウェブサイトによれば、プリングルは、出版業界に足を踏み入れた九〇年代前半から、読書会の影響力がますます大きくなりつつあること、そして、新しい才能が市場に打って出る際に口コミの推薦が威力を発揮することに気づいていたという（"About Us"）。同じページに、『ｎｂ』がベストセラーに押し上げた例として挙げられた作品群を見ると、[7]プリングルが「新しい才能が市場に打って出る」と言うときにはしばしば、アメリカなどの作家がイングランドの市場に参入することを意味していることがわかる。「サンプルを配って反応を確かめること（sampling exercise）」の重要性を正しく見極め、新しいビジネスモデルを開発し「目覚ましい成功」を収めたプリングルは（"About Us"）、起業から一〇年の節目には「いつまた肩を叩かれるかびくびくしながら暮らしていてもおかしくないときに、自営でやっていけていることは喜ばしい。これが末長く続きますように」と感慨を漏らしている（"Who's Who"）。この率直な感慨は、九〇年代以降の出版業界の浮沈を如実に物語っている。そもそもプリングルがみずから事業を立ち上げたのは、数年の教師生活を経てエディンバラの教育出版社トーマス・ネルソン＆サンズに転職後、三度も解雇の憂き目を見てのことである。元編集長のシェイラ・ファーガソンも、同じような経験をしている。大学在学中に勤め始めたグラスゴーの老舗ウィリアム・コリンズ＆サンズが、

「マードック帝国」に吸収され、配属されていた部門がロンドンへ移転すると決まり、「メトロポリスの華やかさに魅力を感じなかったため」、グラスゴーの別の老舗ブラッキー&サンへの転職を選ぶも、九〇年代に同社が廃業したのに伴い失業。再就職先は皮肉にもハーパーコリンズ、つまりルパート・マードックのニューズ・コーポレーションがウィリアム・コリンズとアメリカのハーパー&ロウを買収し合併してできた新会社であった。そして、「この危なっかしい業界」で三度目に職を失ったとき、プリングルに声をかけられて『nb』のスタッフに加わることになる（"Who's Who"）。英国内の歴史ある出版社のほとんどは、八〇年代に合併するか買収もしくは吸収されたが（Bloom 105）、その後も業界は目まぐるしく再編を繰り返してきた。プリングルの最初の勤務先トーマス・ネルソンも現在は、ニューズ・コーポレーションの子会社である。先述の、ピコーの版元ホダー&ストートンは一九九三年、ヘッドラインに買収されてホダー・ヘッドラインとなり、二〇〇二年には英国最後の家族経営の出版社のひとつジョン・マリーを買収、さらにその二年後に、フランスのメディア・コングロマリット、ラガルデールに買収されて、現在も傘下のアシェット・リーヴル内の編集部門である。そして近年もっとも大きな動きのひとつは、ドイツのメディア・コングロマリットのベルテルスマンと英国のピアソンの二社が、それぞれの傘下にあったアメリカのランダムハウスと、英国のペンギン・ブックスを二〇一三年に合併させたことであろう。この合併で、ペンギンランダムハウスは、世界最大手となった。ペンギン・ブックスの買収には、ニューズ・コーポレーションも意欲を見せていたというが叶わず、ベルテルスマンがペンギンランダムハウスの株式の五三パーセント、ピアソンが四七パーセントを保有することで決着した。合併の目的は、コンテンツを増やして、電子書籍の流通を支配するアマゾンなどとの交渉力を高めることにあったという（「米ランダムハウス」）。ベルテルスマンはさらに、二〇一七年一月、ピアソンから残りの株式を買収し、ペンギンランダムハウスを完全子会社化すると発表（"Bertelsmann"）。ペンギンランダムハウスはいまや、ホガースやチャット&ウィンダスなどを含む二五〇近いインプリントを所有している。このいかにも「危なっかしい業界」において既存の手法が通用しないのは、自明の理であろう。

三　「やつら」と「われら」?

トム・マッカーシーの義憤をよそに、『nb』は読者のあいだに、彼女らの声をすくい上げようとする出版社側の企業努力を、好意的に受け止めるばかりでなく、彼女らの声がゲームのルールを決める手応えに満足するような、意識の醸成を狙っている。創刊二年目からは、購読者の投票によるブック・オブ・ザ・イヤーを選んできたが、そのきっかけをプリングルはつぎのように説明している。

> ブッカー賞は一九六九年に始まっているので、文学賞というのは、決して革新的な発想ではありません。そしてもちろん、マン・ブッカー賞になってからも、わたしたちが何を読むべきだと文学界が考えているか、その見解の典型であることに変わりはありません。でも困ったことには、二〇〇〇年から二〇〇二年の間に、読書会のメンバーであるわたしたちは、何を啓発的だと思うか、彼らとはずいぶん異なる見解を有しているということが極めて明白になったのです。("Books of the Year 2016" 8)

さらに二〇一五年春には、気の早いことに「二一世紀のベストブックス」の選定を企画し、購読者にこう呼びかけている。

でも、そんな眼識と博識を誰が持ち合わせているでしょう？わたしたちの考えを導き、そんなイニシアチブを担う役割を、誰に委ねればよいでしょう？ええと、もちろん読者のみなさんです！〔後略〕

わたしたちはすでにナッジ上で意見を募り始めていますが、誤解なきようお願いします、しかつめらしい学者の無味乾燥な賛辞のようなものではなく、互いの本への情熱を共有する機会にするつもりです。〔後略〕（"Best Books" 80）

批判の矛先は文学界と学者以外にも向けられる――「この雑誌は一度たりとも週末の高級紙の「エッセイ」のようであろうとしたことはありません。わたしはああいうエッセイを、読みはしますが、読んだあとにはもはや取り上げられた本を読む必要などないような気分になるのです！」（"View" Summer 2016: 3）といった具合である。文学界、学者、高級紙のジャーナリストに対する不信感は、繰り返し表明される。書店を支援するキャンペーン「ブックス・アー・マイ・バッグ（Books Are My Bag）」が二〇一六年に始めた文学賞を紹介する記事は、当のキャンペーンの公式サイトでは用いられていないような身も蓋もない表現で、その大義を代弁している。

二〇一三年に立ち上げられた「ブックス・アー・マイ・バッグ」は、本の宣伝のあらゆる方法を網羅する標語である。大雑把に言うと、個人経営の書店主の生計を守り、（アメリカの巨大企業アマゾンが販売をほぼ独占している）電子書籍ではなく、書店が扱う紙の本を盛り上げようということだ。

書店主協会の志高い面々が、その旗印の下、今度は新しい賞を作ろうと思い立ち、全国の読者がどこにいても、自分の気に入った本を選ぶことができるような機会を設けた。だから、お仲間どうしの文芸評論家とか書評家とか作家とかが、薄暗くて煙たい部屋に集まって、お友達の運命を決する…なんてことはなくて、この新しい賞の選考では、本当に、受賞者を決めるのはあなたたち読者なのだ！（"The Books Are My Bag Readers Awards" 32；省略は原文のまま）

もっとも、こうした批判は目新しいものでないばかりか、ジェイムズ・F・イングリッシュによれば、定期的にメディアに取り上げられることで賞の名声を維持する機能を果たしてきた（197–216）。たとえば、一九九二年に作中（*Doctor Criminale*）でブッカー賞を辛辣に風刺したマルカム・ブラドベリは、作品が最終候補に選ばれたことがあるだけでなく、二〇〇〇年に他界するまで、長らく管理委員を、さらに二度にわたって選考委員長を務めていた。また、彼がイーストアングリア大学に設置した創作修士課程の教員や卒業生は、イーストアングリア・マフィアと揶揄されるほど、ブッカー賞での活躍が目立つ。とくにブラッドベリが一九八九年に選考委員長を務めた際には、同僚のヘレン・マクニールが選考委員に加わっており、別の同僚ローズ・トレメインが最終選考に残り、ブラッドベリの教え子だったカズオ・イシグロが受賞した（English 210）。

そもそも「やつら」と「われら」の二分法は、截然と分かち得ないものに用いられるのがつねだ。『ｎｂ』の特集のおかげでデビュー作がベストセラーになったというサリー・ヴィッカーズは、その二年後にマン・ブッカー賞の選考委員を務めているし、『ｎｂ』の「二一世紀のベストブックス」として最初に掲載されたのは、マーガレット・アトウッドのブッカー賞受賞作『昏き目の暗殺者』である。『ｎｂ』の「ブック・オブ・ザ・イヤー」とブッカー賞受賞作とが一致したことこそないものの、前者の受賞作であるエマ・ドノヒューの『部屋』が後者の最終選考に残り、アリ・スミスの『ハウ・トゥ・ビー・ボース』が両方の最終候補作となることもあった。さらに、「ブックス・アー・マイ・バッグ」の活動に賛同するばかりでなく独自に「ラブ・ユア・インディ（Love Your Indie）」キャンペーンを展開し、個人経営の書店を支援する「われら」にとって、アマゾンは立ち向かうべき怪物であるが、「われら」を構成する一般読者のレビュアーのなかにはアマゾンと緊密な関わりをもつ者もある。

たとえば、『ｎｂ』が二〇一六年夏に取り上げたアン・ケイターのブログには、こう綴られている――「わたしはアマゾンのトップ・ハンドレッド・レビュアーのひとりで、アマゾンのヴァイン・プログラム（Vine Programme）を通じて、刊行前の本のレビューもおこなっています。わたしのレビューはグッドリーズにも掲載されていますし、ウォーターストーンズのサイトのトップ・テン・レビュアーのひとりでもあります」（"My Review Policy"）。彼女は、電子書籍をレビューの対象としないこと、アマゾンから謝礼を受け取っていないことを明言しているが、ヴァイン・プログラムは、アマゾンの顧客から高評価を獲得したレビュアーを「ヴァイン・ヴォイシズ（Vine Voices）」に選び、発売前の商品を無料で提供して、彼らの声を企業に届けるというものである（"What is Amazon Vine?"）。グッドリーズは、サンフランシスコに本部を置き、現在、五千五〇〇万の会員数を誇る「世界最大の読者コミュニティ」サイトであり（"Who We Are"）、ウォーターストーンズは、個性的な実店舗の運営で生き残りをかける英国の書籍小売チェーンである。ケイターは、いずれの媒体からもレビューの対価を得ていないものの、ホスピスでの常勤職のかたわら、フリーランスで出版社のPRや実務を請け負っているそうだから（"My Review Policy"）、もはや一般読者とは呼び難い。

「nbレビュアー」として二〇一六年冬号で紹介されたニコラ・スミスは、ブログを始めた動機を「読んだ本をすべてアマゾンでレビューしてきたので、それらを一箇所に集めたらよいのではないかと思ったから」と述べ、「わたしはアマゾン・ヴァイン・レビュアー（本以外も）で、ネットギャリー（NetGalley）からもレビューする本を提供されています。素晴らしい『ニューブックス』誌／『ナッジ』サイトも、レビューする本の提供元のひとつですが、雑誌もサイトもチェックしたことがないというかたは、一見の価値ありですよ」と続ける（Smith）。最近では、場所を取らないという理由で電子書籍のほうを好むようになり、また幼児を抱えてのパートタイム勤務で、読書に費やせる時間は限られているという（Smith）。ネットギャリーは、アマゾン・ヴァインとは異なり、本のみを扱い、招待制ではなく、ブロガーなど「影響力を持つ読者」が自由に登録でき、印刷前のゲラの電子版＝ネットギャリーの提供を受けてレビューを発表し、「ネット上で新刊の口コミを拡散させる手助けをする」というものである（"About NetGalley"）。ネットギャリーは影響力を持つ読者を引用符付きで「プロの読者」とも呼んでいるが（"About NetGalley"）、スミスの例が示唆するとおり、「プロ」は、レビューで生計を立てていることを意味しない。

Q・D・リーヴィスは一九三二年刊行の『フィクションと読者大衆』（*Fiction and the Reading Public*）において、ジャーナリズムや（アメリカのブック・オブ・ザ・マンス・クラブのフォーマットを踏襲した）ブック・ソサイエティやブック・ギルドといった配本プログラムが、作家と一般読者の「仲買人（middlemen）」として「鑑識眼の画一化」を助長していると批判して（19–20, 22）、一般読者の鑑識眼を涵養する役割をハイブラウ作家と英文学者から成る「少数派」の手に取り戻すことを目論んだが、紙の媒体が相対的に力を失った今日、少なくとも部分的には、中抜きと呼べるような作者と読者との関係が生まれている。読むべき本を提示してくれるのは、英文学者でも高級紙の書評でもなく、広義の口コミであり、口コミを拡散するプラットフォームはネット上にある。

四　「リアル・リーダーズ」(8)とは誰か？

サンプルを配って反応を確かめるビジネスにおいて『ｎｂ』は先駆的であったかもしれないが、このモデルのネットでの展開においては、二〇〇七年始動のアマゾン・ヴァイン、翌二〇〇八年のネットギャリーに出遅れた感が否めない。知名度においても劣ることは、先に見たニコラ・スミスの自己紹介からもうかがえよう。その『ｎｂ』が「インターネット上でより革新的であろうと」、二〇一二年に導入したプログラムはその名も〈リアル・リーダーズ〉という。

> 〔二〇一二年当時、〕真面目な話、メディア上の情報の流通をコントロールする者たち〔media gatekeepers〕は、力を奪われつつありました。〈リアル・リーダーズ〉という名で表現したのは、あなたやわたしのような人たち、つまり、熱心な読者で、読書会のメンバーで、そして、間違っても大都市の知識階層には属さないような人たちが存在するという事実でした。
>
> ペーパーバックの表紙に引用された文句が、その本から得られることを、明らかに誇大広告しているのに、どれほど頻繁に出会うでしょう? 高級紙の書評につられて読書会の本に選んだら、期待はずれだったということが、どれほど頻繁に起きるでしょう? わたしたちの〈リアル・リーダーズ〉は、お互いの見解を共有したいのです。お互い、同好の士に語りかけていることを知っているからです。("Real Readers" 39)

〈リアル・リーダーズ〉のモットーは「完全に独立した書評」である。なにから独立しているのかと言えば、大都市の知識階層による情報流通のコントロールから、であろう。ここでは、われら=〈リアル・リーダーズ〉とやつら=高級紙に寄稿する大都市の知識階層とが対極に置かれているが、『ガーディアン/オブザーバー』と『nb』を購読している、T読書会のまとめ役Aさんに、こうした位置づけの妥当性について問うてみると、「たしかに『ガーディアン』の書評を読むと、これはほんとにわたしが読んだのと同じ本かしらと思うことがある」いっぽう、『nb』の良さは「作者のインタビューが読めるところと、〔購読者によるレビュー欄で〕本が五段階評価されていてわかりやすいところ」だと答えてくれた(二〇一六年一一月二三日)。『nb』では、作者へのインタビューを購読者がおこなうことも多く、その場合はたいてい、『ガーディアン』などのエッセイ風に構成された記事とは異なり、一問一答のかたちで掲載される。Aさんは『ガーディアン』と『nb』の両方に投稿もしていて、[9]『nb』の直截なプロパガンダには、とくに気を留めていない様子だった。T読書会の別の『nb』購読者Bさんは、地元紙と『デイリー・メイル／メイル・オン・サンデー』、『グッド・ハウスキーピング』、『ウィメン・アンド・ホーム』を購読するほか、時たま『デイリー・テレグラフ』と『タイムズ』を読むが、「シャンパン社会主義者」のような左翼批判の常套句を好んで用い、高級紙と新聞の書評一般に不信感を抱いている。

いつもびっくりするのは、新しい本が出ると、わっと一斉に盛り上がるでしょ。それで「これはいったいどこから出てくるのかしら」と思うわけ。本は出たばかりなのよ。でも彼らは〔発売前に〕選ばれて本を読んでレビューを書いてるのよね。それに比べて、まあ、それが悪いってわけじゃないけど、でも、一般人〔the general public〕は違ったレビューを書くわよね。（二〇一六年六月一〇日）

読書会での議論では、ほかのメンバーが、本に対する別の見方に気づかせてくれるし（これは聞き取り調査に応じたメンバーのほぼ全員が指摘したことでもある）、「最近は、もちろんインターネットがあるでしょ。アマゾンに限らず、たくさんレビューがあるわよね。グッドリーズのサイトもあるし」と、「一般人」のレビューに信頼を置いていることを示唆した。すでに見たとおり、本の発売前に選ばれてレビューを書くのはもはやジャーナリストに限らないから、彼女にとって問題は、宣伝の手法そのものではなくレビューの中身ということになる。

〈リアル・リーダーズ〉を、もう少し穏やかな口調で紹介した一節を見てみよう。

〈リアル・リーダーズ〉は、読者と出版社と作者をより緊密に結びつけるべく、英国内の最良の出版社のいくつかと協働する『nb』／ナッジ帝国の一部です。〈リアル・リーダーズ〉は、刊行される前に本を読んでレビューしたり、表紙のデザインにコメントしたり、特定のトピックについて版元にフィードバックしたりする機会を、みなさんに提供するもの

です。（"Welcome" 49）

ニューズ・コーポレーションやアマゾンなど市場を独占するグローバル企業や、メディアをコントロールする知識人層への批判はない代わりに、自身を「帝国」と称して拡張志向を隠さない。刊行前の本を提供することは、すでに見たとおり『nb』創刊当初からのセールスポイントの一部であるが、購読者が『nb』最新号を手に取ってから、特集された本を請求し、届くのを待って一読しレビューを投稿するという一連のプロセスを、〈リアル・リーダーズ〉では省くことができ、版元にとっては、発売後の販売数増を期待できるだけでなく、発売前に、読者の意見を踏まえた最終調整が可能になる。

では、こうした企業努力のおかげで、読者には読みたい本が届いているだろうか。グッドリーズのCEOは、現状をつぎのように要約している。

わたしたちは、かつてないほど多くの選択肢から本を選べる世界に生きています。さらに、電子書籍やタブレット端末のおかげで、読みたいものがあればほとんど即座に読むことができます。問題はもはやコンテンツでもアクセスでもありません。そうした問題はすでに解決済みです。代わりに、新たな問題が出来しました。つまり、つぎに読むべき本をどうやって見つければよいのか？という問題です。（Chandler）

コンテンツとアクセスの問題は電子書籍が解決し、無数の選択肢を前に途方に暮れる読者の悩みはグッドリーズが解決する、というわけである。二〇〇九年からグッドリーズが実施している「読者が決定する唯一のメジャーな賞」、グッドリーズ・チョイス・アウォーズ（Goodreads Choice Awards）の二〇一六年のフィクション部門を受賞したのは、投票総数二三万七千八四四のうち三万一五四票を獲得したオーストラリアのリアーナ・モリアーティの『トゥルーリー・マッドリー・ギルティ』であった。二〇の候補作のうち一六――カラン・モハジャンを含むなら一七――がアメリカの小説で（ジョディ・ピコーの『スモール・グレイト・シングズ』は四位）、英国の作家はふたりのみ――すなわち、ヘレン・オイェイェミが十位、イアン・マキューアンはわずか一八〇八票で一七位――という結果であった（"Goodreads Choice Awards 2016"）。「世界最大の読者コミュニティ」の嗜好は明らかに（白人の）アメリカ寄りである。

先に見たブックス・アー・マイ・バック賞は、書店が選んだショートリストに一般読者が票を投じる五部門と書店だけが投票する一部門に加え、ジャンルを問わない、読者の投票のみによる「読者の選択賞」の、全七部門からなるが、五万を超す票を集めて「読者の選択賞」を受賞したのはフィクションではなく、二一名の執筆者が英国における人種と移民について論じたエッセイ集『善き移民』であった（グッドリーズのノンフィクション部門にはノミネートされていない）。編著者のニケシュ・シュクラが、出版社から「エスニックマイノリティが書いた本は売れない」、「わたしたちは最良の本しか出版しない」と門前払いを食って（"Essay Collection"）、クラウドファンディングによる出版を専門とする英国のアンバウンド（Unbound）からの上梓にこぎつけた本である。否、「こぎつけた」というと語弊があろう。このプロジェクトには、J・K・ローリングが五千ポンドを寄付すると同時に、自身のツィッターで六万人のフォロワーにサポートを呼びかけた結果、わずか三日間で目標額を達成したからである（"J. K. Rowling"）。『ガーディアン』紙のインタビューでシュクラは、「主観的な好みに左右されるこの業界で、はたして最良の本が世に出ているのか、わたしたちは確信が持てるだろうか？」と不満を語っている（"Essay Collection"）。作家三人が立ち上げたアンバウンドは、未刊行の著作をウェブサイト上で紹介し、事実上の予約購読料や、著者による講演などへの謝礼を支払うかたちでプロジェクトに賛同する「サポーター」を募り、すべてのサポーターの名を巻末に掲載した本を、紙と電子版で刊行する。二〇一一年の事業開始から二〇〇を越すタイトルを世に送り出してきた。中抜きである。

業界を左右する「主観的な好み」とは、編集者個人のそれではなく、市場調査が特定した一般読者の好みを意味するはずだ。シュクラが（そしてマッカーシーが）直面している状況は、かつてF・R・リーヴィスがグレシャムの法則を引き合いに出し、教養ある読者が不在の文学市場において、いずれ悪書が良書を駆逐するとした（18–20）、その予言の成就だろうか。しかし事はそれほど単純ではないように思われる。ヤングアダルト文学で歴史的成功を収めた白人女性作家ローリングが、移民の経験をめぐるノンフィクション（うち一編は、ハリーポッターシリーズのホグワーツ校の生徒と教員のほとんどが白人であることを指摘している[10]）を話題作に押し上げ、世界的ベストセラー作家ピコーは、二〇一六年より、民間非営利フェミニスト組織VIDAの諮問委員として、文学界におけるジェンダー間不平等を可視化し、女性だけでなく歴史的に周縁に置かれてきた人びとの声が聞き取られるよう、啓発活動をおこなっている。ピコーは二〇〇六年、『ニューヨーク・タイムズ（NYT）』の名物レビュアー、ミチコ・カクタニによるジョナサン・フランゼンの自叙伝の評を、自身のツィッターで「NYTが白人男性の文壇の寵児以外の作家をべた褒めするのを見てみたいものです」と痛烈に批判し、『イン・ハー・シューズ』のベストセラー作家ジェニファー・ウィーナーも自身のツィッターで加勢した（"Jodi Picoult Attacks"）。ふたりの訴えが単なる主観的印象によるのでないことは、VIDAが二〇〇九年から毎年実施している調査で裏づけられる。直近の二〇一五年に関する調査によれば、NYTの書評欄では、レビュアーの内訳では女性が男性を若干上回るものの、レビューされた作家のうち男性五八九名に対し女性は三九六名と少ない。英国に目を転じると、『ロンドン・レビュー・オブ・ブックス』の場合、レビュアーは男性一五三名に対して女性はわずか三九名、レビューされた作者のうち二〇三名が男性、五九名が女性、一名がトランス女性という結果であった。TLSでは、レビユアーのうち男性六九六名に対し女性は三六〇名、作家のほうは男性が九六三名、女性が三二三名である（"2015 VIDA Count"）。

こうした状況に関する、ジョイス・キャロル・オーツの最近の発言はきわめて興味深い。オーツは、プリンストン大学の創作コースでピコーとウィーナーを指導したことがあり、一〇年前の物議をよく記憶しているらしく、こう語っている――「女性作家には、男性作家よりも、あらかじめ決まった読者層があります。ジェニファー・ウィーナーは、自分がジョナサン・フランゼンと同等と見なされていないと不平を鳴らしているけれど、彼女はすごく売れてるでしょ。彼女と同程度の名声や才能があって、同じような主題を扱う男性作家は、彼女ほどは売れないでしょうね」（Lerner）。オーツの認識では、文学には二つの相互排他的なカテゴリーがあって、いっぽうに難しい主題を扱う、万人受けしないエリート作家の作品があり、他方に低水準の、とくに女性読者が好むベストセラーがある。

ジェニファーとジョディが肩を並べたがっている人たちの中には、ふたりの何分の一かしか売れないひとがいます。両方とも、というのは難しいですよ。大勢の読者に受け入れられることもあるでしょう、『フィフティ・シェイズ・オブ・グレイ』みたいに。でもそうすると、おそらく読者の大半は、かなり低水準でしょうね。フォークナーは、たくさんは売れませんよ、だって難しいんですもの。だから、もしジェニファー・ウィーナーが、大勢の読者に受け入れられたいのなら、エリートの名声は得られないでしょう。要するに、どっちも、というのは無理なんですよ。トニ・モリスンのように幅広い読者をもつ一流の作家もいますけど、それでも『フィフティ・シェイズ・オブ・グレイ』のようにはいかないでしょ。大ベストセラーがほしいなら、難しい小説は書けないし、たぶん難しい文学的主題も扱えませんよ。そう、要するに、どっちもは無理ってこと。（Lerner）

さらに、ヤングアダルト向けの文学作品のなかには『ハックルベリー・フィン』や『アラバマ物語』、『ライ麦畑でつかまえて』のような「素晴らしい古典」があるが、大人がそれらを読む理由は、「易しい語彙で書かれて」いて「ウルフやジョイスやフォークナーより読みやすいから」だとしている。とりわけ興味深いのは、子供の目に触れにくい電子版が爆発的に売れて「マミーポルノ」の異名を取った『フィフティ・シェイズ』とピコーの作品が同列に置かれている点と、「難しい」作家の例に三人のモダニストの名が挙げられている点だ。彼女の見立ては、八〇年以上前のQ・D・リーヴィスによる現状認識、つまりウルフやジョイスといったハイブラウ作家たちが、たんに読み書き能力があるだけのミドルブラウ読者に見向きもされない事態（4-5, 46）と変わらない(11)。

だがオーツの発言は、リーヴィスの見取り図よりも複雑な状況を示唆している。オーツが、幅広い読者をもつ一流作家としてプリンストンの同僚トニ・モリスンを挙げたことの言外の意味は、一九九三年、モリスンのノーベル文学賞受賞に言及した私信を参照すると、浮かび上がってくる。

> トニは真にこの賞に値します。〔中略〕素晴らしく、魅惑的で、情熱的な作家であるばかりでなく、使命感と、洞察力と、不屈の勢力と野心を持ち合わせた女性です。唯一無二の存在でありながら、見習うべき鑑でもあります。〔中略〕わたしはただの物書きです――わたしには社会的／歴史的特徴がありません。「読者層」というものがありません。わたしは誰も、そして何も代表していません――わたし自身をすら（思うに）代表していません。わたしの「自我」。まるで空気のように、知らぬ間に、よく考えることもなく吸い込んでいた、白い肌という不当な優位性、〔中略〕、特権。（qtd. in McGurl 318-19；省略および傍点は原文のまま）

マーク・マクガールが論じるように、ノーベル賞候補としばしば噂されたオーツがモリソンに送る惜しみない賛辞は、「自身に不利に働く（あるいはそう彼女が信じる）アイデンティティ・ポリティクスの分析」へと横滑りしてゆく（318–19）。第二次世界大戦後のアメリカで拡大した教育機会の恩恵を受けて階級上昇を果たしたオーツには、じゅうぶんな「社会的／歴史的特徴」があるはずだが、今日のアイデンティティ・ポリティクスはそれをぼやかし、特定の読者層を想定することを難しくする。

他方ピコーは、より多くの読者に作品が届くよう戦略的に、権威ある文学賞とは無縁の商業作家というあり方を選択していると語り、白人が人種問題を論じる難しさと気後れを公言するフランゼンと対照的に（"Jodi Picoult: Trump Supporters Need"）、最新作では果敢に黒人差別を主題とし、大統領選開票の約一ヶ月前というタイミングで上梓した。「白い肌をもって生まれて来なかったひとの立場に立って考えたことがないひとに手に取ってほしい」（"Jodi Picoult: Trump Supporters Need"）という作者の願いに、『私の中のあなた』以来のファンであるという（白人）『ｎｂ』読者のレビューは、つぎのように応える。

〔前略〕始めは、二、三〇年前に設定されているのだと思いましたが、本が進むにつれ、またさまざまな出来事が言及されるにつれ、現代に設定されることに気づいて、衝撃を受けました。ジョディ・ピコーは、精力的に下調べをする作家なので、この本に描かれた出来事は事実に基づいていると確信します。いわゆる文明国で、今日、このような過激主義がはびこっているなんて、信じがたいことです。子供のころ、クルー《ママ》・クラックス・クランをテレビで見てぞっとしたものですが、同じようなグループがいまも密かに活動していることは恐ろしい〔scary〕です。これはフィクションかもしれませんが、この、憎悪の生々しい描写は、残念ながら限りなく真実に近いのでしょう。

それぞれの章は、読者に〔新たな〕視点を示し、自分はちっとも人種差別主義者なんかじゃないと信じている白人たちと、侮辱の意図のないところでいちいち傷つくルースとの間の、認識と解釈のずれを明るみに出します。ジョディ・ピコーが書く物語はいつも素晴らしく、読者を——これは経験から言うのですが——あるページで不運な出来事に泣かせたと思ったら気の利いた短いジョークや愉快な場面で笑わせ、その数ページ後には仰々しい文章が続くのです。〔後略〕（Grant 19；加筆部分は編集部による）

「ジョディ・ピコー——彼女にはイシューがある」という『ワシントン・ポスト』紙の二〇〇五年の記事の見出しには、彼女自身の生い立ちにイシューの影が微塵もないことを逆説的に強調する意図がうかがえる。オーツ以上に「社会的／歴史的特徴」を欠くピコーは、「あらかじめ決まった読者層」すなわち同じ白人中産階級女性に向けて、繰り返し同じスタイルで、先のレビュアーいわく「物議をかもして大当たりすること請け合いの〔blockbuster〕主題」（Grant 19）を論じる。

五　民主化されたモダニズム、またはワードプロセッサー・シークエンス

ピコーのナラティヴは、複数の視点と時間を移動する。ふたたび『私の中のあなた』を見てみよう。二〇〇四年の九日間が七人の視点から語られるだけでなく、折々に母親の一人称現在の語りが「セアラ／一九九〇年」、「セアラ／一九九〇—一九九一年」、「セアラ／一九九七年」、「セアラ／二〇〇一年」、「セアラ／二〇〇二年」、「セアラ／現在」と年代順に挿入され、最後は長女の一人称現在の語り「ケイト／二〇一〇年」で結ばれる。さらに、主要なアクションである訴訟をきっかけに十五年ぶりに再会する弁護士キャンベルと後見人ジュリアの過去が、キャンベルの一人称現在の語りの合間に、たびたびフラッシュバックによって（斜字体で）呼び起こされ、徐々に解き明かされる仕掛けである。この、かつての恋人どうしがふたたび結ばれるロマンス小説風のサブプロ

ットに加え、キャンベルの介助犬にまつわる謎が、読者の関心を結末まで持続させるためのもうひとつの仕掛けとなっている（もっとも、キャンベルが介助を必要とする事情と、一五年前に彼がジュリアの前から突然姿を消した理由とが無関係でないことに、大方の読者は遅くとも小説の中盤あたりで勘づくであろう）。

出来事が生起する順序を複雑に入れ替えたプロットを、ガイ・プリングルは「ワードプロセッサー・シークエンス」と呼び、彼が過去二〇年間に読んだ小説の多くがこれを採用しているという。その理由は「単に、コンピューターを使えばできてしまうから」で、緊張感を生むために効果的な技法であることを認めたうえで、マギー・オファレルの最新作のゲラを物理的にバラして、時系列順に並べ替えて読んだと明かす。なぜなら「自分のような単純な人間」は「時系列に沿って編まれたヴァージョンを読むほうがよい」からだ（"View" Spring 2016 : 3）。そしてつぎの号では、購読者から寄せられた共感の声を紹介している。アリソン・ウィアダンは「小説家が時系列を分割するアプローチを採るのは、厳密に年代順に配した話は、面白くない／退屈な／味気ないのではないかと恐れてのことだと、わたしは踏んでいます」と主張し、ドロシー・アンダーソンはつぎのとおり、興味深いふたつのエピソードを伝える（"View" Summer 2016 : 3）。

現代小説にありがちな、無駄な行ったり来たりについてのあなたの意見にどれほど深く同意しているか、お伝えしたくて書いています。創意と洞察に富んだ作品もありますが（わたしが思うに、ケイト・アトキンソンはつねにうまくやってのけます！）、往々にして、陳腐な物語を「もっと面白く」するために用いられる怠惰な手法であるように思えます。わたしの姉／妹は、自費出版したことがあるのですが、次作の執筆に行き詰まってバース・スパ大学の創作コースを受講しました。講師のひとりが、時間をバラバラに入れ替えるよう助言したそうです。なぜなら「それが出版社の望むこと」だからだと。わたしの読書会の面々は最近、事の起こりから始まってただ物語を語るようなものが読みたい！と話しています。

プリングルの印象を裏づけるように、T読書会で二〇一四年九月からの一年間に読んだ一二作のうち、二〇〇〇年以降に英語で書かれた（英国籍の作家による）小説は五作で、そのうち「事の起こりから始ま」って、「行ったり来たり」することのない作品はひとつだけだった。マーク・ローソンの『複数の死』（二〇一三年）は、三人称の語りに自由間接話法を頻繁に挿入しながら、出来事の生起した順序を複雑に入れ替えて、真相究明のサスペンスを維持するのであるが、こうした「行ったり来たり」に指摘が及ぶと、長くAレベルの英語の指導をしていたCさんが、古くから存在する技法であることを説明するため『トリストラム・シャンディ』のプロットをかなり詳細に紹介した（二〇一五年三月一一日）。けれどもそのつぎの、サスナム・サンゲラの『マリッジ・マテリアル』（二〇一三年）の回では、主人公の一人称の語りと、主人公が生まれる前の、彼の母と叔母についての三人称の語りとを織り交ぜる趣向が、やはり「最近の小説が採用する、流行りのスタイル」と評され、みな食傷気味といった様子であった（二〇一五年四月一三日）。

言うまでもなく、物語の焦点を時間的に移動させる技法は、古くは〈イン・メディアス・レス〉で始まる古代ギリシアの叙事詩に遡ることができる。ダロウェイ夫人の〈意識の流れ〉は切れ目なく、一八歳のころの、清々しい朝に味わった気分に接続するだけでなく、霧のようにセプティマスの意識にまで入り込んでいき、ピーター・ウォルシュの認識の限界を露呈する。にもかかわらず、経験豊かなプロの編集者と一般読者がともに、この技法を流行りのスタイルと認識するのはなぜだろう。

ガイ・プリングルが批判したマギー・オファレルの『この場所に違いない』も、表題が示唆するとおり、移動するのは物語の時間だけではない。一八のセクションがそれぞれ異なる登場人物・年代・場所に焦点を合わせ、

「わたしの両脚の違和感／ダニエル／ドニゴール、二〇一〇年」と題された最初のセクションが一人称の語りならば、つぎの「わたしは女優ではない／クローデット／ロンドン、一九八九年」の語りは一人称複数から二人称へと移り、続く「ページの末尾に／ニール／サンフランシスコ、一九九九年」は三人称の語りに脚注が施される、といった具合である。文字テクストだけでなく、「オークション・カタログ」のセクションは、タイトルそのままに、クローデットの所持品の写真とキャプションで構成されている。誰の意識に焦点化されるのか、いつどこにいるのか、セクションの冒頭に明記してあるのは、モダニズム文学に親しんだ読者には、むしろ、親切な趣向と感じられ、また一九世紀中葉のウィルキー・コリンズの探偵小説を想起させもする。「単純な人間」を寄せ付けないハウブラウの技巧というよりは、モダニズムとジャンルフィクションとのハイブリッドである。

「ワードプロセッサー・シークエンス」が、出版社の意向すなわち市場調査の結果を踏まえた創作コースの指導のもと、量産され、リアルな読者に飽きられ始めているとしたら、単一の視点から時系列に沿って語られる物語が新たな流行になるのかもしれない。ただし、ｎｂブック・オブ・ザ・イヤーや「二一世紀のベストブックス」の受賞作にも見られるとおり、リアルな読者の特徴は、いわばその雑食性にあり、プリングルの挑発的なプロパガンダを受け流すしなやかさにある。

註

（1）“An Interview with Tom McCarthy.”

（2）後述のとおり、テレビ番組内のコーナーとして始まったアメリカの「オプラのブッククラブ」とイギリスの「リチャード&ジュディ・ブッククラブ」に関しては、研究書が複数ある。ともに二〇〇五年刊行のファーとルーニーによる単著、二〇一一年刊行のラモンとカズンズの共編著が重要。

（3）本論は、JSPS科研費（25370275および16K02484）の助成を受けている。継続中のフィールドワークの対象はT読書会に限らないが、本論では、二〇一四年九月より二〇一六年一一月のあいだに実施したT読書会の参与観察およびメンバーへの聞き取りの、ごく一部を参照する。一九八一年に結成されたT読書会のメンバーが全員女性である理由は、ある女性団体の傘下にあるためであるが、一九九九年六月からの一年間に実施され、三五〇の読書会から回答を得た調査によれば約六五パーセントは女性のみの会である（Hartley）。フェイ・ウェルドンが戯曲で描いた六名の女性による読書会は、現実をよく映し出していると言えよう（Weldon）。T読書会メンバーのほとんどが五〇代から七〇代と年齢が高い理由は、約三五年の歴史に加え（結成時からのメンバーは三名のみではあるが、在籍が一〇年を超えるメンバーも多数いる）、パート／フルタイムにかかわらず退職後、時間の余裕ができて加わったメンバーが少なくないため。二〇一五年の名簿に掲載されている（筆者を含む）三〇名のうち、月一度の集まりに参加するのは九名から一九名とばらつきがある。聞き取りには、常連メンバーを中心に一四名が応じてくれた。ご協力くださったみなさんに深謝したい。成果発表の際に匿名を希望しないかたも多かったが、本論では混乱を避けるため一貫して匿名とした。参与観察と聞き取りの実施年月日は、本文の括弧内に記す。

（4）作家が文学フェスティバルの運営に関わる例は珍しくない。メイヴィス・チークはマールバラ文学フェスティバルを主催。ピーター・ジェイムズは二〇一六年のオールド・ペキュリアー・クライムライティング・フェスティバルのプログラム・ディレクターを務めている。

（5）ふたつのブック・クラブの違いについては、Mylerに詳しい。

（6）『私の中のあなた』以外に挙げられているのは、Alice Sebold, *The Lovely Bones*（New York: Little, Brown, 2002）; Monica Ali, *Brick Lane*（London: Doubleday, 2003）; Jennifer Donnelly, *A Gathering Light*（London: Bloomsbury, 2003）; Karen Joy Fowler, *The Jane Austen Book Club*（New York: Putnam, 2004）; *The Time Traveler's Wife*（San Francisco: MacAdam/Cage, 2003）; David Mitchell, *Cloud Atlas*（London: Hodder & Stoughton, 2004）; Geraldine Brooks, *March*（New York: Viking, 2005）; Kim Edwards, *Memory Keeper's Daughter*（New York: Viking, 2005）; Kate Morton, *House at Riverton*（London: Pan Macmillan, 2007）; Sadie Jones, *The Outcast*（London: Chatto & Windus, 2008）; Dave Boling, *Guernica*

(London: Picador, 2008)。以上、括弧内は初版の出典情報。また、*A Gathering Light* は *A Northern Light* の英国版タイトル。

(7) Salley Vickers, *Miss Garnet's Angel* (London: Fourth Estate, 2000); Alexander McCall Smith, *The No 1 Ladies Detective Agency* (Edinburgh: Polygon, 1998); Alice Sebold, *The Lovely Bones*; Audrey Niffegger, *The Time Traveler's Wife*. 最後の二作は、アラスター・ジャイルズが挙げた一一のタイトルにも含まれている。

(8) 「リアル・リーダーズのための季刊誌」と銘打って二〇〇四年に創刊した『スライトリー・フォックスト』(*Slightly Foxed*)の想定読者は、『nb』のそれとは明らかに異なる。編集者のふたりが、勤めていたジョン・マリーがラガルデールに買収されたのを機に有限会社を立ち上げ、「大手出版社が誇大宣伝[hyping]し、新聞各紙がレビューするものばかり読みたくないという人びと」(*Slightly Foxed*)に向けて創刊した経緯こそ、『nb』と似ているが、新刊書の紹介に重点を置いた後者と異なり、毎号一六編掲載される随想で扱われる本が、かなりの割合で絶版なのである。二〇一六年からは、刊行中のものは営業部に注文すれば送料無料で届けてくれるし、絶版のものの入手方法についても電話で相談に乗ってくれる。こうしたサービスからうかがえる読者層は、ネットショッピングの習慣のない、比較的富裕な高齢者である。(きつね色に変色した古書を思わせる)クリーム色の、手触りのよい上質の紙を用いたこの雑誌については、稿を改めて論じたい。もう一点、注意が必要なのは、『nb』が、新刊マーケティングのための媒体であることを誇らしげに明言するいっぽうで、読者が購入するのは必ずしも新刊ばかりではないことである。プリングルは、「ブック・オブ・ザ・イヤー」の選考結果に見られるある種の偏りの原因をこう推し量っている——「みなさんは、読みたい本すべてをハードバックで買う余裕がありますか?あるなら結構ですが、わたしの推察は、ほとんどの読書会ではペーパーバックになったときが購入可能なタイミングだろうということです(理屈に合う、でしょ?.?.?.)」("And Our" 61)。

(9) 『nb』への投稿のきっかけは、創刊準備中のプリングルが、T読書会の親組織を通じて協力を要請してきたことによる。雑誌が軌道に乗るにつれ、レビュアーの数も増えたため、投稿の頻度は自然と減ったという(二〇一七年五月二八日)。

(10) Darren Chetty, "You Can't Say That! Stories Have to Be about White People," *Good Immigrant*. 101–02.

（11） この見立ての妥当性については拙論「リアリズムとモダニズム」を参照されたい。

引用文献

"About Alma Books." *Alma Books*. Alma Books, n.d. Web. 31 Mar. 2017.
"About NetGalley." *NetGalley*. NetGalley, n.d. Web. 31 Mar. 2017.
"About Us." *Newbooks*. n.d. Web. 31 Mar. 2017.
"Baileys Women's Prize for Fiction." *Newbooks* Summer 2016: 84-85.
"Bertelsmann Open to Increasing its Stake in Penguin Random House." *Bertelsmann*. Bertelsmann, 18 Jan. 2017. Web. 31 Mar. 2017.
Bloom, Clive. *Bestsellers: Popular Ficetion Since 1900*. 2nd Ed. Hampshire: Palgrave Macmillan, 2008.
"The Books Are My Bag Readers Awards." *Newbooks* Autumn 2016: 32.
Cater, Anne. "My Review Policy." *Random Things through My Letterbox*, n.d. Web. 31 Mar. 2017.
Chandler, Otis. "Our Story." *Goodreads.com*. Goodreads Inc., n.d. Web. 31 Mar. 2017.
"Company Profile." *Hodder and Stoughton*. Hodder and Stoughton., n.d. Web. 31 Mar. 2017.
"Essay Collection about Race in Britain Named Readers' Book of 2016." *Guardian*. Guardian, 24 Nov. 2016. Web. 31 Mar. 2017.
English, James F. *The Economy of Prestige: Prizes, Awards, and the Circulation of Cultural Value*. Cambridge, Massachusetts: Harvard UP, 2005.
Farr, Cecilia Konchar. *Reading Oprah: How Oprah's Book Club Changed the Way America Reads*. Albany: State U of New York P, 2005.
Gale, Patrick. "Giving Back in Exchange for Good Fortune." *Newbooks* Autumn 2015: 17.
Giles, Alastair. "We're 15!" *Newbooks* Autumn 2015: 8-9.
"Goodreads Choice Awards 2016: Fiction." *Goodreads.com*. Goodreads Inc., n.d. Web. 31 Mar. 2017.

Grant, Sheila A. “Sheila's Review of *Small Great Things*.” *Newbooks* Autumn 2016: 19.

Hartley, Jenny. *Reading Groups*. Oxford: Oxford UP, 2001.

“INS Announces a Purge of its First Committee.” *International Necronautical Society*. International Necronautical Society, Sep. 2003. Web. 31 Mar. 2017.

“INS Bulletin: International Necronautical Society Latest News.” *International Necronautical Society*, n.d. Web. 31 Mar. 2017.

“An Interview with Tom McCarthy.” *Alma Books*. Alma Books, n.d. Web. 31 Mar. 2017.

“J. K. Rowling Inspires Surge to Fund Book on Race and Immigration in Three Days.” *Guardian*. Guardian, 3 Dec. 2015. Web. 31 Mar. 2017.

“Jodi Picoult.” *Newbooks* Autumn 2016: 14–19.

“Jodi Picoult Attacks Favouritism towards ‘White Male Literary Darlings.’” *Guardian*. Guardian, 20 Aug. 2010. Web. 31 Mar. 2017.

“Jodi Picoult: She Has Issues.” *Washington Post*. Washington Post, 6 Mar. 2005. Web. 31 Mar. 2017.

“Jodi Picoult: Trump Supporters Need My Book.” *Guardian*. Guardian, 23 Dec. 2016. Web. 31 Mar. 2017.

Leavis, F. R. *For Continuity*. Cambridge: Minority Press, 1933.

Leavis, Q. D. *Fiction and the Reading Public*. 1932. London: Chatto & Windus, 1939.

Lerner, Susan. “A Conversation with Joyce Carol Oats.” *Booth*. Butler University, 20 May 2016. Web. 31 Mar. 2017.

Long, Elizabeth. *Book Clubs: Women and the Uses of Reading in Everyday Life*. Chicago: U of Chicago P, 2003.

McCarthy, Tom. *Remainder*. 2005. Richmond: Alma Books, 2016.

McGurl, Mark. *The Program Era: Postwar Fiction and the Rise of Creative Writing*. Cambridge, Massachusetts: Harvard UP, 2009.

Myler, Kerry. “You Can't Judge a Book by Its Coverage: The Body that Writes and the Television Book Club.” Ed. Ramone and Cousins. *The Richard & Judy Book Club Reader*. 85–108.

O'Farrell, Maggie. *This Must be the Place*. London: Tinder Press, 2016.

Olson, Liesl. *Modernism and the Ordinary*. Oxford: Oxford UP, 2009.

Picoult, Jodi. *My Sister's Keeper*. 2004. London: Hodder and Stoughton, 2005.

Pringle, Guy. "The View From Here." Editorial. *Newbooks* Autumn 2015: 3; Spring 2016: 3; Summer 2016: 3.

———. "Best Books of the 21st Century." *Newbooks* Spring 2015: 80.

———. "Books of the Year 2016: Your Publisher Reminisces!" *Newbooks* Autumn 2016: 8–9.

———. "And Our 14th Reading Group Book of the Year Is . . . " *Newbooks* Spring 2016: 61.

Ramone, Jenni and Helen Cousins, eds. *The Richard & Judy Book Club Reader: Popular Texts and the Practices of Reading*. Farnham: Ashgate, 2011.

"Real Readers." *Newbooks* Autumn 2016: 39.

Rooney, Kathleen. *Reading with Oprah: The Book Club that Changed America*. Fayetteville: U of Arkansas P, 2005.

Serpell C. Namwali. *Seven Modes of Uncertainty.* Cambridge, Massachusetts: Harvard UP, 2014.

Slightly Foxed. Advertisement. n. p., n. d. n. pag. Print.

Smith, Nicola. "About." *Short Books and Scribes*, n.d. Web. 31 Mar. 2017.

"The 2015 VIDA Count." *Vidaweb.org*. VIDA: Women in Literary Arts, 30 March. 2016. Web. 31 Mar. 2017.

"Welcome, Please, Some of Our Real Readers." *Newbooks* Summer 2016: 49.

Weldon, Fay. *The Reading Group: A Play*. London: Samuel French, 1999.

"What Is Amazon Vine?" *Amazon. co. uk*. n.d. Amazon. co. uk., Web. 31 Mar. 2017.

"Who We Are." *Goodreads. com*. Goodreads Inc., n.d. Web. 31 Mar. 2017.

"Who's Who at *Newbooks*." n.d. Web. 31 Mar. 2017.

井川ちとせ「リアリズムとモダニズム——英文学の単線的発展史を脱文脈化する——」大杉高司編『一橋社会科学』第七巻別冊「特集『脱／文脈化』を思考する」（一橋大学大学院社会学研究科、二〇一五年）六一—九五。

「米ランダムハウスと英ペンギン合併、出版最大手に」『日本経済新聞』電子版、二〇一二年一〇月二九日付。二〇一七年三月三一日閲覧。

索　引

ア 行

愛国主義（ナショナリズム）　*15, 101, 117-8, 122, 204-5, 225, 238-9, 245, 259, 389*
アイデンティティ　*21, 124, 129, 197, 223, 239, 256-7, 295, 299, 316, 330, 372, 386-7, 399-401, 420*
アイルランド　*3, 20-1, 118, 123, 179, 181-2, 184-5, 194, 196, 217, 242, 244-5, 314*
アインシュタイン、アルバート
　Albert Einstein　*34*
アヴァンギャルド　*236*
アーカート、M
　Urquhart, M.　*58*
アシェット・リーヴル
　Hachette Livre　*407*
アディソン、ジョーゼフ
　Joseph Addison　*208, 343*
アトウッド、マーガレット
　Margaret Atwood　*410*
アトキンソン、ケイト
　Kate Atkinson　*422*
アバークロンビー、パトリック
　Patrick Abercrombie　*212*
アマゾン　*407, 409-12, 414-5*
アメリカ（文化）　*10, 21, 59, 87, 115, 128, 133, 148, 175. 206, 209-10, 231, 233-6, 239, 244-5, 247-52, 255-7, 265, 268, 274-80, 285, 287, 289-90, 370, 373, 381, 389, 393-4, 396, 400, 402-3, 405-7, 409, 412, 416, 420, 424*
アメリカ人　*128, 133, 233, 235, 244, 247, 252, 275, 278, 290*
アメリカナイゼーション　*248-9, 251*
アーレン、マイケル
　Michael Arlen　*67, 75*
　『この素敵な人々』 *These Charming People*　*67*
　『緑の帽子』 *The Green Hat*　*67*
アングロ・アイリッシュ　*20, 178, 180-2, 184*
アングロ・インディアン　*296-7, 299, 320-1, 324*
アンダーソン、ペリー
　Perry Anderson　*124*
『アントニヌス巡行表』 *The Antonine Itinerary*　*121-2, 132*
アンバウンド
　Unbound　*416*
『イーヴニング・スタンダード』 *Evening Standard*　*5*
イェーツ、W・B
　W. B. Yeats　*1, 76*
井川、ちとせ
　Chitose Ikawa　*10, 12, 23-4, 26, 36, 51, 64, 84, 319, 324, 358, 429*
イシグロ、カズオ
　Kazuo Ishiguro　*405, 410*
　『わたしを離さないで』 *Never Let Me Go*　*405*
井上、義夫　*59, 62*
イーリング・コメディ　*276*
イングランド　*19-21, 87, 89, 101, 115-6, 118-9, 121-6, 128-32, 135-9, 143, 181-2, 194, 197-8, 200-3, 206-10, 215, 218-9, 221-4, 231, 233, 239, 244, 255, 264, 268-9, 275-8, 283-6, 296, 394, 402, 406*
イングリッシュネス／イングランド性　*19-21, 101, 103, 107, 116, 123-4, 126, 129, 134-5, 139, 150, 201-2, 221, 224, 231, 233-4, 239, 245, 248, 251, 255, 257, 259, 264, 272, 279, 298, 312, 316*
インターモダニズム　*85, 178, 193-5*
インド　*22, 65, 185, 293, 295-307, 310, 312-5, 318-22, 324-5, 401*
ヴァレット、アドルフ
　Pierre Adolphe Valette　*90-1, 106*
『ヴォーグ』 *Vogue*　*288, 337-8*
ウィーナー、ジェニファー
　Jennifer Wiener　*417-8*
　『イン・ハー・シューズ』 *In Her Shoes*　*417*
ウィガン　*80, 92, 99, 116, 129, 131-4, 143*
ヴィダー、キング
　King Vidor　*275, 278*

『城砦』 *The Citadel* 275, 277
『われらの日々の糧』 *Our Daily Bread* 278
ヴィッカーズ、サリー
Salley Vickers 410
ウィットブレッド児童文学賞 296
『ウィメン・アンド・ホーム』 *Women and Home* 414
ウィリアムズ、レイモンド
Raymond Williams 78, 170, 221, 383
ウィルソン、ハロルド
Harold Wilson 95, 100
ウェルズ、H・G
H. G. Wells 1, 4-5, 64, 172
ウェルドン、フェイ
Fay Weldon 425
ウォーターストーンズ 411
ウォレス、エドガー
Edgar Wallace 66-8, 76
ウッド、マイケル
Michael Wood 136
ウッドハウス、P・G
P. G. Wodehouse 171, 349
ウルストンクラフト、メアリ
Mary Wollstonecraft 149
ウルフ、ヴァージニア
Virginia Woolf 1, 3-5, 7, 14, 18-9, 21, 34, 58, 60, 64, 75, 143, 231-9, 241, 253, 256, 258-9, 263-6, 325, 367, 397, 419
「アノン」 "Anon" 241, 260
「現代小説」 "Modern Novels" 64
『ダロウェイ夫人』 *Mrs. Dalloway* 58, 260
『灯台へ』 *To the Lighthouse* 59-60
「ベネット氏とブラウン夫人」 "Mr. Bennett and Mrs. Brown" ["Character in Fiction"] 3-5
『幕間』 *Between the Acts* 21, 143, 231, 233-4, 238-41, 245, 251, 254-60, 263-4
「ミドルブラウ」 "Middlebrow" 236, 253
ウルフ、レナード
Leonard Woolf 4, 231-2, 237
AIA
Artists International Association 100
映画 8-9, 21-3, 32, 103, 108, 204, 234, 239, 245-51, 260-1, 265-81, 283, 287-90, 292, 330, 366-7, 371, 373, 376, 381, 383, 388, 390, 393-4, 396, 400
映画法（一九二七年） 8, 274
映画法（一九三八年） 275
英国民謡採集運動 245
エイゼンシュテイン、セルゲイ
Sergei Eisenstein 267, 280-1, 286-7
H. D.
Hilda H. D. Doolittle 266, 288
エッジワス、マライア
Maria Edgeworth 159, 166
エリオット、T・S
T. S. Eliot 1, 4, 64, 76-7, 236, 377, 379
エルガー、エドワード
Edward Elgar 40, 287
エンゲルス、フリードリッヒ
Friedrich Engels 90, 111
エンターテイメント 256, 331
エンプソン、ウィリアム
William Empson 81, 97, 103, 111
オアシス
Oasis 87-8
「ドント・ルック・バック・イン・アンガー」 "Don't Look Back in Anger" 87
「マスタープラン」 "The Masterplan" 88
『オックスフォード英語大辞典』 *The Oxford English Dictionary* (OED) 2-3, 6, 32-5, 92, 151
『オプラ・ウィンフリー・ショー』 *Oprah Winfrey Show* 403
オーウェル、ジョージ
George Orwell 64-5, 69, 70-3, 75, 77-82, 85, 99, 115-6, 131, 134, 143, 146
『一九八四年』 *Nineteen Eighty-Four* 63
『ウィガン波止場への道』 *The Road to Wigan Pier* 80, 99, 116
『空気を求めて』 *Coming Up for Air* 81, 115, 134
「小説の擁護」 "In Defense of the Novel" 77
「少年週刊誌」 "Boys' Weeklies" 83
「チャールズ・ディケンズ」 "Charles Dickens" 75
『動物農場』 *Animal Farm* 63
『葉蘭をそよがせよ』 *Keep the Aspidistra Flying* 63-4, 74, 77-8, 80-2, 85

「ヒズ・マスターズ・ヴォイス蓄音機工場近くの荒れた農場にて」 "On a Ruined Farm near the His Master's Voice" *77*
『ビルマの日々』 *Burmese Days* *63, 65, 68-9, 72, 74, 77, 82, 85*
「本屋の思い出」 "Bookshop Memories" *75, 82*
『牧師の娘』 *A Clergyman's Daughter* *63, 70, 72, 74, 77, 80, 82*
「よい悪書」 "Good Bad Books" *69*
オックスフォード（オクスフォード） *13, 202, 211, 258, 275, 303, 370, 401*
オースティン、アナ
Anna Austen *149*
オースティン、カサンドラ
Cassandra Austen *148, 171-2*
オースティン、ジェイン
Jane Austen *20, 75, 147-51, 153-7, 159-60, 165-72*
『エマ』 *Emma* *170*
『高慢と偏見』 *Pride and Prejudice* *149*
『説得』 *Persuasion* *167, 170*
『ノーサンガー・アビー』 *Northanger Abbey* *148, 150, 153-5, 158, 166-8, 171*
『分別と多感』 *Sense and Sensibility* *148, 154, 167*
『マンスフィールド・パーク』 *Mansfield Park* *167, 170*
オーツ、ジョイス・キャロル
Joyce Carol Oates *418-21*
オーデン、W・H
W. H. Auden *76, 235*
オファレル、マギー
Maggie O'Farrell *422-3*
『この場所に違いない』 *This Must Be the Place* *423*
オリエンタリズム *305*
オリエント趣味 *298*
オリヴィエ、ロレンス
Laurence Olivier *276*
『ヘンリー五世』 *Henry V* *276*
『ハムレット』 *Hamlet* *276*
音楽 *12, 21, 26, 59, 62, 90-1, 108, 112, 162, 227, 231-6, 238-42, 244-5, 247-9, 252, 254-6, 258, 261, 263-4, 325, 397*

カ　行

カウンシルハウス *87*
カクタニ、ミチコ
Michiko Kakutani *417*
貸本屋 *74, 150-1*
下層中流階級（下層中産階級） *3, 8-9, 19, 22, 29-31, 36-7, 40, 43-4, 51, 53, 58-60, 63-5, 73, 78-80, 82, 90, 92, 110, 124, 126, 330, 338-41, 345, 354-5, 371, 381*
『カッセルズ・ウィークリー』 *Cassell's Weekly* *4*
家庭 *7, 9, 30, 32, 36, 41, 46, 50, 58, 69, 73-4, 82, 97, 104, 124, 149, 162, 166, 178, 180, 187, 202, 243-5, 247, 252, 285, 295, 303, 305, 316, 318, 335, 367, 371*
『ガーディアン』 *Guardian* *413, 416*
カトリック *163, 307*
ガーネット、エドワード
Edward Garnett *41*
家父長制 *299, 316, 321*
カムデン、ウィリアム
William Camden *19, 117-9, 121-3, 132, 135-6, 142-3, 146*
『ブリタニア』 *Britannia* *19, 117-21, 132, 136-7, 142*
カーライル、トマス
Thomas Carlyle *74*
『ガールズ・オウン・ペーパー』 *Girl's Own Paper* *73, 77-8, 82-3*
カルチュラルスタディーズ *16*
カワード、ノエル
Noel Coward *332, 349*
川端、康雄 *75, 84, 197, 227*
観光 *125-8, 138*
感傷小説 *172*
感情 *21, 67, 109, 152-3, 159, 163-5, 172, 188, 239, 251, 286, 383, 405*
感情教育 *164*
感受性 *165, 171, 392*
間テクスト性 *321*
カントリーハウス *128, 233, 279, 282-3, 286-7*
記憶 *70, 105, 107, 240-2, 401, 418*
貴族 *57, 125, 209, 261, 282-4, 286, 312, 354*
キプリング、ラドヤード
Rudyard Kipling *318, 322, 345, 371*

ギボンズ、ステラ
Stella Gibbons　*64, 147*
『コールド・コンフォート農場』 *Cold Comfort Farm*　*147*
『ミス・リンゼイとお父さん』 *Miss Linsey and Pa*　*64*
急進主義　*22, 295, 319*
キューカー、ジョージ
George Cukor　*278*
『デイヴィッド・コパフィールド』 *David Copperfield*　*278*
『ロミオとジュリエット』 *Romeo and Juliet*　*278*
キュナード、ナンシー
Nancy Cunard　*235, 257*
驚異　*137, 139, 146*
共同体　*89, 105, 107, 264, 269, 271, 280, 346-7, 355*
教養（教養主義）　*3, 5, 8-9, 18-20, 23, 31-2, 34, 36, 40, 44, 51-2, 58, 68, 72-4, 89, 106, 108, 148, 151, 154, 157, 159, 169-71, 200, 213, 216, 236, 270, 272, 294, 303-5, 322, 330, 339-40, 367-8, 377, 380-4, 391, 417*
『クィーンズランダー』 *Queenslander*　*32*
空港　*249-51, 260*
『グッド・ハウスキーピング』 *Good Housekeeping*　*397, 405, 414*
グッドリーズ　*411, 414-6*
グッドリーズ・チョイス・アウォーズ　*415*
クフタ、トッド
Todd Kuchta　*65, 67, 69, 80*
クラーク、クレア
Clare Clarke　*82*
クラーク、ケネス
Kenneth Clark　*103, 111*
クラスレス　*8-9, 31, 35-6, 330, 340, 354*
クラブ（文化）　*65-7, 69, 231-2, 235, 237, 258, 269, 342, 347*
『クライテリオン』 *Criterion*　*4, 77*
グリアソン、ジョン
John Grierson　*103*
クリスティ、アガサ
Agatha Christie　*7, 9, 31-2, 60, 62, 68, 82, 150, 330, 332, 349, 352, 366, 371*
『愛の旋律』 *Giant's Bread*　*60*
『スタイルズ荘の怪事件』 *The Mysterious Affair at Styles*　*352*
『牧師館の殺人』 *The Murder at the Vicarage*　*60*
『ホロー荘の殺人』 *The Hollow*　*60*
『クロースアップ』 *Close-up*　*21, 265-9, 271-3, 281, 288-9*
グローヴァー、メアリー
Mary Grover　*293*
クローニン、A・J
A. J. Cronin　*275, 277*
『城砦』 *The Citadel*　*275, 277*
群衆　*89, 93-4, 103-4, 109-10, 240*
景観　*101, 109, 117, 124-5, 138, 170, 198-200, 220, 225*
芸術家小説　*30, 53, 60*
ゲイル、パトリック
Patrick Gale　*403*
ケインズ、ジョン・メイナード
John Maynard Keynes　*4, 288*
ケネディ、マーガレット
Margaret Kennedy　*30, 60*
『コンスタント・ニンフ』 *The Constant Nymph*　*30, 60*
ケリー、ギャリー
Gary Kelly　*167*
建築　*21, 198, 200, 202, 204, 210, 212, 214-20, 223-4*
コヴェント・ガーデン　*231, 237, 242*
郊外（サバーブ）　*19, 32, 35, 37, 39, 41, 56-7, 60, 63-7, 69-70, 73, 79, 80-2, 90, 105, 115, 124, 152, 185, 199, 220, 270, 277, 371, 375*
高級紙（ブロードシート）　*23, 335-6, 339, 341, 409, 412-4*
考古学　*117, 129, 136-7, 142*
コウルリッジ、サミュエル・テイラー
Samuel Taylor Coleridge　*158, 169-70, 175*
『方法の原理』 *Essays on the Principles of Method*　*169, 175*
国土　*116, 118-9, 123-6, 134, 137, 143, 198-9*
国民（ナショナル、ナショナリズム、国民性）　*15, 20-1, 32, 116-9, 122, 143, 197, 199-200, 202-6, 208-10, 219-25, 239, 245, 259, 267-8, 280, 308, 332, 339*
ゴシック・ロマンス（ゴシック小説）

148, 150, 152, 154, 159-60, 163-5, 166, 168, 171, 370, 377
誇示的消費　*167*
古事物学　*19, 116-7, 119, 121-3, 134-7, 139-43, 146*
ゴッデン、ルーマー
Rumer Godden　*22, 293-6, 298-9, 301-6, 309-13, 315, 317-23, 325*
『河』 *The River*　*297, 299*
『カワセミは火を捕まえる』 *Kingfishers Catch Fire*　*297, 299-300, 304, 320*
『孔雀の春』 *The Peacock Spring*　*297, 299, 303, 306, 320*
『黒水仙』 *Black Narcissus*　*297, 299*
『すももの夏』 *The Greengage Summer*　*296-7, 306, 309, 317, 320, 323*
『ディダコイ』 *The Diddakoi*　*296-7, 306, 314, 317, 322-3*
『ラヴジョイの庭』 *An Episode of the Sparrows*　*296-7, 306, 317, 320, 323*
コットン、ロバート
Robert Cotton　*140-2*
ゴドウィン、ウィリアム
William Godwin　*164*
『ケイレブ・ウィリアムズ』 *Caleb Williams*　*164*
コリンズ、ウィルキー
Wilkie Collins　*424*
ゴールズワージー、ジョン
John Galsworthy　*1, 4, 64, 75*
『フォーサイト・サーガ』 *Forsyte Saga*　*75*
コルダ、アレクザンダー
Alexander Korda　*273, 276*
「コロネーション・ストリート」 *Coronation Street*　*105*
コールドストリーム、ウィリアム
William Coldstream　*99*
コロニアリズム　*1, 302*
コンスタブル、ジョン
John Constable　*95, 101-2, 207*
コンダクトブック　*162*
コンプトン＝バーネット、アイヴィー
Ivy Compton-Burnett　*7, 31-2*
コンラッド、ジョセフ
Joseph Conrad　*1, 65, 371*
『オールメイヤーの愚行』 *Almayer's Folly*　*65*

サ　行

サイレント映画　*271*
サヴィル、ヴィクター
Victor Saville　*22, 266, 275-81, 287, 289*
『サウス・ライディング』 *South Riding*　*265-6, 276-85, 287, 290*
『城砦』 *The Citadel*　*275, 277*
『チップス先生さようなら』 *Goodbye, Mr. Chips*　*275, 277*
サッカレー、ウィリアム
William Makepeace Thackeray　*75*
サッチャー、マーガレット
Margaret Thatcher　*15-6, 18*
サーティーズ、R・S
R. S. Surtees　*68*
サミュエル、ラファエル
Raphael Samuel　*13, 15-6, 123, 277*
サンゲラ、サスナム
Sathnam Sanghera　*423*
『マリッジ・マテリアル』 *Marriage Material*　*423*
シェイクスピア、ウィリアム
William Shakespeare　*74, 78, 119, 128, 146*
『お気に召すまま』 *As You Like It*　*74*
『マクベス』 *Macbeth*　*73*
『リチャード二世』 *Richard the Second*　*119, 146*
ジェームズ一世
James I　*123, 141*
ジェイムズ・テイト・ブラック賞　*4*
シェクナー、ピーター
Peter Scheckner　*42*
シュバリエ、アルバート
Albert Chevalier　*242*
『ジェーン・エア』 *Jane Eyre*　*320*
ジェンダー　*20, 150-1, 160, 185, 189, 233, 288, 295, 365, 393, 417*
ジェントルマン（紳士）　*35, 39, 51, 125, 211, 315*
自己言及性　*160*
『磁石』 *Magnet*　*83*
自然　*35, 50, 65, 67, 71, 74, 97, 120, 137, 139, 146, 163, 208, 220, 240, 252, 271, 298, 302, 319, 426*

タ　行

Book　120-1
読書会　*23, 402-4, 406, 408, 413-4, 422-3, 425-6*
読書文化　*150*
都市風景　*89*
『土曜評論』 *Saturday Review*　*35*
トムソン、E・P
E. P. Thompson　*221*
ドリスコル、ベス
Beth Driscoll　*12*
トレメイン、ローズ
Rose Tremain　*410*
トロロープ、アンソニー
Anthony Trollope　*75*

ナ　行

ナイトクラブ　*232, 235*
ナショナリズム　*15, 117-8, 122, 204-5, 225, 239, 245, 259*
ナショナル・トラスト　*125*
ナチス（ナチズム）　*21, 179-80, 201-2, 206, 209, 259, 296*
ナッパー、ローレンス
Lawrence Napper　*9, 83, 280*
夏目、漱石　*171*
南部（イングランドの）　*89, 125, 131, 139*
『ナッジ・ブック・ドットコム』『ナッジ』
nudge-book.com　*404, 409, 411, 414*
ニューウーマン　*316*
『ニュー・ステイツマン』 *New Statesman*　*6-7*
ニューズ・コーポレーション
News Corporation　*407, 415*
ニュータウン　*199-200, 218, 233*
『ニューブックス』（『nb』） *Newbooks*　*23, 403-8, 410-5, 420, 426*
『ニューヨーク・タイムズ』 *New York Times*（NYT）　*417*
『ニューヨークタイムズ・ブックレビュー』
The New York Times Book Review　*320*
ニューレフト　*13, 15-6, 59, 221-2*
庭（庭園）　*22, 47-50, 126, 185, 207-9, 241, 251, 295-9, 301-12, 314-21, 324-5*
ネアン、トム
Tom Nairn　*123, 125*
『ネイション＆アシニウム』 *Nation and Athenaeum*　*4*
ネオレアリズモ　*22, 280-1, 286-7*
ネットギャラリー　*411-2*
ネンニネス
Nennius　*132*
『ブリテン人の歴史』 *History of the British*　*132*
ノースクリフ卿
1st Viscount Northcliff　*8, 334-6, 339, 341-3, 348*
ノスタルジア（ノスタルジック）　*87-8, 95, 105-7, 138, 233-4, 245, 260*

ハ　行

ハイブラウ　*2-5, 7, 11, 19, 21-3, 33-5, 63-4, 66-9, 72, 74-8, 81, 83, 92, 117, 141-3, 154, 172, 177, 211, 216, 231, 233-4, 236, 238, 253-4, 256, 265-6, 268-72, 280-1, 286-8, 294, 339, 346, 351, 368-71, 373, 376-82, 384, 389, 391-2, 412, 419*
バイロン、ロバート
Robert Byron　*216-8*
『建築の鑑賞』 *The Appreciation of Architecture*　*216-8*
バカン、ジョン
John Buchan　*349, 372, 375*
ハクルート、リチャード
Richard Hakluyt　*118*
『イングランド国民の主要な航海と交易と発見』 *The Principal Navigations, Voyages, Traffiques and Discoveries of the English Nation*　*118*
バザン、アンドレ
Andre Bazin　*274, 276, 280-1, 292*
パジェント　*21, 233-4, 238-40, 245-51, 255, 258-9, 264*
バージャー、ジョン
John Berger　*100, 103-4, 110*
バス　*88, 126-8, 250*
バーソロミュー、マイケル
Michael Bartholomew　*129*
パーソンズ、イライザ
Eliza Parsons　*164*
『ウルフェンバックの城』 *The Castle of Wolfenbach*　*164*
ハッブル、ニック
Nick Hubble　*77-8*
ハーディ、トマス

Thomas Hardy　*76*
バナム、レイナー
Reyner Banham　*198, 225*
バーニー、ファニー
Frances (Fanny) Burney　*165*
『放浪者』 *The Wanderer*　*165*
バーネット、フランシス・ホジソン
Frances Hodgson Burnett　*295, 322*
『秘密の花園』 *The Secret Garden*　*22, 295, 297-9, 302, 306-9, 312-3, 315, 319-22, 324-5*
ハーパーコリンズ
HarperCollins　*407*
バーボルド、アナ
Anna Barbauld　*159*
ハミル、フェイ
Faye Hummill　*64*
『パンチ』 *Punch*　*3, 33-4, 67, 128, 256*
ハリウッド　*8, 21, 234, 245-7, 249, 256, 267-8, 273-4, 276-8, 288, 381*
バルコン、マイケル
Michael Balcon　*273, 275-6*
『オックスフォードのヤンキー』(『響け凱歌』) *A Yank at Oxford*　*275*
ハルシー、ケイティ
Katie Halsey　*158*
ハンブル、ニコラ
Nicola Humble　*9, 30-1, 152, 177-8, 190-1, 293-4*
ピアス、フィリッパ
Ann Philippa Pearce　*319*
『トムは真夜中の庭で』 *Tom's Midnight Garden*　*319*
ピアソン
Pearson　*407*
ビーヴァーブルック卿
Baron Beaverbrook　*5, 8, 335*
ビオンド、フラヴィオ
Flavio Biondo　*117*
『ローマ復元』 *Roma instaurata*　*117*
ピクチャレスク　*20, 160, 197-200, 206-10, 215, 218-21, 223-5*
ピコー、ジョディ
Jodi Picoult　*405-7, 416-21*
『私の中のあなた』 *My Sister's Keeper*　*405, 420-1, 425*
ヒース、エドワード
Edward Heath　*17, 100*
ヒッチコック、アルフレッド
Alfred Hitchcock　*273*
人びと (the people)　*5, 16, 19, 35, 50, 53, 55, 87, 89, 91, 93, 97, 99-100, 104-7, 109, 116, 124, 126, 128, 169-70, 197, 199-200, 204, 211-4, 217-8, 221-2, 282, 381, 383, 391, 417, 426*
ビートルズ　*12, 26, 59, 62, 112, 227, 257, 325, 394, 397*
ヒュートン、スタンリー
Stanley Houghton
『ヒンドル・ウェイクス』 *Hindle Wakes*　*92, 109, 112*
ヒューム、デイヴィッド
David Hume　*160*
ピューリタン革命　*133, 141*
ヒルトン、ジェイムズ
James Hilton　*275*
『チップス先生さようなら』 *Goodbye, Mr. Chips*　*275, 277*
ビルマ　*65-8*
ピンチョン、トマス
Thomas Pynchon　*157*
『メイソン&ディクソン』 *Mason & Dixon*　*157*
ファシズム　*183-5, 189, 196, 209, 260, 280*
『フィフティ・シェイズ・オブ・グレイ』 *Fifty Shades of Grey*　*418-9*
フィードラー、レスリー
Leslie Fiedler　*150*
風景 (風景画、タウンスケープ)　*19, 54, 79, 87-9, 91-5, 97-9, 101-8, 110, 112, 197, 200, 207, 209, 215, 223, 225, 233, 239, 245, 324*
フェミニズム　*1, 13, 292, 297, 325, 366-7, 393, 397*
フォークダンス協会　*245*
フォークナー、ウィリアム
William Faulkner　*418-9*
フォースター、E・M
E. M. Forster　*4, 18, 29, 58, 81, 183, 295*
『インドへの道』 *A Passage to India*　*296*
『ハワーズ・エンド』 *Howards End*　*18, 29, 35-7, 50, 56, 58-9*
フォーディズム　*234, 249-50*

フォード　*248, 250*
フォーンビー・シニア、ジョージ
George Formby Sr　*92*
フォトジェニー　*286*
不況　*98-9, 115*
福祉（福祉国家）　*8, 16, 105, 277-9*
福西、由実子　*24, 78, 85*
ブック・オブ・ザ・マンス・クラブ　*412*
ブック・ギルド　*412*
『ブッククラブ』 *Radio 2 Bookclub*　*403*
「ブックス・アー・マイ・バッグ」　*409-10*
ブック・ソサイエティ　*412*
フライ、ロジャー
Roger Fry　*288*
ブライアー
Bryher　*21-2, 266-72, 287-9*
ブラウの戦い　*3, 7, 10-1, 34-5, 265-7, 271-2, 280, 287*
ブラウン、エリカ
Erica Brown　*10, 148, 152*
ブラックプール　*50, 128*
ブラドベリ、マルカム
Malcolm Bradbury　*410*
フランコウ、ギルバート
Gilbert Frnkau　*332*
フランス　*10, 22, 72, 91, 106, 158, 207-9, 259, 295-6, 309-12, 314, 317, 324, 369, 376-7, 381, 407*
フランス、アナトール
Anatole France　*81*
フランゼン、ジョナサン
Jonathan Franzen　*417-8*
ブラント、ビル
Bill Brandt　*99*
『フリーマンズ・ジャーナル』 *The Freeman's Journal*　*3, 32*
プリーストリー、J・B
J. B. Priestley　*6-7, 9, 12, 26, 34, 59, 62, 75, 332, 356*
「ハイ、ロウ、ブロード」 "High, Low, Broad"　*6, 35*
『ポストスクリプツ』 *Postscripts*　*34*
プリチェット、V・S
V. S. Pritchett　*70*
ブリティッシュネス　*19, 116-7, 119, 121, 123, 143*
ブリテン　*118-23, 125, 132, 139, 142*
ブリテン、ヴェラ
Vera Brittain　*294*
プリングル、ガイ
Guy Pringle　*405-8, 422-4*
プルースト、マルセル
Marcel Proust　*66, 72*
ブルームズベリー　*72, 231*
ブルームズベリー・グループ　*4, 7, 34, 72, 233, 237, 258, 263, 266, 288-9, 370*
プレスティッジ・フィルム　*273*
フレミング、イアン
Ian Fleming　*365-97*
ベヴァレッジ報告　*278*
ペヴスナー、ニコラウス
Nikolaus Pevsner　*20, 197-227*
『イングランドのインダストリアル・アート研究調査』 *An Enquiry into Industrial Art in England*　*211*
『イングランドの芸術におけるイングリッシュネス』 *The Englishness of English Art*　*20, 200-10, 218-25*
『日用品がもたらす視覚的なよろこび』 *Visual Pleasures from Everyday Things*　*212*
『モダンムーヴメントの先駆者たち―ウィリアムモリスから・ヴァルター・グロピウスまで』 *Pioneers of the Modern Movement: From William Morris to Walter Gropius*　*214*
ペーター、ウォルター
Walter Pater　*74*
ヘイヤー、ジョージェット
Georgette Heyer　*20, 147-75*
『アラベラ』 *Arabella*　*147-8, 153, 156, 160, 165, 169, 171*
ベザント、ウォルター
Walter Besant　*58, 60*
ベーダ
Beda　*120*
『英国民教会史』 *The Ecclesiastical History of the English People*　*120*
ベネット、アーノルド
Arnold Bennett　*1-6, 9, 36, 51, 58, 64, 332*
『ヒルダ・レスウェイズ』 *Hilda Lessways*　*4-5*
『ライシーマン・ステップス』 *Riceyman*

Steps　4
ヘミングウェイ、アーネスト
Ernest Hemingway　*75*
ヘリテージ文化　*233, 245, 249, 252*
ベル、クライヴ
Clive Bell　*235*
ヘルガーソン、リチャード
Richard Helgerson　*122-3*
ベルテルスマン
Bertelsmann　*407*
ベロック＝ラウンズ、マリー
Marie Belloc Lowndes　*350-1, 353*
「寂しい家」 "The Lonely House"　*350*
ヘロドトス
Herodotus　*117, 137*
ペンギンランダムハウス
Penguin Random House　*400, 407*
ヘンティ、G・A
G. A. Henty　*318, 322*
ボーア戦争
第一次、第二次　*334, 341*
ホヴェラー、ダイアン
Diane Hoeveler　*164*
ボウエン、エリザベス
Elizabeth Bowen　*20, 23, 177-96, 235*
『日ざかり』 *The Heat of the Day*　*20, 177-96*
『ホテル』 *The Hotel*　*180*
『ボウエンズ・コート』 *Bowen's Court*　*189*
ボウエン、マージョリー
Marjorie Bowen　*33*
『宝石』 *Gem*　*78, 83*
放送大学　*8, 34*
ホガース・プレス
Hogarth Press　*4, 266, 407*
ホガート、リチャード
Richard Hoggart　*59, 95, 221, 375, 378*
『読み書き能力の効用』 *Uses of Literacy*　*95, 375*
北部（イングランドの）　*19, 87, 89, 93-4, 97, 99-103, 105-8, 130-1, 134*
保守主義（保守性）　*7, 9, 13, 15, 18, 22, 149, 151, 279, 295, 319, 383*
保守的モダニティ　*20, 150, 154, 272, 393*
ポストコロニアル批評　*297*
ポッツ、アレックス
Alex Potts　*124, 128*
ポーター、アナ・マライア
Anna Maria Porter　*163*
『ハンガリーの兄弟』 *The Hungarian Brothers*　*163*
「ホーム・スィート・ホーム」 "Home Sweet Home"　*244, 246*
ホプキンズ、G・M
Gerard Manley Hopkins　*321*
ボヘミアニズム　*9, 64, 72, 81*
ホール、スチュアート
Stuart Hall　*16*
ホルトビー、ウィニフレッド
Winifred Holtby　*266, 277, 294*
『サウス・ライディング』 *South Riding*　*265-6, 276-87, 290*

マ　行

マイヤー、ロバート・ヘンリー
Robert Henry Meyer　*51*
マキューアン、イアン
Ian McEwan　*416*
マクドナルド、ケイト
Kate Macdonald　*9, 11-2, 30, 32*
『男性的ミドルブラウ』 *The Masculine Middlebrow, 1880–1950: What Mr. Miniver Read*　*32*
マクニール、ヘレン
Helen McNeill　*410*
マクファースン、ケネス
Keneth Macpherson　*267-9*
マクファーソン、スー
Sue McPherson　*76*
マコーリー、ローズ
Rose Macaulay　*58*
マザーコンプレックス　*39*
マス・オブザヴェイション
Mass-Observation　*99*
マス・コミュニケーション　*337*
マッカーシー、トム
Tom McCarthy　*399-400, 406, 408, 417*
『残余』 *Remainder*　*400-2*
マッケン、アーサー
Arthur Machen　*58*
マッケンジー、ヘンリー
Henry Mackenzie　*172*
『感情の人』 *The Man of Feeling*　*172*

ヤ　行

ラ　行

「事故」 "The Accicent" 92
「フランシス・ストリート、ソルフォード」 "Francis Street, Salford" 95-6
「湖」 "The Lake" 95, 97-8, 109
『ラウリーを探して』 *Looking for Lowry* 88, 108
ラーキン、フィリップ
Philip Larkin 235
ラジオ 6, 8-9, 200, 202, 214, 235, 330, 334, 367, 371, 403
『ラジオ・タイムズ』 *Radio Times* 6, 8, 33-5, 236
ラスキン、ジョン
John Ruskin 74, 216
ラッセル、バートランド
Bertrand Russell 201
ラドクリフ、アン
Ann Radcliffe 154, 159, 163-4
『ユードルフォの謎』 *The Mysteries of Udolpho* 154, 159, 164
ランベス 79
リー、マイク
Mike Leigh 110
『アビゲイルのパーティ』 *Abigail's Party* 110
リアリズム 70, 273, 280-1, 283, 287, 293, 319, 340, 372, 384
「リアル」 23, 399, 402
〈リアル・リーダーズ〉 412-5, 426
リーヴィス、F・R
F. R. Leavis 3, 5, 77, 417, 419
リーヴィス、Q・D
Q. D. Leavis 3-5, 63, 66, 279, 287, 383, 412, 419
『フィクションと読者大衆』 *Fiction and the Reading Public* 63, 66, 412
リース、ジョン
John Reith 201
リチャーズ、I・A
I. A. Richards 379, 383-4
「リチャード&ジュディ・ブッククラブ」 *Richard & Judy Book Club* 403, 424
リチャードソン、ドロシー
Dorothy Richardson 21-2, 266-72, 281, 287-9
リード、ハーバート
Herbert Read 209, 212, 227
『シュールレアリズム』 *Surrealism* 209
リバティ 38, 55
リーン、ディヴィッド
David Lean 276
『逢びき』 *Brief Encounter* 276
『大いなる遺産』 *Great Expectations* 276
『オリヴァー・ツイスト』 *Oliver Twist* 276
ルーカス貸本屋 151
ル・コルビュジエ
Le Corbusier 214
ルフェイ、ディアドラ
Deirdre Le Faye 156
レイン、アラン
Allen Lane 216
歴史ロマンス 163
レノックス、シャーロット
Charlotte Lennox 153
『女性キホーテ』 *The Female Quixote* 153
恋愛小説 53, 147
ロイド＝ジョージ、デイヴィッド
David Lloyd George 8, 35
労働者階級 13-4, 18, 30, 36, 41-5, 58, 60, 75, 80, 82, 87, 89, 91-3, 98-9, 103-5, 109, 111, 128, 221, 235, 242, 265, 273-4, 277, 279, 282-4, 289, 307-8, 337-8, 340-1, 345, 354-5, 371, 375
労働党 6, 17, 100, 134, 197, 258, 278
ロウブラウ 4-5, 11, 21, 23, 34-5, 63-4, 75, 83, 92, 154, 233, 236, 253, 256, 265-6, 268-72, 274, 294, 340, 368-9, 371, 376, 378-9, 382, 384, 391-2
ローソン、マーク
Mark Lawson 423
『複数の死』 *The Deaths* 423
ロッシュ、レッジーナ・マライア
Regina Maria Roche 163
『修道院の子供たち』 *The Children of the Abbey* 163-4
ロバートソン、ウィリアム
William Robertson 160
ロマン派 295
ローリング、J・K
J. K. Rowling 416-7

ロレンス、D・H
D. H. Lawrence *1, 4, 18-9, 41-4, 46, 57-62, 71-2, 75, 77, 332*
『チャタレー夫人の恋人』 *Lady Chatterley's Lover* *60*
「牧師の娘たち」 "Daughters of the Vicar" *72*
『息子と恋人』 *Sons and Lovers* *12, 18, 29-30, 36-7, 39, 41, 43-4, 51-3, 56-62*
「わたしはどの階級に属しているか」 "Which Class I Belong To" *43*
ロンドン *20, 29, 35, 37, 39, 41, 52, 55-7, 60, 70, 73, 79-80, 88-9, 99-100, 103-4, 107, 111, 115, 130, 136, 140, 148-9, 153, 156-7, 161, 163, 165, 172, 177-9, 181, 185, 197-8, 202, 207, 212, 218, 225, 231-3, 241-2, 245, 260, 267, 269, 271, 276, 279, 284, 288-9, 292, 295-6, 306, 308-9, 322, 331, 342-3, 347, 357, 370, 385, 401, 407, 424*
『ロンドン・オピニオン』 *London Opinion* *6, 9, 59*
『ロンドン・レビュー・オブ・ブックス』 *London Review of Books* *417*

ワ 行

若さ *248-9*
『ワシントン・ポスト』 *Washington Post* *421*

執筆者紹介（執筆順）

武《む》藤《とう》浩《ひろ》史《し》　客員研究員　慶應義塾大学法学部教授

近《こん》藤《どう》直《なお》樹《き》　客員研究員　日本大学生物資源科学部専任講師

福《ふく》西《にし》由《ゆ》実《み》子《こ》　研究員　中央大学商学部准教授

見《み》市《いち》雅《まさ》俊《とし》　客員研究員　中央大学名誉教授

小《お》川《がわ》公《きみ》代《よ》　客員研究員　上智大学外国語学部准教授

長《なが》島《しま》佐《さ》恵《え》子《こ》　研究員　中央大学法学部准教授

木《きの》下《した》誠《まこと》　客員研究員　成城大学文芸学部准教授

加《か》藤《とう》めぐみ　客員研究員　都留文科大学文学部准教授

松《まつ》本《もと》朗《ほがら》　客員研究員　上智大学文学部教授

前《まえ》協《きょう》子《こ》　客員研究員　日本女子大学人間社会学部非常勤講師

渡《わた》辺《なべ》愛《あい》子《こ》　客員研究員　早稲田大学文学学術院教授

秦《しん》邦《くに》生《お》　客員研究員　青山学院大学文学部准教授

井《い》川《かわ》ちとせ　客員研究員　一橋大学大学院社会学研究科教授

英国ミドルブラウ文化研究の挑戦

中央大学人文科学研究所研究叢書　68

2018年3月26日　第1刷発行

編　者　中央大学人文科学研究所

発行者　中央大学出版部

代表者　間島進吾

〒192-0393　東京都八王子市東中野742-1

発行所　中央大学出版部

電話 042(674)2351　FAX042(674)2354

http://www2.chuo-u.ac.jp/up/

ISBN978-4-8057-5352-1　㈱千秋社

中央大学人文科学研究所研究叢書

1 五・四運動史像の再検討
A5判 五六四頁
（品切）

2 希望と幻滅の軌跡 反ファシズム文化運動
様々な軌跡を描き、歴史の壁に刻み込まれた抵抗運動の中から新たな抵抗と創造の可能性を探る。
A5判 四三四頁
三五〇〇円

3 英国十八世紀の詩人と文化
A5判 三六八頁
（品切）

4 イギリス・ルネサンスの諸相 演劇・文化・思想の展開
A5判 五一四頁
（品切）

5 民衆文化の構成と展開 遠野物語から民衆的イベントへ
全国にわたって民衆社会のイベントを分析し、その源流を辿って遠野に至る。巻末に子息が語る柳田國男像を紹介。
A5判 四三四頁
三五〇〇円

6 二〇世紀後半のヨーロッパ文学
第二次大戦直後から八〇年代に至る現代ヨーロッパ文学の個別作家と作品を論考しつつ、その全体像を探り今後の動向をも展望する。
A5判 四七八頁
三八〇〇円

7
近代日本文学論　大正から昭和へ
時代の潮流の中でわが国の文学はいかに変容したか、詩歌論・作品論・作家論の視点から近代文学の実相に迫る。
A5判　三六〇頁
二八〇〇円

8
ケルト　伝統と民俗の想像力
古代のドイツから現代のシングにいたるまで、ケルト文化とその稟質を、文学・宗教・芸術などのさまざまな視野から説き語る。
A5判　四九六頁
四〇〇〇円

9
近代日本の形成と宗教問題〔改訂版〕
外圧の中で、国家の統一と独立を目指して西欧化をはかる近代日本と、宗教とのかかわりを、多方面から模索し、問題を提示する。
A5判　三三〇頁
三〇〇〇円

10
日中戦争　日本・中国・アメリカ
日中戦争の真実を上海事変・三光作戦・毒ガス・七三一細菌部隊・占領地経済・国民党訓政・パナイ号撃沈事件などについて検討する。
A5判　四八八頁
四二〇〇円

11
陽気な黙示録　オーストリア文化研究
世紀転換期の華麗なるウィーン文化を中心に二〇世紀末までのオーストリア文化の根底に新たな光を照射し、その特質を探る。巻末に詳細な文化史年表を付す。
A5判　五九六頁
五七〇〇円

12
批評理論とアメリカ文学　検証と読解
一九七〇年代以降の批評理論の隆盛を踏まえた方法・問題意識によって、アメリカ文学のテキストと批評理論を多彩に読み解き、かつ犀利に検証する。
A5判　二八八頁
二九〇〇円

中央大学人文科学研究所研究叢書

13

風習喜劇の変容　王政復古期からジェイン・オースティンまで

王政復古期のイギリス風習喜劇の発生から、一八世紀感傷喜劇との相克を経て、ジェイン・オースティンの小説に一つの集約を見る、もう一つのイギリス文学史。

A5判　二六八頁
二七〇〇円

14

演劇の「近代」　近代劇の成立と展開

イプセンから始まる近代劇は世界各国でどのように受容展開されていったか、イプセン、チェーホフの近代性を論じ、仏、独、英米、中国、日本の近代劇を検討する。

A5判　五三六頁
五四〇〇円

15

現代ヨーロッパ文学の動向　中心と周縁

際だって変貌しようとする二〇世紀末ヨーロッパ文学は、中心と周縁という視座を据えることで、特色が鮮明に浮かび上がってくる。

A5判　三九六頁
四〇〇〇円

16

ケルト　生と死の変容

ケルトの死生観を、アイルランド古代／中世の航海・冒険譚や修道院文化、またウェールズの『マビノーギ』などから浮かび上がらせる。

A5判　三六八頁
三七〇〇円

17

ヴィジョンと現実　十九世紀英国の詩と批評

ロマン派詩人たちによって創出された生のヴィジョンはヴィクトリア時代の文化の中で多様な変貌を遂げる、英国十九世紀文学精神の全体像に迫る試み。

A5判　六八八頁
六八〇〇円

18

英国ルネサンスの演劇と文化

演劇を中心とする英国ルネサンスの豊饒な文化を、当時の思想・宗教・政治・市民生活その他の諸相において多角的に捉えた論文集。

A5判　四六六頁
五〇〇〇円

19 ツェラーン研究の現在　詩集『息の転回』第一部注釈

二〇世紀ヨーロッパを代表する詩人の一人パウル・ツェラーンの詩の、最新の研究成果に基づいた注釈の試み、研究史、研究・書簡紹介、年譜を含む。

A5判　四四八頁　四七〇〇円

20 近代ヨーロッパ芸術思潮

価値転換の荒波にさらされた近代ヨーロッパの社会現象を文化・芸術面から読み解き、その内的構造を様々なカテゴリーへのアプローチを通して、解明する。

A5判　三四四頁　三八〇〇円

21 民国前期中国と東アジアの変動

近代国家形成への様々な模索が展開された中華民国前期（一九一二～二八）を、日・中・台・韓の専門家が、未発掘の資料を駆使し検討した国際共同研究の成果。

A5判　五九二頁　六六〇〇円

22 ウィーン　その知られざる諸相

もうひとつのオーストリア

二〇世紀全般に亙るウィーン文化に、文学、哲学、民俗音楽、映画、歴史など多彩な面から新たな光を照射し、世紀末ウィーンと全く異質の文化世界を開示する。

A5判　四二四頁　四八〇〇円

23 アジア史における法と国家

中国・朝鮮・チベット・インド・イスラム等における古代から近代に至る政治・法律・軍事などの諸制度を多角的に分析し、「国家」システムを検証解明する。

A5判　四四四頁　五一〇〇円

24 イデオロギーとアメリカン・テクスト

アメリカン・イデオロギーないしその方法を剔抉、検証、批判することによって、多様なアメリカン・テクストに新しい読みを与える試み。

A5判　三二〇頁　三七〇〇円

中央大学人文科学研究所研究叢書

25

ケルト復興

一九世紀後半から二〇世紀前半にかけての「ケルト復興」に社会史的観点と文学史的観点の双方からメスを入れ、複雑多様な実相と歴史的な意味を考察する。

A5判　五七六頁
六六〇〇円

26

近代劇の変貌　「モダン」から「ポストモダン」へ

ポストモダンの演劇とは？　その関心と表現法は？　英米、ドイツ、ロシア、中国の近代劇の成立を論じた論者たちが、再度、近代劇以降の演劇状況を鋭く論じる。

A5判　四二四頁
四七〇〇円

27

喪失と覚醒　19世紀後半から20世紀への英文学

伝統的価値の喪失を真摯に受けとめ、新たな価値の創造に目覚めた、文学活動の軌跡を探る。

A5判　四八〇頁
五三〇〇円

28

民族問題とアイデンティティ

冷戦の終結、ソ連社会主義体制の解体後に、再び歴史の表舞台に登場した民族の問題を、歴史・理論・現象等さまざまな側面から考察する。

A5判　三四八頁
四二〇〇円

29

ツァロートの道　ユダヤ歴史・文化研究

一八世紀ユダヤ解放令以降、ユダヤ人社会は西欧への同化と伝統の保持の間で動揺する。その葛藤の諸相を思想や歴史、文学や芸術の中に追求する。

A5判　四九六頁
五七〇〇円

30

埋もれた風景たちの発見　ヴィクトリア朝の文芸と文化

ヴィクトリア朝の時代に大きな役割と影響力をもちながら、その後顧みられることの少なくなった文学作品と芸術思潮を掘り起こし、新たな照明を当てる。

A5判　六五六頁
七三〇〇円

31
近代作家論
鷗外・茂吉・『荒地』等、近代日本文学を代表する作家や詩人、文学集団といった多彩な対象を懇到に検証、その実相に迫る。
A5判　四三二頁
四七〇〇円

32
ハプスブルク帝国のビーダーマイヤー
ハプスブルク神話の核であるビーダーマイヤー文化を多方面からあぶり出し、そこに生きたウィーン市民の日常生活を通して、彼らのしたたかな生き様に迫る。
A5判　四四八頁
五〇〇〇円

33
芸術のイノヴェーション　モード、アイロニー、パロディ
技術革新が芸術におよぼす影響を、産業革命時代から現代まで、文学、絵画、音楽など、さまざまな角度から研究・追求している。
A5判　五二八頁
五八〇〇円

34
剣と愛と　中世ロマニアの文学
一二世紀、南仏に叙情詩、十字軍から叙事詩、ケルトの森からロマンスが誕生。ヨーロッパ文学の揺籃期をロマニアという視点から再構築する。
A5判　二八八頁
三一〇〇円

35
民国後期中国国民党政権の研究
中華民国後期（一九二八～四九）に中国を統治した国民党政権の支配構造、統治理念、国民統合、地域社会の対応、対外関係・辺疆問題を実証的に解明する。
A5判　六四〇頁
七〇〇〇円

36
現代中国文化の軌跡
文学や語学といった単一の領域にとどまらず、時間的にも領域的にも相互に隣接する複数の視点から、変貌著しい現代中国文化の混沌とした諸相を捉える。
A5判　三四四頁
三八〇〇円

中央大学人文科学研究所研究叢書

37
アジア史における社会と国家
国家とは何か？　社会とは何か？　人間の活動を「国家」と「社会」という形で表現させてゆく史的システムの構造を、アジアを対象に分析する。
A5判　三五二頁
三八〇〇円

38
ケルト　口承文化の水脈
アイルランド、ウェールズ、ブルターニュの中世に源流を持つケルト口承文化——その持続的にして豊穣な水脈を追う共同研究の成果。
A5判　五二八頁
五八〇〇円

39
ツェラーンを読むということ
詩集『誰でもない者の薔薇』研究と注釈
現代ヨーロッパの代表的詩人の代表的詩集全篇に注釈を施し、詩集全体を論じた日本で最初の試み。
A5判　五六八頁
六〇〇〇円

40
続　剣と愛と　中世ロマニアの文学
聖杯、アーサー王、武勲詩、中世ヨーロッパ文学を、ロマニアという共通の文学空間に解放する。
A5判　四八八頁
五三〇〇円

41
モダニズム時代再考
ジョイス、ウルフなどにより、一九二〇年代に頂点に達した英国モダニズムとその周辺を再検討する。
A5判　二八〇頁
三〇〇〇円

42
アルス・イノヴァティーヴァ
レッシングからミュージック・ヴィデオまで
科学技術や社会体制の変化がどのようなイノヴェーションを芸術に発生させてきたのかを近代以降の芸術の歴史において検証、近現代の芸術状況を再考する試み。
A5判　二五六頁
二八〇〇円

43
メルヴィル後期を読む
複雑・難解であることが知られる後期メルヴィルに新旧二世代の論者六人が取り組んだもので、得がたいユニークな論集となっている。
A5判　二四八頁
二七〇〇円

44
カトリックと文化　出会い・受容・変容
インカルチュレーションの諸相を、多様なジャンル、文化圏から通時的に剔抉、学際的協力により可能となった変奏曲（カトリシズム（普遍性））の総合的研究。
A5判　五二〇頁
五七〇〇円

45
「語り」の諸相　演劇・小説・文化とナラティヴ
「語り」「ナラティヴ」をキイワードに演劇、小説、祭儀、教育の専門家が取り組んだ先駆的な研究成果を集大成した力作。
A5判　二五六頁
二八〇〇円

46
档案の世界
近年新出の貴重史料を綿密に読み解き、埋もれた歴史を掘り起こし、新たな地平の可能性を予示する最新の成果を収載した論集。
A5判　二七二頁
二九〇〇円

47
伝統と変革　一七世紀英国の詩泉をさぐる
一七世紀英国詩人の注目すべき作品を詳細に分析し、詩人がいかに伝統を継承しつつ独自の世界観を提示しているかを解明する。
A5判　六八〇頁
七五〇〇円

48
中華民国の模索と苦境　1928～1949
二〇世紀前半の中国において試みられた憲政の確立は、戦争、外交、革命といった困難な内外環境によって挫折を余儀なくされた。
A5判　四二〇頁
四六〇〇円

中央大学人文科学研究所研究叢書

49
現代中国文化の光芒
文字学、文法学、方言学、詩、小説、茶文化、俗信、演劇、音楽、写真などを切り口に現代中国の文化状況を分析した論考を多数収録する。

A5判 三八八頁
四三〇〇円

50
アフロ・ユーラシア大陸の都市と宗教
アフロ・ユーラシア大陸の都市と宗教の歴史が明らかにする、地域の固有性と世界の普遍性。都市と宗教の時代の新しい歴史学の試み。

A5判 二九八頁
三三〇〇円

51
映像表現の地平
無声映画から最新の公開作まで様々な作品を分析しながら、未知の快楽に溢れる映像表現の果てしない地平へ人々を誘う気鋭の映像論集。

A5判 三三六頁
三六〇〇円

52
情報の歴史学
「個人情報」「情報漏洩」等々、情報に関わる用語がマスメディアをにぎわす今、情報のもつ意義を前近代の歴史から学ぶ。

A5判 三四八頁
三八〇〇円

53
フランス十七世紀の劇作家たち
フランス十七世紀の三大作家コルネイユ、モリエール、ラシーヌの陰に隠れて忘れられた劇作家たちの生涯と作品について論じる。

A5判 四七二頁
五二〇〇円

54
文法記述の諸相
中央大学人文科学研究所「文法記述の諸相」研究チーム十一名による、日本語・中国語・英語を対象に考察した言語研究論集。

A5判 三六八頁
四〇〇〇円

中央大学人文科学研究所研究叢書

55
英雄詩とは何か
古来、いかなる文明であれ、例外なくその揺籃期に、英雄詩という文学形式を擁す。『ギルガメシュ叙事詩』から『ベーオウルフ』まで。
A5判　二六四頁
二九〇〇円

56
第二次世界大戦後のイギリス小説
ベケットからウインターソンまで
一二人の傑出した小説家たちを俎上に載せ、第二次世界大戦後のイギリスの小説の豊穣な多様性を解き明かす論文集。
A5判　三八〇頁
四二〇〇円

57
愛の技法　クィア・リーディングとは何か
批評とは、生き延びるために切実に必要な「技法」であったのだ。時代と社会が強制する性愛の規範を切り崩す、知的刺激に満ちた論集。
A5判　二三六頁
二六〇〇円

58
アップデートされる芸術　映画・オペラ・文学
映画やオペラ、「百科事典」やギター音楽、さまざまな形態の芸術作品を「いま」の批評的視点からアップデートする論考集。
A5判　二五二頁
二八〇〇円

59
アフロ・ユーラシア大陸の都市と国家
アフロ・ユーラシア大陸の歴史を、都市と国家の関連を軸に解明する最新の成果。各地域の多様な歴史が世界史の構造をつくりだす。
A5判　五八八頁
六五〇〇円

60
混沌と秩序　フランス十七世紀演劇の諸相
フランス十七世紀演劇は「古典主義演劇」と呼ばれることが多いが、こうした範疇では捉えきれない演劇史上の諸問題を採り上げている。
A5判　四三八頁
四九〇〇円

中央大学人文科学研究所研究叢書

61
島と港の歴史学
「島国日本」における島と港のもつ多様な歴史的意義、とくに物流の拠点、情報の発信・受信の場に注目し、共同研究を進めた成果。
A5判 二四四頁
二七〇〇円

62
アーサー王物語研究
中世ウェールズの『マビノギオン』からトールキンの未完物語『アーサーの顚落』まで、「アーサー王物語」の誕生と展開に迫った論文集。
A5判 四二四頁
四六〇〇円

63
文法記述の諸相Ⅱ
中央大学人文科学研究所「文法記述の諸相」研究チーム十名による、九本を収めた言語研究論集。本叢書54の続編を成す。
A5判 三三二頁
三六〇〇円

64
続 英雄詩とは何か
古代メソポタミアの『ギルガメシュ叙事詩』からホメロス、古英詩『モールドンの戦い』、中世独仏文学まで英雄詩の諸相に迫った論文集。
A5判 二九六頁
三二〇〇円

65
アメリカ文化研究の現代的諸相
転形期にある現在世界において、いまだ圧倒的な存在感を示すアメリカ合衆国。その多面性を文化・言語・文学の視点から解明する。
A5判 三一六頁
三四〇〇円

66
地域史研究の今日的課題
近世～近代の地域社会について、庭場・用水・寺子屋・市場・軍功記録・橋梁・地域意識など、多様な視角に立って研究を進めた成果。
A5判 二〇〇頁
二二〇〇円